Carmen Korn

ZWISCHEN HEUTE UND MORGEN

Roman

Kindler

Originalausgabe
Veröffentlicht im Rowohlt Verlag, Hamburg, Oktober 2022
Copyright © 2022 by Rowohlt Verlag GmbH, Hamburg
Stammtafel auf S. 14 f. von Peter Palm
Satz Warnock Pro bei CPI books GmbH, Leck
Druck und Bindung GGP Media GmbH, Pößneck, Germany
ISBN 978-3-463-40705-0

Die Rowohlt Verlage haben sich zu einer nachhaltigen Buchproduktion verpflichtet. Gemeinsam mit unseren Partnern und Lieferanten setzen wir uns für eine klimaneutrale Buchproduktion ein, die den Erwerb von Klimazertifikaten zur Kompensation des CO_2-Ausstoßes einschließt.
www.klimaneutralerverlag.de

Hannah Henrike

Peter Christian

Jules Defoer

PERSONENVERZEICHNIS

Die Hamburger

Elisabeth Borgfeldt
Jahrgang 1900. Elisabeth macht es sich und ihren Liebsten nicht leicht. Manchmal sehnt sie sich nach den Nachkriegsjahren zurück. Damals blieb der Familie nichts anderes, als einander nah zu rücken. Doch das würde Elisabeth niemandem eingestehen, natürlich ist sie froh, dass die schwere Zeit vorbei ist, ihr einstiger Schwiegersohn Joachim endlich wieder heimgekehrt. Für ihn hat sie immer noch eine besondere Schwäche. Das Leben außerhalb des Hauses in der Blumenstraße macht Elisabeth hingegen zunehmend Angst.

Kurt Borgfeldt
Jahrgang 1896. Eigentlich schätzt Kurt die Leichtigkeit, doch in letzter Zeit fällt es dem Werbeleiter einer Sparkasse, der vor der Pensionierung steht, schwer, einen heiteren Blick auf das Leben zu bewahren. Natürlich liebt er seine Lilleken, was für ein Gedanke, daran zu zweifeln. Ohne kleine Fluchten aber würde er ihre Umklammerung kaum ertragen. Unter dem Dach hat er zwei Zimmerchen eingerichtet. Dahin zieht er sich zurück, während Elisabeth unten auf dem Küchensofa sitzt und damit hadert, dass alle ihrer eigenen Wege gehen.

Nina Langley, geborene Borgfeldt
Jahrgang 1920. Die Tochter von Elisabeth und Kurt. In erster Ehe war sie mit **Joachim Christensen** verheiratet. Mit ihm hat sie den gemeinsamen Sohn **Jan** (*1944). Lange war Joachim in Russland vermisst, als er im Juli 1953 doch noch aus der Kriegsgefangenschaft heimkehrte, liebte Nina einen anderen. Mittlerweile sind sie und **Vinton Langley** verheiratet. Die Beziehung zu Joachim ist freundschaftlich, Jan hat zwei Väter, und mit **Tom** (*1955) auch noch einen Bruder bekommen.

June Clarke
Jahrgang 1911. Ninas Arbeitgeberin und Freundin. Zusammen mit ihrem Mann Oliver betreibt die Engländerin ein Übersetzungsbüro am Hamburger Klosterstern. Einen besonderen Platz unter ihren Flügeln hat Vinton, den sie 1940 während der Bombenangriffe auf London aus den Trümmern seines Elternhauses zog.

Die Kölner

Gerda Aldenhoven
Jahrgang 1902. Gerda betrachtet die Welt mit offenem Blick und weitem Herzen. Wenn sie am Neujahrsmorgen den Pan um Beistand bittet, ist sie voller Vertrauen, dass alles gut sein wird. Sie liebt und pflegt Rituale. Und eigentlich auch Freundschaften. Die zu ihrer Hamburger Freundin Elisabeth wird jedoch immer mehr zur Herausforderung. Unterschiedlich waren die beiden schon, als sie sich 1912 als Kinder am Timmendorfer Strand kennenlernten. Doch in letzter Zeit fällt es Gerda schwer, ihre Freundin zu verstehen.

Heinrich Aldenhoven
Jahrgang 1892. Den heiligen Heinrich nennt ihn seine Kusine Billa. Ja, Heinrich will das Leben würdig behandelt wissen. Glück ist für ihn, seiner Gerda nahe zu sein und sich an den Kindern und Enkeln zu freuen. Die einst vom Vater gegründete Kunstgalerie läuft nicht zuletzt durch Gerdas Einsatz. Auch wenn das Leben für Heinrich oft eine ernste Angelegenheit war, er hatte viel Glück. Das weiß er zu schätzen, und es lässt ihn gelegentlich selbst auf Billa mit nachsichtigem Blick schauen.

Billa Aldenhoven
Jahrgang 1900. Seit ihre Klettenberger Wohnung, in der sie zusammen mit ihrer Schwester **Lucy Aldenhoven** lebte, während einer Bombennacht verlorengegangen ist, wohnt Billa bei Heinrich und Gerda am Pauliplatz. In **Georg Reim** hat sie eine späte Liebe gefunden, auch wenn viele staunen über das ungleiche Paar. Nicht zuletzt Billa selbst. Das Zimmer bei Heinrich will Billa trotzdem nicht aufgeben, bei ihm und Gerda fühlt sie sich geborgen.

Ursula Christensen, geborene Aldenhoven
Jahrgang 1929. Nach dem jähen Tod ihrer großen Liebe **Jef** hat die Tochter von Gerda und Heinrich noch einmal ein Glück gefunden. Sie und Joachim erwarten ihr erstes gemeinsames Kind. Größer könnte der Unterschied zwischen den Männern ihres Lebens kaum sein. Der unkonventionelle Maler Jef. Der Studienrat Joachim, dem nach dreizehn Jahren Krieg und Gefangenschaft nur eine vorsichtige Annäherung an das Leben und dessen Leichtigkeit gelingt. Und dann ist da noch Pips. Der Mann, dem Ursula sagte, als Liebende seien sie nicht vorgesehen.

Ulrich Aldenhoven
Jahrgang 1930. Seine Familie sieht Uli als braven und soliden Mann. Den Beweis hat Ursulas Bruder angetreten, als er **Carla Bianchi** heiratete, eine Freundin seines italienischen Cousins Gianni. Carla war damals von Bixio Canna schwanger, Giannis skrupellosem Onkel. Die kleine **Claudia** anzunehmen und sie zu lieben wie seine eigene Tochter **Maria**, war für Ulrich selbstverständlich. Im Modesalon, den er und Carla zusammen mit Lucy betreiben, fühlt Uli sich von den beiden starken Frauen ins Abseits gedrängt. Bei dem Versuch, anderswo Bestätigung zu finden, gerät er abseits der soliden Wege.

Die San Remeser

Margarethe Canna, geborene Aldenhoven
Jahrgang 1906. Heinrichs Schwester ist ihrem Mann Bruno bereits 1934 in seine italienische Heimat nach San Remo gefolgt. Sie schätzt das gute südliche Leben. Jederzeit ist sie bereit, die Freunde ihres Sohnes Gianni mit großer Herzlichkeit und viel Pasta an ihrem Tisch willkommen zu heißen. Wie gut, dass das Haus an der Via Matteotti Platz für die ganze Familie bietet.

Bruno Canna
Jahrgang 1904. Margarethes Mann. An Margarethe liebt der Kunsthistoriker, dass sie frei von jeglichem Dünkel ist. Anders als seine Mutter. Nur dass ihre Küche in letzter Zeit zum Fleischlosen tendiert, behagt dem leidenschaftlichen Esser nicht. Zum Glück findet sich immer die eine oder andere Scheibe *Porchetta* im Kühlschrank. Die schwierige

Beziehung zu seinem Bruder Bixio kann Bruno allerdings den Appetit verderben.

Bixio Canna
Jahrgang 1908. Anders als sein älterer Bruder hat Bixio die in ihn gesetzten Erwartungen erfüllt und arbeitet im Blumenhandel der Familie. Doch ansonsten hält Bixio nicht viel davon, Verantwortung zu übernehmen. Von seiner ersten Frau Donata hat er sich getrennt. Nun lebt er mit **Lidia** im Haus an der Via Matteotti. Bixios und Lidias verwöhnter Sohn **Cesare** wächst dort zum Tyrannen heran.

Gianni Canna
Jahrgang 1930. Margarethes und Brunos Sohn. Zweisprachig aufgewachsen, bewegt er sich in beiden Welten mit Leichtigkeit und Charme. Er ist mit **Corinne de Vries** verheiratet. Die Niederländerin leitet mittlerweile zusammen mit Bixio den Blumenhandel der Familie. Gianni ist stolz auf seine Frau, doch da er mit *Giannis Bar* ein erfolgreiches Jazzlokal führt, leben er und Corinne oft in unterschiedlichen Zeitzonen. Nicht hilfreich, zumal sich Corinne dringend ein Kind wünscht.

Agnese Canna
Jahrgang 1878. Brunos Mutter und Margarethes Schwiegermutter. Über 80-jährig, steht sie immer noch der Familie vor. Vor allem Bruno kann den Gedanken, es seiner Mutter stets recht machen zu wollen, nicht abstreifen.

Jules de Vries
Jahrgang 1914. Mit seinem Bruder, Corinnes Vater, dem strengen Mijnheer de Vries, hat Jules nur wenig gemein-

sam. In seiner Familie gilt Jules als schwarzes Schaf. Corinne schätzt ihren Onkel dafür umso mehr. Ein braver Jesuit wäre er geworden, hätte er nicht damals in einer Londoner Bar die Nachtklubsängerin **Katie** kennengelernt. Das Gebot der Ehelosigkeit war danach nicht mehr zu halten gewesen. Mittlerweile führt Jules zusammen mit Gianni die Jazzbar an der Piazza Bresca. Seitdem Pips sie verlassen hat, leidet der Jazz allerdings. Keiner der Aushilfspianisten reicht an den Freund heran, den Jules gerade umso schmerzlicher vermisst, da die Ehe mit Katie in einer Sackgasse zu stecken scheint.

Pips Sander
Jahrgang 1927. Als Pianist in *Giannis Bar* trat er in das Leben der Cannas. Gianni ist er ein naher Freund, Margarethe fast ein zweiter Sohn. Doch nach der schicksalhaften Begegnung im September 1959 hält es Pips in San Remo nicht mehr aus. Nach Köln führt kein Weg zurück. Die Stadt ist nicht nur seine Heimat, sondern auch die seiner einstigen Peiniger. Nur Hamburg erscheint ihm als ein Ort, an dem er Frieden finden könnte. Vor allem Ursulas wegen. Dass sie nie Liebende sein werden und sie mit einem anderen verheiratet ist, respektiert Pips. Er schätzt Joachim. Und dennoch. In Ursels Nähe zu sein, ist manchmal das Einzige, was ihn mit dem Leben verbindet.

DIE SAN REMESER

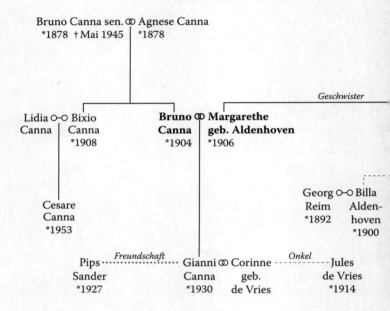

⊕ verheiratet
⊖ geschieden
○–○ nichteheliches Verhältnis

DIE KÖLNER   DIE HAMBURGER

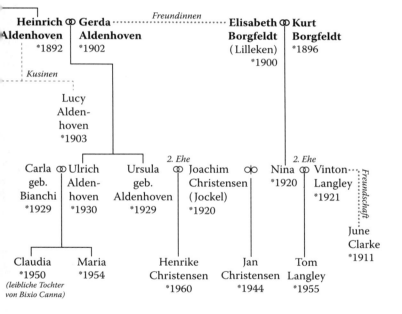

1960

— 17. JANUAR —

San Remo

Gianni schreckte aus dem Schlaf wie so oft seit jener Nacht im September. Er setzte sich auf und blickte in das dunkle Zimmer, versuchte, die Traumbilder zu verdrängen, die ihn immer wieder Pips hinterherlaufen ließen, auf die alte Festung zu, die Beine wurden ihm schwer, als liefe er im tiefen Sand. Er sah zu Corinne, die ihre Hand auf seine Schulter gelegt hatte. «Ich habe dich wieder mal geweckt», sagte er.

Corinne griff nach dem Glas auf ihrem Nachttisch. «Trink einen Schluck Wasser.»

Er nahm ihr das Glas aus der Hand und trank in großen Zügen. Den Albtraum ertränken. Die Angst aus jener Nacht. Den Zorn, den er noch immer in sich trug. Auf die beiden Schergen der Gestapo, die keiner verurteilte für das, was sie Pips vor vielen Jahren angetan hatten. Die auch jetzt zu leicht davongekommen waren.

«Dieses letzte Bild», sagte Gianni. «Das Blut.»

«Pips lebt», sagte Corinne.

Ja. Er lebte. Ursula sagte, es gehe ihm leidlich. Zu viel Leid in den zwei Silben.

«Willst du noch mal nach Hamburg fahren?»

Das sollte er tun. Vor dem *Festivale della Canzone*, das am 28. Januar begann. Dann würde die Bar von trunkenen Gästen des Schlagerfestivals bersten, da durfte er nicht fern sein. Doch noch reichte die Zeit. Er könnte gleich heute fliegen. Von Nizza aus. Gerade hatte der Sonntag begonnen, der Tag, an dem *Giannis Bar* geschlossen blieb. Konnte er Corinne zumuten, auf diesen gemeinsamen Sonntag zu verzichten? Weil er nach Hamburg flog, statt mit ihr nach San Romolo zu fahren, um in einer der Locandas zu essen?

«Wärest du denn einverstanden, wenn ich fliege? Gleich heute?»

«Und das Ticket? Cook wird geschlossen haben.»

Corinne hatte recht. Im Reisebüro am Corso Imperatrice würde ihm wohl kaum jemand am Sonntagmorgen ein Flugticket verkaufen. Er müsste auf gut Glück nach Nizza fahren. War die ganze Idee nicht nur ein Nachtgedanke?

«Was quält dich so seit dem Gespräch mit Ursula?»

Gianni sank zurück in die Kissen. Vielleicht hatte Ursula ihre Antennen zu fein eingestellt. Sorgte sich zu sehr. *Schwangere Frauen neigten dazu.* Wer hatte das gesagt? Wohl kaum seine Mutter. Die Nonna hielt solche Weisheiten parat.

«Ursula hat Angst, er könnte sich das Leben nehmen.»

«Nein», sagte Corinne. «Pips ist ein Kämpfer.»

«Das denke ich auch.» Im November hatte er Pips nach Hamburg begleitet. Dessen Habseligkeiten im Gepäck. Sein Pianist hatte nicht länger hier leben wollen, obwohl San Remo unschuldig am Geschehen war, die Verursacher von Pips' Pein waren aus seiner Heimatstadt gekommen. Köln schied also aus, Hamburg schien der einzige Ort zu sein, den Pips erträglich fand. Dort war Ursula.

Gianni drehte sich zu seiner Frau. Sie wollte, dass er blieb. Das spürte er. Corinne fing an, ihn zu streicheln. «Heute ist ein guter Tag dafür», sagte sie.

Ein Kind. Corinne wollte ein Kind. Viel dringender als er.

Hinter den schweren Vorhängen der Fenster ging gerade die Sonne auf, als Gianni wieder wach wurde. Er nahm seine Armbanduhr, die auf dem Nachttisch lag. Kurz vor acht. Im Haus der Cannas in der Via Matteotti begann der Tag, wenn auch mit den sanften Geräuschen eines Sonntags. Im ersten Stock wurden die Fensterläden geöffnet, von Rosa, dem Dienstmädchen der Nonna. Seine Großmutter war die Einzige im Haus, die Wert darauf legte, am Abend die Läden zu schließen. Unter ihm, im zweiten Stock, hörte er die quengelnde Stimme von Cesare, dem kleinen Sohn von Onkel Bixio. Bei Giannis Eltern im vierten blieb es noch still, doch er war sich sicher, dass schon der Duft des Kaffees in der Luft lag, den seine Mutter zubereitet hatte.

Corinne schlief noch fest, ihre Wimpern flatterten leicht, vielleicht träumte sie. Im Februar würde sie sechsundzwanzig Jahre alt werden, ihr schien es höchste Zeit für eine Schwangerschaft. In den ersten beiden Jahren ihrer Ehe hatten sie noch verhütet, das taten sie nun seit einem Jahr nicht mehr.

Gianni haderte mit der Entscheidung, nicht in ein Flugzeug zu steigen. Aber Pips schätzte keine Überraschungen. Er würde kopfschüttelnd in der Tür stehen. Sich überfallen fühlen.

Er stand auf, darauf bedacht, Corinne nicht zu wecken. Sie waren erst spät wieder eingeschlafen, nachdem er ihr versichert hatte, zu Hause zu bleiben. Gianni betrat die Küche und öffnete das Fenster. Ließ kalte Luft hinein und den Kaffeeduft. Nach oben gehen und um einen Cappuccino bitten. Margarethe hatte gestern Hefehörnchen mit Mohn gebacken, ihre Variante der *cornetti*.

Stattdessen nahm er die Zigarettenschachtel, die auf dem Küchentisch lag. Zündete eine Pall Mall an und blieb vor dem offenen Fenster stehen. Am Donnerstag kam ein neuer Pianist, der zurzeit in einem genuesischen Klub spielte und sich bei ihnen um ein festes Engagement bewarb. Das hatte er heute Nacht völlig vergessen. Die vergangenen vier Monate hatten sie mit wechselnden Klavierspielern überbrückt.

Nur gut, dass er sich dagegen entschieden hatte zu fliegen. Ein zu enger Zeitplan, wenn er spätestens am Mittwoch nach San Remo zurückkehren musste, sein Kompagnon Jules wollte die Entscheidung über den Pianisten nicht allein treffen.

Gianni drückte die Zigarette im Spülstein aus, ließ Wasser über die Kippe laufen. Wenn er dann demnächst in Hamburg wäre, würde er sich Zeit nehmen, um mit Pips auf die Suche zu gehen. Ein Engagement finden. Vielleicht auch eine andere Wohnung, nicht dieses Loch, in das Pips gezogen war, weil ihm alles egal schien. Das alte Klavier, das Ursula und ihr Mann für ihn angeschafft hatten, stand noch bei ihnen in der Wohnung. Pips spielte nicht. Lebte von Erspartem. Die Verletzungen seien ganz gut verheilt, hatte Ursula gesagt. Nur dass er sich noch immer mühsam bewege wie einer, der jederzeit den nächsten Schlag erwarte.

Pips Mut machen. Im Februar, wenn die Tage wieder heller wurden.

All diese Ausflüchte, die er da suchte, weil er hierblieb. Gianni seufzte. Widerstand der Versuchung, eine zweite Zigarette anzuzünden, und trat noch einmal ans Fenster. Er hatte jene Septembernacht im Ospedale San Pietro verbracht, auf dem Flur gewartet, bis er für ein paar Augenblicke zu Pips durfte. Das achte Bett im Krankenzimmer. Sie hatten einen weißen Paravent davorgestellt, um Pips vor den Blicken der anderen zu schützen, als befürchteten sie seinen baldigen Tod.

Wie klein Pips ausgesehen hatte. Als wäre er ein Kind. Nur der bandagierte Kopf schien zu groß, der Verband schon wieder blutig. Pips war noch nicht ansprechbar gewesen. «*Commotio cerebri*», hatte der Arzt gesagt. Eine Gehirnerschütterung. Die Schwester hatte einen Eimer neben das Bett gestellt, erst als sie den Kittel wechselte, den sie Pips übergezogen hatten, sah Gianni die Spuren von Erbrochenem.

Sekunden nur, in denen Pips nackt lag. Gianni hatte den Blick gesenkt und die toten Fliegen auf dem hellen Steinboden betrachtet. Versuchte da schon zu vergessen, was er gesehen hatte. Doch auch dieses Bild blieb ihm. Wie all die anderen.

Hamburg

Ein Schwindel, der sie erfasste, das geschah ihr nun gelegentlich. Dr. Unger hatte sie beruhigt, ein jäher Blutdruckabfall, darunter litten viele Frauen in dieser Phase der Schwangerschaft. Ursula ließ die Tischkante, nach der sie gegriffen hatte, wieder los, lockerte nur die Gürtelschleife ihres Kimonos, bevor sie sich auf einen der Stühle setzte und ihre Hände auf den kleinen Bauch legte.

«Alles in Ordnung mit euch beiden?»

Ursula sah zu Joachim, der in die Küche gekommen war, und nickte. Er war ein besorgter Vater. Schon jetzt. «Bleibt es dabei, dass du mich zu Pips begleitest?»

«Ich lass dich auf keinen Fall allein gehen. Wenn ich nur an die steile Treppe in diesem Haus denke. Kein Wunder, dass das Klavier noch hier steht.»

«Wäre doch die Treppe der einzige Grund dafür», sagte Ursula. «Ich weiß nicht, wie es mit Pips weitergehen soll, wenn er sich weigert, Klavier zu spielen.»

«Er sollte sich das Geschehen von damals von der Seele reden.»

«So wie du dir Russland von der Seele redest?»

Joachim zog die Augenbrauen hoch. Ursula hatte recht. Er erzählte kaum von dem, was er im Krieg und in acht Jahren sibirischer Gefangenschaft erlebt hatte.

«Ich ziehe mich mal an», sagte Ursula. «Machst du uns einen Tee?»

Er griff nach dem Flötenkessel, stellte ihn in die Spüle aus Edelstahl, ließ Wasser einlaufen. Früher hatte es an dieser Stelle einen Spülstein aus Steingut gegeben. Vieles war erneuert worden, und oft vergaß er, dass er schon einmal in dieser Wohnung gelebt hatte. Während des Urlaubs von der Front. Gestohlene Tage, viel zu wenige davon, um ein vertrautes Paar zu werden. Zuletzt im April 1944, da hatten Nina und er ihren Sohn gezeugt. Jan war acht Jahre alt gewesen, als Joachim ihm zum ersten Mal begegnete. Nina hatte da schon einen anderen geliebt.

Joachim füllte das Tee-Ei mit der Friesenmischung, hängte es in die Keramikkanne. Wann fing die Vergangenheit an? Gestern? Vor einer Sekunde? Hätte er bei seiner späten Heimkehr gedacht, noch eine Zukunft zu haben?

Der Tee dampfte in den Henkelbechern, als Ursula zurückkam. Sie trug einen alten grauen Pullover von ihm, den seine Mutter vor vielen Jahren gestrickt hatte, dazu eine von Ursulas schwarzen Hosen, noch passten sie. Joachim stellte den Topf mit braunem Kandis auf den Tisch. Die Rosinenbrötchen. Butter. Teller und Messer.

Ursula war seine Zukunft und das Kind, das in ihr wuchs.

Sollte es mit einem Vater leben, der nachts im Schlaf russische Wörter stammelte, um dann von Weinkrämpfen geschüttelt zu werden?

Pips nahm die Espressokanne von der Kochplatte, die Kanne war eines der wenigen Dinge, die er aus San Remo mitgebracht hatte. Er goss den Kaffee in drei Schnapsgläser, auf denen *Mampe Halb und Halb* stand. «Tut mir leid. Was anderes habe ich nicht.»

«Wo findest du so was Schönes?», fragte Ursula.

«Im Küchenschrank.»

«Lass uns mal deinen Haushalt aufstocken.»

«Das lohnt nicht.»

«Warum nicht? Gedenkst du zu sterben?» Sie sah ihn prüfend an.

Pips schüttelte den Kopf und verzog das Gesicht. Fasste an die Narben, die nun von seinem kupferroten Haar bedeckt waren, sich aber noch krustig und hart anfühlten. «Ist doch alles vorhanden.»

Der Vermieter hatte die anderthalb Zimmer eine *Theaterwohnung* genannt. Mutete das nahe Schauspielhaus seinen auswärtigen Künstlern diese Wohnung zu? Pips hatte sie im November nach einer kurzen Besichtigung genommen, obwohl Ursula und Joachim abgeraten hatten. Wenigstens galt der Vertrag nur ein halbes Jahr.

«Wo willst du das Klavier denn überhaupt hinstellen?», fragte Ursula.

«Lasst es bei euch stehen. Ich hab ja das Radio.»

Ursulas Blick blieb an dem alten Gerät von Grundig hängen. «Du musst ja gar nicht mehr in einer Bar spielen», sagte sie. «Der NDR braucht auch gute Musiker. Wenn du dich nun schon mit dessen Sendungen vertraut machst.»

«Damals nach dem Krieg habe ich die Kurve noch mal gekriegt. Aber da war ich jung.»

«Du bist gerade erst zweiunddreißig Jahre alt geworden», sagte Ursula.

«Was dir die Kölner Gestapo 1944 angetan hat, war das grauenvollere Geschehen.»

Pips sah Joachim an. Was wusste Ursulas Mann? Außer dass ihm im Folterkeller der Gestapo ein Finger abgeschnitten worden war. Er versuchte, Joachims Blick auszuhalten. Am Anfang hatte er dessen Intensität geschätzt.

Die Glocken von St. Marien an der Danziger Straße begannen mit dem großen Mittagsgeläut. Oder war die Sonntagsmesse gerade zu Ende gegangen?

«Darf ich euch zum Essen einladen?», fragte Joachim. «Vielleicht zu Nagel. Da haben wir es nicht weit.»

Ursula nickte. «Das ist eine gute Idee. Du bist dünn geworden, Pips.»

«Ja, Mutter», sagte Pips.

«Ich hab Ursel und Joachim gar nicht aus dem Haus gehen sehen.» Elisabeth schloss die Tür zum Treppenhaus, nachdem sie vergeblich im ersten Stock geklopft hatte. «Schleichen sich einfach so davon. Sie hätten doch mit uns mittagessen können.»

Kurt Borgfeldt legte das *Abendblatt* beiseite. «Sie wollten zu Pips», sagte er.

«Ach. Dir haben sie das anvertraut.»

«Ganz nebenbei auf der Treppe.»

«Als du aus deiner Dependance gekommen bist. Warum hast du die zwei Zimmer unterm Dach nicht Pips angeboten? Dann wären wir alle zusammen.» Beinah alle. Nina lebte mit Vinton und den beiden Jungen in der Rothenbaumchaussee.

«Weil es meine zwei Zimmer sind. Du wolltest ja nicht in die Wohnung im ersten Stock ziehen. Lieber dicht aufeinanderhocken.» So weit wagte er sich selten vor.

«Da steht doch kaum etwas drin in deinen Zimmern.»

«Eben», sagte Kurt. Er genoss die Leere. Tisch und Stuhl. Der große Ohrensessel aus dunklem Leder, den er sich gegönnt hatte. Ein Stapel Bücher daneben. Es war seine Chance, gut mit Elisabeth weiterzuleben. Er legte sich noch immer neben sie in das Ehebett, das sie seit Jahrzehnten teilten. Würde nicht aufhören, Lilleken zur Seite zu stehen. Doch die Wohnküche war ihm zu eng geworden.

Elisabeth stellte die Terrine auf den Tisch. «Klopse hätte ich genügend gehabt», sagte sie. «Und der Reis ist schnell gekocht.»

«Stört es dich, wenn ich kurz den *Frühschoppen* einschalte? Ich will hören, ob Adenauers Rede zur Kölner Synagogenschändung ein Thema ist.»

Elisabeth nickte, obwohl sie es missbilligte. Sie sah den Frankenfeld gerne und die *Schölermanns*. Aber Werner Höfers *Internationalen Frühschoppen* beim Mittagessen? *Flegeleien* hatte Konrad Adenauer die Hakenkreuzschmiererei genannt, die zwei junge Rechtsradikale am Heiligabend verbrochen hatten. Von *antisemitischen Lümmeln* gesprochen. Das genügte doch nun. Adenauer war ein vernünftiger Mann, der ein gutes Verhältnis zu den Juden pflegte.

Kurt seufzte, als sich das Fernsehbild auftat. Höfer hob bereits das Glas, prostete den Gesprächspartnern der heutigen Runde mit Rheinwein zu, verabschiedete seine Gäste. Kurt hatte zu spät eingeschaltet. Der *Frühschoppen* war vorbei. Nun widmete er sich ganz den Königsberger Klopsen.

Köln

Billa stand vor ihrem Schrank, der lauter Hoffnungen auf schlankere Zeiten barg, seit der Währungsreform und den gut gefüllten Lebensmittelläden allesamt vergebliche Hoffnungen. Hatte eine ihrer Freundinnen nicht kürzlich in Billas Oberarm gekniffen, um den anderen vorzuführen, wie gut gepolstert er war? Vielleicht sollte sie sich von den Kleidern in Größe vierzig trennen. Wäre das voreilig?

Das schwarze Samtkleid mit dem tiefen Ausschnitt war zwei Nummern größer und wohl zu pompös für einen Sonntagmittag am Pauliplatz. Auch wenn Gerda das gute Porzellan von Wedgwood aufgedeckt hatte. Billa zog das Kleid über und blickte in den Spiegel, legte noch die Kette mit den Rheinkieseln an, bevor sie sich endlich entschloss, hinunter ins Parterre zu gehen. Das roch lecker da unten, von Rouladen war die Rede gewesen, ihren Appetit hatte sie noch nicht verloren.

«Kann ich dir helfen?», rief sie in die Küche hinein, an der sie nur vorbeigehen wollte auf dem Weg ins Wohnzimmer. Doch da hatte ihr Gerda schon die Schüssel mit den Klößen in die Hand gedrückt.

«*Leeven Jott.* Kartoffelklöße auch noch. Ich will doch Gewicht verlieren, bevor die den Sarg die Treppe runtertragen.»

Sie stellte die Schüssel auf den Esstisch und nahm daran Platz, bemerkte Heinrich erst, als der sich von seinem Lesesessel erhob.

Er war ein wenig irritiert von Billas Aufmachung. Sie sah aus, als ob sie an der Prunksitzung der Großen Kölner Karnevalsgesellschaft von 1823 teilnehmen wollte und nicht an einem familiären Mittagessen. «Wessen Sarg heruntertragen?», fragte er. «Wie soll ich das verstehen?»

Billa verlor sich in den Anblick der Efeublätter auf dem Teller von Wedgwood, der vor ihr stand. Sahen die nicht aus wie eine Grabbepflanzung?

«Das wird doch sonst zu schwer für die Leute», sagte sie. «Mit mir drin.»

«Was ist los, Billa?»

Billa schwieg.

Heinrich Aldenhoven betrachtete seine Kusine. Sie lebte bei ihnen im Haus, seit die Wohnung, die sie mit ihrer Schwester Lucy geteilt hatte, bei den Bombenangriffen vom Juni 1943 zerstört worden war. Von jener Nacht an ertrug er Billa. Keine Frage, dass sie ihn mit ihrer lauten und oft oberflächlichen Art nervte. Doch manchmal ging ihm durch den Kopf, ob sie diese Oberflächlichkeit zur Schau trug, weil in den Schichten darunter Schmerzvolles lag.

Er hatte gehofft, die Liebe zu seinem Freund Georg würde aus Billa eine glücklichere Frau machen. Aber die Beziehung der beiden blieb schwierig, die Charaktere waren zu verschieden, und Georg war zu sehr bereit, die eigenen Rückzugsorte zu verteidigen. Wäre Billa sonst so oft bei ihnen am Pauliplatz statt in Georgs Wohnung in Lindenthal?

«Was schaust du mich so an?», sagte Billa. «Wir sind doch alle sterblich.»

Heinrich hätte das Thema vertieft, wäre Gerda nicht mit der Kasserolle gekommen.

Gerda schlug einen Spaziergang vor, das konnte nur guttun nach dem üppigen Essen. Nachdem auch der Grießpudding und die eingemachten Mirabellen gegessen waren, hatte sich Billa in ihre Zimmer zurückgezogen und nicht einmal eines ihrer kaum je ernst gemeinten Hilfsangebote gemacht, das Geschirr in die Küche zu tragen, es gar abzuspülen.

Heinrichs und Gerdas Schuhe hinterließen nass glänzende Abdrücke im Schnee, der nach dem Dreikönigstag gefallen war, die Temperaturen waren wieder gestiegen, der Schnee taute schon an.

«Sind sie bequem?», fragte Heinrich. Er blickte auf die knöchelhohen Schuhe aus taubengrauem Wildleder, die mit Lammfell gefüttert waren, Gerda hatte sie vor wenigen Tagen von ihm zum Geburtstag geschenkt bekommen.

Gerda nickte. «Und schön warm», sagte sie.

«Weißt du, was mit Billa los ist?»

«Weil sie einsilbig war?»

«Als sie die Klöße hereintrug, sagte sie, dass sie abnehmen sollte, damit die Sargträger nicht so viel zu schleppen hätten mit ihr.»

«Du kennst doch Billas theatralische Talente.»

«Trotzdem. Wie kommt sie auf so was?» Heinrich kam ins Rutschen und hielt sich an Gerda fest. Die grob gestrickten Wollsocken in den Oxfords zu tragen, war wenig hilfreich, er sollte sie über die Schuhe ziehen, wie sein Vater es zu tun gepflegt hatte.

«Morgen gehen wir zu Kämpgen und kaufen auch für dich Winterschuhe. Du bist nicht mehr jung genug, um deine Knochen zu gefährden.»

Heinrich seufzte. Er war zehn Jahre älter als seine Frau. In letzter Zeit erinnerte sie ihn gerne daran. «Sprich doch mal mit Billa», sagte er. «Dir vertraut sie viel mehr an als mir.»

«Wir haben an Neujahr alles richtig gemacht», sagte Gerda. «Den Pan angeschaut. Das Konzert im Gürzenich gehört.»

«*Du* hast den Pan angeschaut.» Das Betrachten der Brunnenfigur am Morgen des Neujahrstages war Gerdas Ritual, das Jahr begrüßen und um Beistand bitten, dass es ein gutes werden würde und keiner verloren ginge.

Sie spazierten nicht weit, die früh einsetzende Dämmerung und Heinrichs kalte Füße ließen sie bald wieder umkehren. Dennoch standen sie eine Weile vor den dunklen Fenstern ihres Hauses, als zögerten sie hineinzugehen. Drehten sich beide zum nahen Brunnen um. Der vertraute Blick auf den kleinen Pan aus Kalkstein, der auf der Kugel des Brunnenstocks saß und die Hirtenflöte an die Lippen hielt.

«Hörst du die Flöte?»

Gerda schüttelte den Kopf.

Das Haus war still, kein Laut aus dem ersten Stock, als sie die Mäntel auszogen und über die Kleiderbügel an der Garderobe hängten. «Billa?», rief Gerda.

«Bitte halte daran fest, die Flöte zu hören», sagte Heinrich. Ihm schien es ein unseliges Signal, die Illusion nicht aufrechtzuerhalten.

«Ich schau mal nach, ob Billa oben ist und schläft.» Gerda stieg die Treppe hinauf.

San Remo

Die rote Aurelia stand vor dem Haus in der Via Matteotti, die jungen Leute waren also zurück aus San Romolo. Margarethe schloss das Küchenfenster und wandte sich wieder dem Ausrollen des Teigs zu. Eine kleine Pasta würde wohl noch in ihre Bäuche passen, trotz der erschöpfenden Menüs, die in den Locandas serviert wurden. Vor acht Uhr abends musste nicht gegessen werden, es sei denn, Bruno stünde kurz vor dem Verhungern und schlüge Alarm. Aber das sonntägliche Abendessen mit *tutta la famiglia* war Brauch. Betrüblich genug, dass Pips fehlte.

Sie hatte Gianni im vergangenen Oktober gedrängt, das gebrauchte Cabriolet von Lancia aus dem Jahr 1957 zu kaufen. Ihr Sohn hatte Jahre zuvor zum Wohle der Familie sein Geld in eine Limousine investiert, damit die Nonna weiterhin viertürig chauffiert werden konnte. Er sollte sich endlich ein eigenes Auto gönnen. Die Zeiten waren auch für ihn nicht leicht gewesen.

Margarethe nahm einen weiteren Klumpen Teig und setzte das Nudelholz erneut an.

«*Tagliatelle*?», fragte Bruno. «*Alla* was?» Er war gerade in die Küche gekommen, um den Inhalt des Kühlschranks zu inspizieren.

«*Al Pesto.*»

«*Senza carne*», sagte Bruno. Er klang enttäuscht. «Deine Küche tendiert zum Fleischlosen in letzter Zeit. Liegt das an unserer Schwiegertochter?»

«Eine Vegetarierin ist Corinne nun wirklich nicht.»

«Warum kommen keine Kinder?», fragte Bruno. Er hatte die Mortadella entdeckt und schnitt eine dicke Scheibe davon ab.

«Hüte dich, Corinne oder Gianni diese Frage zu stellen.»

«Tu ich nicht. Ich wundere mich nur.»

«Vielleicht will Corinne es zu sehr.»

«Schwanger wird eine Frau am schnellsten, wenn sie es nicht will?»

Margarethe war dabei, die klemmende Kurbel der alten Nudelmaschine zu drehen, und konzentrierte sich ganz darauf, glatte Streifen Tagliatelle herzustellen.

Bruno füllte zwei kleine Wassergläser je zur Hälfte mit Rotwein. «Lass mich deine Zunge lockern», sagte er.

«Corinne ist zu kontrolliert.»

«Das muss man sein, wenn man mit einem Hallodri wie meinem Bruder einen Blumenhandel leitet.»

«Sie setzt sich unter Druck. Das ist beim Kinderkriegen kaum hilfreich.»

«Aha», sagte Bruno. «Wann essen wir?»

«Um acht. Geh bitte mal zu den Kindern und sag ihnen das.»

I bambini. Wer wusste, wobei er sie störte.

Ein letzter Klang von *Nearer, still nearer* lag in der Luft, als Jules de Vries vom Flügel aufstand. Warum spielte er ein Kirchenlied? Sehnsucht nach seinem früheren Leben als Jesuit? Oder hatten ihn die Stille und Dunkelheit eines Januarsonntags in die pastorale Stimmung versetzt? Vielleicht doch lieber die neue LP von Frank Sinatra auflegen. Ob *Stormy weather* ihn wirklich aufheiterte?

Jules trat an das Panoramafenster und blickte über die schwarze Landschaft, sah an ihrem Saum die Lichter von San Remo glitzern. Katie hatte sich mit einer Freundin zum Lunch im Rendez-Vous getroffen, das war sechs Stunden her. Er hatte seine englische Rose selbst in der Via Matteotti abgesetzt, Katies Freundin sollte sie die zwölf Kilometer zurückfahren. Gin und Tonic standen für die Damen bereit.

Aus dem Schornstein der *casa rustica*, die jenseits der Straße lag, kam weißer Rauch. Warum fiel ihm jetzt der Papst ein? Das fing an, ihn zu verstören, dieser Rückfall ins Religiöse.

Licht war gegenüber keines zu sehen, die beiden Fenster lagen auf der anderen Seite zu den terrassierten Hängen hin. Zwei kleine Zimmer in der Kate. Schwarz gebeizte Balken.

Weiß gekalkte Wände. Ein Steinbecken. Fließendes Wasser. Der offene Kamin.

Das Bauernhäuschen aus dem neunzehnten Jahrhundert gehörte ihm wie das ganze Land hier. Feigenbäume. Olivenbäume. Brombeerranken und verwilderte Klematis. Alles hatte einmal zur längst vergangenen Villa Foscolo gehört, deren Ländereien er drei Jahre nach Kriegsende gekauft hatte.

Wenn Feuer im Kamin brannte, war der Kanadier wohl da. Auch die Vespa parkte am Straßenrand. Im November hatte der noch junge Mann vor der Tür gestanden und gebeten, ihm die Kate zu vermieten. Jules hatte ihm angeboten, dort gratis zu wohnen, lieber sollte er dem Gestrüpp auf die Dornen rücken, das Grundstück ein wenig roden. Das tat der Kanadier wohl, ab und zu brannten Feuer da unten, wenn der Boden nicht zu trocken war. An einem Buch schreibe er, hatte Ken Down gesagt. Nun gut. Sollte er eine Dichterklause aus der Kate machen.

Gegen Viertel nach sechs bereitete Jules sich den ersten Drink zu. Nicht zu früh für ihn. Eher spät. Er hatte gezögert. Vielleicht musste er doch noch mal nach San Remo hinunter, falls die Freundin als Chauffeuse ausfiel und Katie ihn anrief.

Eine halbe Stunde später stellte Jules einen zweiten Gin Tonic auf den Flügel, setzte sich und blickte eine Weile auf die Tasten, bevor er zu spielen anfing. Sinatra. *When no one cares*. Ein elegisches Stück, in das er versank.

Vielleicht hörte er darum nicht, dass Katie ins Haus kam. Auf einmal stand sie hinter ihm und legte ihre Hände auf seine Schultern.

«*And your friend?*»
«*She was short on time.*»

«*You spent hours and hours in that restaurant.*»
«*We did some window-shopping in Via Matteotti.*»

Später am Abend stolperte er über Katies Schuhe, die in einer Nische des Vorraums standen, und staunte über die feuchte Erde, die wohl auf der vornehmsten Straße von San Remo lag, um an spitzen Absätzen kleben zu bleiben.

Köln

Der Weg schien ihr weiter als sonst, dennoch kehrte Billa vor Georgs Haus um und ließ den langen Weg vergeblich gewesen sein, hoffte nur, er habe nicht am Fenster gestanden. Der Tag trübte bereits ein, als sie in den Stadtwald hineinging.

Zu kalt, um auf einer der Bänke zu sitzen, auch wenn sie das unpassende Samtkleid gegen Wollrock und Pullover getauscht hatte. Billa blieb auf der Brücke stehen und blickte auf den Kahnweiher, dessen Eisschicht nur noch die Enten trug.

«Mamsellchen, du fängst an, hysterisch zu werden», sagte sie laut.

Menschenleer um sie herum, keine Hunde, die ausgeführt wurden, keine Kinder, die Steinchen warfen, um die Enten zu stören. In die Wärme zurückkehren, das Leben am Pauliplatz gab ihr Geborgenheit, auch wenn sie nicht immer wohlgelitten war und es zu Spannungen mit Heinrich kam. Anders als ihre Schwester Lucy hatte sie sich in all den Jahren nie mehr um eigene vier Wände bemüht.

Ihre Ängste hatte sie Georg anvertrauen wollen, doch nun erschien ihr das keine gute Idee mehr.

Stockdunkel schon, als sie endlich zu Hause ankam. Die Wohnzimmertür war geschlossen, vielleicht um die kalte Luft des Windfangs nicht einzulassen. Billa schlich die Stufen zum ersten Stock hinauf, zog auch den Mantel erst in ihrem Zimmer aus. Hoffte, dass keiner sie gehört hatte. Ein großer roter Fleck auf dem hellkarierten Rock, genau das hatte sie befürchtet, die Bluterei wurde schlimmer, ihre Wechseljahre lagen doch schon lange hinter ihr.

Das Klopfen an der Tür, die im nächsten Moment geöffnet wurde, Gerdas Blick ging von Billas Gesicht zu ihren Händen, mit denen sie den Blutfleck kaum verbarg.

«Ich bringe dir eine Binde.»

Billa atmete durch, dankbar über Gerdas Gelassenheit, als sei es selbstverständlich, dass das Malheur einer Frau im sechzigsten Lebensjahr passierte. Sie zog den Rock aus, den Strumpfgürtel, den Schlüpfer, in den sie eine Schicht Watte gelegt hatte.

«Dass du noch Camelia hast», sagte sie, als Gerda ihr den blauen Karton gab.

«Eine letzte Reserve, die ich für unsere jungen Frauen in petto habe. Seit wann geht das so, Billa? Warst du beim Arzt?»

Sie schüttelte den Kopf. «Vielleicht will ich gar nichts wissen.»

«Dich lieber ängstigen? Ich mache dir morgen einen Termin bei meinem Frauenarzt und begleite dich zu ihm.»

«Der im Evangelischen Krankenhaus?»

«Genau der. Soll ich dir ein Bad einlaufen lassen?»

«Ich wasch nur untenrum. Mit der Brause.»

«Komm anschließend mal zu uns. Ich mache eine Kanne Kakao.»

«Wirst du es Heinrich sagen?»

«Ja. Wir haben uns heute große Sorgen um dich gemacht. Weiß Georg davon?»

«Bei dem lebe ich doch auf der Besuchsritze», sagte Billa.

Hatte er einen Augenblick lang geglaubt, Sybilla zu sehen? Aber was sollte sie in der Kälte vor seinem Haus? Um sich dann in Luft aufzulösen?

Halluzinationen. Die Schmierereien am Heiligabend an der Synagoge setzten ihm doch mehr zu als angenommen. Der Hass auf die Juden hörte nicht auf.

Nein. Er hatte keine nahen Angehörigen verloren. Sie waren alt genug gewesen, um friedlich zu sterben, bevor Hitlers Schreckensherrschaft über sie hereinbrechen konnte. Und ihm hatte die frühe Emigration vieles erspart. Glückliche Zufälle, die ihm ein leichtes Leben in Genf erlaubt hatten. Die Nachkriegsjahre in Rom. Dann die Rückkehr in die Heimatstadt Köln, in der seine Familie seit Generationen gelebt hatte.

Ein selten luxuriöses Schicksal für einen Juden, der 1892 in Deutschland geboren worden war.

Georg Reim nahm die Teekanne vom Stövchen und füllte die Tasse, setzte sich in einen der beiden Ledersessel, die im Arbeitszimmer standen. Sein Blick fiel auf das Bild im schwarz lackierten Rahmen, von einer schmalen Messingleuchte beschienen. Leo Freigangs *Schwanenhaus*. Eines der vier Bilder aus dem Hofgartenzyklus des Malers, den die Nazis im Juli 1942 nach Minsk deportierten und der bereits den viertägigen Transport nicht überlebt hatte.

Welch einen Weg das *Schwanenhaus* genommen hatte, aus der Wohnung im Düsseldorfer Zoo-Viertel, wo Georg es zum ersten Mal gesehen hatte, zusammen mit zwei weiteren Bildern Freigangs, dem *Ananasberg*, der bei Aldenhovens hing, und dem *Jägerhof*, der nun in Hamburg bei Heinrichs und Gerdas Tochter angekommen war.

Sybilla. Durfte er denn sagen, dass er sie liebte? Obwohl er sie so oft fernhielt? Sie wirkte nicht glücklich in diesen Tagen. Sollten sie sich trennen?

Er hatte immer eine Beziehung gewollt, doch das Leben hatte sich sehr lange nicht so gelebt. Als er Sybilla dann wiedertraf, war er wohl längst unfähig geworden, ein guter Gefährte zu sein. Ließ sich das noch eigenbrötlerisch nennen?

Diese große Wohnung, in der er jetzt lebte. Die vielen Möbel. Dabei hatte er seit 1934 nur noch mit kleinem Gepäck unterwegs sein wollen. Brauchte er tatsächlich ein Arbeitszimmer und ein Wohnzimmer? Dort standen ein Tisch und zwei Sofas. Und der Fernseher. Der konnte stehen bleiben, falls er Sybilla das Zimmer anbot.

Nicht, um mit Koffern und Hutschachteln bei ihm einzuziehen, doch um einen Ort zu haben in seiner Wohnung, der ihr gehörte.

Wollte er das wirklich?

Georg grübelte in seinem Ledersessel. Stand auf, um heißen Tee auf den längst kalt gewordenen zu gießen. Er trat ans Fenster. Eine dünne Eisschicht brachte das Kopfsteinpflaster zum Glitzern. Fiel denn Regen?

Er wandte sich seinem Schreibtisch zu und nahm den Hörer von der Gabel des elfenbeinfarbenen Telefons.

Hamburg

Die hohen Fenster im Erdgeschoss waren beschlagen, in Elisabeths und Kurts Küche hatte sich wohl eine große Schar von Menschen versammelt. Joachim und Ursula blieben einen Moment vor dem Haus in der Blumenstraße stehen.

Viel später war es geworden als gedacht. Sie hatten lange in Nagels Bodega gesessen, Pips zu seiner Wohnung begleitet und dann noch einen Gang um die Außenalster gemacht.

Die Tür zu Borgfeldts öffnete sich, und Elisabeth stand im Rahmen, kaum dass sie das Haus betreten hatten, um in den ersten Stock zu steigen. Ihre Augen glänzten, das Gesicht war gerötet, vielleicht hatte sie vom Grog getrunken, den Kurt hoch schätzte und jetzt im Winter gerne Gästen anbot.

«Kommt rein. Die ganze Familie ist da.»

Machte es Joachim noch verlegen, die Küche seiner einstigen Schwiegereltern zu betreten, dort Nina zu begegnen, die nun mit Vinton verheiratet war? Deren Sohn Tom, dem eigenen Sohn Jan? Ursula und Vinton waren die Unbefangensten von denen, die einander umarmten, vielleicht weil sie weiter außen standen vom Kern jener Familie, die von Joachims dreizehn Jahren in Krieg und russischer Gefangenschaft zerrissen worden war. Nur hier wurde er noch Jockel genannt.

Seine Vermutung stimmte, auf dem Küchentisch stand eine Flasche Hansen Rum, gerade flötete der Wasserkessel auf dem Gasherd. Er willigte ein, einen Grog zu trinken. Für Ursula, die gerade zu Vinton und Kurt auf das Sofa rückte, wurde ein Glas Apfelsaft aus dem Alten Land auf den Tisch gestellt.

«Das hier ist eine vereinnahmende Familie, Ursel», sagte Kurt.

«So eine kenne ich aus Köln», sagte Ursula.

Sie fühlte sich wohl, Joachim sah es ihr an, während es ihm noch immer passierte, dass er Ninas Blick auswich. Nur mit dem nun vierjährigen Tom war es von Anfang an bestens gelaufen, obwohl der doch Vintons Sohn war.

«Ich kann euch noch Königsberger Klopse anbieten», sagte Elisabeth.

Ursula zählte auf, was sie alles bestellt hatten im Nagel, um Pips zu mästen.

«Birnen, Bohnen und Speck wäre auch mal wieder eine Idee», sagte Kurt.

Vielleicht hätte Joachim nicht fragen sollen, wie sich die zwei eigenen Zimmer unterm Dach für Kurt anfühlten, er hätte zu jeder Zeit diese Frage stellen können, nur nicht gerade hier in Elisabeths Küche.

«Bringt doch Pips mal mit zu uns», sagte Elisabeth. Doch ihre Stimmung war umgeschlagen. Als habe Kurt dort oben eine andere Frau und nicht nur einen Lesesessel und seinen Frieden.

Später am Abend, in der eigenen Wohnung, sprach Joachim vom Fettnäpfchen, in das er da getreten war.

«Elisabeth leidet unter Kurts kleinen Fluchten aus der Wohnküche», sagte Ursula. «Anders als ihm kann es ihr nicht eng genug sein auf der Ofenbank. Du hast dich immer mit ihr verstanden, nicht wahr?»

«Sie hat mich vom ersten Moment an gemocht. Und als ich dann am Tag meiner Rückkehr aus Russland erfuhr, dass ich Nina an einen anderen verloren hatte, stand Elisabeth als Einzige auf meiner Seite. Die übrige Familie lag Vinton zu Füßen.»

«Wirfst du ihm das noch vor?»

Joachim setzte sich auf das zweisitzige Sofa mit den

schwarz-weißen Karos und den Edelstahlbeinen, das sie im Dezember gekauft hatten. «Nein», sagte er. Sein Blick fiel auf das Bild, das an der Wand gegenüber hing. *Ursel lesend.* War er je auf Jef eifersüchtig gewesen? Den Maler des Bildes, den Ursula geliebt hatte, bis sein Leben an einem Chausseebaum zwischen Düsseldorf und Köln endete?

Viel leichter, großzügig zu den Toten zu sein.

Er legte den Arm um Ursulas Schultern, als sie neben ihm Platz nahm. «Wollen wir das Klavier hier ins Wohnzimmer stellen?» Noch stand es in dem kleinen Zimmer, das erst im Mai als Kinderzimmer gebraucht würde.

«An die Wand, wo der *Jägerhof* hängt? Lieber wäre mir, Pips sucht nach einer anderen Bleibe und nimmt das Klavier. Er ist der Einzige, der darauf spielen kann.»

Wenn er jemals wieder vor Publikum spiele, dann nur in einer Spelunke auf dem Kiez. Das hatte Pips heute in Nagels Bodega gesagt. Auch das wäre ein Anfang.

— 4. FEBRUAR —

Köln

«Das Auto sieht aus wie eine Holländische Schnitte vom Bäcker Schmitz.»

«Unten Sahne und oben eine Schicht Kirschmarmelade?», fragte Heinrich.

«Manchmal bist du schnell im Spitzkriegen.»

Heinrich sah Billa von der Seite an.

«War *juxich* gemeint», sagte sie. Sie schien zu Späßchen bereit, obwohl ihr eine Operation bevorstand. Vielleicht war das Pfeifen im dunklen Wald.

Er hatte sich den neuen Borgward Kombi seines Sohnes ausgeliehen. Weiß mit einem kirschroten Dach. Ihr alter VW war seit Tagen in der Werkstatt. Billas kleiner Koffer stand hinten im Auto, den hatte sie damals im Bunker dabeigehabt und trug ihn nun als Talisman durchs Leben.

Neben dem Koffer lag verpackt eine gerahmte Kopie von Wilhelm Morgners *Einzug in Jerusalem,* die er Georg vorbeibringen wollte. Das Original, das sein Freund gern besessen hätte, hing im Dortmunder Museum Ostwall.

Er parkte direkt vor dem Backsteingebäude des Evangelischen Krankenhauses, das am Anfang des Jahrhunderts von Kaiserin Auguste Viktoria eingeweiht worden war, Anstaltsarchitektur jener Zeit.

«Du musst nicht mit auf die Station. Sonst denken die noch, du bist mein Mann.»

«Was wäre schlimm daran?», fragte Heinrich.

«Fahr mal gleich zu Georg. Du willst ihm doch das Bild bringen.»

Aber Heinrich ließ sich nicht davon abbringen, sie auf die Station zu begleiten. Er legte Billas Koffer auf einen Stuhl im Zweibettzimmer, in das sie die Oberschwester geführt hatte. Das zweite Bett schien nicht belegt zu sein.

«Gefallen tut mir die Oberschwester nicht. Ich sag dir, dat is ein Drachen. Nu mach schon, dass du zu Georg kommst.»

Auf dem Flur zum Ausgang begegnete ihm die Schwester noch einmal. «Wir werden schon aufpassen auf Ihre Frau», sagte sie. Klang schmallippig dabei.

Heinrich nickte. Vielleicht hatte Billa recht.

«Ich war davon ausgegangen, dass Gerda sie hinbringt», sagte Georg.

Heinrich folgte ihm ins Arbeitszimmer. «Gerda ist in der Galerie, um Bilder in Augenschein zu nehmen. Sie wollte das selbst tun, der Maler hat sich auf Jef berufen.» Er packte die Kopie des Morgners aus, die kleiner war als das Original.

Georg blickte ihm über die Schulter. «Ein gutes Bild. Auch wenn ich einer der Spinner bin, die großen Wert darauf legen, das Original an der Wand hängen zu haben. Aber die Farben stimmen, und der echte Morgner wäre wohl auch zu groß für den verbliebenen Platz an meinen Wänden.» Er nahm die Kopie und trug sie zum Fenster. «Das muss eine lang zurückliegende Empfehlung sein, Jef ist seit über vier Jahren tot.»

«Irgendwas irritiert Gerda auch daran.»

«Ist der Kopist namentlich bekannt?»

Heinrich schüttelte den Kopf. «Keine Signatur.»

«Das erinnert ja an den Zyklus von Leo Freigang. Hast du jemals wieder vom elusiven Herrn Jarre gehört?»

«Nein. Er ist im letzten August aus diesem Gasthaus in Hamburg verschwunden. Und du weißt, er hat nicht einmal den in Kommission gegebenen *Jägerhof* abgeholt.»

Georg nickte. «Habt ihr mal wieder eine Reise nach Hamburg geplant?»

«Spätestens im Mai, wenn Ursels Kind geboren ist. Doch in Hamburg wird unser Lügenbold wohl kaum noch sein. Wo willst du den Jerusalemer Einzug hinhängen?»

«Auf jeden Fall hier ins Arbeitszimmer. Ich nehme an, du weißt, dass ich Sybilla das Wohnzimmer angeboten habe, als Dependance zu ihren Zimmern bei euch, damit sie auch bei mir ein eigenes hat.»

Georg sah an Heinrichs Gesichtsausdruck, dass er davon zum ersten Mal hörte.

«Vielleicht weiß Gerda davon», sagte Heinrich. Hätte die ihm diese Information vorenthalten? Das konnte er nicht glauben. «Wann haben Billa und du darüber gesprochen?»

«Gut zwei Wochen her.»

«Wie hat sie reagiert?»

«Verhaltener, als ich mir vorgestellt hatte.»

«Sie war ziemlich durch den Wind in letzter Zeit.»

«Warten wir ab, ob sie darauf zurückkommt.»

«Wirst *du* darauf zurückkommen?»

Georg hob die Schultern. Er wusste es nicht.

Gerda nahm die Tasse mit dem doppelten Espresso und trug sie in den vorderen Bereich der Galerie. Das Bild, das der Maler dagelassen hatte, lehnte am Ladentisch, die leicht pornografische Liebesszene zweier Frauen ließ sich kaum mit dem jungen Mann in Verbindung bringen, der so arglos ausgesehen hatte wie das Christkind in der Krippe. In welchem Alter wollte er Jef kennengelernt haben?

Leider hatte sie nicht nach dem *wann* gefragt, nur nach dem *wo*. In der Eis-Diele auf der Hohe Straße. Da sei Jef oft gewesen und habe rote Cocktails getrunken. Und der junge Maler? Hatte der ein Eis gelöffelt und seine frühen Werke im Schulranzen mit sich getragen?

Sie drehte sich um, als das Wandlungsgeläut der Ladenglocke erklang. «Du bist spät dran», sagte sie, als Heinrich die Galerie betrat.

«Ich habe noch das Auto zu Carla und Uli gebracht. War er da?»

Gerda hob das pastellhelle Bild auf den Ladentisch.

«Eine Gouache. Ziemlich frivol.»

«Dabei hätte ich ihn für noch nicht aufgeklärt gehalten», sagte Gerda.

«Und was erzählt er von Jef?»

«Er habe ihn im Campi kennengelernt.»

«Das hört sich doch glaubwürdig an. Ist das dein Espresso, der da kalt wird?»

Gerda blickte auf die kleine weiße Tasse. «Kalt ist er wohl schon», sagte sie. Nahm die Tasse und trank. «Billa ist gut untergebracht?»

«Ein Zweibettzimmer, noch liegt sie dort allein. Wusstest du, dass Georg ihr angeboten hat, eines seiner Zimmer zu bewohnen, zusätzlich zu denen bei uns?»

«Nein. Bei mir hat sie sich beschwert, sie lebe bei ihm auf der Besuchsritze.»

«Billa hat jedenfalls verhalten auf den Vorschlag reagiert.»

«Das wundert mich. Ich habe die Gouache übrigens in Kommission genommen.»

«Lass uns Ursel fragen, ob sie sich an den jungen Maler aus dem Campi erinnert.»

«Das Bild trägt den Titel *Gisel und Ursel*. Er war verlegen, als er ihn nannte.»

Heinrich grinste. «Die Hälfte aller Kölnerinnen heißt Ursula», sagte er. «Aber vielleicht kann unsere Tochter auch dazu etwas sagen.»

Billas Empörung legte sich nur langsam. Selbstverständlich hatte sie angenommen, sofort ein Telefon auf den Nachttisch gestellt zu bekommen und nicht erst in der kommenden Woche. Was war denn das für eine Herzlosigkeit, sie hier ohne Kontakt zur Außenwelt zu lassen? Ganz allein mit dem trüben Februartag vorm Fenster.

Und wenn sie auf dem Operationstisch liegen blieb, ohne Georg gesagt zu haben, dass sie sein Angebot gerne annähme? Sie hatte nur nicht gleich niedersinken wollen vor Dankbarkeit, in seine heiligen Hallen aufgenommen zu werden.

«Wo wollen *Sie* denn hin?», fragte die Schwester, als Billa im Mantel vor ihr stand.

«Draußen wird es ja eine Telefonzelle geben.»

«Der Arzt kommt noch zu Ihnen. Der will Sie nicht in ganz Weyertal suchen. Und zum EKG sollen Sie auch. Sie sind wohl der ungeduldige Typ.»

«Ich wusste es doch», sagte Billa, als sie in das Zimmer zurückgekehrt war und ihren Mantel in den Schrank hängte. Mit Drachen kannte sie sich aus.

San Remo

Der Pianist aus Genua sah aus wie Mussolinis klavierspielender Sohn, nur leider war er längst nicht so virtuos. Gianni hatte Romano Mussolini im Sommer 1956 auf dem San Remo Jazzfestival erlebt, der jüngste Sohn des Duce konnte spielen.

Ivo nicht. Vor allem nicht, wenn man sich an Pips erinnerte, und das tat Gianni jeden Tag. Und doch hatte er die Reise nach Hamburg erneut verschoben. Seines Vaters wegen, der den Tod der Nonna kommen sah, gebrechlich, wie sie war. Auch Dottor Muran befürchtete das Schlimmste, die letzte Stunde stünde bevor.

Aber bisher war Agnese nicht gestorben. Die Feierlichkeiten zu ihrem zweiundachtzigsten Geburtstag tauchten die alte Schildkröte noch einmal in Glanz. Und wenn sie auch schwer an Brunos Arm hing, dem älteren ihrer beiden Söhne, sich dazu auf den schwarzen Ebenholzstock mit der massiven Silberkrücke stützte, sie schaffte es in die erste Reihe des Kirchengestühls der *Madonna della Costa*, um die Kerzenprozession an Mariä Lichtmess abzunehmen, von der sie ein Leben lang glauben wollte, sie fände zu Ehren von Agnese Cannas Geburt statt.

Gianni verzog das Gesicht, als Ivo nun den Siegertitel des Festivals spielte. Bei Tony Dallara hatte dieser typisch italienische Schmachtfetzen noch leidenschaftlich geklungen, bei Ivo dagegen schleppte sich *Romantica* über die Klaviertasten.

Warum hatten Jules und er die Schwächen dieses Pianisten beim Probespiel nicht erkannt? Weil er ein gut vorbereitetes Medley von Filmmusiken dargeboten hatte? *Three coins in the fountain* und *My foolish heart,* dann noch Leslie

Carons *Hi-Lili Hi-Lo*, das alles leicht verjazzt, zu leicht verjazzt, sie hatten das für eine Kostprobe gehalten, doch es war das ganze Programm gewesen.

Nun verbrachte Ivo die Nachmittage in der Bar, um sein Repertoire zu vergrößern, und Gianni tat es ihm gleich, versuchte sich am Schütteln neuer Cocktails, um die Zeit zu füllen, bis es Abend wurde und die Gäste kamen.

Wie hatte er die Gespräche mit Pips geliebt, diese Geplänkel, oft sarkastisch und gelegentlich geistreich. All die Espressi und Cappuccini, die sie dabei getrunken hatten, der genuesische Ivo trank Tee *alla verbena*, das Eisenkraut zog seine Mutter im eigenen Garten. Der Vater sei ein Trinker gewesen, seine Mamma habe ihm verboten, in die Nähe von Alkohol zu kommen. Der geborene Barmusiker.

«Wir denken noch mal über ihn nach», sagte Jules, der sich angewöhnt hatte, ebenfalls frühzeitig in Giannis Bar einzutreffen. Noch war die endgültige Entscheidung nicht gefallen, Ivo wusste das.

«Probiere das mal», sagte Gianni und füllte ein kleines Schnapsglas mit dem neu geschüttelten Getränk.

Jules schmeckte lange. «Erinnert mich an etwas, das Katie und ich auf unserer Hochzeitsreise getrunken haben, kurz bevor sie von den japanischen Invasoren beendet wurde.»

«Ein beeindruckender Cocktail, wenn du ihn heute noch nachschmecken kannst.»

«Der Umstände wegen», sagte Jules. «Aber da war auch Bananenlikör drin. Gib mir einen kalten Pigato, der ist mir lieber als das süße Zeug.»

Gianni nahm eine angebrochene Flasche vom einheimischen Weißwein aus dem Kühlschrank und schenkte Jules und sich ein. Ivo spielte jetzt *Come Prima*. Mit den italienischen Schlagern kannte er sich aus. Wie war er in den Ruf geraten, ein Jazzpianist zu sein?

«Wann wirst du zu Pips fahren?»

«Anfang März, denke ich.»

«Deiner Nonna geht es wieder besser?»

«*Faccio ancora un giro*», hatte seine Großmutter vorgestern gesagt. Sie würde eine weitere Runde auf dem Karussell des Lebens drehen. Lag das alles an dem Grappa mit Rosmarin, den sie nun allabendlich vorm Schlafengehen trank? Dottor Muran staunte. Er würde sich kaum mehr trauen, Agneses baldiges Ableben vorherzusagen.

Die Klänge von *Ciao Ciao Bambina* wehten zu ihnen herüber.

«Vielleicht sollten wir die Bar mit strohummantelten Chiantiflaschen dekorieren», sagte Jules. «Bitte bewege Pips zur Rückkehr.»

«Das wird mir nicht gelingen.»

«Ist er denn glücklich in Hamburg?»

«Pips ist überall unglücklich», sagte Gianni. Doch das Kapitel San Remo war für Pips zu Ende, daran zweifelte er nicht. Die *polizia* hatte in den Hotels und Pensionen lustlos nach den Schlägern gesucht, von denen Gianni und sein Barkeeper genaue Personenbeschreibungen gegeben hatten. Beinah schien es, als gäbe die Polizei Pips die Schuld an dem Geschehen, weil er seine Folterer von einst hatte stellen wollen.

Warum nicht endlich alles ruhen lassen. Das große Vergessen war angesagt.

Hamburg

Pips erzählte keinem von seinen Gängen über den Kiez. Dass die Huren den kleinen einsamen Mann auch am helllichten Tag ansprachen und ihn zu locken versuchten.

St. Pauli, der *Ankerplatz der Freude*, schien ihm ein trostloser Ort zu sein.

Er fing an, die Trampelpfade zu meiden, ging nicht mehr über die Reeperbahn und die Große Freiheit, schon gar nicht am Abend, wenn aus den Touristenbussen das brave Publikum stieg, in Vorfreude auf das Verluderte und Verlotterte.

Den Zettel in einem einsamen Schaukasten sah er erst, als er zum zweiten Mal vorüberging an dieser Kneipe, die er nicht als solche erkannt hatte.

Klavierspieler gesucht. Vier Abende die Woche. Keine Bilder von halb Nackten im Schaukasten, nur eines von einem Tresen mit hohen Hockern, auf denen niemand saß.

Vielleicht gab die Tresenbeleuchtung von *Mampe Halb und Halb* den Anstoß, die paar Stufen hinunterzusteigen, die Tür zu öffnen.

Die Frau mochte in ihren frühen Siebzigern sein, er konnte schlecht schätzen. Sie betrat den Schankraum aus einem hinteren Zimmer, trug einen Morgenmantel und Lockenwickler im Haar und wirkte wenig erfreut, ihn zu sehen.

«Sie suchen einen Klavierspieler», sagte Pips, ehe sie ihn auffordern konnte zu gehen. Er sah sich um. Kein Klavier.

«Und Sie sind einer?»

Pips nickte. Hinten in der Ecke stand es, versteckt unter schwerem Brokat.

«Dann packen wir das Klavier mal aus. Helfen Sie mir, die Decke zu falten.»

Er fühlte sich an Kindertage erinnert, wenn seine Mutter im Hof die Wäsche von der Leine nahm und er die großen Laken mit ihr zusammenlegte.

«Ihnen fehlt ja ein Finger.»

«Lassen Sie mich erst mal vorspielen», sagte Pips. Hoffentlich war dieser alte Klimperkasten nicht allzu verstimmt. Er setzte sich auf den runden Schemel und schlug die Tasten an. Die Wirtin positionierte sich an seiner Seite.

Was ließ ihn dieses Lied auswählen? Theo Mackebens *Bei dir war es immer so schön* hatte weder in Giannis Bar noch im Negresco zu seinem Repertoire gehört.

«Dass Sie dieses Lied spielen», sagte sie. «Das habe ich immer so gern gesungen.»

Das glaubte Pips ihr. Sie hatte das Timbre dazu. Tief und versoffen.

Ein paar Tränen werd ich weinen um dich, spielte Pips. Ein weiterer Schlager aus der großen Zeit der Ufa.

«Das waren noch Filme. Und Lieder. Wenn Sie meinen Gesang an vier Abenden in der Woche begleiten wollen, sind Sie engagiert.»

«Warum hat Ihr Lokal keinen Namen?», fragte Pips, als sie am Tresen saßen, Kaffee tranken, sich auf eine kleine Gage einigten.

«Die Leute wissen, dass sie hier zu Grete kommen. Ich bin ein Geheimtipp.»

«Wer hat Sie bisher begleitet?»

«Mein Verlobter. Der spielt längst nicht so begabt wie Sie. Hat sich aus dem Staub gemacht, ist aber nicht schade drum.» Sie löste erste Lockenwickler aus dem Haar. Das bis auf einen weißen Ansatz kupferfarben war. Wie seines.

Als Pips in die anderthalb Zimmer in der Schmilinskystraße zurückkehrte, ging es ihm beinah gut. Das abgetakelte Lokal der Grete Weiland war genau richtig für einen zerrupften Vogel wie ihn.

Die Kellnerin stellte die Teller mit den Königinpastetchen neben die Teetassen. Eine Lunchpause im Hübner, die war ihnen lange nicht gelungen, trotz des kurzen Fußwegs von der Redaktion der *Welt* und Kurts Sparkasse zum Café.

«In diesem Jahr werde ich vierundsechzig. Noch anderthalb Jahre, bis ich den Tüddelkram hinter mir habe. Endlich ein Leben ohne Sparbüchsen und Weltspartag.» Kurt hob den Blätterteigdeckel und atmete den Duft des dampfenden Ragout fin ein.

«Deine Werbeabteilung wird dir fehlen. Und das Fräulein Marx.»

Kurt schüttelte den Kopf. «Ich habe geträumt, die Marx säße auf dem Sofa in unserer Küche und belauerte mich auch noch nach Feierabend. Ein Albtraum.»

Vinton lachte. «Hast du dir was vorgenommen für die Zeit danach?»

«Ich will das tun, was ich damals aufgegeben habe, als ich Elisabeth heiratete, Nina unterwegs war. Schreiben. Den Schreibtisch dazu werde ich mir bald in eines meiner Zimmer oben stellen. Schon mal ein bisschen üben. Mich an kleinen Texten versuchen. Vielleicht auch an Geschichten für Kinder. Tom ist noch im Vorschulalter, der wächst als Leser heran.»

«Stimmt, dein Enkel liebt die Wörter.»

«Und du? Liebst du die Wörter noch?»

«Ja. Und die Themen in der Kultur finde ich nach wie vor interessant. Da muss sich nichts verändern. Ein weiteres Kind wäre schön, aber ich werde Nina nicht drängen. Ich habe den Eindruck, dass Elisabeth das Kind, das Ursula und Joachim erwarten, als ihr drittes Enkelkind betrachtet.»

«Dein Eindruck stimmt.»

«Ein weiteres von ihrem geliebten Jockel.»

Kurt sah seinen Schwiegersohn an. Schwang da noch eine Bitterkeit mit, weil Elisabeth ihn lange zu ignorieren versucht hatte?

Vinton lächelte. «*It's all good*», sagte er. «Ihr wart an meiner Seite. Du und Jan. Ich denke oft, dass es schrecklich gewesen sein muss für Joachim, aus Krieg und Gefangenschaft heimzukehren und von meiner Existenz in Ninas Leben zu erfahren.»

«Habt ihr viel Kontakt?»

«Immer dann, wenn es um Jan geht. Obwohl der jetzt lieber mit seinen *buddies* Schlittschuh läuft und Fußball spielt, da sind die Väter aus dem Spiel.»

«Und der Kontakt zwischen den Paaren?»

«Ist steigerungsfähig», sagte Vinton. «Ursel und Nina treffen sich ab und zu.»

«Ich würde euch gerne um einen großen Tisch versammeln.»

«Wir sitzen doch gelegentlich an eurem Küchentisch beisammen.»

«Ich dachte an einen Tisch im Vier Jahreszeiten mit Blick auf die kleine Alster.»

«Du hast Zugang zum Tresor der Sparkasse?»

«Einmal im Leben möchte ich mir das gönnen. Zur Rubinhochzeit.»

«Beschwörst du da etwas, Kurt?»

«Ich will Elisabeth meine Zuneigung zeigen.» Warum sprach er nicht von Liebe? Das war ihm doch stets das vertraute Wort gewesen. Hatte Elisabeth recht mit der Befürchtung, dass die Zimmer unterm Dach sie einander entfremdeten?

Fondness, dachte Vinton. *Affection*. Suchte in seiner Muttersprache nach der besten Übersetzung, um das von Kurt gewählte Wort einzuordnen.

Kurt blickte auf und bemerkte Vintons Irritation. Er hob die Hand, bat die Kellnerin herbei. «Bist du mit Sherry einverstanden?»

«Worauf trinken wir?»

«Auf meine und Elisabeths Liebe. Die schon länger als vierzig Jahre währt.» Keinen Zweifel zulassen. Viel zu viel, das Lilleken und ihn verband. Die Sparkasse endlich abschütteln, den alten Traum vom Schreiben verwirklichen, das wäre doch genügend Veränderung.

— 14. MÄRZ —

Köln

«Kinder hätte ich haben sollen. Nun ist es zu spät.»
 Billa setzte das Officemesser an. Ein rigoroser Schnitt am Strunk des Rosenkohls, dann löste sie die äußeren welken Blätter von den Röschen. Seit sie entlassen worden war aus dem Evangelischen Krankenhaus, suchte sie Gerdas Nähe, dafür setzte sie sich sogar an den Küchentisch, um Gemüse zu putzen.
 «Zu spät wäre es mit bald sechzig ohnehin gewesen.» Gerda blieb geduldig bei der steten Wiederholung dieses Dialogs. Ein Myom war entfernt worden und mit ihm der Uterus. Eine gutartige Geschwulst. Es hätte schlimmer kommen können.
 «All die verpassten Gelegenheiten», sagte Billa.
 «Eine ledige Mutter zu werden?»
 «Da war schon mancher dabei, der mich gern geheiratet hätte.»
 Gerda gab zwei Eigelb und geriebene Muskatnuss in die süße Sahne und nahm den Schneebesen. Erinnerte sich Billa an die eigene Hochnäsigkeit im Umgang mit ihren Verehrern? Auch Georg Reim war schlecht behandelt worden von ihr, als Billa ihn 1933 kennenlernte. Ein Jahr später hatte er das Land verlassen. Sie blickte hinüber zum Küchentisch.
 «Massakrier mir die Rosenköhlchen nicht.»
 «Eigentlich macht das Spaß, das Messer anzusetzen»,

sagte Billa. «Die sollen jetzt in das Wasser, das da vor sich hinkocht?»

«Fünf Minuten lang. Dann kannst du abgießen.» Hatte sie jemals mit Billa gekocht? Ihr klangen noch deren Klagen über karge Mahlzeiten im Ohr. Sahne in die Sauce zu rühren, war in den Nachkriegsjahren kaum möglich gewesen, es sei denn, man nannte eine Kuh sein Eigen. Auch nach der Währungsreform war es noch nicht üppig bei ihnen zugegangen, Heinrichs Galerie hatte sich nach dem Krieg schwergetan. Zu einer neuen Blüte war es erst mit Jefs Bildern gekommen.

Billa blickte auf die leere Viertelliterflasche. «Die ganze Sahne ist im Auflauf?»

Gerda nickte. Nahm das Stück Emmentaler und hobelte Käse in die Sahne.

«Ich werd mich wohl versöhnen müssen mit der Konfektionsgröße 44», sagte Billa.

«Wann kommt Georg zurück?», fragte Gerda.

«Am Donnerstag. Seit er mir das Boudoir eingerichtet hat, ist er nur noch *auf Jöck*.»

«Scheint mir keine Vergnügungsreise zu sein, einen alten Freund zu beerdigen.» Gerda nahm selbst den Rosenkohl vom Herd, goss ihn ab, gab ihn in die Form aus Jenaer Glas. Billa schien gerade von ihren Gedanken abgelenkt.

«Ich hätte ihn gern begleitet. Dann wären wir um den Genfer See gefahren, was hab ich denn schon gesehen von der Welt. Aber vielleicht geniert er sich für mich.» Sie tat ihm unrecht. Das wusste sie. Holte sich das Bild vor Augen, wie Georg im Zimmer des Evangelischen stand, das zweite Bett war inzwischen belegt.

Einen Strauß Teerosen hatte er in der Hand gehalten, elegante Farben, dabei sehnte Billa sich noch immer nach langstieligen tiefroten Rosen als Liebesbeweis.

«Was für ein vornehmer Mensch», hatte Frau Nettesheim im Bett nebenan gesagt.

Das Wissen, dass sie nicht wirklich zueinanderpassten, belastete Billa. Keiner konnte ihr nachsagen, dass sie sich verstellte in seiner Gegenwart, eher legte sie noch eine Schüppe drauf in ihrer Rolle als schräge Type der Familie.

Dat Billa is en Orijinal.

Der Opa hatte das gesagt. Heinrichs und ihr Großvater. Der von ihrer Schwester Lucy. Von Heinrichs Schwester Margarethe.

Ein Original schon mit elf Jahren. Anfang 1912 war der Opa gestorben und hatte Billas Entwicklung zum *staats Wiev* nicht mehr miterlebt.

Tiefrote langstielige Rosen seien Kintopp, sagte Lucy. Doch die war ein Geschmacksapostel, seit sie den Modesalon in der Luxemburger Straße hatte.

«Billa? Ist dir nicht gut?» Gerda kam aus der Hocke, gerade hatte sie den Auflauf in den Ofen geschoben, sie sah besorgt zu ihr hin.

«Alles in Ordnung», sagte Billa. Sie legte das Messer zur Seite und knüllte die Zeitung mit den Resten des Rosenkohls zusammen.

Kleine Korrekturen an dem Kleid aus Pepitastoff. Die Ärmel waren ein wenig zu lang, der weiße Bubikragen musste noch angenäht werden, die Gürtelschlaufen, Maria hatte sich einen schmalen roten Lackgürtel ausgesucht.

Carla sah von der Nähmaschine auf, als die Ladenglocke erklang, Lucy war vorne im Salon, sie würde sich kümmern. Also konnte sie das Kleid zu Ende nähen, das ihre jüngere Tochter am Tag der Einschulung tragen wollte. Maria war eitler als ihre Schwester Claudia, die lief lieber in Pullis und Nietenhosen herum, in denen man auf Bäume klettern konnte oder auf das große Eisengerüst im Klettenbergpark.

Nach Ostern würde Maria in der Volksschule Lohrbergstraße eingeschult werden, nicht weit von hier. Claudia kam dann schon in die vierte Klasse.

«Ein Petticoat verdirbt das Kleid», sagte Lucy vorne im Laden. «Eine schlichte Silhouette statt dieser Tülltuffs hat eine ganz andere Eleganz. Haben Sie es denn nötig, dem Jugendgeschmack hinterherzulaufen?»

Ob das eine geschickte Ansage war? Lucy ähnelte zunehmend Billa, die auch kein Blatt vor den Mund nahm. Gelegentlich träumte Carla von einem eigenen Modeatelier. Sie fühlte sich nicht länger als gleichberechtigte Partnerin, obwohl *sie* es war, die die meisten Entwürfe machte und vieles nähte. Die sechsundzwanzig Jahre, die zwischen ihr und Lucy lagen, wurden spürbarer. Eine neue Zeit kündigte sich an. Frauen ließen sich nicht mehr alles diktieren, nicht einmal die Rocklänge.

Uli wollte nichts wissen von einem eigenen Atelier, er fühlte sich Lucy verpflichtet, die ihr Geld in den Modesalon gesteckt, ihm eine Chance gegeben hatte. Er könne doch bei ihr *und* Lucy als kaufmännischer Leiter fungieren. Bislang investierte er nicht allzu viel Zeit, was nur gut war, so konnte er sich um die Kinder kümmern.

«Die Schrapnelle», sagte Lucy hinter ihr. «Will unter dem Tulpenrock einen Petticoat tragen. Damit hätte sie ausgesehen wie ein Sahnebaiser. Immer wegnehmen, nie hinzufügen. Das hat schon Coco Chanel gesagt.»

«Das vanillefarbene?», fragte Carla.

Lucy nickte. «Hat gerade so hineingepasst. Warte ab, die kommt wieder.»

«Du solltest gnädiger sein. Wir sind in Klettenberg. Nicht in der Rue Cambon.»

Lucy seufzte. «Die Düsseldorferin ist eleganter.»

«Nicht jenseits der Königsallee», sagte Carla. Wie gut sie sich eingelebt hatte, seit sie am letzten Augusttag des Jahres 1950 in Köln angekommen war. In die Obhut der Familie Aldenhoven aufgenommen, eine einundzwanzigjährige Italienerin aus San Remo, von Margarethes Schwager geschwängert. Keine Liebe zwischen ihr und dem verheirateten Bixio Canna. Eine Affäre, die ihr passiert war.

Uli Aldenhoven hatte sie geheiratet, für das Kind von Bixio gesorgt und Claudia nicht weniger geliebt als seine eigene Tochter Maria.

«Die Kölnerin übertreibt gerne», sagte Lucy. «Guck dir Billa an.» Lucy war immer die grazile der beiden Schwestern gewesen, ihr standen die kleinen schwarzen Kleider, wie Coco Chanel sie entworfen hatte. Für Billa musste man die Veloursvorhänge eines hohen Fensters herunterreißen, um genügend Stoff für ein Kleid zu haben, und dann trug sie eine Stola aus Silberfuchs dazu.

Carla und Lucy blickten einander an, als die Ladenglocke erklang. Lucy lugte nach vorne. «Hab ich doch gesagt. Da ist sie wieder.»

«Ich kann ihr die Nähte auslassen. Da ist noch Spielraum.»

«Wetten, dass sie das nicht will», sagte Lucy. «Lieber atmet sie flacher.»

Gerda hielt sich am Geländer fest, das ihr morsch schien wie die Treppe und die Haustür, die nicht mehr schloss. Ein Kriegsschaden war von außen nicht erkennbar, alle vier Stockwerke des schmalen Hauses in der Gertrudenstraße waren unversehrt, auch das Dach noch intakt, wo laut Klingelschild Karl Jentgens lebte, der Künstler der Gouache, die den eigenwilligen Titel *Gisel und Ursel* trug.

Die Liebesszene zweier Frauen war Ende Februar verkauft worden, täglich hatte der junge Maler nachgefragt, war dankbar, als Gerda ihm dann das Honorar nach Abzug der Provision aushändigte. Erst als seine Besuche ausblieben, fiel Heinrich auf, dass auf der Visitenkarte keine Telefonnummer stand. Was Gerda kaum wunderte, in diesem Haus gab es wohl keinen, der das Geld hatte, um einen teuren Anschluss bei der Post zu beantragen.

Sie blieb im dritten Stock auf dem Treppenabsatz stehen, um zu Atem zu kommen, blickte durch das matte Fenster hinunter auf die Gertrudenstraße. Drüben stand ein einarmiger Mann vor dem Nebeneingang der Kreissparkasse und rauchte. Vermutlich der Portier, der gleich in seinen Glaskasten zurückkehren würde.

Gerda wandte sich wieder der Treppe zu. Je höher sie kam, desto schmaler wurden die Stufen. An einer der Türen im vierten Stock war ein Kuvert mit Heftzwecken ans Holz gepinnt. Zwei Namen in lila Tinte. Gisela und Ursula Palm. Hatten sie Modell gelegen für die Gouache?

Seufzend sah sie zum letzten Abschnitt der Treppe hoch. Das Krähennest eines alten Seglers wäre auch nicht schwerer zu erklimmen, hoffentlich lohnte sich der Aufstieg, und der Künstler war anwesend. Notfalls musste sie ihm das vorbereitete Briefchen unter der Tür durchschieben.

Die Klingel scheppterte und hallte im Treppenhaus nach. Die Tür öffnete sich im nächsten Augenblick. «Sie sind es», sagte Jentgens. Sah Gerda Erleichterung im Gesicht des jungen Mannes? Das ihr noch blanker gewaschen schien, das feuchte Haar noch akkurater gekämmt. Ein Musterknabe in einem schäbigen Flur, dessen hinterer Teil in helles Tageslicht getaucht war. Dorthin führte er sie.

Ein großes Atelierfenster, das den Blick über die Dächer der nördlichen Altstadt freigab, von vielen Häusern war noch immer nur das erste Stockwerk vorhanden. Er bot ihr einen Platz auf dem Wachstuchsofa an, ein ähnliches stand in ihrer Küche. Gerda sah sich um. Farbtuben auf einem großen Holztisch. Pinsel in Gläsern. An den Wänden lehnten Leinwände, von grobem Stoff verhüllt.

Karl Jentgens nahm eine Tonkanne von einer Kochplatte, stellte zwei Becher auf den Tisch. Einen Karton mit Zuckerwürfeln. Goss Tee ein.

«Wann haben Sie Jef Crayer zum letzten Mal gesehen?»

«Im November 1955. Wenige Tage vor seinem Tod. Von dem habe ich dann aus einem Nachruf im Stadt-Anzeiger erfahren.»

«Wo haben Sie ihn da getroffen? In der Eis-Diele auf der Hohe Straße?»

«Er hat mich in sein Atelier mitgenommen, mir Bilder gezeigt. Ich glaube, ich habe ihn gerührt mit meinen Aquarellen aus dem Kunstunterricht. Die hatte ich dabei.»

«Und da hat er Ihnen geraten, zu uns in die Galerie zu kommen?»

«Ja. Wollen Sie Zucker?» Er rührte mit dem Stiel eines Pinsels um.

Gerda schüttelte den Kopf. «Darf ich die Bilder sehen, die dort an der Wand lehnen?»

«Sie sind an weiteren Bildern interessiert? Ich kann Ihnen nur eines zeigen. Die anderen sind in einer zu frühen Phase.» Er befreite das vordere Bild vom Sackleinen. «Wissen Sie, ich habe Jahre gebraucht, bis ich den Mut fand, zu Ihnen zu kommen.»

Gerda fielen die Frauen gleich ins Auge, auch wenn sie hier Teil einer Strandszene waren und wie die Männer Badekostüme aus dem vorigen Jahrhundert trugen. Nur die beiden Kinder vorne im Bild liefen nackt im Sand und hielten Eimerchen in der Hand. Dennoch eine erotische Szene.

«Würden Sie es in Kommission nehmen?»

«Nein», sagte Gerda.

Karl Jentgens nickte. Er nahm zwei Zuckerwürfel und fing an, sie zu zerkauen.

«Wen haben Sie eigentlich statt meiner erwartet?»

«Den Besitzer dieses Palastes, ich bin ihm Miete schuldig.»

«Der Erlös von *Gisel und Ursel* hat nicht geholfen?»

«Damit habe ich den Dezember und den Januar bezahlt.»

Dreihundert Mark war der Erlös des Bildes gewesen, abzüglich zehn Prozent für die Galerie. Ein fairer Handel für den Künstler. Das konnte die Bude nicht kosten, trotz des Atelierfensters. Gerda stand auf und trat ans Fenster. Hinter den Dächern der Ehrenstraße ließ sich der Friesenplatz erkennen.

«Das Bild gefällt Ihnen nicht?»

Gerda drehte sich um. «O doch. Mir wäre nur lieber, es Ihnen gleich abzukaufen. Vierhundert Mark. Hier und jetzt. Bar auf die Hand. Verraten Sie mir, ob Ihre Nachbarinnen aus dem vierten Stock die Modelle sind?»

Jentgens wurde rot. «Da hatte ich auch Schulden», sagte er. «Hätte ich die nicht bezahlt, wären die beiden wieder in die Brinkgasse gegangen.»

Gerda griff nach ihrer Handtasche, die sie neben das Sofa gestellt hatte, und holte einen Umschlag hervor, entnahm ihm vier Hundertmarkscheine. «Glauben Sie an meine Bilder?», fragte Karl Jentgens, während er die Quittung ausstellte.

«Ja», sagte Gerda. «Jef hatte einen guten Blick.»
«Ich kann Ihnen das Bild in die Galerie tragen.»
«Danke. Ich habe das Auto unten stehen.»
«Sind Sie jetzt meine Galeristin, Frau Aldenhoven?»
«Das schlage ich Ihnen vor», sagte Gerda.

Als sie die vielen Treppen wieder hinuntergestiegen war und zum alten VW ging, den sie vor dem Musikalienladen von Gustav Gerdes abgestellt hatte, lächelte sie in Gedanken an den jungen Mann, der zwei kleine Huren vor der Brinkgasse bewahren wollte.

«Ein Stil, der an Bele Bachem erinnert», sagte Gerda.

«Du meinst frivol und zugleich keusch?», fragte Heinrich.

«Vielleicht meine ich das.»

«Dazu passt doch die Geschichte, die er dir von den Hürchen erzählt hat. Warum kommt er erst Jahre nach Jefs Tod zu uns?»

Gerda hob die Schultern. «Er hatte wohl noch nicht das nötige Selbstvertrauen. Hast du unsere Tochter eigentlich befragt?»

«Sie kennt weder den Maler noch Gisel und Ursel. Steht es so gut im Fenster?»

«Ich muss es mir von draußen ansehen.» Gerda öffnete die Ladentür und trat aufs Trottoir der Drususgasse, gab Heinrich ein zustimmendes Zeichen.

«Sehr ansprechend», sagte eine Stimme hinter ihr.

Gerda drehte sich zu einem älteren Herrn um. «Ein junger Kölner Maler, den wir vertreten. Sie interessieren sich für das Bild?»

«Mein Sohn sagt, es sei eine gute Zeit, Kunst zu kaufen. Die hier gefällt mir sogar.»

Heinrich konnte kaum fassen, dass er das Bild schon

wieder aus dem Schaufenster nahm. Er holte den selten benutzten Fotoapparat aus dem Büro, um festzuhalten, dass *Heißer Sand* für eine kurze Weile bei ihnen gewesen war.

Hamburg

Ursula legte den Hörer auf die Telefongabel und ließ das Lachen ihrer Mutter nachklingen, die von den Hürchen des jungen Malers erzählt hatte. Dessen Bilder schienen großen Anklang zu finden, Jef hatte immer einen guten Blick für Talente gehabt und ihnen gerne Türen geöffnet, und nun geschah das sogar über seinen Tod hinaus.

Noch immer zog da etwas in ihrem Herzen, wenn Jefs Name fiel. Aber wäre es nicht viel schlimmer, wenn keiner ihn mehr erwähnte? Sehnte sie sich nicht sogar nach dem Ziehen in ihrem Herzen? Gelegentlich hatte Ursula das Gefühl, Joachim und Jef mit dem jeweils anderen zu betrügen.

Sie trat an das Fenster ihres Büros in der Kunsthalle, blickte zu den Gleisen des Hauptbahnhofs. Zwei Monate bis zur Geburt ihres Kindes, in zwei Wochen könnte sie freigestellt werden, doch sie wollte noch bis Ostern ihre Aufgaben als Kuratorin wahrnehmen, in den acht freien Wochen nach der Entbindung würde genügend Arbeit liegen bleiben.

Jef hatte keine Kinder gewollt, sie sich dem angeschlossen und das bald für ihren eigenen Willen gehalten, sie war dankbar gewesen, dass ihr Bruder Uli den Eltern Enkel bescherte. Und nun würde sie Joachims Kind auf die Welt bringen.

Dachte sie sich gerade in eine Krise hinein? Dieses alberne weite Kleid zu tragen, tat ihr nicht gut, sie sehnte sich nach ihren schwarzen Hosen. Ab und zu trug sie die noch, zog den Reißverschluss nicht hoch, verbarg den Bauch und den offenen Reißverschluss unter einem zu großen Pullover.

Elisabeth hatte ihr das Kleid geschenkt. Sie begleitete ihre Schwangerschaft mit einer Glückseligkeit, die Ursula verlegen sein ließ. Es müsse daran liegen, dass Joachim der Vater sei, hatte Nina gesagt. Als Tom unterwegs gewesen sei, habe Elisabeth sich nicht so verausgabt.

Ursula sah auf die Uhr. Es war Zeit, sich umzuziehen und zu Pips zu gehen. Sie holte die Tüte mit der schwarzen Hose und dem burgunderroten Herrenpullover unter ihrem Schreibtisch hervor, um damit auf der Damentoilette zu verschwinden. Pips kannte sie ja schon im Umstandskleid mit einer großen Schleife unterm Kinn, aber Giannis Spott wollte sie nicht auch noch hervorlocken, weil seine Kusine als Daisy Duck daherkäme. Den Watschelgang würde sie wohl auch bald beherrschen.

«*Carissima cugina.*» Gianni stand oben an der Treppe von Pips' Wohnung in der Schmilinskystraße und breitete die Arme aus.

«So viele Kusinen hast du ja nicht», sagte Ursula. «Aber schön zu hören, dass ich dir die liebste bin.»

Gianni nahm ihr den Mantel ab und betrachtete sie. «Eigentlich siehst du aus wie immer. Ich wusste gar nicht, dass es schwarze Cordhosen für Frauen in anderen Umständen gibt. Auf der Via Matteotti sehen sie alle aus wie Bonbonnieren.»

Ursula hob den Pullover. Präsentierte den offenen Reißverschluss. «Wo ist denn der Hausherr?», fragte sie.

«Bei Betten Sass. Gibt es das?»

«Hier um die Ecke. Was will er denn da?»

«Eine wärmende Decke für seinen italienischen Gast kaufen, der in der vorigen Nacht nur knapp dem Tod durch Erfrieren entgangen ist.»

«Ich habe dir angeboten, bei uns zu übernachten, Gianni.»

«Nah an Pips dranzubleiben, hat die oberste Priorität. Die Wahrheit holst du erst nach einer kleinen Trinkerei an seinem Küchentisch aus ihm heraus. Oder wusstest du, dass Pips seit Anfang Februar in einer Kneipe auf St. Pauli Klavier spielt?»

Ursula ließ sich auf einen der Stühle sinken. Sie schüttelte den Kopf.

«Du hast eben nicht mit ihm am Küchentisch gesessen und getrunken.»

«Warum erzählt er uns das nicht? Er weiß doch, dass wir uns Sorgen machen.»

«Vielleicht ist ihm der Laden peinlich.»

«Warst du schon da?»

«Pips spielt nur an vier Abenden. Von Mittwoch bis Samstag.»

«Wie lange wirst du bleiben? Können wir zusammen hingehen?»

«Am Donnerstag fahre ich zurück.»

Sie schauten beide zu Pips, der mit einem Paket in der Küchentür erschien. Er packte eine Wolldecke mit großen Karos in Weiß, Grau und Schwarz aus. «Mohair wärmt besonders gut», sagte er.

«Die Fransen werden mich in der Nase kitzeln», sagte Gianni.

«Du bist undankbar. Ich habe dafür eine Wochengage hingelegt.» Er blickte zu Ursula. «Ich nehme an, Gianni hat bereits geplaudert.»

Warum hatte sie seine Veränderung nicht schon vorher bemerkt? Oder war es Giannis Gegenwart, die Schwere von Pips nahm?

«Du hast dich ja wieder in Ursel verwandelt», sagte er. «Wo ist das pastellfarbene Ungetüm mit der großen Schleife?»

«Versteckt im Schrank. Du willst nur ablenken, weil du meinen Zorn fürchtest.»

Pips füllte die Espressokanne mit Kaffeepulver und Wasser.

«Pastellfarbenes Ungetüm?», fragte Gianni.

«Das aus mir eine Bonbonniere macht.»

Gianni grinste.

Schwarze Mokkatassen mit Goldrand, die Pips auf den Tisch stellte. Keine Schnapsgläser mehr, auf denen *Mampe Halb und Halb* stand. «Ich musste meiner Sache erst einmal sicher sein, Ursel. Ob ich das Lokal auf dem Kiez aushalte. Die lauten Trinker mit ihrem Astra in der Hand. Die Wirtin, die mich anschmachtet, während sie laszive Lieder singt.» Er sah zu Gianni. «Nicht zu vergleichen mit Katie.» Er seufzte. «Ich fürchte, ihr wollt Grete kennenlernen.»

«Am Mittwoch stehen wir vor der Tür», sagte Ursula. Da hatte Joachim einen Termin im Johanneum, um sich den Eltern der neuen Oberstufe vorzustellen. Gut, erst mal nur mit Gianni auf dem Kiez unterwegs zu sein.

Gianni nickte. «Wie heißt der Laden eigentlich?»

«Weiland bei Grete», sagte Pips. «Nein. Quatsch. Das Lokal hat keinen Namen. Grete ist ein Geheimtipp. Der wird flüsternd weitergegeben. Wie ein *Speakeasy*.»

«Aber die Adresse verrätst du uns schon noch?»

«Erwarte nur nicht zu viel. So was gibt es in ganz San Remo nicht, da ist jede Bar am Busbahnhof edler.»

«Du kennst Mauro in der Pigna nicht.»

Pips nahm die brodelnde Kanne von der Platte und goss den Espresso ein. Stellte eine bunte Blechdose mit *Biscotti di Amaretti* dazu, die Gianni mitgebracht hatte.

«*Bella Italia*. Morgen bekommt ihr bei Joachim und mir einen Nudelauflauf.»

«Pasta ist das Beste», sagte Gianni.

«Der dritte Text, den ich zur deutschen Anita Ekberg übersetzt habe.» Nina nahm das letzte Blatt aus der Schreibmaschine. «Die englische Boulevardpresse ist ganz wild auf Barbara Valentin.»

«Jeder Zeitungsstand in London ist zugepflastert mit *tabloids*.» June blickte zu ihrem Koffer mit dem Aufkleber von Heathrow, sie war vom Flughafen gleich ins Büro gefahren, doch Nina hatte in den Tagen von Junes Abwesenheit schon alle Texte weggearbeitet. «Hat sich mein *dear little hubby* mal blicken lassen?»

«Er hat jeden Vormittag angerufen und gefragt, ob ich Hilfe brauche.»

«Und du hast das verneint.»

«Er arbeitet gerade an einem besonderen Gefährt. Eine Überraschung für dich.»

June seufzte. Sie hasste Olivers Überraschungen. Sein Sinnen und Trachten war es, uralte Autos zu restaurieren, sie zu fahren und an jeder Ampel die Bewunderung in den Augen der anderen Autofahrer zu lesen.

«Ansonsten war ein Artikel des *Guardian* über de Gaulles Algerienpolitik sehr nachgefragt in den Hamburger Redaktionen.»

«Die Franzosen sollen endlich aufhören mit ihrem Krieg.»

«Erzähl mal von London», sagte Nina.

«Wollt ihr immer noch in den großen Ferien hinfahren?»
Nina lächelte. «Vinton hat das vor, seit ich ihn kenne. Schauen, was da steht, wo einst sein Elternhaus war. Zum Grab seiner Eltern gehen.»

«Ich war dort», sagte June. «In Shepherds Bush und auf dem Highgate Cemetery. Das Grab ist von Farn zugewachsen, doch die Namen seiner Mutter und seines Vaters sind noch gut zu lesen auf dem Stein, auch wenn der schon Moos angesetzt hat. Am 3. Januar nächsten Jahres ist es zwanzig Jahre her, dass Vintons Vater dort begraben wurde.»

«Warst du eigentlich dabei?»

«In Vertretung von Vinton. Ein eiskalter Freitag. Vinton lag noch im Hospital.»

«Hatte damals eure Freundschaft schon begonnen?»

«Die begann für mich in dem Augenblick, in dem ich Vinton aus den Trümmern seines Elternhauses zog.» June nahm die Kanne, die auf einem Stövchen stand. Sie blies das Teelicht aus und teilte den Tee auf Ninas und ihre Tasse auf.

«Und in Shepherds Bush?»

«Steht ein hässlicher Bungalow aus Stahl und Glas. Vor irgendwas hat Vinton Angst, Nina. Sonst wäre er längst da gewesen.»

Nina hob die Schultern. «Er sagt, die längste Schlacht, die er je geschlagen habe, sei die um mich und Jan gewesen. Vielleicht hat er sich dabei verausgabt.»

«Um die Erinnerung an seine Londoner Kindheit und Jugend hervorzuholen, muss er ja nicht Ivanhoe sein. Er hat sich bequem eingerichtet. Im Leben mit dir und den Kindern. In seiner Nische als Kulturredakteur.»

«Ich wünschte, er würde die Redaktion wechseln. Die *Welt* ist zu konservativ.»

«Das ist sie, seit Springer sie von den Briten übernahm.

Kann ich dich in der Rothenbaumchaussee absetzen? Ich gönne mir ein Taxi nach Hause. Werde mich und den steinschweren Koffer jetzt nicht durch die Hamburger U-Bahnen schleppen.»

«Du hast aber nicht die Büste von Karl Marx vom Highgate geklaut?»

«Warst du jemals da?»

«Nein», sagte Nina. «Ich hab noch nie einen Fuß auf eure Insel gesetzt. Nur einen Engländer geheiratet.»

«Und ich habe nur die Londoner Buchhandlungen leer gekauft», sagte June.

San Remo

Die Seilbahnstation lag ein Stück oberhalb der Markthalle, und dort begann auch der Maultierpfad, der von San Remo den Berg hinauf bis nach San Romolo führte. Jules hatte den Nachmittag in Giannis Bar verbracht, erst als sich die Dämmerung auf den alten Hafen legte, brach er auf. Er würde das heutige Abendgeschäft Anselmo, dem Kellner, überlassen, der Barkeeper kam immer erst um sieben. An einem Montag war kein Gedränge zu erwarten.

Anfangs war der Maultierpfad noch leicht begehbar, aber er wurde immer unwegsamer. Jules' Hände waren verkratzt von den Brombeerranken, die er immer wieder aus dem Weg räumte, an seinen Hosen klebten Kletten, als er das *podere* von Francesco erreichte. Auf der Höhe der Kate des alten Bauern wurde der Pfad wieder gepflegter, dafür sorgten die Ziegen, die Francesco hielt.

Jules ließ das gemauerte Tor der alten Villa Foscolo hinter

sich und war dankbar, dass Francesco keinen Hund mehr hatte, der bellend vor ihm hergelaufen wäre. Gebell konnte Jules nicht gebrauchen.

Durch die Fenster der Kate, die nun den Kanadier beherbergte, fiel schwaches Licht. Jules bewegte sich vorsichtig darauf zu, kleine Zweige, die unter seinen Schuhen knackten, doch es knackte oft im Gestrüpp, Ratten gab es reichlich, auch den Igeln gelang es, Radau zu machen.

Das Paar in der Kate schien durch nichts irritiert, die beiden rechneten nicht damit, dass sich jemand von der hinteren Seite der *casa rustica* näherte. Jules stand unter dem großen Feigenbaum, weiße Feigen, die an ihm wuchsen. Köstliche Früchte, die es nie auf den Markt in der Stadt schafften, zu empfindlich waren sie. Doch Katie und er hatten im frühen September einen großen Korb mit den Feigen gefüllt, die schnell von der Hand in den Mund fanden.

Jules blieb ruhig, als seine nackte Frau an das schmale hohe Fenster trat, sich an das schlichte Geländer lehnte. Erst als Katie sich längst wieder abgewandt hatte von der Schwärze der Nacht, schlich er auf einem Umweg ins eigene Haus.

── 16. MÄRZ ──

Hamburg

«Du traust mir den Kiez nicht zu», sagte Joachim, als er vor dem Spiegel in der Diele stand und mit dem Kamm durchs kurze Haar strich. Er hatte nicht die geringste Lust, zum Elternabend des Johanneums zu gehen, fühlte sich ausgeschlossen.

Ursula knöpfte das weiße Hemd zu, das auch ihrem Mann zu lang war. Entschied, den Reißverschluss der Hose noch einen Tick weiter offen zu lassen.

«Willst du wirklich so ausgehen?»

«Ja, mein Lieber.» Sie küsste ihn auf die gut rasierte Wange. Dachte einen Augenblick an den Heiratsantrag, den Jef ihr gemacht hatte, als er vor dem Spiegel gestanden und sich mit seinem alten Kobler rasiert hatte. «Und wir werden Pips auch bald zusammen in seiner Spelunke aufsuchen, du und ich. Gianni kann nur an diesem Abend, das weißt du doch. Morgen reist er zurück nach San Remo.»

«Pass gut auf dich und das Baby auf», sagte Joachim, als er schon in der Tür zum Treppenhaus stand. «Wer weiß, was für Gestalten da herumschleichen.»

«Ich hab ja Gianni dabei. Dem vertraust du doch.»

Joachim nickte und stieg die Stufen der Treppe hinunter. Drehte sich noch einmal um und lächelte ihr zu.

Ursula schloss die Tür und ging ins Bad, um Lippenstift aufzutragen, den benutzte sie nur noch selten. Stimmte es, dass sie Joachim den Kiez nicht zutraute? Dem Herrn Studienrat der altehrwürdigen Gelehrtenschule? Die er durchaus kritisch betrachtete. Nein. Er war kein Angepasster.

Der Krieg und die russische Gefangenschaft, die Joachim dreizehn Jahre durchlitten hatte, zeigten noch immer Spuren. In seinen Albträumen. In der vorsichtigen Annäherung an das Leben und dessen Leichtigkeit, die ihm nicht oft gelang. Kein Heimkehrer, der zum Zyniker geworden war wie viele andere. Er wollte an das Gute glauben. Nach wie vor. An die Literatur, die Böll schrieb. An das Theater von Gustaf Gründgens. Die neuen wilden Klänge machten ihn nervös. Ein Mann für Balladen.

Ursula zuckte zusammen, als es klingelte. Griff nach ihrem Mantel und öffnete das Fenster, das zur Straße hinausging. Sie sah das Taxi vor dem Haus stehen, Gianni, der danebenstand und winkte. «Ich komme», rief sie und zog kurz darauf die Wohnungstür hinter sich zu.

> «*To his nest the eagle flies*
> *Over the hill the sunlight dies*
> *Hush my darling have no fear*
> *For thy mother watches near.*»

Vinton wandte sich vom Fenster ab und sah zu Nina, die auf dem samtroten Sofa saß und gelesen hatte, doch nun blickte sie ihn an. «Ich habe seit vielen Jahren nicht mehr an diesen alten Reim gedacht», sagte er.

«Und warum jetzt?», fragte Nina.

«June hat dir doch auch erzählt, dass sie in Shepherds Bush war und auf dem Friedhof. Das hat bei mir eine Erinnerung an die Bombennacht hervorgeholt.»

Nina klappte das Buch zu. «Magst du zu mir aufs Sofa kommen? Für einen *nursery rhyme* scheint er mir düster.»

«Findest du?» Vinton setzte sich und legte den Arm um Ninas Schultern. «Er sagt aber doch, das Kind müsse keine Furcht haben, weil die Mutter nah ist und wacht.»

«Hat deine Mutter dir den Reim vorm Einschlafen aufgesagt?»

«Nein», sagte Vinton. «Das hat mein Vater getan. Er war kein glücklicher Mann, Nina. Auch vor dem Tod meiner Mutter nicht. Aber er hat alles versucht, um *mich* glücklich zu machen.»

«Was hat der Reim mit jener Bombennacht zu tun, Vinton?»

«Ich habe meinen Vater gehört. Als ich unter den Trümmern lag. Er muss ihn mir zugeraunt haben.»

Nina gelang es, den Kopf *nicht* zu schütteln. June hatte ihr erzählt, dass Vintons Vater von einem der Dachbalken erschlagen worden war. Ein jäher Tod. Welch schweres Gepäck alle noch mit sich herumtrugen. Fünfzehn Jahre nach Kriegsende.

«Und jetzt ist er mir auf einmal wieder ins Gedächtnis gekommen.»

Auf dem Flur hörten sie die Stimmen von Jan und einem Schulfreund, die sich nach dem Pauken für die Mathearbeit voneinander verabschiedeten.

«Ich schau mal nach Tom», sagte Vinton. «Ob Flocke bei ihm ist.»

Ihren Kindern war kein Krieg widerfahren. Hoffentlich bliebe es so.

«Gegenüber der alten Volksschule», sagte Gianni. Ohne diesen Hinweis, den Pips gegeben hatte, wäre der Taxifahrer an Gretes Geheimtipp vorbeigefahren. Das Licht in der Turnhalle der Schule half ihnen, das Lokal zu orten, den Schaukasten zu entdecken, in dem nun ein Bild von Pips hing, der vom Fotografen abgewandt vor dem Klavier saß. Eine kräftige, nicht zu klein gewachsene Dame stand neben ihm, Typ Heroine, dennoch war kaum etwas von ihr zu erkennen. Ein Glanzstück des Fotografen, diese Aufnahme.

Gianni schob den schweren Filzvorhang zur Seite und hielt ihn auf, bis Ursula ihm ins Lokal gefolgt war. Klänge von *La Paloma* kamen vom Klavier. Pips sah zu ihnen und machte eine kleine Verbeugung, die sich nur ironisch nennen ließ. Der Platz neben dem Klavier war leer, Grete wohl noch in den Kulissen.

Männer, die am Tresen saßen, zwei ältere Paare an Tischen, für einen Mittwoch um halb neun war das Lokal ganz gut gefüllt. Ursula und Gianni setzten sich an einen Tisch, der nicht zu nah am Klavier stand, das hätte Pips nur genervt.

«Spiel doch mal *An de Eck steiht 'n Jung mit 'n Tüdelband*», rief einer der Männer vom Tresen.

Pips kannte kein Tüdelband. Er schlug die ersten Töne von *Goodbye Johnny* an.

«Immer den ollen Albers», sagte der Mann. «*Klei mi an'n mors.*»

Herzhaftes Lachen vom Tresen. Die Paare an den Tischen lächelten verlegen. Weder Ursula und Gianni noch Pips hatten eine Ahnung, um was es ging.

Ein Mann kam zu ihnen an den Tisch. «Is ein *Quiddje*, der Klavierspieler», sagte er. «Was soll denn hier getrunken werden?»

Giannis Bestellung ging beinah unter im lauten Auftritt von Grete, die aus dem Hinterzimmer kam. Ihre Gestalt schien gut eingenäht in ein bodenlanges Kleid aus weißer Kunstseide, eine schwarze Federboa war um ihren Hals geschlungen. Mit der wedelte Grete, bevor sie ihre Hand auf Pips' Schulter legte. «Hier wird jetzt Kunst gemacht. Wem das nicht passt, der kann zu Erna in den Silbersack gehen und sich was aus dem Musikautomaten anhören.» Ihre Stimme dröhnte.

«Is ja gut, Grete», sagte einer der Männer. «Gib uns die Zarah Leander.» Keiner von ihnen verließ das Lokal.

Grete nahm die Hand von Pips' Schulter. Ein kurzer Blickkontakt. Pips nickte und begann ein kleines Prelude. Grete setzte ein. *Kann denn Liebe Sünde sein.*

«Jedes Mal fängt sie mit dem Schwulenlied an», sagte einer laut. Gianni und Ursula zogen die Brauen hoch. Alle anderen schienen unbeeindruckt von dem Zwischenruf. Nur Grete schickte einen strafenden Blick. Sang aber weiter und stürzte sich in den nächsten Titel. *Davon geht die Welt nicht unter.*

Später, nachdem Grete eine Pause angekündigt hatte und im Hinterzimmer verschwunden war, Pips bei ihnen am Tisch saß, fragte Ursula, was das mit dem Schwulenlied solle.

«Der Titel trifft Schwule ins Herz. Ist fast schon ihre Hymne. Zwei der Texte, die Grete eben gesungen hat, soll Bruno Balz 1941 im Berliner Gestapogefängnis geschrieben haben, dort saß er wegen des Verstoßes gegen Paragraf 175.» Pips nahm einen Schluck Apfelsaft aus Ursulas Glas. «Nach der Pause kommen noch zwei Lieder», sagte er. «Danach will euch Grete gern begrüßen.»

«Warum hat sie das nicht jetzt getan?»

«Weil sie sich gerade umzieht und gleich als verschleierte Geliebte von Tschaikowsky auftreten wird. Obwohl der auch eher Männern zugeneigt gewesen sein soll.»

«Kann man verschleiert singen?», fragte Ursula.

«Grete kann das. *Nur nicht aus Liebe weinen.* Wieder mal aus einem Ufa-Film, diese Lieder liebt sie. Das ist dann auch das große Finale. Danach sagt ihr einander Guten Abend, und Gianni bringt dich nach Hause. Was soll aus deinem Kind werden, wenn es sich noch länger in diesem Laden aufhält?»

«Aber du bleibst noch?»

«Nicht mehr lange. Fahrt ihr schon mal. Du hast ja den Schlüssel, Gianni.» Pips wollte sie ganz offensichtlich loswerden.

«Glaubst du, er hat was mit Grete?», fragte Ursula, als sie im Taxi saßen.

«Nein.» Gianni dachte an jene Nacht im Ospedale von San Remo. An das, was ihm dort offenbart worden war. Sollte Pips sich dem alten Schlachtross anvertraut haben? Er blickte aus dem Autofenster auf das nächtliche Hamburg, das vorüberzog, und hoffte, dass es in dem Falle nicht zu Pips' Schaden sein würde.

San Remo

Der zweite Abend, an dem Katie im Haus blieb und sich wunderte, dass Jules nicht wich und Giannis Bar ganz in die Zuständigkeit von Anselmo gab. Ab und zu legte sie die *Harper's Bazaar* aus der Hand, stand auf und trat an das große Fenster, betrachtete das Panorama oder vielleicht auch nur die *casa rustica*.

Gesprochen wurde wenig, seit sie Montagnacht ihren Mann im dunklen Haus vorgefunden hatte, beinah über seine ausgestreckten Beine gefallen war. Katie hatte die Stehlampe von Le Corbusier angeschaltet, die neben Jules' Sessel stand. Der trichterförmige Schein der Lampe tauchte Jules in helles Licht, als sei er der zu Verhörende, der gerade eines Ehebruchs überführt worden war.

«*Your hands are scratched*», hatte Katie gesagt. Folgerte sie daraus, dass er im struppigen Hinterland der *casa* gelauert hatte?

Jules hatte geschwiegen. Keinen von den Sätzen gesagt, die er in den vergangenen Stunden vorformuliert hatte, um den Stand der Dinge zu klären.

Auch jetzt schwieg er. Was versprach er sich davon? Hatte er Angst zu hören, wie zerrüttet seine Ehe war? Dass sie den anderen vorzog? Ihn gar liebte?

Der Kanadier war jünger als Katie, die im Januar vierzig geworden war. Konnte das der Grund für die Affäre sein, die ihm ernster schien als ihre früheren? Die Krise einer Frau von vierzig Jahren? Jedenfalls schien sie nicht auf Konfrontation aus, hockte hier neben ihm, statt türenknallend das Haus zu verlassen. Nur aus dem quälenden alten Grund, dass sie ohne ihn kein Geld hatte? Dieser Dichter da unten besaß sicher auch keines.

Jules ging in die Küche, um sein Glas neu zu füllen. Warum überließ er Anselmo die Bar nun bereits seit drei Abenden? Zu einem Zeitpunkt, wo Gianni in Hamburg war und sich ganz auf seinen Kompagnon verließ. Hatte er denn die Illusion, Katie zu halten, weil er hier Wache schob und sie am Davonschleichen hinderte?

Sie mussten miteinander reden. Schließlich war er ein ehemaliger Jesuit und kein schweigender Kartäuser.

Die Eiswürfel klirrten im hohen Glas, als er wieder nach vorne ging, in der Erwartung, dass Katie vor dem Panoramafenster stand oder auf dem Sofa saß, in der *Harper's Bazaar* blätternd. Doch das Zimmer war leer. Nun, das Haus hatte sechs Zimmer. Irgendwo würde sie schon sein.

Jules kehrte zu seinem Sessel zurück und hob lauschend den Kopf. Ein kleines Geräusch, die vorsichtig ins Schloss gezogene Haustür. Er trat ans Fenster und sah Katie, die gerade die Straße überquerte, an Ken Downs Vespa vorbei, um den steilen Weg zur *casa rustica* hinunterzugehen.

Er stand eine Weile still, bevor er in den Vorraum ging, sein Jackett nahm, die Autoschlüssel vom Tablett auf der Konsole. Die Lichter im Haus ließ er an.

Den Weg nach San Remo fuhr er langsamer als sonst, nahm die Kurven sachte. Bis er das Auto in der Nähe der Piazza Bresca parkte, die paar Schritte zu Giannis Bar ging, um für den Rest des Abends Anselmo und den Barkeeper zu unterstützen und sich Ivos Version von Gershwins *The man I love* anzutun.

— 2. MAI —

Köln

«Dann hat die arme Seele Ruh», sagte Billa. Begleitende Worte, um sich das letzte Stück Erdbeerkuchen auf den Teller zu tun, sie saß schon vier Kuchenstücke lang in Gerdas Küche. «Wenn ihr in Hamburg seid, werde ich wohl für die Tage zu Georg gehen. Das ist mir sonst zu einsam hier. Wann fahrt ihr denn?»

«Am Sonntag», sagte Gerda. «Der Geburtstermin ist für den neunten berechnet. Da wollen wir Ursel nicht schon lange vorher auf den Füßen stehen.»

«Als ob sich ein Kind genau danach richten tät. Kann ich noch Schlagsahne in den Kaffee haben?»

Gerda verkniff sich die Bemerkung, dass Billa auf die Konfektionsgröße 46 hinarbeitete. Seit der Operation war ihr Appetit gewaltig. Vielleicht der hormonellen Veränderung geschuldet, vielleicht kompensierte Billa einen Verlust.

«Geht es denn gut mit dir und Georg, wenn du länger bei ihm bist?»

«Was soll da nicht gut gehen», sagte Billa. «Das haben wir doch schon oft gemacht. Wenn er mir bloß nicht das komische Bild ins Zimmer gehängt hätte. Nur, weil ich gesagt habe, die Wand sei so nackt. Ihm mag das ja gefallen, ich sehe da drauf nur lauter finstere Derwische. Aber lange bleibt ihr nicht weg. Oder?»

«Nein», sagte Gerda. «Vielleicht drei, vier Tage.»

Heinrich und sie hatten nicht vor, die Galerie länger geschlossen zu halten. Das neue Enkelkind willkommen heißen, ihre Tochter in die Arme nehmen und Joachim, das war ihr Wunsch. Elisabeth hatte schon Anzeichen von Eifersucht gezeigt, als sie vom mehrtägigen Besuch der Kölner hörte. Betont, dass sie an Ursulas Seite stünde, wenn Mutter und Kind nach Hause kämen. Elisabeth betrachte sich als gleichberechtigte Großmutter, hatte Ursel gesagt. Gerda seufzte. Kurt würde sich wohl dazwischenwerfen, wenn seine Lilleken zu sehr von der jungen Familie Besitz ergriff. Elisabeths Mann fing an, ihr näher zu stehen als ihre Freundin aus Kinderzeiten.

Billa stand auf. «War lecker, dein Erdbeerkuchen. Ich geh mal nach oben. Du guckst ja doch nur Löcher in die Luft.»

Gerda stellte Tasse und Teller in den Spülstein, die Billa auf dem Küchentisch hatte stehen lassen. Sie blickte zur Uhr. Gleich kam Heinrich aus der Stadt zurück, ihm hatte sie auch noch ein Stück Erdbeerkuchen anbieten wollen. Warum war sie nicht energischer eingeschritten?

Morgen würde sie zu Derichsweiler-Bücklers in die Zeppelinstraße gehen und für das neue Enkelchen eine Grundausstattung kaufen. Die Kölner Institution für Baby-und Kindermoden gab es seit neunzig Jahren, Heinrich und sie waren dort eingekleidet worden, ihre Kinder, Carlas und Ulis Töchter. Eine Tradition, die ihnen guttat.

Der Schlüssel im Schloss. Kurz darauf trat Heinrich in die Küche.

«Ich hab noch ein Schüsselchen Erdbeeren für dich. Den Kuchen hat Billa so ziemlich alleine aufgegessen. Aber einen Kaffee kannst du haben.»

«Den nehme ich. Gibt es Neues aus Hamburg?»

«Alles noch ruhig. Billa erzählt, Georg habe ihr ein komisches Bild ins Zimmer gehängt. Finstere Derwische.»

«Eine Radierung von Marcus Behmer. *Tanz der Kandidaten*. Georg hat sie aus Genf mitgebracht und rahmen lassen. Dass ihr Vater Kunsthändler war, hat bei meiner Kusine wirklich keine Spuren hinterlassen. Was würde sie denn gern hängen haben? Jesus im Garten Gethsemane?»

«Billa ist Billa», sagte Gerda. «Morgen gehe ich zu Derichsweiler.»

«Und wie umgehst du die Frage ob rosa oder hellblau?»

«Cremefarben. Wird zwar leichter schmutzig, doch die gleichberechtigte Großmutter ist ja vor Ort und kann waschen.»

Heinrich grinste. «Nicht, dass Elisabeth und du euch noch in die Haare kriegt.»

Gerda nahm die Kaffeekanne aus der Wärmehaube und füllte ihm eine Tasse. «Das Zimmer im Smolka ist reserviert?»

«Ja», sagte Heinrich. «Den Tag der Abreise habe ich noch nicht festgelegt, vielleicht lässt das Kind ja auf sich warten. Wenn Zeit dafür bleibt, werde ich mir die Galerie anschauen, in der Ursel den *Jägerhof* entdeckt hat, und das Gasthaus zum Blauen Hahn, das Jarre so fluchtartig verlassen hat.» Hatte er nicht zu Georg gesagt, der Lügenbold sei wohl kaum noch in Hamburg?

«Lass die Angelegenheit mit Jarre doch ruhen», sagte Gerda. «Drei der Bilder aus dem Hofgarten-Zyklus haben wir bewahren können. Hier hängt der *Ananasberg*, bei Ursel der *Jägerhof* und bei Georg das *Schwanenhaus*. Wenn das vierte unauffindbar bleibt, lässt es sich nicht ändern.»

Heinrich setzte sich an den Küchentisch und rührte in seiner Kaffeetasse. «Du hast ja recht», sagte er. Vielleicht wüsste er nur gerne, was aus Hans Jarre geworden war. In Südamerika verschollen, wo er den Rattenlinien folgte, um Naziverbrecher aufzuspüren? Oder hechelte Jarre einem glamourösen Skandälchen hinterher, Stoff für eine seiner Illustrierten? Anfangs hatte er den Journalisten für einen zwar wenig sympathischen, aber seriösen Kulturjournalisten gehalten, doch er war nur ein gieriger Reporter, einer, der auf jeden Zug aufsprang.

Gerda schob ihm das Schüsselchen mit den Erdbeeren hin. «Billa hat einen Klecks Sahne übrig gelassen», sagte sie. «Willst du?»

Heinrich schüttelte den Kopf. Erinnerte sich daran, wie Georg und er im September des vergangenen Jahres auf der Terrasse des Reichard gesessen hatten, auf das Kind anstießen, das Ursel erwartete. Und auch über Hans Jarre gesprochen hatten. Dem sei das anständige Leben aus den Händen geglitten, hatte Georg gesagt.

«Worüber brütest du?», fragte Gerda.

«Ich nehme doch die Sahne. Hast du was von unserem i-Dötzchen gehört?»

In der Woche nach Ostern waren sie zur Einschulung in der Lohrbergstraße gewesen, hatten Maria auf dem Schulhof neben der großen Schiefertafel fotografiert. *Mein erster Schultag 1960.* Das aufgeregte Kind im Pepitakleid mit Schultüte und einer großen Zahnlücke. Danach Wiener Schnitzel bei Unkelbach, auch Claudia, die Viertklässlerin, war dabei gewesen. Und nun stand das nächste Enkelkind *ante portas.* Vielleicht ja mal ein Junge.

«Sie malt Bs», sagte Gerda. «Und schiebt dabei die Zunge durch die Zahnlücke.»

Hamburg

Die rote Scheune in Duvenstedt, in der ihr Mann alte Autos restaurierte, ließ Junes Herz klopfen, sobald sie ihr näher kamen. Nicht aus Leidenschaft. Aus Nervosität, was sich Oliver nun wieder ausgedacht hatte. Dieses Objekt schien besonders aufwendig zu sein, er arbeitete seit Wochen daran.

«*You will love it, darling*», sagte er. Sie passierten den Bauernhof, in dem Flocke geboren worden war in einem Wurf mit anderen schwarz-weißen Welpen.

«*Fine*», sagte June. Selbst dieses kleine Wort klang nach großer Skepsis.

«*A centerpiece of your memory.*»

June stieg aus dem Auto, ein schlichter Simca, Oliver hatte ihn sich geliehen, weil gerade kein anderes zur Hand gewesen war. Sie hielt die Luft an, als er den Schlüssel im Schloss drehte, das zweiflügelige Tor öffnete.

«*There it is.*» Er schaltete das Licht an.

Vor June stand ein alter englischer Rettungswagen der Marke Bedford.

«*Tell me that you are overwhelmed.*»

Überwältigt. Das war sie in der Tat. «Damit sind die Londoner Luftschutzhelfer nicht herumgefahren», sagte sie. Ihre Stimme klang klein.

«Du hast Vinton ausgegraben und ihn auf deinem Fahrrad zum nächsten *hospital* gefahren?»

June ging um das Auto herum. Vielleicht konnte sie sich hineinsetzen und Atem schöpfen, der Anblick der *Bedford Ambulance* ging ihr nahe. Sie öffnete die linke Tür und ließ sich auf den Ledersitz gleiten. Oliver stieg auf der Fahrerseite ein. «*You are right*», sagte sie. «*We transported him in a car like this.*»

«Ich dachte, wir schenken ihn Vinton. Klappsitze für die Kinder sind auch vorhanden.»

«Er soll damit in Hamburg herumfahren?»

«*A special memory for our friend.*»

«*Oliver Clarke, you are completely nuts*», sagte June.

«Ich wette, die *boys* haben großen Spaß daran.»

«Du kannst mich nachher im Büro absetzen.» Sie strich ihm über die zu langen Nackenhaare, die auf seinem Hemdkragen lagen. Oliver blieb ein ewiges Kind, sie sollte ihm eine geduldigere Nanny sein.

«Ist Vinton in der Redaktion?» June blieb in der Bürotür stehen.

Nina sah auf ihre Armbanduhr. «Davon gehe ich aus.»

«Und Tom und Jan? Willst du zu Hause anrufen, ob sie Lust auf einen kleinen Ausritt haben? Das sagt Joey doch immer zu Fury, und dann wiehert Fury.»

«Entschuldige, dass ich nicht wiehere. Ich stecke im Text über Adenauers und Ludwig Erhards Streit wegen der Hallstein-Doktrin. Kaum ist der Dicke zum Abspecken am Tegernsee, fallen sie ihm in den Rücken.»

«Das hat bis morgen Zeit. Oliver parkt wirklich ziemlich dumm da unten, selbst für seine Verhältnisse.»

Nina schob ihren Schreibtischstuhl zurück, stand auf und trat ans Fenster. «Da ist was passiert», sagte sie.

June ließ die Tür zufallen und kam zum Fenster. «Noch nicht. Vergiss den Anruf. Wir fahren bei euch vorbei. Wenn Oliver so stehen bleibt, kommt die Polizei.»

«*Get in, girls*», sagte Oliver. «Wo fahren wir zuerst hin? *We also have a siren.*»

«Rothenbaumchaussee», sagte June. «Wir sind auch ohne Sirene auffällig genug.»

«Wenn mir einer mal erklären kann», setzte Nina an. Sie saß zwischen Oliver und June auf der Vorderbank.

«Das ist eine *Bedford Ambulance*, damit sind die Rettungskräfte während des *Blitz* durch London gekurvt. Einmal auch ich. Mit dem verletzten Vinton hinten drin. *My dear hubby* meint, das Auto sei für Vinton und mich ein Herzstück der Erinnerung.»

Sie näherten sich dem Gründerzeithaus in der Rothenbaumchaussee und sahen Jan, der den Hund an der Leine hielt, dicht gefolgt von Vinton mit dem vierjährigen Tom an der Hand. Alle zuckten zusammen, als für Sekunden die Sirene einsetzte.

«*Stop it*, Oliver Clarke», brüllte June.

Vinton sah geschockt aus. Tom strahlte. Fast so gut wie ein Feuerwehrauto.

«Können wir mitfahren?», fragte Jan. «Und Flocke auch?»

«*Sure*», sagte Oliver. «Steigt ein.»

Zweimal lenkte er die *Bedford Ambulance* um die Außenalster.

«Lass uns noch in die Blumenstraße zu Oma und Opa fahren», sagte Jan.

«Nein», sagte Nina. «Auf keinen Fall. Elisabeth trifft der Schlag. Und bei Ursel lösen wir die Geburt aus.»

«Ich fahre euch jetzt nach Hause. Die *Ambulance* bleibt in der Scheune und steht jederzeit wieder für eine Ausfahrt bereit», sagte Oliver.

June stieß einen Seufzer aus. Ihr Mann schien zu Verstand gekommen zu sein.

«War es schlimm für dich?», fragte Nina, als sie wieder vor ihrem Haus standen.

«Bei meiner ersten Fahrt mit diesem Auto war ich wohl die meiste Zeit bewusstlos», sagte Vinton. «*Thank God.*»

San Remo

Die Zimmer über der Bar hatte Jules nicht mehr betreten, seit er dem Genueser das alte dreistöckige Haus an der Piazza Bresca abgekauft hatte. Das war 1954 gewesen, Pips hatte darin gewohnt bis November letzten Jahres.

Jules sah sich um. Das Mobiliar war noch dasselbe, das er im Januar vor sechs Jahren hineingestellt hatte, als sie Giannis Bar eröffneten und Pips ihr Pianist wurde. Wenige, aber gute Möbel aus Katies und seiner ersten gemeinsamen Wohnung.

Wäre Pips doch hiergeblieben, statt in Hamburg in einem Lokal zu spielen, das seinen Talenten kaum gerecht wurde. Und schlecht wohnen tat er wohl auch. Gianni schien bei seinem Besuch im März weder Einfluss auf das eine noch auf das andere genommen zu haben. Vielleicht musste Papa Jules mal kommen.

Er öffnete eines der Fenster und blickte auf die Piazza, gerade wurden die Platten mit den *cicchetti* gebracht. Da musste Gianni und ihm bald auch mal was Neues zur Bewirtung der Gäste einfallen, die Kaltmamsell kam in die Jahre und hatte schon verlauten lassen, dass es ihr zu viel werde, an sechs Tagen in der Woche aufwendige Cocktailhäppchen nach venezianischer Art herzustellen.

Ein Frühsommerwind fing sich im Vorhang, von unten wehten Klavierklänge herauf, ein italienischer Schlager. Jules schloss das Fenster. Blickte noch mal zu dem Schlafsofa, der blassblaue Stoff mit weißen Hortensien, in den Katie sich verguckt hatte, als sie das Sofa damals in Nizza entdeckten. Ob ihm schwerfiele, darauf zu schlafen?

Ivo hatte hier nicht einziehen wollen, seine Mutter legte Wert darauf, dass er in der Pension ihrer Freundin am östlichen Stadtrand San Remos wohnte. Die Sonntage verbrachte er bei Mamma in Genua, fuhr die hundertfünfzig Kilometer mit seinem rostlaubigen *topolino*. Sie brauchten dringend einen Pianisten, der sich von seiner Mutter emanzipiert hatte. Und obendrein einen guten Jazz spielte.

Eigentlich kein übler Gedanke, nach Hamburg zu fahren, Pips besuchen, diese Grete angucken. Er war vor dem Krieg öfter in Hamburg gewesen, im Reichshof abgestiegen, hatte mit den Söhnen eines Geschäftsfreundes seines Vaters gesegelt.

Zwölf Kilometer, die *er* jede Nacht fuhr, um in ein Haus zu kommen, das längst kein Zuhause mehr war, selbst wenn ihn Lichter empfingen. Katie lag meist auf dem Sofa, ein zerlesenes Exemplar von Kerouacs *On the Road* in den Händen.

Einmal hatte er einen Zettel gefunden, aus dem man mit ein wenig Fantasie den Finanzierungsplan einer Flucht lesen konnte. Warum war der Kanadier nicht Manns genug, zu ihm zu kommen, sich zu erklären?

Warum war er selbst nicht Manns genug, Ken Down zur Rede zu stellen?

«Ich hab dich am Fenster von Pips' Wohnung stehen sehen», sagte Gianni, als Jules die Bar betrat. «Hast du Pläne damit?»

«Nein. Irgendwann werden wir uns von Ivo trennen. Ein neuer Pianist wird die Zimmer über der Bar zu schätzen wissen. Wie geht es deiner Mutter? Ich habe sie viel zu lange nicht gesehen.»

«Ich glaube, du bist derjenige, der sich rarmacht», sagte Gianni.

«Magst du Margarethe fragen, ob sie morgen Mittag Zeit

hat? Ich möchte mit ihr essen gehen. Vielleicht zu Roberto. Nicht in die Cantina, die ist zu laut.»

«*Merda*, Jules. Ich bin dein Freund und Kompagnon. Corinne ist deine Nichte. Dass da mal wieder was schiefläuft zwischen Katie und dir, liegt doch seit Monaten in der Luft. Warum machst du bei mir den Mund nicht auf? Ich warte seit Tagen darauf, dass du dein Herz ausschüttest.»

Mal wieder. Jules nickte. Es ließ sich nicht länger durch Schweigen ignorieren.

«Jules, ich habe Katie gesehen. Auf einer Vespa. Am Lenker ein langhaariger *tipo*, dessen Taille sie umschlang.»

«Das macht man auf dem Rücksitz einer Vespa so», sagte Jules.

«*Si si*», sagte Gianni. Er drehte sich um und fing an, Gläser zu polieren, die bereits glänzten. «Margarethe ist eine gute Ratgeberin. Ich werde ihr ausrichten, dass du sie sehen willst.»

«Du weißt doch eigentlich schon alles, Gianni. Was soll ich dir noch erzählen.»

«Ich habe dich und Katie einmal für das Traumpaar der Epoche gehalten. Inzwischen bin ich anderer Meinung. Dir ist nicht zuzumuten, dauernd betrogen zu werden.»

«Dieser Beatnik bietet ihr etwas, das ihr bei mir fehlt. Vielleicht bin ich auf meine alten Tage langweilig geworden.»

«Kann ich nicht finden. Und was heißt hier alte Tage? Katie ist lediglich fünf Jahre jünger als du.» Gianni stellte zwei der Gläser auf die Theke.

Jules ließ sich auf einem der Barhocker nieder. «Katie wollte nie Kinder», sagte er. «Sie hatte Angst, dass es uns vom süßen Leben abhält. *La Dolce Vita.* Habt ihr den Film von Fellini eigentlich schon gesehen? Er wird im Ariston gespielt.»

«Gestern haben wir ihn verpasst, aber am kommenden Sonntag wollen wir ihn ansehen. Während der Woche geht Corinne früh ins Bett. Im Blumenhandel fängt man morgens um sieben an. Dann kommen die ersten internationalen Bestellungen. Und auf Bixio kann sie sich nicht verlassen. Der kommt gerne erst am Vormittag.»

«Wird das gut gehen mit euren konträren Tagesabläufen?»

Gianni füllte die Gläser mit Pigato. «Anders wäre es besser», sagte er.

«Wenn du schlafen gehst, steht Corinne auf.»

«Ganz so schlimm ist es nicht.»

Jules nickte. Er spürte Giannis Unwillen, das Thema zu vertiefen. «Eine Ehe zu führen, gehört zu den diffizilsten Aufgaben im Leben», sagte er.

Sie hoben die Gläser.

— 8. MAI —

Köln

Der Rhein glitzerte in der Sonne, als der Gambrinus über die Hohenzollernbrücke fuhr. In Hamburg sei der Himmel grau, hatte Elisabeth am frühen Morgen gesagt. Von oben sei nichts zu hören, vermutlich schliefen Jockel und Ursula noch. Kurz nach dem Telefonat hatten Gerda und Heinrich das Haus am Pauliplatz verlassen, um mit dem Taxi zum Bahnhof zu fahren.

Gerda blickte aus dem Zugfenster zu Groß St. Martin, die Kirche hatte nach dem Krieg noch immer nicht ihre alte Gestalt zurückbekommen.

«Hoffentlich leben wir noch lange», sagte Heinrich, der ihrem Blick gefolgt war. «Damit wir erleben, dass all diese Wunden heilen.» Er war nicht zufrieden mit dem Wiederaufbau in seiner Vaterstadt. Neue Straßen, die alte Stadtviertel unter sich begruben, Nachbarn trennten. Autos waren das goldene Kalb, um das alle tanzten.

Er nahm den *Spiegel* in die Hand und betrachtete das Titelfoto. Der Bräutigam von Prinzessin Margaret, Tony Armstrong-Jones, ein Fotograf der königlichen Familie. Sah gut aus der Bursche, nicht so steif wie die Vertreter des europäischen Hochadels, die darauf verzichtet hatten, an der Hochzeit der britischen Prinzessin mit einem Bürgerlichen teilzunehmen. Vorgestern hatte sie in Westminster Abbey stattgefunden.

«Nur die dänische Königin ist gekommen», sagte Heinrich. «Ohne den Gemahl.»

«Das hat das britische Königshaus davon, dass sie die Hochzeit von Grace Kelly mit dem Fürsten boykottiert haben.»

Heinrich sah seine Frau an. «Liest du die Klatschzeitungen?»

«Nur beim Friseur», sagte Gerda. Und bei dem war sie noch gewesen. Grau raus, blond rein. Sie wollte einen jugendlichen Eindruck auf das neue Enkelkind machen.

«Nicht mal Umberto, der ehemalige König von Italien, wollte kommen», sagte Heinrich und blätterte weiter zu einem Artikel über den neunten Bundesparteitag der CDU. Die Adenauer-Nachfolge. Wer konnte dem alten Fuchs das Wasser reichen? Erhard?

Er las bis Wuppertal. Dann legte er den *Spiegel* auf den Sitz neben sich, noch immer waren sie allein im Abteil. Das würde wohl auch so bleiben, Heinrich blickte aus dem Fenster, nur wenige Menschen stiegen ein. Keiner in die erste Klasse.

Gerda hatte ihr Buch noch gar nicht aufgeschlagen, klopfte stattdessen mit den Fingerkuppen auf die Armlehnen ihres Sitzes. Sie blickte ernst.

«Was ist los mit dir?»

«Da ist was im Gange», sagte sie. «In Hamburg. Das Kind wird geboren.»

«Hast du hellseherische Fähigkeiten?»

«Eine Mutter spürt das. Hoffentlich geht alles gut bei unserer Ursel.»

Heinrich schüttelte den Kopf. «So kenne ich dich gar nicht.» Er wurde abgelenkt vom Schaffner, der die Tür aufschob und nach den Fahrkarten fragte.

«Hier gibt es doch ein Zugtelefon?», fragte Gerda.

«Im nächsten Wagen, gnädige Frau.» Der Schaffner tippte an seine Mütze.

«Wen willst du anrufen?»

«Irgendwer wird in der Blumenstraße ans Telefon gehen.» Gerda griff nach ihrer Handtasche und stand auf.

«Hast du genügend Münzen?»

Gerda nickte und war schon auf dem Weg.

Hamburg

«Die schlafen aber lange», sagte Elisabeth.

«Vielleicht frühstücken sie noch gemütlich.» Kurt schenkte Kaffee nach.

«Ich geh mal nach oben und klopfe.» Sie zog die Schublade im Küchentisch auf und entnahm ihr den Schlüssel für die obere Wohnung.

«Nein», sagte Kurt. «Das solltest du nicht tun. Der Schlüssel ist nur für den Notfall. Falls Ursula oder Joachim ihren vergessen haben.»

«Das ist ein Notfall.»

Kurt seufzte. Er hörte Elisabeths Schritte auf der Treppe, die eigene Wohnungstür hatte sie halb offen gelassen. Ab und zu kam er sich hier vor wie im Ohnsorg-Theater. Tür auf. Tür zu. Dazwischen Tratsch. Nein. Er würde ihr nicht folgen, auch wenn es ihm lange zu dauern schien da oben.

Stattdessen trat er aus dem Schlafzimmer auf die Terrasse und steckte seine sonntägliche Zigarre an. Die Blumenkästen waren noch leer, Lilleken pflanzte die Fuchsien erst nach den Eisheiligen.

Das Telefon hörten sie beide nicht.

«Hier bist du», sagte Elisabeth. Ihr Gesicht war gerötet. Vor Empörung, nahm er an.

Keine Nachricht war zurückgelassen worden. Nirgends. Der kleine Koffer, den Ursula für die Finkenau gepackt hatte, fehlte. Ein überstürzter Aufbruch.

«Wir waren doch früh wach. Haben vor acht Uhr mit den Kölnern telefoniert.»

«Vielleicht sind sie schon im Morgengrauen los», sagte Kurt. «Oder in der Nacht.»

«Dann fahren wir jetzt in die Finkenau.»

«Mit welcher Begründung begehren wir Einlass? Dass wir die ehemaligen Schwiegereltern des jungen Vaters sind? Im besten Fall dürfen wir uns neben Joachim auf die lange Holzbank vor dem Kreißsaal setzen.» Kurt erinnerte sich an die Bank. Dort hatten er und Vinton gewartet, als Tom geboren wurde.

Kurz vor Münster versuchte Gerda es ein zweites Mal. «Erst meldet sich keiner, und nun fallen die Münzen durch», sagte sie.

«Lies mal in deinem Buch. Die Christine Brückner magst du doch so gern.»

Gerda schlug es auf. Begann die ersten Zeilen zu lesen.

Wenn es stimmt, dass ein großes Glück oder auch ein Unglück sich ankündigt, so habe ich die Zeichen nicht verstanden.

Sie klappte das Buch zu. «Ich kann mich nicht konzentrieren», sagte sie.

Hinter Bremen hing ein Schild am Zugtelefon. *Defekt.*

«Jetzt warten wir einfach ab», sagte Heinrich. «In aller Gelassenheit.»

Das hatte Gerda doch schon einmal erlebt, dass Kurt auf dem Bahnsteig stand. Einen Blumenstrauß hielt er in der Hand. Rosa Rosen. Weiße Ranunkeln.

«Ich habe ihn eben bei Petzoldt in der Wandelhalle gekauft. Den nehmt ihr jetzt mit in die Finkenau und heißt eure Enkelin willkommen.»

Sie fielen einander in die Arme. Gerda und Kurt. Heinrich und Kurt. Gerda und Heinrich. Kurt sah auf die große Bahnhofsuhr. «Vier Stunden ist sie alt», sagte er.

«Habt ihr sie schon gesehen?»

«Nein. Aber Joachim sagt, sie sei hinreißend. Er wird recht haben.»

«Wie geht es Ursel?»

«Sie hat es gut überstanden. Von weiteren Geburten nimmt sie Abstand.»

«Das legt sich wieder», sagte Gerda. «Ihr habt Ursel also sehen dürfen?»

Kurt nickte. «Danach habe ich Elisabeth in die Blumenstraße gelotst. Sonst säße sie jetzt noch im Krankenhaus, um die erschöpfte junge Mutter in die Säuglingspflege einzuweihen.»

«Der achte Mai», sagte Heinrich. «Welch ein guter Tag, um geboren zu werden. Heute vor fünfzehn Jahren war der Krieg vorbei und die Nazis weg.»

Die Nazis weg. Was für ein euphemistischer Gedanke. Aber wenigstens gingen keine Angst und kein Schrecken mehr von ihnen aus.

«Und wie geht es Joachim?», fragte Gerda.

«Staunendes Glück. Auch wenn es sein zweites Kind ist, erlebt Joachim ja alles zum ersten Mal.»

Kurt begleitete sie zum Taxistand. «Lilleken und ich freuen uns, wenn ihr nachher zu uns kommt und wir auf die glückliche Geburt anstoßen. Joachim wird sich auch irgendwann zu uns gesellen.»

«Hat unsere Enkelin denn schon einen Namen?»

«Den wird euch Ursel gleich sagen.» Kurt lächelte.

«Henrike heißt sie», sagte Ursula. Ihre Erschöpfung wich von Augenblick zu Augenblick mehr. «Mama, Papa, sie ist so süß. So viele blonde Haare.»

«Selbst hinter der Glasscheibe strahlt sie, als habe sie die gleich als große Bühne erkannt», sagte Joachim, der mit einer Vase ins Zimmer gekommen war. «Ich habe eine der Schwestern im Kinderzimmer gebeten, euch Henrike zu zeigen. Bei den Großeltern sind sie nicht ganz so zugeknöpft. In einer Viertelstunde sollen wir klopfen.» Er sah auf die Uhr.

«Und ein Junge hätte Henrik geheißen?»

Ursel nickte ihrem Vater zu. «Das klingt leichtfüßiger als Heinrich.»

«Hm», sagte Heinrich.

Gerda lachte. «Dennoch eine Verbeugung vor dem Großvater.»

Da war ihr ganz ohne Grund bange geworden auf dem Wege nach Hamburg. Sich schon mal vorauseilend Sorgen zu machen, war eigentlich Heinrichs Spezialität.

Pips hatte vergessen, die Tür der Wohnung in der Schmilinskystraße abzuschließen, das fiel ihm erst auf, als er schon auf der Straße stand. Er ging nicht mehr zurück ins Haus, um die steile Treppe hochzusteigen. Die große Verunsicherung war vorbei. In der ersten Zeit nach dem Vorfall in San Remo hätte er am liebsten noch seine Tür verbarrikadiert, als fürchtete er, die Schergen der Gestapo stünden davor.

Er wandte sich der Langen Reihe zu, zweimal hatte er schon vergeblich in der Blumenstraße angerufen. Doch auf halbem Wege zur Telefonzelle entschied er, zur Alster zu gehen, dort entlang den Weg zu Ursel zu nehmen.

Nein. Er war nie eifersüchtig auf Joachim gewesen. Aber hätte er sich getraut, um eine Frau zu werben, dann wäre das Ursel gewesen.

Pips blickte zum Himmel, genügend Mai darin, um die Hamburger auf die Wiese am Schwanenwik zu locken. Er ging auf die Stele mit der Bronzeplastik der *Drei Männer im Boot* zu. Edwin Scharff war der Bildhauer, trotz seiner Annäherung an die Nazis als entartet diffamiert. Joachim wusste so etwas, er hatte es ihm auf einem ihrer Spaziergänge erzählt. Ihm gelänge es noch, die Lücken zu schließen, die in Pips' Schulkarriere gerissen worden waren.

Ursula sehe ihn als Bildungsbürger, hatte Joachim gesagt, und das sei für sie kein Kompliment. Er wisse, dass Ursula ihn mit Jef vergleiche, der ein Künstler gewesen war ohne die Last von Konventionen. Dagegen sei er langweilig, Studienrat für Deutsch und Geschichte an der Gelehrtenschule des Johanneums.

Selbstzweifel. Überall. Pips wäre gern hochgewachsen gewesen, wie Joachim es war. Der nun Vater eines schönen Kindes wurde. Wie konnte es anders sein als schön.

Zwei große gut aussehende Männer gingen vor ihm auf dem Alsterweg. Er glaubte, in ihnen ein Paar zu erkennen, obwohl die beiden Abstand voneinander hielten. Pips hatte keine Ahnung, dass der eine Alex Kortenbach war, dessen Jazz er im NDR gern hörte. Ein Jazz, der ihn traurig werden ließ ob seiner verloren gegangenen Karriere.

War es ein Fehler gewesen, aus San Remo wegzuziehen, aus Giannis Bar, wo er einen guten Pianisten gegeben hatte?

Was war er nun? Gretes *Quiddje*, der viermal in der Woche mit ihr alten Ufa-Zauber zelebrierte.

Er näherte sich der Krugkoppelbrücke, nur noch ein paar Schritte zur Blumenstraße. Vielleicht hätte er Blumen dabeihaben sollen. Pips blickte in einen Fliederbaum, die Zweige wuchsen über die Mauer des Grundstücks und koberten geradezu. Doch sie abzubrechen, dazu ließ er sich nicht hinreißen. Wer weiß, was das auslöste.

Kurt sah gerade aus dem Fenster, als Pips auf das Gartentor zukam. Elisabeth war im hinteren Garten und pflückte die letzten Tulpen, damit es festlicher aussähe auf ihrem Küchentisch, wenn die Kölner kamen und Joachim. Zwei Flaschen Kupferberg Gold lagen im Kühlschrank bereit.

Er hörte die Klingel oben in Ursels und Joachims Wohnung und öffnete die Tür.

«Pips, treten Sie ein. Gleich kommen auch Ursels Eltern. Die kennen Sie doch?»

«Wir haben uns auf einer Hochzeit in San Remo kennengelernt.» Pips war leicht verdattert. «Das Kind ist da?»

«Henrike Christensen. Ein Sonntagskind. Um kurz nach elf geboren.»

Wo kamen die blöden Tränen her, die Pips wegzublinzeln versuchte? Er ließ sich von Kurt auf das Sofa platzieren und hielt auf einmal ein Glas Sekt in der Hand.

— 13. JULI —

San Remo

Die Acapulco Chairs hatte Jules schon nicht leiden können, als Katie sie im Januar in Cannes gekauft hatte. Alberne Stühle, in deren Ledergeschnür kein Mensch gut saß.

Die letzte Anschaffung für ein gemeinsames Leben oberhalb von San Remo mit einem Blick bis Korsika an klaren Tagen.

Dieser war definitiv kein klarer Tag, Dunst lastete auf ihm. Am frühen Morgen war Katie in ein Taxi gestiegen, das sie offensichtlich vorbestellt hatte. Allein und mit zwei großen Leinentaschen, die Jules nicht kannte. Der Kanadier schien schon vor Tagen verschwunden zu sein, die Vespa fehlte jedenfalls.

Vielleicht hatte sie ihn unten in der Stadt getroffen, noch ihr Konto bei der Banca d'America e d'Italia leer geräumt, um dann in den Zug nach Ancona zu steigen. Einmal quer durch das Land zur Adria. Von dort gingen Fähren nach Griechenland. Das war das Ziel, so viel hatte er herausgefunden. Auf den griechischen Inseln traf sich wohl gerade die Jugend der Welt, auch die Vierzigjährigen unter ihnen.

Sollte er es als Selbstgeißelung deuten, dass er seit einer Stunde in einem der Acapulco Chairs saß? Katie hatte nicht alle ihre Kleider mitgenommen. Aber ihr echter Schmuck fehlte, vermutlich ließ der sich gut verhökern. Die Clips von Chanel lagen noch im Bad, auch die Perlmuttperlen, die er ihr in der Via Roma gekauft hatte.

«*It was a damn good time, Jules.*» Das hatte sie gesagt, ehe sie in das verdammte Taxi stieg. Er fühlte sich verhöhnt. Sein Bruder in Kerkrade fiel ihm ein, Corinnes Vater, der ihm geraten hatte, die Finger zu lassen von Katie, der jungen Barsängerin in Soho, die nur Sünde bedeuten konnte.

Der alte Betbruder. All den Spaß, den Katie und er gehabt hatten nach der Zeit im Konzentrationslager bei den Japanern. So viel Spaß hatte sein Bruder im Leben nicht gehabt.

Was tat ein Mann, der von seiner Frau verlassen worden war? Nach Nizza fahren und im Negresco ein teures Zimmer mit Meerblick mieten, um am nächsten Tag das große Feuerwerk zu Ehren der Grand Nation anzuschauen, sich elend zu fühlen dabei? Meerblick mit Elend hatte er hier auch, nur ohne Feuerwerk.

Hörte er das Telefon klingeln? Jules hievte sich aus seinem Acapulco Chair. Das Telefon klingelte noch immer, ein Anrufer mit Ausdauer. Einen Augenblick dachte er, es sei Katie, ihr herzloses Tun bereits bedauernd. Endlich hatte er den Hörer am Ohr.

«Jules?»

Er erkannte die Stimme nicht gleich. Zu sehr war er darauf fixiert, Katie zu hören.

«Störe ich?»

«Du störst nicht, Margarethe.»

«Bruno und ich dachten, du hättest vielleicht Lust auf ein Mittagessen in unserer Küche. Gianni wird auch da sein, ihr könnt dann gemeinsam in die Bar rübergehen.»

Hatten die Cannas ihn je am Mittag in ihre Küche gebeten? Er erinnerte sich nur an abendliche Einladungen in die Via Matteotti. Immer mit Katie. Jules räusperte gegen ein Kratzen in seiner Kehle an. «Ich bin nicht gut bei Appetit», sagte er.

«*Bene*», sagte Margarethe. «Lass uns nicht länger um den heißen Brei reden. Wir haben Katie an der Piazza Colombo gesehen. Sie lud zwei Leinentaschen in einen Mietwagen von Avis und stieg ein. Am Steuer saß der Kanadier, den du mir mal auf dem Markt gezeigt hast. Es war nicht schwierig, zu kombinieren, dass das mit eurer Ehekrise zu tun hat.»

«Das ist heute Mittag also eine Speisung der Mühseligen und Beladenen.»

«Mit *pasta scian cui*. Und Vermentino, von dem Bruno gestern zwei Kartons beim Winzer in Dolceacqua gekauft hat.»

«*We will be wonderfully drunk*. Um wie viel Uhr?»

«Um zwei», sagte Margarethe. «Ich werde Pasta und Pesto selber machen.»

Gianni saß auf einem Hocker in der Bar und sah dem Sonnenlicht beim Wandern über den Terrazzoboden zu. War das mittägliche Essen eine gute Idee von seiner Mutter?

Das half vielleicht für den Augenblick. Aber um Mitternacht säße Jules wieder allein vorm Panoramafenster. Er sollte von seinem Berg herunterkommen.

Gianni hatte mit Corinne noch nicht über die Sorgen ihres Onkels gesprochen, sie war eine so effiziente Geschäftsfrau geworden. Was sie vorher an Jules geschätzt hatte, hielt sie nun für unsolide.

Vielleicht hat mein Vater doch recht gehabt in der Einschätzung seines Bruders.

Dieser Satz hatte ihn erschreckt.

Und noch eine Sache machte ihm Sorgen. Eine andere Beobachtung, die Margarethe an diesem Morgen gemacht hatte. Lucio, sein *amico* aus Schulzeiten, sei ebenfalls auf der

Piazza Colombo gewesen, habe Tütchen durch das Autofenster des Avis gereicht, vielleicht Hanf.

Seine Mutter sagte noch immer *Hanf*, wie in den Tagen, als es Hanffelder in der Nähe gegeben hatte, um aus den Fasern der Pflanze Harmloseres herzustellen als Marihuana. Damals hatte man es noch rauchen dürfen, nach dem Krieg war das illegal geworden.

Lucio stammte aus einer reichen Familie, warum sollte er mit Rauschgift handeln?

Da lag was in der Luft dieser Sechzigerjahre, die doch gerade erst anfingen. Vieles schien aus den Fugen zu geraten. Oder stand er einfach nur unter dem Eindruck von Katies Aufbruch nach Griechenland?

Die große Glastür öffnete sich, und einen Augenblick lang hatte Gianni die aberwitzige Hoffnung, Pips käme in die Bar, und sie könnten über all das reden. Er stieg vom Hocker und begrüßte Ivo, der Noten in der Hand hielt. Was immer er spielen wollte, es wurde Zeit, einen kleinen Gang durch die Via Palazzo zu machen, in der Cantina einzukehren, dort ein Glas vom Hauswein zu trinken und ein Stück *Sardenaira* zu essen zum späten Frühstück. Und dann in die eigene Wohnung gehen, aufräumen, er hatte sie wohl ziemlich unordentlich zurückgelassen, nachdem Margarethe mit der Nachricht von Katies Abreise gekommen war.

Köln

Das Wandlungsgeläut ließ Georg Reim lächeln, wann immer er die Tür zur Galerie öffnete. Das *hillije* Köln, in das er vor sechs Jahren zurückgekehrt war nach zwei Jahrzehnten der

Emigration. In Aldenhovens Galerie fühlte er sich angekommen, was ihm nicht an allen Orten seiner Vaterstadt gelang. Gelegentlich fing er ein zu nachlässig hingeworfenes Wort auf aus dem unmenschlichen Vokabular der Nazis. Geriet in Gespräche, in denen gefordert wurde, nun mal Schluss zu machen mit dem ewigen Gejammer über Furcht und Elend im Dritten Reich.

Heinrich telefonierte hinten im Büro. Man könnte sämtliche Bilder stehlen und sich damit aus dem Staube machen, so seelenruhig, wie sein Freund damit umging, dass laut hörbar jemand in den Laden gekommen war. Doch jetzt hatte er sein Gespräch beendet und kam nach vorne.

«Sind die Bilder eigentlich gesichert?»

«Du meinst, ob ein Alarm ausgelöst wird, wenn ein Unbefugter sie abhängt?»

«Genau. Ich wunderte mich, hier vorne so viel Zeit zu haben.»

Heinrich lachte. «Ich habe darauf vertraut, dass du es bist. Schließlich haben wir eine Verabredung. Wir haben Glück mit dem Wetter nach den regnerischen Tagen.»

«Ja», sagte Georg. «Der Juli lässt zu wünschen übrig.»

«Das eben am Telefon war meine Schwester, Margarethe stöhnt über die Hitze in San Remo. Das hält sie aber nicht davon ab, Nudelteig zu kneten und Basilikum mit Olivenöl und Parmesankäse durch den Standmixer zu jagen.»

«Pesto», sagte Georg. «Ich bekomme Sehnsucht nach der südlichen Küche. Sollten wir nicht lieber zu dem Italiener gehen, der am Hansaring eröffnet hat, statt auf die Terrasse vom Reichard?»

«Das Grand' Italia? Die Küche soll gut sein, doch die Ecke ist finster. Liegt es nicht genau neben der Eisenbahnbrücke?»

«Na gut», sagte Georg. «Gehen wir auf unsere vertraute Terrasse. Wo der Cappuccino mit Schlagsahne serviert wird statt mit aufgeschäumter Milch.»

Heinrich schloss die Ladentür ab. «Was hieltest du davon, gemeinsam eine Reise nach San Remo zu machen? Gerda, du und ich. Vielleicht noch in diesem Jahr. Du würdest meine italienische Familie kennenlernen.»

«Sybilla spricht schon lange davon zu verreisen», sagte Georg.

«Du willst sie fragen?»

«Hättest du was dagegen?»

Sie hatten den Wallrafplatz erreicht, Heinrich blieb stehen und sah sich um. «Da drüben, wo jetzt die Kristallpassage ist, war bis 1943 der Kunstsalon von Hermann Abels. Dein und mein Jahrgang, er ist schon vor vier Jahren gestorben. Abels hat Billa gut gekannt. Sie hatte einen großen Bekanntenkreis in den Zwanziger- und Dreißigerjahren. Geblieben sind davon eine Handvoll Freundinnen, lauter Biester, wenn du mich fragst. Sie hat kein großes Geschick im Umgang mit Menschen.»

Georg hob die Augenbrauen. «Warum erzählst du mir das?»

«Billa wird sechzig im Oktober. Vielleicht könnten wir ihr die Reise nach San Remo zum Geburtstag schenken», sagte Heinrich.

«Dann lass uns das tun. Im Oktober ist es noch warm und sonnig in Italien.»

Sie bogen in Unter Fettenhennen ein, die kleine Straße, die zur Terrasse vom Reichard führte.

Die Tische unter den gestreiften Sonnenschirmen schienen alle besetzt. Vorne jedoch standen ein Mann und eine Frau auf, legten einen Geldschein auf den Tisch und eilten davon. Georg gelang es, den Tisch zu kapern, er drehte sich nach Heinrich um.

Der stand noch immer am Rand der Terrasse und versuchte, die jungen Leute, die da so eilig aufgestanden waren, in der Schar der Domtouristen zu entdecken.

Heinrich hätte schwören können, dass der Mann sein Sohn Ulrich gewesen war. Aber warum dieser jähe Abgang, als er ihn und Georg bemerkt hatte?

«Alles in Ordnung?», fragte Georg, als Heinrich kam.

«Vielleicht haben wir Uli gerade beim Flirten gestört», sagte Heinrich.

«Ihr habt ja nur Kleider für Püppchen.» Billa blickte Lucy vorwurfsvoll an. Das Maßband in deren Hand schien ihr bedrohlich.

«Du kannst dir ein Kleid anfertigen lassen, doch dafür brauche ich deine Maße.»

«Die lass ich mir lieber von Carla nehmen. Wo ist die denn überhaupt?»

«Carla hat heute die Mädchen von der Schule abgeholt. Nun ist sie zu Hause.»

«Ich dachte, das sei Ulis Aufgabe.»

«Der hat auch mal was anderes vor», sagte Lucy. In ihr stieg Ungeduld auf, das passierte ihr leicht bei ihrer Schwester. Besser mal für Entspannung sorgen, Lucy zeigte auf die korallenroten Cocktailsessel, die in einer Ecke des Salons standen. «Magst du einen Kognak trinken?»

«Ein Jäckelchen. Gern.» Das Wort *Jäckelchen* sei eine Verniedlichung der Trinkerei, sagte Heinrich. Aber der konnte ja jetzt nicht meckern. Billa ließ sich auf einem der Sessel nieder. «Zeig mir doch mal eure Stoffe», sagte sie. «Dann lass ich mir ein elegantes Sommerkleid nähen.»

«Vom Sommer bleibt nur noch der August», sagte Lucy.

«Ich hoffe auf einen schönen September.» Billa nahm den Kognakschwenker, den Lucy ihr hinhielt. «Du trinkst keinen?»

«Der ist eher für die Kundschaft. Ich gönne mir erst am Abend einen.»

Billa trank einen Schluck. «Ich dachte an was Blumiges auf weißem Grund.»

«Aber nichts Großblumiges», sagte Lucy. «Ich treff mal eine Vorauswahl.» Sie ging nach hinten, um die Stoffballen zu sichten. Der Stoff, mit dem sie zurückkam, war ein Schweizer Batist, weiß mit winzig kleinen pastellfarbenen Segelbooten.

«Ich suche eigentlich nichts für den Kindergarten.»

«Aus dem Stoff näht dir Carla was Todschickes, Billa. Vielleicht ein Jackenkleid, das kaschiert die Fülle deiner Taille.»

Der zweite vorwurfsvolle Blick von Billa. «Mit wem trinkst du denn abends deinen Kognak?» Der Versuch eines Konters.

«Da mache ich es mir gemütlich mit mir.»

«Mit einem Mann ist bei dir nichts mehr?»

Lucy legte den Stoffballen auf die Theke und wickelte einen Meter davon ab, damit Billa einen besseren Eindruck bekam vom Schweizer Batist. «Mir geht es gut, Billa.» Einen Teufel würde sie tun, ihrer Schwester von einsamen Abenden zu erzählen.

«Ich frag ja nur.»

«Und du? Bist du glücklich mit deinem Georg?»

«Genügend glücklich.»

«Hast du noch mal von deinem Liedchensänger gehört? Wie hieß er? Günter?»

«Wie kommst du denn auf den?» Billa schnaubte beinah.
«Ich habe was über ihn gelesen. Dass er als singender Kellermeister auftritt.»
«Wo hast du das gelesen? Im Stadt-Anzeiger?»
Lucy hob die Schultern. «Irgendein Käseblättchen. Ich weiß es nicht mehr.»
«Stand da, wo er auftritt?» Billa schien kaum zu merken, dass sie nach der Flasche Martell griff und sich nachschenkte. Lucy schüttelte den Kopf über das schlechte Benehmen.
«Du willst dich doch nicht mit ihm treffen?»
«Vielleicht schauen Georg und ich uns mal einen Auftritt an.»
«Tu das Georg nicht an. Der ist ein feiner Mensch.»
«Das habe ich schon einmal gehört. Von einer, mit der ich im Evangelischen Krankenhaus gelegen habe. *Vornehm* hat sie ihn genannt.»
«Hast du es sehr eilig mit dem Kleid?»
«Du hast doch selber gesagt, der Sommer sei bald vorbei.»
«Gut. Ich rufe Carla an, dass sie vorbeikommt und deine Maße nimmt. Die Mädchen kommen gerne hier in den Laden.»
«Dann lauf ich rüber zum Osterspey und kauf uns ein paar Teilchen. Nussecken vielleicht und Mandelhörnchen. Ich brauche jetzt was im Magen nach dem Alkohol.»
«Aber such bitte etwas aus, das nicht nur krümelig und klebrig ist.»
«Ich kenne nur krümelige und klebrige Teilchen.» Billa stand schon in der Tür. «Du hast doch sicher Erfrischungstücher. Ich nehme die im Wienerwald immer mit.»
Lucy seufzte und brachte den Ballen Batist in Sicherheit.

Hamburg

«Wo sind die denn alle?» Grete konnte sich den Gästeschwund in ihrem Lokal kaum erklären. So sommerlich war das Wetter nicht, dass sie zuhauf an der Elbe saßen oder im Biergarten vom Landhaus Walter. Deutlich zu kühl für Juli.

«In Dubrovnik und in Rimini», sagte Pips. In San Remo vermutete er sie nicht, die Adria war immer noch deutlich beliebter als die Riviera.

«Dass keine Touristen zu uns kommen», sagte Grete.

Wie sollten die auch zu ihnen finden? Der Geheimtipp ohne Namen stand in keinem Reiseführer. Und selbst wenn sich einzelne Touristen abseits von den Trampelpfaden in die Seilerstraße verirrten, lockte keine Lichtreklame.

«Du gehst zu diskret vor. Reklame würde nicht schaden.»

Grete trat hinter den Tresen und goss ein Astra ins Glas. Aus der Flasche trank sie nicht. Das gehörte sich nicht für eine Dame. «Ist ja noch früh, und der Mittwoch war nie unser stärkster Tag», sagte sie.

Pips setzte sich ans Klavier und fing an zu spielen.

«Was spielst du denn da?», fragte Grete.

«*Summertime*. George Gershwin.»

«Von dem hab ich schon mal gehört.»

Pips wurde ganz sentimental, während er spielte. Vielleicht sollte er sich doch nach einem anderen Engagement umschauen. In den River-Kasematten. In einer Hotelbar.

Konnte er Grete das antun? Er war darauf eingegangen, als sie ihm das Du anbot, hatte sie nicht kränken wollen, doch die Nähe wurde zu groß. In der ersten Zeit hatte Gretes Bemuttern ihn aufblühen lassen. Doch die Frau, die im Dreikaiserjahr geboren worden war und damit fast drei Jahrzehnte älter als er, erhoffte sich mehr.

«Du spielst schön.» Sie trat näher und legte ihm eine Hand auf die Schulter. Ihre langen Nägel waren tiefrot. *Divenrot*, hatte sie gesagt, als sie am Tresen saß, um sie zu lackieren. Die leandersche dunkle Brille würde wohl auch bald kommen, Grete fing an, über schlaffe Augenlider zu klagen.

Sie drehte sich geradezu unwillig zur Tür hin, als der schwere Vorhang geöffnet wurde und ein Mann eintrat, den er inzwischen als Fiete kannte. Der war nicht an die Adria gefahren, das Geld reichte bei ihm gerade fürs tägliche Astra.

«Is doll was los bei euch», sagte Fiete.

«Halt die Klappe und nimm dir ein Bier.»

«Du bist ja noch gar nicht umgezogen.»

«Gesungen wird erst ab vier Leuten.»

«Geht auch ohne die Zarah», sagte Fiete. «Die hat sich bei den Nazis dauernd angekuschelt und tut heute wie eine aus dem Widerstand.»

«Was darf ich Ihnen spielen, Fiete?», fragte Pips. Der alte Hafenarbeiter sprach ihm aus dem Herzen.

«Dann mal das Lied mit der Rosmarie.»

Pips spielte die ersten Töne von *Das kann doch einen Seemann nicht erschüttern*. Immer wieder Ufa. Wenn auch nicht die Leander, sondern Rühmann.

Der Mann im karierten Jackett und mit offenem Hemdkragen wurde erst gar nicht bemerkt. Er ging zu einem der Tische und sah sich nach der Bedienung um. Sein Blick blieb an Fiete hängen.

Fiete grinste. «Ich kann Ihnen ein Bier bringen», sagte er.

«Ich ziehe einen Wein vor. Haben Sie einen trinkbaren Riesling?»

«Sie sind wohl nicht von hier», sagte Fiete. «Hast du noch vom Nierensteiner Popöchen, Grete?»

«Niersteiner Domtal.» Gretes Stimme grollte.

«Den bringen Sie mir», sagte der Mann. Er sah zu Grete. «Ich habe gehört, dass Sie und Ihr Pianist ein eindrucksvolles Programm haben.»

«So. Das haben Sie gehört?» Grete zögerte zu fragen, wo. Vielleicht sang sie heute ausnahmsweise mal ab zwei Leuten. Sie blickte zu Pips, der wieder zu Gershwin zurückgefunden hatte. *Embraceable you.* Gut, dass Grete kein Englisch konnte.

«Dauert aber, bis ich mich umgezogen habe.»

Der Mann nickte.

Fiete servierte den lauwarmen Niersteiner, von dem er eine Flasche hinter dem Tresen gefunden hatte. Pips' Finger glitten in *Love is here to stay.*

«Sie kennen Ihren Gershwin.»

Pips hätte nicht sagen können, warum er unangenehm berührt war, statt sich zu freuen über diesen kundigen Gast.

Grete kam. Sie schien einige Haken ihres Kleides offen gelassen zu haben in der Eile, es beulte im Rücken.

Kann denn Liebe Sünde sein.

Sie ging auf den Mann zu und wedelte mit der Federboa.

Davon geht die Welt nicht unter.

Pips hoffe inständig, dass sie diesmal darauf verzichten würde, sich ins Hinterzimmer zu verziehen, um in das Kostüm der Geliebten Tschaikowskys zu steigen. Er wollte das hier erledigt haben.

Nur nicht aus Liebe weinen. Grete sang ganz ohne Verschleierung.

Fiete klatschte mit, sonst wäre der Applaus zu dünn gewesen.

«Hatte mir es voller vorgestellt bei Ihnen.»

«Das liegt an der brütenden Hitze, die über der Stadt liegt», sagte Grete.

«Ich habe vor, über Sie zu schreiben.»

«Sind Sie von der *Mopo* oder dem *Abendblatt*?», fragte Fiete, der näher rückte.

«Doppelseiten mit Fotos», sagte der Mann. «Das liefert nur eine Illustrierte.»

«Kommen Sie am Sonnabend wieder. Dann ist der Laden voll, und Sie kriegen einen ganz anderen Eindruck», sagte Grete. Und wenn sie die Leute höchstpersönlich ins Lokal zerrte. Eine Illustrierte konnte sie in der ganzen Republik bekannt machen.

Der Mann stand auf. Er legte einen Geldschein und eine Visitenkarte auf den Tisch. Er blickte erst Grete, dann Pips an. «Sie hören von mir», sagte er und nickte ihnen zu, bevor er das Lokal verließ.

«Nicht, dass ihr in der Soraya-Presse landet», sagte Fiete. «Irgendwie habe ich das Gefühl, hier wird ein faules Ei gelegt.»

Pips nickte. Fiete war heute sein Mann.

«Ach was.» Grete zerrte die Federboa vom Hals. «Das hat sich ausgeheimtippt. Wenn hier nicht bald mehr Publikum ist, können wir die Bude dichtmachen.» Sie griff nach der Visitenkarte und steckte sie in ihr Dekolleté.

«Henrike hat zu viel Sonne abgekriegt. Ich hab es die ganze Zeit gesagt. Sie ist ja völlig verschwitzt.» Elisabeth war erbost. Dieser Leichtsinn bei einem Kind von acht Wochen. Auf einer Decke im Garten. Erste Wespen flogen herum. Käfer krabbelten. Und das Kind lag im hohen Gras, das Kurt immer noch nicht gemäht hatte.

«Die Sonne war hinter den Wolken, und Henrike hatte ihr Hütchen auf.» Ursula nahm die Kleine auf den Arm und hoffte, dass Elisabeth bald zurück in ihre eigene Wohnung fand. Die geringe Bereitschaft der alten Freundin ihrer Mutter, ihnen Privatsphäre zu lassen, wurde zu einem Problem.

Am Montag musste sie ihre Arbeit in der Kunsthalle wieder aufnehmen, ab dann versorgte Joachim das *Töchting*, seine Ferien hatten vorige Woche begonnen. Bis zu deren Ende am 17. August wäre alles gut, doch danach fehlte ihnen eine Betreuung für die Zeit, in der er im Johanneum unterrichtete.

«Wo ist Jockel überhaupt?», fragte Elisabeth. Er schien ihr der Vernünftigere. Von seinen und Ursulas Überlegungen, ihr das Kind nicht den ganzen Tag anzuvertrauen, ahnte Elisabeth nichts. Sie hatte Jan großgezogen und auf Tom aufgepasst, das würde sie nun alles auch für Jockels Töchterchen tun.

Ursula legte Henrike auf die Wickelkommode. Von verschwitzt keine Spur. Das Kind brabbelte vergnügt vor sich hin und griff nach den Schäfchen des Mobiles.

«Er trifft sich mit Vinton auf ein Bier im Winterhuder Fährhaus.»

«Mit Vinton? Warum denn das?»

«Warum nicht?»

«Geht es um Jan?»

Beide hörten sie das Klopfen an der Wohnungstür, die angelehnt war.

«Das kann nur Kurt sein», sagte Ursel. «Lässt du ihn rein?»

«Die Tür ist doch auf, ich bin eben auch einfach reingekommen.»

Ein Seufzer von Ursula, den Kurt noch hörte, als er ins Kinderzimmer trat.

«Lilleken, du vernachlässigst mich. Darf ich dich bitten,

mich nach unten zu begleiten? Vielleicht setzen wir uns noch zur blauen Stunde in den Garten.»

«Wer vernachlässigt hier denn wen? Dauernd hockst du unterm Dach.»

«Darum halte ich es für eine gute Idee, mit dir in den Garten zu gehen. Henrike, was denkst du? Sollen Lilleken und Kurt noch einen Wein im Grünen genießen?»

Henrike lachte herzlich. Wie sie *immer* lachte, wenn sie Kurt sah.

«*Oma* und *Opa*», korrigierte Elisabeth.

Kurt schüttelte den Kopf. «Oma und Opa sind in Köln», sagte er.

Ursula sah ihn dankbar an. Er zwinkerte ihr zu und schob seine Frau sanft aus dem Zimmer.

Vinton und Joachim hatten sich an einen der Tische im Garten des Winterhuder Fährhauses gesetzt, Wetter hin, Wetter her, schließlich war Sommer. Beide hatten ein Alsterwasser vor sich stehen und waren dankbar, entspannt miteinander umgehen zu können nach der schrecklichen Zeit des Kampfes um Nina.

«Was habt ihr in den Ferien vor? Zeebrügge?»

«Da fahren die Kölner mit ihren Kindern hin. Carla und Uli haben ein Auto und sind viel näher dran an Belgien. Vielleicht nächstes Jahr, wenn Henrike größer ist.»

«Also der Garten in der Blumenstraße.»

«Ab Montag ist es vorbei mit dem Mutterschutz, Ursula nimmt ihre Arbeit in der Kunsthalle wieder auf. Dann auch gerne mal der Garten in der Blumenstraße. Ich komme noch immer gut klar mit Elisabeth, obwohl ich nachvollziehen kann, warum sie Ursel auf die Nerven geht.» Deshalb saß er hier. Ausloten, ob Toms Kinderfrau noch Kapazitäten hatte.

«*Too much solicitude*», sagte Vinton. «Immer in Sorge. Lotte Königsmann ist da gelassener. Tom ist bei ihr in besten Händen, aber beglucken tut sie ihn nicht. Das ist doch das richtige Wort. Oder? Be-glu-cken.»

Joachim nickte. «Du hast also schon mit Frau Königsmann gesprochen?»

«Ja. Zeitlich ginge das auch gut. Tom ist bis ein Uhr im Kindergarten, von da holt ihn Lotte ab. Die Zeit, bis du von der Schule zurückkommst, wäre Elisabeths Part.»

«Dass wir ihr Henrike nicht ganztägig anvertrauen, wird sie als große Kränkung verstehen. Sie war und ist eine liebevolle Großmutter für Jan. Obwohl mein Sohn nicht nur vergnügliche Erinnerungen daran hat.»

«In dem Jahr, als Jan sieben wurde, hatte er sich einen Hund zu Weihnachten gewünscht. Doch Elisabeth schenkte ihm ein Fotoalbum, in das sie bereits die Bilder eingeklebt hatte. Da gab es ein paar vom Timmendorfer Strand, auf denen Jan und ich zu sehen gewesen wären. Mich hatte sie aber mit der Nagelschere herausgeschnitten.»

«Und Jan hat die Schnipsel im Papierkorb gefunden. Das empört ihn heute noch. Auch dass er zwei Schuljahre lang darum kämpfen musste, nicht mehr von ihr abgeholt zu werden. Die anderen Kinder zogen ihn schon auf deswegen.»

«Dass wir uns das alles erzählen können.»

«Ja», sagte Joachim. «*A long way to Tipperary.*»

— 6. OKTOBER —

Köln

«Das Kleid mit den Segelbötchen kommt in den großen *Mädler*», sagte Billa. «Wird ja wohl noch warm genug sein in Italien.»

«Du willst wirklich so viel Gepäck mitnehmen? Ihr seid doch nur eine Woche da.»

Gerda stand in Billas Zimmer und blickte in den Koffer, der auf dem Diwan stand. Der Diwan, der eigentlich das Bett war, auf das Billa am Tage eine schwere rote Decke mit goldenen Arabesken und Fransen legte, kleine Kissen verteilte.

«Ich nehme doch an, dass Georg mich ins Casino führen wird. Und Margarethe und Bruno haben für meinen Geburtstag einen Tisch im La Mortola reserviert, das ist ein Restaurant vor der französischen Grenze, das sehr elegant sein soll. Da muss ich noch Chiffontücher einpacken, sonst fliegt mir die Frisur weg auf der Fahrt dorthin.»

«Die Cannas fahren kein Cabriolet, Billa.»

«Aber der Gianni doch.»

«Ich erinnere mich, dass Margarethe erzählte, es sei ein Zweisitzer.»

Billa legte das schwarze Samtkleid mit dem tiefen Ausschnitt zusammen und tat es in den Koffer. «Mach mir die Reise nicht madig. Du bist selber schuld, dass du dich entschieden hast hierzubleiben. Als ob ihr die Galerie nicht mal schließen könntet. Dein Mann ist heute doch auch schon am Mittag nach Hause gekommen.»

«Am 10. Oktober reist einer unserer Kunden eigens aus Knokke an. Der Termin lässt sich nicht verlegen.»

«Und was will er kaufen? Nackedeis von eurem Karl Jentgens? Den Silberfuchs darf ich nicht vergessen, die Abende werden wohl kühl sein. So ein Nerzcape täte mir ja noch mal gefallen. Malkowsky hat eines im Schaufenster, ein heller Karamellton, der schmeichelt Brünetten wie mir.»

Aber nun bekam sie ja zu ihrem sechzigsten Geburtstag die Reise geschenkt. Riviera Express. Grand Hotel Des Anglais. Eine Suite hatte Georg für sie beide bestellt, Heinrich schlief bei Margarethe. Die Cannas planten Ausflüge mit ihnen die Côte d'Azur entlang bis nach Saint Tropez.

Billa legte ihre Hände an die Wangen, die ganz warm waren. Reisefieber? «Hast du Baldriantropfen im Haus? Ich tu sonst heute Nacht kein Auge zu. Oder bin ich dann morgen gerädert, wenn wir zum Bahnhof wollen?»

«Du überschätzt die Wirkung von Baldriantropfen», sagte Gerda. Sie verließ Billas Zimmer, um hinüber ins Schlafzimmer zu gehen. Heinrich war dabei, seinen Koffer zu packen, ein Köfferchen im Vergleich zu Billas Gepäck.

Tat es ihr leid, nicht mit ihm nach San Remo zu reisen? Margarethe, Bruno und Gianni wiederzusehen? Der Kunde aus Knokke war ein Grund, in Köln zu bleiben, das Gespräch mit ihrem Sohn der zweite.

Hatte Uli gesehen werden wollen, als er den Weg durch die Drususgasse nahm, an der Galerie seiner Eltern vorbei, den Arm um eine junge Frau gelegt, die nicht Carla war? Gerda hatte Heinrich nichts davon erzählt, sie fürchtete den Unfrieden zwischen Vater und Sohn, Heinrich war ein strenger Verfechter der ehelichen Treue.

«Du solltest noch Orden einpacken», sagte sie mit einem Blick auf den Inhalt von Heinrichs Koffer. «Billa plant den ganz großen Auftritt.»

«Ich nicht», sagte Heinrich. «Und der einzige Orden, den ich besitze, ist von den Roten Funken. Aber ich freue mich auf das Programm, das Bruno und Margarethe vorbereitet haben.» Er schloss seinen Koffer. «Als ich Georg die Reise vorschlug, hatte ich mir das anders vorgestellt. Nun hab ich Billa an der Backe, und meine Frau bleibt zu Hause. Hätten wir den Termin mit Piet Heymans nicht doch verschieben können?»

«Er will den ganzen Zyklus von Hartogh kaufen und seiner Tochter zur Hochzeit schenken. Es wäre weder für Heymans noch für uns gut, den Termin abzusagen.»

«Lad dir Carla, Uli und die Kinder ein, wenn dir das Haus zu leer ist.»

Am Montag würde Uli zu ihr kommen, da konnte ein leeres Haus nur gut sein. Ihr Sohn hatte sie hinter dem Schaufenster gesehen, dessen war sie sicher. Hätte Heinrich dort gestanden, wäre der große Knall längst geschehen. Warum bloß diese Provokation?

San Remo

«*Un piccolo raffreddore*», hatte Dottor Muran gesagt. Ein kleiner Schnupfen. Die Signora Canna würde ihn überleben, wie sie immer alles überlebte.

Nur Bruno saß an ihrem Bett, als Agnese starb. Dass er dort war, hatte nichts mit einer Vorahnung zu tun, er wollte ihr nur erklären, warum Margarethe und er in der kommenden Woche kaum anwesend sein würden. Die Kölner wurden erwartet.

Er nahm ihre Hand, eine ganz normale Abschiedsgeste schien es ihm, die Hand war warm, Agnese in einen kleinen Schlaf gefallen. «*Ciao, Mamma*», sagte er, als er aufstand, um aus dem Zimmer und anschließend zu Margarethe in den vierten Stock zu gehen, um den nachmittäglichen Kaffee einzunehmen. «*A domani.*»

An der Tür drehte er sich noch einmal um, irgendwas störte ihn. Dass sie ihm nicht eine einzige Antwort gegeben hatte, keine Beschwerden vortrug? Er ging zum Bett, blickte auf die venezianische Spitze ihres Nachthemds. «Mamma?» Bruno griff nach dem schmalen Handgelenk seiner Mutter, suchte den Puls.

Einen Augenblick später, dass er nach Rosa rief, sie solle Dottor Muran holen, in das Treppenhaus lief und vergeblich bei seinem Bruder Bixio läutete.

Im vierten Stock öffnete Margarethe ob der ungewohnten Geräusche die Tür. Hörte ein Schluchzen. Bruno fiel ihr auf der ersten Treppe in die Arme.

«*Lei è morta*. Ohne Letzte Ölung ist sie gegangen. Einfach so. Aber Gott wird ihr gnädig sein, Mama war ein Mensch voller Güte.»

Das sah Margarethe anders, und eigentlich tat das auch Bruno. Doch im Angesicht von Agneses Tod schien er zum hingebungsvollen Sohn zu werden. Zwei Stockwerke unter ihnen hörten sie die Stimmen von Rosa und Dottor Muran.

«*Carissima*», sagte Bruno vor Agneses Tür. «Bitte deinen Bruder, den Besuch zu verschieben. Ich bin der ältere Sohn und werde die Totenwache halten. Das hier ist ein Trauerhaus, da kann ich keine Gäste empfangen.»

Dottor Muran drehte sich um, als sie eintraten, und nickte kummervoll. *«Vai a prendere il prete, mia figlia»*, sagte er zu Rosa. Das alte Mädchen lief los.

Muran verbeugte sich, als er erst Bruno, dann Margarethe die Hand reichte. Der Arzt wirkte traurig und verlegen, dass er Agneses Leiden nur für eine weitere Unpässlichkeit gehalten hatte. Margarethe trat an das Bett ihrer Schwiegermutter. Agnese sah so friedlich aus, wie es ihr im Leben selten gelungen war.

Als Rosa mit dem Priester zurückkehrte, verließ Margarethe das Zimmer, um ihren Bruder anzurufen. Danach in die Bar hinübergehen zu Gianni. Sie sah auf die Uhr. Noch keine halb fünf, dennoch vermutete sie ihn schon dort. Welche Todeszeit gab Muran wohl an, wenn er den Totenschein schrieb?

Gianni und sie würden gemeinsam in die Via Matteotti zurückkehren. Margarethe wusste, was von ihr erwartet wurde. Rosa bei den Waschungen zu helfen, Agnese anzukleiden und zu frisieren, die antiken Kerzenleuchter aufzustellen. Viele der Leuchter standen seit dem Tod von Brunos Vater hinten in den Schränken.

Doch all das kam später. Nun würde sie erst mal schweren Herzens den Kölnern absagen.

Heinrich verzichtete auf die Reise nach San Remo. Billa und Georg entschieden, am nächsten Tag in den Riviera Express zu steigen. Ein Kondolenzbesuch bei den Cannas, danach gingen sie eigene Wege und würden keinen stören.

Margarethe hatte um Viertel vor fünf angerufen. Inzwischen war es dunkel im Zimmer, nach der Dämmerung hatten sie versäumt, die Lampen anzuschalten.

«Ich geh dann mal. Das Taxi ist jeden Moment da.»

Heinrich und Gerda standen auf, um Billa zu verabschieden, zu helfen, das Gepäck in den Kofferraum zu laden. Georg hatte vorgeschlagen, dass sie zu ihm kommen sollte, dann konnten sie am Morgen gemeinsam aufbrechen.

«Hab eine gute Zeit, Billa. Grüße Bruno, Margarethe und Gianni herzlich von uns.»

«Ich werde da nicht aufdringlich sein. Sollen sie mal die alte Signora unter die Erde bringen, Georg und ich gucken uns lieber die Gegend an.»

«Wir werden an deinem Geburtstag im Grand Hotel anrufen.»

Billa setzte sich in das Taxi und hob die Hand zu einem huldvollen Winken.

«Kein Licht», sagte Heinrich im Wohnzimmer. «Nur ein paar Kerzen.»

«Du hättest deiner Schwester zur Seite stehen können», sagte Gerda.

«Ich denke, Margarethe ist dankbar über meine Entscheidung, in Köln zu bleiben. Sie will sich auf Bruno konzentrieren und nicht das Gefühl haben, mich beschäftigen zu müssen.» Er sah Gerda die Kerzen im dreiarmigen silbernen Leuchter anzünden, Margarethes Geschenk zu ihrer Silberhochzeit im November 1950. «Wie viele Menschen erst wertgeschätzt werden, wenn sie gestorben sind.»

«Geht dir das mit Agnese Canna so?» Gerda setzte sich ihm gegenüber.

«Ich kenne sie nur von Hochzeiten. Die von Margarethe und Bruno in Köln. Und die von Gianni vor vier Jahren in San Remo. Da trug sie Pelz und Juwelen und ein breites Lächeln. Doch ich habe oft genug von Margarethe gehört, dass sie ein Drachen war.»

Gerda nickte. «Sie hat ihr das Leben schwer gemacht. Das

Einzige, was sie Margarethe zugutehielt, war, dass sie katholisch ist.»

«Und dem Blumenimperium der Cannas einen Stammhalter geboren hat.»

«Bixios Sohn Cesare war dann ihr wahrer Prinz. Gianni ist viel zu gradlinig.»

Heinrich stand auf. «Mach doch mal mehr Licht. Ich hole eine Flasche Mosel aus dem Keller. All die Weine und Grappe, die ich in den nächsten Tagen nicht trinken werde, da kann ich mir und dir einen Bernkasteler Doctor gönnen.»

Gerda schaltete die Lampe an, die den *Ananasberg* in ein warmes Licht hüllte. Die Wende, die diesem Abend gegeben worden war, ließ sie zögern, ob sie Heinrich nicht doch von Ulrich und der jungen Frau erzählen sollte. Doch dann würde sich über diese matte Traurigkeit Heinrichs Zorn legen. Den wollte sie jetzt weniger denn je. Lieber das Glück fühlen, einen geliebten Menschen an der Seite zu haben und ihn hoffentlich noch lange dort zu wissen.

— 10. OKTOBER —

San Remo

Der Sarg wurde aus der *Madonna della Costa* getragen, der Zug der Trauernden folgte ihm zu den schwarzen Limousinen, die auf dem Vorplatz der Kirche standen.

Lidia war als Einzige tief verschleiert. Das Wort *obszön* kam Gianni in den Sinn, als er mit Corinne hinter seinen Eltern herging. Ausgerechnet Lidia, die Bixios Ehe mit Donata hatte zerbrechen lassen und Agnese in gegenseitigem Hass verbunden gewesen war bis zu dem Tag, als sie den Prinzen Cesare geboren hatte. Der siebenjährige Junge ging an der Hand von Bixio, dessen Erschütterung nicht nach außen drang. Bruno hingegen war in tiefer Trauer.

Sie stiegen in die Limousinen, sobald der Sarg in das pompöseste der Autos geladen worden war. Die Signora Grasso drängte nach vorne, um noch einen Platz zu finden, viele Jahrzehnte lang war sie spinnefeind mit Agnese gewesen, das Schauspiel ihrer Beerdigung wollte sie sich nicht entgehen lassen.

Doch sie blieb am Rande zurück, in den Limousinen, die sich auf den Weg zum alten *cimitero* in der Via San Rocco begaben, saßen Agneses Söhne mit ihren Familien, zwei Neffen aus Venedig und die treue Rosa. Ein letzter Wagen folgte mit den Gebinden, das Blumenimperium der Cannas, dem Agnese seit dem Tode ihres Mannes im Mai 1945 vorgestanden hatte, verausgabte sich noch einmal.

Margarethe fröstelte, wie sie es immer tat, wenn sie vor dem Mausoleum der Familie Canna stand. Kalter weißer Marmor, der sie an den schwarzen Granitstein mit den grauen Buchstaben auf dem Kölner Melatenfriedhof denken ließ, das Familiengrab der Aldenhovens wirkte nahezu anheimelnd gegen diese Pracht.

Sie griff nach Brunos Hand, als Monsignore Scarlatti die lateinischen Gebete sprach, das Weihrauchkesselchen schwenkte. Versuchte, nicht zu tief zu atmen, um dem Schwindel zu entgehen, der sie schon in den Kölner Kirchen gequält hatte, wenn sie Weihrauch roch. Vielleicht half es, in den tiefblauen Himmel zu schauen, der hoch über den Wipfeln der Zypressen und Eukalyptusbäume zu sehen war. Kaiserwetter hatte man das in ihrer Kindheit genannt. Nun wurde eine Matriarchin begraben, die sich immer für eine Königin gehalten hatte. Brunos Mutter, Giannis Großmutter. Wenn nun doch eine große Traurigkeit über Margarethe kam, war es Brunos wegen, dessen Hand kalt in ihrer lag.

Billas sechzigster Geburtstag, den Billa fern der Trauerfeierlichkeiten verbrachte. Sie saß auf der Terrasse vom La Mortola und trank Vermentino, eingeschenkt aus einer Flasche, die in einem beschlagenen Silberkühler auf dem Beistelltisch stand. Die Vorspeise war gerade abgetragen worden, Steinpilze und Feigen.

«Ich würde gern am Ende unseres Aufenthalts noch einmal Margarethe besuchen», sagte Georg. «Sie bedeutet Heinrich sehr viel.»

«Dabei war er schon vierzehn, als sie geboren wurde.»

«Er hat mir von den Schwestern erzählt, die an Scharlach gestorben sind. Der Älteste und die Jüngste sind die überlebenden Geschwister, das ist ein besonderes Band. Ich hätte gern Geschwister gehabt.»

«Lucy ist mir nicht nur eine Freude», sagte Billa.

Georg lächelte und hob sein Glas. «Auf dich», sagte er. Warum war Sybilla die Frau an seiner Seite? Ihr ganzes Wesen stand im Widerspruch zu dem Leben, das er gelebt hatte. Ihm war Empathie doch so wichtig.

Eine Verlegenheit, die Billa überkam. Sie blickte hinunter zum Meer und dann hoch in den Himmel, der von einem Blau war, das nur dem Herbst gelang.

«Was lässt dich so leicht widerborstig sein, Sybilla?»

«Ich bin eben ein *Orijinal*. Das hat mein Großvater gesagt, da war ich gerade mal elf Jahre alt.»

«Die Stempel, die einem aufgedrückt werden», sagte Georg.

«Das Ross und das Fohlen.»

Er krauste die Stirn in Unverständnis.

«Billa und Lucy. Die eine das Ross, die andere das Fohlen.»

«Wie kommst du denn darauf?»

Billa hob die Schultern. «Irgendwann hab ich aufgehört, verletzlich zu sein.»

«Da irrst du dich. Du bist leicht zu verletzen.»

«Vorhin hast du dich gefragt, warum du mit mir zusammen bist.»

Georg nahm ihre Hand und küsste sie. «Die sensible Sybilla», sagte er.

«*Scusi, Signora, Signore.*» Der Kellner hob die Cloche einer großen Silberplatte, präsentierte die prächtige Dorade, die er nun tranchieren würde.

«Habe ich recht?», fragte Billa.

«Ich genieße die Augenblicke deiner Weichheit. Gerade weil sie selten sind.»

«Meinst du, man kann sich mit sechzig noch ändern?»
Die Dorade wurde serviert. Wein nachgeschenkt.
«Ein Quäntchen weniger Widerborstigkeit wäre schön.»
«Das könnte mir gelingen.»
«Trinken wir auf gute Jahre», sagte Georg.

Hamburg

Kein Wetter, um zum Hafen zu gehen und den Schiffen zu winken. Kurt stellte den Kragen seines Regenmantels hoch und zögerte, ob er nicht ins Büro zurückkehren sollte, um dort die Mittagspause zu verbringen. Doch dann hatte er den Duft vom vorgekochten Kohl in der Nase, den Fräulein Marx in der Teeküche aufwärmte.

Ihm stand der Sinn nach Wind um die Ohren. Über den Rödingsmarkt zum Baumwall, und wenn es dann noch nicht regnete, zu den Landungsbrücken.

Nachher erwartete ihn die Präsentation der Werbemaßnahmen zum Weltspartag, Kurt kam es vor, als sei das seine hundertste Präsentation, sie würde die letzte sein, nächstes Jahr im Oktober war er schon Pensionär.

Er ging vorbei an den Läden für Tauwerk und Segeltuch, an Kneipen mit tabakgelben Gardinen. Das Börsenviertel mit den Banken und Sparkassen war nur einen Steinwurf entfernt von den Straßen, in denen Hamburg noch hässlich und kaputt war. Die Baracke des Schiffsausrüsters Schmeding stand im Brachland, rundherum ungeordneter Wiederaufbau.

Kurz vor den Landungsbrücken fing es an zu regnen. Kurt kehrte um und bog in den Stubbenhuk ein, ging den Herrengraben entlang, um dann am Adolphsplatz anzukommen. Nass war er und nicht wirklich durchlüftet.

«In Ihrem Büro sitzt Besuch», sagte die Marx, als er hereinkam.

Kurt öffnete die Tür zum Büro und trat ein. «Warum sagt sie nicht, dass du es bist? Sie kennt dich doch.» Er zog den Mantel aus und hängte ihn vor die Heizung.

«Vielleicht deswegen», sagte Vinton. «Miss Marx hat mir noch immer nicht verziehen, dass ich deine Tochter geheiratet habe.»

«Irre ich mich, dass du in Paris sein solltest?»

«Du irrst dich nicht. Die Gesprächspartnerin ist leider unberechenbar. Seit Jahren betreibt sie Rufmord mit ihren Plagiatsvorwürfen gegen Paul Celan, und nun wütet sie, weil Celan am 22. Oktober den Büchner-Preis erhält. Claire Goll hat den Termin kurzfristig abgesagt, weil sie ahnt, dass wir ihr kein Podium für weitere Attacken bieten werden.»

Kurt nickte. Er kannte nur Celans *Todesfuge* und Claire Goll gar nicht. «Das ist aber kaum der Grund, warum du vor meinem Schreibtisch sitzt?»

Vinton zog ein Kuvert aus der Innentasche seines Jacketts und gab es Kurt.

«Den Brief darin soll ich lesen?»

«Darum gebe ich ihn dir. Ich übersetze auch gerne.»

Kurt las den Briefkopf. Ein Notariat in Maidenhead. «Sag mir, was drinsteht, ehe ich etwas Wichtiges versäume.»

«Der Cousin meiner Mutter. Da gab es zu ihren Lebzeiten schon keinen Kontakt mehr. Ich wusste überhaupt nicht, dass er noch lebt. Tut er nun auch nicht mehr. Der Notar hat eine Weile in London nach mir gesucht, bevor er mich in Hamburg gefunden hat. Ian Henderson vermacht mir sein Haus. In einer Kleinstadt vierzig Kilometer vor London. Ich will es in Augenschein nehmen, bevor ich das Erbe annehme.»

«Weiß Nina schon davon?»

«Ja», sagte Vinton.

«Wollt ihr mit den Kindern nach England ziehen?»

«O nein. *I definitely don't want to go back.* Wenn es keine Schrottbude ist und frei von Schulden, dann werde ich das Haus verkaufen. Um das zu klären, fliege ich für zwei, drei Tage nach England, Nina wird mich begleiten.»

«Und die Kinder?»

«Die werden von Lotte Königsmann versorgt. In den Tagen kann Lotte dann leider nicht Henrike betreuen.»

«Elisabeth wird zu gerne einspringen.»

«Das befürchtet Ursel auch. Ich war eben bei ihr in der Kunsthalle.»

«Lilleken ist nun nicht Alberich, der den Nibelungenschatz bewacht. Sie wird Henrike auch wieder an Frau Königsmann herausgeben, wenn ihr zurück seid.»

«Bringst du es ihr bei?»

Kurt lächelte. «Das wird ganz einfach sein. Ich werde einen Augenblick lang in der Schwebe lassen, ob ihr vorhabt, aus Hamburg wegzuziehen. Wenn ich das aufkläre, ist Lilleken in ihrer Erleichterung zu allem bereit.»

«Ich danke dir. Nun muss ich zurück in die Redaktion.»

«Und ich zur Präsentation meiner Pläne zum Weltspartag. Ein letztes Mal. Aber eines wüsste ich doch noch gerne. Warum schleicht ihr alle um Elisabeth herum?»

«Du bist der Einzige, der sich emanzipiert hat», sagte Vinton.

Köln

«Tritt ein, Sohn», sagte Heinrich. Er sah Ulis Erstaunen, seinen Vater in der Tür des Hauses stehen zu sehen, obwohl sie ihn und Carla informiert hatten über Agneses Tod und Heinrichs Absage der Reise. «Die Galerie ist am Montag geschlossen.»

«Das weiß ich», sagte Uli. «Ich war davon ausgegangen, nur mit Mama zu reden.»

«Deine Mutter hat mich zu Mittag einen Sack Kreide fressen lassen.»

Ulrich zog den Parka aus, den er neuerdings trug, und hängte ihn an die Garderobe. Dann ging er ins Wohnzimmer und begrüßte Gerda, die gerade Tee einschenkte. «Tee beruhigt», sagte sie. Wer musste hier wen beruhigen?

«Carla trinkt dauernd Johanniskrauttee», sagte Uli.

«Weiß sie von deinen Eskapaden?», fragte Heinrich.

«Eskapaden?»

«Ich kann auch Seitensprung sagen.»

«Eigentlich geht euch das gar nichts an.»

«Doch», sagte Gerda. «Du bist dabei, etwas zu gefährden, das uns sehr am Herzen liegt. Nun setzt euch endlich.»

«Die junge Dame, mit der du an der Galerie vorbeiflaniert bist, ist dieselbe, mit der ich dich im Juli auf der Terrasse des Reichard gesehen habe?»

Ulrich nickte.

«Dann läuft das schon eindeutig zu lang.»

«Ich werde Ende November dreißig.»

«Erkläre uns den Zusammenhang.»

«Nennt es Torschlusspanik. Ich war zweiundzwanzig, als ich geheiratet habe.»

«Das war keine Zwangsverheiratung», sagte Heinrich.

«Nein. Ich liebe Carla und die Kinder.»

«Uli. Warum bist du mit der jungen Frau an unserer Galerie vorbeigekommen? Du musstest damit rechnen, von Papa oder mir gesehen zu werden.»

Ulrich trank einen Schluck von seinem Tee. «Vielleicht wollte ich es provozieren. Ich habe damit gerechnet, dass Papa uns sieht und vor dem Laden ein Donnerwetter veranstaltet.»

«Stattdessen stand deine diskrete Mutter hinter der Schaufensterscheibe.»

«Wer ist die junge Frau, Uli?»

«Sie holt gelegentlich das Kind ihrer Schwester von der Schule ab.»

«Du hast sie vor der Volksschule deiner Töchter kennengelernt?»

Uli sah zu seiner Mutter und nickte.

«Dann weiß sie, dass du Kinder hast. Kennt vielleicht sogar Carla.» Heinrichs Stimme war lauter geworden. «Das ist noch verantwortungsloser, Ulrich.»

«Du hast das Gefühl, etwas versäumt zu haben in deiner Jugend?», fragte Gerda.

«So ungefähr.»

«Blödsinn», sagte Heinrich.

«*Du* warst dreiunddreißig, als du geheiratet hast», sagte Gerda. «Ich gehe stark davon aus, dass du vorher das eine oder andere erlebt hast.»

«Das tut nun nichts zur Sache.»

«Warum wolltest du ein Donnerwetter provozieren, Uli?»

«Ich weiß nicht, wie ich aus der Sache mit Monika herauskomme.» Ulrich betrachtete das Muster des Teppichs.

«Ich werde in den nächsten Wochen die Mädchen von der Schule abholen», sagte Gerda. «Vielleicht komme ich mit ihr ins Gespräch, ich denke, ich erkenne sie. Aber vorher sprichst du mit ihr.»

«Du wirst diese Affäre beenden», sagte Heinrich. «Am besten heute noch.»

«Ich habe den Eindruck, Uli will genau das tun. Den Zeitpunkt müssen wir ihm überlassen.» Gerda stand auf, um ihren Sohn zu umarmen. «Das kriegst du hin», sagte sie. «Und nun hole ich den Pflaumenkuchen.»

Nur Heinrichs geliebter *Prummetaat* konnte jetzt die Gemüter besänftigen.

1961

— 2. FEBRUAR —

San Remo

Rosa blieb bis Mariä Lichtmess. Hüterin einer Wohnung ohne Herrin. Ihre Anwesenheit verbot, dass die Schränke ausgeräumt wurden, Margarethe hätte vor Weihnachten gerne die Kleider ihrer Schwiegermutter an die Caritas gegeben, doch das alte Dienstmädchen ließ das nicht zu.

Agneses Schlafzimmer wurde zu einem heiligen Ort, den Rosa täglich mit in Weihwasser getränktem Buchsbaum segnete. Das Weihwasser wurde in einer Steingutkanne aufbewahrt, die früher auf einem Waschtisch in der Kammer der Dienstboten gestanden hatte.

«Vielleicht verliert sie in ihrer Trauer den Verstand», hatte Margarethe zu Bruno gesagt, doch der wollte davon nichts hören. Er fand, dass Rosa alles richtig machte, ließ die Seelenämter lesen, die Rosa anregte, und sang gelegentlich *requiem aeternam dona eis, Domine* vor dem Rasierspiegel. Ewige Ruhe gib ihnen, Herr.

An Agneses Geburtstag, dem 2. Februar, fand sich die Familie Canna in der *Madonna della Costa* wieder wie in vielen Jahren zuvor, wenn auch zuletzt nur noch Bruno seine Mutter begleitet hatte, um an der Lichterprozession teilzunehmen.

Rosa war nie dabei gewesen, denn sie hatte in der Küche im ersten Stock der Via Matteotti das Festmahl vorbereitet. Nun stand sie zwischen Gianni und Bruno, klein und dünn, das dunkle Haar, das sie zum Knoten gebunden hatte, von weißen Fäden durchzogen.

Vielleicht hatten die Cannas die Erwartung gehegt, dass in Agneses Wohnung die Tafel gedeckt war und die treue Rosa kalte Speisen auftragen würde, doch als sie die Kirche verließen, verabschiedete sich Rosa von allen, hielt Brunos Hand ein wenig länger, ging dann zu der Frau, die bis vor Kurzem die *cicchetti* für Giannis Bar zubereitet hatte, und sagte nur noch, ihr Gepäck lasse sie abholen.

So ging Rosa Verde mit kleinen energischen Schritten aus ihrer aller Leben.

Die Familie stand noch eine Weile auf dem Vorplatz der Kirche, dann zerstreute sie sich. Corinne stieg auf ihre Vespa, um zum Blumengroßhandel zu fahren. Bixio fuhr mit seiner Familie davon, ohne ein Ziel zu nennen. Gianni stieg zu seinen Eltern in den alten Fiat 1400.

«Ich habe eine Lasagne im Kühlschrank», sagte Margarethe. «Die muss nur noch in den Ofen.» Keiner von ihnen hätte je gedacht, dass ihnen das Geburtstagsessen zu Ehren Agneses mit all den lästigen Ritualen einmal fehlen könnte.

Das Haus hallte vor lauter Einsamkeit, die Landschaft vor den Fenstern schien ihm leer, nur der blassblaue Bus der *Comune di San Remo* fuhr alle zwei Stunden vorbei und ließ vor der Kurve die Fanfare klingen.

An diesem Februartag wäre Jules so weit gewesen, in die zwei Zimmer über der Bar zu ziehen. Doch da lebte nun Ricky, Richard Bell, der Junge aus Birmingham, ihr Pianist seit Dezember.

Katie war in den ersten Novembertagen da gewesen, hatte die Winterkleidung aus dem Schrank geholt und in die Leinentaschen gepackt. Ihre Haut war tief gebräunt, doch sie fror in ihrem knöchellangen Baumwollkleid mit der groben Stickerei. In anderen Zeiten hätte Katie das Kleid ein Fähnchen genannt, heute war es vermutlich Ausdruck von Spiritualität. Nahm seine Frau Drogen? Jules glaubte, das an ihren erweiterten Pupillen erkannt zu haben.

Katie hatte den Kaschmirpullover übers Kleid gezogen, den sie einst in Genf in einer Boutique im Hotel Beau-Rivage gekauft hatten, er schien ihr bis zu den Knien zu reichen, sie war schmal geworden. Belanglosigkeiten, die sie austauschten, anderes trauten sie sich nicht zu. Die Trennung schien vollzogen, das Wort Scheidung sprach keiner von ihnen aus.

Sie fuhr davon in einem kleinen Kastenwagen, der Mann am Steuer war nicht der Kanadier. Nur ein Töpfer aus Bussana Vecchia, sagte Katie. Was hatte sie mit diesem verfallenen Bergdorf zu tun, das 1887 von einem Erdbeben zerstört worden war und von den überlebenden Einwohnern verlassen? Künstler aus allen Ländern hatten angefangen, sich in den Ruinen anzusiedeln. Davon wurde staunend erzählt.

«Ist es vorbei mit dem Kanadier?», hatte Jules gefragt.

«In der kommenden Woche werde ich wieder bei ihm auf Korfu sein.»

«Und der Töpfer?»

«Ich habe ihn auf dem Markt in San Remo kennengelernt. Er ist einer von uns.»

«*Einer von uns*? Bist du in einer Sekte?»

Sie hatte den Kopf geschüttelt. Gelächelt über Jules.

Nein. Sie war nicht mehr seine Katie.

Wie lange wollte er hier noch allein aus dem Panoramafenster blicken? Im Juni würde er siebenundvierzig Jahre alt werden. Nicht zu spät, um Neues anzufangen. Doch er war kein Eroberer mehr.

Hamburg

«*Hab gehört, dass Sie und Ihr Pianist ein eindrucksvolles Programm haben*», zitierte Grete mit Gift in der Stimme. «*Doppelseiten mit Fotos. Das liefert nur eine Illustrierte.*»

«Hast ein gutes Gedächtnis, dass du dich an das Gelaber von dem Schreiberling erinnerst. Ich dachte, in deinem Kopf sind nur noch die Texte von der Zarah.»

«Fängst dir gleich eine, Fiete.»

«Wer weiß, was uns erspart geblieben ist», sagte Pips. Er war zeitig da an diesem Donnerstag. In der düsteren Wohnung in der Schmilinskystraße fiel ihm die Decke auf den Kopf. Wann suchte er sich endlich mal was Neues? Wenn er an die lichten Räume in San Remo dachte, überfiel ihn Heimweh. Ganz zu schweigen von seiner Sehnsucht nach Giannis Bar. Er war Ursulas wegen nach Hamburg gekommen, aber was hatte er denn für Hoffnungen gehabt? Dass sie ihn an die Hand nahm?

Fiete schien sich zu Hause auch nicht wohlzufühlen, er kam jeden Tag früher. «War irgendwie windig, der Typ», sagte er. «Trinkbarer Riesling.»

«Will eben nicht jeder Astra trinken. Ihr könnt aufhören, euch zu erregen. Ich habe seine Visitenkarte zerrissen.»

«Und ich dachte, die sei an deinem Dekolleté festgeklebt.»

«Wie kriegen wir denn nun Leute in den Laden?»

«Eine Neonschrift», sagte Pips. «Haben die anderen Bars doch auch. *Bei Grete.* Damit nicht alle im Dunkeln an uns vorbeistolpern.»

Grete sah nachdenklich aus. «Eigentlich hab ich nichts zu verbergen.»

«Hört sich an, als sei das mal anders gewesen», sagte Fiete.

Sie winkte ab und sah plötzlich viel älter aus als im Dreikaiserjahr geboren.

«Du kriegst jetzt ein Astra. Sogar ein kaltes.» Fiete öffnete den Kühlschrank «Von mir aus im Glas. Ist immer alles leichter zu ertragen mit Bier im Blut. Kannst auch die Schnute halten, wenn dir das lieber ist.»

«Hab nicht alles richtig gemacht im Leben», sagte Grete.

«Haben wir alle nicht», sagte Fiete.

Pips hatte sich ans Klavier gesetzt und blickte zum Tresen. Was wusste er denn von Grete? Vielleicht war sie eine Nazisse gewesen.

Sie drehten sich zur Tür, als der Vorhang geöffnet wurde. Vier junge Leute. Die beiden Jungen trugen Baskenmützen. Wofür stand das nun wieder? Künstler? Oder einfach nur *oh, là, là*? Die vier setzten sich an einen der Tische, schoben Stühle heran. Bestellten zwei Sekt und zwei Astra. Blickten erwartungsvoll zum Klavier.

«Spiel mal was, Pips», sagte Grete.

Beim ersten Mal, da tut's noch weh spielte Pips. Ein Lied für Fiete.

«Das ist doch aus *Große Freiheit Nr. 7*», sagte das Mädchen mit den dunklen Haaren. «Diesen Film liebe ich.»

«Ich denke, ihr hört jetzt alle die Jungs aus Liverpool», sagte Grete. «Die beim Bruno Koschmider im Kaiserkeller auftreten.»

«Uns gefallen auch die alten Sachen.»

«Inspiration holen wir uns überall her», sagte der eine Junge.

Fiete trug das Tablett mit den Getränken an den Tisch. Vielleicht wurde noch eine Stellung als Kellner daraus. Doch dafür musste der Laden besser laufen.

«Ich könnte euch was von der Zarah Leander singen.»

«Lieber von Hans Albers.»

Und über uns der Himmel spielte Pips.

Grete sah gekränkt aus. Die Leander inspirierte offenbar nicht. «Wie habt ihr überhaupt hergefunden?»

«Ein Tipp am Schwarzen Brett unserer Schule. Da hat einer ein Foto von Ihrem Schaukasten angepinnt.»

«Wer macht denn so was?», sagte Fiete.

«Käutners *Große Freiheit Nr. 7* wurde von den Nazis zensiert, erst die Engländer haben den Film 1945 freigegeben. Wussten Sie das?»

Pips hörte auf zu spielen. «Ihr seid nicht vielleicht Schauspielschüler?», fragte er.

«Weil wir Helmut Käutner kennen?», fragte einer der Jungen.

«Doch. Sind wir. Bei Hildburg Frese.» Das dunkelhaarige Mädchen sah zu Pips, zögerte. «Du bist auch nicht viel älter als wir. Oder?»

«Nicht viel.» Pips lächelte. Im Dezember war er dreiunddreißig geworden. War es ein Kompliment, dass er für wenigstens zwölf Jahre jünger gehalten wurde?

«Was spielst du sonst so?»

«Eigentlich vor allem Jazz», sagte Pips.

Grete funkelte ihn an. «Vor allem begleitet er mich, wenn ich die Lieder von der Zarah Leander singe.» Sie blickte auf die Uhr über dem Tresen, ein Werbegeschenk von Bommerlunder. «Gleich ziehe ich mich um. Trinkt ihr noch was?»

Eine kleine Geldbörse wurde aufgeknipst. Die Dunkelhaarige nickte.

«Noch mal das Gleiche?», fragte Fiete. «Die nächste Runde geht aufs Haus.»

Auch ihn traf ein funkelnder Blick, doch Grete ging ohne

Gemecker nach hinten, um sich in ihre Abendrobe zu werfen.

«Spielst du uns was von deinem Jazz?»

I got rhythm spielte Pips. Schaffte auch noch *Somebody loves me.* Dann trat Grete aus dem Hinterzimmer. Kunstseide und Federboa.

«Fulminant», sagte einer der Jungen. «Junonisch», der andere.

«Das ist kein Jazzschuppen hier», war das, was Grete sagte.

«Vielleicht wäre es voller, wenn es einer wäre. Ihr Pianist ist kolossal gut.»

«Einmal die Woche, Grete», ließ sich Fiete vernehmen. «Das wär doch drin.»

«Ich gebe keinen von meinen vier Tagen ab.»

«Dann nehmen wir den Dienstag dazu», sagte Fiete.

«Wenn Pips sich das vorstellen kann.»

Pips sah zu dem Mädchen, das die *Große Freiheit Nr. 7* liebte.

«Du wirkst ganz anders, wenn du Jazz spielst», sagte sie.

«Schluss mit den Sirenengesängen», sagte Grete. «Jetzt komme ich.»

Das Vorspiel. Dann die ersten Klänge. *Kann denn Liebe Sünde sein.*

Ein kleines Haus nahe der Maidenhead High Street. Fünf Zimmer in dem *brickstone* aus den Zwanzigerjahren. Die zentrale Lage ließ es zu, einen guten Verkaufspreis zu erzielen. *An oldfashioned man but very structured* hatte der Makler den alten Herrn genannt, der sich an den Sohn einer Verwandten erinnert hatte, als er sein Testament abfasste. Ein aufgeräumtes Haus, in das Vinton und Nina im Oktober bei ihrem Besuch in Maidenhead gekommen waren, wenige persönliche Dinge hatte Vinton an sich genommen, das übrige Inventar der Frau gelassen, die Ian Henderson viele Jahre als *charwoman* gedient hatte.

Vinton öffnete den Brief des Maklers noch auf der Treppe, die er statt des Aufzugs nahm. Er musste nächste Woche noch einmal nach London fliegen, von da einen Leihwagen nach Maidenhead, um den Notartermin wahrzunehmen, den Vertrag unterschreiben, der ein junges Paar mit Kind zu den Eigentümern machte.

«Ich hätte gern ein Haus wie dieses», hatte Nina im Oktober gesagt. Die kleine Terrasse hatte es ihr angetan, der Garten mit den Kletterrosen.

Er stand vor der Wohnung im dritten Stock der Rothenbaumchaussee, in der er anfangs allein gelebt hatte und kaum hoffen durfte auf eine gemeinsame Zukunft mit Nina. Nun war daraus eine Familie mit zwei Söhnen geworden und einem Hund. Vinton schloss auf und betrat die Diele. Aus dem hinteren Flur kam Flocke angesaust, sprang an ihm hoch, außer sich vor Freude, dass die Menschen treue Wesen waren und immer wieder zu ihm zurückkehrten.

Ja. Sie lebten gerne hier. Doch vielleicht wäre ein eigenes kleines Haus mit Terrasse und Garten ein Traum, der sich verwirklichen ließe mit dem noch vorhandenen Geld aus dem Verkauf des Grundstücks im Londoner Stadtteil Shepherds Bush und dem *brickstone* in Maidenhead an der Themse.

Köln

Ein Nebel wie im November. Kapriolen des Wetters, erst der dichte Schneefall im Januar, nachdem schon eine Ahnung von Frühling in der Luft gelegen hatte, nun der Nebel. Gerda zog die Gardine im Erkerfenster zu und setzte sich in Heinrichs Sessel, nahm das aufgeschlagene Buch vom Telefontisch.

Muscheln in meiner Hand. Sie hatte Anne Lindberghs kleines Werk über die Sinnsuche in der Auslage der Klarenbach-Buchhandlung liegen sehen, der Titel ließ sie an den ersten Sommer mit Elisabeth am Timmendorfer Strand denken. Der feine Sand. Die Muschelschalen, die sie gefunden hatten, weiße Herzmuscheln, schwarze Miesmuscheln. 1912 war das gewesen, sie und Elisabeth zehn und elf Jahre alt. Anfang einer Freundschaft.

Schon nach den ersten Seiten schweiften ihre Gedanken ab, gingen nach Hamburg zur kleinen Henrike, die am Karnevalswochenende mit Ursel nach Köln kommen würde. Heinrich hatte den Kopf geschüttelt, dass seine Tochter sich ausgerechnet an den tollen Tagen auf den Weg machte. Solange der Zug die Kölner Rheinbrücke nicht erreicht habe, sei die Welt ja noch in Fugen, aber danach könne keiner dem Frohsinn entkommen. Heinrichs Animosität dem Karneval gegenüber wurde von Jahr zu Jahr stärker, sie hätte nichts dagegen gehabt, sich mal wieder in den Trubel zu stürzen.

So still im Haus. Heinrich hatte sich auf den Weg zu Georg gemacht mit einem neuen Kunstband über die Londoner Tate Gallery. Billa war ins Brauhaus Päffgen aufgebrochen, *um schon mal über die Stränge zu schlagen.* Das abendliche Treffen der beiden Freunde in Lindenthal stand damit wahrscheinlich in einem direkten Zusammenhang,

Georg ging hinter Heinrich in Deckung, um von Billa nicht in das karnevalistische Treiben hineingezogen zu werden.

In der ersten Zeit nach der italienischen Reise war ihr Billa verändert erschienen, zurückhaltender, nahezu dezent in Kleidung und Auftreten. Ein flüchtiges Phänomen.

Gerda stand auf und ging zum Erker, öffnete die Gardine einen Spalt. Eine Unruhe in ihr. Hoffentlich lichtete sich der Nebel bald, und Heinrich fand sicher nach Hause. Billa würde wohl ein Taxi nehmen, dessen Fahrer traute Gerda mehr Erfahrung mit den Tücken des Wetters zu als ihrem Mann.

Sie kehrte zum Sessel zurück, nahm das Buch wieder zur Hand. Las die nächsten Seiten, die von der Wellhornschnecke erzählten. Solch schöne Gehäuse hatte es am Timmendorfer Strand nicht gegeben. Auch Bernstein hatten sie vergeblich gesucht, die beiden Mädchen mit den Hüten aus geflochtenem Seegras, die ihre Mütter bei einer Modistin im Ort gekauft hatten. Hellbeige Bänder. Gänseblümchen aus Stoff. Wie sehr eine Zehnjährige und eine Elfjährige damals noch bereit gewesen waren, Kinder zu sein. Claudia schien ihr da heute schon viel weniger kindlich.

Freundinnen fürs Leben. Wie viel wussten sie noch voneinander? Sie telefonierten oft, tauschten Alltäglichkeiten aus. Tochter und Enkelin lebten behütet in Elisabeths und Kurts Haus. Zu behütet, sagte Ursel. Auch Joachim wollte die Vereinnahmung nicht. Doch er würde nichts tun, was Elisabeth verletzen könnte, er fühlte noch immer eine große Dankbarkeit, dass sie als Einzige an sein Überleben geglaubt hatte.

Gerdas Sympathie hatte damals Vinton gegolten, der Nina so hoffnungsvoll liebte, nicht dem verloren geglaubten Joachim. Elisabeth hatte ihr das übel genommen.

Sie klappte das Buch zu, Anne Lindberghs Gedanken zur Einsamkeit taten ihr gerade nicht gut. Da konnte sie gleich Gedichte von Rilke lesen. Nein. Eigentlich war ihr nach Frohsinn, jenem närrischen, dem Heinrich aus dem Wege ging.

Gestern hatte sie für Henrike ein Bärchen-Kostüm gekauft, kuschelig und warm, Ursel und sie könnten am Sonntag zu den *Veedelszöch* gehen, da ging es nicht so laut und hektisch zu wie beim Rosenmontagszug.

Gerda horchte auf, als sie den Motor des VW erkannte, er klang immer mehr wie eine alte Tretnähmaschine, höchste Zeit, dass ihr neues Auto geliefert wurde, ein Borgward Kombi, kein zweifarbiger, wie ihn Carla und Uli hatten, ein schlichtes Weiß, dennoch luxuriös im Vergleich zum VW und groß genug, um auch gerahmte Bilder zu transportieren. Das *Schwanenhaus* kam ihr in den Sinn, das Jef im Kofferraum gehabt hatte, als sein Leben an einem Baum zu Ende ging.

«Wir kaufen dir einen eigenen Lesesessel», sagte Heinrich, als er ins Wohnzimmer kam. «Kaum bin ich aus dem Haus, sitzt du schon in meinem drin.»

«Heute war mir danach. Schön, dass du schon da bist.»

«Mir wurde die Waschküche da draußen unheimlich. Ich wollte die Fahrt nach Hause hinter mich bringen.»

«Geht es Georg gut?»

«Ja. Wir planen, im Oktober zur Kunstmesse nach München zu fahren.»

«Tut das.»

«Kommt es mir nur vor, als sei deine Stimmung getrübt?»

«Vielleicht fehlt mir ein wenig Lärm.»

«Alaaf?»

«Versuch es mal mit einem Schunkellied.»

«Darf es auch ein Tee sein? Mit einem Schuss Rum?», fragte Heinrich.

«Das passt zur Wetterlage. Ich freue mich auf Ursel und Henrike.»

«Wird Karnevalistisches von uns erwartet?»

«Eine rote Pappnase wäre schön, wenn du sie vom Bahnhof abholst», sagte Gerda.

—— 11. FEBRUAR ——

Köln

Keine Pappnase. Einen Luftrüssel, den Heinrich dem fliegenden Händler abkaufte, bevor er in die Bahnhofshalle ging. Seine Kinder hatten oft und gern in Luftrüssel getrötet. Wie alt waren sie da gewesen? Sicher nicht erst ein Dreivierteljahr.

Noch acht Minuten bis zur Ankunft des Zuges aus Hamburg, er blieb vor dem Zeitungsbüdchen stehen. Lauter bunte Blätter. Eine tief dekolletierte Dame mit rotem Hut auf einer der Illustrierten. *Denn einmal nur im Jahr ist Karneval* stand neben ihrem Namen, Sabine Sesselmann. Das wäre ja noch schöner, wenn das öfter stattfände.

Heinrich wandte sich von den Zeitschriften ab und ging zu Gleis vier vor, stieg die Stufen hinauf.

Tauben flogen auf, als der Zug einfuhr. Die erste Klasse habe sie sich mit dem Kind gegönnt, hatte Ursel gesagt. Heinrich beschleunigte die Schritte, als die Wagen der ersten Klasse an ihm vorbeifuhren. Der Zug kam zum Stehen. Die Türen öffneten sich, der Schaffner hob einen Kinderwagen heraus, einen Koffer. Ursula stieg nach ihm aus, Henrike auf dem Arm. Er ging auf sie zu. Machte die Arme weit.

«Ich halte Ausschau nach einem Mann mit roter Pappnase», sagte Ursula. «So wurde er mir von Mama angekündigt.»

Heinrich zog den Luftrüssel aus der Tasche. Trötete.

Henrike lachte. Ein nervenstarkes Kind. Er fand die Tröte ziemlich laut.

Als er den Kinderwagen die Treppe hinuntertrug, dachte er an die Dame mit dem roten Hut auf dem Titelblatt der Münchner Illustrierten. Sie war es doch gar nicht gewesen, die seine Aufmerksamkeit erregt hatte. Nur eine Überschrift auf der Zeitung daneben.

Rätsel um Martin Bormann gelöst? Hitlers Sekretär in Argentinien?

Warum glaubte er, dass Jarre hinter der Geschichte steckte? Als er das letzte Mal von dem Journalisten gehört hatte, hatte der Spielschulden hinterlassen und nicht einmal Leo Freigangs *Jägerhof* ausgelöst. Keiner, dem man große Geschichten anvertraute.

«Hast du gehört, was ich gesagt habe, Papa?»

Heinrich wandte sich seiner Tochter zu. «Entschuldige.»

«Ich würde gern den jungen Maler kennenlernen. Karl Jentgens.»

«Vielleicht kann er am Montag in die Galerie kommen. Falls er nicht auf einem der Festwagen steht und *Kamelle* und *Strüssjer* unters Volk bringt.»

«Das kann ich mir kaum vorstellen», sagte Ursula.

«Ich eigentlich auch nicht.» Er sah Henrike an, die eine Schnute zog.

«Sie will, dass der Opa noch mal trötet.»

Und Heinrich trötete.

Hamburg

Wie leer ihm das Haus vorkam ohne Ursula und Henrike. Dabei saß eine Etage unter ihm Elisabeth und wartete darauf, dass er herunterkam und Apfelkuchen aß, den sie aus den wintermüden Äpfeln des vergangenen Jahres gebacken hatte.

«Dass ich dich endlich mal wieder allein habe, Jockel», hatte sie gesagt, nachdem er Ursula und Henrike zum Bahnhof gebracht hatte.

Auch an diesem Satz lag es, dass Joachim die Treppe nach oben nahm zu Kurt, statt nach unten zu gehen. Er tat es mit schlechtem Gewissen. Hörte Elisabeth die Stufen der Holztreppe knarren, die in die Zimmer oben führte? Dafür müsste sie unten im Treppenhaus stehen und lauschen. Joachim solle aufhören, Elisabeths guten Schwiegersohn zu geben, hatte Ursula gesagt. Er sei es nicht mehr.

Kurt öffnete ihm die Tür. Warmes Licht im vorderen Zimmer. Eine Stehlampe, die Joachim noch nicht kannte. Aus den Räumen schien mehr als ein Zufluchtsort zu werden.

«Willst du einen Whiskey? Ein irischer. Tullamore Dew. Ich kannte ihn nicht, Vinton hat ihn mir empfohlen.» Kurt bemerkte Joachims Blick, in dem er Beunruhigung zu lesen glaubte. «Du meinst, fünf Uhr ist zu früh für einen Whiskey?»

«Elisabeth sitzt unten und erwartet, dass ich Apfelkuchen esse.»

Kurt nickte. Er goss je einen guten Fingerbreit Whiskey in die Gläser. «Ich weiß. Wir gehen gleich beide hinunter zu ihr.»

«Es läuft nicht gut zwischen euch?», fragte Joachim.

«Doch. Es wäre nicht länger gut gelaufen, wenn ich keinen Rückzugsort hätte. Ich lebe hier meine Launen aus, danach nehme ich mit Lilleken die Mahlzeiten ein, wir sitzen vor dem Fernseher, gucken die Hesselbachs, legen uns ins Ehebett.»

«Damit ist Elisabeth zufrieden?»

«Ja. Ich nerve sie nicht mehr mit aushäusigen Vergnügungen, nehme Teil an der häuslichen Gemütlichkeit. Und gönne mir meine kleinen Fluchten, an die Lilleken sich zu gewöhnen anfängt. Ab und zu kann ich aus dem Haus gehen, ohne dass sie inquisitorische Fragen stellt.»

«Aber du hast nicht etwa eine Freundin?»

Kurt lachte. «Ich treffe mich nur gelegentlich mit meiner Tochter. Und mit Jan. Er ist ein großer kluger Junge geworden, dein Sohn. Aber er war auch schon ein kleiner kluger Junge.»

«Ja», sagte Joachim. «Das ist wahr.»

«Hast du Nachricht aus Köln? Sind sie gut angekommen?»

«Henrike ist begeistert von ihrem Großvater. Er hat sie auf dem Bahnhof mit einer Karnevalströte empfangen, dabei ist Heinrich alles andere als der ausgelassene Typ.»

«In all den Jahren, in denen wir uns kennen, war Heinrich immer zurückhaltender als ich. Anders, als das Klischee es will. Rheinische Frohnatur. Fischkopp. Wusstest du, dass Lillekens Familie gegen unsere Heirat war? Ich galt als leichtsinniger Charakter. Keiner hätte einen Pfifferling darauf gegeben, dass diese Ehe ein Leben lang hält. Erst als Lilleken ein Kind erwartete, lenkten sie ein. Eine ledige Mutter zu sein, schien ihnen noch schlimmer, als mich zu heiraten.»

«Dabei hast du dein berufliches Leben der Sparkasse gewidmet. Das ist nicht gerade der Weg eines Abenteurers.»

«Nein. Die Sparkasse kam in meinen Plänen auch gar

nicht vor. Journalist wollte ich werden. Doch damit stieß ich auf wenig Verständnis, ich hatte schließlich für Frau und Kind zu sorgen. Lass uns hinuntergehen und Lillekens Apfelkuchen essen. Damals hat sie sich dem Druck der Familie widersetzt, schon darum werde ich uns nicht auf den letzten Metern scheitern lassen.»

«Ist das der Grund, warum du Vinton gleich in dein Herz geschlossen hast? Weil er in deinem Traumberuf arbeitet?»

Kurt blickte Joachim an. «Vielleicht einer der Gründe», sagte er. «Vinton hat uns gutgetan. Jedenfalls Nina und Jan und mir. Alles schien freudlos in den Jahren, in denen wir nichts von deinem Schicksal wussten.»

«Das verstehe ich», sagte Joachim. Dennoch hatte er auf einmal einen trockenen Mund. Wirkte denn da immer noch was nach?

«Ihr steht mir beide sehr nahe», sagte Kurt. «Vinton und du.» Er ging zur Tür. «Gehen wir Kuchen essen. Jeden Herbst sage ich, dass Lilleken keine großen Vorräte anlegen soll. Die Äpfel werden in unserem Keller nicht saftiger.»

San Remo

Bruno ging von Zimmer zu Zimmer. Ohne seine Mutter erschienen sie ihm fremd. Ihm fiel auf, dass einige der kostbareren Möbel fehlten. Genau wie das Service für vierundzwanzig Personen von Ginori, das auch nach Jahrzehnten noch beinah komplett war, Bruno hatte es nur an hohen Festtagen aufgedeckt gesehen. Er drehte sich um, als Margarethe ins Zimmer kam. «Wo sind eigentlich die beiden Renaissance-Kommoden?», fragte er.

«Im zweiten Stock. Lidia hatte Zettel auf die Kommoden gelegt. Mit ihrem Namen.»

«Und das lassen wir zu?»

Margarethe hob die Schultern. Sie sah müde aus. «Ich habe nicht die geringste Lust, mich um Agneses Möbel zu streiten», sagte sie. «Wenn dir nach einer prunkvollen Kommode ist, dann kläre das bitte mit Bixio.»

«Eigentlich sind sie scheußlich», sagte Bruno. «Aber viel Geld wert. Das wir gut brauchen könnten, Jules wird keine weiteren Kirchen und Kapellen aus dem Ärmel schütteln, die meiner Restaurierung bedürfen.»

Margarethe setzte sich auf die Récamiere, deren Brokat brüchig geworden war. Wenn Lidia sie neu beziehen ließe, würde das Möbel wieder pompös aussehen, sie sollte ihre Schwägerin darauf aufmerksam machen. «Wirst du nicht ziemlich viel Geld erben?», fragte sie.

«Corinne hat mich gebeten, es in der Firma zu lassen.»

«Wirst du das tun?»

Bruno nahm eine Bronzefigur in die Hand, eine eher schlichte Madonna mit Kind, frühes neunzehntes Jahrhundert. Er hatte die Madonna immer gemocht. «Ich hatte angenommen, dass der Blumengroßhandel der Cannas sehr gut dastünde. Aber Corinne machte Andeutungen über eine Investition, die Bixio getätigt und die viel Geld gekostet hat.»

«Was ist das für eine Investition?»

«Ich weiß es nicht.»

«Und doch bist du bereit, die Suppe für Bixio auszulöffeln.»

«Es ist die Firma meines Vaters und meines Großvaters.»

Margarethe schüttelte den Kopf. Sie hatte Bruno und

Gianni nicht begleitet zur Testamentseröffnung im Notariat der Dottoressa Minoja an der Piazza Colombo. Vielleicht war das ein Fehler gewesen. An der Seite von Lidia trat Bixios natürliche Begabung zum Halunken nur noch ausgeprägter hervor.

«Willst du dir nicht ein Erinnerungsstück aussuchen?», fragte Bruno. «Vielleicht das Porträt von Agnese. Wenn es auch von keinem bedeutenden Maler ist, finde ich es doch gelungen.»

«Die Missbilligung in Agneses Gesicht hat er gut eingefangen.»

Bruno seufzte. Ein dummer Einfall, Margarethe ein Porträt seiner Mutter zu offerieren, sie hatte lang genug unter Agnese gelitten. «Dann sollen sich Gianni und Corinne hier noch einmal umschauen», sagte er. «Deren Haushalt ist im Aufbau.»

«Was habt ihr mit der Wohnung vor, Bruno?»

«Ihr?»

«Du und Bixio. Ihr seid die Erben des Hauses.»

«Agnese ist gerade mal vier Monate tot. Ich mag mir gar nicht vorstellen, dass andere Menschen hier wohnen.»

Margarethe strich noch mal über den brüchigen Brokat, bevor sie aufstand. Einige der Möbel würden an Antiquitätenhändler gehen, vieles andere an Trödler.

«Ich mach uns eine Flasche vom Sangioveser Rotwein auf. Das wollte ich schon immer, mich ungestraft am Weinregal meiner Mutter bedienen.»

«Auch da kommst du zu spät. Es ist ausgeräumt.»

«*Porca miseria*», sagte Bruno. «Ich werde Bixio zur Rede stellen. Hast du den Ebenholzstock meines Vaters gesehen? Die Krücke ist aus massivem Silber. Nicht, dass Lidia sie hat einschmelzen lassen.»

«Er lehnt an der Garderobe. Zwei von Agneses Pelzmänteln hängen davor.»

«Die kann Lidia haben.» Bruno nahm die bronzene Madonna und ging, den Stock zu holen. Die einzigen Erbstücke, mit denen er die Wohnung seiner Eltern verließ.

— 14. APRIL —

San Remo

Die morgendlichen Stunden in der Bar, erst halb zehn und doch schon spät, richtete man sich nach Corinnes Zeitplan. Gianni rührte Zucker in den *caffè lungo*, er liebte die Makellosigkeit des blank polierten Tresens, an dem er saß, die glänzenden Spiegel, die gespülten Gläser, die bunten Flaschen davor.

Der Terrazzoboden war noch feucht gewesen, die neue *donna delle pulizie* hatte gerade die Bar verlassen, als Gianni eintraf. Gleich würde er den Boden vollkrümeln, wenn er das ofenwarme *cornetto* aus der Pasticceria in der Via Palazzo aß. Die erste Tasse Kaffee hatte er um halb sieben mit seiner Frau getrunken, das hier betrachtete er als sein wirkliches Frühstück. Corinne und er nahmen viel zu oft an zu verschiedenen Zeiten am Leben teil, er kämpfte sich an jedem der Wochentage aus dem Schlaf, um diese frühe halbe Stunde mit ihr zu verbringen.

Gianni zuckte zusammen, als das Telefon klingelte, das neben ihm auf dem Tresen stand. Eine frühe Reservierung? Wer kannte seine Gewohnheit, um diese Zeit in der Bar zu sein? Er griff nach dem Hörer und vernahm erst einmal ein Rauschen, bevor er *pronto* sagte, dann die Stimme von Pips erkannte. War etwas passiert?

«Ich wollte nur deine Stimme hören», sagte Pips.

«Wo bist du?»

«In meinem trauten Heim, das zu verlassen du mich drängst. Aber immerhin habe ich nun einen Telefonanschluss. Notiere dir bitte die Nummer.»

Gianni griff nach einem der Kassenblöckchen mit der Werbung von San Pellegrino und notierte die Hamburger Telefonnummer.

«Und wie geht es mit dem Pianisten aus Birmingham?»

«Ricky ist viel besser als Ivo, aber nicht so gut wie du. Komm und hör ihn dir mal an. In der Via Matteotti steht eine ganze Etage leer, da kannst du residieren.»

«Vielleicht im August. Da schließt Grete das Lokal.»

Gianni seufzte. Pips band sich an Grete wie an diese schäbige Wohnung in der Schmilinskystraße. «Der August in San Remo war dir immer zu heiß», sagte er.

«Wenn ich schattige Zimmerfluchten in eurem Haus bewohnen darf und ansonsten nur am Abend in die Bar hinübergehe, sollte es auszuhalten sein. Aber vielleicht ist die Wohnung deiner Nonna dann längst vergeben.»

«Ich glaube nicht, dass es da zu einer schnellen Entscheidung kommen wird. Mein Vater und mein Onkel sind nicht gerade geeignet, um in Frieden ein Erbe gemeinsam anzutreten. Aber selbst dann wäre mein altes Zimmer in der Wohnung meiner Eltern immer für dich frei.» Er hatte das Gefühl, dass seinem Freund mehr auf dem Herzen lag als nur der Wunsch, eine vertraute Stimme zu hören. «Geht es dir gut, Pips?»

Ein langes Zögern in der Leitung zwischen Hamburg und San Remo. Dann endlich Pips, dessen Stimme leicht verzerrt klang. «Ich habe mich verliebt», sagte er.

Gianni gelang es, sein Staunen zu verbergen. «Das ist wunderbar», sagte er.

«Sie weiß es nicht und wird es wohl kaum je erfahren.»

«Hm», sagte Gianni. «Erzählst du mir mehr?»

«Nein», sagte Pips.

«Was sagt Ursel dazu?»

«Nichts. Sie hat keine Ahnung. Geht ganz in ihrem Mutterglück auf.»

«Ist sie auch eine glückliche Ehefrau?»

«Joachim macht nichts falsch», sagte Pips.

«Hm», sagte Gianni zum zweiten Mal. Er sann dieser kargen Beschreibung von Ursulas Ehe nach. War es schon Glück, wenn der andere nichts falsch machte?

Corinnes und sein Kennenlernen schien ihm von mehr Geigen begleitet gewesen zu sein als das von Ursel und Joachim. Doch deren Leben waren viel beladener als seines. Dass die beiden zueinandergefunden hatten, war ihm wie eine logische Entwicklung vorgekommen. Aber was wusste er schon. Selbst an diesem beinah intimen Abend in Gretes Bar hatte Ursel nichts von sich erzählt.

«Bitte erzähle mir von der Frau, in die du verliebt bist», sagte Gianni. Er konnte Pips' Kopfschütteln hören.

«Ich bin einer, der Traumbilder liebt», sagte Pips. «Das sind die besten Gefährten.»

«Hm», machte Gianni. Seine Fähigkeit zur Konversation schien sich heute doch in sehr engen Grenzen zu bewegen.

«Sind Sie noch in der Leitung, Signor Canna? Hier spricht das Fräulein vom Amt.»

«Lass den Blödsinn, Pips. Hast du wirklich vor, im August zu kommen?»

«Ich weiß noch nicht.»

«Vielleicht kommen wir stattdessen nach Hamburg. Corinne und ich planen eine Reise nach Kerkrade und Köln. Warum nicht anschließend gen Norden fahren? Im August hat das Blumenhaus für zwei Wochen geschlossen, dann wird Corinne hoffentlich einmal loslassen und sich entspannen.»

«Ist sie unentspannt?»

«Wir beide», sagte Gianni.

Hamburg

Er hatte wieder nur die halbe Wahrheit gesagt, Ursula war kein Traumbild und auch das dunkelhaarige Mädchen nicht seiner Fantasie entstiegen.

Zweimal hatte Pips seinen Jazz spielen dürfen, dann waren die Dienstage von Grete abgeschafft worden. Zu wenig Zulauf, hatte sie gesagt, es bleibe bei vier Abenden Zarah Leander in der Woche. Das komme noch immer am besten an, da säßen Kerle am Tresen, die Umsatz brächten, und nicht halbe Kinder vor einem Piccolo.

Vorgestern war Ruth noch einmal in der Kneipe gewesen. Grete hatte im Hinterzimmer ihren Auftritt vorbereitet, als Ruth ans Klavier trat, ihm einen Zettel gab, das Lokal wieder verließ. «Was hat sie denn?», hatte Fiete gefragt. Das Glas Schaumwein wurde schal auf dem Tisch, an dem sie sonst saß. Piccolos der Sektkellerei Henkell waren ihnen ausgegangen, Grete sah keinen Bedarf, neue zu bestellen.

Pips hatte den Zettel erst auf dem Heimweg gelesen. Die zugige Ecke Millerntor und Helgoländer Allee war dafür allemal ein besserer Ort als vor Gretes Augen. Beinah aufgehoben hatte er sich anfangs bei Grete gefühlt, doch das war lange vorbei. Nun war es an ihm, Kontakt aufzunehmen zu Ruth Nieborg.

Traumbilder seien die besten Gefährten, hatte er gesagt. Sollte es nicht besser dabei bleiben?

Pips lehnte sich an die Wand zum Flur. Kippelte mit dem Stuhl, auf dem er saß. Zu seinen Füßen das Telefon. Den Hörer von der Gabel nehmen, den er gerade aufgelegt hatte nach dem Gespräch mit Gianni. Die Nummer wählen, die auf dem Zettel stand.

Sah er da Ruth auf der Fensterbank sitzen? Im Gegenlicht kaum erkennbar, auch wenn das Licht in ihrem Rücken nur der graue Himmel vor seinem Küchenfenster war? Weitmöglichst weg von ihm saß Ruth, soweit seine Küche *weitmöglichst* zuließ.

Eine Distanz, die geeignet schien, um eine Beichte abzulegen. Er fast schon im Flur. Sie im Küchenfenster. Warum wollte er die Erinnerungen aus dem Folterkeller der Gestapo mit ihr teilen? An das Messer, das ihm den Finger abtrennte und seine Karriere als Konzertpianist beendete. Die Stiefeltritte, die noch ganz anderes beendeten.

Irgendwann hatten sie ihn zurück in die Zelle gezerrt. Ließen ihn Ohrenzeuge der Hinrichtungen im Hof werden und ansonsten in Blut und Dreck liegen. Wo war der Arzt hergekommen? War das noch in der Zelle gewesen? Der Lumpen, den er Pips in den Mund stopfte, einen Lumpen, in Schnaps getränkt.

«Hörst du noch zu?», fragte er in die Küche hinein. Nein. Er wusste nicht, wer den Arzt herbeigeholt hatte. Keiner der Schlächter aus dem Folterkeller, den einen von ihnen hatte er erst in Giannis Bar wiedergesehen.

Einen entmannten Haremswächter aus Tausendundeiner Nacht hatten sie aus dem sechzehnjährigen Jungen gemacht. War es das Überleben wert?

Der Orgasmus findet im Kopf statt. Wer hatte das gesagt?

Pips schreckte hoch, als es an der Tür klingelte. Er sah nicht zur leeren Fensterbank, ging gleich in den Flur, drückte auf den Öffner. Im Treppenhaus schwere Schritte, die sich die steilen Stufen hochkämpften.

«Will nur mal nach dir gucken», sagte Fiete. Er trat in die Küche.

«Wir sehen uns doch heute Abend bei Grete.»

«Is nich dasselbe. Warum steht der Stuhl so weit weg vom Tisch?»

«Rück ihn näher ran. Trinkst du ein Bier?»

Fiete nickte und fuhr sich mit dem Handrücken über den Mund, als gelte es schon, Schaum wegzuwischen. «Grete tut dir nicht mehr gut», sagte er. «Ihre Eifersucht auf deine Musik. Und auf die Ruth.»

Pips blickte zur Fensterbank hin.

«Is da überhaupt was mit dir und der *Deern*?»

«Wir führen imaginäre Gespräche.»

«Wat für Gespräche?», fragte Fiete.

«Willst du einen *Lütten* zum Bier?»

«Hast dich gut eingelebt, Jung.»

Jüngelchen hatten ihn die Gestaposchergen genannt.

Pips goss Kümmel in zwei Gläser. Schob eines zu Fiete. «Weißt du eigentlich was über Grete? Was hat sie vor dem Krieg gemacht?»

«In der schlimmen Zeit? Da hab ich sie noch nicht gekannt. Wir haben uns erst 1943 getroffen. Kamen beide zu spät vorm Bunker von der Feldstraße an. Die Tore waren zu. Half kein hysterischer Anfall. Obwohl Grete einen hingelegt hat, der sich sehen und hören lassen konnte.»

«Was meinst du mit der schlimmen Zeit? Als die Nazis kamen?»

«Ich will dir nichts verschweigen, Jung. Später war ich bei

denen. Nicht lang davor bin ich noch mit den Kommunisten durch Altona marschiert.»

Pips nickte. Glaubte er denn tatsächlich, dass ein Mensch, den er mochte, kein Nazi gewesen sein konnte? «Und wie ging es weiter mit Grete und dir?»

«Wir haben nix miteinander gehabt, falls du das meinst.»

«Hat sie damals schon gesungen?»

«Ich weiß, es wird einmal ein Wunder gescheh'n.» Fiete grinste. «Das Lied hätte sie schmettern können vor dem Bunker. Hat sie aber nicht. Damals war sie Bardame bei Rosi. Der Laden is auch wech. Gesungen wurde da nicht. Nur animiert.»

«Was habt ihr in dieser Nacht vor dem Bunker gemacht?»

«Uns mit dem Rücken an die Wand gepresst. Standen noch ein paar Leute mit uns, die ihre Viecher dabeihatten. Mit Hunden musstest du draußen bleiben. Wäre das einer der Angriffe von Ende Juli gewesen, hätten wir das alle nich überlebt. Verglichen damit war das vorher nur Geplänkel von den Tommys.» Fiete nahm einen großen Schluck vom Bier. «Ich frag mich immer, was dir widerfahren ist in der Zeit. Kannst doch viel mehr als bei Grete klimpern.»

«Ich bin der Gestapo in die Fänge geraten, Fiete.»

«Haben deine Eltern nicht auf dich aufgepasst?»

«Die haben mich falsch sozialisiert.»

«Wat?»

«Meine Eltern waren Kommunisten.»

«Und die haben noch lange geglaubt an den linken Quatsch?»

«Lass uns mal rechtzeitig aufbrechen, Fiete.»

«Kommt dir quer, das Thema.»

Pips blickte in den Rasierspiegel, der neben dem Spülbecken hing. Er strich das dichte Haar zurück. Die hohe Stirn hatte er vom Vater, die kupferroten Haare von seiner Mutter. Am Ende ihres kurzen Lebens waren sie weiß gewesen.

«Mach dir nichts draus», sagte Fiete. «Ich red auch nicht über alles.»

«Die Beteiligten sind tot. Lässt sich nichts mehr ändern.»

Fiete leerte die Flasche Astra. «Weißt du noch, wie wir von der Reklame gesprochen haben, die Grete machen müsste?»

«Die Neonschrift. Die hat sie noch immer nicht.»

«Sie habe nix zu verbergen», sagte Fiete. «Vielleicht hat sie ja doch.»

«Grete wird den gleichen *Schiet* am Stecken haben wie die anderen. Heil geschrien. Weggeguckt, als die Juden und Kommunisten schikaniert wurden und schließlich ganz verschwanden. Hauptsache, man durfte sich geborgen fühlen in der großen Volksgemeinschaft. Meine Mutter hat mit lauter Nazis im Luftschutzkeller gesessen, als in Köln die Bomben fielen. Und war dankbar, dass die ihren Baldrian annahmen.»

«Den ganzen *Schiet* habe ich auch am Stecken», sagte Fiete.

Pips schob ihn zur Tür hinaus und schloss ab. So genau wollte er das von Fiete nicht wissen. «In diesem Land ist dir kaum einer böse deswegen», sagte er. «Die meisten plätschern in seichtem Wasser und pfeifen sich ein heiteres Liedchen.»

«Aber ich bin mir böse.» Fiete übersah eine Stufe und wäre hingefallen, hätte Pips ihn nicht am Ärmel gefasst. «Irgendwann gehen wir mal richtig einen saufen. Nicht das betreute Trinken bei Grete. Und dann erzähl ich dir von Ikarus.»

Pips seufzte. Ikarus. Das konnte nur tragisch geendet haben.

Köln

Billa zog die zu knappe Kostümjacke enger zusammen. Nicht eigentlich kühl, eher regnerisch, das Wetter. Doch das war es nicht, was sie frösteln ließ.

Georg lehnte am Brückengeländer und zeigte nach unten. «Dort haben sich die verzweifelten Menschen auf die Gleise gelegt und auf die Züge gewartet, die Richtung Aachen fuhren. Ein brutaler Tod, der ihnen besser erschien als das Ausharren in den modrigen Kasematten am Grüngürtel. Die Gestapo hatte die Juden in freundlicher Zusammenarbeit mit den Kölner Behörden in die verfallenen preußischen Festungsanlagen gepfercht, bevor sie sie mit Kind und Kegel in die Vernichtungslager im Osten deportierte.»

Billa blickte von der Brücke auf die Gleise, an deren Rand Kreuzkraut und der allgegenwärtige Löwenzahn wuchsen. Das hatten sie wohl auch im Frühling 1942 getan, als hier längst die Deportationen stattfanden.

«Woher weißt du das alles? Du warst weit weg.»

«Im April 1942 saß ich in Restaurants am Genfer See und aß Kalbsmedaillons mit Morcheln in Sahnesauce», sagte Georg. Er klang, als mache er sich das zum Vorwurf. Weitblick mochte 1934 zu seiner frühen Emigration geführt haben, doch vor allem waren es sein Vermögen und glückliche Zufälle, die ihm nicht nur das Leben gerettet, sondern ein luxuriöses Exil ermöglicht hatten.

«Lass uns wieder zur Aachener zurückgehen», sagte Billa.

Georg nickte. «Hier durch die Belvederestraße fuhren sie mit offenen Lastwagen, auf denen die zu deportierenden Menschen dicht an dicht saßen. Ich weiß nicht, was sich Augenzeugen dieser Szenen gedacht haben. Dass es ein Betriebsausflug sei?»

«Sie wussten es nicht.»

«Jeder hätte es wissen können, Sybilla.»

«Heinrich hat es nicht gewusst, und er ist ein aufrechter Mensch.»

«Ja. Das ist er», sagte Georg Reim. Er wollte Billa nicht quälen, doch irgendwas trieb ihn weiter. «Die Züge gingen nach Sobibor, Treblinka und Belzec. Alle drei Vernichtungslager.» War es das eigene Schuldgefühl, davongekommen zu sein?

«Hör auf», sagte Billa. «Bitte.» Sie stakste neben ihm auf den dünnen Absätzen. Rosa Wildlederschuhe mit Lackschleifchen.

«Die Menschen haben das leben müssen. Da kannst du es dir anhören.»

«Trennt uns das, Georg? Dass ich zu den Tätern gehöre?»

«Als ob das immer zu unterscheiden wäre. Die Menschheit teilt sich anders.» Er bot Billa an, sich bei ihm unterzuhaken. Warum trug sie nur immer solche Schühchen? «Vielleicht servieren sie uns eine Suppe im Marienbildchen. Etwas Warmes wäre gut.»

«Die öffnen die Küche sicher nicht schon um halb fünf», sagte Billa. «Gehen wir doch auf einen Kognak zu deinem Freund Tony.»

Georg nickte. Tony war es, der ihm als Erster von den Vorgängen in Müngersdorf erzählt hatte. Die Selbstmörder auf den Schienen. Ihre Krawatten hatten im Wind geweht.

Sie näherten sich dem *Chez Tony*, der Kneipe, in der Sybilla und er einander im September 1953 wiedergesehen hatten. Damals war er gerade in seine Heimatstadt Köln zurückgekehrt.

Nach dem ersten Schluck Kognak begann Billa zu weinen. «Du weißt, dass mir das nahegeht», sagte sie. «Ich will nicht verdrängen, Georg, ich bin kein Klotz.»

Georg zog ein Taschentuch hervor und gab es ihr.

Billa trocknete die Tränen und schnäuzte gründlich ins Tuch. «Das ist ja feinstes Leinen. Wer wäscht und bügelt dir die denn? Deine Putzfrau?»

Schon stand sie wieder knöcheltief im Banalen. Um sich zu schützen?

«Trinkt ihr noch einen, ihr zwei Hübschen?», fragte Tony. «Oder kann ich euch mit was anderem aufheitern? Wer geht denn auch in diesem trüben Wetter spazieren.»

Georg erwähnte die Geschichtsstunde nicht, die er Sybilla gegeben hatte. Auch sein alter Schulfreund Tony war ein aufrechter Mann. Keiner, der verdrängte. Dennoch war er immer auf der Suche nach dem Heiteren. Und konnte man es denn nicht auch übertreiben mit den traurigen Erinnerungen?

— 17. APRIL —

San Remo

Ein klirrender Tag, der Montag, an dem Gianni den Berg hinauffuhr, um seinem Freund Jules anzubieten, in die Wohnung von Giannis Großmutter zu ziehen. Klirrend? Warum kam ihm das Wort in den Kopf? Margarethe kombinierte es mit kalt, und das war es wirklich nicht, obwohl der Morgen noch früh war und für April eher frisch. Dabei hatte es schon heiße Tage gegeben in diesem Frühling.

Das Garagentor stand auf, Jules' Auto darin. Gianni stellte das eigene Auto vor der Garage ab und stieg aus. Es war still, nur die Fanfare des Postbusses ganz oben auf der Höhe von San Romolo.

«Jules?»

Gianni stieg die Steinstufen zum Haus hinauf. Die Pforte zum Garten war nicht verschlossen, er trat ein. Als Erstes sah er das Apfelbäumchen aus Südtirol, das er vor Jahren Katie geschenkt hatte, es war zu einem Baum geworden.

«Jules?»

Auch die Haustür war offen. Er zögerte hineinzugehen. Doch dann ging er durch die leeren Räume, blieb lange vor dem Panoramafenster stehen, blickte bis Korsika. Die Luft schien klares Glas zu sein.

Fing jetzt die Beunruhigung an? Nein. Sie war schon vorher da gewesen.

Gianni verließ das Haus und rief noch einmal laut nach

Jules. Er setzte sich auf eine der Stufen aus grobem Naturstein und wartete, unschlüssig, was zu tun sei.

Da unten bei der *casetta* sah er eine Gestalt. Jules, der etwas in der Hand hielt und winkte. Gianni stieg die Stufen hinunter und ging über die Straße. Betrat den steilen Pfad zur Kate. Erkannte allmählich den Gegenstand, keine Pistole, wie er im ersten Augenblick gedacht hatte: Jules winkte mit einer schwarz lackierten eisernen Hand, die eine Weltkugel hielt.

«Schau dir das an. Der Türklopfer hat sich jäh von der Tür gelöst, hab ihn kaum angefasst. Ich werde ihn wieder anschrauben, er hing schon zur Zeit von Ovida Keats hier.»

«Die Geheimagentin? Hat es die wirklich gegeben?»

«Vor meinen und Katies Augen sind Ovidas Abendkleider zerfallen, kaum hatten wir sie aus dem Koffer gezogen und ins Licht gehalten.»

«Und das war ihr richtiger Name? Ovida Keats?»

Jules hob die Schultern. Er öffnete die Tür zum Häuschen und gab Gianni ein Zeichen einzutreten. «Vielleicht war es ein *nom de guerre*», sagte er. «Sie hat vermutlich gegen die Nazis gekämpft.»

«Hast du je ihre Spur verfolgt?»

«Setz dich», sagte Jules und nahm selbst auf einem der beiden Stühle Platz, die am Tisch standen. Auf dem Tisch eine Weinflasche ohne Etikett, ein Wasserglas, ein dunkelroter Fleck am Boden des Glases. Selbst für Jules war die Stunde zu früh. «Ohne großen Erfolg. Nur der alte Reverend der anglikanischen Kirche unten in der Stadt erinnerte sich an sie, der ist nun auch schon lange tot.»

Gianni blickte sich um. Betrachtete die weiß gekalkten Wände. Die schwarz gebeizten Balken. Stumpfe Dielen. Eine Gasflasche stand neben einer Kochplatte. Im angrenzenden

Raum lag eine Matratze. Er erkannte einen grobgemauerten offenen Kamin.

«Ich will dir einen Vorschlag machen.»

«Dieses Liebesnest betreffend? Ich biete es Francescos Sohn als Obdach an. Dann bin ich hier oben weniger allein.» Noch nicht lange, dass der Sohn des alten Bauern aus den Bergen des Piemont zurückgekehrt war, ein entmutigter Mann, der nach dem Krieg keinen Weg mehr ins Leben fand.

«Hör mir zu», sagte Gianni.

Eine kurze Versuchung, Wein einzuschenken. Stattdessen hörte Jules aufmerksam zu.

Bruno Canna erfuhr erst am Abend von den Plänen, die Frau und Sohn hegten, er war sofort einverstanden. Auch sein Bruder Bixio würde kein Veto einlegen, Jules bot an, eine großzügige Miete zu zahlen. Bruno nahm noch vom *bollito misto*, das ihm Margarethe zubereitet hatte, *trippe* mit weißen Bohnen gab es nur am Dienstag.

Er schenkte sich vom Vermentino ein und seufzte zufrieden. «*Una buona idea, carissima*», sagte er.

13. AUGUST

Köln

Corinne seufzte tief, als der rote Lancia ansprang und aus der stillen Villenstraße in Kerkrade fuhr, der große dicke Mijnheer zu einer kleinen winkenden Gestalt wurde. Ihre Mutter war schon ins Haus zurückgegangen, um mit Corinnes Schwester Jolande das Kaffeegeschirr abzuspülen.

Jolande war es auch gewesen, die sie mit der Nachricht des Tages empfangen hatte, als die de Vries aus dem Hochamt gekommen waren, der Messe, die vorauseilend für Mariä Himmelfahrt am 15. August gehalten wurde. In ihrem Kofferradio hatte Corinnes Schwester vom Bau einer Mauer mitten durch Berlin gehört, als sie in der Küche das Mittagessen vorbereitete. Ihre jüngeren Schwestern schlugen sich geradezu um das Gemüseputzen, wenn sie nur dem Kirchgang fernbleiben durften.

«Du glaubst nicht, wie ich mich auf die Kölner freue», sagte Corinne zu Gianni, der den Lancia lenkte. «Endlich über die Ereignisse in Berlin sprechen.» Ihr Vater hatte den Bau der Mauer, die seit den frühen Morgenstunden errichtet wurde und die Stadt in einen Ostteil und einen Westteil trennte, lediglich damit kommentiert, dass die Menschen hier wie dort nicht genügend beteten. Als Corinne dennoch zum Reden ansetzte, war umgehend eine harsche Reaktion des Mijnheers gefolgt, der jedes weitere Wort verbot und stattdessen in eine längere Danksagung an Gott für die Rindfleischsuppe mit Eierstich und Markklößchen fiel.

«Diese verdammte Scheinheiligkeit», sagte Corinne, als sie Herzogenrath schon hinter sich gelassen hatten und auf der Landstraße nach Köln fuhren.

«Er heuchelt nicht. Dein Vater ist aus tiefster Seele ein frommer Mann.»

«Nach zwei Tagen mit ihm weiß ich, was mich in Jules' Arme getrieben hat.»

«Warum hast du dich dann in letzter Zeit seiner Meinung zu Jules angeschlossen?»

«Ich sehe einen Niedergang bei Jules. Spätestens seit ihn Katie verlassen hat.»

Gianni sah zu seiner Frau hinüber. «Niedergang?»

«Jules nimmt das Leben zu leicht.»

«Ich habe eher den Eindruck, dass er es gerade zu schwer nimmt.» Auch wenn sein Freund sich zu fangen schien, seit er im Haus in der Via Matteotti wohnte.

«Lass uns nicht wieder über meinen Onkel streiten.» Sie drückte auf den Tasten des Autoradios herum, das statt der Nachrichten nur ein Knarzen von sich gab.

«Vielleicht über meinen?», fragte Gianni.

«Ich bin froh, dass Bixio mich schalten und walten lässt.»

«Was wäre im Falle einer Schwangerschaft?»

«Meiner Schwangerschaft?»

«Wessen sonst?»

«Ich werde ja nicht schwanger.»

«Hat dein Vater dich darauf angesprochen?»

«Er hat meine Mutter vorgeschickt, um seiner Enttäuschung Ausdruck zu geben.»

«Mal sehen, was der Arzt in Hamburg sagen wird, den Ursel empfohlen hat.» Gianni war zerrissen in dieser Frage. Einerseits sprach nichts dagegen, Vater zu werden mit dreißig Jahren. Der Lauf des Lebens. Doch was konnten sie ihrem Kind bieten außer den guten Verhältnissen, in denen sie lebten? Die Mutter brach in aller Herrgottsfrühe in ihren Blumengroßhandel auf, der Vater kam nach Mitternacht aus der Bar, wach und vergnügt, um erst dann im Tiefschlaf zu liegen, wenn Corinnes Wecker morgens um sechs schrillte.

«Auf keinen Fall werde ich unser Kind katholisch taufen lassen.»

«Deinen Eltern das zu verweigern, wird dir kaum gelingen», sagte Gianni.

Die ersten Fernsehbilder sahen sie am Abend. Vopos, die Betonpfeiler in den Boden rammten und Stacheldraht zogen. Gesperrte U-Bahnhöfe. Verstörte Menschen in Fenstern und auf Balkonen. Wäschekörbe mit Habseligkeiten, die von Ost nach West getragen wurden. Willy Brandt, der Regierende Bürgermeister. Kein Bundeskanzler. Adenauer blieb Berlin noch fern.

«Jit et Kreech?», fragte Billa.

Heinrich staunte, wie sehr seine Kusine ins Kölsch geriet, wenn ihr bange wurde.

Er staunte auch über den liebevollen Blick, den Georg ihr schenkte. Sein Freund schien große Geduld mit Billa zu haben.

«Das ist nicht nur der Osten Berlins, um den sie Stacheldraht ziehen», sagte Gianni. «Den ziehen sie um die ganze DDR. Die Menschen dort sitzen fest.»

«Lass uns die Hamburger anrufen. Die sind kaum sechzig Kilometer von der Zonengrenze entfernt», sagte Gerda. Anders als ihre Freundin Elisabeth war sie nicht der ängstliche Typ, doch Tochter und Enkelin hätte sie jetzt gern viel näher gewusst.

«Nicht, dass der Russe zu uns nach Köln kommt», sagte Billa.

«Ich würde dem Tag gern eine Wende geben, wenn das überhaupt möglich ist», sagte Gianni. «Und euch ins Landhaus Kuckuck einladen. Dort haben meine Eltern ihre Hochzeit gefeiert.»

«Da warst *du* damals noch gar nicht dabei», sagte Billa.

«Das will ich annehmen.» Gianni grinste. Hoffentlich lenkte das jetzt nicht das allgemeine Interesse auf Corinnes und seine Familienplanung.

Kurz bevor sie zu dem Lokal im Kölner Stadtwald aufbrachen, versuchte Gerda, in Hamburg anzurufen. Doch weder bei Ursel und Joachim noch bei Elisabeth und Kurt wurde der Hörer abgenommen.

Hamburg

Die Decke aus schottischer Wolle hatte Vinton im Sommer 1948 bei Marks & Spencer gekauft, kurz bevor er von London nach Hamburg aufbrach. Ihm war gesagt worden, dass die Hamburger noch mehr froren als die Londoner und es durchaus von Vorteil sei, im Besitz einer warmen Decke zu sein.

Wer hätte gedacht, dass er dreizehn Jahre später noch immer hier wäre und bei wechselhaftem Wetter an der Außenalster auf der Decke aus schottischer Wolle läge. Ein ziemliches Gedränge auf dieser Decke, wenn auch der fünfjährige Tom und die noch viel kleinere Henrike auf die Wiese auswichen und dort hölzerne Stiele von Langnese in Löcher legten, die der Hund grub.

Ein Idyll, dachte Joachim, der seine kleine Tochter beobachtete. Warum konnte er es nicht genießen? Weil Ninas Kopf in Vintons Schoß lag? Wegen der Ereignisse in Berlin? Ihm war die Stadt immer fremd geblieben, obwohl sie doch Heimat großer Dichter war. Wenigstens bis 1933. Er lehnte sich zurück und schloss die Augen. Nieste, als ihn ein Halm an der Nase kitzelte.

«Was ist los mit dir, Jockel?» Wann hatte Jan angefangen, seinen Vater wieder Jockel zu nennen? In den ersten Jahren nach dessen Rückkehr aus Russland hatte er den Kosenamen vermieden.

Joachim setzte sich auf. «Warum denkst du, dass mit mir etwas los ist?»

«Ich lese seit Jahren in deinem Gesicht. Wusstest du das nicht?»

«Guckt mal das Kränzchen, das ich für Henrike geflochten habe.» Ursula ging neben ihnen in die Hocke und zeigte den Kranz aus Gänseblumen. Sie kam ächzend hoch. «Im Garten in der Blumenstraße ist es bequemer.»

«Da stehst du unter Elisabeths Beobachtung», sagte Joachim.

Nina sah hinüber. Hatte sie je von ihm eine kritische Bemerkung über ihre Mutter gehört? Was hatte sich da geändert?

«Ich schlage vor, dass wir Henrike und Tom zu einem Eisbecher bei Bobby Reich einladen», sagte Vinton. «Und für die Großen Cocktails.»

«Zählst du Jan zu den Großen?», fragte Joachim.

«Ich werde siebzehn», sagte Jan.

«*The facts of life.*» Vinton stand auf.

«Und worauf trinken wir? Doch wohl nicht auf den Bau der Berliner Mauer?»

«Auf das Leben. Und dass es weitergeht. Nächste Woche möchten wir euch das Stadthäuschen am Innocentiapark zeigen, das uns angeboten worden ist.»

«Ich hatte ganz vergessen, dass du vermögend bist, Vinton.»

«Für ein Haus wie dieses reicht es. Nina und ich würden gern wissen, was ihr davon haltet.»

«Fragt ihr mich als Restauratorin?» Doch dann kam Ursula eine andere Erkenntnis. «Heißt das, eine große Wohnung in der Rothenbaumchaussee wird frei?»

«Das ist nicht auszuschließen», sagte Nina. «Ich denke, es kann euch beiden nur guttun, nicht mehr unter der Aufsicht meiner Mutter zu leben.» Ursula und sie lächelten einander zu, als sie gemeinsam die schottische Decke falteten.

Sie hätten in ihrem Garten bleiben können, die Ruhe genießen ohne Henrike, der dauernd was Neues einfiel. Aber Kurt hatte unbedingt unter Leute gewollt. Er war zappelig geworden nach den ersten Nachrichten aus Berlin. Nahm großen Anteil am Schicksal der Menschen aus der Zone. Dabei war die Mauer vielleicht nicht nur ein Übel, wenn der Russe schön dahinter bliebe.

Auf der Fahrt mit der S-Bahn nach Blankenese blickte Elisabeth in die Gärten der anderen und beneidete die darin von Herzen. Friedlich saßen sie da, aßen ihren Pflaumenkuchen, und keiner wollte was von ihnen.

«Guck mal, wie gemütlich die das haben», sagte sie.

«Jetzt steigst du gleich in die *Bergziege* und lässt dich *gemütlich* zum Elbstrand chauffieren», sagte Kurt. Die kleinen wendigen Busse, die durch das Treppenviertel fuhren, gab es erst seit zwei Jahren. Der anstrengende Weg runter zur Elbe blieb ihnen nun erspart.

«Ist es nicht schön hier?», fragte Kurt später. Da saßen sie auf der Terrasse des Strandhofs und hatten Kännchen Kaffee vor sich stehen und Schwarzwälder Kirschtorte.

Doch. Die Aussicht auf die Elbe war schön. Ein stolzer Strom. Ließ sich nichts gegen sagen. Die Wespen störten, aber die hätten auch in der Blumenstraße gestört.

«Meinst du nicht, dass wir beide mal miteinander reden sollten, Lilleken?»

Elisabeth spannte sich an. «Über was, Kurt?»

«Unsere Zukunft?»

«Du hast doch, was du willst. Die Zimmer unterm Dach, in denen du ganz dein eigener Herr bist.»

«Im nächsten Monat werde ich pensioniert und habe viel Zeit.»

«Und dann brauchst du noch mehr Veränderungen?»

«Ich will mit dir was von der Welt sehen. Mal nach Italien reisen. Oder in die Schweiz. Was haben wir denn schon erlebt? In den Zwanzigerjahren kein Geld und in den Dreißigern das bisschen *Kraft durch Freude*.»

«Denk an unsere Rheintouren, wenn wir bei den Kölnern waren», sagte Elisabeth.

Kurts Blick fiel auf die Kirsche, die noch auf seinem Kuchenteller lag. «Wenigstens mal in den Schwarzwald», sagte er. «Du bist sechzig, und ich werde fünfundsechzig, wir gehören noch nicht aufs Altenteil.»

«Das Leben hat uns hart angefasst.»

Nein. Das fand Kurt nicht. Kaum zu vergleichen mit dem, was anderen Menschen zugemutet worden war.

«Dass du uns jetzt den Ausflug verdirbst. Du wolltest ihn doch unbedingt machen.»

«Verdammt noch mal», sagte Kurt. Das war zu viel. Das wusste er.

«Wenn du mich nicht mehr willst.»

«Lilleken, warum, glaubst du, kaspere ich hier herum? Weil ich ein gutes Leben für uns will. Ein gemeinsames Leben.» Er hatte angefangen, mit dem versilberten Kaffeelöffel gegen die Tasse zu schlagen und die Aufmerksamkeit der anderen Gäste auf der Terrasse zu erregen.

«Mir wäre am liebsten, wenn alles bliebe, wie es ist. Jockel und Ursula mit der Kleinen in unserem Haus und du von mir aus unterm Dach. Und nun hör auf, so einen Krach zu machen, die Leute gucken schon.»

«Als du dich entschieden hast, mich zu heiraten, haben die Leute auch geguckt.»

«Das ist wahr.» Dass Lilleken nun lächelte, hatte Kurt nicht erwartet. Er legte den Löffel auf den Teller und nahm ihre Hand.

«Wir können ja ab und zu Ausflüge machen wie diesen», sagte sie. «Wenn den Hummeln in deinem Hintern nicht anders beizukommen ist.»

Kurt seufzte und blickte über die Elbe. Ein Hafenlotse ging gerade an Bord eines großen Schiffes. Der Mann am Nebentisch hob ein Fernglas an die Augen.

«Vielleicht eine Schiffsreise», schlug er vor.

Elisabeth blinzelte in die Sonne, die einen kleinen Auftritt hatte. «Vielleicht mal nach Helgoland», sagte sie.

— 16. AUGUST —

Hamburg

Nur ab und zu ein Sonnenstrahl. Dass August war, konnte Corinne kaum glauben.

Sie nahm die Angorajacke vom Rücksitz der roten Aurelia und zog sie über ihr Sommerkleid, bevor sie Gianni durch das heruntergekurbelte Fahrerfenster einen Kuss gab.

«Ich komme nach, sobald ich hier am Neuen Wall einen Parkplatz gefunden habe.» Gianni sah Corinne in das Kontorhaus gehen, in dem sich die Frauenarztpraxis von Dr. Unger befand.

Unger kniff die Augen zusammen, als Käthe ihm das Patientenblatt auf den Schreibtisch legte. Vielleicht hatte Henny recht, und er brauchte eine Brille. Noch keine neunundsechzig, und schon ließen seine Augen nach.

Die Patientin war ihm von Ursula Christensen ans Herz gelegt worden. Da gab es auch Kontakte zu Nina Langley. Die Schwangerschaften beider Frauen hatte Unger begleitet. Und hier ging es ganz offensichtlich um einen Kinderwunsch.

«Gerne einen Kaffee», sagte Unger, als Käthe die Tür öffnete. Ihre Zusammenarbeit hatte in der Frauenklinik Finkenau begonnen und viele Stürme überstanden. «Ist die junge Frau aus San Remo schon da?»

«Sie sitzt im Wartezimmer», sagte Käthe. «Viel zu leicht angezogen, sie ist unseren Sommer nicht gewöhnt.»

«Er ist ja nicht immer so, unser Sommer», sagte Unger. «Schick sie mir rein.»

Corinne Canna erinnerte ihn an Grace Kelly. Eine schöne Frau, die ehemalige Schauspielerin und jetzige Fürstin von Monaco. Obwohl sie ihm etwas kühl und kontrolliert erschien, wenn er gelegentlich durch die bunten Illustrierten in seinem Wartezimmer blätterte. Käthe konnte nur den Kopf schütteln, obwohl sie längst keine linken Kampfblätter mehr las.

Die junge Frau, die nun vor ihm saß, war dunkelhaarig, doch die Ähnlichkeit mit Grace Kelly kaum übersehbar. «Ich hätte hier keinen italienischen Kaffee erwartet», sagte Corinne, als Käthe die Espressotassen auf den Schreibtisch stellte.

«Wir haben gute Verbindungen nach San Remo. Unser Freund Garuti lebt dort.»

Corinne sah ihn erstaunt an, das war ihr neu. Von diesen Verbindungen hatte Ursula nichts erzählt.

Dr. Theo Unger stellte Fragen. Viele Fragen. Die Corinne erst zögernd, dann mit wachsendem Vertrauen beantwortete. Geheiratet habe sie im September 1956. Danach zwei Jahre verhütet. Ja. Sie liebe ihren Mann. Und ihre Aufgaben im Blumenhandel der Familie. Der Bruder ihres Schwiegervaters absentiere sich oft, an ihr bleibe viel Arbeit hängen. Aber sie habe im Korsett einer strengen katholischen Kindheit gesteckt und das menschliche Dasein auf Erden als einen Weg mit vielen Prüfungen vermittelt bekommen. Nun wurden ihr die Hürden, die vom Vater gelegt wurden, zu hoch. Er verfolge sie mit seinen Erwartungen.

«Zu den Erwartungen gehören Enkelkinder?»

«Ja. Meine Schwestern sind jünger als ich und noch ledig. Das erste Enkelkind wird von mir erwartet.»

«Und Ihr Mann?», fragte Unger. «Setzt er Sie auch unter Druck?»

«Nein», sagte Corinne. «Das ist einer der Gründe, warum ich ihn geheiratet habe.»

«Wünscht er sich Kinder?»

«Gianni wünscht sie sich um meinetwillen. Er könnte noch gut darauf verzichten.»

Dr. Unger blickte auf das Patientenblatt. Corinne Canna war siebenundzwanzig Jahre alt. Demnach blieben ihr noch genügend Jahre, um Mutter zu werden.

Unger bat sie ins Untersuchungszimmer und nahm sich viel Zeit.

Er saß schon wieder an seinem Schreibtisch, als seine Patientin zurück ins Sprechzimmer kam, gefolgt von Käthe.

«Herr Canna sitzt im Wartezimmer, ich habe ihm einen Kaffee serviert.»

«Sehr gut. Bittest du ihn zu uns?» Er lächelte Corinne an. «Sie sind eine gesunde Frau», sagte er. «Ich stelle mir vor, dass Sie zögern, schwanger zu werden, weil Sie sich nicht noch mehr Verantwortung aufbürden wollen. Lassen Sie sich Zeit.»

«Mein Vater sagt, ich sei schon jetzt eine Spätgebärende.»

«Ist Ihr Vater Arzt?»

«Nein. Bergwerksdirektor in Kerkrade.»

Unger stand auf, um Gianni zu begrüßen. Der junge Mann gefiel ihm sofort. «Ihre Frau ist kerngesund», sagte er. «Und ich gehe davon aus, dass Sie es auch sind. Wenn Sie ganz sicher sein wollen, suchen Sie einen Arzt auf, der Ihre Spermien testet. Doch eigentlich denke ich, das ist nicht nötig. Gehen Sie das alles sehr entspannt an. Ihre Freundin Nina Langley hat ihr zweites Kind mit fünfunddreißig bekommen und eine leichte Schwangerschaft und Geburt gehabt. So lange müssen Sie nicht warten, aber nehmen Sie den Druck heraus. *Tolga la pressione*.»

«Sie sprechen Italienisch?», fragte Gianni auf Deutsch.

«Nicht wirklich. Ich habe schon Ihrer Frau erzählt, dass wir einen guten Freund in San Remo haben. Er ist der Schwiegervater meiner Assistentin.»

Gianni lachte. «Vielleicht wollen Sie eine Dependance in San Remo einrichten», sagte er. «Uns wäre daran sehr gelegen.»

«Ihre Frau kommt aus Kerkrade, aber woher sprechen Sie so gut Deutsch?»

«Meine Mutter ist Kölnerin.»

Sie gingen in Freundschaft auseinander. «Wann immer ich etwas für Sie tun kann», sagte Theo Unger, «werde ich es mit Freuden tun.»

1962

— 12. JANUAR —

San Remo

Der Lärm im Treppenhaus erinnerte Bruno daran, dass Cesare heute seinen neunten Geburtstag feierte. Ein verwöhntes Kind, kaum je zu bändigen, das Ebenbild seines Vaters Bixio.

Bruno öffnete die Tür zur eigenen Wohnung und traf im Wohnzimmer auf seine Frau, die mit Köln telefonierte. Er stellte sich ans Fenster und hörte den letzten Sätzen des Gespräches zu. «Sie feiern auswärts», sagte Margarethe, als sie den Hörer auflegte. «In der Hanse Stube vom Excelsior.»

«Vornehm», sagte Bruno.

«Es ist Gerdas Sechzigster. Schon mein Vater hat zu solchen Anlässen in die Hanse Stube eingeladen. Mir gefällt, dass Heinrich die Tradition fortsetzt.»

«Haben wir ein Geschenk geschickt?»

«Eine Seidenbluse von Cremieux.»

«Und dem *ragazzo* im zweiten Stock?»

«Eine Tankstelle.»

Bruno hob die Brauen.

«Eine aus Blech. Er hat sie sich gewünscht. Was willst du heute Abend essen? Ich gehe gleich in die Via Palazzo.»

«Ein großes Kotelett. Vielleicht vom Ochsen.»

«Du isst zu viel Fleisch», sagte Margarethe.

«Als Beilage die kleinen violetten Artischocken, die sind gut für Galle und Leber.»

«Wenn du Barolo dazu trinkst, hebt sich das wieder auf.»

«Du bist streng mit mir.»

«Gib acht auf dich. Achtundfünfzig ist ein heikles Alter für einen Mann.»

«Was ist eigentlich mit dem Geburtstag deines Bruders?»

«Heinrich behandelt das Thema sehr einsilbig. Ihm genügt ein runder Geburtstag in der Woche. Ich geh jetzt zur *macelleria*. Vielleicht haben sie Lammkoteletts.»

Bruno stand am Küchenfenster, als Margarethe aus der Tür des Hauses kam und mit energischen Schritten die Via Matteotti hinunterging. Sollte er ihr sagen, dass ihm ganz anderes auf Galle und Leber drückte? Sie war ohnehin schon verärgert ob seiner Bereitschaft, den eigenen Erbteil in der Firma zu lassen.

Er war ein Mann, der gern vertraute. Er hatte seinem jüngeren Bruder Bixio vertraut, als der ihn Regenwürmer schlucken ließ und schwor, es seien kalte Spaghetti. Bruno hatte nicht mal geblinzelt hinter seiner Augenbinde. Man hätte ihn als *stupido* bezeichnen können, schließlich war er damals schon acht Jahre alt gewesen.

Auch als Bixio ihm monatlich 100 000 Lire in bar bot und versprach, dass Bruno nichts von seinem Anteil am Vermögen des Blumengroßhandels verloren ginge, hatte er ihm vertraut. Mit 100 000 Lire war der Haushalt im vierten Stock der Via Matteotti gut zu finanzieren zu einer Zeit, in der das dreigängige *Menu turistico* in den umliegenden Restaurants vierhundert Lire kostete.

Das Geld kam. Monat für Monat lag ein Umschlag unter der Matte vor Brunos und Margarethes Wohnung. Immer in den ersten Tagen. Im Januar war bislang nichts gekommen. Vielleicht nur eine Verzögerung. Bixio mochte beschäftigt sein mit den Feierlichkeiten zum Geburtstag des *ragazzo* da unten.

Doch Bruno hatte das Gefühl, es war kein Versehen. Sollte er seine Schwiegertochter fragen, was sich da anbahnte bei den Finanzen der Firma? Gianni wusste nichts, davon ging Bruno aus. Und sein Sohn war ohnehin absorbiert von Pips, der für ein paar Tage in San Remo war.

Er wandte sich dem Kühlschrank zu, wie er es oft tat, wenn er in Gedanken war. Im oberen Fach lag ein vielversprechendes Päckchen, in Wachs gewickelt. Ah. Das hatte er gehofft. *Porchetta*. Wenn es heute Lammkoteletts geben sollte, konnte er sich ein paar Scheiben vom Schweinebraten gönnen. Bruno setzte sich an den Küchentisch und versuchte, den Gedanken an Geld zu verdrängen.

«Ein netter Junge», sagte Pips, als sie den Strand entlanggingen. «Und ein talentierter Pianist. Die Engländer haben den Jazz im Blut.»

Sie stapften durch den Sand unterhalb des Corso Imperatrice, Pips hatte weit weg vom Hafen und der Festung spazieren gehen wollen. Nur keine Bilder aus jener Septembernacht beschwören.

«Ricky hat Heimweh», sagte Gianni.

«Nach dem Wetter in Birmingham?»

«Da gibt es wohl eine Frau, die er liebt.»

«Das soll es geben», sagte Pips.

«Könntest du dir vorstellen zurückzukommen?»

«Ich stelle mir vor, zurück nach Köln zu gehen.»

Gianni blieb stehen. «Da wirst du auf ganz andere Schatten der Vergangenheit stoßen als in San Remo. Oder ist diese Ruth Kölnerin?»

«Woher kennst du ihren Namen?»

«Den hast du mir heute Nacht nach der zweiten Flasche Wein verraten.»

«Ach je», sagte Pips. Er ließ sich in den Sand fallen. «Mir wird noch immer leicht schwindlig, dabei ist die Kopfverletzung länger als zwei Jahre her.»

«Wie hältst du die Abende in der lärmigen Bude von Grete aus?» Gianni setzte sich neben ihn in den Sand.

«Ich halte mich an meinem Klavier fest.» Pips blickte auf das Meer, an dessen Horizont Kriegsschiffe von Frankreich her kommend durchs Bild glitten. Vermutlich die Amerikaner, die einen Marinestützpunkt in Toulon hatten.

«Ruth und ich gehen in die Kunsthalle. Sie ist gierig nach allem, was mit Kunst zu tun hat: Gemälde. Theater. Klavierspieler. Ich weiß, dass sie mich gut leiden kann. Oft sitzen wir vor einem barocken Werk, und Ruth legt mir ihre Hand aufs Bein. Fängt an, mich zu streicheln. Dann zucke ich zurück.»

«Du musst mit ihr reden.»

«Und ihr meine Freundschaft fürs Leben anbieten? *Never lovers, ever friends.*»

«Sie sollte es wissen.»

Pips blickte ihn an. «Woher weißt *du* es?»

«Weil ich dich nackt gesehen habe. Einen Augenblick lang. In jener Nacht im Ospedale San Pietro. Ich stand an deinem Bett.»

«Da war ich noch bewusstlos?»

«Jedenfalls nicht ansprechbar.»

«Dann ist dir ja klar, dass ich mich nicht mit einer zweiundzwanzigjährigen Schauspielschülerin zusammentun kann, die ihr Leben vor sich hat.»

«Lass sie das entscheiden.»

Pips stand auf und hob einen Kieselstein. Er wollte ihn

werfen, doch er ließ ihn wieder fallen, als er sah, dass eine Möwe im Wege war. «Ich denke, dass ihr Sex viel bedeutet. Sie ist eine jener jungen Frauen, die die *Twen* liest.»

«Der Orgasmus findet im Kopf statt.»

Pips nickte. «Habe ich diesen Satz von dir?»

«Nein», sagte Gianni. Woher hatte *er* den Satz? «Was willst du in Köln?», fragte er.

«Vor Ruth weglaufen.»

«Wenigstens bist du ehrlich mit dir.» Er stand auf und klopfte sich den Sand von der Hose. «Wollen wir in die Cantina und ein paar *pezzi sardenaira* essen?»

«Gern. Ich mag das Leben hier, Gianni. Aber ich muss einen anderen Weg finden.»

«Ich bin an deiner Seite. Lass nur diese Grete hinter dir. Bei der bist du unterfordert.»

Stand by me spielte Ricky. Ein Rhythm-&-Blues-Song, den Ben E. King im letzten Jahr veröffentlicht hatte, doch unter Rickys Händen klang er nach Jazz.

Pips saß an der Bar und sah Gianni zu, der einen Gast begrüßte. Pips hob die Augenbrauen, als er Lucio erkannte. Er hatte diesen Luxusknaben nie leiden können, seit wann trieb der sich wieder hier herum? Gianni servierte ihm einen Negroni und kehrte zu Pips zurück. «Ich habe Lucio lange nicht gesehen», sagte er beinah entschuldigend. «Er verbringt viel Zeit in Frankreich. In Juan-les-Pins und Saint-Tropez.»

«Bei den Reichen und Schönen. Verkauft er denen jetzt sein Rauschgift?»

«Er hätte es nicht nötig, das zu tun. Reich ist er selber.»

«Also tut er es aus Leidenschaft», sagte Pips.

Gianni stand auf und hieß zwei junge Frauen willkommen. Die eine nickte Lucio zu, der sich an ein Tischchen in der Nähe des Flügels gesetzt hatte. Gianni bemerkte es nicht, er trat hinter die Theke, um seinem Barkeeper zu helfen.

Pips schien ganz auf Rickys Klavierspiel konzentriert, doch aus dem Augenwinkel sah er die Frau an Lucios Tisch treten. Das Kuvert, das er ihr gab, war wohl kaum ein Liebesbrief. Lucio steckte einen Schein ein und sah sich nach dem Kellner um. Hob das leere Glas.

«Dein *tipo* dealt vor aller Augen», sagte Pips, als Gianni ihm nachfüllte. «In deiner Bar. Er hat der toupierten Blonden eben was zugesteckt und dafür zehn Dollar kassiert. Du kannst mir glauben. Ich habe einen Blick dafür. Auf St. Pauli findet das an jeder Straßenecke statt.»

Gianni nickte. «Anselmo hat ihn auch schon im Visier gehabt.» Er beschloss, das gleich zu klären, wünschte nur, Jules wäre heute Abend hier, dessen Autorität hatte Lucio immer anerkannt.

Er trat an Lucios Tisch. «Keine Drogen in meiner Bar, Lucio.»

«Calmati.» Lucio schnalzte und nahm den nächsten Schluck Negroni, ließ ihn kreisen, als sei er Mundwasser. «Du solltest wissen, dass ich deinen Onkel in der Hand habe und mit ihm euren Blumenhandel, bevor du dich aufspielst.»

«Was soll das heißen?»

«Frag Bixio», sagte Lucio. Er stand auf und zog ein Bündel Lirescheine aus der Hosentasche, legte sie auf das Tischchen. Eine grüßende Geste zu der Blonden ein paar Tische weiter, dann verließ er die Bar.

Standfest waren sie beide nicht mehr, als sie nach Mitternacht den Hof zu den Remisen im Erdgeschoss der Via

Matteotti betraten. Aber Gianni und Pips wurden schnell wieder klar im Kopf, nachdem sie Jules auf der steinernen Bank entdeckt hatten.

«Nicht gerade eine laue Sommernacht», sagte Gianni.

«Nein. Ich fange auch an zu frieren. Hab nur auf euch gewartet.»

«Was ist passiert?», fragte Pips.

«Eigentlich werde ich lediglich zu einer längst fälligen Entscheidung gedrängt. Trinkt ihr noch ein Glas? An meinem Küchentisch?»

Der Brief, den Jules auf den Tisch legte, trug den Stempel von Kerkyra. Katie war also noch auf Korfu. Dass sie dort zu bleiben gedachte, wurde Gianni nach den ersten Zeilen klar. War das eine Bitte oder eine Forderung, in die Scheidung einzuwilligen, das Haus an der Strada Marsaglia zu verkaufen und den Erlös mit Katie zu teilen? Sie habe vor, eine Stätte der Begegnung in Kerkyra zu schaffen.

«Der Gedanke, mich scheiden zu lassen, war mir noch nicht gekommen, vielleicht habe ich ihn auch nicht wahrhaben wollen», sagte Jules, nachdem Gianni den Brief an Pips weitergereicht hatte. «Und das Haus wollte ich eigentlich nur vermieten. Was Katie anscheinend vergessen hat, ist, dass ich als Einziger im Grundbuch eingetragen bin.»

«Und dass eine Scheidung in Italien gesetzlich verboten ist», sagte Gianni.

«Katie und ich haben in London geheiratet, durch die Heirat ist sie Holländerin.»

«Ich kenne die rechtliche Lage nicht», sagte Gianni. «Ob das Scheidungsverbot auch für in Italien lebende Ausländer gilt.»

«Sonst bleiben wir eben verheiratet.» Jules sah nicht unfroh aus. «Aber das Haus werde ich wohl verkaufen, und das

Land der einstigen Villa Foscolo. Dann ist viel Geld frei für Neues, Katie kriegt davon einen Batzen ab.»

«Für die Stätte der Begegnung», sagte Pips.

«Was stellen wir uns darunter vor?», fragte Gianni.

«Ein Ort, an dem sich Gurus versammeln, die dann alle anderen zum Narren halten», sagte Jules. «Ich investiere lieber in Bars.»

Das war das Stichwort, um Jules von Lucios Drohung zu erzählen.

— 13. JANUAR —

Köln

Der neue Tag war schon eine Stunde alt, doch Heinrich saß noch im Lesesessel. Und Gerda ihm gegenüber im brombeerroten Samt des eleganten Fauteuils, den Heinrich ihr zum sechzigsten Geburtstag geschenkt hatte, sich endlich mit der Vorstellung durchsetzend, seine Frau brauche genau so einen.

Sie ließen die Bilder des Tages an sich vorüberziehen, das Essen in der Hanse Stube des Excelsior Ernst, die Langmut der Kellner. Gerda hatte alle ihre Enkelkinder dabeihaben wollen, nicht nur die elfjährige Claudia mit ihrer jüngeren Schwester Maria, auch Henrike, die noch keine zwei Jahre alt war.

«Das willst du dir wirklich antun?», hatte Elisabeth am Telefon gefragt. «Das Kind ist viel zu quirlig. Genau wie deine Ursel immer gewesen ist.»

Selbst hatte Gerdas Freundin nicht kommen wollen, der Januar sei zu kalt, sie seit Tagen fröstelig, wahrscheinlich brüte sie eine Erkältung aus und würde nur alle anstecken. Ursel und Joachim allerdings hätten vor, sich mit der Kleinen auf den Weg zu machen, die hatten ja alle noch junge Beine, denen sei die Reise zuzumuten.

Nun lagen die drei mit ihren jungen Beinen bereits in den Betten im ersten Stock in Billas Zimmer, die vom Excelsior aus gleich mit Georg in dessen Wohnung gefahren war.

Nur eine Lampe, die noch Licht gab im Wohnzimmer, ein wenig davon fiel auf Jefs gerahmte Kohlezeichnung, die er kurz vor seinem Tod von Ursula angefertigt hatte. Heinrich sah Gerda zu dem Bild blicken. «Das erste Mal, dass wir in der Hanse Stube waren seit Jefs Tod», sagte er. «Was hast du für einen Eindruck? Ist unsere Tochter glücklich mit Joachim?»

«Er ist ein hinreißender Vater.»

«Das war nicht die Frage.»

«Wahrscheinlich will ich sagen, dass er mit Henrike völlig gelöst ist. Das gelingt ihm sonst nur selten. Joachim tut sich noch immer schwer mit dem Glück.»

«Sind es die Jahre in Russland, die ihm auf der Seele liegen?»

«Vielleicht war er nie anders. Das erste Mal, dass ich ihn sah, war auf einer Fotografie aus dem Jahr 1944. Er schien da schon diese Schwere in sich zu haben. Mit gerade mal vierundzwanzig Jahren.»

«Zu dem Zeitpunkt war er seit vier Jahren Soldat.»

«Das stimmt», sagte Gerda.

«Ursel will mich morgen in die Galerie begleiten. Die neuen Bilder von Karl Jentgens ansehen. Der Künstler hat sich auch angesagt.»

«Findest du daran etwas auffällig?»

«Nur, dass unsere Tochter eingefädelt hat, Joachim und Henrike zur gleichen Zeit nach Klettenberg zu empfehlen, damit Henrike mit ihren Kusinen spielen kann.»

«Ursel hat Jentgens nur ein Mal gesehen. Voriges Jahr im Februar.»

«Er hat ihr gefallen», sagte Heinrich.

«Karl ist zehn Jahre jünger als Ursula. Er kann kaum ihr Typ sein nach dem wilden Jef. Und dem sehr erwachsenen Mann, mit dem sie verheiratet ist.»

«Wir interpretieren zu viel hinein», sagte Heinrich. Er zuckte leicht zusammen, als die alte Pendeluhr zweimal schlug. «Ich sollte dringend ins Bett, wenn ich morgen um zehn Uhr in der Galerie stehen will.»

«Heute», sagte Gerda. «Heute stehst du um zehn in der Galerie. Was ist eigentlich nun mit *deinem* Geburtstag, Heinrich?»

«Ich würde gern mit dir ausbüxen. In die Krone nach Assmannshausen. Hab schon dort angefragt. *Ein* Fest zum runden Geburtstag ist erst einmal genug.»

Ursula stand vor der gerahmten Fotografie von Großvater und Großonkel, 1904 zur Eröffnung der Galerie aufgenommen. Zwei noch junge Herrn in dunklen Anzügen mit hohen weißen Hemdkragen. «Das links ist Billas und Lucys Vater?»

Heinrich nickte. «Er war der jüngere der Brüder.»

«Ich kann mich an Großvater nicht erinnern.»

«Wie solltest du auch. Deine Großeltern starben kurz nach deiner Geburt. Beide an einer Lungenentzündung. Damals oft ein Todesurteil.»

«Zeigst du mir die neuen Bilder von Jentgens?»

«Eines ist noch bei der Rahmung. Das andere hängt da drüben.»

Ursula betrachtete die Szene mit dem dicken nackten Mann auf dem Diwan, als das Geläut der Ladentür erklang. Sie drehte sich um. «Ich vermisse Gisel und Ursel auf dem Bild», sagte sie zu Karl Jentgens statt einer Begrüßung.

«Die beiden sitzen mir nicht mehr Modell. Sie haben sich eine bessere Wohnung genommen und empfangen dort ihre Freier.»

«Und in die alte Wohnung ist der dicke Mann auf dem Diwan eingezogen?»

Jentgens lachte. «Sie können ihn kennenlernen. Er kommt morgen zum Tee mit geistigen Getränken. Aber er ist kein Nachbar, sondern mein alter Zeichenlehrer.»

«Sie finden Ihre Inspiration wirklich überall. Nicht, dass ich mich noch nackt auf einem Ihrer Bilder wiederfinde.»

Heinrich krauste die Stirn. Ihm kam dieses Gespräch so frivol vor wie die Bilder des jungen Malers. Am besten, er ginge ins Büro und setzte die Espressokanne auf.

«Sie sind herzlich eingeladen, ihm morgen bei mir zu begegnen.»

«Da sitze ich schon im Zug nach Hamburg», hörte er seine Tochter sagen, als er durch den Flur nach hinten ging. Lag da Bedauern in ihrer Stimme? Auf einmal wurde ihm warm, er öffnete das Fenster zum Hof, blickte auf den blattlosen Baum und erinnerte sich daran, wie Joachim hier an diesem Fenster gestanden hatte, Ursulas Entscheidung abwartend, ob sie sich auf eine Begegnung mit ihm einlassen wollte. Karfreitag 1957. Seitdem war ihm Joachim ans Herz gewachsen.

Lautes Lachen aus den vorderen Räumen der Galerie. Sie schienen sich gut zu verstehen. Mit Jef hatte Ursel ein unkonventionelles Leben geführt. Sehnte sie sich nach diesen Zeiten zurück? Heinrich hoffte, dass seine Tochter nichts tat, was Henrikes und ihr eigenes Glück gefährdete. Und das von Joachim.

San Remo

Mimosen kaufen. Das hieße Eulen nach Athen tragen, Corinne ließ diese Blumen doch tonnenweise in Kühllaster laden und in die rheinischen Karnevalshochburgen bringen. Jules kaufte dennoch einen Strauß an einem der Marktstände, bevor er in die Via Matteotti zurückkehrte, um sich mit Corinne, Pips und Gianni an den Tisch zu setzen. Konnte Corinne aufklären, was Lucios Drohung bedeutete?

Seine Nichte sah auch nicht ausgeschlafener aus als er und die beiden Jungs. Sie stellte die Kanne Kaffee auf den Tisch, den Korb mit den *cornetti* und lief in der Küche umher. Ihre Nervosität ließ sich kaum übersehen.

«Setz dich bitte», sagte Gianni. «Hört noch mal im Wortlaut, was Lucio gestern in der Bar zu mir gesagt hat: *Du solltest wissen, dass ich deinen Onkel in der Hand habe und mit ihm euren Blumenhandel, bevor du dich aufspielst.*» Er blickte seine Frau an. «Wer kann mich aufklären?»

«Du weißt, dass ich deinen Vater gebeten habe, das Geld aus seinem Erbe in der Firma zu lassen», sagte Corinne.

«Das weiß ich von meiner Mutter, nicht von dir.»

Corinne fing an, eines der Hörnchen zu zerkrümeln. «Gianni, ich wollte dich nicht hintergehen. Du hast nur nie besonderes Interesse am Blumengroßhandel der Cannas gezeigt, und die ganze Wahrheit habe ich erst gestern erfahren.»

«Dann kläre uns jetzt auf», sagte Jules.

«Bixio hat kurz nach Agneses Tod eine große Summe aus der Firma genommen, um in Immobilien zu investieren, Diskotheken in Juan-les-Pins. Ein Appartementhaus. Er sah darin eine gute Gelegenheit, von der Familie unabhängig zu werden.»

«Lass mich raten, wer ihm diese Investitionen vorgeschlagen hat», sagte Gianni.

«Bixio hatte wohl früher schon kleinere Geschäfte mit Lucio gemacht, die alle gut gegangen sind», sagte Corinne. «Dieses leider nicht.»

«Was ist passiert?», fragte Jules.

«Lucio war gestern Nachmittag im Büro. Sie haben gestritten.»

«Warst du dabei?»

«Ich habe ihr Gebrüll durch die Tür gehört. Vor allem ging es darum, dass andere Investoren ihr Geld zurückgezogen und Baufirmen die Arbeit eingestellt haben. Das große Projekt ist nur noch eine einzige Bauruine.»

«Womit kann Lucio ihn unter Druck setzen?», fragte Gianni. «Dann hat doch auch Bixio einen Haufen Geld verloren und mit ihm die Firma.»

«Er hat Bixio vor einer Weile gezwungen, weiteres Geld hineinzustecken. Bixio konnte nichts mehr aus der Firmenkasse nehmen, deshalb hat Lucio ihm große Summen geliehen und ihn Schuldscheine unterschreiben lassen. Die fordert er nun ein. Nach Lucios Abgang gestern war Bixio weiß wie die Wand.»

«Wer steckt hinter der Drohung? Nur Lucio oder schon die Mafia?», fragte Pips.

Jules sah Pips an. Auch er hielt das für möglich. Vielleicht hatte die Mafia Interesse, aus Juan-les-Pins ein südfranzösisches Las Vegas zu machen.

«Aber er hat hoffentlich nicht dieses Haus hier als Sicherheit angeboten?»

«Das kann er nicht», sagte Jules. «Das Haus gehört zur Hälfte deinem Vater.»

Gianni seufzte. So vertrauensvoll wäre wohl auch Bruno

nicht, seinem Bruder nachzugeben, käme der mit einem solchen Ansinnen.

Jules schien ähnliche Gedanken zu haben. «Margarethe muss alles wissen, ehe Bixio Gelegenheit hat, sich an Bruno heranzumachen.»

«Bruno ist heute Vormittag bei einem Autoschrauber in Ventimiglia, der die alte Limousine noch einmal flottmachen soll. Damit ist er eine Weile beschäftigt.»

Jules stand auf. «Bitte entschuldigt mich. Ich habe noch was zu erledigen.»

Er verließ das Haus, ohne vorher in die eigene Wohnung zu gehen. Jules hatte es eilig, die Agenzia Immobiliare am Ende der Via Matteotti aufzusuchen. Ihm fiel der erste Schritt, sich von Haus und Hof zu trennen, erstaunlich leicht. Viel Gutes ließe sich mit dem Geld machen.

Köln

Heinrich schloss die Tür der Galerie und wandte sich seiner Tochter zu. «Nach Hause zu Mama, oder wollen wir nachsehen, ob Henrike und Joachim noch in Klettenberg bei Uli und Carla sind?»

«Weißt du, wie gerne ich das höre? *Nach Hause zu Mama.* Lass uns zum Pauliplatz fahren, Papa. Erst kann der Mensch das eigene Elternhaus nicht schnell genug verlassen, und dann sehnt er sich zurück.»

«Tust du das?» Heinrich und Ursula gingen zum Parkplatz am Wallraf-Richartz-Museum, wo der weiße Borgward Kombi stand. «Als ich dich eben mit Karl Jentgens parlieren hörte, dachte ich, deine Sehnsucht gelte eher einem Dachzimmer in Montparnasse.»

Ursula lachte. «Er ist so jung und frei von Konventionen.» Sie stieg in das Auto ein, dessen Beifahrertür ihr Vater für sie geöffnet hatte. «Du denkst, dass sich mein Ton nicht für eine ernsthafte Ehefrau gehört?»

Heinrich setzte sich ins Auto und drehte den Schlüssel im Zündschloss. «Könnte da zu viel Ernsthaftigkeit in deiner Ehe sein?», fragte er.

«Das trifft es, Papa.»

«Jef war auch kein Hallodri.»

«Nein. Doch er war nicht so kopflastig wie Joachim.»

Heinrich umfuhr die große Baustelle, die den Eigelstein und das Kunibertsviertel zerschnitt und den Namen Nord-Süd-Fahrt tragen würde. Die Kölner Verkehrsplaner gehörten auf ewig in einem Kreisverkehr gefangen. «Er ist ein hinreißender Vater.» Warum wiederholte er den Satz, den Gerda heute Nacht gesagt hatte?

«Das ist er. Henrike jauchzt, wenn sie ihn sieht.»

«Was dir nicht mehr gelingt.»

«Ich liebe Jockel. Doch gejauchzt vor lauter Verliebtheit habe ich noch nie.»

«Seit wann nennst du ihn Jockel?»

«Eigentlich tue ich das nicht. Aber Elisabeth jockelt derart herum, dass es mir gelegentlich herausrutscht.»

«Elisabeth ist das andere Problem, nicht wahr?»

«Ja. Ich will nicht länger mit ihr unter einem Dach leben. Immerhin ist eine Lösung in Sicht, wenn sich auch alles elend lange hinzieht. Nina und Vinton haben ein Haus gefunden, das sie kaufen wollen, leider zögern die Erbinnen des Hauses den Verkauf immer wieder hinaus.»

«Und was hat das mit euch zu tun?»

«Wir könnten die große Wohnung der Langleys in der Rothenbaumchaussee übernehmen.»

«Das würde auch Joachim gefallen?»

«Ja. Er will genauso wenig noch länger unter der Aufsicht von Elisabeth leben wie ich. Um Kurt tut es uns leid. Er ist der netteste und charmanteste Mann, den man sich vorstellen kann.»

«So kenne ich ihn seit bald vierzig Jahren. Wie arrangiert *er* sich?»

«Kurt hat seine Zuflucht unter dem Dach. Die zwei Zimmer, in denen Joachim gelebt hat, als er aus Russland zurückgekehrt ist.»

Heinrich ließ den Rudolfplatz hinter sich, kreuzte den Ring und fuhr in die Aachener Straße hinein. «Ein Glück, dass deine Mutter und ich einander noch so gut aushalten. Am kommenden Wochenende fahren wir an den Rhein, in die Krone.»

«Zu deinem Geburtstag. Das ist eine gute Idee, Papa.»

«Der Januar ist nicht unbedingt der attraktivste Monat für Assmannshausen, aber wir werden gut essen, über die nebligen Weinberge blicken und es uns vor dem Kamin gemütlich machen.» Er bog rechts in die Paulistraße ab. «Da steht der zweite Borgward, den wir in der Familie haben. Uli hat wohl Joachim und Henrike nach Hause gefahren.»

«Geht es Uli und Carla gut miteinander? Ich hatte gestern kaum Gelegenheit für ein ausführliches Gespräch mit ihnen.»

«Dein Bruder neigt zu Flirts. Carla geht mit großer Gelassenheit damit um. Ich hoffe nicht, dass er jemals seine Familie infrage stellt.»

«Mein ‹Parlieren› mit Karl Jentgens hältst du aber nicht für einen solchen Flirt.»

«Nein», sagte Heinrich. Dennoch war er ganz froh, dass Ursel und Jentgens in zwei verschiedenen Städten lebten.

— 16. FEBRUAR —

Hamburg

«Tut mir leid, dass ich zu spät komme», sagte June. «Am Klosterstern war der Wind so heftig, dass ich dachte, zu dir fliegen zu können. Das wäre schneller gegangen.»

Vinton sah zu den kahlen Bäumen des Innocentiaparks, die vom Wind geschüttelt wurden. «In der Tat ein lausiges Wetter», sagte er.

«Dann lass uns ins Haus gehen.» Von außen kannte June das schmale Stadthaus schon, doch der Makler tat sich schwer, den Schlüssel herauszugeben, seit die Schwestern des Erblassers angefangen hatten, Schwierigkeiten zu machen.

Erst schien es ihnen zu wenig Geld zu sein für das renovierungsbedürftige Haus. Dann störten sie sich daran, dass der Interessent britischer Staatsbürger war. Erst hätten die Engländer Bomben auf Hamburg geworfen, und nun wollten sie die Häuser kaufen, die heil geblieben waren.

«Gibt es Neues von den Nazischwestern?», fragte June, als sie ins Haus traten und Vinton die Glühbirne anschaltete, die von der Decke des Windfangs hing.

«Warum nennst du sie so? Weil die Damen Engländer nicht mögen?»

«Seit ich weiß, wann dieses Haus in den Besitz ihres Bruders gekommen ist. Ich horche auf, wenn es hierzulande um Geschäftsübernahmen und Hausverkäufe geht, die in den

Dreißigerjahren abgewickelt wurden. Gerade 1938 nach dem Pogrom, das die Deutschen *Reichskristallnacht* nennen, versuchten viele Juden, aus dem Land zu fliehen, und mussten Häuser und Geschäfte für ein paar Pennys verkaufen.»

Vinton führte June in das große Zimmer mit dem Wintergarten, der Nina so gut gefiel. Das Glas eines der Sprossenfenster hatte einen Riss, doch ansonsten waren sie gut erhalten im Vergleich zu vielem anderen hier. Die Kacheln in der Küche mit ihren Wiesenblumen sahen aus, als hätte jemand mit dem Hammer draufgeschlagen. Der alte Kohleherd war nur ein verrußtes Ungetüm, das die halbe Küche einnahm.

«Du vermutest also, dass auch dieses Haus ursprünglich in jüdischem Besitz war und nur aus Not und unter großem Druck an diesen Iversen verkauft wurde?»

«Im Herbst 1938», sagte June.

«Don't be a prophet of doom.»

«Immer wenn du verunsichert bist, sprichst du englisch mit mir, Vinton.»

Ein heftiger Windstoß drückte gegen das Sprossenfenster. Im Garten klirrte etwas, das nach zerbrechenden Tontöpfen klang. Eine Gießkanne aus Blech schepperte über die Terrasse. Kein Wind mehr, ein Sturm, der da aufkam.

Vinton zeigte June das kleine Zimmer neben der Treppe, das ihm und Nina als Arbeitszimmer dienen sollte. Der große Rhododendron vor dem Fenster verdunkelte es, doch im Mai würde er herrlich blühen. Sie stiegen hoch in den ersten Stock. Zwei Kinderzimmer. Ein Schlafzimmer.

June blickte zum Dach. «Ist oben noch was?»

«Vier winzige Kammern. Lass uns lieber unten bleiben, ich habe den Eindruck, das Dach wird nicht lange standhalten.»

«Gut, dass dir bisher verwehrt wurde, diese Prachtvilla zu kaufen. Gleich wirbelt der Sturm uns mit ihr davon. Und wir landen beim Zauberer von Oz.»

«*The Wizard of Oz*. Mein Vater wollte damals mit mir ins Regent Street Cinema gehen, um die kleine Judy Garland anzuschauen.»

«Warum habt ihr es nicht getan?»

«Das habe ich vergessen.»

Ein nachdenklicher Vinton, der das Haus abschloss. «Ich werde Nina um fünf Uhr abholen, sonst fliegt sie mir noch davon. Bitte sag ihr das.»

«Kauf das Haus nicht», sagte June. «Kein guter Stern, der darüber steht.»

Weder June noch Vinton ahnten, dass das Sturmtief *Vincinette* hieß. Die Siegreiche. Gegen 22 Uhr zerstörte sie in Cuxhaven den ersten Deich und machte sich auf den Weg nach Hamburg. Kurz nach Mitternacht kam es südlich der Elbe zur Überflutung der Deiche, von denen der erste um null Uhr vierzehn brach. Die Häuser, die dem Wasser im Wege standen, wurden weggerissen. Kurz nach drei waren die Deiche an mehr als sechzig Stellen gebrochen. Ein Fünftel der Fläche Hamburgs stand unter Wasser, der Hafen und Teile der Innenstadt bis hin zum Rathausmarkt.

Hunderte Menschen ertranken. In Wilhelmsburg. Neuenfelde. Moorburg. Billbrook. Moorfleet. Waltershof. Keiner war auf diese Katastrophe vorbereitet gewesen.

Das Wasser fand nicht in die Blumenstraße. Auch nicht in die Rothenbaumchaussee. Weder in die Schmilinsky- noch in die Seilerstraße, in der Grete im Hinterzimmer ihres Lokals schlief. In voller Schminke. Zu müde, um sich zu waschen. Dabei waren die letzten Gäste vor Mitternacht gegangen. Alle hatten es eilig gehabt, dem Wetter zu entfliehen und nach Hause zu kommen.

Nur Pips lag noch wach und hörte Jazz im NDR, der von nächtlichen Nachrichten unterbrochen wurde. Hörte von der Sturmflut.

In der Blumenstraße und der Rothenbaumchaussee schliefen sie. Erst am Morgen erfuhren sie von der versunkenen Welt im Süden der Stadt und den Toten, die auf die Eisbahn von Planten un Blomen gelegt wurden.

— 17. FEBRUAR —

Hamburg

Pips entschied, zu Fuß zu Grete zu gehen, um zu fragen, wo Fietes möbliertes Zimmer war. Wohl kaum in den tiefer gelegenen Straßen St. Paulis unten am Hafen, wenn er Abend für Abend in der Seilerstraße saß. Aber hatte Fiete nicht mal ein Häuschen zwischen Elbe und Köhlbrand erwähnt?

Grete würde keine nassen Füße bekommen haben, dennoch wollte er sich davon überzeugen, dass es allen gut ging. Am dringendsten wüsste er das gern von Ruth, doch er traute sich nicht, in ihrer Pension anzurufen, Ruth schien die Geduld mit ihm verloren zu haben. Ihre gemeinsamen Besuche der Kunsthalle fanden kaum noch statt. Wahrscheinlich hielt sie ihn für schwul.

Er war nicht klüger geworden seit seiner Rückkehr aus San Remo. Viele Wege, nirgends ein Ziel. Zitierte er da Rilke? Halbwegs? War Köln ein Ziel? Gianni hatte recht, dort lauerten die quälenderen Schatten der Vergangenheit.

Wo hatte er sich wohlgefühlt in letzter Zeit? In Giannis Nähe. In Jules' Nähe.

Ursel hatte er nur kurz in ihrem Büro gesehen, um ihr Leckereien aus der Via Palazzo zu bringen. Ein bisschen erzählen konnte er von den Kalamitäten, in denen Cannas Blumenhandel steckte, dann war sie in eine Besprechung gerufen worden und er in die Sammlung niederländischer

Meister gegangen. Hatte eine Weile vor Pieter de Hoochs *Liebesbote* gesessen, sich an der Frau im goldenen Kleid festgeguckt, ihren Hündchen.

Nun kam er auf seinem Weg nach St. Pauli wieder an der Kunsthalle vorbei. Ging dann über die Lombardsbrücke zur Esplanade. Zum Stephansplatz. Am Holstenwall standen die Leichenwagen vor dem Eingang zur Eisbahn von Planten un Blomen.

Er ließ die Millerntorwache hinter sich und betrat die Reeperbahn. Alles sah aus wie immer. Ein paar Minuten später stand er vor Gretes Lokal und klopfte an die Tür.

Fiete öffnete. Er sah todmüde aus, doch seine Augen glänzten geradezu euphorisiert.

«Ich bin erleichtert, dich adrett und munter zu sehen», sagte Pips.

«Da hättest du hier sein müssen, als er in aller Herrgottsfrühe ankam», sagte Grete, die hinter Fiete stand. «Klatschnass. Die Zähne klapperten wie beim Skelett in der Geisterbahn.»

«Du warst auch kein schöner Anblick. Mit der eingetrockneten Schminke.»

«Nun gieß dem Pips einen Schnaps ein und erzähl, Fiete.»

«Als ich gehört habe, was los ist im Süden, bin ich zum Mühlenwerder Grund, der ist noch tiefer gelegen als der Anleger Waltershof. All die Behelfsheime stehen da, wo die ganzen Ausgebombten nach dem Krieg untergekommen sind und die Flüchtlinge. Immer die Ärmsten. Ich sag dir das. Alles wech. Hat die Flut genommen.»

«Wie kamst du darauf, dorthin zu gehen?»

«Hab kurz nach Kriegsende mal in einer der Baracken gewohnt. Bei 'ner Frau.»

«Er wollte gucken, ob die noch da ist und Hilfe braucht, unser Fiete.»

«Und?», fragte Pips. Er ließ sich einen Bommerlunder einschenken.

«Hab sie nicht gefunden. Konnte aber Kinder auf die Schulter nehmen und sie durchs Wasser zum Schulhaus am Anleger tragen. Da saßen sie trocken.»

Pips sah den mageren Fiete beinah ungläubig an.

«Nu guckst du», sagte Fiete. «Ist noch Kraft in mir. Hab am Hafen immer geschleppt und ordentliche Arbeit geleistet.»

«Ich bewundere dich», sagte Pips. «Das hätte ich nicht geschafft, und ich bin dreißig Jahre jünger als du.»

«Aber ein Stück kleiner. Dir wäre das Wasser bis zur Brust gegangen.»

«Er hat 'ne Menge Massel gehabt, dass er nicht ersoffen ist. Und die Leute von der Bundeswehr ihn mitgenommen haben in ihrem Jeep.»

«War kein Jeep», sagte Fiete. «War ein DKW Munga.»

«Egal. Der von der Presse soll noch mal kommen und das alles aufschreiben und ein Foto von dir machen, wie du vorm Lokal posierst.»

«Geh mir weg mit dem Schreiberling», sagte Fiete. «Bloß heute nicht in die *Bild*-Zeitung gucken. Aber übertreiben lässt sich das gar nicht. Viel zu schrecklich.»

«Gib mal den Bommerlunder her.»

«Nee», sagte Fiete. «Ich will nicht mehr, Grete. Lieber an die Luft.»

«Ich geh auch los», sagte Pips. «Wollen wir heute überhaupt den Liederabend durchziehen? Scheint mir nicht ganz schicklich.»

«Du kannst ja auch was Ernstes spielen. Vielleicht von

Beethoven.» Grete ahnte nicht, dass sie einen wunden Punkt traf. So viele Komponisten der ernsten Musik kannte sie nicht. Sonst nur noch Operette.

Fiete begleitete ihn bis zum Hauptbahnhof, da wollte er erkunden, ob nicht doch eine S-Bahn ins südliche Hamburg fuhr. Er hätte gern gewusst, ob die Frau noch in dem Häuschen gewohnt hatte. Aber die Strecke nach Harburg blieb gesperrt.

Pips ging die Alster entlang. Am Schwanenwik fand er eine Telefonzelle und holte zwei Groschen hervor. Hoffte, dass Ursel an den Apparat ging und bereit war, mit ihm einen Spaziergang zu machen. Nur nicht allein in der Schmilinskystraße sein, bevor er am Abend Beethoven spielte oder was anderes Ernstes.

«Geh nur», sagte Joachim, der den Telefonhörer abgenommen hatte. «Pips scheint einen Moralischen zu haben.»

«Und was machen Henrike und du?»

«Vielleicht gehe ich mit ihr zu Kurt und schaue die Berichte zur Flut an. Elisabeth ist sicher bereit, Henrike abzulenken. Sie lieben das Schäfchenpuzzle.»

«Lange werden wir nicht unterwegs sein. Stürmt noch zu sehr.»

«Kehrt auf einen Kakao ein», sagte Joachim. «Das tut der Seele gut.»

Pips stand auf der Krugkoppelbrücke und hielt sich an der Balustrade fest, als fürchtete er davonzufliegen. «Wie komme ich darauf, bei dem Wetter spazieren gehen zu wollen?»

«Wir können einkehren», sagte Ursula. «Kakao trinken.»

Pips schaute auf die dunkle Alster, die durch die Schleuse

am Rathaus mit der unbändigen Elbe verbunden war. «Lass uns ein paar Schritte laufen.» Er fing an, ihr von Fietes nächtlicher Heldentat in Waltershof zu erzählen.

«Fiete? Der Mann, der dich einen *Quiddje* nannte, als Gianni und ich in Gretes Lokal waren? Wie ein Held sah der nicht aus.»

«Wie sehen Helden aus?», fragte Pips. Er schob seine Hände in die Taschen des dicken Mantels. «Was bin ich für dich, Ursel? Ein verschrobener kleiner Kerl, der noch immer ganz gut Klavier spielen kann?»

«Mein Freund», sagte Ursula. «Du bist mein bester Freund, Pips.»

«Der dich dennoch an einen großen gut aussehenden Mann verloren hat.»

«Du und ich waren nicht als Liebende vorgesehen.»

«Ich bin wohl in keinem Fall für die Liebe vorgesehen. Hat Gianni dir erzählt, dass mir mehr fehlt als ein Finger?»

«Gianni hat nichts erzählt, aber ich habe es vermutet.»

«Dann erzähle ich dir jetzt von der Unmöglichkeit einer Liebe. Ich erwarte keinen Rat, Ursel. Will mir das nur einmal von der Seele reden.»

Auf der Höhe der Stele mit den drei Männern im Boot blieb Ursula stehen und schlug vor, in die Lange Reihe zu gehen, im Gnosa einzukehren. «Pips, ich würde Ruth gern kennenlernen.»

«Wenn sie das zulässt. Wir hören nicht viel voneinander in letzter Zeit.»

«Bitte gib mir ihre Telefonnummer.»

«Was willst du tun? Für mich werben?» Pips schüttelte den Kopf.

«Ich weiß es noch nicht», sagte Ursula.

Das letzte Stück Weg gingen sie Hand in Hand.

San Remo

«*Sabato pomeriggio?*» Bixio war erstaunt, als Jules ihn einlud, auf einen *aperitivo* in die Bar zu kommen. Am Samstagnachmittag. «Wann sonst?», hatte Jules gefragt. «An den Werktagen sitzt du im Büro.»

Dass Jules ihm dann auf den Kopf zusagte, Bixio stecke bis zum Hals in Schwierigkeiten, erstaunte ihn nicht nur, es entsetzte Bixio. Corinne, *la traditrice*.

Nach dem dritten Fernet Branca sprach er nicht länger von Verrat, Bixio gab zu, dass die Frist, die Lucio ihm gesetzt hatte, am 2. März endete, dem Namenstag der heiligen Agnes von Böhmen. Warum nicht Agnes von Rom, vor der selbst das Feuer zurückgewichen war, als sie auf dem Scheiterhaufen verbrannt werden sollte? Lucio kannte sich nicht aus mit den Heiligen. Der alte Jesuit Jules schon.

Bei dem Angebot, das Jules ihm dann machte, stieg Bixio die Galle hoch. Trotz des Magenbitters. Nun verstand er auch, warum sich sein Bruder entzog. Nicht er, Bixio, würde Bruno unter Druck setzen, seine Hälfte des Hauses als Sicherheit für die Bank zur Verfügung zu stellen. Jules drehte den Spieß um und bot Bixio an, *ihn* aus dem Haus in der Via Matteotti herauszukaufen. *Porca miseria*. Sein Elternhaus. War er nicht immer der Lieblingssohn seiner Mutter gewesen?

«*Pensaci*», sagte Jules.

Niemals würde er über dieses unsittliche Angebot nachdenken. Bixio verließ Giannis Bar im Zorn.

Er hatte vorgehabt, Lidia das Angebot zu verschweigen. Doch dann sprudelte alles aus ihm heraus, kaum dass er die Wohnungstür hinter sich schloss.

«*Dipenderebbe dalla somma*», sagte die Mutter seines Sohnes, die er nicht heiraten durfte ob der verfluchten italienischen Ehegesetze. Bixio staunte. Auf die Summe käme es also an, fand Lidia. Vielleicht wäre noch Geld übrig für einen der schicken Bungalows, die in Bordighera gebaut wurden. Ultramodern. Häuser, wie sie in der *Casabella* abgebildet waren. Mit Meerblick.

Was sollte er in Bordighera, wenn es von hier nur ein paar Schritte zur Firma waren?

Die Erkenntnis überfiel Bixio jäh. Wäre er noch der Chef, wenn er die Schulden bei Lucio bezahlt hatte? Ganz abgesehen von den Löchern in der Kasse, die es zu füllen galt? Da blieb kein Geld für Bungalows aus der *Casabella*.

Einen Augenblick lang dachte er darüber nach, Bruno zu erweichen. Um Vater und Mutter willen. Doch er ahnte, dass dieser Spieß sich nicht noch einmal umdrehen ließ.

— 12. MÄRZ —

Hamburg

Das Haus gehörte einer alten Dame, die vorhatte, in ein Stift zu ziehen, das von ihren Urgroßeltern gegründet worden war. Hier im Haus in der Hansastraße hatte sie ein Leben lang gewohnt, es sollte in gute Hände gegeben werden.

Nina und Vinton Langley gefielen ihr. Junge Leute. Aus einundneunzigjähriger Sicht. Denn nicht nur gut sollten die Hände sein, sondern auch jung. Das Haus war im Jahr ihrer Geburt gebaut worden, noch während des Kriegs gegen die Franzosen, es sollte weiterhin Kontinuität erfahren. Die Kinder der Langleys versprachen diese Kontinuität, der kleinere der Söhne war erst sechs Jahre alt. So alt wie ihre beiden Brüder gewesen waren, als die Familie in dieses Haus einzog.

«Meine Brüder waren Zwillinge», sagte Clara Lindhorst. «Sie sind schon lange tot. Alle sind schon lange tot, nun auch meine Haushälterin. Da wird es höchste Zeit für mich, ins Stift zu gehen. Im April werde ich das tun. Nach Ostern. Das ist ja in diesem Jahr spät. Dann können Sie hier schalten und walten. Wahrscheinlich wollen Sie einiges verändern.»

Nina blickte auf die verblichenen Stofftapeten. Das wollte sie.

«Bitte schenken Sie doch vom Sherry nach.» Clara Lindhorst schob ihr geschliffenes Gläschen zur Karaffe hin. Vinton füllte nach.

«Ich werde meinen Notar bitten, zu mir ins Haus zu

kommen, um den Vertrag mit Ihnen zu unterzeichnen. Die Kanzlei im Cremon mute ich mir nicht mehr zu. Wer weiß, ob die Büros schon trockengelegt sind nach der fürchterlichen Flut. Vermutlich wird es nach Schimmel riechen. Würde es Ihnen heute in einer Woche passen?»

«Das passt uns gut», sagte Nina.

«Dann spricht für Sie nichts dagegen, uns das Haus zu verkaufen?», fragte Vinton.

«Nein», sagte Clara Lindhorst. Sie hob ihr Sherryglas.

«Pips hat oft von Ihnen erzählt», sagte Ruth. Sie schob das dunkle Haar aus der Stirn. Eine Geste, die sie zum vierten oder fünften Mal machte, Ruth Nieborg war verlegen.

Ursula hatte sich mit ihr im Funk-Eck verabredet, die Konditorei lag nicht weit von der Schlüterstraße, in der Ruth ein Pensionszimmer hatte.

«Wollte er, dass Sie sich mit mir treffen?»

«Nein. Pips war dagegen. Er fürchtet, dass ich für ihn werben will.»

«Und das darf man nicht?» Ruth nahm den Löffel und tat Sahne vom Apfelkuchen in ihren Kaffee. Sah zu, wie sich die kleine Sahneinsel auflöste.

«Er sagte, Sie hätten sich zurückgezogen. Das respektiert er.»

Ruth seufzte. «Es ist schwierig mit ihm.»

«Das ist es. Wissen Sie, warum?»

«Manche Menschen sind so. Er ist sensibel. Ein Künstler.»

Ursula trank einen Schluck von ihrem Tee, der anfing, lau zu werden. «Hat Pips Ihnen erzählt, dass er von der Gestapo gefoltert worden ist?»

Ruth nickte. «Der kleine Finger an seiner linken Hand.»

Ursula sah Ruth an und beschloss, sie nicht zu schonen.

Ihr all das zu erzählen, was Gianni gestern in einem Telefongespräch bestätigt hatte. «Die Folterer haben Pips mit Stiefeltritten misshandelt. Seine Geschlechtsorgane sind kaum mehr vorhanden.»

Ein gequältes Lachen von Ruth, das Ursula die Stirn runzeln ließ.

«Wie sollten Sie wissen, was ich vorhatte, als ich das Café betrat? Du triffst eine erfahrene Frau, dachte ich. Die kennt sicher jemanden, der Abtreibungen vornimmt. Und dann erzählen Sie mir *das* von Pips, dem einzigen Mann, mit dem ich gern geschlafen hätte.»

Ursula sah sich nach der Kellnerin um. Der Situation entfliehen. Dem lauen Tee. Dem halb gegessenen Apfelkuchen. Dieser jungen Frau, die gehofft hatte, mit ihrer Hilfe an eine Abtreibung zu kommen.

«Sie leben in einer ordentlichen Ehe. Ein ordentlicher Mann. Ein ordentliches Kind. Sie können sich nicht vorstellen, dass man abtreiben will.»

«Sie glauben nicht, was ich mir alles vorstellen kann», sagte Ursula. Endlich gelang ihr zu bezahlen. «Begleiten Sie mich noch ein Stück? Entschuldigen Sie, dass ich mit so etwas Banalem komme wie einer zu Ende gehenden Mittagspause.»

Ruth fing zu weinen an, als sie das Funk-Eck verlassen hatten.

«Ist der Mann, von dem Sie schwanger sind, ein vertrauter Mensch?»

«Nein. Ein Regisseur, der eine Rolle mit mir für die Bühnenreifeprüfung erarbeitet hat. Viel älter. Verheiratet.»

«Keine Liebe?»

«Nein.»

«Eher lieben Sie Pips?»

Ruth zog die Nase hoch. «Ja», sagte sie. «Auch nach allem, was ich nun weiß.»

«Kriegen Sie das Kind», sagte Ursula.

«Und Pips wird Patenonkel?»

«Warum nicht?»

«Ich bitte Sie, Pips das alles zu verschweigen. Vorläufig.»

Ursula sah zu der zierlichen jungen Frau, die neben ihr die Rothenbaumchaussee entlangging. Ruth Nieborg hoffte noch immer auf eine Abtreibung.

Kurt war allein zu Hause, als Nina anrief und ihn bat, mit ihr einen Kaffee im Hübner zu trinken. Er kehrte dort noch immer gern ein, auch wenn er seit einem halben Jahr nicht mehr am Adolphsplatz arbeitete. Fehlten ihm das Büro und Fräulein Marx?

«Das sind gute Nachrichten», sagte er, nachdem die Nusstorte serviert worden war. «Nach der Enttäuschung am Innocentiapark.»

«Im Haus muss noch viel getan werden, vor Anfang Juli werden wir kaum einziehen können. Ich würde dir und Mama gern alles zeigen, doch vielleicht warten wir noch, bis die alte Dame im April ausgezogen ist.»

«Die Finanzierung ist kein Problem?»

«Nein. Das Haus in Maidenhead hat etwa so viel gebracht, wie dieses hier kostet. Doch es wird viel Arbeit werden. Es ist vermutlich vor dem Krieg zuletzt renoviert worden.»

«Ich bin gut im Tapetenabreißen und Streichen», sagte Kurt.

Nina lächelte. «Ich erinnere mich daran, wie du die Zimmer unterm Dach tapeziert hast, nachdem die Tetjens aufs Land gezogen waren. Wie hieß der Ort noch?»

«Hamelwördener Moor», sagte Kurt. «Passt Sherry zur Torte?»

«Ich habe schon Sherry bei der alten Dame getrunken. Allerdings waren die Gläser groß wie Fingerhüte.»

«Für dich also auch einen?»

«Ich bleibe lieber bei Kaffee. Auf meinem Schreibtisch liegt noch ein Text über Robert Kennedy. Der soll bis heute Abend übersetzt sein.»

«Der Präsidenten-Bruder. Er hat Eindruck gemacht bei seinem Besuch in Bonn.»

«Da ist noch was, Papa.» Nina legte die Gabel auf den Teller. «Wahrscheinlich wird die Wohnung bei euch im ersten Stock frei. Ursula und Joachim übernehmen unsere in der Rothenbaumchaussee. Das ist noch nicht mit dem Vermieter abgesprochen, doch sobald wir den Kaufvertrag unterschrieben haben, wird Joachim sich um einen Termin bei ihm bemühen.»

«Das habt ihr vier also schon beschlossen?»

«Nicht länger unter Mamas Aufsicht zu leben, täte der Ehe der beiden sicher gut. Selbst Joachim wird es zu viel.»

«Unter Mamas Aufsicht.»

«Das erstaunt dich doch nicht. Oder?»

Kurt schüttelte den Kopf. «Es wird einsam werden.»

Nina legte ihre Hand auf die ihres Vaters. «Und wenn dort eine Familie mit Kindern einzieht? Nur vielleicht nicht gleich so viele, wie Blümels sie hatten.»

«Deiner Mutter ist schon das Getrappel von Henrike zu viel.»

«Beim Töchterchen ihres geliebten Jockel hätte ich mehr Toleranz erwartet.»

«Ihr ist die Kleine viel zu quirlig. Henrike käme so gar nicht auf Joachim.»

«Was soll das denn heißen?»

Kurt hob die Schultern.

«Ach, Papa. Kannst du dir nicht vorstellen, wieder im ersten Stock mit Mama zu leben wie in meiner Kindheit? Wo jetzt euer Schlafzimmer ist, könntest du dir ein schönes Studierzimmer schaffen. Mit Blick in den Garten. Die Terrassentür weit offen.»

«Das Karussell noch einmal drehen?»

«Oder wird euch die Miete fehlen?»

«Lilleken und ich kommen schon klar. Nicht zu verreisen, senkt die Kosten.»

«Du hattest einen Sherry bestellen wollen.»

Doch Kurt wollte keinen Sherry mehr trinken. Er blieb beim Kaffee.

Köln

Sie saßen in den Ledersesseln, die in Georgs Arbeitszimmer standen. Heinrich mit Blick auf Morgners *Einzug in Jerusalem*, das Bild war genauso gerahmt wie das *Schwanenhaus* von Leo Freigang. Im Licht der Messingleuchte konnte nur ein sehr geübtes Auge die Kopie erkennen.

«Schade, dass uns im vergangenen Oktober nicht gelungen ist, zur Kunstmesse nach München zu fahren», sagte Georg. «Man lässt im Leben zu oft zu, dass etwas dazwischenkommt.»

Heinrich nickte. Er hielt Georg die Teetasse hin, der sie noch einmal füllte. «Hältst du eigentlich für möglich, dass Martin Bormann lebt?»

«Bormann? Das geht dir durch den Kopf, wenn du meine Kunst betrachtest?»

«Darüber wird immer wieder spekuliert.»

«In der *Deutschen Soldaten-Zeitung*? Heinrich, ich bin überzeugt davon, dass Hitlers teuflischer Sekretär tot ist. Nach seiner Flucht aus dem Führerbunker umgekommen. Das hat doch dieser Artur Axmann bei den Nürnberger Prozessen ausgesagt, der nach Hitlers Abgang gemeinsam mit Bormann geflohen ist.»

«Aber keiner hat Axmann geglaubt.»

«In was verrennst du dich da, alter Freund?»

«Im Grunde verrenne ich mich nicht in den Fall Bormann, sondern in den Fall Jarre. In der *Quick* las ich gestern einen kurzen Artikel zu den Spekulationen, gezeichnet mit *Ja*, das Kürzel von Hans Jarre.»

«Was interessiert uns dieser Vogel denn noch? Das vierte Bild aus Freigangs Zyklus wird verschwunden bleiben. Und ich denke, auch Jarre weiß nicht, wo es abgeblieben ist. Wenn du so willst, ist er uns nichts mehr schuldig.»

«Vermutlich ärgere ich mich noch immer, dass er mich zum Narren gehalten hat.»

«Vergiss ihn. Ich habe Kognaktorte im Kühlschrank, Sybilla hat sie gestern gekauft für die sonntägliche Kaffeestunde. Eine ganze Torte. Sie denkt gern in großen Karos.»

«Du verstehst es, mich abzulenken», sagte Heinrich.

«Hier ist noch eine Ablenkung.» Georg ging ans Bücherregal und zog einen Katalog hervor. *Haus am Waldsee. Ausstellungen.* «Vielleicht fahren wir nach Berlin statt nach München. Dann können wir gleich noch einen Blick auf die Mauer werfen.»

«Wollen wir das denn?» Heinrich nahm den Katalog.

«Die Mauer ist unsere Gegenwart», sagte Georg. «Bormann nicht.» Er ging in die Küche, um Kognaktorte der Konditorei Eigel zu servieren.

San Remo

Gianni stellte die vier Sektflöten und einen Kühler für den Ferrari auf den kleinen Tisch in der Nähe des Flügels. Heute Morgen waren sie bei der Notarin gewesen. Jules de Vries war nun Miteigentümer eines herrschaftlichen Hauses an der Via Matteotti. Des Lebens wunderliche Wege. Auf die wollten sie mit Jules anstoßen.

«Was will der Mailänder Tuchhändler eigentlich mit der Villa Foscolo?», fragte Gianni, während er vom Spumante einschenkte.

«Du meinst, in Portofino lässt sich schöner aufs Meer gucken?»

«Das meine ich nicht. Aber das bei dir oben ist verdammt viel Land.»

«Die Signora will Oliven ernten und Wein anbauen und vielleicht auch noch ein paar Kaschmirziegen halten. Für die Stoffe, mit denen sie handeln.»

«Ist das wahr?», fragte Bruno. «Kaschmirziegen? Francesco wird ihr nicht zur Verfügung stehen als landschaftlicher Hilfsarbeiter, er ist zu alt, und sein Sohn soll schon wieder auf und davon sein.»

«Ja», sagte Jules. «Die *casetta* steht leer. Wisst ihr, ich bin erstaunt, wie wenig mich schmerzt, das alles herzugeben.»

«Weil der Schmerz, Katie zu verlieren, viel größer ist», sagte Margarethe.

Jules lächelte und hob das Glas. «Trinken wir darauf, dass er aufhört.»

«Wie es Bixio gehen mag?», sagte Bruno. «Ich bin dir dankbar, Jules, dass er im Haus wohnen bleiben kann.» Das war Bruno wichtig. Was würde seine Mutter sonst sagen? Oben im Himmel.

«Du hast nicht den geringsten Grund, ein schlechtes Gewissen zu haben», sagte Margarethe. «Dein Bruder hätte dir deine Hälfte des Hauses gnadenlos abgeluchst, um sie den Banken zum Fraße vorzuwerfen. Die Frage ist nur, wovon du und ich leben werden. Bixio legt kein Geld mehr unter die Fußmatte, und die Konten des Blumenhandelshauses Canna sind leer.»

«Nicht ganz», sagte Jules. «Laut Corinne kann die Firma noch eine Zeit lang am Laufen gehalten werden. Ich habe ihr ein zinsloses Darlehen angeboten, das ich überweise, wenn der Vertrag mit dem Tuchhändler unter Dach und Fach ist. Dann kann dir auch ein Teil deines Erbes ausgezahlt werden, Bruno.»

«Ist schon jemand in Rom vorstellig geworden?», fragte Gianni. «Um dich seligsprechen zu lassen?»

Jules grinste. «Dafür müsste ich mindestens fünf Jahre tot sein. Aber gerne später. Schade nur, dass ich dann nicht mehr das Gesicht meines Bruders sehen kann.»

«Lasst uns einen Assistenten für Corinne suchen. Auch wenn Jules jetzt die späten Stunden in der Bar übernimmt, wann immer ich nach Hause komme, schläft sie längst, um morgens um sieben wieder am Schreibtisch zu sitzen. Allmählich hätte ich nichts dagegen, Vater zu werden.»

«Nur zu», sagte Bruno. «Ich bin im besten Großvateralter. Vielleicht solltet ihr verreisen, Gianni. Du bist auch auf einer *viaggio* entstanden.»

«Und währenddessen setzt du dich an Corinnes Schreibtisch und leitest den Laden?»

«*Du* bist der gelernte Kaufmann», sagte Bruno.

«Kriegt euch nicht in die Haare, kaum dass Bixio keinen Anlass mehr bietet für Aufregung», sagte Margarethe. Sie sah zu Ricky, der zu spielen begonnen hatte.

Good morning heartache. Ein Lied von Billie Holiday.

Jules seufzte. «Rickys Repertoire wird melancholischer. Er sehnt sich nach Birmingham und seiner Maureen. *The mediterranean* ist nichts für ihn. Wenn die Übergabe des Hauses geregelt ist, kümmere ich mich um Pips. In San Remo ist er weniger unglücklich als anderswo. Oder was weißt du, Gianni?»

«Genug, um zu wissen, dass es dir kaum gelingen wird, ihn herzulocken», sagte Gianni.

— 11. MAI —

Köln

Den Fernseher kaufte Heinrich vor dem Finale in Berlin, in dem der 1. FC Köln mit den Nürnbergern um die Meisterschaft spielte. Fußball löste keine Leidenschaft in ihm aus, anders als bei seiner Enkelin Claudia, die gut Freund mit Hennes dem Geißbock war, Maskottchen des Kölner Vereins.

Mit Gerda ging er zu Rhein-Radio am Rudolfplatz, sie entschieden sich für einen zweitürigen Fernsehschrank von Grundig. Gerda fand, helles Nussbaum passe und wirke modern. Heinrich erkannte das Möbel gleich als Störenfried.

«Morgen früh wird er geliefert», sagte der Mann von Rhein-Radio. «Dann schließen wir ihn an, und Sie können das Spiel gucken.»

Heinrich versagte sich einen Seufzer. «Die Zeichen der Zeit», sagte Gerda. «Du hast dich lange genug verweigert.»

Der Verkäufer lächelte. «Gerade die ältere Generation findet Freude daran, auch wenn sie sich anfangs schwertut mit dem neuen Medium.»

Nun reichte es Heinrich.

«Sei friedlich», sagte Gerda auf dem Weg zur Kasse. «Alle sind freundlich.»

Freundlich akzeptierten die Verkäufer den Scheck der Kreissparkasse Köln, würdigten die Visitenkarte der Kunstgalerie, die er dazulegte. Notierten die Lieferadresse.

Doch als sie zum Auto gingen, das er an der Hahnenstraße abgestellt hatte, glaubte Heinrich, einen tiefgreifenden Fehler gemacht zu haben. Würden sie jemals wieder die Rheinische Sinfonie auflegen, oder würde er sie nur noch als Auftaktmusik dieser Sendung im Westdeutschen Fernsehen hören, die er bei Georg gesehen hatte?

«Wie heißt die Sendung im WDR? Werner Höfer ist da einer der Moderatoren.»

«*Hier und Heute.* Oder meinst du den *Internationalen Frühschoppen*?»

Heinrich schüttelte den Kopf. Unwirsch.

«Du wirst dich dran gewöhnen. Georg guckt doch auch.»

«Georg ist ein Mann von großer Toleranz. Sonst wäre er nicht mit Billa liiert.»

«Tu mir einen Gefallen und werde kein Griesgram.»

«Den Gefallen tu ich dir», sagte Heinrich. «Hast du Lust, noch einzukehren, die Mittagspause ausdehnen? Wenn das Frühlingswetter nicht so zu wünschen übrig ließe, würde ich einen Ausflug zum Decksteiner Weiher vorschlagen.»

«Du kriegst gerade noch die Kurve», sagte Gerda. «Wollte mich schon ärgern. Vergiss nicht, dass wir in einer Stunde zurück in der Galerie sein sollten, um mit Jentgens die Vernissage vorzubereiten. Weißt du noch, wie Jef sich gegen Ausstellungen gewehrt hat? Dieser Unwillen, im Scheinwerferlicht zu stehen, was war das bei ihm?»

«Er misstraute dem Gedöns um die Kunst.»

Gerda nickte. «Ich wundere mich, dass Karl am Gedöns liegt. Erinnerst du dich an meinen ersten Eindruck von ihm? Arglos wie das Christkind in der Krippe.»

«Er verändert sich. Das tut man leicht im jugendlichen Alter.»

«Was hältst du davon, wenn wir noch im Campi einkehren?», fragte Gerda. «In Erinnerung an Jef. Er fehlt mir.»

«Mir auch. Und ich wünschte, Ursel lebte mit ihrer Familie bei uns um die Ecke. Hat Elisabeth sich schon geäußert zu den Umzugsplänen?»

«Ich bin erleichtert, dass sie die nicht auf sich bezieht. Es läge auch völlig außerhalb ihrer Vorstellungskraft, dass Jockel nicht länger unter einem Dach mit ihr leben will.»

«Ist unsere Tochter die treibende Kraft?»

«Joachim und sie sind sich einig.»

«Deine alte Freundin und du habt euch auseinandergelebt.»

«Ich werde sie am Abend anrufen und ihr vom Kauf des Fernsehers erzählen. Dann können wir uns demnächst über die Hesselbachs unterhalten.»

«Wer sind die Hesselbachs?», fragte Heinrich.

«Du wirst sie kennenlernen, wenn Billa und ich sie uns anschauen.»

«Ich wusste, dass es ein Fehler war», sagte Heinrich.

Hamburg

Erst als Vorhänge, Bilder und Teppiche fehlten, die letzten Möbel herausgetragen worden waren, sahen Nina und Vinton das ganze Ausmaß des Verschleißes im Haus in der Hansastraße.

Vielleicht hatten sie zu viel Feingefühl gezeigt, die alte Dame nicht verstören wollen mit dem Aufmarsch fremder Leute in ihrem Elternhaus. Weder Kurt, der Erfahrung mit bröckelnden Villen hatte, noch die Restauratorin Ursula hatten das Haus vor dem Auszug der alten Dame gesehen.

Nina stand an der Terrassentür und fand Trost im Anblick des Gartens, in dem blaue Hortensien und weißer Flieder zu blühen begannen und sich erste kleine Knospen der Kletterrose vortrauten. Kurz vor dem Mai falle ihr besonders schwer, all das Vertraute aufzugeben, hatte Clara Lindhorst gesagt.

«Das kriegen wir hin, Ninakind», sagte Kurt hinter ihr. «Jedenfalls wissen wir, dass das letzte Tapezieren nicht 1871 stattgefunden hat. Unter der Stofftapete vorne im Erkerzimmer klebt der *Völkische Beobachter* und ist kaum von der Wand zu lösen. Vermutlich war der Anstreicher ein Freund der NSDAP.»

«Haben Vinton und ich einen Fehler gemacht?»

«Nein. Das wird ein prächtiges Haus. Dauert nur noch.»

«Ich danke dir für deine Hilfe, Papa.»

«Das macht mir Freude. Eine Ablenkung von meiner literarischen Arbeit. Ich fange sonst an, mich zu langweilen mit meinen Texten.»

«Vinton meinte, wir werden eine Heerschar von Handwerkern brauchen.»

«Später. Für die Feinarbeiten. Erst einmal das Grobe.»

«Dass du das alles kannst.»

«Das Haus in der Blumenstraße war mein Lehrmeister. Nur bei der Terrasse habe ich damals gekniffen. Die Statik wollte ich doch dem Fachmann überlassen.»

«Wenigstens scheint das Dach in Ordnung zu sein und die Wasserrohre.»

«An den elektrischen Leitungen werdet ihr was tun müssen. Nachher setzen wir uns zusammen und machen einen Plan. Ist Pips handwerklich begabt?»

«Frag Ursula», sagte Nina. «Aber ich bezweifle es.»

Pips saß in Ursulas Wohnung und klimperte auf dem Klavier, das noch immer dort stand, obwohl doch eigentlich ihm zugedacht. Henrike wippte auf seinem Schoß und staunte über die vier Finger an seiner linken Hand. Sie betrachtete die eigenen Finger.

«Du hast an jeder Hand fünf», sagte Pips.

Henrike legte ihre kleine Hand auf die von Pips. «Spielst fein», sagte das Kind, das vor drei Tagen zwei Jahre alt geworden war.

«Und du sprichst wie eine Große.»

Henrike lachte ihn an.

«Du kannst gut mit Kindern umgehen», sagte Ursula.

«Warum auch nicht? Weil ich keine haben werde?» Er spielte die ersten Takte von Cole Porters *I've Got You Under My Skin*. Wie kam er jetzt darauf? «Ursel, ich habe Ruth getroffen. Nach langer Zeit. Wir haben eine halbe Stunde zusammen vor einem Bild gesessen. Kein Barock. Liebermanns *Netzflickerinnen*.»

«Kam sie dir verändert vor?»

Pips drehte sich zu ihr um und sah sie fragend an.

«Ich habe sie nur ein Mal gesehen, Pips. Das war im März.»

«Sie gibt euer Gespräch genauso redundant wieder, wie du es tust.»

«Das heißt?»

«Gar nicht», sagte Pips. «Was weißt du, was ich nicht weiß?»

Henrike war er zu unaufmerksam geworden. Sie kletterte von seinem Schoß und zog sich mit dem Bilderbuch zurück, das Pips ihr geschenkt hatte.

Ursula entschied, die Wahrheit zu sagen. «Wenn sie das Kind nicht doch noch abgetrieben hat, dann schätze ich, dass sie im vierten Monat schwanger ist.»

Pips schwieg und schaute vor sich hin. «Von wem?», fragte er schließlich.

«Einem lüsternen Kerl, der mit ihr eine Rolle einstudiert hat.»

«Das hat sie dir erzählt?»

«Ja. Und dass sie dich liebt, Pips.»

«Ruth ist schwanger von einem Lüsternen. Sie liebt mich, der ich sie nicht schwängern kann. Weiß sie das?»

«Ja», sagte Ursula.

«So lerne ich Bruchteile eures Gesprächs kennen.»

«Habt ihr nur miteinander geschwiegen vor den *Netzflickerinnen*?»

«Sie hat mir erzählt, dass sie die Bühnenreifeprüfung bestanden hat.»

«Weiß Ruth schon, was sie vorhat?»

«Vielleicht ein Kind kriegen.»

«Pips, ich kann verstehen, dass du geschockt bist. Setz dich an den Küchentisch, dann kann ich ein Gläschen für Henrike warm machen. Willst du auch was essen?»

Pips schüttelte den Kopf. «Ist eine Schwangerschaft zu sehen im vierten Monat?»

«Kommt drauf an», sagte Ursel. Sie stellte die Karotten von Hipp ins Wasserbad. «Bei mir war erst im sechsten Monat was zu sehen. Als ich das von dir geschätzte Kleid à la Daisy Duck trug, war ich schon im achten.»

«Ruth hat mir ihre Hand nicht aufs Bein gelegt, das ist mir aufgefallen. Denkst du, es ist wahr, dass sie mich liebt? Warum schweigt sie, wenn sie wirklich schwanger sein sollte? Ich könnte doch wenigstens das Kindlein wiegen.»

«Das würdest du tun?» Ursel trug das Gläschen zum Tisch, nahm Henrike auf den Schoß, band ihr ein Lätzchen um und steckte den Kunststofflöffel ins Glas.

«Kriegt sie nichts anderes? Nur Karottenbrei?»

«Eine Zwischenmahlzeit. Wenn Joachim kommt, isst sie mit uns zu Abend. Fischstäbchen und Kartoffelpüree.» Ursula blickte auf die Küchenuhr.

«Klingt nach einer Mahlzeit für Erwachsene.»

«Spotte nicht. Wir kochen auch ambitionierter.»

«Die beste Köchin, die ich kenne, ist deine Tante Margarethe.»

«Hast du Sehnsucht nach San Remo?»

«Ich will nicht länger allein leben. Danach sehne ich mich.»

«Tust du das schon lange?» Ursel schob den nächsten Löffel in Henrikes Mund.

«Seit meine Eltern kurz hintereinander starben. Ihr Tod hat mich völlig aus dem Lot gebracht. Kam noch dazu, dass es vorbei war mit einer Karriere als Konzertpianist. Ich geh jetzt besser, Ursel. Ehe ich noch länger jammere.»

«Sprich mit Ruth. Ich schenke euch eine Jahreskarte für die Kunsthalle, wenn ihr dafür länger braucht. Ihre Eltern leben noch?»

Pips schüttelte den Kopf. «Sie kommt aus Königsberg. Irgendwas ist auf der Flucht mit ihrer Mutter passiert. Ich weiß nichts Genaues. Der Vater ist gefallen.»

«Da finden sich zwei Plaudertaschen.»

«Denkst du tatsächlich, dass sie sich finden?» Er stand auf. «Fährst du zu Grete?»

«Ja. Vielleicht ist Fiete schon da. Der tut mir gut.» Er hockte sich vor Henrike, die ihn umarmte. Pips hatte Tränen in den Augen, als er sich von Ursula verabschiedete.

«Wäre es denn eine schlechte Idee, eine Wohnung mit Ruth zu nehmen?»

«Ich werde ihr das vorschlagen», sagte Pips.

«Das kann nur Kurt sein», sagte Joachim. «Elisabeth klopft nicht.» Er stand auf, um die Teller zur Spüle zu tragen, die noch auf dem Tisch standen. Ursula und er hatten über Pips gesprochen, nachdem sie Henrike ins Bett gebracht hatten.

«Ich störe nicht lange», sagte Kurt. «Trommele nur die Helfer zusammen für die Arbeiten in der Hansastraße.» Hätte er je gedacht, dass er einmal seinen ersten Schwiegersohn fragen würde, ob er Tapeten abziehe im Haus des zweiten Schwiegersohns?

«Das lässt sich morgen und am Sonntag möglich machen», sagte Joachim. «Ist ja in meinem und Ursulas Interesse, bald in die Rothenbaumchaussee ziehen zu können.» Er sah Kurts Gesicht. «Entschuldige», sagte er. «Ich bin dankbar, Kurt, dass ihr mir ein Zuhause gegeben habt seit jenem Tag im Juli, an dem ich zurückgekommen bin.»

«Das weiß ich, Jockel. Was ich fürchte, ist die Stille im Haus.»

«Noch haben wir die Wohnung nicht», sagte Ursula.

«Ich zweifle nicht, dass ihr sie bekommt. Ein Studienrat des Johanneum und eine Kuratorin der Kunsthalle. Mehr Solidität kann ein Vermieter kaum verlangen.»

«Werdet ihr hier nach oben ziehen, Elisabeth und du?»

«Daran arbeite ich gerade. Gefallen würde ihr, dass ich dann die Zimmer unterm Dach aufgebe. Ein Studierzimmer in unserem jetzigen Schlafzimmer hätte für sie den Vorteil, dass die Küche nebenan ist und sie wieder eine gewisse Kontrolle hat.»

«Im ersten Stock gibt es auch eine Küche. Wir sitzen drin.»

«Lilleken lässt sich da schon was einfallen. Sie spricht von einer Einmachküche, um die Ernte aus dem Garten zu verarbeiten.»

«Da müsst ihr aber noch einige Beete anlegen», sagte Joachim.

«Notfalls kaufe ich das Obst und Gemüse auf dem Goldbekmarkt.» Er nahm das Glas, in das Joachim ihm Chianti eingeschenkt hatte. Vielleicht sollte er auch Wein in Bastflaschen kaufen, das gab doch ein kleines Feriengefühl. «Ich habe überlegt, ob wir Pips die Zimmer unterm Dach anbieten sollen. Elisabeth kann ihn gut leiden, und sein Klavierspiel wird sie nicht stören. Falls er Familienanschluss will, den kann er kriegen.»

Ursula sah zu Joachim. «Das ist eine feine Idee, Kurt, doch ich könnte mir vorstellen, dass Pips sich vergrößern wird. Nicht ausgeschlossen, dass zum Klavier auch noch Kindergetrappel käme.»

Kurt wunderte sich nicht. Er wusste nichts von den Konsequenzen, die Pips' Begegnung mit der Gestapo gehabt hatte.

«Vielleicht sind wir voreilig, was die Kinderfrage angeht», sagte Joachim. «Pips sollte auf jeden Fall von Kurts Angebot wissen.»

«Erzählt ihm bitte davon. Du hast doch gesagt, Ursel, dass die Wohnung in der Schmilinskystraße unzumutbar sei und viel zu klein.»

«Ich werde es am Sonntag mit ihm besprechen. Vielleicht gehe ich mit Pips in die Kunsthalle. Henrike nehme ich mit, dann stört sie nicht beim Tapetenabziehen.»

«Kaum hast du einen Tag frei, vermisst du die Kunsthalle schon?»

«Einfach mal eine normale Besucherin sein», sagte Ursula.

— 13. MAI —

Köln

«Ein Segen, dass wir endlich den Fernseher haben.» Billa strich beinah zärtlich über das helle Nussbaumholz. «Georg will ja auch nicht alles gucken. Gerade mal das Spiel gestern. Das hat sogar ihm gefallen.»

Vier Tore hatten die Kölner beim Finale im Berliner Olympiastadion geschossen. Hans Schäfer das erste, dann zwei von Habig und zuletzt noch eines von Fritz Pott.

«Gehst du zum Autokorso? Den soll es vom Flughafen Wahn zum Neumarkt geben, später feiern sie dann im Geißbockheim. Uli und die Claudia wollen auch hin.»

«Ich werde mich hüten», sagte Heinrich. Obwohl ihm das Spiel um die Meisterschaft gefallen hatte. «Gerda und ich gehen in die Bastei, Spargel essen.»

«Zum Blatzheim? Vielleicht trefft ihr die Romy Schneider.»

«Die wird Besseres zu tun haben, als bei ihrem Stiefvater im Lokal zu sitzen», sagte Gerda, die vor dem Spiegel in der Diele stand.

«Hast du das Kostüm bei Lucy gekauft?», fragte Billa aus dem Wohnzimmer.

«Carla hat es für mich entworfen.»

«Und ich habe es ihr geschenkt», sagte Heinrich. «Zum Muttertag.»

«Den feierst du doch gar nicht, Gerda.» Billa kam näher,

um am Stoff zu fühlen. «Das steht dir. Auch der Fliederton. Ich sehe in Kostümen von Lucy aus wie eine Dickmadam. Aber ich ziehe eh was Legeres an, wenn ich gleich zum Neumarkt gehe. Den Jubel will ich erleben. Die Spieler sitzen in Cabriolets. Lauter Blumen. Ganz in Rot-Weiß.»

«*Kamellen* und *Strüssjer* werden nicht geworfen?», fragte Heinrich.

«Setz du dich in die Bastei, du alter Heiliger. Aber vergesst nicht, mir zu erzählen, wenn die Romy doch da war. Mit dem Delon.»

Gerda sah ihren Mann an. «Bleibst du so?»

«Das ist einer meiner besten Anzüge.»

«Doppelreihig trägt man nicht mehr», sagte Billa.

«Ich meinte nur, ob du fertig bist. Dann können wir aufbrechen.»

«Geht ihr schon? Es ist doch noch gar nicht Mittag.»

«Wir machen vorher einen Spaziergang am Rhein», sagte Gerda.

«Vielleicht gehe ich später noch zu Georg. Oder ich treffe mich mit eurem Sohn und der Claudia am Geißbockheim. Da soll es Würstchenbuden geben. Und das eine und andere Kölsch lässt sich sicher auch trinken.»

«Gib acht im Gedränge», sagte Heinrich. «Der Kölner ist schwer kontrollierbar.»

«Dann esst ihr mal Spargel. Und grüßt mir den schönen Franzosen.»

«Wen meinte Billa?», fragte Heinrich auf dem Weg zum Auto.

«Alain Delon», sagte Gerda. «Den Verlobten.»

Hamburg

Henrike strahlte, als sie ihrer Mutter das Sträußchen Vergissmeinnicht gab, das ihr Vater am Morgen gekauft hatte. Dazu hatte sie ein Bild mit einer Sonne gemalt.

«Kurt und ich werden in einer Viertelstunde von Vinton abgeholt», sagte Joachim. «Ich bin nicht der talentierteste Heimwerker. Hoffentlich gelingt es mir, den *Völkischen Beobachter* von den Wänden zu kratzen, von dem Kurt erzählt hat.»

«Du darfst nur nicht anfangen zu lesen.»

«Interessant für den Geschichtsunterricht wäre es. Ich hörte eben, dass wir heute Abend unten bei Elisabeth und Kurt essen. Sie will für uns alle kochen.»

«Ich habe sie gestern beim Schlachter auf der Maria-Louisen getroffen. Da kaufte sie Holsteiner Schinken. Wird wohl den ersten Spargel geben.»

«Wann geht ihr los?»

«Pips hat angerufen, als du unten bei Kurt warst. Ein kleiner Programmwechsel. Wir treffen uns um elf am Stephansplatz und gehen dann zu Planten un Blomen. Das Wetter ist besser als angesagt, und dort gibt es den Spielplatz und die kleine Eisenbahn. Pips meint, das sei vergnüglicher für Henrike.»

«Er wäre wirklich ein guter Vater. Hat er schon mit Ruth gesprochen?»

«Ich werde es nachher erfahren.»

«Hoffentlich habt ihr Gelegenheit zu sprechen auf dem Spielplatz.»

«Henrike für Philipp Otto Runge und Caspar David Friedrich zu interessieren, wäre schwieriger. Lieber der Schaukel Anschwung geben.»

Beide hörten sie das Hupen vor dem Haus in der Blumenstraße. «Ich muss los», sagte Joachim. Er nahm Henrike auf den Arm und gab ihr ein Küsschen. «Gib mir gut acht auf die Mama.»

«Fall du uns nicht von der Leiter», sagte Ursula. Sie ging ans Fenster zur Straße und sah Kurt und Joachim in Vintons Auto steigen.

Pips stand vor der prunkvollen Oberpostdirektion und wirkte noch kleiner vor dem wuchtigen Gebäude aus den Achtzigerjahren des letzten Jahrhunderts. Er winkte ihnen zu, als sie aus der Straßenbahn stiegen.

«Hast du mit ihr gesprochen?»

«Dräng nicht», sagte Pips. Er nahm Henrikes Hand, die Kleine ging nun zwischen ihnen. «Engelchen, flieg», sagte sie.

«Wenn wir drüben im Park sind, fliegt das Engelchen. Nun sag schon was, Pips.»

«Köln ist Deutscher Meister geworden.»

«Ich wusste nicht, dass du ein Lokalpatriot bist.»

«Damals in Köln habe ich die Spiele von Sülz 07 geguckt. Die letzte Saison war 1942/43. Nach dem Krieg sind sie im 1. FC aufgegangen.»

«Du erstaunst mich.»

«Ruth und ich treffen uns heute Abend. Sie hat mich gefragt, ob ich wisse, dass sie schwanger sei.»

«Ich nehme an, das hast du bejaht? Sie hatte mich im März gebeten, vorläufig nicht mit dir darüber zu sprechen.»

«Eine lange Vorläufigkeit.»

«Wo trefft ihr euch?»

«Bei mir. In ihrer Pension sind Herrenbesuche verboten.»

«Und wirst du ihr eine gemeinsame Wohnung vorschlagen?»

«Wie soll das gehen, Ursel? Zahlen wir die Miete von der Gage, die ich wöchentlich bei Grete bekomme? Ruth hat kein Engagement, und obendrein ist sie schwanger.»

«Was ist mit der Schmilinskystraße? Sollte der Vertrag nicht nach einem halben Jahr auslaufen? Hast du ihn immer wieder verlängert?»

«Ja», sagte Pips. «Günstiger ging es nicht. So konnte ich das Geld, das ich in San Remo angespart hatte, auf der Bank liegen lassen.»

«Da liegt es noch?»

«Es genügt kaum, um auch nur die Kaution für eine anständige Bleibe zu stellen.»

«Engelchen, flieg», sagte Henrike.

«Du hast recht, Henrike», sagte Pips. Sie ließen das Engelchen fliegen.

Von Kurts Vorschlag erzählte Ursula erst, als sie am Spielplatz saßen und Henrike vor ihnen in der Sandkiste buddelte. «Vierzig Quadratmeter. Guter Zustand. Hell. Und eine feine Adresse.»

«Das kann ich mir nicht leisten.»

«Joachim hat damals kaum was bezahlt, das wenige hat er ihnen aufgedrängt.»

«Er war ihr Schwiegersohn.»

«Eine Lösung fürs Erste, Pips. Bis du ein Engagement hast, das dir mehr einbringt als das bei Grete. Könntest du als Korrepetitor arbeiten?»

«Ich kann Orchesterpartituren lesen. Am Konservatorium lernst du nicht nur, Klavier zu spielen. Warum willst du das wissen?»

«Die Staatsoper sucht einen Korrepetitor. Mein Assistent singt dort im Chor, ich hatte ihn gebeten, die Ohren zu spitzen.»

«Die nehmen keinen Klavierspieler aus einer Spelunke.»

«Versuch es. Und schlag Ruth die zwei Zimmer in der Blumenstraße vor. Ich fürchte, sie fliegt aus ihrer Pension, wenn ihr Babybauch sichtbar wird.»

Pips fing an, sich zu fühlen, als sei er der Verursacher dieser Schwangerschaft.

— 4. JULI —

San Remo

Jules warf die Schlüssel, die Katie aus Kerkyra geschickt hatte, in den Briefkasten der Villa Foscolo. Damit waren alle Schlüssel bei den Mailändern. Sie schienen es nicht eilig zu haben mit ihrem Einzug, das Haus lag verlassen. Er blickte hinunter zur *casa rustica*, in der das Verhängnis in Gestalt des Kanadiers seinen Anfang genommen hatte. Doch war es gerecht, ihm allein die Schuld zu geben? Hatte Katie je ein Talent für Treue gehabt?

Der Himmel zeigte ein dunstiges Grau, das Hitze ankündigte. Einen Augenblick lang dachte er daran, noch einmal die Stufen zur Haustür hinaufzusteigen und nach Korsika Ausschau zu halten, doch er ahnte, dass die Insel im Dunst verborgen bleiben würde. Jules ging zu seinem Auto, das vor der Garage stand, und stieg ein.

Da bestellte er Haus und Felder und sah, dass es gut war.

Der sechste Tag der Schöpfungsgeschichte. In ihm klang noch immer die Bibel nach.

Morgen würde er in ein Flugzeug steigen und über Frankfurt nach Hamburg fliegen. Pips treffen, der noch immer bei jener Grete Klavier spielte.

Jules war neugierig auf das Lokal und die Stadt, die er vor dem Krieg zuletzt gesehen hatte. Vielleicht gab es noch die beiden, mit denen er jung gewesen war.

Auf der Alster hatten sie gesegelt. Kurz vor seinem zwanzigsten Geburtstag.

Ursula kannte er ganz gut, ein wenig auch ihren Mann Joachim von dessen Besuch in San Remo. Er durfte nicht vergessen, Margarethes Kühltasche mitzunehmen.

Ein letzter Blick auf die Terrassen der Villa Foscolo, die bis zur Stadt hinunterführten und mit Olivenbäumen und Feigenbäumen bewachsen waren. Dort lag der alte Maultierpfad, den er hochgeschlichen war zur *casetta*. Um Katie und den Kanadier in flagranti zu ertappen. Vielleicht hätte er das sein lassen sollen.

Der Mensch wollte alles wissen, und auf einmal wusste er zu viel.

Jules fuhr nach San Remo hinunter und parkte vor dem Haus, das ihm nun zur Hälfte gehörte. Ein paar Augenblicke später saß er mit Bruno und Gianni an Margarethes Küchentisch, ein gemeinsames Mittagessen, bevor er nach Hamburg aufbrach. Der Trost des Essens. Der Trost der Küchentische.

Letzte Instruktionen, wie Ursula die *agnolotti piemontesi* zubereiten sollte und die *pasta scian cui* mit dem Pesto, das Margarethe selbst gemacht und in ein großes Glas gefüllt hatte. Die Bohnen und die Kartoffeln, die in das ligurische Gericht gehörten, ließen sich auch auf dem Markt in Hamburg kaufen.

«Was wissen wir über Ruth?», fragte Margarethe. Sie hätte Pips gerne hier am Tisch sitzen gehabt, er gehörte doch zur Familie, was tat er in Hamburg? Wenigstens war Ursula dort. Sie sah ihren Sohn an.

«Nach allem, was ich weiß, ist sie mit kaum fünf Jahren in einem Flüchtlingstreck von Königsberg nach Holstein gezogen. Das wird Spuren hinterlassen haben.»

«Der Krieg ist siebzehn Jahre her und noch immer nicht vorbei», sagte Jules. Er hätte seine Aufgaben im Flüchtingskommissariat der Vereinten Nationen nicht ruhen lassen dürfen. Die Sache mit Katie war ihm über den Kopf gewachsen. All diese privaten Befindlichkeiten, während die Welt nicht aufhörte zu taumeln.

Hamburg

Jan saß oben auf der Leiter und ließ die langen Beine baumeln. Wie lange würde er noch wohnen in dem Haus, dessen Decken er heute fertig gestrichen hatte? Wenn alles gut ging, hatte er im Herbst des nächsten Jahres sein Abitur in der Tasche.

Joachim erwartete, dass Jan studierte. Geisteswissenschaften. Philosophie, wie *er* es getan hatte, bevor er nach zwei Semestern in den Krieg geschickt worden war. Wollte sein Vater, dass er dessen Pläne vollendete?

Vinton schlug vor, ein Auslandsjahr in England zu verbringen. Nicht Oxford oder Cambridge, das konnte sich keiner leisten. Englisch sprach Jan ohnehin gut, vielleicht übernahm er mal das Übersetzungsbüro der Clarkes. Eine Idee, die Nina gefiel, June ließ schon länger durchblicken, dass sie aufhören wollte.

Das waren die vernünftigen seiner Gedanken. Ein anderer wäre, Weltenbummler zu werden.

Jan stieg die Leiter hinunter und ging in das Zimmer, in das er in den nächsten Tagen einziehen würde. Nebenan hatte Tom bereits einen Teil der Kasperlefiguren aus der Rothenbaumchaussee hergeschafft, sein kleiner Bruder wollte zum Theater. Wie konnte man das mit sechseinhalb Jahren wissen?

Vielleicht sollte er sich für Psychologie entscheiden. Dann könnte er als *task force* auftreten, wenn seine Großmutter zu zittern anfing. Das tat sie in letzter Zeit öfter. Ging kaum noch aus dem Haus, nur auf die Maria-Louisen-Straße zum Einkaufen. Gestern war Oma in Tränen aufgelöst gewesen, weil der Tag näher kam, an dem Jockel aus der Blumenstraße auszog.

«*You did a very good job*», sagte Vinton, als er zu Jan ins Zimmer trat. «Es hilft bei den hohen Decken, dass du so groß bist.»

«Du bist auch nicht kleiner.»

«Doch. Ich wachse in die Erde hinein.»

«Ist das nicht zu früh mit vierzig?»

«Die Einundvierzig steht vor der Tür und klopft.» Vinton lächelte.

«Vielleicht willst du dich noch mehr verwurzeln.»

«Das ist eine interessante Idee.»

«Hast du Heimweh, dass du mir ein Studienjahr in England vorschlägst?»

«Nein. Das nennt man *a very good education*.»

«Und du hast nie bereut, dich in Hamburg verwurzelt zu haben?» Jan neigte dazu, ein Thema nicht loszulassen.

«Ich habe mich bei Nina verwurzelt. Ohne sie will ich nicht sein.»

«Ob ich mal eine Liebe erlebe wie eure?»

«Ich wünsche es dir. Komm, lass uns zusammen durch unser neues Zuhause gehen. In das du hoffentlich immer wieder zurückkehren wirst.»

«Oma wird bestimmt zum Einzug Brot und Salz bringen, wenn sie sich hertraut.»

«Warum sollte sie sich nicht trauen?»

«Sie verlässt das Haus kaum noch. Verreisen will sie schon gar nicht.»

Vinton schaute ihn nachdenklich an. «In England brachte man in alten Zeiten ein Stück Holz als Geschenk zum Einzug und legte es in den Kamin für das erste Feuer im neuen Heim», sagte er dann. «Damit man es immer warm hat.»

«Hier gibt es nur die Heizung.»

«An Wärme wird es uns nicht fehlen», sagte Vinton.

Der letzte Schultag lag hinter ihm, morgen fingen die großen Ferien an. Joachim hatte nicht vor, sie in einer farbverklecksten Latzhose zu verbringen. Ein paar Tage an der Ostsee wollten sie sich gönnen vor dem Umzug. Renovieren sollten die Profis.

Er nahm eine Flasche Holsten aus dem Kühlschrank, öffnete sie und setzte sie an den Hals. Die nachlässigen Gewohnheiten der Bauarbeiter. Die hatte er also schon verinnerlicht, kaum war er unter die Heimwerker gegangen. Als Nächstes würde er den Kronkorken an der Kante des Tapeziertisches öffnen und den Frauen nachpfeifen. Eine Gelegenheit, das Etikett des Bildungsbürgers loszuwerden?

Er blickte zur Küchenuhr. Lotte Königsmann hatte Henrike heute schon um zwölf zu Elisabeth gebracht, höchste Zeit, dass seine Tochter nun zu ihm kam.

Joachim trat zum Fenster und sah in den leeren Garten. Wo waren sie alle? Es war doch sonst nicht Elisabeths Gewohnheit, länger aus dem Haus zu gehen. Oben bei Kurt hatte er vergeblich geklopft. Nun ging es auf vier Uhr zu, dabei hatte er allen gesagt, dass er heute eher hier sein könnte.

Er hielt den Telefonhörer schon in der Hand, um Ursula

im Büro anzurufen, als es unten an der Haustür klingelte. Was erwartete ihn? Zwei Polizisten, die ihre Schirmmützen in den Händen drehten? Er war eigentlich keiner, der seiner Fantasie den Lauf ließ.

Joachim riss die Tür auf und seufzte tief. Vor ihm standen Ursula und Henrike. Hand in Hand.

«Du hast dir Sorgen gemacht», sagte Ursula. «Das tut mir leid. Meine Tasche mit Schlüssel und Portemonnaie liegt im Büro. Oliver hat mich zum UKE gefahren, die Tasche habe ich erst vermisst, als Henrike und ich an der Bushaltestelle standen.»

«Warum wart ihr denn überhaupt in der Uniklinik?» Er nahm Henrike auf den Arm, die ihm munter schien, und stieg mit ihr die Treppe voran in den ersten Stock. «Und wo ist Elisabeth?»

«Liken hat sich wehgetan», sagte Henrike.

Joachim blickte seine Frau an.

«Elisabeth hat sich ans Geländer der Streekbrücke geklammert, zu zittern angefangen und das Geländer trotz allen Zuredens nicht losgelassen. Eine Frau aus dem Haus gegenüber hat die Sanitäter gerufen.»

«Was hat sie an der Streekbrücke gemacht? Sie geht doch sonst nicht so weit.»

«Entchen gucken», sagte Henrike. «Hat Liken versprochen.» Sie nahm ein Glas mit Apfelsaft entgegen und war unwillig, es wieder herzugeben, als Ursula bemerkte, dass sie vergessen hatte, den Saft mit Wasser zu verdünnen. So schmeckte er leckerer.

«Die Sanitäter haben Elisabeth ins UKE gebracht und das Kind mitgenommen. Das UKE hat Kurt benachrichtigt, der mich dann gebeten hat, Henrike abzuholen, weil er nicht absehen konnte, wie lange es dauern würde.»

«Wird Elisabeth dortbleiben müssen?»

«Ich weiß es nicht.»

Sie hörten ein Taxi vor dem Haus halten. Joachim ging die Treppe hinunter und öffnete die Tür, bevor Kurt anfangen konnte, den Schlüssel zu suchen.

«Jockel, ich hätte die Zeichen deuten müssen», sagte Kurt. «Hab mir einreden wollen, dass Lilleken einfach schwieriger wird. Wären wir nur zu Dr. Braunschweig gegangen, der ihr geholfen hat, als es um den Tod des Deserteurs ging. Auch damals schon fürchtete ich, ihr famoser Hausarzt Hüge ließe sie zwangseinweisen.»

Er schloss die Tür zur eigenen Wohnung auf und sah sich in der Küche um. Wenn Lilleken hier bitte bloß bald wieder ihr Gemüse und Obst schnippeln würde.

«Und noch immer werfen die Nervenärzte mit Begriffen wie Hysterie um sich. Immerhin gibt es jetzt eine neurologische Abteilung, und sie schicken die Patienten nicht gleich nach Ochsenzoll. Aber wenn Elisabeth noch länger zittert und weint, landet sie da. Die fremde Umgebung macht ihr Angst und alles schlimmer. Dauert nicht mehr lange, und sie wird für eine Irre gehalten.»

«Ich mache dir erst einmal eine Tasse Kaffee», sagte Joachim.

«Keinen Kaffee. Ich bin nur hergekommen, um den kleinen Koffer zu packen. Nachthemden und Kulturtasche. Sie wollen Lilleken zwei bis drei Tage beobachten. Wie geht es Henrike? Das muss ein Schock für sie gewesen sein.»

«Sie scheint es gut überstanden zu haben. Das Tatütata hat ihr gefallen. Trotzdem liest ihr Ursel erst einmal aus den Pixibüchern vor, darum ist sie mit Henrike oben geblieben.»

Kurt ging ins Schlafzimmer. Packte ein paar Sachen zusammen. Im Nachttisch lag ein Buch. Der Wälzer war ihm vorher nicht aufgefallen, sollte er ihn mitnehmen zu Lillekens Ablenkung? Mal hören, was Jockel von dieser Lektüre hielt.

«Solltest du nicht Nina verständigen?», fragte Joachim.

«Hab ich schon. Vinton und sie holen mich gleich ab. Guckst du dir mal dieses Buch an? Das war im Nachttisch. Hab nie gesehen, dass Lilleken darin gelesen hat.»

Joachim betrachtete den Umschlag. *Unbezähmbare Angelique.* Eine Mischung aus Ludwig XIV. und Brigitte Bardot, die Zeichnung auf dem Umschlag, gute Literatur schien das nicht zu sein. Er schlug das Buch auf und las den Klappentext. «Nimm ihr das mit», sagte er. «Vielleicht färbt Angeliques unzähmbarer Lebenswille ab.»

Köln

Das Telefon im Haus klingelte, während sie im Garten saßen.

«War schon weg», sagte Heinrich, als er zur Birke zurückkehrte, um die seine Eltern vor vielen Jahren eine Bank gebaut hatten. «Warum denkt man nur immer, es sei wichtig?»

«Lass uns nachher die Kinder anrufen, vielleicht war das eines von ihnen.»

Heinrich setzte sich und löffelte die restlichen Johannisbeeren aus der kleinen Schüssel. «Was sollte sein? Du hast Carla heute bei Lucy getroffen. Sie hätte sicher gesagt, wenn etwas nicht in Ordnung wäre.»

«Ursel», sagte Gerda. «Eine Mutter spürt das.»

Heinrich seufzte und nahm das Tablett. «Gut. Gehen wir ins Haus, und du rufst in Hamburg an.» Nun hatte er für die Sommerabende fernsehfreie Zeiten durchgesetzt, und schon verließen sie wieder vor der Dämmerung den Garten.

«Ich wusste, dass du es warst», hörte er Gerda sagen. Also hatte tatsächlich Ursel angerufen. Er stellte Gläser und Schüsselchen in die Spüle, ließ noch kein Wasser einlaufen, lauschte. Als er das Wort *Panikattacke* hörte, ging er hinüber ins Wohnzimmer.

«Ochsenzoll?», fragte Gerda. «Was ist das? Eine psychiatrische Anstalt?» Sie schien blasser zu werden unter der leichten Bräune des Sommers. «Und was wird nun?»

Die nächsten zwei Minuten sah er Gerda nur nicken. «Ursel, soll ich kommen? Vielleicht kann ich euch helfen», fragte sie dann. «Euer ganzer Haushalt steht ja kopf.»

Heinrich wartete ab. Das Gespräch schien sich dem Ende zu nähern.

«Dann komme ich, wenn ihr umzieht, und kümmere mich um Rike.»

«Geht es um Joachim?», fragte er, als Gerda aufgelegt hatte.

«Wie kommst du auf Joachim?»

«Panikattacke. Er schreit noch immer im Schlaf, sagt Ursel.»

«Es geht um Elisabeth. Sie wollte mit Henrike Entchen gucken und hat sich wohl zu weit von ihren gewohnten Wegen fortgewagt.»

«Was ist passiert?»

«Sie hat sich zitternd an ein Brückengeländer geklammert und wollte es nicht mehr loslassen. Henrike stand die ganze Zeit neben ihr.»

«Das Kind wird erschüttert sein», sagte Heinrich.

«Das Tatütata, das Elisabeth und sie in die Uniklinik gefahren hat, fand Henrike jedenfalls höchst vergnüglich.»

«Sie mag ja auch den Lärm von Luftrüsseln. Und nun?»

«Zwei, drei Tage soll Elisabeth in der Klinik bleiben.»

«Damit wird kaum alles gut.»

«Nein. Kurt will hören, was die Ärzte empfehlen, und wenn ihn das nicht überzeugt, den Psychiater konsultieren, der damals geholfen hat.»

«Eine Diagnose gibt es noch nicht?»

Gerda schüttelte den Kopf. «Joachim meint, es könne sich um eine Agoraphobie handeln. Das Zittern sei ein Merkmal. Bereits Freud habe darüber geschrieben.»

«Unser Schwiegersohn ist wirklich ein Mann von umfassender Bildung. Ich schlage so was im Brockhaus nach. Aber ich bin doch erleichtert, dass es nicht Joachim betrifft. Vielleicht wird er seine Dämonen allmählich los.»

«Was löst nur diese Angststörungen bei Elisabeth aus? Ich hatte geglaubt, sie habe die schreckliche Geschichte mit dem Deserteur überwunden.»

«Du willst nach Hamburg, wenn die Kinder umziehen?»

«Ja. Ursel sagt, sie planen den Umzug für den 30. Juli. Doch das scheint mir optimistisch, Nina und Vinton sind noch nicht einmal ausgezogen.»

«Vielleicht solltest du jetzt schon fahren und Elisabeth die Hand halten.»

«Ich werde Kurt fragen, was er davon hält.»

«Wie fändest du es, wenn wir im August für ein paar Tage in Jefs Häuschen nach Brügge fahren? Ursel hat es uns oft genug angeboten. Uli und Carla wollen mit den Kindern in den Süden. Aufs Geratewohl.» Heinrich konnte sich nur wundern ob dieser Idee. Ihm fehlte jegliches Abenteuerblut.

«Das wäre schön. Das Häuschen kennenlernen und die belgische Küste. Schauen wir mal, wie sich die Situation in Hamburg entwickelt.»

«Solltest du fahren, kaufe ich für Henrike die lauteste Tröte, die ich in Köln auftreiben kann.»

«Oder eine Trommel», sagte Gerda. Sie nahm das Telefon, um Kurt anzurufen.

— 5. JULI —

Hamburg

Jules stieg im Hotel Reichshof ab wie schon 1934. Die Stadt sah verändert aus und wirkte doch vertraut. Er hatte Fotos gesehen, die im August 1943 nach dem Inferno der Bombenangriffe aufgenommen worden waren und eine Ruinenlandschaft zeigten. Welch ein Kraftakt musste es gewesen sein, der Asche zu entsteigen.

Der Wiederaufbau schritt voran, auch in den Vierteln, die das Taxi durchfuhr auf dem Wege vom Flughafen in die Innenstadt. Der Fahrer zeigte dann und wann auf Ruinen und sagte, es sei nicht lange her, da habe er auf heile Häuser gezeigt, die so selten gewesen seien wie heute die Spuren des Krieges.

Der erste Weg führte Jules zur Außenalster, die Segelboote lösten sentimentale Erinnerungen aus. Vielleicht ließ sich Kontakt zu den jungen Godvinds aufnehmen, die nun wie er Männer von Ende vierzig waren. Im ersten Kriegsjahr hatten sie sich aus den Augen verloren, der jüngere Bruder in der Wehrmacht, der ältere Bruder im kriegswichtigen Betrieb des Vaters, der Gummibaumplantagen in Malaysia besaß.

Hatte er selbst sich für die Gummibäume *seines* Vaters auf Java interessiert? Viel eifriger steckte er in Exerzitien, auf dem Wege, ein guter Jesuit zu werden. Und lernte Katie in London kennen.

Er entschloss sich, zu Fuß zur Blumenstraße zu gehen.

Immer der Alster entlang, hatte Ursula gesagt. Dennoch fragte er zweimal nach dem Weg.

Pips wollte für eine Stunde dazukommen, bevor er zum Klavierspielen in Gretes Lokal ging. Aus der Korrepetitorei an der Staatsoper war nichts geworden, sie hatten sich für den zweiten Kapellmeister eines Provinztheaters entschieden. Pips schien es leicht zu nehmen, er sei ein Pianist und nichts anderes. Er bedauerte nur, Rolf Liebermann nicht auf den Fluren der Staatsoper begegnet zu sein.

Wie konnte er dem Jungen helfen, in ein Leben zu finden, das ihm Geld ins Haus brachte, nachdem er wie die Jungfrau zum Kinde kam?

Schließlich stand Jules vor dem Haus in der Blumenstraße und fand es stattlich. Er blickte zum ersten Stock, wo er gleich Margarethes Kühltasche auf den Tisch stellen würde, und zu den zwei Fenstern unterm Dach. Dann klingelte er bei Christensen.

Ursula ließ ihn ein und wollte ihm gleich hinter der Tür die Tasche abnehmen, doch er bestand darauf, bis in die Küche hinein der Überbringer zu sein. «Wo ist deine Familie?», fragte Jules, als sie unter Jubelrufen die Tasche auspackte.

«Oben. Joachim und Kurt zeigen Pips die Zimmer unterm Dach. Willst du schon mal was trinken?»

«Ich warte auf die anderen. Das, was du da in der Hand hältst, sind piemontesische *agnolotti*, Teigwaren, die du nur in einen Topf mit heißem Wasser geben musst.»

«Das klingt gut. Ich bin eben erst nach Hause gekommen. Und Pips hat nicht viel Zeit, dann muss er wieder zu seiner Grete.»

«Du magst sie nicht?»

«Ich bin ihr nur ein Mal begegnet, doch ich denke, sie

versucht, Pips an ihr Lokal zu binden. Ob sie ihm damit schadet, scheint Grete egal zu sein.»

«Darum bin ich hier», sagte Jules. «Um Pips auf einen anderen Weg zu helfen.» Er verschwieg, dass er ihn am liebsten zurück nach San Remo locken würde. «Wo ist denn eigentlich deine Tochter?»

«Henrike ist da, wo Pips ist. Sie liebt ihn. Joachim ist schon eifersüchtig.»

«Sie zeigt ihm also gerade oben die Zimmer?»

«Genau. Guckst du mal, ob sich dieser Wein zu einem italienischen Essen eignet?» Sie präsentierte ihm die Flasche.

Jules las das Etikett. «Ein Ruländer», sagte er. «Die Italiener nennen die Traube *Pinot Grigio*. Traditionell ist der deutsche Ruländer eher *amabile*. Lieblich.»

«Du kennst dich aus. Trinkt man in Holland viel Wein?»

«Zu meiner Zeit wenig. Auch in der heiligen Messe durfte nur der Priester trinken.»

Ursula lachte. «Das ist in Köln kaum anders. Die Hamburger sind überwiegend evangelisch, da gibt es den Laienkelch. Doch in diesem Haus ist man nicht fromm.»

«War Pips' Ruth schon hier?»

«*Pips' Ruth*. Ich weiß noch nicht, was ich von alldem halte. Ob sie nur bei ihm ist, weil sie sonst mit ihrem Kind auf der Straße säße. Ruth sagt, sie liebe Pips.» Ursula hob die Schultern. «Um deine Frage zu beantworten, nein, sie war noch nicht hier. Aber sie will mit ihm einziehen. Ihre Pensionswirtin hat Ruth eine Frist gesetzt. Bis Anfang August. Dann muss sie ausgezogen sein. Für einen flüchtigen Beobachter ist noch nicht sehr viel zu erkennen von Ruths Schwangerschaft. Das kann sich aber von einem auf den anderen Tag ändern.»

Sie hörten Schritte auf der Treppe, Henrikes helle Stimme. Sie trat als Erste ein, Hand in Hand mit Pips. Und zog die Stirn kraus, als Pips seine Hand aus ihrer löste, um Jules zu umarmen.

«*Wat hebben we hier een prachtig meisje*», sagte Jules und beugte sich zu ihr hinunter. Henrike guckte zu Pips.

«Das ist mein Freund Jules», sagte Pips. Henrike nickte.

«Wo sind eigentlich Joachim und Kurt?», fragte Ursula.

«Unten bei Kurt. Der will noch mal mit Elisabeth telefonieren. Joachim sollte eigentlich nur die drei Flaschen Orvieto, die Kurt bei Gröhl gekauft hat, aus dem Kühlschrank nehmen und hochbringen.»

«Leider werde ich an dem Besäufnis nicht teilhaben können», sagte Pips. «In einer guten halben Stunde muss ich mich auf den Weg in die Seilerstraße machen.»

«Am Sonntag gibt es hier *pasta scian cui* mit Pesto von Margarethe», sagte Ursula. «Dann bringst du bitte mehr Zeit mit. Und jetzt gebe ich ganz schnell die Teigwaren nach Piemonteser Art ins heiße Wasser.»

Der wandelnde Vorwurf kam Pips in Gestalt von Grete entgegen. Schon geschminkt, aber noch in ihrem Kaftan. Pips blickte zur Bommerlunder Uhr. Viertel vor acht. Das konnte kaum Anlass ihres Missvergnügens sein. Sie fingen nicht mehr vor halb neun an mit dem Programm. Vorher kamen einzelne Trinker ins Lokal, saßen am Tresen und wollten von Kunstdarbietungen nicht gestört werden. Weder von Gretes Liedern noch von Pips' Klavierspiel. Sie tranken Astra, qualmten und kommentierten lautstark die Themen des Tages.

Pips wollte zum Klavier gehen, schon einmal den Deckel öffnen, Noten aufstellen, um später den künstlerischen Teil des Abends einzuleiten, doch Grete trat ihm in den Weg und lenkte ihn zu einem Tisch, der abseits hinter dem Garderobenständer stand. Pips fing gerade noch Fietes Blick auf, der ihm besorgt schien. Warum dieses Bohei wegen einer kleinen Verspätung, er hatte sich wohlgefühlt am Tisch mit Jules und Ursula, Joachim und Kurt, mit der von Margarethe vorbereiteten Pasta. Die Zeit vergessen.

«Ich dachte, du hättest irgendeinen Kriegsschaden da unten, dass du nicht mit mir ins Bett gegangen bist», zischte Grete, kaum dass sie saßen. «Und dann kommt diese Göre und hat ein Kind von dir im Bauch. Da habe ich einen Blick für.»

«Von wem oder was sprichst du, Grete?»

«Die kleine Wichtigtuerin von der Schauspielschule, die von Käutner schwafelte und dessen Film, der von den Nazis verboten worden ist.»

«Zensiert», sagte Pips. «Erst die Engländer haben ihn freigegeben.»

«Du weißt also, von wem ich spreche.»

«Was hat Ruth hier gewollt?»

«Hat wohl erwartet, dich zu treffen. War ja schon nach sieben. Und wo sie schon mal da war und du nicht, hat sie gefragt, ob deine Gage erhöht werden könnte, weil ihr eine gemeinsame Wohnung beziehen wolltet.»

Pips spürte, wie ihm kalt wurde. Damit hatte Ruth eine Grenze überschritten.

«Ich fühle mich von dir hintergangen.» Grete fiel in einen klagenden Ton. «Ich habe dir immer deutlich gezeigt, dass ich dich begehre.»

Sah sie ihn nicht eher als einen klavierspielenden Schlattenschammes, der auch in ihrem Bett noch Dienste leisten konnte? Der Altersunterschied von fast vierzig Jahren schien sie in keinster Weise zu beeindrucken.

«Und denke nicht, dass du einen Pfennig mehr bekommst für deine Klimperei.»

War es das Wort *Klimperei*, das Pips aufstehen ließ? Lächelnd, als stünden Grete und er gerade im besten Einvernehmen zueinander?

«Ich verabschiede mich, Grete. Und ich werde nicht wiederkommen. Suche dir einen anderen Klimperer. Die Gage für die zwei vergangenen Tage schenke ich dir.»

War er verrückt geworden? Das verbliebene Geld von seinem Ersparten würde draufgehen dank dieser großartigen Geste. Doch sie tat ihm gut. Stärkte ihn auch, dass Jules in Hamburg war, ihm bei der Suche nach einem neuen Engagement helfen konnte? Hatten Gianni, Ursel und sogar Fiete ihm nicht in den Ohren gelegen, sich etwas anderes zu suchen? Seine Zeit bei Grete war vorbei.

Er trat an den Tresen und beugte sich zu Fiete, der Gläser spülte.

«Du gehst und kommst nicht wieder», sagte Fiete.

Pips nickte. «Schaust du morgen mal bei mir in der Schmilinsky rein?»

«Mach ich», sagte Fiete.

Grete saß am Tisch hinter dem Garderobenständer, an dem jetzt im Juli nur ein vergessener Schirm hing, und starrte vor sich hin.

6. JULI

Hamburg

Die vier Glocken im linken Turm der Marienkirche schienen Pips zu laut an diesem Freitagvormittag. Vielleicht waren seine Nervensaiten zu straff gespannt. Am Morgen hatten ihn schon die von den Müllmännern bewegten Blechtonnen aus dem Bett springen lassen. Warum läuteten die Glocken um elf? Eine Hochzeit?

Am Nachmittag wollte er Ruth die zwei Zimmer unterm Dach zeigen. War er ihr böse ob des Vorstoßes, Grete um eine höhere Gage zu bitten? Wie wenig der ihn weitergebracht hatte, ahnte Ruth noch nicht.

Ihnen gelänge kaum, eine andere Wohnung anzumieten, selbst wenn sie das Geld hätten. Jeder andere Vermieter würde einen Trauschein verlangen. Das wurde ihm bei dem Geläut da draußen klar. Heiraten? Ruth und er? Was wäre das? Eine Tarnehe? Eine aus Liebe?

Die Türklingel ließ ihn zusammenzucken.

Er hatte ganz vergessen, dass Jules heute vorbeikommen wollte. Vielleicht hätten sie sich besser an der Alster getroffen oder im Frühstücksraum des Reichshofs. Jules würde entsetzt sein vom Zustand der Wohnung. Aber ging es ihm nicht genau darum? Sich ein Bild zu machen von Pips' Leben? Er drückte den Türöffner und ging in die Küche, um die schon gefüllte Espressokanne auf die Kochplatte zu stellen. Kaffeeduft konnte nicht schaden.

«Bin einfach rein. Tür war ja nur angelehnt», sagte Fiete.

Pips drehte sich um. «Kommst du als Freund oder Späher?»

«Grete will, dass du zurückkommst.»

«Will sie das?»

«Ginge nicht, dass du einfach wegbleibst. Hätte kein Benimm.»

«Gut. Das bist du nun losgeworden. Willst du einen Kaffee?»

Fiete nickte und setzte sich an den Küchentisch. «Komm nicht zurück. Das rat ich dir. Grete lässt dich nie was spielen, das sie selbst nicht singen kann.»

Pips stellte zwei Keramikbecher auf den Tisch und eine von den viereckigen Tüten, in denen neuerdings die Milch abgefüllt war.

«Hätte ja noch einige Kontakte zum Hafen», sagte Fiete. «Doch ich glaub nicht, dass du taugst dafür. Bist genauso ein Hänfling, wie Ikarus war.»

Pips setzte sich. «Erzähl mir von Ikarus, Fiete.»

«Hab mit ihm als Schauermann gearbeitet. Oft was für den Jungen geschleppt.»

«Ikarus war sein Spitzname?»

Fiete lächelte. «Weil er immer von der Kaimauer gesprungen ist. Nicht in die Elbe. Auf die trockene Seite. Hat dann mit den Armen geflattert, als ob er fliegen wollte. Darum hat ihm einer den Namen *Ikarus* gegeben. Wie der kleine Grieche, der auch fliegen wollte. Den kennst du doch.»

«Und dein Ikarus hat sich eines Tages den Hals gebrochen?», fragte Pips.

«Der doch nicht. Ist immer fein auf den Füßen gelandet.»

«Was ist aus ihm geworden?»

«Weiß nix Genaues. Wohl verschüttet. Hein-Hoyer. Da,

wo die Rosi war. Hab jedenfalls nie mehr was von ihm gehört.»

«Die Rosi, bei der Grete animiert hat?»

Fiete nickte. «In dem Haus. Ich mochte ihn gut leiden, den Ikarus.»

Die Glocken von St. Marien setzten erneut ein. Das Mittagsgeläut?

«Hat an der Tür geklingelt», sagte Fiete. «Hört man kaum bei dem Krach.»

«Das wird Jules sein. Ihm gehört die Bar, in der ich in San Remo gespielt habe.»

«Dann geh ich mal lieber.»

«Ich möchte, dass du Jules kennenlernst», sagte Pips, während er zur Wohnungstür ging.

Fiete stand auf und wischte sich die Handflächen an seiner Hose ab. Gab dem Mann im weißen Leinenanzug die Hand. Nannte seinen Namen. Hatte Pips je von Fiete Timmermann gehört? Kannte der denn Pips Sander? Die Nachnamen hatte Grete abgeschafft in ihrem Lokal.

«Ich freue mich», sagte Jules. «Hab schon von Ihnen gehört, Fiete. Entschuldigen Sie meinen Aufzug. Er gehört mehr in die Tropen. Oder nach San Remo.» Er sah Pips an, als gehörte der auch nach San Remo.

«Würd Sie ja gern näher kennenlernen», sagte Fiete. «Aber nu geh ich. Sie haben sicher einiges zu bereden mit Pips.»

«Ich bin noch ein paar Tage in Hamburg», sagte Jules. «Vielleicht können wir ein Bier trinken gehen, Sie, Pips und ich.»

«Unten am Hafen», sagte Pips.

«Nur nicht bei Grete», sagte Fiete.

Das Haus in der Blumenstraße war leer an diesem Freitagnachmittag. Kurt war bei Elisabeth im UKE, Joachim mit Henrike zum Spielplatz am Haynspark gegangen. Ursula kam um halb fünf aus der Kunsthalle, die kleinen Einkäufe, die sie in der Mittagspause bei Michelsen in den Großen Bleichen gemacht hatte, stellte sie auf den Küchentisch.

Pips und Ruth etwas anbieten, wenn sie nachher kamen und Pips die zwei Zimmer zeigte. Teegebäck, Himbeertörtchen, den Darjeeling von Twinings. Das gute Leben, das ihre Tante Margarethe mit ihren italienischen Leckereien ins Haus gebracht hatte, das ließe sich doch mit englischer Lebensart fortsetzen.

Ursula stellte die Törtchen und das Gebäck auf den Tisch. Bereitete alles für den Tee vor. Nun noch den engen grauen Rock ausziehen, die weiße Bluse, etwas Leichtes überstreifen. Sie blickte aus dem Fenster und sah Pips und Ruth vor dem Gartentor stehen. Wirkten die beiden wie ein Paar, das die erste gemeinsame Wohnung beziehen wollte? Ursula fand, sie sahen aus wie zwei Kinder im dunklen Wald.

Sie ging hinunter und öffnete ihnen die Tür. Blass war Ruth, sehr blass. Unter ihrem lose geschnittenen Kleid zeichnete sich nun ein kleiner Bauch ab.

«Kommt rein. Eine kleine Stärkung mit Tee und Himbeertörtchen?»

«Lieber erst einmal die Zimmer anschauen», sagte Ruth. Pips und sie gingen vor ihr die Treppe hoch, während Ursula die Haustür noch schloss.

Nackte Beine. Ruth hatte nackte Beine. Gebräunt. Ganz anders als ihr Gesicht. Auf Höhe der Wohnung im ersten Stock bemerkte Ursula den Faden Blut, der am linken Bein hinunterlief. «Bleibt stehen. Wir gehen doch erst einmal zu mir hinein», sagte Ursula.

Pips drehte sich um und zog die Brauen hoch. Ruth beugte sich leicht vor und presste die Hände auf ihren Unterleib. Erst jetzt wurde Pips aufmerksam.

Ursula schob Ruth in die Wohnung. «Leg dich auf das Sofa», sagte sie.

Ruth schüttelte den Kopf.

«Dann setz dich auf den Küchenstuhl.» Ursula zog einen zweiten heran, damit Ruth die Beine hochlegen konnte.

«Was ist los?», fragte Pips.

«Ich will nicht euer Sofa vollbluten», sagte Ruth. Sie stöhnte auf. «Bitte bring mich ins Badezimmer, Ursula.»

Pips hörte die Stimmen hinter der geschlossenen Tür und lauschte. Was war das jetzt? Das Ende der Schwangerschaft?

«Ist es eine Fehlgeburt?», fragte Pips, als Ursula aus dem Bad kam.

«Sie blutet, aber nicht dramatisch. Wäre nicht Freitagabend, würde ich Ruth zu meinem Arzt bringen, doch Unger wird kaum noch in der Praxis sein. Ich fahre mit ihr in die Finkenau, Pips. Besser, *ich* begleite sie.»

«Finkenau? Ist das die Frauenklinik? Was kann ich tun?»

«Ein Taxi rufen.» Ursula zog die Schublade der Flurkommode auf. Entnahm ihr frische Wäsche und eine Packung Camelia.

«Vielleicht sollte ich doch mitfahren.»

«Du bist bereit, die Vaterschaft zu übernehmen, aber alles musst du dir nicht antun. Für Dr. Unger wäre eure Situation kein Problem. Doch je nachdem, wer Dienst hat in der Klinik, kommen sie dir schon mal dumm, wenn du nicht verheiratet bist.»

Er bestellte das Taxi und begleitete Ruth und Ursel nach unten.

«Warte hier, Pips», sagte Ursula. «Ich hoffe, wir sind bald wieder da.»

Als das Taxi davonfuhr, dachte Pips, dass er Ruth hätte umarmen sollen.

Der Fahrer schien quer durch Winterhude zu kreuzen, um nach Barmbek zu kommen, aber vermutlich war sie nur ungeduldig, das Ziel zu erreichen.

Ursula blickte zu Ruth, die den Henkel ihrer Handtasche umkrampfte. «Ist da dein Ausweis drin?», fragte sie.

Ruth nickte. Kleine Schweißperlen auf ihrer Stirn. Die doppelte Schicht Binden bot hoffentlich genügend Sicherheit. Sie hatten das Ende des Winterhuder Weges erreicht, gleich würden sie in die Oberaltenallee abbiegen und dann in die Straße Finkenau, die der Frauenklinik ihren Namen gegeben hatte.

Ursula fasste Ruths Arm, als sie die Stufen zum Eingang hinaufgingen, in die Eingangshalle traten. Ruth stöhnte und griff nach den Binden zwischen ihren Beinen. Eine Frau in Schwesterntracht kam aus dem glasverkleideten Empfang.

«Bloß keine Schweinerei. Bluten Sie mir hier nicht den Boden voll.» Der Engel in Weiß kehrte um und telefonierte. «Eine drohende Fehlgeburt.»

Als Ruth auf die Trage gelegt wurde, sah sie Ursula an.

«Ich bleibe hier, Ruth», sagte Ursula. Jetzt umkrampfte *sie* den Henkel der Tasche. Sie hatte sich kaum auf die Bank vor dem Untersuchungszimmer gesetzt, da näherte sich der Engel und drückte ihr den Anmeldebogen und einen Stift in die Hand.

«Sind Sie eine Verwandte?»

«Eine Freundin von Frau Nieborg.»

«Wohl eher ein Fräulein Nieborg.»

Ursula wartete, bis sich die Krankenschwester entfernt hatte, bevor sie Ruths Handtasche öffnete, den Ausweis fand. Wie gut, dass Pips nicht mitgekommen war. Wie hätte er in dieser Situation reagiert? Verzagt? Zornig? Sie schlug den grauen Personalausweis auf, betrachtete das Bild.

Ruth Nieborg war am gleichen Dezembertag wie Pips geboren. Zwölf Jahre später. In Königsberg. Ihre Größe war mit 162 cm angegeben. Wie groß war Pips? Vielleicht zwei Zentimeter größer. Augenfarbe: braun. Als unveränderliches Kennzeichen wurde eine Narbe im Nacken genannt.

Im Nacken, dachte Ursula, als sie Geburtsdatum und Geburtsort eintrug, die Adresse in der Schlüterstraße. Die Frage nach der Versicherung konnte sie nicht beantworten.

Sie brachte den Anmeldebogen zum Glaskasten an der Pforte und hatte sich gerade wieder auf die Bank gesetzt, als die Tür des Behandlungszimmers geöffnet wurde. Der junge Mann im Arztkittel setzte sich neben sie, stellte sich als Dr. Havekost vor. «Sie sind die Freundin? Ich nehme an, Frau Nieborg ist ledig?»

«Es gibt einen bekennenden Vater, der zu Mutter und Kind steht.»

«Die Frage galt dem Umstand, ob sie allein lebt oder sich jemand nach der Entlassung für ein paar Tage um Frau Nieborg kümmern kann.»

«Das Kind ist verloren gegangen?»

«Ja», sagte Havekost.

«Wir werden uns um Ruth kümmern.»

«Ich möchte sie dennoch bis Sonntag hierbehalten. Sie ist in guten Händen.»

«Dessen bin ich sicher. Meine Tochter wurde im Mai 1960 hier geboren.»

«Das habe ich verpasst. Ich bin erst seit April dieses Jahres hier.»

«Darf ich mit Ruth sprechen?»

«Sobald sie auf dem Zimmer ist», sagte Dr. Havekost.

Eine letzte Abendröte am Himmel, als Ursula in die Blumenstraße zurückkehrte. Henrike schlief bereits, Joachim, Pips und Jules saßen um den Tisch, als sie in die Küche kam, um die Nachricht zu überbringen. Sollte sie ihnen sagen, dass Ruth erleichtert schien, nicht länger ein Kind auszutragen?

Wem würde sie wehtun? Pips? Wenn er auch nicht der Vater war, für ihn hätte das Kind ein Familienleben bedeutet. *Ich will nicht länger allein leben. Danach sehne ich mich.* Das hatte er gesagt. Wäre Ruth weiter an seiner Seite?

«Schade», sagte Pips. «Ich wäre gern Vater geworden. Ruth ist erleichtert?»

Da hatte er es ausgesprochen. «Ja», sagte Ursula.

«Wer wird sich in den nächsten Tagen um sie kümmern?», fragte Joachim.

«Ich», sagte Pips. «Die Frage ist nur, wo. Die Pension darf ich nicht betreten. Und meinen Palast traue ich mich kaum anzubieten.»

Jules schwieg. Schließlich ging sein Blick zur Küchenuhr. «Kinder, es ist schon spät», sagte er. «Ich würde gern zu Fuß zum Reichshof gehen. Vielleicht mag mich Pips begleiten. Er muss ja in dieselbe Richtung.»

«Bei Kurt ist alles dunkel», sagte Ursula, nachdem sie Jules und Pips verabschiedet hatten und ins Haus zurückgingen.

«Er wollte zu Nina und Vinton.»

«Vielleicht stellt er die Zimmer schon jetzt für ein paar Tage zur Verfügung. Im Keller sind Feldbetten.»

«Ich weiß. Auf einem habe ich nach meiner Heimkehr geschlafen.»

«Lass uns noch einen Wein trinken. Mir geht vieles im Kopf herum.»

Joachim öffnete den Ruländer, den sie gestern nicht getrunken hatten.

«Warum glaube ich, dass es das war mit Pips und Ruth?», fragte Ursula.

«Ich weiß es nicht, Ursel. Es war ein harter Tag für dich.»

«Im Funk-Eck hat sie mir gesagt, dass sie ihn liebe.»

«Vielleicht unter dem Eindruck der Schwangerschaft.»

«Das hieße, dass sie berechnend wäre.»

«Nur verzweifelt», sagte Joachim. Er schenkte den Wein ein. «Da sind noch Brot und Käse», sagte er. «Das habe ich angeboten, nachdem die Himbeertörtchen gegessen waren. Zwei davon von unserer Tochter.»

Ursula lächelte. «Ich habe Pips sehr lieb», sagte sie dann.

«Ich weiß. Ist das der Grund, warum du Ruth misstraust?»

«Warum denkst du, dass ich ihr misstraue?» Ursula nahm einen Schluck Wein. «In ihrem Personalausweis ist als unveränderliches Kennzeichen eine Narbe im Nacken vermerkt.»

«Ein Granatsplitter? Verletzungen dieser Art habe ich öfter gesehen.»

«Sie war erst fünf, als der Krieg zu Ende ging.»

«Hast du nicht erzählt, dass sie auf einem der Flüchtlingstrecks war?»

Ursula nickte. «Bin ich eifersüchtig auf Ruth?»

«Nein», sagte Joachim. Er stand auf und beugte sich über Ursula, um sie zu küssen.

Pips blieb stehen, als sie die Fernsichtbrücke erreichten. Er legte die Hände auf die Balustrade und blickte über die Alster hin zum Jungfernstieg, dessen Lichter in der Dunkelheit leuchteten. «Eine schöne Stadt», sagte er.

«In der du nicht glücklich bist», sagte Jules.

«Du schlägst dir in Giannis Bar die Nächte um die Ohren, und dann ist es für dich um halb elf schon spät?»

«Ich wollte mit dir allein sein.»

«Jules, ich kehre nicht nach San Remo zurück. Obwohl dort die beiden Menschen leben, die mir nach Ursel am nächsten stehen, du und Gianni.»

«Ruth gehört nicht zu den nächsten?»

«Sie wird sich gegen mich entscheiden.» Pips löste sich von der Balustrade. «Lass uns weitergehen. Im Stehen fange ich schneller das Heulen an.»

Sie bogen in die Bellevue ein. Auf der einen Seite die weißen Villen, auf der anderen die Alster, in der ein kleiner Mond glitzerte. «Mach einfach mal Ferien in San Remo, Pips. Allein. Oder mit Ruth. Ihr seid ja nun beide ohne ein Engagement.»

«Du legst den Finger in die Wunde.»

«Was ist mit der Bar des Atlantic oder des Vier Jahreszeiten? Das Negresco in Nizza dürfte eine noch größere Empfehlung sein als Giannis Bar.»

«Am liebsten würde ich in einer Combo spielen. Im NDR gibt es ein Quintett, dessen Namensgeber auch der Pianist ist. Hohe Klasse.»

«Ein großer Laden wie der NDR kann doch noch eine weitere Combo brauchen.»

Pips schüttelte den Kopf. «Die sind bestens besetzt.»

«Vielleicht solltest du deine Heimatstadt nicht länger ausschließen.»

«Du meinst, ich soll mein Glück beim Westdeutschen Rundfunk versuchen?»

«Das meine ich. Du kannst nicht ein Leben lang vor den Gespenstern der Vergangenheit davonlaufen.»

«Ruth kommt in deinen Überlegungen nicht vor?»

«Wirst du sie morgen in der Klinik besuchen?»

Pips nickte. «Ich werde Ursel bitten mitzukommen.»

«Geh allein. Das müsst ihr beide unter euch klären. Ich bin neugierig auf Ruth. Sie wird doch hoffentlich an Margarethes Essen am Sonntag teilnehmen.»

«Ich nehme an, du sprichst von Ursels Essen?»

Jules grinste. «*Always on my mind*», sagte er.

1963

— 4. JANUAR —

Köln

Georg setzte die Glashaube auf die Platte aus Teakholz, eine feine Käseglocke, die er da bei Holstein und Düren in der Schildergasse gekauft hatte. Er hatte nicht mehr viel besitzen wollen, als er damals aus dem Exil gekommen war. Nun besaß er auch noch eine Käseglocke.

Roquefort, ein reifer Brie, Greyerzer. Rote Trauben. Ein Châteauneuf-du-Pape. Das kleine Abendessen für zwei ältere Herren zur Begrüßung des neuen Jahres.

Bilanz ziehen. War es das, was er zusammen mit Heinrich tun wollte? Seit er am Morgen das Kalenderblatt abgerissen hatte vom noch prallen Kalender, dachte er über die schicksalhaften Fügungen im Leben nach.

Zum dritten Mal jährte sich der Tag, an dem Albert Camus in das Auto von Michel Gallimard gestiegen war, dem Neffen seines Verlegers. Eine Autofahrt mit vertrauten Menschen von Lourmarin nach Paris, wo man den Jahreswechsel in Camus' Haus miteinander begangen hatte. War das Auto nicht angenehmer als die Fahrt mit der Eisenbahn, für die Camus bereits das Ticket besaß?

Ein platzender Hinterreifen, ein Baum, der im Wege stand.

Das Leben war voller Fügungen. Oder waren es eher Launen? Ihm hatten sie das Leben gerettet, als bei seiner Musterung im September 1914 eine Tuberkulose festgestellt wurde, sein Vater ihn zu deren Ausheilung in die Schweiz schickte. Dort hatte er den Genfer Freund kennengelernt, der ihm Jahre später das Exil ermöglichte, ihn vor den Nazis rettete.

Camus hatten die Launen des Schicksals den Tod gebracht.

Georg nahm einen hohen Porzellanbecher aus dem Küchenschrank, eines der seltenen Souvenirs, die er in seinem Leben behalten hatte. Des Monogramms wegen? Ein kunstvolles M, das für Martine stand. Das Porzellan von Limoges, Martine war eine Frau von großem Geschmack gewesen.

Er hängte einen Beutel Earl Grey in den Becher. Früher hatte er einen silbernen Teesieblöffel besessen, doch damit würde er sich heute überausgestattet fühlen.

Georg trug den Tee ins Arbeitszimmer, setzte sich in einen der Sessel. Martine. Eine kapriziöse Genferin. Hatte ihre Begegnung etwas Schicksalhaftes gehabt? Sie war in das Interieurgeschäft seines Freundes gekommen, wollte Stoffe aussuchen, um ihr Haus in Carouge einzurichten, einem Vorort von Genf.

Doch der Krieg verhinderte den Import der englischen Möbelstoffe, Martine war untröstlich gewesen, bourbonische Lilien gefielen ihr nicht.

Sie war verheiratet, ein Detail, das ihm gefallen hatte. Er wollte um keine Hand anhalten, vor keinen Traualtar treten. Vielleicht, weil er damals noch immer glaubte, seine Liebe zu Alexander Boppard könne sich erfüllen.

Da war es doch eher schicksalhaft zu nennen, Sybilla wiederzubegegnen nach dieser Schunkelei, an der sie teilgenommen hatte.

Am letzten Abend des alten Jahres hatte er sie ins Dom-Hotel eingeladen, zum großen Silvestermenü. Auf den dunklen Dom hatten sie geblickt mit den Sektgläsern in der Hand. Auf ein glückliches 1963 getrunken. Dennoch hatte Sybilla eifersüchtig reagiert, als sie hörte, dass Heinrich heute zu einem Herrenabend eingeladen sei.

Georg nahm einen Schluck aus dem Porzellanbecher. Bilanz ziehen. Auch über die nun bald neun Jahre mit Sybilla. Würden sie weiterhin mit ihren Verschiedenheiten gut umgehen? Sich trennen? Oder sollte alles in vertrauter Gewohnheit bleiben, wenn man siebzig Jahre alt war?

Heinrich hätte nichts dagegen gehabt, die Galerie erst nach Dreikönig wieder zu öffnen, das hatten sie in anderen Jahren getan. Doch ein Herr aus Bochum hatte sich angesagt, der glaubte, einen Wilhelm Morgner geerbt zu haben. Sollte die Anzeige in der *Frankfurter Allgemeinen Zeitung* doch noch zum Erfolg führen? Ein verlockender Gedanke, heute Abend einen Morgner als Gastgeschenk mitzubringen.

Das Bild war eine Kopie, das sah Heinrich auf den ersten Blick, eine schlechte noch dazu, anders als die Kopie des *Einzug in Jerusalem*, die bei Georg hing.

Er bot dem enttäuschten Erben einen Espresso an und hatte ihn gerade verabschiedet, als das Geläut der Ladentür erneut erklang.

«Ein gutes neues Jahr», sagte Karl Jentgens.

«Das wünsche ich Ihnen auch. Sie haben kein Bild dabei?»

«Ich wollte Sie nur um die Adresse Ihrer Tochter bitten.»

«Warum?», fragte Heinrich.

Jentgens sah ihn irritiert an.

«Verzeihen Sie. Diese Frage steht mir nicht einmal als Vater zu.»

«Ein Bild, das ich ihr schicken will. Aus dem Gedächtnis gemalt.»

«Schade, dass Sie es nicht mitgebracht haben. Ich hätte es gern gesehen.»

Der junge Maler wurde rot. Das passierte ihm nur noch selten.

Was hatte Ursula letztes Jahr im Januar gesagt? *Nicht, dass ich mich noch nackt auf einem Ihrer Bilder wiederfinde.*

Heinrich bat Jentgens ins Büro und bot ihm einen der Stühle aus Leder und Chrom an. Er setzte sich an den Schreibtisch und schrieb die Adresse auf.

«Ihre Tochter arbeitet in der Hamburger Kunsthalle?»

«In der Sammlung Alter Meister.»

Karl Jentgens nickte.

«Bringen Sie doch bald Bilder, die ich auch sehen darf», sagte Heinrich. Georg würde ihn auslachen ob seiner Besorgnis.

San Remo

«*Torta di cipolla, Renzo. Due pezzi.*»

Gianni blickte vom Programmheft des nächsten *Festival della Canzone* auf, das vom 7. bis 9. Februar im Casino stattfinden würde. Diese Stimme hatte er nicht in der Cantina erwartet. Warum kehrte Lucio immer wieder nach San Remo zurück?

«*Ciao, amico.*» Schon saß Lucio an Giannis Tisch.

Waren sie je *amici* gewesen? Wenn, dann war diese Freundschaft längst vorbei. Lucio traute sich einiges nach dem Drama um Bixio.

Nun sah er sich im Lokal um. «Ist der heilige Holländer in der Nähe?»

«Lass mich in Ruhe.»

«*Tutto fantastico, amico.* Die Schulden sind bezahlt. Der Blumenhandel gerettet. Deine schöne Frau scheffelt neues Geld. Und Bixio lebt auch noch. Ich hörte, dein *tipo strano* kommt zurück.»

«*Tipo strano?*»

«Der Kauz, der bei dir Klavier gespielt hat. Der mit den neun Fingern.»

«Wie kommst du darauf? Pips ist in Hamburg.»

«Der Junge aus der englischen Kohlenstadt, der deine Bar mit melodischen Klängen erfüllt, scheint darauf zu hoffen.»

Gianni war dankbar, dass Renzo an den Tisch kam, den Teller mit den *pezzi* vor Lucio hinstellte und ihm einen weiteren Espresso. Ohne diese kleine Unterbrechung wäre er zu früh zu laut geworden. Was hatte Lucio mit Ricky zu tun?

Lucio biss in den heißen Zwiebelkuchen. «Signor Bell will ein Häuschen in seiner Kohlenstadt kaufen. Er bat mich um Tipps, wie er an Geld dafür kommen könnte. Die Gage ist wohl nicht hoch bei dir.»

«Und du hast ihm die Beteiligung an Immobilien in Juan-le-Pins empfohlen?»

«Du hältst mich für einfallslos. In Monaco wird auch gebaut. Immer höher.»

«Halte dich von Ricky fern. Er hat kein Geld für solche Beteiligungen.»

«Ich werde es ihm leihen.»

«Das alte Geschäftsmodell.» Gianni stand auf und ging zu Renzo, um zu zahlen. Er verließ die Cantina, ohne noch einmal in Lucios Richtung zu blicken, und brach auf zur Piazza Bresca, um Ricky ins Gewissen zu reden.

Zwei Kisten Orangen, die Jules auf die Theke stellte. «Das hat Ricky missverstanden. Ich habe ihm nur erzählt, dass Pips demnächst einige Tage Urlaub bei uns macht.»

«Vielleicht lässt ihn das Heimweh nach Birmingham fantasieren, Pips stünde als sein Nachfolger bereit. Wo hast du die Orangen gekauft? Morgen ist erst Markt.»

«Von einem Händler am Porto Vecchio. Ich hatte Lust auf Barbados Sunrise.»

«Soll ich dir einen zubereiten?» Gianni trat hinter die Theke.

«Zu früh am Tag», sagte Jules. «Leider.»

«Irgendwo ist immer Sonnenuntergang.» Gianni nahm vier Orangen aus der oberen Kiste und fing an, sie auszupressen. Er gab Eiswürfel in zwei hohe Gläser und goss den Saft ein, fügte Grenadine hinzu. «Diese Variation läuft unter dem Namen *Zu früh am Tag*», sagte er. «Ohne Rum.»

«Sehr gut. Margarethe meint auch, ich solle nicht so viel trinken.»

«Meine Mutter scheint einen großen Einfluss auf dich zu haben. Kannst du mit Ricky reden, ihm sagen, dass er sich auf keinen Fall mit Lucio einlassen darf? Ich habe eben bei ihm geklopft, er war nicht da. Aber du bist ohnehin der bessere Gesprächspartner, ich raste inzwischen aus, wenn ich nur den Namen Lucio höre.»

«Gut. Ich übernehme das», sagte Jules.

Hamburg

Pips blickte in den hinteren Garten, dorthin, wo der Efeu anfing, um die Rücklehne der verwitterten Bank zu ranken, und der große Rhododendron wuchs, dessen Blätter sich eingerollt hatten in den frostigen Nächten. Dort hinten hatte der Schuppen gestanden, dessen bittere Geschichte Kurt ihm gestern erzählt hatte.

Vielleicht war der Deserteur kaum älter gewesen als er am Ende des Krieges. Hatte um ein Versteck gefleht und sein Leben verloren, weil Elisabeth zu furchtsam gewesen war, ihm das Versteck im Keller zu gewähren.

Konnte er ihr das vorwerfen? Was war aus seinem Heldentum geworden, als die Gestapo anfing, ihn zu foltern? Elisabeth allein im Haus mit dem kaum vier Monate alten Jan, dessen Hüterin sie war.

«Mit dieser Schuld hat alles angefangen», hatte Kurt gesagt.

Elisabeths Angst, das Haus zu verlassen, weite Wege zu gehen, die Kontrolle zu verlieren. Das Zittern, der Schwindel, die Schweißausbrüche. *Agoraphobie.* Joachim hatte es vermutet, der Psychiater im Neuen Wall dann die Diagnose gestellt, als Kurt seine Frau im August zu ihm gebracht hatte in der Hoffnung, der Arzt könne ihr helfen, wie es ihm einmal schon gelungen war.

«Die Verhaltenstherapie hat sich bei einer Agoraphobie als hilfreich erwiesen», hatte Dr. Braunschweig gesagt. «Aber ich bin darin nicht ausgebildet.»

Doch Braunschweig nahm Fäden auf, die er in London während seiner Emigration geknüpft hatte. Fand Kontakt zu Albert Ellis in New York, der als einer der Pioniere der kognitiven Verhaltenstherapie galt.

Wie dankbar Kurt war für einen ersten kleinen Schritt, als Elisabeth ihn im Oktober in das Haus in der Hansastraße begleitet hatte, in dem Nina nun lebte.

Pips wandte sich vom Fenster ab. Ob dieser Arzt auch ihm helfen könnte, über all die Verluste in seinem Leben hinwegzukommen?

Nein. Es war kein Fehler gewesen, die Schmilinskystraße zu verlassen, in die zwei Zimmer hier zu ziehen. Auch wenn Ruth aus seinem Leben gegangen war. Vorläufig, wie sie sagte. Ein erstes Engagement in Köln. Immer wieder Köln.

Was sollte aus ihm werden? Auftritte in der *Insel*, dem Künstlerklub am Alsterufer?

Er würde sich dort vorstellen. Auch im Hotel Berlin, das einen Pianisten für die Wochenenden suchte. Wieder einmal den Verlust eines kleinen Fingers überspielen am Klavier. Und dann Anfang Februar für ein paar Tage nach San Remo fahren.

Ab und zu sehnte er sich in die Seilerstraße zurück. Grete hin, Grete her. Das Lokal war eine Art von Heimat gewesen.

Der Löffel klirrte in der leeren Teetasse. «Oliver geht nach England zurück», sagte June, die kontinuierlich in der Tasse rührte. «Ich darf mir das nicht länger schöndenken, mein Mann verlässt mich. Der *Vintage Automobiles* wegen.»

Nina nahm die Hände von der Tastatur ihrer Olympia. «Die *Vintage Automobiles* stehen in einer Scheune in Duvenstedt», sagte sie.

«Nicht mehr. In die Scheune stellt der Bauer nun seinen neuen Traktor. Der Sunbeam Talbot Ten von 1947 ist das letzte Auto, das Oliver dort restauriert hat. Er wurde vorgestern verkauft.»

Nina stand auf und nahm die Teekanne vom Stövchen,

griff nach dem Zuckertopf, stellte ihn neben Junes Schreibmaschine und goss Tee in die Tasse.

«Stört dich das Klirren des Löffels?»

«Trink Tee und tu viel Zucker rein. Gut für die Nerven.»

«Ich weiß es seit Oktober. Oliver hat die Bombe auf dem Höhepunkt der Kubakrise platzen lassen. Dort die Raketen der Russen, da die amerikanischen, und mittendrin zündelt mein Mann. Vermutlich hatte er es mir damals noch gar nicht sagen wollen, doch als zu Kuba die Spiegel-Affäre kam und ich Oliver bat, im Büro zu helfen, war das der Moment, in dem er verkündete, er habe mit *Clarke Translators* nichts mehr zu tun.»

«Du weißt es also seit Oktober?» Nina hatte begonnen, Junes Nacken zu massieren.

«Ich habe es für eine seiner Launen gehalten. Doch gestern hat er angefangen, die Koffer zu packen. Die Möbel darf ich behalten. Er richtet sich neu ein in London.»

«*Vintage Automobiles* verkauft alte Autos?»

«Nein, es ist eine Zeitschrift, die ein Freund von Oliver gegründet hat. Er macht ihn gleich zum *editor-in-chief*.»

«Und das gefällt ihm? Das ist doch ein Haufen Arbeit.»

«Ihm wird wie immer gelingen, die zu delegieren.» June fing an zu weinen.

Nina hörte auf mit ihrer Massage und umarmte sie. «Was kann ich tun?»

«Mit mir zu Lindtner gehen und vier Stücke Sahnetorte essen.»

«Du meinst, das hilft?»

«Hast du nicht gesagt, Zucker sei gut für die Nerven?»

«Ich habe die Texte zur Verabschiedung von Strauß auf dem Tisch. Die Amerikaner sind ganz wild darauf, alles über den Zapfenstreich in der Wahner Heide zu lesen.»

«Wenigstens sind wir diesen größenwahnsinnigen Verteidigungsminister los. Das tröstet doch, dass Herr Strauß über die Spiegel-Affäre gestolpert ist.»

«Augstein sitzt noch immer im Holstenglacis in Untersuchungshaft.»

June stand auf und ging zum Fenster. «Die Welt steht auf dem Kopf. Meine Welt jedenfalls.» Sie blickte auf den Kreisverkehr des Klosterstern.

«Ich könnte Vinton anrufen», sagte Nina. «Weiß er es schon?»

June schüttelte den Kopf. «Er soll Kuchen mitbringen», sagte sie.

«Wann zieht Oliver endgültig aus?»

June blickte in den grauen Januarhimmel. «Er wird gleich in London landen.»

Köln

«Der Alte fängt an, seinen Nimbus zu verlieren», sagte Heinrich. «Ich bin gespannt, ob er wirklich im Herbst zurücktreten wird.»

«Die Spiegel-Affäre hat ihm geschadet. *Ein Abgrund von Landesverrat.* Wie konnte sich Adenauer zu dieser Aussage verleiten lassen?»

«Ich hab ihn immer gemocht. Er war ein guter Oberbürgermeister. Als er sich weigerte, die Flaggen hissen zu lassen bei Hitlers erstem Besuch in Köln im Februar 1933. *Adenauer an die Mauer* haben die Nazis skandiert.»

«Er hat seine Meriten», sagte Georg. «Doch Adenauers heutige Politik ist von Starrsinn geprägt. Nimm von dem Brie, er ist sehr gut. Ich schneide noch Brot auf.»

«Bleib hier und stoß mit mir an. Möge das Jahr 1963 ein gutes werden.» Er hob das Glas mit dem Châteauneuf-du-Pape. «Wenn ich daran denke, dass wir Ende Oktober mit der Kubakrise am Rande eines neuen Weltkriegs gestanden haben.»

Sie stießen an. «Kennedy hat die Nerven behalten. Ich habe gehört, er wird im Sommer nicht nur nach Bonn, sondern auch nach Köln kommen. Adenauer kann wohl nicht gut mit ihm, Kennedy ist ihm zu jung und zu strahlend.»

«Aus Adenauers Sicht vielleicht verständlich. Morgen wird er siebenundachtzig. Zeit für ihn abzutreten.»

«Hat deine Frau an Neujahr alles geklärt mit Pan und seiner Flöte?»

Heinrich lächelte. «Gerda hat sie gehört. Das hatte sie mir versprochen.»

«Glaubst du an des Schicksals Fügungen?»

«Als Jef starb, habe ich zu Walter Ay gesagt, Jefs Tod sei schicksalhaft gewesen.»

«Du hast Jef auch einen Satz von Thornton Wilder auf den Grabstein gravieren lassen. *Die Brücke von San Luis Rey* erzählt ohne Zweifel vom Schicksalhaften.»

«Ja», sagte Heinrich. Er blickte zu Leo Freigangs *Schwanenhaus*, das sich im Kofferraum von Jefs Auto befunden hatte, als er starb.

«Camus hat einen ähnlichen Tod gefunden. Mit sechsundvierzig Jahren.» Georg stand auf, um nun doch weitere Scheiben vom Kaviarbrot abzuschneiden. Als er zurückkehrte, fand er Heinrich am Fenster stehen. «Ein dunkler regnerischer Abend», sagte Georg. «Macht er dich melancholisch, alter Freund?»

«Ich dachte über Ursel und Joachim nach. Ob sie einander glücklich machen.»

«Welch ein ambitionierter Anspruch.»

«Meine Tochter scheint mir mit dem Feuer zu spielen.»

«Und wer ist das Feuer?» Georg schenkte Wein nach.

«Der junge Maler, mit dem wir zusammenarbeiten. Karl Jentgens.»

«Ich dachte, der sei ein Knäblein.»

«Längst nicht mehr. Er fragte heute nach Ursels Adresse, um ihr ein Bild zu schicken, das er von ihr gemalt hat.»

«Sie hat ihm Modell gesessen?»

«Aus dem Gedächtnis gemalt, sagte er.»

«Ihre Adresse hat sie ihm jedenfalls nicht mitgeteilt.» Heinrich lächelte. «Ich bin ein alter Spießer.»

«Blicken wir auf eine andere Paarkonstellation», sagte Georg.

«Du machst mich neugierig.»

«Sybilla und ich.»

«Seid ihr gefährdet?»

«Wir waren es vom ersten Augenblick an.»

Heinrich seufzte. War es ein Zeichen des Älterwerdens, dass er gerne stabile Verhältnisse um sich herum hatte? «Ihr passt nicht zueinander», sagte er.

«Nein. Aber vielleicht halten wir trotzdem durch.» Er hob das Glas. «*Nicht geliebt zu werden, ist nur ein Missgeschick. Nicht zu lieben ein Unglück.* Ich schließe den Tag, wie ich ihn angefangen habe. Mit Albert Camus.»

«Liebst du Billa?»

«Bisher oft genug», sagte Georg.

— 5. FEBRUAR —

San Remo

Die vertraute Behaglichkeit. Bei Jules, in dessen Gästezimmer er schlief. Mit Gianni und den anderen an Margarethes Küchentisch.

Doch war er nicht überall nur Gast? Wäre es nicht höchste Zeit anzukommen? Im Dezember war er fünfunddreißig geworden, auch wenn er noch immer aussah, als sei er das Kind im Hause.

Pips steckte die Hände in die Manteltaschen, als er aus dem Haus trat. Der Himmel war öfter blau, doch die Temperaturen unterschieden sich nicht sehr von denen in Hamburg. Vielleicht acht Grad. Er schlug den Weg zum alten Hafen ein, vorgestern war er angekommen, noch hatte er die Bar nicht betreten.

Gianni hatte ihm einen Schlüssel gegeben. Um diese Nachmittagszeit war dort noch keiner. Pips' Gewohnheit, auch schon mal um vier Uhr am Flügel zu sitzen, vor sich hinzuspielen in der leeren Bar, hatte Richard Bell nicht übernommen.

Pips schloss die Glastür auf. «Nimm dir einen Pigato aus dem Kühlschrank», hatte Gianni gesagt. «Oder mach dir einen Espresso.»

An die neue Gaggia traute er sich nicht heran. Er nahm ein Glas aus dem Regal und öffnete den Kühlschrank. In der Tür stand eine offene Flasche vom hiesigen Weißen. Pips schenkte sich ein und schlenderte durch die Bar, stand vor dem Flügel. Er blickte in den großen Spiegel mit dem barocken Rahmen und verbeugte sich leicht. Dann nahm er auf der Klavierbank Platz.

Er spielte mit einer Leidenschaft, die er lange nicht mehr empfunden hatte. Auch nicht beim Vorspielen in der *Insel* oder im Hotel Berlin. Pflückte die Titel aus dem American Songbook, wie sie ihm in den Sinn kamen. Fiel von Jerome Kerns *Smoke gets in your eyes* in Harold Arlens *Stormy weather* Kam an bei den Liedern der Gershwin-Brüder und endete mit Irving Berlins *Blue skies.*

«*That was great*», sagte da einer. «Ach, was rede ich denn? *Marvellous.*»

Pips blickte in den Spiegel und nahm einen schlaksigen Mann wahr, dunkelhaarig, mit einer großen Brille, vielleicht in seinen späten Vierzigern. Er kannte ihn nicht. Ein Teilnehmer des Festivals, das in zwei Tagen beginnen würde?

«Die Bar ist noch geschlossen», sagte Pips.

«Ich hörte das Klavierspiel. Die Tür war auf. Entschuldigen Sie.» Der Mann sah erstaunt aus. «Und Sie sprechen Deutsch. Italien ist wirklich das Land der Wunder.»

Pips wäre gern hinter dem Flügel sitzen geblieben, doch er stand auf. Wie erwartet war der schlaksige Mann zwei Kopf größer als er.

«Mein Name ist Gellert. Heinz Gellert. Ich arbeite für die Electrola in Köln. Sie sind der Pianist in dieser Bar?»

«Ich war es fünf Jahre lang. Jetzt bin ich nur zu Besuch, ich lebe in Hamburg.»

«Hamburg. Da ist die Polydor. Haben Sie schon mit den Kollegen gearbeitet?»

«Nein», sagte Pips. «Ich heiße übrigens Sander.» Er zögerte. «Pips Sander.»

Sie gaben einander die Hand.

Was sollte Pips noch sagen? Dass sein letztes Engagement auf St. Pauli gewesen war, wo er Grete zu den immer gleichen Leander-Liedern begleitet hatte? Stattdessen bot er Heinz Gellert an, Platz zu nehmen an einem der Tischchen, ein Glas Pigato zu trinken. Nur einmal war er so zutraulich gewesen, als Jules und Katie ihn an Neujahr 1954 im Negresco angesprochen hatten, ob er hier in dieser Bar spielen wollte.

«Sie haben im Augenblick kein Engagement?»

«Gelegentliche Auftritte im Künstlerklub *Die Insel* und in einem Hotel.» Das war gelogen. Von der *Insel* hatte er noch keine Zusage.

«Herr Sander, Sie haben Ihr Talent soeben hinreichend bewiesen.»

«Eher unabsichtlich», sagte Pips.

«Ich falle mal gleich mit der Tür ins Haus. Wir planen eine Edition Langspielplatten mit Barmusik. Vor allem mit Titeln, die Sie gerade gespielt haben.»

«Und Sie wollen mir vorschlagen, diese Titel bei Ihnen aufzunehmen?»

Gellert nickte. «Im Studio der Electrola in Köln. Können Sie sich das vorstellen? Wenn ja, dann hat sich meine Geschäftsreise zum Festival schon mehr als gelohnt.»

«Sie sind wegen Milva hier? Sie nimmt am Festival teil.»

«Und wegen Tony Renis. Er gilt als einer der Favoriten neben Milva. Ich werde jetzt ins Hotel gehen und mit Köln telefonieren. Des Vertrages wegen. Treffen wir uns morgen um diese Zeit hier in der Bar? Wollen Sie einen Anwalt hinzuziehen?»

«Jules de Vries wird dabei sein. Ihm und Gianni Canna gehört diese Bar.»

Sie standen auf. Pips schloss die Tür hinter Gellert und

schaffte es zum Flügel, um mit weichen Knien auf die Klavierbank zu sinken. Als Gianni kurz danach kam, spielte er sich gerade durch die Lieder von Cole Porter.

Hamburg

Ursula erinnerte sich an ihren ersten Besuch in dieser Wohnung, damals, als sie bei Nina und Vinton übernachtete, um am nächsten Tag in der Kunsthalle vorzusprechen. Vier große Zimmer. Hohe Decken. Die Küche ein Tanzsaal mit schwarz-weißen Fliesen. Der Küchentisch aus der Blumenstraße ging verloren darin.

Nun war sie zu Hause in der Rothenbaumchaussee. Henrike rannte durch den langen Flur und amüsierte sich. Nur am Abend wollte sie lieber in das Bett von Mama und Papa, die Stuckverzierungen wurden ihr dann zu Fratzen.

Eine Zeit lang hatten Joachim und sie das Gefühl gehabt, fahnenflüchtig geworden zu sein, Kurt alleingelassen zu haben mit der verstörten Elisabeth. Im Juli, als sie aus der Uniklinik nach Hause kam, hatte sie unter starken Medikamenten gestanden. Das besserte sich erst im August, als Kurt seine Frau zu Dr. Braunschweig brachte.

Dennoch hatte sich Elisabeth an Joachim geklammert, als sie endlich umzogen, zwei Tage vor Ende der Sommerferien. Gerda und Heinrich waren in jenen Tagen in Brügge, jegliche Planung war durcheinandergeraten. Ein Wasserrohrbruch in Ninas und Vintons Haus hatte alles aufgehalten.

Wären sie besser in der Blumenstraße geblieben? Nahe bei Pips? Er war der Einzige, dem sie das Bild gezeigt hatte. Wem vertraute sie, wie sie ihm vertraute?

«Wann hat er dich so gemalt?»
«Ich habe ihm nicht Modell gesessen, Pips.»
«Er hat dich gut im Gedächtnis.»
«Du hast mich doch noch niemals nackt gesehen.»
«Nein.»
Sie hatte das Bild wieder zusammengerollt, in die Pappröhre geschoben, in der es gekommen war. Warum verbarg sie das Bild vor Joachim? Er war großzügiger, als es den Anschein hatte. Dennoch wäre er irritiert gewesen.

Aus einem Traum heraus gemalt. Das hatte Jentgens geschrieben. War er verrückt geworden? Zweimal hatten sie einander gesehen. In der Galerie ihrer Eltern.

Und dennoch tat ihr das Geheimnis gut.

Das Haus noch stiller als sonst, Pips in San Remo, Kurt vermisste das Klavierspiel, das oft von oben zu hören war. Zu viert hatten sie das Klavier vom ersten Stock die Treppe hoch bis unters Dach getragen. Joachim, Jan, Vinton und er. Pips war zu einer letzten Aussprache bei Ruth gewesen. Das Klavier hatte oben gestanden, bevor ihm Zweifel kommen konnten und er doch noch entschied, in der Schmilinskystraße zu bleiben.

Die Ahnung von Frühling tröstete Kurt. Das rötliche Licht am Rand des Himmels, der Farbe nicht unähnlich, in der er die Wände hier gestrichen hatte. «*Aurora*», hatte der Verkäufer von 1000 Töpfe gesagt. «Die Morgenröte. Das tut der Seele gut. Wird gerade gern genommen.»

«Tun unsere Wände deiner Seele gut?», fragte Kurt.

«Ich mache dir viel Kummer», sagte Lilleken. «Das tut mir leid. Aber diese Aprikosenfarbe ist schön.»

«Vielleicht können wir im April eine kleine Reise nach Köln machen. Zu Ostern.»

«Da wollen wir mit Tom und Henrike Eier im Garten suchen.»

«Im Garten in der Hansastraße?»

«Bei uns ist es am schönsten, Kurt.»

Er ging seufzend zum Fernseher, der nun im ersten Stock stand.

«Wir holen doch die Welt in unser Wohnzimmer», sagte Elisabeth.

Was war aus seinem Studierzimmer geworden? Solange es nichts einzumachen gab, wollte Lilleken ihn nicht allein unten wissen. Er hatte bereits auf dem Goldbekmarkt Ausschau nach Gemüse gehalten, doch Rosenkohl, Steckrüben und Wirsing eigneten sich wohl weniger. Er setzte auf den Frühling. Das helle Licht. Die langen Tage. Die Vielfalt von Obst und Gemüse.

War er nicht immer ein Meister darin gewesen, sich mit den Gegebenheiten zu arrangieren? Auch unter den Nazis. Wenn er daran dachte, dass sich denen der sechzehnjährige Pips entgegengestellt hatte.

«Wenn der Frühling kommt, gehen wir am Sonnabend gemeinsam auf den Markt und gucken uns an, was es einzumachen gibt», sagte er.

«Die kleinen Gurken zum Einlegen kommen erst später», sagte Elisabeth.

Kurt blickte auf den Bildschirm. Freddy Quinn, der an einer Reling stand, einen im Wind flatternden Brief in der Hand. *Junge, komm bald wieder*.

Er sah zu seiner Frau, die im Sessel eingenickt war. Machten sie die Medikamente müde? Kurt stand auf und schaltete den Fernseher aus. Er war nun sechsundsechzig Jahre alt, Lilleken vier Jahre jünger. Er würde sich nicht abfinden mit dem Altenteil. Da musste doch noch Leben im Leben sein.

Pips hatte sie eingeladen, ins Hotel Berlin zu kommen, wenn er dort am 16. Februar sein Debüt gab. Ein Tanztee. Bis zur Borgfelder Straße am Berliner Tor würden sie es ja wohl schaffen. War es zu spät, den Führerschein zu machen? Ins eigene Auto wäre Lilleken vielleicht leichter zu kriegen.

Kurt nahm das Plaid vom Sofa und deckte die schlafende Elisabeth zu. Dann schlich er sich aus der Wohnung und ging ins Erdgeschoss.

«Nina hat heute früher Schluss gemacht», sagte June. «Basteln für das Faschingsfest in Toms Schule. Zwei Stunden lang auf zu kleinen Stühlen sitzen.»

«Ich weiß», sagte Vinton. «June, ich komme deinetwegen.»

«Oliver hat eine Wohnung hinter Harrods gefunden. Teuer, aber bequem.»

Vinton setzte sich June gegenüber an Ninas Schreibtisch. «Warum bequem?»

«Weil *Vintage Automobiles* um die Ecke ist.»

«Wie lange gibst du ihm als Chefredakteur?»

«Soll ich uns einen Tee machen?» June stand auf. «Oliver ist ein *lazybones*. Doch am Anfang einer neuen Aufgabe kann er schon Engagement zeigen. Das hat er hier im Übersetzungsbüro auch getan. Die werden eine Weile brauchen, bis sie merken, wen sie sich da geholt haben.»

«Und wenn er scheitert?»

June stellte den Wasserkessel auf die Herdplatte. Nahm zwei Tassen aus dem kleinen Hängeschrank. «Du meinst, ob ich ihn zurückhaben will?» Sie hob die Schultern. «Ich weiß nicht. Die Verletzung ist noch groß.»

«Vielleicht willst du auch nach London zurück.»

«Wolltest du das je?»

«Nur notgedrungen. Als ich den Weg für Joachim frei machen wollte. Jans wegen.»

«Ich will nicht nach London zurück. Seit 1946 lebe ich hier. Hamburg ist meine Heimat geworden.» Sie stellte eine Box mit verschiedenen Teesorten auf den Tisch. «Was würdest du tun, wenn dir Nina verloren ginge?»

«Verrückt werden», sagte Vinton. Er nahm einen Beutel *Orange Pekoe* aus der Box. «Welchen willst du?»

«Den *Prince of Wales*.» June lächelte. «Ist schon erstaunlich, wie wir Engländer in allen Lebenslagen bereit sind, *a cup of tea* zu trinken.»

«Oder einen Whisky», sagte Vinton. «Magst du nachher mit uns essen?»

«Ihr gebt mir schon seit vier Wochen Familienanschluss.»

«Heute koche *ich*. Das ist doch mal was anderes.»

«Was gibt es?»

«Ich dachte an Toast Hawaii.»

«Hättest du Rinderrouladen mit Kartoffelklößen gesagt, wäre ich ferngeblieben.»

Vinton grinste. «Aber einen Toast traust du mir zu?»

«Den kriegst du hin», sagte June.

— 8. FEBRUAR —

San Remo

Giannis Bar war zum Bersten voll wie immer an Festivaltagen, Rickys Klavierspiel drang kaum durch das Dickicht der Stimmen. Das Finale würde morgen im Casino Municipale am Corso degli Inglesi ausgetragen werden, Claudio Villa und Milva galten nun als Favoriten, die hohe Tenorstimme von Villa, die tiefe Stimme von La Rossa. Der Bar blieben beide Interpreten heute fern.

Pips saß auf dem letzten der hohen Hocker an der Wand rechts. Er suchte Halt. Seit vorgestern hatte er das Gefühl, die Erde bewege sich unter seinen Füßen.

Der Vertrag war von Jules gutgeheißen worden und von Pips unterschrieben. Eine Edition von LPs, die den Namen Pips Sander nannte. In der er Lieder spielen durfte, die er liebte, keine Wunschtitel zum Mitgrölen würden ihm zugerufen werden, wie es oft bei Grete geschehen war.

Gianni und Jules hatten beide hinter der Bar zu tun, Anselmo und sein Kollege hätten den Andrang kaum allein bewältigt. Erst nach neun lichteten sich die Reihen der Redenden, Trinkenden. Viele brachen auf zu einem späten Abendessen im Rendez-Vous, im Pesce d'Oro oder im Rheingold. Sie würden zurückkehren, zu Zeiten des Festivals war Giannis Bar bis weit nach Mitternacht geöffnet.

Jules zwinkerte Pips zu und stellte ein weiteres Glas auf die Theke, schenkte sich ein. «*What a difference a day makes*», sagte er.

«Dinah Washington», sagte Pips. «Den Titel nehme ich ins Repertoire. Zwick mich, Jules. Vielleicht träume ich. Oder die ganze Chose geht doch noch den Bach runter.»

«Du hast in deinem Leben oft Grund zu Pessimismus gehabt», sagte Jules. «Aber das hier wird klappen. Gellert war kurz hier. Er wollte dir einen Mann vom WDR vorstellen. Jetzt sind die beiden mit Kollegen von der RAI unterwegs. Duck dich nicht weg, wie du das hinter deinem Klavier getan hast, Pips. Wenn du hier im hintersten Winkel der Bar sitzt, kannst du gleich eine Tarnkappe aufsetzen.»

«Ich bin schüchtern, Jules. Warum glaubt mir das keiner? Hinter verschlossenen Türen in einem Studio zu sitzen, entspricht mir viel mehr.»

«Du hast doch einmal davon geträumt, die großen Konzertsäle zu füllen.»

«Dort herrscht eine andere Distanz als in einer Bar.» Pips sah zu Richard Bell, der aufgehört hatte zu spielen und mit einer Zigarette auf die Piazza trat. «Wird Ricky bleiben? Gianni sagte, er habe vor, ein Häuschen in Birmingham zu bauen.»

«Ich habe ihm ein Darlehen dafür angeboten, dann hat Lucio keine Basis mehr für sein niederträchtiges Geschäftsmodell. Hat Gianni dir davon auch erzählt?»

«Lucio ist ein Drecksack. Ich habe ihn nie für etwas anderes gehalten.»

Jules nickte. «Bixio macht weiterhin Geschäfte mit ihm. Er ist nicht mehr an der Finanzierung der Immobilien beteiligt, sondern versucht, die fertigen Objekte an den Mann zu bringen.»

«Ist das Zusammenleben in der Via Matteotti schwieriger geworden?»

«Bixio fällt nicht weiter auf. Aber Lidia ist ein Besen. Hoffentlich verdient Bixio bald genügend an den Provisionen, um ihr einen Bungalow zu kaufen.»

«Und das Verhältnis zwischen den Brüdern?»

«Bruno leidet», sagte Jules. «Er hat sich schon in der *Madonna della Costa* bei den Heiligen entschuldigt. Vielleicht hofft er, einer von ihnen sagt es Agnese weiter.»

Pips blickte auf die Uhr. «Was machen wir nun mit Gellert?»

«Geh du schon mal ins Bett. Morgen Vormittag sind Gianni, du und ich mit ihm hier in der Bar verabredet. Cappuccino und *cornetti*.»

«Gefällt er dir?»

«Ja», sagte Jules. «Du kannst ihm vertrauen.»

Hamburg

«Er wird noch zu Kreuze kriechen», sagte Grete. Sie rieb den nassen Frotteelappen übers Gesicht, dass die Schminke in kleinen Rinnsalen den Hals hinunterlief. Egal. Nur Fiete war noch da, der Laden schon leer um elf am Freitagabend.

«Hast du den Zettel auch gut sichtbar hingehängt?»

Fiete nickte. Er zweifelte daran, dass die Studenten der Hochschule für Musik Interesse zeigen würden, bei Grete den Klavierbegleiter zu geben.

«Hab mir das nicht so schwierig vorgestellt. Herr Sander ist doch auch hier hereingeschneit und wollte bei mir spielen.»

Wann hatte sie angefangen, Pips nur noch Herrn Sander zu nennen? In den ersten Monaten nach seinem Weggang war das nicht so gewesen.

Grete zog die Schleifenbänder ihres blumigen Morgenmantels fester zu. «Hast du abgeschlossen? Nicht, dass mich einer so sieht.» Nur nicht verkommen, jetzt, wo ihre Existenz in Gefahr geraten könnte. Von der Rente konnte sie kaum leben. Ganz abgesehen davon, dass sie die Verwandlung von Grete zu Zarah brauchte wie die Luft zum Atmen. Was würde denn sonst übrig bleiben?

«Gehst du noch manchmal in die Schmilinsky?»

«Da isser doch nicht mehr.» Fiete klang ungeduldig. Das hatte er längst erzählt. Ging es jetzt los? Wurde Grete senil?

«Blumenstraße. Jetzt hab ich es wieder. Vornehm geht die Welt zugrunde. Der feine Herr Sander. Wohnt er da mit der dunkelhaarigen Schlampe?»

Ruth hatte es geschafft, in einem halben Jahr von der Göre zur Schlampe zu werden. «Ich rede nicht so gern auf dem Niveau mit dir.» Fiete staunte selbst.

«Ziehst du jetzt auch in die Blumenstraße?» Grete schüttelte den Kopf. «Der Ikarus war ja genauso blasiert. Hat immer was von Dichtern gefaselt.»

«Trink was, Grete», sagte Fiete. Er nahm den Bommerlunder aus dem Kühlschrank. «Ikarus hat mit mir im Hafen gearbeitet.»

«Aber er hatte es mit den Dichtern. Kommunisten. Mühsam oder so. Hab ich behalten. Hat er noch von im Keller erzählt. Als die Bomben fielen.»

«Da warst du gar nicht dabei.»

Grete kippte den Bommerlunder, den Fiete ihr eingeschenkt hatte. «Noch einen», sagte sie. «Kannst du doch mal vorbeigehen und Herrn Sander fragen, ob er wieder spielen will.»

«Pips ist in San Remo.»

«Wird ja immer doller», sagte Grete. Sie hielt ihm ihr leeres Glas hin.

«Du wirst noch besoffen.»

«Gibt Schlimmeres. Von dem Mühsam hat er was aufgesacht. Klang so heilig.»

Fiete schenkte ihr ein drittes, viertes, fünftes Mal nach. Hatte auf einmal das Gefühl, auf eine Quelle gestoßen zu sein. Eine Quelle der Wahrheit.

Grete schnippte mit den Fingern und wäre fast vom Hocker gefallen. «Hab's nun», sagte sie. «Was vom kleinen Himmel.» Sie schaukelte leicht.

«Komm mal da runter», sagte Fiete. «Ich bring dich nach hinten.»

Er schleppte sie in das Hinterzimmer, das Grete *ihre privaten Räume* nannte. Setzte sie auf dem Doppelbett ab, das mal wieder nicht gemacht war.

«Ein neuer Stern beginnt zu glühen», sagte Grete. «Am kleinen Himmel meiner Liebe.» Sie sprach erstaunlich klar dafür, dass sie eben schon gelallt hatte.

«Das hat Ikarus gesagt?»

Grete fing an zu weinen. «Ich hab denen nicht gesagt, dass er noch drin ist, als die mich rausgeholt haben aus dem Keller. Aber ich hab doch sein Wimmern gehört.»

Fiete ließ sie los. «Du warst in dem Keller in der Wilhelminenstraße? Bei Rosi? Grete, du hast immer gesagt, du bist da nicht drin gewesen.»

«Die haben mich gefragt, ob da noch einer ist im Keller. Hab den Kopf geschüttelt. Bin ja nicht ganz bei mir gewesen.»

«Ikarus hätte nicht sterben müssen?», fragte Fiete. Ihm wurde kalt. Er blickte auf Grete, die angefangen hatte zu schnarchen.

Fiete drehte das Licht aus. Ging aus dem Lokal und zog die Tür hinter sich zu.

Er lief die Seilerstraße hinunter zur Reeperbahn. Bog in die Davidstraße und lief weiter bis zur Treppe, die zum Hafen führte. Stand dann an der Elbe und blickte zur anderen Seite hinüber. Dorthin, wo die Werften waren.

«Scheiße», schrie er. «Scheiße!»

— 12. FEBRUAR —

San Remo

Bruno nahm zwei große Scheiben Mortadella aus dem Wachspapier der Salumeria. Er war noch nie ein Freund des kargen italienischen Frühstücks gewesen, spätestens seit seinen Jahren in Köln betrachtete er Kaffee und Hörnchen als kleines Vorspiel.

Vor ihm lag das gute Sauerteigbrot aus San Romolo, das nun auch in einer Bäckerei in der Via Palazzo angeboten wurde. Kein Teig wie aus Papierservietten gebacken, dieses Brot war eine gute Unterlage für Mortadella und *Porchetta*.

Er blieb schlank. Kletterte Kirchtürme hoch und balancierte auf Leitern, wann immer er einen Auftrag zur Restaurierung erhielt. Dennoch fing er auch an diesem Morgen einen strengen Blick Margarethes auf, die fand, er ernähre sich falsch.

«Wie lange ist Pips noch da?»

«Donnerstagabend nimmt er den Nachtzug nach München.»

«Er wird wohl wieder in Köln leben, wenn er für *La Voce Del Padrone* arbeitet.»

Margarethe stellte einen Teller mit Orangenschnitzen vor Bruno hin.

«Was ist das?», fragte er.

«Wonach sieht es denn aus? Hat Dottor Muran mal deine Cholesterinwerte erwähnt?»

«Nein. Warum?»

«Also, was ist mit der *Voce del Padrone*?» Margarethe setzte sich ihm gegenüber.

«Der kleine Hund, der vor dem Trichter des Grammofons sitzt. Das ist doch das Markenzeichen der Electrola. Pips' Plattenfirma.»

«Gianni meint, Pips misstraue noch seinem Glück.»

«Wen wundert es, nach allem, was er erlebt hat. Was ist mit der Freundin?»

«Sie hat ein Engagement an einem Kölner Theater.»

«Das trifft sich doch. Wir hatten unsere beste Zeit in Köln.»

«Weil wir jung waren.»

«Wenn ich allein an die Leberwurstkränze denke.»

«Ich schlage vor, wir geben ein Abschiedsessen für Pips», sagte Margarethe.

Bruno schnitt eine weitere Scheibe Brot ab und griff nach der Mortadella. «Heute ist Dienstag. Da gibt es *trippe* in der *macelleria*.»

«Dienstags ist Ugo auf dem Markt.»

«Ugo? Sprichst du von dem Fischhändler?»

«Genau. Ich dachte an Filets vom *eglefino*. Ugo hat oft schönen Schellfisch im Angebot. Und vorab einen großen grünen Salat.»

«Ich glaube nicht, dass Pips das gerne isst», sagte Bruno. «Was sagt denn Ursel zu den Veränderungen in seinem Leben?»

«Hab so eine Ahnung, dass sie noch gar nichts davon weiß», sagte Margarethe.

Hamburg

Helle Ranunkeln, die Kurt bei Lund im Grindelhof auswählte und zu einem Strauß binden ließ. Sollte er Lilleken schon erzählen, den ersten Schritt zum Führerschein getan zu haben? War das verfrüht? Die Frau in der Fahrschule Weber hatte ihn sehr freundlich darauf hingewiesen, dass ein Mensch seines Jahrgangs ein paar Stunden länger brauchen würde, bis er den grauen Lappen in den Händen hielt.

Grauer Lappen.

Vielleicht konnte ihn Vinton in die Geheimnisse der Gangschaltung einweihen. Ob es Lilleken freuen würde, das Auto mit ihm auszusuchen? Einen weißen Kadett?

Erst mal den grauen Lappen.

Den Radius erweitern. Wenn ihm gelänge, Lilleken das Auto als eine Art Fortsatz des eigenen Heims zu präsentieren, war viel gewonnen. Der Gedanke beschwingte ihn so sehr, dass er entschied, zu Fuß zu gehen. Dann käme er bei Kruizenga vorbei und könnte Krabbensalat kaufen.

Jan hatte angekündigt, den Führerschein gleich nach dem Abitur zu machen. Ein Junge von achtzehn Jahren würde ihn wohl aus dem Handgelenk schütteln.

Kurt erreichte den Klosterstern und warf einen Blick hoch zum Büro der Clarkes, bevor er hinüber in die St. Benedict ging. Vielleicht würde es in der Fahrschule Mengenrabatt geben, wenn Nina auch noch Stunden nähme.

Und wenn Elisabeth gar nicht begeistert wäre von der Autofahrerei ihrer Familie?

Wer sich in Gefahr begibt, kommt darin um.

Das hatte sie gesagt, als Graf Berghe von Trips beim Autorennen in Monza ums Leben gekommen war, fünfzehn Zuschauer am Rande der Rennstrecke mit in den

Tod reißend. Ein herzloser Kommentar, der ihn erschreckt hatte.

War die junge Elisabeth, in die er sich kurz nach dem ersten der Kriege verliebt hatte, auch schon so negativ gewesen? Verbrachte er nicht sein Leben damit, die dunklen Wolken beiseite zu schieben und nach dem Blau im Himmel zu suchen?

Kurz nach Kruizenga auf der Maria-Louisen hielt ein silbergrauer Volvo Kombi neben ihm. Er erkannte Vinton erst auf den zweiten Blick, so wenig hatte er ihn in diesem neuen Auto vermutet.

«Steig ein, Kurt. Willst du die Jungfernfahrt mit mir machen? Ich habe den Wagen eben erst vom Händler abgeholt.»

Kurt legte die Blumen und die Tüte des Feinkosthändlers nach hinten und stieg ein. «Was ist aus eurem Opel geworden?»

«Bei einem Gebrauchtwagenhändler in Zahlung gegeben. Acht Jahre sind genug. Und Jan träumt von einem Citroën 2 CV. Den schenken wir ihm nach dem Abitur.»

«Ich hätte den Opel übernehmen können. Zur Übung.»

Vinton setzte den Blinker und fuhr in die Sierichstraße hinein. «Zur Übung?»

«Dann wäre die eine oder andere Beule kein Thema.»

«Worüber sprechen wir, Kurt?»

«Dass ich Autofahren lernen will, um Elisabeth aus dem Haus zu lotsen. Sie bekommt inzwischen in jeder Straßenbahn Herzrasen.»

«Autofahrten gehören nicht zu Elisabeths Ängsten?»

«Hattest du je den Eindruck, wenn sie mit dir gefahren ist? Du bist allerdings ein versierter Fahrer. Vielleicht traut sie mir das nicht zu.»

«Ich fahre eher leidenschaftslos. Mein Londoner Fahrlehrer verglich das Drehen des Zündschlüssels damit, eine Waffe zu laden. *A loaded gun.*»

«Hm», sagte Kurt. «Eben habe ich schon an Berghe von Trips gedacht.»

«Ich vermute mal, du willst keine Autorennen fahren.»

«Und jetzt fällt mir Leopold von Belgien ein, der mit seiner Königin am Vierwaldstätter See verunglückt ist. In einem Cabrio mit acht Zylindern und Weißwandreifen.»

«War das nicht schon vor dem Krieg?»

«1935. Elisabeth war tief getroffen vom Tod der jungen Astrid.»

«Über tote Verkehrsteilnehmer nachzudenken, ist ein falscher Ansatz. Hast du schon eine Fahrschule im Auge?»

«Ich hab mich vorhin in einer am Hallerplatz angemeldet und war so aufgekratzt, dass ich Ranunkeln für Elisabeth gekauft habe und bei Kruizenga Krabbensalat.»

«Lass uns die Jungfernfahrt vertagen. Ich fahre auf der anderen Alsterseite zurück und setze dich in der Blumenstraße ab. Sonst verderben Krabben und Ranunkeln.»

«Erinnerst du dich an unsere Fahrt mit dem Humber Snipe, den Oliver Clarke restauriert hatte? Nina sagt, er sei nach England zurückgegangen?»

«Er hat sich von June getrennt.»

«Clarke ist ein Narr, diese Frau zu verlassen.»

«Du konntest June schon immer gut leiden.»

«Ja», sagte Kurt.

Vinton blickte zu ihm hinüber. All die unerfüllten Träume in Kurt. «Hättest du Interesse, ein bisschen zu üben mit mir? Gangschaltung. Kuppeln.»

«Ich hatte dich darum bitten wollen, Vinton.»

«Am hinteren Stück der Großen Elbstraße. Vor Övelgönne. Da können wir auch Anfahren am Berg üben.»

«Du hältst es für möglich, dass ich ein passabler Autofahrer werde?», fragte Kurt, als er in der Blumenstraße aus dem Volvo stieg und die Einkäufe an sich nahm.

«*Absolutely*», sagte Vinton. Er wartete, bis Kurt ins Haus gegangen war.

War das gut gewesen, allein zum Friedhof zu fahren? Auf dem klapprigen Fahrrad, das er im Keller gefunden hatte? Vielleicht lag der einstige Besitzer des Rads auch hier unter der Wiese, die ein Eichenbalken als das Sammelgrab von St. Pauli auswies. Zwanzig Balken für die Bombenopfer aus zwanzig Hamburger Stadtteilen, 1943 in Lastkraftwagen hergeschafft.

Fiete wanderte zwischen den Wiesen. Rothenburgsort. Hammerbrook. Hohenfelde. Hamm. Eimsbüttel. Eppendorf. Sechs von zwanzig.

Und wieder blieb er vor der Wiese von St. Pauli stehen. Ikarus. Da lag er wohl nun mit den vielen anderen, die keiner mehr identifizieren konnte. Wer hätte das auch tun sollen, nachdem sie die Toten endlich aus dem Schutt der Häuser geborgen hatten.

Die armen Schweine aus dem KZ Süderstraße, die zum Ausheben der Gräber herangekarrt worden waren. Im heißen Sommer.

Fiete ließ sich auf einer der Stufen nieder, die zum Mahnmal führten. Ein Klotz aus Sandstein, der die Skulptur umschloss. Das steinerne Boot des steinernen Fährmanns, der sie über den Fluss brachte ins Reich der Toten: Sechs aus dem Feuersturm.

Die Fahrt über den Styx.

Er hatte doch geahnt, dass Ikarus im Keller der Wilhelminen gesessen hatte, als die Bomben fielen. Warum verzweifelte er am Wissen, dass der Junge dort gestorben war?

Ikarus hätte lebend geborgen werden können.

Das hatte Grete in der Hand gehabt.

Fiete stand auf und ging zu dem Baum, an dem das Fahrrad lehnte. War versucht, es stehen zu lassen. Die weite Fahrt nach St. Pauli traute er sich kaum noch zu.

Warum hatte er nicht auf Pips gewartet, um herzukommen? Ein Fehler, hier allein um die Gräber zu schleichen.

Der Junge, den alle Ikarus nannten, war ihm wie ein kleiner Bruder gewesen.

— 16. FEBRUAR —

Köln

Heinrich hatte gerade die dicke Wochenendausgabe des *Kölner Stadtanzeiger* von der Fußmatte genommen, als das Telefon klingelte. Zu früh für einen Samstag, um nicht ein wenig irritierend zu sein. Er drehte sich zu Gerda um, die im Nachthemd in der Küche stand und heißes Wasser in den Kaffeefilter goss.

«Ich gehe ran», sagte er. Gerda schien nichts anderes zu erwarten. Vermutlich hielt sie es für ausgeschlossen, dass eines ihrer Kinder so früh zum Telefon gegriffen hatte, sonst wäre sie längst an den Apparat gegangen. Heinrich sah sie nicken, als er den Namen seiner Schwester nannte. Hinter ihm schlug die Uhr zur halben Stunde.

«*Gesù mio*», sagte Margarethe. «Ist es tatsächlich erst halb acht?»

«Da du und ich uns in der mitteleuropäischen Zeitzone befinden, trifft das zu.» Er setzte sich in seinen Lesesessel und nickte dankbar, als Gerda ihm eine Tasse Kaffee hinstellte und gegenüber in ihrem Sessel Platz nahm. Seine Schwester schien ihm aufgeregt. «Was ist passiert, Margarethe?»

«Bruno und ich sollten hundemüde sein. Doch wir sind wach wie nach zwei Kannen Espresso, zwei von den großen Kannen, dabei haben wir kaum ein Auge zugetan in der letzten Nacht. Warum erzählt Gianni uns das auch nachts um elf? Bruno steht schon wieder auf einer hohen Leiter, um an Fresken in einer Dorfkirche herumzukratzen. Hoffentlich fällt er nicht herunter.»

«Was erzählt Gianni euch nachts um elf?»

«Ihr seid ja alte Hasen», sagte Margarethe.

«Alte Hasen?»

«Mit euren *tre nipoti*.»

«*Tre nipoti*? Ich kenne dich kaum wieder. Du wirkst so, na ja, italienisch.»

Er sah, dass Gerda aus ihrem brombeerroten Sessel aufstand und eine deutliche Handbewegung machte. Sie wollte den Hörer.

«Margarethe, deute ich das richtig? Ich gratuliere. Fühl dich umarmt. Herzliche Grüße an Gianni und Corinne. Und an den werdenden Großvater.» Sie gab den Hörer an Heinrich zurück, der etwas tiefer in seinen Sessel sank.

«Ich bin ein Schaf, Margarethe. Ich gratuliere ebenfalls. Noch mehr Neuigkeiten? Auch da keine Ahnung, wovon du sprichst. Ursel? Nein. Sie hat nichts erzählt.»

«Kriegt Ursel auch ein Kind?», fragte Gerda.

Heinrich schüttelte den Kopf. «Nein. Ich spreche sie nicht darauf an. Du meinst, sie weiß es noch gar nicht? Sie ist doch seine Vertraute. Er ist herzlich eingeladen, erst einmal hier zu wohnen. Gerda und ich mögen Pips von Herzen gern.»

Viele *Tschös* und *Ciaos*, die hin- und hergeschickt wurden, ehe er auflegte.

«Was ist mit Pips?», fragte Gerda. «Er war doch in San Remo.»

«Und da hat er an einem Nachmittag bei Gianni in der Bar Klavier gespielt und vom zufällig anwesenden Produzenten einer Kölner Schallplattenfirma einen Vertrag angeboten bekommen. Pips wird für die Electrola Barmusik aufnehmen.»

«Electrola? Die ist doch hier am Maarweg?»

«Genau. Hab ich dir vorgegriffen, als ich die Kinderzimmer anbot?»

Gerda schüttelte den Kopf. «Und Ursel weiß davon noch nichts?»

«Pips ist gestern Abend erst nach Hamburg zurückgekommen. Vielleicht wollte er es ihr nicht am Telefon sagen.»

Gerda nickte. «Und Corinne kriegt endlich ein Kind», sagte sie.

Hamburg

Den *shaving mug* hatte Vinton ihm geschenkt, Kurt hing an dem Keramiktopf, der deutliche Gebrauchsspuren aufwies, seit Jahren schon schlug er die Rasierseife darin auf. Er verteilte den Schaum gerade im Gesicht, als er Schritte auf der oberen Treppe hörte. Schlich Pips da herum? Er war gestern erst spät mit dem Zug aus München gekommen und hatte ausschlafen wollen.

Elisabeth saß unten in der Küche und ließ sich Locken in die Haare drehen. Dazu kam Tutti Hanstett ins Haus, das gönnte sich Lilleken gelegentlich. Früher war sie gern zum Friseur auf der Maria-Louisen gegangen. In Illustrierten blättern und dem Klatsch lauschen. Dass sie sich mal wieder von Tutti fein machen ließ, gab ihm Hoffnung, mit ihr zum Tanztee zu gehen. Und wenn sie es nur für Pips tat, der heute zum ersten Mal im Hotel Berlin auftrat.

Er setzte den Gillette-Rasierer an und zog ihn sorgfältig über Wangen, Kinn und Hals. Schließlich wusch er die Seifenreste ab und klopfte Old Spice in die Haut. Dann zog er das Hemd von gestern über und ging ins Treppenhaus.

Gelächter von unten. Tutti sollte öfter kommen, sie tat Lilleken gut. Sie hatte vor Jahrzehnten bei Lillekens Friseur gearbeitet, warum sie dort von einem auf den anderen Tag gefehlt hatte, dazu gab es widersprüchliche Aussagen. Jedenfalls verdiente sich Tutti auf ihre alten Tage ein kleines Geld mit Hausbesuchen.

Kurt horchte nach oben. Hatte er Ursulas Stimme gehört? Saß sie um diese Zeit nicht mit Jockel und Henrike am Frühstückstisch in der Rothenbaumchaussee?

Er kehrte in die eigene Wohnung zurück. Warum sollte Ursel nicht bei Pips sein? Sie waren gute Freunde, hatten sich eine Weile nicht gesehen, Pips würde viel zu erzählen haben von San Remo. Was witterte er denn überall, nur weil er seit Tagen schon an June Clarke dachte.

Mit ihr ließ sich so gut flirten. Er sehnte sich danach. Gab es auch Dinge, nach denen sich Lilleken sehnte? Nur kleine Schritte, die sie seit dem August gemacht hatte. Aber Dr. Braunschweig hatte gesagt, dass es ein langer Weg werden würde.

Klavierspiel von oben. Vielleicht spielte sich Pips für den Tanztee ein. Kurt ging ins Schlafzimmer, um nach dem Anzug zu schauen, den er heute tragen wollte.

Dunkles Kammgarn. Ein durabler Stoff. Vor dem Krieg bei Ladage und Oelke gekauft. Er saß noch, vielleicht war er eher ein wenig dünner geworden.

Am Kleiderschrank hing ein Kleid, das ihm beinah aus dem Gedächtnis gekommen war. Leichter Brokat. Nachtblau. Ein Bolero dazu. Wann hatte Elisabeth das Kleid zuletzt getragen? Es gab nicht viele Gelegenheiten in ihrer beider Leben für Brokat.

Kurt glaubte, das Parfüm zu riechen, obwohl Elisabeth seit langer Zeit ein anderes benutzte. Doch in der Luft lag für ihn der Duft von J. F. Schwarzlose Berlin.

Das erste Parfüm, das er ihr geschenkt hatte. Im Frühling 1920.

Pips hatte aufgehört zu spielen. Er drehte sich zu Ursula um, die am Fenster stand.

«Eisblumen», sagte sie. «Die habe ich zuletzt in meinem Kinderzimmer in Köln gesehen. Mein Bruder und ich haben unsere alten Skipullover über die Schlafanzüge gezogen. Nach dem Krieg war es am schlimmsten mit der Kälte.»

«Vom November 1946 bis in den März gab es nur Temperaturen unter null. Ich konnte kaum die Finger bewegen, was auch egal war, ein Klavier gab es schon nicht mehr. Der Vermieter hatte es gegen Kartoffeln eingetauscht.»

«Wo warst du da, Pips?»

«In der Wohnung meiner Eltern. Was davon noch übrig war.»

«Allein?»

«Ich hab immer mal wieder jemanden aufgelesen, der bei mir geschlafen hat.»

«Auch Mädchen?»

«Nein», sagte Pips. «Elternlose Jungen, wie ich einer war. Wir saßen eng und teilten uns ein paar alte Decken. Gingen zusammen Kohlen klauen oder auf den Schwarzmarkt, wenn wir was fanden, das wir eintauschen konnten. Schon zu Lebzeiten meiner Eltern war da kaum noch ein nennenswertes Hab und Gut.»

«Wo habt ihr gewohnt in Köln?» Ursula hauchte eine Eisblume an.

«In der Südstadt. Vondelstraße.»

«Bei der Feuerwache?»

«Ja. Die ist stehen geblieben. Warum freust du dich eigentlich nicht? Ich fange an, Karriere zu machen. Eine kleine wenigstens.»

«Und ob ich mich freue, Pips.» Ursula kam zum Klavier und legte die Arme um seine Schultern. «Ich habe nur Angst vor dem Abschied. Als du gestern Abend spät anriefst und am Telefon diese Andeutungen machtest, hatte ich eine Ahnung, dass ich nicht mehr viel von dir sehen werde.»

«Wieso Abschied? Ich habe nicht vor, von hier wegzugehen. Ich werde wohl kaum vier Wochen im Monat Platten aufnehmen. Wer weiß, was nach dieser einen Edition kommt. Vielleicht ist damit schon alles zu Ende.»

«Jetzt bist du wachgeküsst.» Sie nahm den Pinocchio aus Plüsch, den Pips für Henrike mitgebracht hatte. «Du seist mein bester Freund, habe ich mal gesagt.»

«Am Tag nach der Flutkatastrophe», sagte Pips. «Ich erinnere mich.»

«Ich wünschte, du wärest mehr.» Sie wollte sich abwenden, doch Pips hielt sie am Handgelenk fest.

«Nein», sagte er. «Lass uns daran nicht rühren, Ursel.»

«Du denkst, ich bin eine verheiratete Frau, die sich langweilt mit ihrem großen gut aussehenden Mann.»

«Das zu denken, wäre weder dir noch Joachim gegenüber fair.»

«Was denkst du dann?»

«Dass du gerade ein wenig mit dem Feuer spielst. Vielleicht in Erinnerung an Jef.»

Ursula nickte. «Ein interessanter Gedanke. Darf ich dich küssen, Pips?»

«Nein», sagte Pips.

«Nur dieses eine Mal», sagte Ursula. Sie zog ihn vom Schemel hoch.

«Du bist zu groß für mich, Ursel Christensen.»

«Mein Eindruck ist, dass wir auf Augenhöhe sind, Pips Sander.»

Er küsste sie. Erstaunt, dass er es konnte. Lernte man zu küssen beim Spielen der Lieder des American Songbook? Warum war Ruth nie von ihm geküsst worden?

«Du weißt, dass ich dir nicht mehr geben kann», sagte Pips. Vielleicht hatte er sich dieses Wissens wegen auf den Kuss eingelassen, der alles in ihm erschüttern würde.

«Du bist mein bester Freund», sagte Ursula.

Sie zog ihren Mantel an und die Handschuhe, nahm den plüschenen Pinocchio. «Henrike wird jauchzen.» Ursel ging zur Tür. «Ich biete dir mein Eisblumenzimmer an für die Tage, in denen du in Köln sein wirst.»

Pips nickte. Er stand neben dem Klavier wie festgewachsen. Hatte sie vergessen, dass sie damals auch gesagt hatte, sie seien nicht als Liebende vorgesehen?

«Ich liebe dich, Ursel», sagte er. Da war unten schon die Haustür ins Schloss gefallen.

— 22. APRIL —

Köln

Gellert ließ die Stäbchen liegen und griff zur Gabel. Führte das Stück *Ente nach Kanton-Art* endlich erfolgreich zum Mund. «Tchang ist der beste Chinese in Köln», sagte er, nachdem er fertig gekaut hatte.

Pips hatte es gar nicht erst mit den Stäbchen versucht, er war ein Anfänger im Umgang mit der chinesischen Küche. Huhn mit Bambus und Mandeln mit einem vertrauten Besteck gegessen, da konnte er kaum etwas falsch machen.

«Das sähe sicher elegant aus, wenn Sie Stäbchen benutzen würden. Sie haben schöne Hände, doch das ist ja nicht ungewöhnlich bei einem Pianisten.»

Pips versuchte, seine Verlegenheit wegzulächeln. «Ich würde verhungern, müsste ich mit Stäbchen essen. Sie sind der Erste, Herr Gellert, der mich engagiert hat, ohne den fehlenden Finger zu erwähnen.»

«Das ist mir erst aufgefallen, nachdem ich Sie spielen gehört hatte. Danach war es bedeutungslos. Sind Sie kurz vor Schluss noch Soldat geworden?»

«Nein. Den Finger hat mir die Gestapo abgeschnitten.»

Die Porzellanschale mit dem Reis schwebte einen Augenblick in Gellerts Hand, bevor er sie wieder auf den Tisch stellte. «Sie müssen damals noch ein halbes Kind gewesen sein. Wo ist Ihnen die Gestapo begegnet?»

«Im EL-DE-Haus am Appellhofplatz.»

«Sie waren hier in Köln?»

«Es ist Ihnen gelungen, mich in meine Heimatstadt zu locken. Ich hatte vor, nie mehr zurückzukehren, als ich Köln 1949 verließ.»

«Haben Sie noch Familie hier?»

«Ich wohne für die Zeit der Aufnahmen bei den Eltern einer Freundin. Zur Electrola kann ich zu Fuß gehen.»

«Ihre künftigen Schwiegereltern?»

«Leider nicht», sagte Pips.

«Entschuldigen Sie. Erst bin ich tagelang abwesend und nicht bei Ihren ersten Aufnahmen für die Edition dabei und nun neugierig bis zur Unhöflichkeit. Dass der Tonmeister begeistert ist vom Einspielen der ersten Titel, haben Sie gehört?»

«Das hat er mir gesagt.»

«Am liebsten wäre mir, den ersten Teil mit den Cole-Porter-Songs *In the still of the night* zu nennen. Aber allen ist ja immer bange vor englischen Titeln. Dabei hatten wir das Eingedeutsche lange genug. Ich will telefonieren, nicht fernsprechen. Unsere Zeitungen sollen bitte von Redakteuren gestaltet werden und nicht von Schriftleitern. Das Schriftleitergesetz der Nazis war das Ende der liberalen Presse. Von da an wurde alles gleichgeschaltet. Wie alt waren Sie am 1. Januar 1934?»

«Gerade sechs geworden», sagte Pips.

«Kennen Sie die Texte von Süskind, Storz und Sternberger, die nach dem Krieg in der Zeitschrift ‹Die Wandlung› erschienen sind? Die sollten den Deutschen bei der geistigen Erneuerung helfen. Hat aber nichts genutzt. Ach, ich rede mich in Rage. Mögen Sie Litschis?»

«Ich habe keine Ahnung, was das ist», sagte Pips.

«Kleine weiße Früchte, die in Sirup eingelegt sind.»

«Ich möchte keine Litschis, aber ich weiß nun, dass Sie kaum erschüttert darüber sein können, weil Ihr neuer Klavierspieler von der Gestapo gefoltert wurde.»

«Haben Sie mich für einen Nazi gehalten?»

«Nein, Herr Gellert. Doch nach meiner Rückkehr nach Deutschland war ich erstaunt, wie zurückhaltend die Verfolgten der Nazis sind, sich als solche zu erkennen zu geben. Sie trauen dem Frieden nicht.»

«Die Täter sind unter uns? Um den Filmtitel von Wolfgang Staudte abzuwandeln?»

«Ja», sagte Pips. Er balancierte zwei letzte Mandeln auf der Gabel.

Gellert nickte. «Und wenn Sie Köln so betrachten?»

«Dann fühle ich mich fremder als in den ersten Nachkriegsjahren.»

«Alles wurde zubetoniert. Auch das Gewissen.»

«*In der Stille der Nacht* als Titel. Warum nicht?», sagte Pips.

«Und über Irving Berlins *Blue skies* schreiben wir *Blaue Himmel*? Dann doch lieber *Musik für Nachtschwärmer*. Das werde ich denen vorschlagen. Herr Sander, können Sie damit leben, bis dann nur noch Ihr Name groß auf den Plattenhüllen steht?»

«Das will ich gar nicht. Ich bin dankbar, meine Musik spielen zu dürfen.»

«Erzählen Sie das keinem von der kaufmännischen Abteilung der Electrola. Die ziehen Ihnen glatt was vom Honorar ab.»

Sie hörten beide die Glocken schlagen. Viermal. «Der dicke Pitter», sagte Gellert. «Die erste Glocke im Domgeläut.»

«Schaffe ich es in einer halben Stunde in die Piusstraße?», fragte Pips.

«Wollen Sie zum Melatenfriedhof?»

Pips schüttelte den Kopf. «Eine Freundin besuchen.»

«Sie haben überall Freundinnen.»

«Nein», sagte Pips. «Das wäre der falsche Eindruck.»

Gellert zeichnete die Rechnung ab, die der Ober gebracht hatte. «Mein Auto steht hier im Sandkaul. Ich fahre Sie bis an die Ecke Piusstraße. Muss ohnehin noch ins Büro.»

Pips stieg in Gellerts Peugeot und wünschte, er könnte zum Pauliplatz fahren. Alles, nur nicht gleich Ruth gegenüberstehen.

Bartnikat stand am obersten Klingelknopf. Darunter ein schmaler Zettel unter einem transparenten Klebestreifen: Nieborg.

Pips sah zum Haus hoch, ein Nachkriegsbau. Köln war voll von diesen hässlichen gelben Klinkern. Er drückte auf den Knopf, das Summen des Türöffners kam sofort, schon stand er im Treppenhaus. Er hätte gern einen längeren Anlauf gehabt, eine kleine Trödelei auf den Stufen, um sich zu wappnen vor der Wiederbegegnung. Sie wohnte also zur Untermiete. Hoffentlich wartete ihre Vermieterin nicht strengen Blickes ob des Herrenbesuchs oben in der Tür.

Doch es war Ruth, die ihn begrüßte. In eine helle moderne Wohnung einließ. Eine veränderte Ruth mit rotem Lippenstift, das dunkle Haar kurz geschnitten.

An der Garderobe ein Trench und ein Jackett, zu groß und zu männlich, um ihr zu gehören. Das Zimmer, in das Ruth ihn führte, war mit Teakmöbeln eingerichtet und einer Couch, die vor dem großen Fenster stand. Wer dort saß, sah auf den Friedhof.

«Ein interessanter Blick», sagte Pips.

«Kennst du jemanden, der dort begraben liegt?»

«Nein», sagte Pips.

«Ich gehe dort gern spazieren und lerne meine Rollen. Die Emily Webb aus Wilders *Unsere kleine Stadt*. Da ist ein Friedhof inspirierend.»

«Spielst du das im Schauspielhaus?»

«Ich bin an der Studiobühne engagiert, Pips. Setz dich doch. Willst du einen Martini? Den kann ich dir in Weiß oder Rot anbieten.»

«Dann einen weißen», sagte Pips. Er blickte sich um, als er allein im Zimmer war. Ein volles Bücherregal. Ein Plattenspieler. Auf einem kleinen Tisch neben der Couch lagen ein Päckchen Tabak und eine Pfeife.

Ruth kam mit einem Tablett, auf dem Gläser und ein kleiner Eimer mit Eiswürfeln standen. Wie weit waren sie entfernt von der Zeit, als sie in der Kunsthalle gesessen waren und Ruth ihre Hand auf sein Bein gelegt hatte.

«Ich nehme an, dass du nicht unter die Pfeifenraucher gegangen bist.»

«Die gehört Mathias. Er findet, es hebe die Intellektualität, Pfeife zu rauchen.»

«Du lebst mit ihm zusammen?»

«Ja», sagte Ruth. «Ich hoffe, das verletzt dich nicht.»

War es nicht erst im Juli gewesen, dass er sich als Vater zur Verfügung gestellt hatte für ein Kind, das nicht seines gewesen war und das Ruth nicht gewollt hatte?

«Ich sehe, es verletzt dich.»

«Ruth, ich wusste, dass es vorbei ist mit uns. Und nicht nur vorläufig, wie du es gnädig genannt hast.»

«Bei dir brechen doch auch neue Zeiten an.»

«Ja», sagte Pips. Er trank von seinem Martini.

«Und es gibt Frauen, die es nicht stört, keinen Sex zu haben.»

Pips stellte das halb leere Glas zurück auf das Tablett. «Verzeih mir, dass ich schon gehe», sagte er. «Ich wünsche dir von Herzen Glück, Ruth.»

«Vielleicht willst du mich mal auf der Bühne sehen. Du bist ja nun öfter in Köln. Ich könnte dir eine Karte hinterlegen lassen. Sag mir, wann du das nächste Mal für ein paar Tage hier bist.»

Pips nickte. Unten auf der Straße sah er noch einmal hoch, ob Ruth am Fenster stand und sich vielleicht darüber wunderte, ihn zum Eingang des Friedhofs gehen zu sehen. Er lief an der Friedhofsmauer entlang und trat bald auf die große Allee mit den alten Gräbern, bog links ab, um einen entlegeneren Teil von Melaten aufzusuchen.

Das Grab, vor dem er stand, würde in zwei Jahren abgelaufen sein. Er hatte es sich verwahrloster vorgestellt. Heinrich und Gerda würden ihm sicher ein paar Gartenwerkzeuge leihen, wenn er das nächste Mal herkäme. Er war ja nun öfter in Köln.

Als er den Friedhof verließ, nahm er den Ausgang zur Aachener Straße. Dachte an all das, was vorbei war. Ruth hatte nicht am Fenster gestanden.

San Remo

Ihnen gelang gut, dem anderen nicht im Treppenhaus zu begegnen oder auf der Via Matteotti, doch nun geschah es zum zweiten Mal, dass sie im Hof aufeinandertrafen, auf dem Weg zu den Remisen, in denen in der Kindheit der Brüder noch Kutschen gestanden hatten.

«Du willst deinen schrottigen Fiat bewegen?», fragte Bixio.

Bruno schwieg. Er war kein Mann, der sich über sein Auto definierte.

Bixios neuer Alfa Giulia war im Februar gekommen, er ließ jeden wissen, dass ihm der Spider lieber gewesen wäre. Doch was sollte er mit einem Zweisitzer. Er hatte Frau und Kind, die chauffiert werden wollten, und leider keine jugendliche Geliebte.

«*A proposito*», sagte Bixio. «Lidia hätte hier gerne Jasmin stehen statt Thymian und Rosmarin. Das war doch Mammas Tick, die großen Töpfe mit den Kräutern.»

Bereitete Lidia keine Brathühner mit Rosmarin zu? Oder *brasato* mit Thymian? Waren nicht überhaupt Jules und er die Herren des Hauses? «Was ist mit eurem Bungalow? Da kann sie so viel Jasmin pflanzen, wie sie will.»

«Am liebsten würdest du mich völlig entfernen aus meinem Elternhaus», sagte Bixio.

«Nein», sagte Bruno. «Du kannst hier ein Leben lang wohnen.»

«Aber als armer Büßer. Das habt der Holländer und du euch fein ausgedacht.»

«Du hast es dir selbst eingebrockt, *fratellino*. Ohne Jules wäre hier alles verloren gegangen.» Nicht, dass ihm noch die Tränen kamen, er war rührselig in letzter Zeit. Vielleicht lag es daran, dass ein Enkelkind erwartet wurde.

«Cesares Ansprüche müssen auch noch geklärt werden», sagte Bixio. «Du weißt, wie sehr er Mamma am Herzen lag. Sie hätte gewollt, dass er erbt. Und nun bekommt dein Sohn ein Kind. Eine neue Situation.»

«Dann lies noch mal durch, was du bei der Notarin unterschrieben hast.»

Bruno öffnete das Tor zu seiner Remise und kam sich vor wie ein Schuft.

Bixio war längst vom Hof gefahren, da saß er noch immer im Fiat. Anfang April hatte er seinen neunundfünfzigsten Geburtstag gefeiert. Er war zu alt, um Streit mit seinem Brüderchen zu haben.

Er schreckte zusammen, als es an der Scheibe klopfte.

«Papa, was ist los? Geht es dir nicht gut? Wo willst du hin?» Gianni fiel zum ersten Mal auf, dass das Haar seines Vaters langsam grau wurde.

«Bist du auf dem Weg in die Bar, Gianni? Warte, ich komme mit. Die Werkzeuge kann ich morgen noch abholen. Ich brauche deine Gesellschaft.»

«Hattest du Streit mit Bixio?», fragte Gianni, als sein Vater die Remise abschloss.

«Ich bin dieser Entbrüderung nicht gewachsen», sagte Bruno. Schon wieder hatte er das Gefühl, Tränen zurückhalten zu müssen. «Vielleicht hilft mir ein Ramazzotti.»

Die Bar war noch leer. Kein Anselmo. Kein Ricky. Und vor allem kein Pips. Gianni schenkte in eines der kurzen Gläser Ramazzotti ein, nahm sich selbst ein Glas Wein.

«Bixio tut so, als hätten Jules und ich ihn böse ausgetrickst. Und jetzt will er auch noch das Erbe für Cesare regeln. Mein Bruder ist großzügig ausgezahlt worden von Jules, was unser Elternhaus angeht. Und niemand wird Cesare daran hindern, in den Blumengroßhandel einzutreten und dort seine Meriten zu erwerben.»

«Er ist gerade erst zehn geworden», sagte Gianni. Wenn sein Cousin sich weiter so entwickelte, sah er ihn eher in Lucios Fußstapfen.

«Das geschieht nur unter dem Einfluss von Lidia. Donata war schon schwer zu ertragen, aber Lidia ist noch schlimmer. Bixio hat einen unglückseligen Hang zu diesen Hexen. Er ist eigentlich ein feiner Kerl.»

Bruno war dabei, die charakterlichen Qualitäten seines Bruders stark zu schönen. Das war ihm genauso klar wie Gianni. Aber bedeutete *la famiglia* nicht alles?

«Verdient er eigentlich Geld mit diesen Häusern, die er für Lucio verkauft?»

«Ich denke schon. Der Alfa in der Remise ist nagelneu», sagte Bruno.

«Hoffentlich macht er keine weiteren Schulden bei Lucio.»

«Ist der denn im Lande?»

«Er ist an der ganzen Küste unterwegs. Die Taschen voller Geld. Ich traf einen aus dem *liceo*, der meinte, Lucio sei inzwischen der beste Kunde seiner Drogen.»

«Das macht ihn nur noch gefährlicher.» Bruno hielt Gianni das Glas hin, damit der es noch einmal mit Ramazzotti füllte. «Der arme Bixio. Was habe ich für ein Glück mit deiner Mutter. Sie ist die beste aller Ehefrauen.»

«Ich bin auch zufrieden mit meinen Eltern», sagte Gianni. Er nickte Anselmo zu, der gerade die Bar betreten hatte.

«Und jetzt kommt noch ein Enkelkind.» Bruno sah Ricky auf der Piazza und leerte sein Glas. «Du musst arbeiten, *figlio*. Ich verabschiede mich.»

«Pass auf dich auf», sagte Gianni. Er sah seinem Vater nach. Was für ein sentimentaler Hund war er denn, dass er daran dachte, Bruno zu folgen und ihm seine Liebe zu erklären.

Doch er tat es nicht.

Hamburg

Henrike tanzte auf den schwarz-weißen Fliesen des Küchenbodens, endlich hatte die große Küche in der Rothenbaumchaussee ihre Erfüllung gefunden. Henrike tanzte mit nackten Füßen, und Papa hatte schon die Schlüppchen aus dem Kinderzimmer geholt, dass sie sich nicht erkälte. Doch Henrike tanzte einen Elfentanz. Hatte man Elfen je mit Schlüppchen aus rotem Filz an den Füßen gesehen?

Das Kind hörte die Tür früher als Papa und warf sich in die Arme von Mama.

«Du bist spät dran heute», sagte Joachim. Ihm gelang nicht ganz, den Vorwurf aus der Stimme zu nehmen. «Rike und ich haben schon gegessen. Bütterchen.» Er war bereit, sich auf die Diminutive seiner rheinischen Frau einzulassen.

«Ich hatte Elisabeth versprochen vorbeizukommen. Sie wollte mir Kinderfotos von sich und meiner Mutter geben, die sie in einem Karton gefunden hat. Vor allem, weil sie die Ähnlichkeit zwischen Gerda und Henrike so verblüffend findet.»

«Das ist nicht ganz auszuschließen bei Großmutter und Enkelin. Ist Pips zurück?»

«Er bleibt bis Ende der Woche in Köln.»

«Und klappt es mit den Aufnahmen?»

«Ich hoffe doch.»

«Du hast nichts von ihm gehört?»

«Nein.» Ursula legte die Fotos auf den Tisch, als teile sie Karten aus. Die Kleine kletterte auf Joachims Schoß und beugte sich mit ihm über die Bilder. «Henrike», sagte sie und zeigte auf eines der beiden blonden Mädchen, die Hand in Hand am Strand entlanggingen. Der Sonne und dem Fotografen entgegen.

«Das ist deine Oma, als sie zehn Jahre alt war», sagte Ursula. «Sie sieht da wirklich aus wie du, Henrike.»

«Zeit für Lalelu, *Töchting*», sagte Joachim.

Henrike rutschte von seinem Schoß und schaute nach Fluchtwegen. Doch dann schien sie eine jähe Bereitschaft zu überkommen, ins Bett zu gehen. Sie streckte die Arme aus. «Ihr sollt beide singen», sagte sie und ließ sich ins Badezimmer tragen, um das grässliche Zähneputzen hinter sich zu bringen. Nicht einmal Zahnpasta mit Himbeergeschmack konnte ihr das versüßen.

«Und nun?», fragte Joachim, nachdem sie dreimal Lalelu gesungen hatten und Henrike eingeschlafen war.

«Du öffnest eine Flasche Wein, und ich zünde Kerzen an.»

«Es tut mir leid, dass ich nicht Klavier spielen kann.»

Ursula drehte sich ihm zu. «Ist es hell genug, um meine Verblüffung zu sehen?»

«Doch.» Joachim lächelte. «Ich fange an, eifersüchtig auf Pips zu werden.»

Ursula schwieg. «Das musst du mir erklären», sagte sie schließlich.

«Seit ich dich kenne, weiß ich, dass er dein bester Freund ist. Und ich habe ihn von dem Augenblick an gemocht, als ich ihn damals in San Remo kennenlernte.»

«Und was hat sich verändert?»

Joachim zog eine der Schubladen auf und suchte nach dem Korkenzieher. Fand ihn unter den Kochlöffeln. «Ich weiß es nicht, Ursel. Wahrscheinlich wäre ich gerne ein ganz anderer. Doch ich komme nicht aus meinem Korsett.»

«Du wärest gern ein ganz anderer?»

«Morgen Abend gehe ich ein Bier mit meinem Sohn trinken, der gerade ein gutes Abitur ablegt. Dem habe ich vor Monaten gesagt, mich würde es freuen, wenn er in meine

Fußstapfen träte und Philosophie studierte. Morgen werde ich die Anmaßung zurücknehmen, dass Jan mir meine verlorenen Träume erfüllen soll.»

«Was wärest du gern geworden, wenn nicht Studienrat am Johanneum?»

«Vielleicht einer, dessen Essays in der *Zeit* erscheinen. Oder ein Theaterkritiker, von dem Gustaf Gründgens hinter dem Vorhang raunt, der habe sich gerade in die erste Reihe gesetzt und sei hoffentlich hingerissen von der Inszenierung.»

«Du wünschst dir Ruhm?»

«Ich weiß nicht, ob es das ist.» Joachim reichte ihr ein Glas Wein. Setzte sich neben Ursula auf das karierte Sofa mit den Edelstahlbeinen. «Dass ich Studienrat geworden bin, war eine Wahl der Vernunft. Mein Leben war vollends aus der Verankerung gerissen, als ich Nina in Vintons Armen fand. Ich traute mir nichts anderes mehr zu als die Suche nach Sicherheit. Was konnte ich da anstreben, wenn nicht das höhere Lehramt.»

«Mich zu heiraten war auch eine Wahl der Vernunft?»

«Du meinst, weil ich mir vorgenommen hatte, nicht länger das Opfer zu sein, das dem Glück seiner abhandengekommenen Frau zuschaut?»

«Und dann saß ich in der Blumenstraße und aß Kuchen.»

«Ich wollte keine Frau mehr in meinem Leben und war überzeugt, dass auch keine mich wollte. Als ich dich in der Küche sah, dachte ich, Elisabeth habe dich und mich in eine Falle gelockt.»

«Das hat sie ja auch», sagte Ursula. «Warum hast du mich dann zur Straßenbahn begleitet? Weil sich das so gehört?»

«Weil du offensichtlich nicht daran interessiert warst, mich näher kennenzulernen.»

«*Ich komme Ihnen steif vor*, hast du gesagt.»

«Das ist vielleicht noch immer meine Sorge», sagte Joachim. «Hast *du* mich aus Gründen der Vernunft geheiratet?»

«Ich neige nicht zur Vernunft.»

Joachim nickte. «Was ist an dem Morgen passiert, nachdem Pips aus San Remo zurückgekommen war? Du hast in aller Frühe das warme Bett verlassen, in dem Mann und Tochter lagen, und bist in die Blumenstraße gegangen.»

Ursula hielt ihm das Glas hin. «Das weißt du doch», sagte sie. «Er hatte am Vorabend angerufen und geheimnisvolle Andeutungen zu seiner Zukunft gemacht.»

Joachim schenkte ihr noch Wein ein.

«Darüber denkst du seit Wochen nach?»

«Nicht dauernd», sagte Joachim.

«Was wirst du Jan morgen zu *seiner* Zukunft sagen?»

«Er soll sich erst einmal umschauen. Irgendwas zwischen Aktion Sühnezeichen und den Beatniks auf dem Trafalgar Square.»

«Sind die nicht eher in New York zu finden?»

«Das ließe sich schwieriger finanzieren. Ich bringe ihm morgen einen Gedichtband von Allen Ginsberg mit. Eine zweisprachige Ausgabe.»

«*Lesen Sie vor allem Klassiker?*, habe ich dich damals gefragt.»

«Ich erinnere mich. Als ich Henrike heute in der Küche tanzen sah, bewunderte ich ihre selbstbewusste Leichtigkeit. Die hat mir immer gefehlt. Aber vermutlich muss man viel öfter mit nackten Füßen tanzen, auch wenn die Fliesen kalt sind.»

— 1. SEPTEMBER —

San Remo

Vielleicht hätte sie doch dem alten Dottor Muran vertrauen sollen und nicht dem Gynäkologen am Corso Cavalotti, der den heißen Sonntag auf seinem Motorboot verbrachte, von dessen Extravaganz er während der Untersuchungen gern erzählte.

Corinne hatte auf die leichten Blutungen, die am Vormittag einsetzten, erst noch gelassen reagiert. Doch nun lag sie auf dem Bett, betrachtete die kleinen Sprenkel Sonnenlicht, die durch die Spalten der hölzernen Fensterläden fielen, und fing an, sich Sorgen zu machen.

Gianni saß neben Corinne und streichelte ihre Hand. «Bruno ist zu Dottor Muran gegangen. Wahrscheinlich sitzt der im Garten und hört das Telefon nicht.»

Margarethe kam ins Zimmer, stellte das Tablett auf die Kommode und füllte zwei Gläser aus dem Krug mit der selbst gemachten *spremuta di limone*. «Ich kann mir kaum vorstellen, dass dein Gynäkologe richtig gerechnet hat», sagte sie. «Das dauert keine weiteren drei Wochen, bis euer Kind geboren wird. Ich erinnere mich, dass die Hebamme in Köln von einer Zeichnungsblutung sprach, die ein sicheres Anzeichen für die bevorstehende Geburt ist.»

Corinne stöhnte auf. War das schon eine Wehe?

«Der Dottore und ich stehen vor der Tür», hörten sie Brunos Stimme.

«Kommt rein», sagte Gianni.

Wie alt war Muran inzwischen? Sicher weit in seinen Siebzigern. Ob er genügend über die moderne Gynäkologie wusste?

«Er hat viel mehr Kinder auf die Welt gebracht als der Herr am Corso Cavalotti», sagte Margarethe. Las sie die Gedanken ihres Sohnes?

Muran öffnete seine Tasche, desinfizierte die Hände mit Alkohol und nahm das Stethoskop heraus, untersuchte Corinne. Bestätigte den starken Herzschlag des Kindes. «*Si calmi*», sagte er. Doch Corinne war nicht mehr beunruhigt, seit Muran da war.

«*Quando è la data del parto?*»

Am 22. September sollte der Geburtstermin sein.

«*Il 22 settembre?*» Muran schüttelte den Kopf.

«Glaubt mir, der Gynäkologe hat sich verrechnet», sagte Margarethe.

«*Forse oggi, forse questa notte.*»

«Vielleicht heute noch?», fragte Bruno. «Und was tun wir jetzt? Machen wir Wasser heiß? Davon hat meine Mutter immer gesprochen, als es um meine Geburt ging. Bixio ist schon im *San Pietro* geboren worden.»

«Wir brauchen viel mehr als heißes Wasser.» Margarethe sah den alten Arzt an. «*Cosa dobbiamo fare, Dottor Muran?*»

«Corinne ins San Pietro bringen. Das sollten wir tun», sagte Jules, dessen Klopfen an der Tür des Schlafzimmers gar nicht gehört worden war.

«*Sì*», sagte Muran.

«Was willst *du*, Corinne?», fragte Gianni.

«Ich vertraue Dottor Muran», sagte sie. «Aber ich bin nicht sicher, wie nervenstark die anderen sind. Auch von mir weiß ich es nicht. *Posso andarci a piedi, Dottore?*»

«Das kommt gar nicht infrage, dass du zu Fuß ins San Pietro gehst», sagten Gianni, Bruno, Jules im Chor.

Se ha il coraggio, Signora Canna.

Corinne nickte. «Den Spaziergang traue ich mir zu. In eure Zweisitzer quetsche ich mich nicht, dafür ist mein Bauch zu groß. Und Brunos Fiat ist in der Garage besser aufgehoben.»

«Nicht, dass du meinen Enkel auf der Via Matteotti zur Welt bringst», sagte Bruno.

«No», sagte Muran. So viel hatte er verstanden.

«Dein Köfferchen hast du gepackt?», fragte Margarethe.

«Steht bereit. Seit dem positiven Schwangerschaftstest.» Corinne lächelte.

«Gianni und ich begleiten dich ins San Pietro», sagte Margarethe.

«Ich schlage vor, dass wir ein Glas trinken gehen und alles andere Gianni und den Frauen überlassen», sagte Bruno. Die Hitze dieses Sonntags traf ihn unerwartet. Im Haus war es angenehm kühl gewesen. Er ließ sich auf der Steinbank im Hof nieder, um sich zu akklimatisieren.

«Willst du ihnen nicht ins Ospedale folgen?», fragte Jules. Er war unentschlossen. Was konnte er als werdender Großonkel tun als nur auf dem Flur herumsitzen. *Vater vor Kreißsaal* hatte es in seinem Leben nicht gegeben.

«Wir könnten nach San Romolo hochfahren», sagte Bruno. «Der große Ansturm ist vorbei, du und ich könnten ein geschmortes *coniglio* unter schattigen Bäumen essen. Für dessen Zubereitung wird viel Thymian gebraucht.»

«Wie kommst du auf Thymian?»

Bruno zeigte auf die großen Tontöpfe. «Weil Lidia die Kräuter abschaffen will. Stattdessen Jasmin.»

Jules schüttelte den Kopf.

«Du willst kein geschmortes Kaninchen essen?»

«Nicht an einem heißen Tag wie heute.»

«Geeiste Melone werden sie kaum haben. In den Locandas wird deftig gegessen.»

Jules griff in die Tasche seiner Leinenhose und fand den Autoschlüssel. «Mein Auto steht an der Piazza Colombo», sagte er. «Darüber sollten wir auch mal reden, dass ich mir einen Parkplatz suchen muss, während Bixio seine Giulia noch immer in die Remise stellt. Ein paar Konsequenzen sollte der Besitzerwechsel schon haben.»

«Fällt es dir schwer, die Strada Marsaglia hochzufahren? Vorbei an deinem Haus?»

«Auch da hat ein Besitzerwechsel stattgefunden», sagte Jules. «Lass uns losfahren. Sonst kriegst du kein Kaninchen mehr.»

Er zog die Brauen hoch, als sie die Piazza Colombo erreichten und er die Vespa sah, die hinter seinem Lancia Coupé geparkt worden war. Genauso eine wie die des Kanadiers. Hatte er sie mitgenommen? Kurvten Katie und er nun damit durch die Olivenhaine und Zypressenwälder auf Korfu?

Der Junge, dem *diese* Vespa gehörte, hatte mit seinen Freunden vor einer der Bars herumgestanden und seinen achtlos abgestellten Motorroller im Auge behalten.

Er sprang herbei und schob ihn vors nächste Auto. Jules öffnete die Türen, kurbelte die Scheiben herunter. Kein Luftzug. Was zwang ihn, in diese heiße Blechkiste zu steigen? Aber Bruno hatte recht, in San Romolo war es kühler, und ihnen tat es gut, sich abzulenken.

Hatten sie im Kreißsaal eine Klimaanlage? Wahrscheinlich nicht. Wie mochte es Corinne jetzt gehen? Wäre sie bald schon wieder zu Hause, weil Dottor Muran die Zeichen falsch gedeutet hatte und das Kind doch erst um den 22. September herum auf die Welt kommen wollte? Wann musste er seinen Bruder in Kerkrade verständigen? Erst, wenn dessen Enkel geboren war?

Sie ließen die Mietkasernen der Vorstadt hinter sich. Den steinernen Hund, der auf der Säule saß, ein eiserner Torflügel hielt sich an der verbliebenen Säule fest, dahinter keine Villa mehr, nur leeres Land. Dann ein paar Häuser, deren Rollläden geschlossen waren. War es hier oben nicht immer einsam gewesen? Zu einsam für Katie?

«Du bist schweigsam», sagte Bruno. «Bereust du, das Haus verkauft zu haben?»

«Nein. Ich habe gerade festgestellt, wie einsam es hier ist.»

Jules fuhr langsamer, als sie sich dem Haus näherten, sein Blick ging zuerst zum Stolperpfad der *casa rustica*, der zugewachsen war von den wuchernden Ranken der Brombeeren und der wilden Klematis. Keiner schien sich darum zu kümmern, auch der Mailänder Tuchhändler nicht. Die Olivenbäume wirkten vernachlässigt, von neu gepflanzten Weinstöcken keine Spur.

«Da sind zwei *ragazze* auf deiner Terrasse», sagte Bruno.

Junge Frauen im Bikini, die sich nun über die Balustrade der Terrasse lehnten, aufmerksam geworden durch die Langsamkeit des Autos. Vielleicht die Töchter der Mailänder. Jules gab Gas und nahm die Kurve ein wenig zu schnell.

Bruno sah zu ihm hinüber. War es eine gute Idee gewesen, hier hochzufahren? «Und wenn das Kind schon da ist, und wir trödeln in der Landschaft herum? Was hat Muran gesagt?»

«Vielleicht heute noch, vielleicht erst in der nächsten

Nacht. Lass uns oben ein paar Feigen mit Prosciutto essen, anschließend fahren wir ins Ospedale», sagte Jules.

«Glaubst du, sie haben Corinne gleich in den Kreißsaal gebracht? Dann wird Gianni nun unruhig über die Flure tigern.»

«Bist du bei Giannis Geburt über die Flure getigert?»

«Ich saß zusammen mit Heinrich auf einer harten Bank im Kölner Hildegardis-Krankenhaus. Die Schwestern wussten gar nicht, wer denn nun der werdende Vater war, und sprachen mal den einen und mal den anderen an.»

«Und warum saß dein Schwager da?»

«Um seine Erfahrung einzubringen. Eine Woche vorher war sein Sohn Uli geboren worden. Vielleicht auch, um in der Nähe seiner kleinen Schwester zu sein. Er hängt sehr an Margarethe. Ich hoffe, dass alles gut geht da unten im Ospedale.»

«Wollen wir umkehren?», fragte Jules.

«Eigentlich ist mir doch nicht so nach einem Kaninchen.»

«Dann wende ich bei der nächsten Gelegenheit.»

«Margarethe hat fünf große *scaloppine* im Kühlschrank. Ich denke, das genügt, um uns satt zu kriegen.»

«Das denke ich auch.»

«Und eines bringen wir Corinne vorbei, sie soll sich stärken fürs Stillen.»

Jules nickte. Sie schienen beide überzeugt, dass es sich nur noch um Stunden handeln konnte, bis Giannis und Corinnes Kind geboren war.

Hamburg

«Lass mal», sagte Fiete. «Ich war schon in der Hein-Hoyer, da hat die noch Wilhelminenstraße geheißen. Hab nur kurz nach dem Krieg den Ausflug an den Köhlbrand gemacht. Aber danach hat meine Wirtin mir gleich mein altes Zimmer gegeben, war zufällig wieder frei geworden. Hab ihr immer die Kohlen nach oben getragen, tue ich heute noch. Inzwischen geh ich für sie auch zum Grünhöker oder zum Schlachter. Den Kolonialwarenladen an der Ecke gibt es ja nicht mehr.»

Pips nickte. Er konnte sich keinen Reim machen auf Fietes Antwort. Eigentlich hatte er ihn nur ins Hotel Berlin einladen wollen, vielleicht nicht erwähnen sollen, dass es ein Tanztee war. «Willst du noch ein Astra?»

Fiete nickte. «Du hast es wirklich schön hier. Feine Gegend. Auch in dem Hotel ist es sicher nett, ich höre dich am liebsten Klavier spielen, wenn Grete nicht dazu singt.»

«Das meinte ich», sagte Pips. Er nahm einen Schluck von seiner Sinalco. «Wann warst du das letzte Mal bei Grete?»

«Ist schon eine Weile her», sagte Fiete. «Aber für Grete wäre ein Tanztee was. Wo sie sich so gerne aufdonnert.»

«Du hast eine völlig falsche Vorstellung von Tanztees, Fiete.» Ihm schwante, warum Fiete die bescheidenen Wohnverhältnisse so ausführlich erwähnt hatte, er fühlte sich der Eleganz eines Tanztees im Hotel Berlin nicht gewachsen.

«Vielleicht beim nächsten Mal. Dann kauf ich mir vorher bei Policke einen Anzug.»

«Bügel dein Hemd und deine Hose, dann bist du perfekt.»

«Das sachst du so», sagte Fiete. «Aber du hast dich ordentlich rausgemacht. Hast wohl in Klamotten investiert, wo du jetzt bei der Electrola bist.»

«Einen Anzug könnte ich noch gebrauchen. Vielleicht gehen wir mal zusammen zu Policke. Ich nehme an, das ist ein Herrenausstatter.»

«In St. Georg. Beste Qualität für kleines Geld. Hab den einzigen Anzug meines Lebens da gekauft. Wollte ich drin heiraten. Is aber nichts draus geworden. Du könntest jetzt auch auf Freiersfüßen gehen, wo du eine Familie ernähren kannst.»

Pips stand vom Tisch auf und blickte aus dem Fenster. Im Garten saßen Kurt und Elisabeth und aßen Pflaumenkuchen. Die letzten Wespen des Sommers umkreisten sie träge. Kurt hatte ihn am Fenster entdeckt und gab ihm ein Zeichen, es zu öffnen.

«Ist dein Freund Fiete noch da?», rief Kurt. «Kommt in den Garten.»

Pips drehte sich um. «Hörst du?», sagte er. «Eine Einladung in den Garten.»

«Wollen die mich wirklich dabeihaben?»

Kurt, dachte Pips. Der wollte Fiete dabeihaben. Freute sich über jeden Menschen, der Leben brachte in das stille Haus. «Und ob», sagte er.

«Kann dir ja nicht alles abschlagen», sagte Fiete. Er stand auf und klopfte an seiner Hose herum, als habe er den Zementstaub einer Baustelle abzuklopfen.

— 2. SEPTEMBER —

San Remo

Warum waren sie alle davon ausgegangen, dass ein Junge geboren werden würde? Weil es bei den Cannas seit Ewigkeiten keine Tochter mehr gegeben hatte?

Flora hatte die letzte Stunde des Sonntags genutzt, um auf die Welt zu kommen. Ihr Geburtsgewicht von sechs Pfund und vierhundert Gramm sprach dafür, dass der Arzt vom Corso Cavalotti schlecht gerechnet hatte.

Gianni kehrte kurz nach ein Uhr am Morgen in die Via Matteotti zurück und fand seine Eltern und Jules noch wach am Küchentisch im vierten Stock. Gianni lag in ihren Armen. «Den Champagner trinken wir heute Abend in der Bar», sagte Jules. «Auf Flora. Mit diesem Namen habt ihr eurer Tochter den Blumenhandel ja schon in die Wiege gelegt.»

«Willst du noch dein *scaloppina* essen?», fragte Margarethe.

Gianni winkte ab. Er war nicht hungrig. Nur glücklich und erschöpft. Das Menschenkind zu sehen und zu wissen, dass es ein Leben lang zu ihm gehören würde, hatte eine Wucht der Gefühle ausgelöst, die er sich so nicht hatte vorstellen können.

«Die Dottoressa Minoja wird ihr Notariat im nächsten Monat in jüngere Hände geben», sagte Jules. «Vorher möchte ich mit dir dort noch was unterschreiben.»

War das ein guter Zeitpunkt, Geschäftliches zu besprechen?

«Zur Geburt deiner Tochter schenke ich dir meinen Anteil an Giannis Bar», sagte Jules. «Dann hat Flora später die Wahl.»

«Und du?», fragte Gianni. «Was wirst du tun?»

«Dir weiterhin als Hilfskraft dienen», sagte Jules. «Unsere Stätte der Begegnung. Möge sie uns noch lange glücklich machen.»

— 20. NOVEMBER —

Hamburg

Ursula nahm die kolorierte Postkarte, die auf Joachims Nachttisch lag, und trug sie in die Küche. Eine schwere Feldhaubitze in Feuerstellung, Soldaten standen in weiter Landschaft und luden nach. Ein Motiv aus der Serie 1 der Wehrmachtspostkarten, gedruckt mit der Genehmigung des Oberkommandos.

«Willst du damit das Feuer deiner Albträume schüren?»

Joachim saß am Küchentisch, einen Stapel Hefte neben sich, die er an diesem Buß- und Bettag korrigierte. Er warf einen Blick auf die Karte. «Ich habe sie gestern im Unterricht einem Schüler abgenommen. Er bekommt sie morgen zurück, wenn ich mit ihm gesprochen habe. Gestern war keine Zeit dazu. Gut, dass du sie gefunden hast und nicht Henrike. Ich hätte sie nicht herumliegen lassen sollen.»

«Ein seltsames Souvenir.»

«Ja», sagte Joachim. «Keine letzten Grüße aus dem Feld. Eine unbeschriebene Karte. Vielleicht hat der Vater des Jungen sie aus Russland mitgebracht.»

«Was willst du ihm sagen?»

«Dass es kein Sammelbild von Köllns Haferflocken ist, das man weitergibt. Ich hatte früher ein Album mit ähnlich martialischen Motiven. *Aus dem Manöverleben.* Es stammte noch aus der Kindheit meines Vaters.»

«Kannst du dich an ihn erinnern?»

«Kaum. Er starb 1923 an einer Blutvergiftung. Spätfolge einer Kriegsverletzung, deren Wunde sich immer wieder entzündete. Da war ich drei.»

«So alt wie Henrike.»

«Ich hoffe, sie hat uns noch eine Weile. Wo ist sie überhaupt? Findest du es nicht verdächtig still?»

«Eben saß sie drüben auf dem Teppich und war mit ihrem Malbuch beschäftigt.»

Joachim stand auf, um nachzusehen. «Rikelein, was machst du denn da?»

«Das Buch schön», hörte Ursula ihre Tochter sagen.

Joachim hatte Henrike auf dem Arm, als er zurück ins Zimmer kam. Die hielt ihr freudestrahlend einen Gedichtband von Heinrich Heine entgegen. Bunt bemalt.

«Den will ich morgen in die Deutschstunde der Obersekunda mitnehmen», sagte Joachim. «Die werden staunen.»

«Warum kommt ihr ausgerechnet heute am Feiertag auf die Idee, das ZDF gucken zu wollen?», fragte Jan. «Das gibt es doch schon seit April.» Er hielt das Empfangsgerät für die Ultrahochfrequenz in der Hand und sah sich vergeblich nach der zweiten Antenne um. Die von Brinkmann hätten seinen Großvater besser beraten sollen.

Elisabeth nahm die *Hör Zu* vom Tisch. «Da soll eine Gedenksendung kommen», sagte sie. «*Bedenke, dass du sterblich bist.*»

Kurts und Jans Blicke trafen sich. «Ich dachte, du wolltest das *Kriminalmuseum* sehen», sagte Kurt. «Darum machen wir hier den ganzen Zirkus.»

«Das kommt immer am Donnerstag und auch erst wieder im Januar.»

«Gedenksendung für die Toten von Lengede?», fragte

Jan. «Oder für Gründgens?» Über dessen Tod in Manila hatte Vinton einen viel gerühmten Nachruf geschrieben. «Wie auch immer. Ich kann euch erst helfen, wenn ihr eine zweite Antenne habt.»

Elisabeth sah ihren Mann vorwurfsvoll an.

«Vielleicht wäre es einfacher gewesen, ihr hättet einen neuen Fernseher gekauft.»

«Das Gerät ist doch erst gute fünf Jahre alt», sagte seine Großmutter. «1951 hat Opa schon einen neuen Kühlschrank kaufen wollen, dabei surrt unser alter Bosch in der unteren Küche noch immer vor sich hin.»

«Ist Pips eigentlich gar nicht zu Hause?», fragte Jan. Er hatte das dringende Bedürfnis, ein anderes Thema anzufangen.

«Er kommt erst am Freitag zurück aus Köln», sagte Kurt.

«Hab mich schon gewundert, dass es so still ist im Haus.»

«Das wäre mir sehr lieb, wenn du unten einziehst», sagte Elisabeth. «Kurt braucht das Studierzimmer doch gar nicht, und ich hab jetzt so viel Eingemachtes im Keller stehen. Da hättest du ein großes und ein kleines Zimmer für dich, und die Küche.»

Jan sah sich Hilfe suchend nach Kurt um.

«Wenn Jan zu Hause auszieht, dann sicher nicht zu seinen Großeltern», sagte Kurt.

«Ich hole dich am Freitag ab, und wir beide fahren zu Brinkmann», sagte Jan. «Ist dir halb eins recht? Ich habe nur bis zwölf Uhr Vorlesungen.»

«Um halb eins vorm Haus», sagte Kurt. «Ich begleite dich noch nach unten.»

«Ich weiß nicht, wie du das aushältst», sagte Jan, bevor er in sein Auto stieg.

Köln

Heinrich trat vor die Haustür und blickte zum Himmel. Tiefes Schiefergrau. «Du solltest dir auch einen Schirm mitnehmen», sagte er. «Sieht ganz nach Regen aus.»

Pips zog die Kapuze des dunkelblauen Wollmantels über den Kopf. «Ich hab ja die», sagte er. Hatte er sich nicht lange schon einen Dufflecoat gewünscht? Nun war er einfach in den Neuen Wall gegangen und hatte den von Ladage und Oelke gekauft. Mit den Holzknöpfen. Den Schnüren von Hamburger Taumachern.

Ein durables Teil, hatte der Verkäufer gesagt. Der Gedanke, dass etwas von Dauer war in seinem Leben, tat Pips gut. Dabei sollte er daran denken, Geld zu sparen. Die Aufnahmen zum Teil III der fünfteiligen Edition *Nachtschwärmer* hatten sie gestern abgeschlossen. Bald würde es vorbei sein.

«Eigentlich gehen wir an Allerheiligen zum Friedhof», sagte Heinrich. «In diesem Jahr haben Gerda und ich es versäumt. Früher war das ein Familienausflug.»

«Ich bin dankbar, dass ich dich begleiten darf.»

«Zeigst du mir das Grab deiner Eltern?»

Pips nickte.

«Wir müssen noch in eine der Gärtnereien, Grablichter kaufen. Ich habe sie vergessen. Aber diesmal an die Streichhölzer gedacht.» Heinrich klopfte auf seine Manteltasche. «Das ist eine Dauerschleife von uns, dass wir die vergessen.»

Er parkte den Borgward nahe dem Haupteingang vor der Gärtnerei Lingen. Pips sah zu dem Klinkerhaus, in dem Ruth mit dem Pfeifenraucher lebte. Vielleicht saßen sie auf der Couch vor dem Fenster und blickten auf den Friedhof.

Sie kauften rote Grablichter und zwei Tannengestecke bei Lingen und gingen über die Allee an den alten Gräbern vorbei.

«Lass uns erst einmal zu eurem Grab», sagte Pips.

Sie standen vor dem großen Granitstein der Aldenhovens. Graue Buchstaben im schwarzen Stein. Eine kleine Messingtafel, die an Gerdas Vater erinnerte, der 1915 in Flandern gefallen war. Das Steinkissen für Jef. Ein Satz von Thornton Wilder darauf eingraviert.

Es gibt ein Land der Lebenden
und ein Land der Toten, und die
Brücke zwischen ihnen ist die Liebe

«Ich denke, dass Ursel ihn noch immer liebt», sagte Pips.

«Mehr als Joachim?»

«Anders.»

«Da ist ein besonderes Band zwischen dir und Ursel», sagte Heinrich.

«Warum glaubst du das?», fragte Pips.

Heinrich lächelte. «Gerda würde sagen, eine Mutter spürt das.»

«Du hast mit ihr darüber gesprochen?»

«Nein. Diesmal ist es des Vaters Gespür.»

Pips nickte. «Maria Kommern ist Gerdas Mutter?»

«Ja», sagte Heinrich. «Nun bricht auch bald die Zeit der goldenen Henne wieder an, die sich jedes Jahr in Gerdas Weihnachtsschmuck schleicht. Kein Engelshaar und keine himmlischen Heerscharen im Tannenbaum, nur die Tiere und Früchte des Waldes. Und mitten unter ihnen die verrückte Henne. Die hat Gerda von ihrer Mutter geerbt, wie auch den übrigen Schmuck. Und die Liebe zu Ritualen. Das geht an St. Martin los. Mutzen werden in heißem Fett gebacken. Die Kinder gehen Laterne. Sammeln Süßigkeiten und singen vom *Hillje Zinte Mätes*.»

«*Dat wor ne jode Mann*», sagte Pips.

«Ich vergesse immer, dass du Kölner bist», sagte Heinrich.

«Deine Schwester liebt sie ebenfalls, die Rituale. Ich erinnere mich an ein großes Eierfärben in der Via Matteotti. Mit *Heitmanns Eierfarben*. An zwei Abenden habe ich mit grünen, roten und blauen Fingerkuppen Klavier gespielt.»

«Gerda schickt ihr die Farben von Heitmann immer schon im Februar. Habt ihr die Eier mit einer Speckschwarte abgerieben? Nur so glänzen sie schön. Margarethe hat es am Anfang ihres italienischen Lebens mit Olivenöl versucht. Das wurde schnell wieder aufgegeben.» Heinrich zündete eines der Grablichter an und tat es in die Laterne aus Bronze. Stellte ein weiteres auf das Steinkissen. «Nun lass uns zu deinen Eltern gehen», sagte er.

Auf dem Wege dorthin erzählte Pips vom Folterkeller am Appellhofplatz. Von den Folgen, die das für ihn gehabt hatte. «Und immer haben wird», sagte Pips.

Heinrich schwieg. Dann blieb er mitten auf dem Weg stehen und umarmte Pips. Das Tannengesteck, das Pips in der Hand hielt, kratzte sie.

«Wäre das nicht so, hätte ich schon im Januar 1956 um Ursel geworben. Viel zu kurz nach Jefs Tod.»

«Verflixtes Leben», sagte Heinrich. Ein zu kleines Wort. Gnadenlos konnte das Leben sein.

— 22. NOVEMBER —

Hamburg

Kurt stand schon vor dem Haus in der Blumenstraße, als Jan mit dem Deux Chevaux vorfuhr. Er blickte zum Fenster im ersten Stock und winkte Elisabeth zu, bevor er einstieg. «Das ist also eine Ente», sagte Kurt. «Hier lassen sich gut hohe Hüte tragen.»

Jan lächelte. «Sie ist ein komfortables Auto. Nur die Heizung schwächelt.»

Sie waren schon am Hauptbahnhof, als Kurt verkündete, dass seine Zehen jetzt schön warm geworden waren. «Du weißt also, was wir bei Brinkmann brauchen?»

«Ja», sagte Jan. «Was macht eigentlich dein Führerschein? Wie lange bist du dabei? Seit Februar?»

«Da habe ich mich angemeldet. Die erste Fahrstunde war im März.»

«Es fällt dir also schwer.»

«Sagen wir, ich ziehe es in die Länge.»

«Du musst ja nicht Auto fahren. Ich halte es ohnehin für eine Illusion, dass du Oma damit aus dem Haus lockst. Sie würde lieber sterben als sich in meine Knatterbüchse setzen, hat sie gesagt.»

«Sie neigt zur Theatralik. Ich hab mir ein Jahr gegeben. Wenn ich den Führerschein im nächsten März noch nicht habe, gebe ich auf.»

«Das sind noch vier Monate, das schaffst du.»

«Wenigstens einer, der an mich glaubt.»

«Tut Vinton das nicht?»

«Doch. Du und Vinton. Nachher würde ich dich gern zu Daniel Wischer einladen. Bei Brinkmann gleich nebenan.»

Jan grinste breit. «Dann nehme ich den Backfischteller mit Kartoffelsalat.»

«Und ich die Scholle Finkenwerder Art.»

«Du und ich sollten viel öfter etwas zusammen unternehmen», sagte Jan. «Wir waren schon immer ein gutes Team. Ich werde nie vergessen, wie du gesagt hast, ich solle wild auf dem Bett herumhopsen, wenn ich Wut im Bauch habe.»

«Vielleicht sollte ich damit auch mal anfangen», sagte Kurt.

«Nicht schon wieder Adenauer», sagte Nina. «Seit dem 15. Oktober übersetze ich kaum was anderes, das Interesse der britischen Zeitungen lässt nicht nach. Immerhin gab es nun endlich ein gutes Wort für den Nachfolger. Sechs Wochen nach dem Abgang des Alten. Zeit genug hat er sich gelassen.»

«Dieses Altherrengespann Adenauer und de Gaulle hat vielen das Herz gewärmt, Harold Macmillan und Ludwig Erhard werden das kaum schaffen. Leg den Text weg, er hat bis Montagnachmittag Zeit.»

«Dann widme ich mich jetzt Gustaf Gründgens. Glaubst du, er hat sich das Leben genommen, oder war die Überdosierung der Schlaftabletten ein Versehen?»

«Was stand in Vintons Nachruf? Gründgens habe sich vom Schauspielhaus mit den Worten verabschiedet, er wolle vor Toresschluss noch rasch lernen, wie man lebt. Das klingt kaum danach, als habe er beabsichtigt zu sterben.»

Nina blickte auf den Text, der vor ihr lag. «Auf einem

Luftpost-Kuvert hat er seine letzten Worte notiert: Er habe wohl zu viele Schlafmittel genommen. Ihm sei ein bisschen komisch. *Lass mich ausschlafen.*»

«An wen waren die gerichtet?»

«An seinen Lebensgefährten, mit dem er auf Weltreise war», sagte Nina. «In Manila hat man sie wohl kaum in einem Doppelbett schlafen lassen.»

«Und Gott war auch nicht in Gründgens' Hotelzimmer, um ihn vor der Überdosis zu bewahren. Den hielt die Rettung der Bergleute in Lengede beschäftigt, wenn wir der *Bild*-Zeitung vertrauen können.»

«Welch eine blasphemische Äußerung, June Clarke.»

«Der *Daily Mirror* hat angefragt, ob wir ihnen die gesammelten Titel übersetzen können, die die *Bild* in Sachen Lengede verbrochen hat. *Gott hat mitgebohrt.*»

«Das haben die gar nicht geschrieben», sagte Nina.

«Schade eigentlich, dass sie Peter Boenisch von dieser Überschrift abgehalten haben. *Gott lebt doch* ist dagegen schwach. Ich werde dem *Mirror* absagen. Lass uns heute früher Schluss machen. Hier wird nicht mehr viel passieren.»

«Hast du noch was vor?»

June blickte in den verregneten Tag vor den Fenstern. «Highballs trinken», sagte sie. «Vielleicht einen *Dark and Stormy*, aber da müsste ich noch Rum besorgen. Dann doch lieber einen *Horse's Neck*. Bourbon und Ginger Ale habe ich im Haus. Und nach der Tagesschau schlafe ich auf dem Sofa ein.»

«Oder du kommst zum Abendessen in die Hansastraße.»

«Bereitet Vinton seine formidablen Toasts Hawaii zu?»

«Ich dachte eher an meine formidablen Spaghetti mit Hackfleischsauce.»

«Wann soll ich kommen?», fragte June. «Ich bringe Ingwerstäbchen und kandierte Orangenscheiben von Paulsen in der Poststraße mit.»

«Du willst noch in die Stadt?»

«Einen weichen Pulli kaufen. Kaschmir ist der Trost der verlassenen Ehefrau.»

Casanova wider Willen. Ein Lustspiel von Arnold und Bach. Das wollte Elisabeth an diesem Freitagabend sehen. Jetzt, wo es ihrem Enkel Jan gelungen war, ihnen das ZDF in den Fernseher zu holen. Sie hatte eine Schale mit Goldfischli auf den Tisch gestellt, eine andere mit den Salzbrezeln von Bahlsen. Kurt stellte zwei Weingläser dazu, die Flasche Piesporter Michelsberg.

«Ich sehe den Georg Thomalla so gern», sagte Elisabeth.

Kurt nickte. Er hatte auch nichts gegen Georg Thomalla, dennoch wäre ihm der *Bericht aus Bonn* im ersten Programm lieber gewesen.

Es kam weder zum einen noch zum anderen.

Die Tagesschau meldete die Schüsse auf den amerikanischen Präsidenten um 13:27 Ortszeit als Erste. Doch es war das ZDF, in dem Erich Helmensdorfer fünfundzwanzig Minuten später den Tod von John Fitzgerald Kennedy bestätigte.

Dallas, Texas. Ein heiterer Himmel. Eine offene Limousine. Zweihundertfünfzigtausend Menschen säumten die Straßen, winkten dem Präsidenten und seiner Frau Jacqueline zu. Dann die Schüsse. Zwei Kugeln, die Kennedy in den Kopf trafen. Der Chauffeur der Limousine, der das Gaspedal durchdrückte und in das nahe Parkland Memorial Hospital raste. Aber es gab keine Rettung mehr für den 35. Präsidenten der Vereinigten Staaten von Amerika.

Kurt schaltete ins erste Programm, als erwarte er da gnädigere Nachrichten. Ein hilfloser Thilo Koch. Elisabeth fing zu weinen an. Das Telefon klingelte.

«Mir ist, als ob mir ein Bruder gestorben wäre» sprach Kurt in den Hörer hinein.

1964

— 2. FEBRUAR —

San Remo

Nach der Messe hatte Monsignore Scarlatti Brunos Hand lange geschüttelt und der seligen Agnese Canna gedacht, an die Spenden erinnert, die sie der *Madonna della Costa* großzügig hatte zukommen lassen. Bruno hatte den Wink verstanden und den größten Schein aus seiner Brieftasche geholt, den er besaß.

Ein Gefühl von Einsamkeit auf dem Weg zum Friedhof, vor dem Mausoleum aus weißem Marmor kam ein leichtes Frieren hinzu. Er brachte seiner Mutter zum sechsundachtzigsten Geburtstag einen Strauß Mimosen, eigentlich eine zu empfindsame Blume für Agnese, sie hatte die stolze Rose vorgezogen. Mariä Lichtmess, das Lichterfest, das in diesem Jahr auf einen Sonntag fiel. Er vermisste die Feierlichkeiten im ersten Stock der Via Matteotti. Die Reden. Die geschmorte Rinderhaxe. Den Barolo.

«Erspare mir den Monsignore», hatte Margarethe gesagt. «Und das Mausoleum.»

Gianni hatte ihn begleiten wollen, sich dann jedoch am Morgen entschuldigt. Eine schlaflose Nacht, Flora hatte Koliken gehabt.

Warum hatten sie nicht mehr Kinder, die ihm bei derartigen Anlässen zur Seite stehen könnten? Doch nach Giannis Geburt hatte Margarethe zwei Fehlgeburten gehabt und sich danach das Pessar anpassen lassen.

Bruno sprach ein Gebet, eher hastig, steckte die Mimosen fester in die Vase. Er blickte in die Wipfel der immergrünen Bäume, bevor er den Rückweg antrat. Als er dem hohen zweiflügeligen Tor näher kam, kniff Bruno die Augen zusammen.

Margarethes roten Mantel gab es schon lange nicht mehr. Dessen Farbe seine Mutter mit dem Rot eines Feuerwehrautos verglichen hatte. *Un'autopompa*. Doch dieser war nicht weniger leuchtend. Beinah so gelb wie die Mimosen. Am Tor stand Margarethe.

«Dass du da bist.» Bruno umarmte sie, als sei Margarethe im letzten Moment einer großen Gefahr entkommen.

«Mir war nicht wohl dabei, dich hier allein zu wissen. Und am Ende erwarten dich nicht einmal geschmortes Fleisch und eine Flasche Barolo. Lass uns ins Rendez-Vous gehen, die machen einen guten *brasato*.»

«Es ist wunderbar, mit dir verheiratet zu sein», sagte Bruno. Sie näherten sich dem Fiat. «Wie bist du hergekommen?»

«Gianni hat mich gefahren, du müsstest noch die Staubwolke sehen.»

«Geht es Flora besser? Ist sie mit fünf Monaten nicht zu alt für diese Koliken?»

«Vielleicht sind es auch nur ganz normale Blähungen.»

«Sie sollte mal was anderes bekommen als Milch.»

Margarethe lachte. «Das dauert noch ein bisschen, bis der Nonno sie mit Schmorbraten füttern kann.»

Gianni litt an Schlafmangel. Die vergangene Nacht war die letzte des *Festival della Canzone* gewesen und damit die längste in der Bar, in der das Schlagervolk kein Ende des Feierns fand und wie jedes Jahr darüber diskutierte, ob das falsche Lied den Sieg davongetragen habe. Giannis Meinung nach war Gigliola Cinquettis *Non ho l'età* der schönste Titel seit Jahren, er war erleichtert, von Jules kurz nach Mitternacht in der Bar abgelöst zu werden und sich nicht länger das Geschimpfe von Domenico Modugno anhören zu müssen, der nur Dritter geworden war.

Kaum hatte er ins Bett gefunden, fing Flora zu schreien an und hielt das bis sechs Uhr morgens durch.

Ihm hatte es leidgetan, Bruno nicht zum Fest der *Candelora* in die *Madonna della Costa* zu begleiten. Am Geburtstag seiner Großmutter. Sein Vater schien der Einzige zu sein, der tief um Agnese trauerte. Umso froher war Gianni gewesen, als seine Mutter ihn bat, sie am alten Friedhof abzusetzen, um Bruno dort in Empfang zu nehmen.

Ob Corinne und er nach vierunddreißig Jahren auch noch eine glückliche Ehe führten? Taten sie das jetzt? Darüber wollte er lieber nicht im Zustand der totalen Übermüdung nachdenken.

Vielleicht würde es schon helfen, einen dritten Mann für die Bar zu haben, mit dem Jules und er sich abwechseln konnten. Doch wer sollte der Mensch seines Vertrauens sein?

Er sehnte sich danach, Pips am Flügel vorzufinden, wenn er am Nachmittag Giannis Bar betrat.

Pips hatte ihm Teil I und II seiner Edition geschickt, die legte Gianni nachmittags auf den Plattenspieler von Thorens, den er für die Bar gekauft hatte. Ricky zeigte in letzter Zeit kaum Ausdauer am Klavier, spielte nicht aus Leidenschaft, wie Pips es getan hatte.

Er dachte an Uli, seinen Kölner Cousin. Sie hatten kaum Kontakt gehabt in letzter Zeit, Neuigkeiten wurden nur über Margarethe ausgetauscht. Ulis Töchter waren aus dem

Gröbsten raus, Claudia hatte im November ihren dreizehnten Geburtstag gefeiert, Maria würde in diesem Jahr zehn werden.

Claudia, die Bixios Tochter war. Sie hatte man vergessen, als nach Floras Geburt darüber gesprochen wurde, dass bei den Cannas viele Jahre lang nur Söhne geboren worden seien. Aber sie war längst Ulis Tochter. Er hatte die von Bixio geschwängerte Carla nach deren Abschied von San Remo, der einer Flucht gleichgekommen war, mit weiten Armen empfangen, Claudia wie das eigene Kind angenommen, Carla geheiratet. Zweiundzwanzig Jahre alt war Uli da gewesen. Dachte Bixio je daran, dass er nicht nur Cesares Vater war, sondern in Köln seine viel wohlgeratenere Tochter lebte?

Gianni schloss die Wohnung im dritten Stock der Via Matteotti auf und erwartete, Corinne am Küchentisch sitzen zu sehen, das Töchterchen stillend. Stattdessen lag ein Zettel auf dem Tisch, dass sie unten an der Promenade entlangspazierten, da konnte Flora beim sanften Geschaukel des Kinderwagens den verpassten Schlaf nachholen.

Er hätte sich ins Bett legen können, den eigenen Schlaf nachholen, doch er nahm seinen Schlüssel zur Bar und machte sich auf den Weg zur Piazza Bresca. Die zuverlässige Putzfrau würde das Chaos der letzten Nacht bereits beseitigt haben.

Das zweite Album aus Pips' Edition. Gianni setzte den Tonarm in die Rille. Irving Berlins *Always*. Hatte er einmal von immerwährender Liebe geträumt?

Er ging zur Gaggia und bereitete einen doppelten Espresso zu, nahm auf einem der Barhocker Platz. Pips begann mit den ersten Klängen von *Blue skies*, ein anderer großer Song von Irving Berlin, dessen erste Frau Dorothy sich auf der

Hochzeitsreise mit Typhus angesteckt hatte und nicht lange nach der Hochzeit gestorben war.

Geschichten, die Pips an ihren Nachmittagen in der Bar erzählt hatte, nur über seine eigene Tragödie hatte er lange geschwiegen.

Den dritten Teil der Edition hatte Pips im November abgeschlossen. Die Lieder von Jerome Kern. Mit der Arbeit am vorletzten Teil würde in den nächsten Tagen in Köln begonnen werden.

Konnte er sich eine kleine Auszeit nehmen? Pips in Köln besuchen? Seit Anfang des Jahres leitete Corinne wieder den Blumenhandel, wenn sie nun auch öfter schon am Nachmittag nach Hause kam und der neuen Assistentin einiges überließ. In der übrigen Zeit des Tages war Flora in seiner und in Margarethes Obhut. Seine Mutter hatte sicher nichts dagegen, für eine Woche auch Giannis Part zu übernehmen, damit er die Kölner Familie wiedersehen konnte. Und der große Ansturm in der Bar lag jetzt nach dem Festival erst einmal hinter ihnen, das konnte Jules allein schaffen.

How deep is the ocean war der letzte Titel der ersten Seite. Gianni schaltete den Plattenspieler aus und schloss die Bar.

Hamburg

Nina kramte in dem Nähkästchen, das von ihr keine Liebe erfuhr. Knöpfe annähen, einen Saum befestigen, gut, aber beim Strümpfestopfen scheiterte sie schon. Ninas Kleider waren nach dem Krieg von Frau Tetjen genäht worden, die damals mit ihrem Mann unterm Dach des Hauses in der Blumenstraße gewohnt hatte.

Da war ja die Wollspitze, mit der sie das Kleid der Prinzessin ausbessern wollte. Toms Kasperlefiguren sahen immer mehr aus, als hätten sie eine Schlacht hinter sich, Tom sollte lieber mit den Legosteinen, die er zu Weihnachten bekommen hatte, eine Burg bauen und Jans alte Ritter aus Elastolin kämpfen lassen.

Sie steckte Nadel und Faden in die gepolsterte Seitenlehne des samtroten Sofas, als das Telefon klingelte, und stand auf, um in den Flur zu gehen.

«Ist dein Vater bei euch, Nina?»

«Nein. Ich bin allein zu Hause und flicke Toms Kasperlefiguren. Vinton ist mit den Jungs und Flocke an die Elbe gefahren.»

«Kurt ist seit zwei Stunden weg.»

«Es ist hellichter Sonntag, Mama. Vielleicht macht er einen Spaziergang.»

«Er wird mit diesem zwielichtigen Menschen unterwegs sein, den Pips uns ins Haus geschleppt hat. Der aus der Kneipe auf St. Pauli.»

«Papa wird sich schon nicht von einer Bordsteinschwalbe mitschnacken lassen.»

«Wie redest du denn, Kind?»

Nina seufzte. «Ist Pips an diesem Wochenende nicht da?»

«Nein. Er ist in Köln. Dieser Fiete ist kein Umgang für deinen Vater.»

«Mama, stell dich nicht an. Er wird sicher bald kommen.»

«Deine Gleichgültigkeit gefällt mir gar nicht, Nina.» Elisabeth legte auf.

Nina kehrte zur Prinzessin zurück und hätte sie gern ein

bisschen an den Zöpfen gezerrt, so zornig war sie. Woran ihre Mutter vor allem litt, war ein schrecklicher Dünkel. Schade, dass Dr. Braunschweig dagegen keine Therapie anbot.

Kurt saß auf einer Bank an den Landungsbrücken und aß ein Matjesbrötchen mit extra viel Zwiebeln. «Nimm mal 'nen Köm», sagte Fiete, der sich mit zwei kurzen Gläsern näherte. «Is bekömmlicher bei den vielen Zwiebeln.»
«Da drüben hast du gearbeitet?»
«Im Trockendock. Das haben die Nazis erst 1942 fertig gebaut. Blohm und Voss haben da mitgemischt, doch Eigentümer war das Deutsche Reich. Ist aber nicht wirklich genutzt worden, die Betonmauern und die Hohlräume dienten nachher vor allem als Luftschutzbunker. Da hätte der Ikarus mal drinsitzen sollen und nicht im Keller von der Rosi. Die Tommys wollten das Dock dann im Januar 1950 sprengen, aber da liefen die Hamburger Sturm gegen. Tausende von Leuten standen hier an den Landungsbrücken, in der Hafenstraße, auf dem Stintfang. Haben die Tommys dann auch nicht gemacht, das Sprengen.»
«Ich erinnere mich», sagte Kurt.
«Warst du denn überhaupt mal woanders als im feinen Winterhude?»
Kurt grinste. «Durchaus.»
«Würde mich freuen, wenn du mit zum Ohlsdorfer Friedhof gehst. Zu den Kriegsgräbern. Hast du da auch Familie liegen?»
«Meine Eltern und die Schwester meines Vaters, die mir das Haus im feinen Winterhude vermacht hat. Den Unterhalt dafür habe ich mir nie wirklich leisten können. Die Familie meiner Frau liegt auf dem Ottenser Friedhof.»

«Dann seid ihr ja doch rumgekommen», sagte Fiete. «Wann willst du denn mal mit zu Grete? An drei Abenden spielt da jetzt einer auf dem Akkordeon. Nich zu vergleichen mit Pips, und die Lieder von der Zarah Leander passen auch schlecht dazu.»

«So einen Abend muss ich einfädeln», sagte Kurt.

Fiete nickte. «Is nich so einfach mit deiner Frau.» Er klang verständnisvoll.

Das Telefon läutete ins Leere im Haus am Pauliplatz, Elisabeth zählte jedes einzelne Klingeln mit. Nicht einmal auf Gerda konnte sie sich noch verlassen. Wo waren sie alle, und wo um Himmels willen trieb sich Kurt herum?

Als wäre die Welt kein gefährlicher Ort. Der unerbittliche Kampf der Polizei mit den Verbrechern, das hatte sie gerade wieder im *Kriminalmuseum* gesehen. *Der stumme Kronzeuge*. Nach einer wahren Geschichte. Zum Schluss hatte der Teddy des entführten Jungen die Täter verraten, weil seine Fasern an deren Kleidern waren.

Elisabeth zuckte zusammen, als sie die Haustür ins Schloss fallen hörte. Sie ging zum Treppenhaus vor. «Kurt?», fragte sie.

Schritte auf der Treppe. «Lilleken. Was ist los? Deine Stimme klingt ganz verzagt.»

«Kurt, bist du es?»

«Wer soll es denn sonst sein?»

«Ich hatte solch eine Angst.»

Kurt seufzte. Nicht auch noch im eigenen Haus.

«Wo warst du denn so lange?»

«An den Landungsbrücken. Da lebt man in der großen Stadt Hamburg und sieht von ihr kaum was. Rührt nur immer im eigenen Mustopf.» Er sollte endlich Mut fassen und sich zur Führerscheinprüfung anmelden. Dann führen sie im Auto herum, und Elisabeth bekäme auch mal wieder etwas von ihrer Heimatstadt zu sehen.

«Ich hab schon Nina angerufen, aber die war mir keine Hilfe.»

Ach herrje. Wen hatte sie noch alarmiert? Kurt zog den Mantel aus.

«Du warst mit diesem Fiete unterwegs?»

«Du kennst ihn doch. Hast schon Pflaumenkuchen mit ihm gegessen.»

«In unserem Garten. Ich will den Mann nicht hier im Haus haben.»

Nun war Kurt erschüttert. «Er ist ein Freund von Pips», sagte er. «Eine Seele von Mensch. Wir wollen demnächst mal nach den Gräbern auf dem Ohlsdorfer Friedhof sehen. Da liegt ein Freund von ihm, der bei einem Bombenangriff gestorben ist.»

«Da liegen viele, die bei Bombenangriffen gestorben sind», sagte Elisabeth. «Du könntest auch mal nach den Gräbern meiner Eltern in der Bernadottestraße sehen.»

«Mach ich, Lilleken. Wenn ich den Führerschein habe und wir uns ein Auto kaufen, dann fahren wir zusammen nach Ottensen.»

«Ach, das schaffst du doch nie, Kurt. Für manches ist man einfach zu alt.»

«Für eine neue Freundschaft jedenfalls nicht. Und die zu Fiete lass ich mir auch nicht ausreden, Elisabeth.»

Ein erstaunter Blick, der Ton war ihr neu. «Da fängt es schon an, dass er dich gegen mich aufhetzt.»

«Akkordeon magst du doch. Den Will Glahé und die Polka von der Rosamunde.»

«Wie kommst du jetzt darauf?»

«In der Kneipe, in der Pips Klavier gespielt hat, gibt es an drei Abenden einen Akkordeonisten.»

Elisabeth wurde blass. «Da willst du mich hinbringen?»

«Du warst doch damals auch mit mir im Operettenhaus, als Richard Tauber *Gern hab ich die Frauen geküsst* gesungen hat.»

«Das war was ganz anderes.»

«Vergnügen war das, und das gedenke ich noch immer zu haben. Auch mit dir.»

«Ich kenne dich gar nicht wieder.»

«Gut so», sagte Kurt.

Köln

Billa stand an der Garderobe und zupfte an den Fingern ihrer langen schwarzen Lederhandschuhe. «Ich will ja nichts sagen», sagte sie.

«Nun zieh schon diese Würgehandschuhe aus», sagte Gerda, die gerade die Treppe herunterkam. «Ich komme mir vor wie in einer Verfilmung von Edgar Wallace. *Die toten Augen von London. Das Gasthaus an der Themse.*»

«Tragen die da so was? Ich kann mich nur an ein indisches Halstuch erinnern.» Billa zog die Handschuhe aus und ihren Kamelhaarmantel. «Was hältst du von einem starken schwarzen Kaffee?», fragte sie. «Einem *Corretto*, wie deine Schwägerin Margarethe sagt.»

«Du willst also einen mit Schnaps drin.»

«Am liebsten Kognak.»

«Kommst du von Georg?»

«Nein. Ich war in der Stadt auf der Hohe Straße. Schaufenster gucken.» Billa setzte sich an den Küchentisch. «Wo ist der Pips?»

«Im Studio am Maarweg. Ich hab ihn eben ein Stück dorthin begleitet.»

«Am *hillejen* Sonntag?»

«Sie fangen morgen mit weiteren Aufnahmen an. Was willst du nicht sagen? Hast du Pips in einer pikanten Situation erwischt?»

«Den Pips doch nicht. Der Jung ist viel zu brav.»

Gerda drückte Billa die Büchse mit den Kaffeebohnen in die Hand. Stellte die elektrische Mühle auf den Tisch und wandte sich dem Wasserkessel zu.

«Und der Heinrich? Wo ist der?»

«Bei den Kindern in Klettenberg. Mau-Mau spielen und Mensch ärgere dich nicht. Das hatte er ihnen schon lange versprochen. Hol schon mal den Kognak aus dem Wohnzimmer. Vielleicht wirst du dann gesprächiger. Wer ist deiner Meinung nach nicht brav?»

Billa stellte die Büchse ab, doch sie blieb sitzen. «Ich hab deinen Sohn gesehen. Vor einer der Vitrinen vom Juwelier Hölscher. Sah so aus, als ob er Verlobungsringe aussuchen wollte mit der Frau.»

Gerda ging ins Wohnzimmer, um die Sache mit dem Kognak in die Hand zu nehmen, kehrte mit zwei Schwenkern und der Flasche Martell in die Küche zurück und schenkte ein. «Was für eine Frau?»

«Anfang dreißig. Nicht so ein Mädchen, wie er sie auch mal hatte.»

«Du hast ihn schon öfter gesehen?»

«Einmal im Weinhaus Walfisch. Da hat er mir sogar zugezwinkert. Als ob das alles ganz harmlos wäre. Ich denke, die Carla ist dem Uli zu tüchtig. Und dann obendrein noch die Lucy. Da hat dein Sohn nicht viel zu lachen mit den zweien.»

«Immerhin ist er der Geschäftsführer von Lucys und Carlas Salon.»

«Die Lucy lässt ihn doch am langen Arm verhungern. Der Uli muss sich alles abzeichnen lassen von ihr. Und der kreative Kopf ist Carla.»

Gerda sah Billa nachdenklich an. Dass sie an ihrer Schwester Lucy kein gutes Haar ließ, war nichts Neues. «Warum erzählst du mir das alles?»

«Eine Mutter muss das doch wissen, wenn ihr Sohn fremdgeht.»

«Carla und er sind erwachsene Menschen. Sie sollten miteinander klären, welchen Weg sie da gehen. Solange sie die Kinder gut behüten.»

«Du meinst, die Carla weiß davon?»

Warum glaubte sie, dass Carla es wusste? Weil ihre Schwiegertochter seit dem Verrat von Bixio Männern gegenüber eine gewisse Skepsis bewahrt hatte? Carla selbstständig war und über die Sicherheit eines eigenen Kontos verfügte?

Billa drehte sich zum Wasserkessel um, der zu pfeifen begonnen hatte. «Das dauert mir zu lang mit dem Kaffee. Ich will mich noch umziehen. Dass dich nichts erschüttern kann. Auch nicht Ulis Fisimatenten.»

«Du warst diejenige, die Kaffee wollte», sagte Gerda. Sie nahm den Kessel von der Herdplatte.

«Georg und ich gehen nachher noch im Haus Schwan Reibekuchen essen. Das ist das Einzige, was ich ihm abringen konnte. In die Sitzung mit der Trude Herr will er nicht, dabei tritt die da als kölsche Kleopatra auf.»

«Morgen in einer Woche ist ja schon Rosenmontag», sagte Gerda. Ihr schien es gerade erst aufgefallen zu sein.

«Dass du das mal mitkriegst. Früher hast du doch auch gern Fastelovend gefeiert. Du bist schon viel zu lange mit dem heiligen Heinrich verheiratet.»

«Noch nicht lange genug», sagte Gerda. «Ich hoffe auf weitere Jahre.»

Nein. Es stimmte nicht, dass sie nichts erschüttern konnte.

— 6. FEBRUAR —

Köln

Schneeflocken, die auf Giannis Wildlederjacke fielen und auf den Schultern liegen blieben, als er mit Uli das schlichte Gebäude des Flughafens von Köln-Wahn verließ. Gianni fror. Bei seinem Aufbruch von San Remo nach Nizza am Morgen hatte lauer Frühling in der Luft gelegen.

«Keine Ahnung, was da oben mit Petrus los ist», sagte Uli. «Eigentlich kennen wir ihn als verlässlichen Karnevalisten, der lieber die Kinder am Weißen Sonntag frieren lässt als die Narren auf dem Alter Markt.»

«Ist heute Weiberfastnacht?»

«Das kannst du laut sagen. Der WDR haut uns schon seit Stunden die Klassiker um die Ohren. Jupp Schmitzens *Wer soll das bezahlen*. Der Fritz Weber mit *Ich bin ene kölsche Jung*. Das bist du übrigens auch, lieber *cugino*.»

«Ich war drei Jahre alt, als wir Köln 1934 verlassen haben. Viel Erinnerung habe ich nicht an närrisches Treiben.»

«Du kannst deine Kenntnisse auffrischen und gleich mit mir zum Schunkeln ins Örgelchen fahren. Das ist in der Drususgasse. Nur ein paar Schritte von der Galerie. Da treffen sich die Leute vom WDR und die ganzen Musiker, und zwar nicht nur an Karneval. Pips kennt das Lokal sicher.»

Uli grinste, als er Giannis Gesicht sah. «Heinrich wird dich erst einmal in Empfang nehmen und einen Espresso servieren. Damit der Übergang nicht so brutal wird für dich. Und danach fahrt ihr an den Pauliplatz, meine Mutter hat einen Sauerbraten vorbereitet. Ich muss erst noch zu einem Stoffhändler, um zwei Ballen Crêpe de Chine abzuholen. Weiß der Kuckuck, warum Carla den heute noch braucht. Lucy hat schon angekündigt, dass der Salon am Nachmittag geschlossen bleibt.»

«Verstehst du dich gut mit Lucy?»

Uli sah ihn von der Seite an. «Ist dir was zu Ohren gekommen von meinem Knatsch mit der liebreizenden Lucy?»

«Nein. Wer sollte das erzählt haben?»

«Meine Mutter deiner Mutter.»

«Ich weiß von nichts.»

«Lucy hat mir die Prokura entzogen.»

«Warum das?» Hatte Gianni wirklich geglaubt, die Welt sei heil bei den Kölnern?

«Ich habe meine Sache gut gemacht. Seit sie mir im Februar 1951 vorschlug, ich solle der Geschäftsführer ihres Salons werden.»

«Was ist schiefgelaufen?»

«Lucy und Billa machen Front gegen mich.»

«Ein Schulterschluss der Schwestern? Die beiden waren sich doch noch nie einig.»

«Frauen gegen Männer. Böse Männer, die Frauen betrügen.»

«Bist du so einer?»

«Nein», sagte Uli. «Ich bin eher der frustrierte Typ, der in allen Bereichen kurzgehalten wird. Gestern hat Carla unter meinem Bett den *Playboy* gefunden. Keinen dänischen Porno. Nur ein Männermagazin, das auch über Dizzy Gillespie und andere Jazzmusiker berichtet und ein bisschen nackte

Haut von Mamie van Doren zeigt. Kaum waren die Mädchen in der Schule, hat sie mir eine Szene gemacht, als hätte ich einen Puff in der Kleinen Brinkgasse eröffnet.»

«Und warum gerät Carla wegen des *Playboy* so außer sich?»

«Würde Corinne das nicht tun?»

«Unser Problem ist eher, dass wir zu unterschiedlichen Zeiten ins Bett fallen. Wir liegen selten nebeneinander und sind wach dabei.»

«Aber es gibt sie doch sicher, die Sonntage, an denen die Sonne auf den weißen Laken tanzt und ihr einander begehrt?» Uli brachte den Wagen vor der Galerie in der Drususgasse zum Stehen und sah zu seinem Cousin.

«Du guckst wohl gerne die Filme von Fellini?»

Uli lächelte. «*Achteinhalb* habe ich gesehen.»

«*Otto e mezzo*», sagte Gianni. «Hat Carla ihn auch gesehen?»

«Nein», sagte Uli.

«Du warst allein im Kino?»

«Frag nicht so inquisitorisch.»

Sie zuckten beide zusammen, als die Fäuste von ein paar Jecken auf das kirschrote Dach des Borgward trommelten. Luftschlangen wurden auf die Windschutzscheibe geworfen und schlängelten sich über das Glas.

Dreimol null is null bliev null
denn mer woren en d'r Kayjass en d'r Schull Schull Schull.

«Jetzt auch noch die *Vier Botze*», sagte Uli. «Willkommen. Da winkt Heinrich schon hinter der Glastür, vielleicht kann er dir sicheres Geleit geben. Obwohl mein Vater vor allem Närrischen zurückschreckt. Ich fahre jetzt zur Stoffhandlung. Wir sehen uns beim Sauerbraten.»

«Ich würde gern ausführlicher mit dir sprechen», sagte Gianni.

«Lass uns ein Kölsch trinken gehen, am besten morgen, dann hat der Karneval Pause, bevor es mit den drei tollen Tagen weitergeht. Du wohnst in meinem alten Kinderzimmer. Pips schläft in dem von Ursel.»

«Pips ist hier? Ich dachte, er führe über die Tage nach Hamburg.»

«Sie arbeiten durch», sagte Uli. «Bis auf Pips und den Produzenten sind das alles Imis, und ein leidenschaftlicher Kölner ist der Pips auch nicht gerade.»

Die Tür zur Galerie wurde geöffnet, und Heinrich trat heraus. Gianni stieg aus. Schon wurden sie umringt von einer Gruppe, die um sie herumtanzte.

«Nu stellt euch net esu ann», rief einer. «Is doch Karneval.»

War das nicht wie zu Hause in der Via Matteotti? Wenn auch der große Esstisch bei den Aldenhovens im Wohnzimmer stand statt in der Küche. Eine Familienrunde, die sich länger nicht gesehen hatte, dennoch war alles vertraut. Claudia und Maria waren groß geworden, Carla dünner. In ihren dunklen Haaren feine weiße Fäden, obwohl sie im Mai erst fünfunddreißig Jahre alt werden würde.

Hatte sie ihr Glück in Köln gefunden? Keine Elsa Schiaparelli war aus ihr geworden, aber doch eine hier in der Stadt anerkannte Modeschöpferin.

«Nimm noch einen Kloß», sagte Carla. Gianni hielt ihr den Teller hin. Dachte an die junge Carla Bianchi, die er in den ersten Jahren nach dem Krieg kennengelernt hatte, *amici* waren sie gewesen, derselben Clique zugehörig, niemals Verliebte.

Einen Augenblick lang hielt sie seinen Blick fest, sah ihn ernst an, als wollte sie etwas sagen, doch dann gab Carla ihm nur eine Kelle Sauce auf den Kloß.

Pips fehlte am Tisch, auch Billa, die in einem Trupp von Freundinnen durch die Kneipen zog. Lucy war molliger geworden, ihre Haare blonder. Zu ihr hatte er noch nie einen guten Zugang gehabt, dann schon eher zu der lauten, oft schrägen Billa, die alles Mögliche war, aber nicht verkniffen. Ihr Freund hatte ihm gut gefallen, als Billa und Georg damals in San Remo gewesen waren in den Tagen nach dem Tod der Nonna. Und nun hatte Lucy Ulrich die Prokura entzogen, was mochte der Hintergrund sein? Hatte er seine Bekanntschaften zu großzügig auf Spesen ausgeführt?

«Männer», hörte er Lucy sagen, sah sie eine Handbewegung machen, die Gianni als ablehnend deutete. Hatte er den ersten Teil des Gesprächs verpasst? Was wusste er von den Männern in Lucys Leben? Hatte es sie gegeben? Margarethe hatte einmal einen amerikanischen Soldaten erwähnt, der die Kölner Familie eine Weile lang mit seinen Lucky Strike über Wasser gehalten hatte in der ersten Zeit nach dem Krieg. Das war ein Verehrer von Lucy gewesen.

«Vielleicht interessiert dich ja der Salon», sagte Lucy. «Uli kann ihn dir nachher zeigen, er hat sicher nichts Besseres vor.»

«Jesses», sagte Gerda. «Ich hab ganz vergessen, dass Pips angerufen hat. Wenn du Lust hast, kannst du ins Studio kommen. Sie hätten bis in den Abend hinein mit den Aufnahmen zu tun.»

«Dann fahren wir erst nach Klettenberg zum Salon, und nachher setze ich dich im Maarweg bei der Electrola ab», sagte Uli.

«Georg würde sich freuen, uns zu einem Herrenabend

einzuladen», sagte Heinrich. «Gern auch dich, Uli. Vielleicht am Samstag. Da sind Gerda und Billa in den Sartory-Sälen.»

«Billa hat mich überredet, die zweite Karte zu nehmen», sagte Gerda.

«An Angeboten fehlt es euch allen ja wirklich nicht», sagte Lucy. «Ich bin jedenfalls heilfroh, dass ich den Salon in diesen Tagen geschlossen halte. Die Kundschaft lässt sich sonst nur mit meinem Sekt volllaufen und schmiert mir anschließend Lippenstift auf die Kleider.»

«Seit wann ist Lucy so bitter?», fragte Gianni, als sie in Ulis Auto saßen.

«Ein schleichender Prozess», sagte Uli. «Vor einigen Jahren gab es eine Zeit, da dachten wir, Billa sei es, die verpassten Gelegenheiten nachjammere. Dann nahm das Ganze eine Kehrtwende, als Georg in ihr Leben kam. So irritierend die Konstellation ist, sie funktioniert. Oft genug jedenfalls.»

Er bog von der Aachener Straße in den Gürtel und fuhr Richtung Klettenberg.

«Ich schlage vor, uns nicht lange im Salon aufzuhalten, außer altrosa Schabracken und Kronleuchterchen gibt es da nicht viel zu sehen. Das Ambiente passt Carla schon lange nicht mehr, sie hätte es gerne moderner. Seit Jahren spricht Lucy davon, dass sie gleichberechtigte Partner seien, doch notariell geklärt wurde das nie und wird es wohl auch nicht. Lucy ist im vergangenen November sechzig geworden, sie macht mindestens noch zehn Jahre so weiter. Kennst du die Zeitschrift *Novità*?»

«Sie liegt bei Corinne auf dem Nachttisch.»

«Condé Nast wird sie in *Vogue Italia* umbenennen. Das ist die Mode, die Carla gestalten will. Nicht länger Jäckchenkleider und eingenähte Blusenkragen.»

«Vielleicht sollte Carla einen Salon in San Remo eröffnen. Der Prophet gilt im eigenen Land mehr, wenn er sich eine Weile im Ausland aufgehalten hat.»

«Carla wird nicht nach San Remo gehen. Damit hat sie abgeschlossen. Die Kinder sind hier auch viel zu gut eingebettet in Familie und Freundschaften.»

«Und du?»

«Ich?»

«Dir täte es auch gut, noch andere Erfahrungen zu sammeln.»

«In welcher Hinsicht?»

«Beruflich, Uli.»

«Und was sollte ich tun? Im Blumenhandel arbeiten?»

«In der Bar. Jules und ich könnten einen dritten Mann gebrauchen.»

Uli legte den falschen Gang ein, so erstaunt war er. «Ich glaube, Carla würde mich gern eine Weile aus den Füßen haben», sagte er, nachdem er in den vierten Gang gefunden hatte. «Das ist damals alles zu schnell gegangen mit uns.»

«Denk darüber nach», sagte Gianni. «Und wenn du es dir vorstellen kannst, sprich mit Carla. Es muss ja nicht länger als ein halbes Jahr sein.»

«Und was ist mit meinen hervorragenden italienischen Sprachkenntnissen?»

«Du sprichst doch schon mal italienisch mit Carla.»

«Das mit der eigenen Frau zu tun, bedeutet Netz und doppelten Boden.»

«Bei uns wird auch deutsch gesprochen», sagte Gianni.

Große schwarz-weiße Fotografien von den Künstlern des Hauses an den Wänden der Electrola. Adamo. Gitte Haenning. Chris Howland.

Eine übergroße Version von Conny Froboess' Single *Lady Sunshine und Mr. Moon*. Gianni erinnerte sich an das Lied, das auch am Strand von San Remo aus den Kofferradios zu hören gewesen war. *Denn wenn sie aufsteht, dann geht er schlafen.* War das nicht eine Beschreibung der Beziehung, die Corinne und er führten?

«Ganz am Ende des Flurs» hatte der Pförtner gesagt. «Da nehmen die heute Abend noch den amerikanischen Jazz auf.» *Jatz* sagte er.

Am Ende des Flurs leuchtete eine rote Lampe. *Achtung, Aufnahme.* Das Rot erlosch, als er ankam. Die schwere Tür ging auf, und Heinz Gellert trat auf den Flur. «Pips hat Sie schon angekündigt, Gianni», sagte er. «Wir haben gerade überlegt, die Aufnahmen für heute abzubrechen und in die Stadt ins Örgelchen zu fahren.»

Pips kam heraus, und Gianni und er lagen einander in den Armen, als hätten sie wieder einmal Sorge gehabt, den anderen nicht mehr zu sehen.

— 16. JUNI —

Hamburg

«Hast du Pläne für den Feiertag?», fragte Vinton. Er hielt June die Tüte mit den ersten Kirschen aus dem Alten Land hin, die er an einem Stand des Isemarkts gekauft hatte.

«Oliver kommt», sagte June. «Ich hole ihn morgen vom Flughafen ab.»

Vinton war genügend überrascht, um den Kirschkern zu verschlucken.

«Du musst dich nicht ängstigen. Da wächst kein Baum in deinem Bauch.»

«Hat Tom den Blödsinn etwa von dir? Ich hatte Lotte Königsmann in Verdacht. Die hat ihm vor Kurzem erklärt, sein Bauch platze, wenn er nach zwei Pfannkuchen in die Badewanne ginge. Erzähle, warum Oliver kommt. Ist da eine Versöhnung angesagt?» Er lotste June aus dem dichten Gedränge vor den Marktständen zu einem der Lokale am Rande der Isestraße.

«Ganz im Gegenteil. Er will die Scheidung.»

«Hat er vor zu heiraten?»

«Er braucht Geld, Vinton. Editor-in-Chief ist er seit April nicht mehr. Auch der beste alte Kumpel kapiert irgendwann, dass der von ihm eingesetzte Chefredakteur weder Talent für den Job hat noch zuverlässig ist. Und darum kam Oliver auf den kühnen Gedanken, von mir ausbezahlt zu werden. Er wollte mit *Clarke Translators* nichts mehr zu tun haben, doch jetzt glaubt er, sein Geld stecke in der Firma.»

Vinton gewann die Aufmerksamkeit der Kellnerin und bestellte zwei Alsterwasser.

«Und?», fragte er. «Stimmt das?»

Ein empörter Blick seiner alten Freundin June.

«Wieso glaubt er, durch eine Scheidung an Geld zu kommen? Die kostet doch mehr als nur Nerven», sagte Vinton.

«Er hat damals eine IBM mitgebracht und zwei neue Schreibmaschinen von Olympia gekauft. Das Büro am Klosterstern habe ich angemietet, der Vertrag läuft noch immer auf meinen Namen. Vielleicht will er das Kohlepapier, die Teebeutel und trockenen Kekse gegenrechnen, die er im Laufe der Jahre angeschleppt hat. Oliver war immer schon ein *happy-go-lucky-fellow*.»

«Aber er war niemals berechnend, June. Soll ich mal mit ihm reden? Wie lange wird er in Hamburg sein? Wo schläft er überhaupt?»

«Willst du ihm einen Schlafplatz anbieten?»

«Warum nicht?»

«Er wird auf der Luftmatratze schlafen. In der ehemals gemeinsamen Wohnung.»

«Wäre es eine gute Idee, euch beide zu uns einzuladen?»

«Nein», sagte June. Sie zog die Speisekarte zu sich heran. «Gehst du noch in die Redaktion? Nina ist schon zu Hause.»

«Ich habe frei. Morgen am Feiertag erscheint keine Zeitung.»

«Magst du einen kleinen Kartoffelsalat? Oder hausgemachte Gulaschsuppe?»

Vinton schüttelte den Kopf. «Ich fahre gleich in die Blumenstraße, habe Kurt versprochen, eine Hollywoodschaukel mit ihm aufzubauen.»

«Hollywoodschaukel», sagte June. «Kannst du so was?»

«Kurts Freund Fiete ist auch da. Er wird das Schlimmste verhindern.»

«Ist das nicht der, den Ninas Mutter auf dem Kieker hat?»

«Darum sind Nina und Elisabeth auch bei Peek und Cloppenburg, um was Schickes für den Sommer zu kaufen. Nina wird zwei Dutzend Kleider anprobieren und sich von ihrer Mutter ausgiebig beraten lassen. Und anschließend halten sie sich für mindestens eine Stunde zur Kuchenschlacht bei Vernimb auf. Vielleicht kommt Jan dazu, um das Ganze auszudehnen. Das ist jedenfalls Ninas Plan.»

«Immerhin verlässt deine Schwiegermutter das Haus für derartige Vergnügungen. Hat Kurt denn nun den Führerschein?»

«Hat er. Aber der Kadett kommt erst im Juli. Wir sind alle gespannt, ob Elisabeth bereit sein wird, zu Kurt ins Auto zu steigen.»

«Wenn ihm nach einer Spritztour ist, kann er mich jederzeit anrufen», sagte June. «Eile du mal zu der *garden swing*. Zum Alsterwasser bist du eingeladen. Ich esse jetzt noch den kleinen Kartoffelsalat.»

Vinton stand auf. «Komm doch nachher in die Blumenstraße, bevor du nach Hause gehst. Dann kannst du ein bisschen schaukeln.»

«Setze vor allem Elisabeth drauf. Die sanften Schaukelbewegungen sollen eine beruhigende Wirkung haben. Dann verkraftet sie eher, dass ihr Schwiegersohn seine Befugnisse überschreitet und einfach so Leute einlädt.»

«Jan sagt, es sei jetzt Kurts Strategie, die Dinge in die Hand zu nehmen und nicht lange zu diskutieren.»

«Da ihr Fietes Anwesenheit im Garten vorbereitet habt

wie den D-Day, scheint mir die Strategie noch nicht ganz zu Ende gedacht zu sein.»

«Sollte dir die Situation über den Kopf wachsen morgen, dann melde dich.»

«Vielleicht komme ich darauf zurück. Ich habe einfach versäumt, eine schwierige Frau zu sein. Daran hat sich Oliver leider gewöhnt.»

«Meine Mutter war eine schwierige Frau», sagte Vinton. «Aber glücklich ist sie damit auch nicht geworden.»

«Warum nicht blau? Das ist doch die klassische Farbe der Hamburger. Denk nur an all die Blazer der Kaufmannsleute und der Notare mit den blitzenden Messingknöpfen.»

«Was wünschst du dir in Blau?»

«Den Markisenstoff für die Hollywoodschaukel.»

«Weiß-Rot sind die Stadtfarben Hamburgs. Seit 1834.» Woher wusste Kurt das? Improvisierte er gerade?

«Blau wäre vornehmer», sagte Elisabeth. Doch sie ließ sich hinabsinken auf die Schaukel, schwang leicht hin und her. «Und das habt ihr allein aufgebaut, du und Vinton?»

«So schwierig war es nicht. Ich habe Sekt kalt gelegt zur Feier des Tages.»

«Das ist ja kein froher Feiertag morgen», sagte Elisabeth. «All die Menschen, auf die am 17. Juni in Ostberlin geschossen worden ist. Und nun tut jeder, als sei das ein schöner Tag für Ausflüge ins Grüne. Wo ist denn überhaupt Vinton? Hast du ihn nach getaner Arbeit weggeschickt?»

«Wie kommst du darauf?», sagte Kurt. Er hatte auch Fiete gebeten zu bleiben. Doch Fiete war auf seine Art genauso kontaktgestört wie Elisabeth. Einladungen konterte er meist mit *lass mal lieber*. «Darf ich mich zu dir setzen, Lilleken?»

«Das ist ja vor allem deine Hollywoodschaukel.»

«Eigentlich soll sie ein Geschenk für dich sein.»

«Nina hat mir heute doch schon bei P&C das Kleid mit den Mohnblumen gekauft.»

«Das hab ich noch gar nicht gesehen», sagte Kurt. «Willst du es nicht anziehen?»

«Hier in unserem Garten?»

Wo sonst?, dachte Kurt. Doch vielleicht änderte sich gerade etwas. Elisabeth und Nina waren gute drei Stunden in der Stadt gewesen. Wann hatte es das zuletzt gegeben?

«Liegt der Sekt im alten Bosch?»

«Ja», sagte Kurt. «Vinton holt übrigens Nina und Tom ab. Es ist so schönes Wetter, ich dachte, da sitzen wir hier nett zusammen und stoßen auf die Schaukel an.»

«Aber sonst kommt hoffentlich keiner. Ich hab gar nichts im Haus. Nur Spargel und Schinken, den haben Nina und ich für morgen auf der Möncke eingekauft.»

«Vielleicht bringt Vinton noch June mit.»

«Das auch noch. Und wo hast du diesen Fiete versteckt?»

Elisabeth blickte sich im Garten um, als lauere Fiete hinter einem Busch. Ihre Laune verschlechterte sich.

«Nina arbeitet seit fünfzehn Jahren mit June zusammen.»

«Ich habe auch nichts gegen June Clarke. Nur dass alles hinter meinem Rücken geschieht, das gefällt mir gar nicht, Kurt.»

«Wir alle fürchten dein Nein, Lilleken.»

Elisabeth kniff die Augen zusammen und sah zur Terrasse. Gut, dass sie in diesem Jahr rote Fuchsien gepflanzt hatte statt der hellrosa, die hatte der Blumenhändler gar nicht angeboten. Erst war sie enttäuscht gewesen, doch nun fügte es sich gut. Das Rot passte doch besser zu dem Stoff der Hollywoodschaukel.

«Oma», rief es aus den Fuchsien.

«Tom! Wie kommst du denn in die Pflanzen?»

Tom lachte und richtete sich zu seiner ganzen Größe auf. «Mama hat aufgeschlossen. Sie, Papa und Jan tragen noch die Tüten in die Küche.»

Elisabeth versuchte aufzustehen. Doch Kurt schien der Schaukel Anschwung zu geben. «Lass das», sagte sie. «Du vergällst mir ja alles.»

«Kannst du nicht einfach mal zulassen, dass dich die Kinder mit einem Picknick überraschen? Vinton hat halb Kruizenga leer gekauft.»

«Was das alles kostet», sagte Elisabeth. Doch sie blieb sitzen. Staunte, als Jan und Vinton den Gartentisch vor die Hollywoodschaukel rückten und die Canapés mit Lachs und Krabbensalat vorlegten, mit Roastbeef und Hühnerbrust.

«Und nur eine Flasche Sekt im Bosch.»

Jan grinste. «Keine Bange, Oma. Ich hab nachgelegt.»

«Dann hätten wir doch auch Joachim dazubitten können», sagte Elisabeth.

«Und Ursel», sagte Kurt. «Das holen wir nächstens nach.»

«Nina hat noch immer ihren Schlüssel zu unserem Haus?»

«Stell dir vor, du und ich liegen hier tot, und unsere Tochter muss die Tür aufbrechen lassen», sagte Kurt. «Aber vorher feiern wir das Leben.»

Joachim setzte sein Kürzel unter das letzte Arbeitsblatt zum Thema *Der Tag der Deutschen Einheit*. Vier der Schüler hatten die erste Strophe vom *Lied der Deutschen* als Hymne genannt und nicht die dritte, auf die sich schon 1952 Adenauer und Bundespräsident Heuss festgelegt hatten. Eine Nachlässigkeit des Elternhauses?

«Komm mit mir auf den Balkon», sagte Ursula. «Der

Himmel ist so blau hinter dem Turm der Johanniskirche. Henrike schläft schon.»

«Was ist los mit unserer Tochter?»

«Sie hat sich auf dem Spielplatz verausgabt. Da ist ein Junge, der ihr gefällt. Dem wollte Henrike etwas vorturnen und vorschaukeln. Wann musst du morgen Vormittag im Johanneum sein?»

«Um halb elf. Ab elf ist die große Feierstunde in der Aula.»

«*Einigkeit und Recht und Freiheit für das deutsche Vaterland.*»

Joachim nickte. «Ich wünschte, alle meine Schüler hätten das so gut drauf. Einige hängen doch noch an *Deutschland, Deutschland über alles.*»

«Wie ist der Schnitt?»

«Vier zu sechsundzwanzig.»

«Damit kannst du sehr zufrieden sein», sagte Ursula. «Ich nehme mal an, dass es keine bewusste politische Äußerung von den vieren ist.»

«Einer von ihnen ist verwandt mit einem Täter, der bei den Curiohaus-Prozessen als minderbelastet eingestuft wurde. Damit prahlt er gerne herum.»

«Er hat aber nichts mit dem Gauleiter Kaufmann zu tun?»

«Nein. Obwohl der auch als minderbelastet eingestuft worden ist und schon 1951 die Freigabe seines Vermögens erwirkt hat.»

«Ich hab bei Gröhl zwei Flaschen Mosel gekauft», sagte Ursula. «Ein Winzer, den schon mein Vater seit Jahren schätzt. Prüm in Bernkastel.»

«Du meinst, wir sollten uns den leichten Dingen des Lebens zuwenden. Du bist darin begabter als ich.»

«Mein rheinisches Blut?»

Joachim schüttelte den Kopf. «Das ist nicht landsmannschaftlich zu betrachten. Schau dir Kurt an. Ein Hamburger seit Generationen. Kaum einer ist so begabt darin, in allem das Heitere zu sehen. Hast du in letzter Zeit eigentlich etwas von deinem Bruder gehört?»

«Uli fühlt sich viel zu wohl an der Riviera. Zu Beginn der Kölner Sommerferien werden Carla und die Mädchen nach San Remo fahren. Ich hoffe, sie bringen ihn mit nach Hause.»

«Ob das wirklich eine gute Idee von Gianni war? Der Job in der Bar? Uli ist labil.»

«Ja», sagte Ursula. Sie bestätigte das ungern.

«Schick deinen Vater zur Unterstützung. Oder noch besser Gerda.»

«Margarethe ist ja vor Ort.»

Joachim schenkte den Wein ein und blickte über die Rothenbaumchaussee. «Unsere Schulferien beginnen drei Wochen früher als die in NRW», sagte er. «Wollen wir nach San Remo reisen? Vielleicht könnten wir in Giannis Kinderzimmer bei Bruno und Margarethe wohnen. Wie bei meinem Antrittsbesuch im August vor fünf Jahren.»

«Das würdest du tun? Lieber als durch die Dünen von Jütland wandern?»

«Ich weiß nicht, ob ich das lieber täte. Aber wahrscheinlich wäre es wichtiger. Die geballte Kraft der Familie.»

«Morgen spreche ich mit Gianni. Er ist nicht glücklich über die Liebschaft, die Uli sich da angelacht hat.»

«Dann ist das abgemacht.» Er hörte den acht Glockenschlägen der Turmuhr von St. Johannis zu. «Ursel, ich mag oft spröde wirken. Aber ich liebe dich sehr.»

«Ich weiß», sagte Ursula.

San Remo

«Vier Hunde», sagte Jules. Er war so erregt, dass er viel zu laut ins Telefon sprach, Gianni hielt den Hörer ein wenig weg vom Ohr. Was wollte Jules überhaupt auf Korfu? Die Stätte der Begegnung besuchen, für die er viel Geld überwiesen hatte? Gianni fand, dass Jules in San Remo dringender gebraucht wurde.

«Nie hat Katie einen Hund haben wollen, ich hätte gerne einen gehabt. Und nun vier, die um sie herumspringen. Wilde Hunde von der Insel. Nette Kerle. Vielleicht bringe ich einen mit.»

«Hattest du in den letzten Tagen Kontakt zu Uli?»

«Nein. Wieso? Du bist doch vor Ort. Feiert er Orgien in meiner Wohnung?»

«Keine Orgien», sagte Gianni. Das wäre noch das kleinere Übel gewesen. Doch stattdessen eine der halbseidenen Damen aus dem Dunstkreis von Lucio. Wie konnte sich sein Cousin, Vater zweier Töchter, derart blenden lassen?

«Welcher Tag ist heute?», fragte Jules. Verlor er schon die Zeit aus dem Blick?

«Dienstag», sagte Gianni. «Uli lässt sich von einer *putanella* aus Lucios Kreis beeindrucken. Er empfängt sie in deinen Räumen. Irgendwie werde ich das Gefühl nicht los, es könnte eine Intrige von Lucio sein.»

«Das glaube ich nicht», sagte Jules. «Hättest du was dagegen, wenn ich eines dieser schwarzen Fellknäuel nach San Remo mitbringe?»

«Der Hund muss ja nicht zwischen Corinne und mir schlafen.»

«Nein. Er läge bei mir im Bett. Zu zweit ist man weniger allein. Macht er denn wenigstens seinen Job in der Bar gut?»

«Uli? Doch», sagte Gianni. «Ich habe ihn nicht als solch einen Herzensbrecher gekannt. Den Frauen gefällt es.»

«Am Sonntag bin ich wieder da. Sag Margarethe, dass ich feinstes Olivenöl im Gepäck haben werde. Sie glaubt ja nie, dass die Griechen das können.»

«Und was ist mit Katie?», fragte Gianni. Doch da war die Verbindung unterbrochen. Gianni blickte über die Piazza Bresca und sah Uli, der sich bei Brian eingehakt hatte, ein Birminghamer Brummbass, der seit April Ricky am Flügel vertrat, nachdem der endlich seinem Heimweh nachgegeben hatte. Keine Frage, dass sich sein Cousin wohlfühlte in San Remo, mit allen gut Freund war, mit einigen entschieden zu gut.

«Ihr seid spät dran», sagte Gianni. Er sollte sich hüten, verärgert zu sein. Schließlich hatte er Uli in diese Tätigkeit hineingeschwatzt.

«*Nobody there yet*», sagte Brian. Er sprach weder Deutsch noch Italienisch, hatte aber einen guten Instinkt dafür, was gerade gesagt wurde. Brian verfügte auch über keine großen Talente fürs Jazzpiano, doch er holzte sich mit großer Herzlichkeit durch das Repertoire, und die italienischen Gäste feierten ihn, als sei er Count Basie.

«Was hast du denn da für Schuhe an?», fragte Gianni.

Alle blickten auf die schmalen gebräunten Füße von Uli, die in Mokassins steckten, Gianni trug ähnliche aus dunkelbraunem Wildleder. Doch die seines Cousins waren aus silbrig schimmernder Schlangenhaut.

Eine kleine Verlegenheit bei Uli, die er zu überspielen versuchte, in dem er zu tänzeln anfing. «Die hat Liviana aus Saint Trop mitgebracht. Die gibt es nicht auf dem Markt. Nicht einmal im besten Laden auf der Via Roma.»

Saint Trop. Gianni kannte nur einen, der das sagte.

Dann war Liviana wohl die Langmähnige aus dem Treppenhaus von heute Vormittag. Die Flora auf Giannis Arm angegurrt hatte, als sei die ein verirrtes Täubchen auf dem Bahnhofsperron und mit ein paar Kekskrümeln zu locken. Flora hatte zurückgegurrt, sie nahm die Erwachsenen nicht sehr ernst.

«Wohnt Liviana jetzt bei Jules?»

«Jules hat mir Damenbesuch nicht verboten», sagte Uli. Er nahm den Platz hinter dem Tresen ein und fing an, Gläser zu polieren, die schon glänzten.

«*Pace, cugino*», sagte Gianni. Ging ihn denn das was an, wenn Uli hier über die Stränge schlug? Trotzdem. Er sollte mit Margarethe sprechen.

Brian hatte sich an den Flügel gesetzt, schlug die Tasten an und fiel ein in sein Lieblingslied, das er an jedem Abend zu Beginn der musikalischen Darbietung sang.

Oh when the saints go marching in
oh when the saints go marching in I want to be
in that number when the saints go marching in.

Wenn er auch nicht an Basies Spiel heranreichte, von der Heiserkeit von Louis Armstrongs Gesang fehlte ihm nichts.

Wer würde nach Brian kommen, der bereits angedeutet hatte, nur einen Sommer lang zu bleiben? Lauter Provisorien seit Pips' Abgang im Herbst 1959.

Gianni sah sich um. Es war wirklich nichts los an diesem frühen Abend, die Saison war zu jung. Vielleicht ein paar Engländer, die auf Hochzeitsreise waren und nach der Halbpension im Hotel noch nach der südlichen Lebensart suchten. Das Pärchen, das gerade hereingekommen war, sah danach aus. Die beiden setzten sich an die Bar und bestellten Campari. Drehten sich zu Brian um und strahlten, als der

«*Welcome kids*» sagte und anfing, Cliff Richards *Lucky lips* zu spielen.

«Kann ich euch für eine halbe Stunde allein lassen?», fragte er Uli. Doch sein Cousin wippte schon im Takt der *Lucky lips* und hörte ihm nicht zu.

Gianni betrat den gepflasterten Hof im Erdgeschoss der Via Matteotti. Das Tor zu Brunos Remise stand offen, sein Vater war mit dem alten Fiat unterwegs. Hinter dem geschlossenen Tor der zweiten Remise stand nun Jules' Lancia Coupé und wartete auf seinen Herrn. Lange hatte es gedauert, bis Bixio bereit gewesen war, die Garage zu räumen.

Margarethe saß auf der Steinbank im Hof, die Gießkanne neben sich, mit der sie Oleander, Rosmarin und Thymian gegossen hatte. Die großen Tontöpfe mit den Kräutern waren nicht dem schwer duftenden weißen Jasmin gewichen, den Lidia an ihrer Stelle hatte haben wollen.

«Jules hätte doch besser das Auto genommen», sagte Gianni, als er sich neben seine Mutter setzte. «Wie will er denn den Hund von Korfu mitbringen? Kommt der kleine Kerl in eine Transportbox und muss im Frachtraum des Flugzeuges reisen?»

«Hund?», fragte Margarethe.

«Er habe immer einen Hund haben wollen. Doch Katie habe sich dem verweigert, das binde sie nur an. Nun hat sie vier. Ich habe vorhin mit Jules telefoniert.»

«Aber Kinder hat sie noch keine? Denen hat sie sich auch verweigert.»

«Das hat er dir erzählt?»

Margarethe strich eine Haarsträhne zurück. «Ja», sagte sie.

«Katie ist über vierzig.»

«Genügend Unvernunft hätte sie, nun auch noch Kinder in die Welt zu setzen.»

«Du siehst sie kritischer als früher.»

«Jules hat ihr zu viele der eigenen Vorstellungen geopfert.»

«Ich hab mich aus der Bar weggestohlen, um mit dir über Uli zu sprechen.»

Margarethe seufzte «*Saint Trop*. Dieses ganze Talmi bedeutet ihm enorm viel. Wenn man ihn reden hört, denkt man, er habe dauernd Brigitte Bardot auf dem Schoß. Und dann diese Frau aus Lucios Sphäre. Du weißt, was ich von Lucio halte, Gianni. Ich fühle mich Heinrich und Gerda gegenüber verantwortlich.»

«Ich spreche morgen mit Ursel», sagte er. «Melde du dich bei Heinrich. Wir können Uli nicht ins Verderben rennen lassen.» Er stand auf. «Das gefällt mir gut, dass du die Haare wachsen lässt.» Margarethe und er lächelten einander an.

— 17. JUNI —

Köln

Gottergeben. Ein zu großes Wort für das, was Billa da tat in der Küche am Pauliplatz. Es kam ihr dennoch in den Sinn beim Formen der neunzig Frikadellchen. Wann hatte sie sich das letzte Mal einem hausfraulichen Tun so innig gewidmet, vor allem dann, wenn ihr Gerda die Arbeit auferlegt hatte?

«Warum denn so viele? Wer soll die alle essen?»

«Wenn du Lucy und Georg dazunimmst, sind wir neun. Zehn Frikadellchen für jeden sind schnell gegessen. Dazu gibt es nur noch Kartoffelsalat.»

Einundneunzig. Da hatte sie sich wohl verzählt. Billa schob sich das letzte der Frikadellchen ungebraten in den Mund und hielt ihre klebrigen Hände unter das laufende Wasser. Drehte sich nach Gerda um. Doch die stand halb im Flur, halb im Wohnzimmer und lauschte, dabei sagte Heinrich kaum etwas bei dem Telefonat, das er mit Margarethe in San Remo führte. Ging wohl um Uli, der ohne Leine lief in Italien. Lucy hatte ihr dauernd in den Ohren gelegen wegen Ulis Neigung, sich zu amüsieren. Das lasse sich gegenüber den Kundinnen des Modesalons nicht länger vertreten. Hatte er denen schöne Augen gemacht?

Ihre Schwester wurde immer selbstgerechter. Und prüder.

Eines von Billas Lebenszielen war es gewesen, nicht prüde zu sein. Dieses Ziel immerhin hatte sie erreicht.

Billa stellte die Schüssel mit den Frikadellchen in den Kühlschrank, braten sollte Gerda die selber. Sie blickte aus dem Fenster in den Garten. Keine Party sollte es werden, aber doch ein frühsommerliches Beisammensein der heiteren Art. Georg hatte sich gefreut über die Einladung.

Pips saß auf der Bank unter der Birke und schien in Gedanken versunken. Sie mochte den Jungen, er hatte was. Sex-Appeal. Das hatte sie Lucy um die Ohren geschleudert. In der Erwartung, dass sie zusammenzucken würde bei dem Wort. Das hatte sich erfüllt.

Ein seelenvoller Junge, der Pips. Aber auch sehr erwachsen. Und eben Sex-Appeal.

Billa wollte schon die Hand zum Winken heben, aber eigentlich sah Pips aus, als wäre er gerade am liebsten allein auf der Welt. Hoffentlich blieb er noch eine Weile in Köln.

Nun saß Gerda im Sessel neben dem Telefon und sprach. Nicht mit Margarethe. Wohl mit Hamburg. Das schien eine richtige Krisensitzung zu sein. Billa trat einen Schritt ins Wohnzimmer und sagte einen Satz, der sie selbst verblüffte.

«Soll ich eine Erdbeerbowle ansetzen?»

«Kannst du das?», fragte Heinrich. Er stand auf. «Haben wir denn Erdbeeren?»

«Zwei Spankörbe voll.» Eine Erinnerung an zwei Erdbeerkuchen, die Gerda hatte backen wollen. Doch irgendwie schien ihr die Herstellung einer Bowle gerade wichtiger.

«Das ist eine gute Idee», sagte Heinrich. «Ich hole dir das Bowlengefäß vom Schrank.» Er warf Gerda einen Blick zu und ging voraus in die Küche.

Billa wog ein Kilo Erdbeeren ab und begann, die Strünke zu entfernen. Legte die Früchte in das gespülte Bowlengefäß, das noch von Heinrichs und ihrer Großmutter war.

Streute Zucker über die Erdbeeren. Begoss sie mit einem Glas Weinbrand.

«Das lassen wir jetzt erst einmal ziehen», sagte sie.

Heinrich zog sich ins Wohnzimmer zurück. Vielleicht unterschätzte er die Fähigkeiten seiner Kusine seit Jahren. Gerda legte gerade den Hörer auf.

«Was macht ihr da?»

«Erdbeerbowle.»

Gerda nickte, als sei es genau das, was sie für wahrscheinlich gehalten hatte. «Die Kinder kommen am 8. Juli zu uns nach Köln. Und fahren dann am Freitag mit dem Riviera Express nach San Remo weiter.»

«Die Kinder?»

«Ursel, Joachim und Henrike. Ursula will mit ihrem Bruder reden, ehe sich Carla auf den Weg macht. Die Kölner Sommerferien beginnen erst Ende Juli.»

«Gerda, wir sollten mit unserer Schwiegertochter sprechen, wie sie sich das weitere Leben mit Uli vorstellt. Vielleicht hat sie längst die Nase voll. Von wem hat Uli das bloß?»

«Von dir jedenfalls nicht. Du bist eher der Typ Raureifdistel.»

Billa schaute ins Wohnzimmer. «Hast du Minze im Kräutergärtchen, Gerda?», fragte sie. «Die ist gewünscht bei der Bowle.»

«Raureifdistel», sagte Heinrich. Er schüttelte den Kopf. «Vielleicht war mein Vater ein Freund der Frauen. Ich weiß zu wenig von ihm.»

Billa zog sich irritiert zurück und ergriff die Gelegenheit, Pips zu stören auf der Bank unter der Birke.

«Erkennst du Minze in Gerdas Kräutergärtchen?», fragte sie.

Pips blickte auf. «Sollte gut zu erriechen sein», sagte er. «Denk an *Chewing gum*.»

«Diese amerikanisierte Jugend», sagte Billa.

«Reicht auch noch für die Kuchen», sagte Gerda, als sie später am Küchentisch saßen. «Das sind ja drei Pfund Erdbeeren pro Spankorb. Eine gute Idee von dir mit der Bowle, Billa. Früher haben wir die viel häufiger bei Geselligkeiten angeboten. Kannst du dich noch an die berühmte Kalte Ente deines Vaters erinnern?»

Billa nickte. «Er zog die Zitronenmelisse in einem großen Tontopf, der auf dem Fenstersims in unserer Küche stand. Die durfte nur diesem Zweck dienen. Haben wir damals wirklich so viel Kalte Ente getrunken?»

«Unsere Mütter haben die Zitronenmelisse auch beim Einkochen von Marmeladen verwendet. Irgendwie ist das aus der Mode gekommen.»

«Was wir alles eingemacht haben. Dicke Bohnen. Erbsen. Rote Bete. Ich hab das als Kind gern gehabt, am Küchentisch zu sitzen und die Bohnen und Erbsen aus den Schoten zu pulen. Tat gut, das gemeinsam zu machen. Wie jetzt, wenn wir an den Erdbeeren zupfen. Meine Mutter hat auch Pfifferlinge eingeweckt.»

«Das lässt mich an Carlas *zia* denken. Wie Carla und ihre Mutter das Geld nach dem Tod der *zia* gesucht und schließlich in den Gläsern mit den getrockneten Steinpilzen gefunden haben. Ich frage mich, ob Uli daran denkt, Carlas Mutter zu besuchen. Es wird ihr sicher zu Ohren gekommen sein, dass er in San Remo ist.»

«Was war das heute Morgen für ein Krisengespräch?»

«Unser braver Sohn scheint den großen Verführer zu geben in San Remo.»

«Warum glaubst du, dass er brav ist?», fragte Billa. «Weil er die sitzen gelassene Carla geheiratet hat? War das seine oder eure Idee?» Sie war gerade dabei, die trauliche Stimmung zu gefährden, doch Billa kramte in den Taschen ihrer Tunika nach den Zigaretten und bemerkte es nicht.

«Bitte rauche nicht in der Küche», sagte Gerda.

Billa legte die angebrochene Packung Lord Extra auf den Tisch. «Lucy lamentiert dauernd über Uli. Doch der Junge ist nicht ausgefüllt. Der Salon langweilt ihn und seine Ehe vermutlich auch. Carla bekommt langsam einen zickigen Mund.»

Gerda stand vom Küchentisch auf. Gut, dass sie fertige Biskuitböden gekauft hatte und nicht noch selber backen musste. Dazu hätte sie jetzt keine Lust gehabt.

«Fahrt ihr nach San Remo? Heinrich und du?»

«Das übernehmen Ursel und Joachim für uns.»

Billa nickte. «Dir zum Troste», sagte sie. «Lucy wird zunehmend männerfeindlich. Das trifft auch andere. Nicht nur deinen Uli. Meine Schwester ist eine *kuuzich Ahl* geworden.»

«Du bist zu hart mit ihr», sagte Gerda.

«Ich geh jetzt in den Garten, eine rauchen», sagte Billa.

Das Gras war zu hoch, Heinrich würde sich dem am Wochenende widmen, doch dann gerieten auch wieder Gänseblumen und Löwenzahn unters Messer. Eine stete Misere.

Gerda hatte die Schuhe ausgezogen und lief barfuß über die Wiese zu ihrem Kräutergärtchen. Die Minze wirkte ziemlich zerrupft, Billa hatte keine behutsame Hand für Pflanzen und Blumen. Der Salbei zeigte erste, noch versteckte Knospen, auch die Kapuzinerkresse schickte sich an, kleine orangerote Zeichen zu setzen. Sie knipste ein Stück vom Olivenkraut ab, das ihr Gianni im Februar aus San Remo mitgebracht hatte, und zerkaute es. Ein leicht scharfer Geschmack. Gerda hockte sich hin und griff in die Erde, ließ sie durch die Hand rieseln.

«Du mischst sie mit Sand, nicht wahr?»

Sie sah hoch zu Pips. «Du kennst dich aus damit?»

«Meine Oma hatte eine Laube in Ehrenfeld. Bis sie im November 1933 kurz vor meinem sechsten Geburtstag aus dem Schrebergartenverein flog, weil sie nicht für eine Hakenkreuzfahne spenden wollte.»

«Ihr wart eine tapfere Familie. Heinrichs und meine haben sich weggeduckt.»

«Vielleicht hätte ich mich als Kind auch lieber weggeduckt.» Pips reichte ihr eine Hand, als Gerda aus der Hocke hochkam. «Ursel meinte, ihr hättet nichts dagegen, wenn ich bei euch im Haus wohnen bleibe, solange ich in Köln zu tun habe.»

«Das ist eine Untertreibung meiner Tochter. Heinrich und ich wären sehr glücklich, wenn du bei uns bliebest, Pips. Ist denn Hamburg die Stadt, in der du dauerhaft leben willst? Um dort vielleicht eine Familie zu gründen?»

Nein. Gerda wusste nichts. Weder von Pips' Liebe zu Ursula noch von den Konsequenzen der Folter.

Pips hob die Schultern. «Gianni und Margarethe möchten mich gern wieder in San Remo haben. Das freut mich. Aber ich weiß es einfach noch nicht. Obwohl ich es endlich wissen sollte.»

«Du hast noch immer genügend Zeit.»

Pips lächelte. «Ich bin sechsunddreißig, Gerda. Auch wenn mir das keiner glaubt.»

«Denkst du, dass Ursel glücklich mit Joachim ist?»

«Joachim ist ein feiner Mann», sagte er. «Vielleicht wird

dich das erstaunen, aber deine Tochter ist eine unruhige Seele. Ursel hat Sorge, das Leben könnte dahinplätschern und ihr nicht genügend Stromschnellen bieten. Keine Stromschnellen, die einen geliebten Menschen mit sich reißen, Jef war wahrscheinlich der beste aller Männer für Ursula.» Pips zögerte einen Moment. «Manchmal wird ihr langweilig, dann spielt sie mit dem Feuer», sagte er dann.

Gerda sah ihn nachdenklich an.

«Du bist eine Frau, die ihr Leben in Griff hat.»

«Das täuscht. Wie vieles andere.»

«Was ließe dich aus dem Lot geraten?»

«Wenn einem meiner geliebten Menschen etwas Schlimmes widerfahren würde.»

«Du tust alles, um sie davor zu behüten.»

«Bist du in Gefahr, dich an Ursels Feuer zu verbrennen, Pips?»

«Huhu! Gerda!»

Gerda hob die Hand und schattete ihre Augen ab, obwohl gerade keine Sonne schien. Billa stand oben an der kleinen Terrasse, sie trug noch immer die Tunika, die ihr zu kurz war. «Willst du nicht mal die Frikadellchen braten?», rief Billa. «Die sollen doch auch noch abkühlen.»

Hinter Billas breitem Rücken war nun Lucy zu sehen. In einem Sommerkleid aus der eigenen Kollektion, selten, dass sie noch etwas selbst entwarf, Entwürfe, die ihr zu jung gerieten. Knapp geschnittene Blusen, halb geknöpfte Röcke, die neckische Shorts aufblitzen ließen. Stoffe, auf denen Zitrusfrüchte waren und Sonnenschirme. Gerda spürte einen Unwillen. Weil sie nun wusste, dass Lucy gegen Uli stänkerte?

«Zu schade, dass ihr kein Klavier habt», sagte Lucy, die näher kam. «Sonst könnte der Pips uns heute ein paar

Schlager spielen. *Bist du einsam heut Nacht*. Das vom Peter Alexander. Kennst du das?»

Ein Titel, der bei der Polydor erschienen war. Pips kannte ihn. Doch er hob bedauernd die Schultern. Kein Klavier.

— 6. JULI —

Hamburg

Vierzig muntere Pferde, hatte der Verkäufer gesagt. Vierzig muntere Pferde säßen unter der Motorhaube des Kadetts.

«Die kriegst du gebändigt», sagte Jan, der neben seinem Großvater saß, als Kurt das Auto vom Gelände des Opel-Händlers lenkte. «Guck, du hast einen Zigarrenanzünder, so was Feines hat die Ente nicht. Da kannst du rauchen, ohne dass es Oma stört.»

«Lauter Vorteile», knurrte Kurt. «Einen Haken fürs Jackett gibt es auch und ein großzügiges Handschuhfach. Wenigstens das wird Lilleken gefallen.»

«Warum hast du schlechte Laune? Du bist Besitzer eines nagelneuen Autos mit Weißwandreifen.»

«Tut mir leid, Jan. Habe einfach nur Sorge, ob ich die Geister beherrschen kann, die ich da rief.»

«Vertrau darauf, dass die Ampel aus gutem Grund grün ist. Du musst dich nicht so vorsichtig anschleichen.»

«Vielleicht hat deine Großmutter recht damit, dass ich nicht mehr jung genug bin. Immerhin bin ich einmal durch die Prüfung gefallen.»

«Weil du am Stoppschild zu sachte gebremst hast. Eine Korinthe.»

Kurt bog in die Grindelallee ein, in der er wie in allen anderen Straßen ein Leben lang als Fußgänger unterwegs gewesen war. Was versprach er sich denn von seinem weißen

Kadett mit Schiebedach und Weißwandreifen? Er blickte in den Grindelhof und dachte an die Euphorie jenes Morgens im Februar des vergangenen Jahres. Ranunkeln hatte er bei Lund gekauft, das Gefühl gehabt, vor einem neuen aufregenden Lebensabschnitt zu stehen. Was hatte Elisabeth heute Morgen gesagt? *Wenn es dem Esel zu wohl wird, geht er aufs Eis.* Nach diesen aufmunternden Worten war Kurt in die Hansastraße gegangen, hatte nur seinen Enkel Jan angetroffen, bei ihm Zuwendung gefunden, zu zweit waren sie mit dem Bus zum Autohändler gefahren.

«Ich verfüge hier über deine Zeit», sagte er. «Vermutlich hattest du an einem sonnigen Montag mitten in den Semesterferien ganz anderes vor.»

«Am späten Nachmittag werde ich mit Jockel die Koffer für San Remo schon mal am Bahnhof aufgeben», sagte Jan. «Ansonsten habe ich den ganzen Tag frei.»

«Den werden wir auch brauchen. Ich habe gerade keine Ahnung, wie ich von hier zum Rathausmarkt komme», sagte Kurt. «Zu Fuß schon. Aber mit dem Auto?»

«Willst du Fräulein Marx den Kadett vorführen?»

Kurt blickte zu Jan und grinste. «Laut hupen, bis sich die ganze Sparkasse unten auf dem Vorplatz versammelt? Nein. Ich will zum Rödingsmarkt zu Schmuddel Willi.»

«Du musst dich vorne an der Lombardsbrücke rechts einfädeln, Kurt. Wer ist denn Schmuddel Willi?»

«Ein Freund von Fiete. Und des Jungen, der mit gerade mal achtzehn bei einem Bombenangriff umgekommen ist. Ikarus. Der hätte heute Geburtstag gehabt. Und darum wollen Fiete und Willi nach Ohlsdorf zum Friedhof.»

«Weiß Oma davon?»

«Um Himmels willen.»

«Du führst wirklich ein interessantes Doppelleben.

Denkst du nicht, dass Elisabeth sich Sorgen macht, wenn du gar nicht mehr zurückkommst?»

«Ich komme ja zurück. Spätestens um zwei. Und dann bringe ich von Randel Kuchen mit. Den hat sie nach Beerdigungen immer besonders geschätzt.»

«Glaubst du, Fiete und Willi haben was dagegen, wenn ich euch begleite?»

«Ganz im Gegenteil. Am liebsten hätten sie einen anständigen Trauerzug. Wundere dich nicht, wenn sie eine Flasche Köm im Einkaufsnetz haben. Die wollen sie über das Grab gießen. Dabei sagt Fiete, der Junge habe überhaupt keinen Alkohol getrunken.»

«Dann bleiben sicher noch ein paar Schlucke für seine Freunde.»

«Das tut so gut, mit dir zusammen zu sein, Jan.»

— 18. JULI —

San Remo

Keine gute Idee, an einem Markttag mit der ganzen Bagage in die Cantina zu gehen, auf zwei Tische zu hoffen, um sich daran niederzulassen, *sardenaira* zu essen, den Hauswein zu trinken. Doch genau das war es, was Jules den Hamburger Freunden bieten wollte, laute italienische Lebensart. An Samstagen fand der Trubel einen Höhepunkt mit den Touristen aus dem nahen Frankreich, die große Tüten voller harter Getränke trugen, eingekauft in den billigen Schnapsläden von San Remo und Ventimiglia, und sich auf ein Wochenende im Zeichen des Gin Tonic freuten.

«Gib mir den Hund», sagte Margarethe. «Ich befreie ihn aus diesem Tollhaus, Ulysses wird doch nur getreten bei dem Andrang.»

«Denkt an den Roman von James Joyce», hatte Jules gesagt, als er den Hund von Korfu mitgebracht und Gianni und Margarethe vorgestellt hatte. Wenn Jules ihn am Strand laufen ließ und nach Ulysses rief, drehten sich die Sanremesen nach ihm um und schüttelten den Kopf. Hunde hießen Bacio, Bello oder Gonzo.

«Ich nehme ihn mit», sagte Joachim. «Rike wird es auch zu heiß. Wir verziehen uns in euren schattigen Innenhof.»

Henrike sah das anders, sie erklomm gerade die Bank, auf der sie gesessen hatte. Nicht um Kühlung zu finden, sondern um einen besseren Überblick auf das Getümmel zu haben.

Hier fand das pralle Leben statt, das spürte auch die Vierjährige, sie genoss es. Anders als ihr Vater, der nicht einmal in einem Moment herrlicher Oberflächlichkeit wie diesem die dreizehn Jahre Krieg und Gefangenschaft ganz vergaß, die sich auf seine Seele gelegt hatten. Auch wenn die südliche Bräune auf seiner Haut einen sorgloseren Mann aus ihm zu machen schien.

«Nein», sagte Henrike. «Ich will mit Mama zum Bahnhof, Pips abholen.»

Doch nicht einmal in Italien bekamen kleine Menschen immer ihren Willen. Henrike ging mit Margarethe, Papa und dem Hund in die Via Matteotti.

An der Ecke zur Via Mameli fiel Margarethe die Todesanzeige an den Mauern zum ersten Mal auf. *Hortensia Grasso di anni 86*. Ein großes Lästermaul lebte nicht mehr. Sie hatte ihre Erzfeindin Agnese Canna um knapp vier Jahre überlebt.

«Weißt du, wo Ulrich den Vormittag verbracht hat?», fragte Ursula. Einen Espresso, den sie und Gianni noch in der Cantina tranken, die sich ein wenig geleert hatte, auch wenn die Gäste von draußen nachdrängten.

«Nicht in Jules' Wohnung, der hat Ulis Lotterleben für beendet erklärt, wo nun bald Carla und die Mädchen ante portas stehen und Pips eines der Gästezimmer bezieht.»

«Lebt Liviana in San Remo?»

«Sie ist mir nie vorher begegnet. Es heißt, sie lebe auf einem Schiff, das im alten Jachthafen liegt und ihrem Bruder gehört. Ob er wirklich ihr Bruder ist, weiß keiner. Wir hatten vor Jahren schon eine *Jeunesse dorée*, junge Leute aus der Gegend, Kinder alteingesessener Familien. Diese *crowd* ist anders, nicht nur ihr familiärer Hintergrund. Viele werden von der Côte d'Azur herangespült. Antibes. Juan-les-Pins. Viel mehr Drogen im Spiel als früher. Und jeder hat ein schnelles Auto oder doch wenigstens eine Moto Guzzi unterm Hintern.»

«Und dein alter Freund Lucio ist der Leitwolf?»

«Bitte nenn ihn nicht meinen Freund. Seit der Sache mit Bixio fasse ich Lucio nicht mehr mit der Feuerzange an.»

«Dass das Zusammenleben von Bixio und euch noch funktioniert.»

«Tut es nicht», sagte Gianni. «Bixio betrachtet Jules als den bösen Usurpator. Dabei hat Jules uns allen die Via Matteotti gerettet. Wie weit seid du und Joachim denn damit gekommen, deinem Bruder ins Gewissen zu reden?»

«Wir denken, dass er am Ende des Sommers mit Carla nach Köln zurückkehren wird. Uli ist auf Dauer nicht risikofreudig genug für das Leben, das er hier führt.»

«Dabei erfüllt er seine Aufgaben in der Bar sehr gut.»

«Versuch bloß nicht, ihn zu halten.»

«Selbstverständlich nicht», sagte Gianni.

Er stand auf und trat an die Theke, um zu bezahlen. Drehte sich zu Ursula um. «Wir sollten uns auf den Weg machen. Auch wenn der Zug kaum pünktlich sein wird.»

Vor dem Markt bogen sie in Richtung Via Roma ab, es war wirklich heiß geworden, Gianni staunte, dass Pips sich gerade jetzt auf den Weg gemacht hatte, die Monate Juli und August boten nicht seine bevorzugte Wetterlage.

«Was meinst du, wie es mit Pips weitergehen wird, Gianni?»

«Er ist dabei, eine solide Karriere als Musiker zu machen.»

«In Köln oder Hamburg?»

«Beides. Die Electrola wie auch die Polydor werden mit ihm arbeiten.»

«Und privat?»

«Das kannst du besser beantworten.»
«Warum ich?», fragte Ursula.

Giannis Blick blieb an der Todesanzeige für die Signora Grasso hängen, die an einer Mauer nahe dem Bahnhof klebte. Sie hatte seiner Mutter oft das Leben schwer gemacht mit ihrer sauren Moral. Im Chor mit den Schwestern Perla. *La tedesca* war ihnen immer verdächtig gewesen. Zu heiter, die Deutsche. Zu gefallsüchtig. Was würden sie sagen, dass Margarethe nun mit achtundfünfzig Jahren die Haare wachsen ließ, als sei sie ein junges Mädchen? Und in die Kirche ging sie auch nicht mehr.

Nur eine der Wartebänke lag im Schatten, darauf waren noch zwei Plätze frei. Ursula sah zur Ankunftsanzeige des Zuges, der von Mailand über Genua kam. Zwanzig Minuten Verspätung. «Ich hole uns eine *aranciata*», sagte sie.

Als Ursula zurückkam, saß Gianni allein auf der Bank. Die Verspätung hatte sich auf vierzig Minuten erhöht.

Er nahm eine der Flaschen Limonade, deren Kronkorken schon geöffnet waren. «Und wenn dein Bruder nach Köln zurückkehrt, gerät er wieder unter die Fuchtel von Lucy und steht im Schatten von Carla?»

«Dann hat er wenigstens einen Sommer lang seinen Spaß gehabt», sagte Ursula.

— 4. SEPTEMBER —

Köln

Zwei Trainingsanzüge kaufte Carla bei Touring Sport auf der Luxemburger Straße, dazu einen Schlafsack für Claudia, die gleich nach den großen Ferien auf eine Klassenreise ins Saarland fahren sollte. Auch eine Besichtigung von Verdun war vorgesehen, die Massengräber des Ersten Weltkriegs inklusive des Beinhauses von Douaumont für die Schulmädchen aus Köln. Eine der vielen Schwellen zum Ernst des Lebens, die es laut Klassenlehrerin zu überschreiten galt. Sie hatte um angemessene Kleidung für diesen Anlass gebeten. Keine Hosen.

Um die neuen Schulbücher kümmerte sich Uli, er bestellte sie bei Gonski am Neumarkt und wurde von Maria begleitet, die es immer schaffte, ihren Vater vom Kauf eines Schnickschnacks zu überzeugen. Vielleicht gelang es Maria ja, Uli zu Pauls in die Streitzeuggasse zu lotsen, um ein Tutu zu kaufen. Kein anderes Kind in der Ballettstunde trug ein Tutu, ihre Tochter würde ein ähnliches Gekicher auslösen wie mit dem Muff aus Zobel, der Gerdas Mutter gehört hatte und den Maria im Winter trug, als sei sie die letzte Zarentochter.

Die unterschiedlichen Talente und Neigungen ihrer Töchter. Claudia, die jeden Firlefanz ablehnte und am liebsten mit den Nachbarsjungen Fußball spielte, Maria, die schon mit zehn Jahren voller Eitelkeiten zu sein schien.

Sollte ausgerechnet Bixio diese burschikose Natürlichkeit in die gemeinsame Tochter gelegt haben? Als Carla ihn in San Remo wiedergesehen hatte, war er ihr wie ein eitler Geck erschienen. Gut, dass Claudia keine Ahnung hatte, dass Bixio Canna ihr leiblicher Vater war.

Carla warf einen Blick auf die andere Seite der Luxemburger Straße, dorthin, wo jetzt der Salon im Schatten lag. Am Montag würde sie wieder ihre Arbeit aufnehmen. Dann waren die großen Ferien endgültig vorbei, und auch Lucy wäre zurück. Sie war anscheinend zu einem kleinen Urlaub an die Loreley aufgebrochen, jedenfalls hatte Carla eine Ansichtskarte mit schroffem Rheinfelsen und dem Satz *Ich weiß nicht, was soll es bedeuten* in der Post vorgefunden, auf der Lucy ihre Heimkehr für den 4. September ankündigte.

Carla sah noch einmal zum Laden. Lucy hatte auf eine orangene Sonnenschutzfolie für die Schaufenster bestanden, die neuen Markisen schienen ihr nicht ausreichend, um die kostbaren Stoffe im Fenster zu schützen. Carla hielt das für übertrieben.

Doch Lucy war nach wie vor die Tonangebende, daran würde sich auch kaum etwas ändern, wenn Carla nicht endlich Konsequenzen forderte. Seit dreizehn Jahren entwarf sie Kleider, schnitt zu, nähte, kniete vor den Kundinnen und steckte Rocklängen ab, während Lucy in ihrer Parfümwolke im Cocktailsessel saß und kommentierte.

Maria war zehn Jahre alt, Claudia würde im November vierzehn werden, sie wollten nicht mehr puzzeln und Kaufladen spielen, und wenn, konnte das Uli mit ihnen tun. Jetzt war sie dran. Sie musste ja nicht durch Schrägheit auffallen wie die Britin Mary Quant, die im vorigen Jahr in Paris ihre *wet collection* vorgestellt hatte, Mode aus Materialien, mit denen man anderswo Fußböden belegte. Aber auch nicht Aenne Burda werden, die Deutschlands Hausfrauen einkleidete.

Du denkst dich in Rage, sagte Uli in solchen Momenten, wenn Carlas Schritte schneller wurden, ihre Absätze lauter aufschlugen. Carla verlangsamte ihren Gang und bog in den Klettenbergpark ab. Ging auf den Spielplatz zu, der gut besucht war in diesen letzten Ferientagen. Die Schaukeln waren frei. Wie gut. Carla setzte sich und fing an zu schaukeln. Hoch. Höher.

«Du überschlägst dich gleich», sagte eine vertraute Stimme hinter ihr.

«Hör auf, Mama. Papa hat recht. Du überschlägst dich gleich.»

Carla hielt an. Schaute auf Maria, die im Petticoat und einem rosa Unterhemd vor ihr stand und zornige Blicke warf. Auf den Nägeln ihrer nackten sandigen Füße war roter Lack. War sie so mit Uli in der Stadt gewesen?

«Schaukeln, die an Ketten aufgehängt sind, überschlagen sich nicht», sagte Carla.

«Das stimmt», sagte Uli. «Entschuldige, dass ich deinen Höhenflug aufgehalten habe. Aber du hattest etwas Wildes, das mich erschreckt hat.»

«Du kannst meinem Höhenflug wieder Schwung geben, wenn du nachher mit zu Lucy kommst und wir mit ihr über das neue Arrangement reden.»

«Kehrt sie nicht erst heute zurück? Vielleicht will Lucy noch ein wenig über Heinrich Heine und die Loreley grübeln.»

«Du wirst dich nicht drücken», sagte Carla. «Denk daran, was wir uns in San Remo vorgenommen haben.»

«Ich drücke mich nicht», sagte Uli. «Will nur einen kleinen Vorlauf für Lucy herausholen. Und für uns. Heute ist ein so schöner Tag. Den können wir nur verderben, wenn wir jetzt unsere Forderungen stellen.»

«Kommt doch in den Garten», hatte Gerda gesagt. «Zum Ausklang der Ferien. Papa hat einen Holzkohlegrill bei Sperrholz Kops gekauft, er hat sich lange gewehrt, doch die Bratwurstdüfte aus den Nachbargärten waren zu verführerisch. Ich bin mal sehr gespannt, wer ihn bedient, diesen Grill.»

Heinrich hatte die Enkelinnen in Klettenberg abgeholt, war mit ihnen vorgefahren in den Garten zu Gerda, nachdem sie Carla und Uli abgesetzt hatten. Zum Schluss noch einmal die Scheibe heruntergekurbelt und «Bringt Lucy mit» gerufen.

«Ich bezweifele, dass Lucy nachher noch Lust hat», sagte Uli. Sie warteten vor Lucys Wohnung am Klettenberggürtel. Die Zeiger der Uhr auf dem grauen Schiefer des Turms von St. Bruno standen auf zehn vor sechs. «Eigentlich sollte sie zu Hause sein. Das ist keine Tagesreise von der Loreley hierher.»

«Wer weiß, wo sie noch hingefahren ist», sagte Carla. Sie fürchtete, dass später die Luft heraus sein würde, wenn sie jetzt aufgaben und nicht mit Lucy sprachen.

«Hast du die Nummer von dieser Hilli? Vielleicht war sie mit der unterwegs.»

«Die ist in unserer Kundenkartei.»

Hinter ihnen schlug die Uhr von St. Bruno sechsmal, als sie den Weg zum Salon gingen. Schließlich davorstanden. Carla in ihrer Handtasche den Schlüssel suchte.

«Guck mal nach der Rollkartei hinten im Büro», sagte Carla. «Hiltrud Weber.»

Ein oranges Licht vorne im Salon. Die Sonnenfolie fing letzte Strahlen ein.

«Ich hab die Nummer», rief Uli aus dem Büro. Carla hörte ihn die Wählscheibe des elfenbeinfarbenen Telefons drehen. Dass es nach jeder Ziffer so laut klickte. Warum fiel ihr jetzt das Wort *somnambul* ein? Niemand schlafwandelte.

Uli kam nach vorne. «Meldet sich keiner», sagte er. «Ich habe den Duft von *Miss Dior* noch nie leiden können. Er passt auch gar nicht zu Lucy. Viel zu lieblich.»

«Wie kommst du auf *Miss Dior*?»

Da waren sie wieder, die kurzen schnellen Schritte, die lauten Absätze. Obwohl die nicht laut sein konnten auf dem veloursbelegten Boden. Dennoch hämmerten sie in Carlas Kopf, als sie zur größten und elegantesten Umkleidekabine ging. Die mit Chintz bespannte Tür öffnete.

Carla atmete flach, als sie sich Lucy näherte, die auf der Chaiselongue lag und sicher nicht erst einen Tag tot war.

«Lass es», sagte sie, als Uli nach Lucys Handgelenk griff, den Puls suchen wollte. Die Leichenstarre hatte sich schon gelöst, doch es gab keinen Zweifel, dass Lucy Aldenhoven nicht mehr lebte.

Billa war nicht bei Georg in Lindenthal. Georg hatte gerade das Haus verlassen wollen, als Heinrich anrief, einen Spaziergang machen mit seinem Gast, der vor dreißig Jahren Nachbar gewesen war in der Rautenstrauchstraße.

«Ich bringe ihn mit», sagte Georg. «Fritz Kanitschnick ist Arzt.»

Der alte Herr sammelte die vier Blechröhrchen ein, die verschiedene Barbiturate enthalten hatten. «Da wollte Ihre Kusine auf Nummer sicher gehen», sagte er zu Heinrich.

«Aber nun müssen wir die Polizei rufen. Darum kommen wir nicht herum.»

Da war sie wieder, die Schwelle zum Ernst des Lebens, die es zu überschreiten galt. Doch ihre Großmutter schwieg. Legte Bratwürstchen auf den Grill und stellte die Salatschüssel in Sichtweite. Verkaufte sie für dumm, als hätte Claudia nicht längst mitbekommen, dass etwas geschehen war mit Tante Lucy.

Dann kam Tante Billa und setzte sich auf die Birkenbank. Trank Kognak. «Ich war keine gute Schwester», sagte sie und fing zu weinen an.

Warum fällt ihnen das alles zu spät ein?, dachte Claudia. Auch die Schlachtfelder in Verdun hätte die Menschheit vermeiden können. Dann müssten sie und ihre Klasse keine Gräber und Gebeine betrachten, nur die leckeren Crêpes mit Schinken und Käse in den französischen Bistros essen, die Claudia in diesem Frühling zum ersten Mal bei einem Crêpe-Verkäufer auf der Deutzer Kirmes probiert hatte. Sie hätten Hosen getragen oder die kurzen Cordröcke mit schwarzen Kniestrümpfen, auf die jetzt alle kleine Knöpfe nähten. Doch auch die fand ihre Klassenlehrerin nicht angemessen für ein trauriges Ereignis, wie es der Besuch von Verdun darstellte.

Sie saßen im Garten, bis die Sonne untergegangen war und Gerda Jacken und Decken holte und ihnen über Schultern und Schöße legte. Damit keiner frösteln musste oder schon aufstehen, um allein nach Hause zu gehen. Maria war längst eingeschlafen.

— 11. SEPTEMBER —

Köln

Pips lieh sich ein Akkordeon, um das Lied von Peter Alexander zu spielen, das nicht dessen Lied war, sondern einer der sentimentaleren Titel von Elvis Presley.

Are you lonesome tonight?

Er spielte es an Lucys Grab, ein Priester war nicht zugegen. Aber Ursula, die aus Hamburg gekommen war und ihn am Schluss umarmte.

«Du könntest denken, der Pips und dat Ursel seien Liebende», sagte Billa. Doch sie sagte es ganz leise und nur zu Georg. Bei dem war das gut aufgehoben.

1965

— 13. JANUAR —

Hamburg

Aus einem Traum heraus gemalt. Das hatte der Maler des Bildes gesagt, das bei Pips statt der Noten auf dem Klavier stand. Gerahmt. Ursula hatte ihm das kleine Bild in einem schwarz lackierten Rahmen geschenkt. Nicht in der Pappröhre, in der es lange Zeit im Kirschholzschrank zwischen ihren Pullovern gelegen hatte. Vor Joachims Augen verborgen. Warum war ihr das Geheimnis wichtig gewesen?

Wer kam zu Pips in die Zimmerchen unterm Dach? Kurt. Fiete. Doch keiner von ihnen war da gewesen, seit er das Bild besaß. Pips pendelte seit seinem Geburtstag im Dezember zwischen Köln und Hamburg, ein Mann, der unter zwei Dächern lebte, vielleicht sollte er auf die Suche nach einer Wohnung gehen. Doch für welche der Städte wollte er sich entscheiden? Für welches der Plattenstudios?

Manchmal vermisste Pips es, vor Publikum zu spielen, vermisste die Atmosphäre einer Bar wie der von Gianni. Staunte, bei Grete gespielt zu haben. An vier Tagen in der Woche, drei Jahre lang. Wie hatte er das ausgehalten?

Heute wollte er zum ersten Mal wieder in die Seilerstraße gehen, seit er Grete im Sommer 1963 verlassen hatte. «Bring dir Verstärkung mit», hatte Fiete gesagt. «Wenn Kurt nicht kann, lass dich von dem Tommy begleiten. Hauptsache, ein Mann. Mit Frauen hat Grete es ja nicht so.»

Für Fiete hatten Engländer nicht aufgehört «Tommys» zu

sein, egal, wie lange sie schon in Hamburg lebten, und er meinte das in aller Herzlichkeit. Doch nicht Vinton würde Pips begleiten, er hatte Joachim gefragt, mit ihm zu Grete zu gehen. Weil ihm ein Satz nicht aus dem Kopf gegangen war, den Joachim in San Remo gesagt hatte.

Ich bleibe ein Leben lang der Herr Lehrer, der nicht gefragt wird, ob er mit über den Zaun klettern will, um Äpfel zu klauen.

Joachim hatte darum gebeten, Pips am Abend abholen zu dürfen. Nicht vor dem Haus in der Blumenstraße, sondern oben unterm Dach.

«Du weißt, dass ich in den Zimmern gewohnt habe, als ich aus Russland zurückkam?»

Ja. Das wusste Pips. Was er nicht wusste, war, dass Joachim Christensen versucht hatte, sich dort das Leben zu nehmen. Ein Jahr nach seiner Rückkehr.

Vielleicht hätte das seinen Blick noch einmal verändert, obwohl Pips nie neidisch gewesen war auf den gut aussehenden großen Joachim. Für den Ursula sich damals entschieden hatte. Nicht für den kleinen Pips mit den Kupferhaaren.

Pips nahm das Bild vom Klavier. Betrachtete es. Er hatte vor, diesen Karl Jentgens kennenzulernen, den Maler des Bildes. Gerda sagte, der wohne noch immer in der Gertrudenstraße hinter dem Neumarkt. Bald wäre er wieder in Köln, dann würde er Jentgens besuchen. Mit Gerda. Er schien dauernd Verstärkung zu brauchen.

Das Bild schob er in die Schublade. Zwischen seine weißen Hemden, die er bei den Auftritten getragen hatte, in San Remo und in Hamburg. Er könnte heute Abend eines anziehen, auch wenn er nicht vorhatte, nur eine Taste bei Grete anzuschlagen.

Joachim war wohl der Einzige, der beurteilen konnte, ob

der Maler das Modell gut wiedergegeben hatte. Pips kannte Ursel so wenig nackt wie sie ihn.

Grete hatte schon Herzklopfen gehabt, bevor der erste Morgenkaffee auf dem Tisch stand. Wie eine junge Braut, die den Bräutigam empfing. Was dachte sie denn da nur? War sie bekloppt geworden? Fiete ließ sie auch im Stich. Er hätte ihr sagen sollen, ob sie sich noch mal als Zarah Leander gewanden sollte, obwohl der Klavierspieler an ihrem alten Instrument eine Katastrophe war, kaum fähig, sie zu begleiten.

Am besten ließ man die Brokatdecke auf dem armen Klavier liegen und den Mann in Frieden, der hatte dauernd Aussetzer, seit er aus den Trümmern gegraben worden war. Wie sollte er so die richtigen Tasten treffen? Da schrieb man das Jahr 1965 und war noch immer umgeben von den Opfern des Krieges. Immerhin hatte der Klavierspieler überlebt. Anders als Ikarus, dessen Tod ihr Fiete nie verzeihen würde.

Oder sollte sie sich in die Brokatdecke hüllen?

Das würde für einen Augenblick der Verblüffung sorgen, Herr Sander wäre platt. So groß war seine Karriere nun nicht geworden, er sollte sich nur nichts einbilden.

Fiete hatte ihr die Langspielplatten mit der Barmusik angeschleppt, aber das klang alles fremd in ihren Ohren. Musste man wohl auf der höheren Schule gewesen sein für.

Dass man jetzt auch noch selbst mit dem Feudel durch das Lokal wischte, eine Frau, der die Ufa zu Füßen gelegen hatte.

Moment. Moment. Das wäre eine Vorstufe des Wahnsinns, wenn sie sich jetzt einredete, die einzig wahre Zarah Leander zu sein. Da hatte Fiete recht, Dichtung und Wahrheit mussten auseinandergehalten werden.

«Da bist du endlich», sagte sie, als Fiete durch den schweren Filzvorhang kam. «Keine Ahnung, was ich anziehen soll. Bleibt es dabei, dass Herr Sander kommt?»

«Bin gerührt, dass du so durcheinander bist», sagte Fiete. «Aber es ist gerade erst Mittag.»

«Bloß nicht, dass er ein Weib mitbringt», sagte Grete.

Fiete dachte an Jockel, den Kurt ihm vorgestellt hatte. Den sollte Grete leiden können.

«Du gehst *wohin*?», fragte Jan, als sie am späten Mittag an einer Wurstbude im Schanzenviertel standen. Gerade hatte er noch gedacht, sein Vater fremdelte in der schäbigen Umgebung. Doch Jockel war tapfer die engen Treppen zum vierten Stock gestiegen und hatte beinah wohlwollend die Wohngemeinschaft besichtigt, in der ein Zimmer angeboten wurde.

«In die Seilerstraße, in die Kneipe von Grete.»

«Der Laden, in dem Opas Freund Fiete kellnert?»

«Du kennst ihn?», fragte Joachim.

«Den Laden nicht. Fiete, Kurt und ich waren im Sommer zusammen auf dem Ohlsdorfer Friedhof. Bei den Massengräbern der Bombenopfer, dort liegt ein Freund von Fiete begraben. Das war der Tag, an dem Opa das Auto abgeholt hat.»

Joachim schien es nicht zu irritieren, dass sein Sohn mit Fiete und Kurt auf den Friedhof ging. «Das Zimmer in der Kampstraße kommt also nicht infrage?»

«Nein», sagte Jan. «Viel zu nah am Schlachthof.» Er betrachtete die Knackwurst in seiner Hand. «Vielleicht tu ich Nina den Gefallen und bleib noch ein Jahr bei ihnen.»

«Eigentlich finde ich den Gedanken gut, dass du dir den Wind um die Nase wehen lässt. Muss ja nicht der vom

Schlachthof sein. Vielleicht wechselst du mal für ein oder zwei Semester nach Heidelberg oder Tübingen.»

Jan nickte. Das waren Universitäten, die seinem Vater gefielen. «Noch mal zurück zur Seilerstraße», sagte er. «Wie kommst du auf die Idee, dorthin zu gehen? Pips spielt da doch gar nicht mehr.»

«Aber er will den Kontakt zu Grete wieder aufnehmen. Ich vermute, sie tut ihm leid. Pips hat mich gefragt, ob ich ihn begleite.»

«Kommt Ursel auch mit?»

«Nein. Die bleibt bei Henrike.»

Jan nahm das letzte Stück Brot und wischte den Senf von der Pappe.

«Ich wollte mal aus meiner Haut», sagte Joachim. «Das weiß Pips. Er tut mir also einen Gefallen.»

«Aber du fändest es nicht so toll, wenn ich mitkäme?»

«Das mache ich jetzt mal allein mit Pips.»

«Die Frauen in der Großen Freiheit werden dich mit ihren Blicken verschlingen. Auf dem Kiez laufen nicht viele gut aussehende Männer herum.»

«In die Große Freiheit komme ich gar nicht. Woher kennst *du* dich denn da aus?»

«Wind um die Nase», sagte Jan. «Der kann dir auch nicht schaden.»

Köln

Billa hatte einen Kloß im Hals, als sie in Lucys Wohnung am Fenster stand und auf St. Bruno blickte. All die Erinnerungen.

Anfang der Zwanzigerjahre hatten ihre Schwester und sie eine erste eigene Wohnung gesucht und gefunden, weg vom strengen Vater in der großbürgerlichen Wohnung am Hohenzollernring. Das freie Leben hatte er nur auf den Bildern der Expressionisten erlaubt, die er und sein Bruder in der gemeinsamen Kunstgalerie vertraten.

Bei den Töchtern legte er ein Veto ein, hätte sie gern gut verheiratet gesehen. Den Gefallen taten sie ihm beide nicht. Dabei war Lucy die folgsamere, die gern flirtete, aber es kaum je ernst meinte. Damit hatte sie Herzen gebrochen, doch längst nicht so heftig und konsequent, wie es Billa gelungen war.

«Und dann ist uns die Bude abgebrannt», sagte Billa. «In der Bombennacht im Sommer 1943, von der ganz Köln noch spricht. Das war ein Schock, aus dem Bunker zu kommen und vor den brennenden Trümmern zu stehen. Vielleicht wollte Lucy darum wieder in die Gegend, der Brunokirche auf die Turmuhr gucken. Ich habe das damals nicht verstanden. Noch weniger verstehe ich im Nachhinein, dass Lucy und ich es zwanzig Jahre miteinander ausgehalten haben in einer Wohnung.»

Sie blickte zu Heinrich, der in Lucys Lieblingssessel saß, sonnengelbes Leinen, modern, ganz anders als die Einrichtung im Modesalon. «Wusstest du, dass unser Vater Lucy *sein hübsches Fohlen* genannt hat?»

«Nein», sagte Heinrich. «Hatte er einen Kosenamen für dich?»

«In guten Momenten gern *Paradepferd*. Sonst *dat Ross*.»

«Das finde ich sehr fragwürdig von meinem Onkel.»

«Dein Vater war der liebevollere der beiden Brüder.»

«Was soll nun mit Lucys Wohnung geschehen, Billa? Ich

bezahle seit einem Vierteljahr die Miete und wäre bereit, das noch eine Weile zu tun, wenn ich den Sinn darin erkennen könnte. Du willst wirklich nicht hier einziehen?»

«Ich bleibe lieber bei Gerda und dir», sagte Billa. «Ihr seid doch meine Familie. Und ich bin ja oft bei Georg und euch aus den Füßen.»

Heinrich seufzte. Doch wenn er ehrlich war, hatte er sich an Billas Anwesenheit im Haus gewöhnt. Sie würde ihm fehlen.

«Der Pips könnte doch hier einziehen. Er ist immer noch oft bei der Electrola.»

«Und doch denke ich, dass er sich für Hamburg entscheiden wird», sagte Heinrich.

«*Dem Ursel wegen.*»

Heinrich sah seine Kusine an. Wenn Billa ins Kölsch fiel, war sie nah an den Gefühlen und nah an der Wahrheit.

«Dass Lucy nur einen Zettel zurücklässt. Ein Wort mehr hätte es sein dürfen.»

Ja. Diese aus dem Auftragsbuch gerissene Seite, die sie auf Lucys Schreibtisch gefunden hatten, war in ihrer Kürze verstörend. Nur dieser eine Satz, dass Carla die Besitzerin des Modesalons Lucy Aldenhoven sein sollte. Wenigstens hatte er Rechtsgültigkeit.

«Such dir was aus der Wohnung aus, Billa. Da gibt es doch sicher Erinnerungen an eure gemeinsame Kindheit.»

«Ist doch alles verbrannt. Bis auf das, was wir in dem Bunkerkoffer hatten. Briefe, Fotos, Dokumente. Und das bisschen Schmuck unserer Mutter.»

«Hattet ihr den unter euch aufgeteilt?»

«Den hat Lucy genommen. Zu mir hat der nicht gepasst.»

«Dann nimm ihn jetzt.»

«Gib den mal deinen Enkeltöchtern. Ich freue mich,

wenn ich den gelben Sessel kriege und den Tisch, an dem sie anfangs die Stoffe zugeschnitten hat.»

«Den Tisch quetschst du noch in deine Zimmer hinein?»

«Vielleicht nimmt ihn vorerst Carla. Da bleibt bestimmt ein Eckchen für übrig nach der Renovierung des Salons.»

«Dann vermieten wir die Wohnung erst einmal möbliert unter. Irgendwann wird vielleicht in der Familie Bedarf bestehen», sagte Heinrich. Er war der älteste der Aldenhovens und hätte nicht gedacht, als Nachlassverwalter anzutreten.

«Irgendwie ist Lucy nie aus der Rolle des Fohlens rausgekommen», sagte Billa.

Heinrich stand aus dem sonnengelben Sessel auf und trat ans Fenster, sah nun auch auf die graue, gar nicht so ansehnliche Kirche von St. Bruno. Ein Stück Heimat.

Unermüdlich plätschert der Lebensweg durch das Festland und murmelt Quatsch.

Woher hatte er den Satz, der gerade aus den Tiefen seiner Erinnerung kam? Von einem der Surrealisten, mit denen sich die Galeristen Aldenhoven umgeben hatten?

Ross. Fohlen. Das hätte er nicht von seinem Onkel gedacht.

«Wollen wir noch zu Unkelbach, Billa? Mir wäre nach einem Kölsch und vielleicht einer Ochsenschwanzsuppe.»

«Du bist ein feiner Kerl, Heinrich», sagte Billa.

Hamburg

Grete hatte sich für das Gewand der Geliebten des Komponisten Peter Tschaikowsky entschieden. Der Schleier, der vom Hütchen in ihr Gesicht fiel, kaschierte die Säcke unter ihren Augen, die auch die Hormocenta nicht mehr linderte, zumal sie höchstens zweimal in der Woche daran dachte, die Creme aufzutragen. Also Schleier. Herr Sander sollte nur nicht glauben, sie habe gelitten in den anderthalb Jahren ohne ihn.

Doch sie war so überrascht vom Anblick des Mannes, der da neben Pips ins Lokal kam, dass sie den Schleier zurückschlug, um ihn besser betrachten zu können. Was war das für ein gut aussehendes Mannsbild?

«Darf ich dir Joachim Christensen vorstellen? Ein guter Freund.»

Donnerwetter. Pips wusste doch immer wieder zu überraschen. Wo hatte er den denn her? Und nun kam auch noch Fiete und tat ganz vertraut mit ihm. Sie bot ihre Hand, als sei sie tatsächlich eine reiche Russin aus dem neunzehnten Jahrhundert und erwarte einen Handkuss, doch der große Prachtkerl schüttelte sie lediglich.

«Ich bring euch mal einen ganz anständigen Wein», sagte Fiete. Er drehte sich zu Grete um. «Auweia, jetzt schleppt sie den armen Menschen doch zum Klavier. Sie will eine Vorstellung geben. Alles deinetwegen, Jockel. Wenn Grete das noch könnte, würde sie nicht nur singen, sondern die Röcke schmeißen und steppen.»

«Das tut mir leid», sagte Joachim. Er war sehr verlegen, dass sie alle taten, als sei Hans Albers auferstanden. Er hatte nicht im Geringsten dessen Talent zum tollkühnen Kerl und Herzensbrecher. Doch eine kleine Genugtuung tat sich auf, dass es Leute gab, die in ihm keinen Kopfmenschen und Bildungsbürger sahen, dem alles Sinnliche fernlag. Oder war das ein Problem der Selbstwahrnehmung?

Grete stürzte sich in *Kann denn Liebe Sünde sein*, obwohl sie im Kostüm der reichen Russin aus der *Rauschenden Ball-*

nacht neben dem Klavier stand. Versuchte, Pips' Begleiter Blicke zu schicken, als habe sie glühende Kohlen in den Augen.

«Glaube mir, ich habe nicht geahnt, was auf dich zukommt», sagte Pips.

«Ich fange an, Gefallen daran zu finden», sagte Joachim. War er denn je von Blicken verschlungen worden, wie es ihm Jan vorhergesagt hatte? Er erinnerte sich nicht, vermutlich hatte er immer viel zu schnell den Kopf gesenkt. «Hier hast du drei Jahre lang gespielt?»

«Ja», sagte Pips. «Aber zu meiner Zeit waren mehr Kerle da, die sich am Astra festhielten. Da muss bereits eine Flüsterpropaganda auf den Straßen im Gange sein, dass du heute Abend hier bist.»

«Nimm mich nicht auf den Arm. Ich habe keine Karriere als Mann der Frauen hinter mir. Ganz im Gegenteil.»

«Du hast Ursels Herz gewonnen.»

«Ja», sagte Joachim. Er senkte den Kopf, als habe ihn eine Frau angesehen.

«Trinkt mal zügiger», sagte Fiete, der mit einer neuen Flasche an ihren Tisch getreten war. «Dann könnt ihr alles leichter ertragen.»

«Wer ist der Mann am Klavier?»

«Er war mal ein ziemlich guter Musiker. Hat bis 1943 im Orchester des Hansa Theaters gespielt. Bis die auch *in Dutt* gebombt worden sind. Er hält sich wacker, vergisst nur viel. Aber was Grete gerade mit ihm macht, ist Quälerei.»

«Wie könnte ich die verhindern, Fiete? Wenn ich jetzt ans Klavier gehe und seinen Platz übernehme, ist das eine große Kränkung.» Hatte er sich nicht vorgenommen, hier keine Taste anzufassen?

«Das sehe ich anders. Er weiß genau, wer Pips Sander ist,

Grete hat ihm die Ohren vollgequatscht. Dass er dir nicht das Wasser reichen kann. Nu schaut er in deine Richtung und fleht um Erlösung.»

Ein böses Spiel von Grete, dass sie verkündete, der Pianist habe einen Schwächeanfall, sie bitte Pips Sander, ans Klavier zu kommen.

«Da kommst du nicht mehr raus», sagte Joachim leise.

«Wie heißt er?», fragte Pips. Er hatte den Eindruck, alle Augen richteten sich auf ihn. Vor allem Gretes und die des unglückseligen Musikers.

«John», sagte Fiete. «Hamburgisch mit einem langen O. Er ist noch nicht so alt, wie er aussieht. Nachname ist Long. Glaube ich.»

«John Long.» Pips krauste die Stirn. «Nicht auch noch Silver?»

Er stand auf. «John, wir danken Ihnen sehr, dass Sie heute unter erschwerten Umständen gespielt haben.» Pips fing an zu klatschen. Es dauerte nicht lange, bis alle applaudierten.

John verbeugte sich verlegen. Blickte dann zu Pips.

«Ich freue mich, wenn wir bald gemeinsam einen Abend hier gestalten, Frau Weiland wird sicher einverstanden sein. Vielleicht mögen Sie noch an unseren Tisch kommen.»

Grete wurde zornesrot im Gesicht, doch sie vergaß, den Schleier vorzuziehen. Als John Long sich zu Pips und Joachim an den Tisch setzte, verschwand die Prinzipalin in ihrem Hinterzimmer.

Fiete legte eine Platte von Hans Albers auf und trat an den Tisch. «Das ist jetzt verbrannte Erde», sagte er. «Das verzeiht sie nicht.»

«Warten wir ab», sagte Pips.

Joachim legte ihm die Hand auf den Arm. «Gut gemacht, Pips.»

Fiete behielt die verschlossene Tür des Hinterzimmers im Auge. «Trotzdem», sagte er. «Sie war so aufgeregt, dass du kommst. Auch wenn der alte Drachen dir das nicht zeigen kann. Du musst noch mal mit ihr reden.»

«Ist John Long Ihr Künstlername?», fragte Joachim.

Long lächelte. «Ich heiße wie mein Vater. Der war ein englischer Seemann.»

«Ich bin oft in Köln», sagte Pips. «Aber wir werden eine Gelegenheit finden.»

Grete ließ sich den ganzen Abend nicht mehr blicken.

Köln

In der Nacht erwachte Gerda und tastete in der Dunkelheit nach Heinrich. Er lag nicht neben ihr, vielleicht war er nur zur Toilette gegangen. Woher kamen auf einmal diese Ängste von Verlust und Abschied? Hatte Lucys Tod damit zu tun?

Sie horchte ins stille Haus hinein und stand auf, schob den Vorhang zur Seite, sah zu dem Brunnen, der vom Lichtstrahl einer Straßenlaterne gestreift wurde. Der Pan stand oben und hielt die Flöte in der Hand.

Wann hatte sie aufgehört, zu glauben, dass er ihre Familie schützte, wenn sie am ersten Tag eines neuen Jahres aufmerksam seiner Flöte lauschte? Schon ihre Mutter hatte das heidnisch genannt und Gottvertrauen empfohlen.

Hatte sie je ernsthaft an ihn geglaubt? An Pan? An Gott?

In wenigen Tagen würde Heinrich dreiundsiebzig Jahre alt werden. Seine Eltern waren in diesem Alter längst tot gewesen. Wie ihre Mutter. Gerdas Vater, der in Flandern gefallen war, hatte zu der Generation der jungen Männer gehört, die dem Krieg zum Opfer fielen. Wie auch die nächste Generation gefordert worden war.

Ulrich, ihr Sohn, war verschont geblieben, Joachim, ihr Schwiegersohn, nicht.

«Was machst du dir für Gedanken?», fragte Heinrich hinter ihr.

Gerda drehte sich um. «Dass du mir sterben könntest.»

«Das hast du nun davon, einen so alten Kerl zu heiraten.»

«Zehn Jahre», sagte Gerda. «Was sind zehn Jahre? Warum bist du aufgestanden?»

«Weil ich wach geworden bin und geglaubt habe, Billa weinen zu hören. Doch bei ihr war alles still. Dann war ich im Bad und habe einen Löffel Baldrian genommen.»

«Davon wirst du schlafen wie ein Stein.»

«Des Menschen Glaube. Du glaubst nicht mehr an den Pan?»

Gerda schüttelte den Kopf.

«Schade», sagte Heinrich. «Bei Unkelbach sagte Billa zu mir, Lucys Tod habe ihre Seele zerschrammt. Weil sie nicht genügend aufgepasst habe. Das hat sie aber nicht gehindert, das *Nierenkrüstchen* mit großem Appetit zu essen.»

«Wir haben alle nicht genügend aufgepasst.»

«Komm ins Bett, meine Kleine.»

«Wie lange liegen wir schon beinah jede Nacht nebeneinander?»

«Seit dem 19. November 1925. Unserer Hochzeitsnacht.»

«Wir haben es vorher schon getan. Nur wusste das keiner. Nächte, die wir uns gestohlen haben, während wir ganz woanders vermutet wurden.»

Er beugte sich zu Gerda und küsste ihren Nacken. «So alt bin ich noch gar nicht», sagte er. «Menschen werden heute älter als vor dreißig Jahren.»

«Um welches unserer Kinder sorgst du dich am meisten?», fragte Gerda.

«Du betätigst dich gerade als Lustmörderin.»

«Vielleicht ist das auch die Wirkung des Baldrians.»

Heinrich ließ sich in die Kissen zurückfallen. «Um Joachim.»

Das hatte Gerda nicht erwartet. «Warum?», fragte sie.

«Joachim ist schon einmal von einer Frau verlassen worden.»

«Pips sagte mir, Ursula sei eine unruhige Seele, die mit dem Feuer spiele, wenn ihr langweilig werde.»

«Wann hat er das gesagt?»

«Auf unserem kleinen Sommerfest. Im Juni. Ich habe ihn gefragt, ob er in Gefahr sei, an ihrem Feuer zu verbrennen.»

«In der Gefahr ist er», sagte Heinrich. «Und auch Joachim.»

«Um unsere Tochter sorgst du dich nicht?»

«Nein. Ich denke inzwischen, dass Ursel die Stärkste von allen ist.»

«Und Carla und Uli?»

«Bei den beiden droht keine Gefahr mehr.» Heinrich sah auf die Leuchtziffern seines Weckers. Schon kurz vor halb fünf. Wo war die Nacht hin? Er gähnte.

«Jetzt kann *ich* nicht schlafen», sagte Gerda.

«Soll ich die Baldrianflasche aus dem Bad holen?»

«Gib mir nur deine Schulter.»

«Die tut dir noch immer gut?»

«Ich hoffe, dass sie mir noch viele Jahre guttun wird», sagte Gerda.

— 17. JANUAR —

Hamburg

Der Stoff des Kostüms war Vorkriegsware. Ein durabler Gabardine. Schwarz. Das Kostüm war wie neu, Grete hatte es auf Beerdigungen getragen und einer Hochzeit, ihrer eigenen. Da hatte ein Myrtensträußchen das Revers geschmückt. Ein Kranz auf dem Kopf wäre ihr eindeutig zu viel gewesen für Herrn Weiland.

Keine Frage, dass es über dem Busen und in der Taille spannte, auch wenn Grete schon vor dem Krieg füllig gewesen war. Dann knöpfte sie die Kostümjacke eben nicht zu, genügte doch, wenn die neue weiße Bluse mit dem großen spitzen Kragen, die sie bei Witt Weiden bestellt hatte, dem Betrachter ins Auge fiel.

Grete hatte Fiete bearbeiten müssen, bis er die Hausnummer in der Blumenstraße herausrückte. «Du kannst denen doch nicht einfach auf die Bude rücken.»

«Denen?»

«Kurt und Elisabeth.»

«Du scheinst da ja Kind im Hause zu sein.»

Grete hatte erst mit der Straßenbahn fahren wollen, doch das war entschieden zu kalt in ihrem Kostüm. Also eine Droschke. Die Uhrzeit hatte sie geheim gehalten, sollte Fiete doch auf der Lauer liegen und sich den Hintern abfrieren.

Sie stieg aus, gab dem Chauffeur zwei Groschen Trinkgeld und fand, das sei viel. Überhörte den sarkastischen Ton, mit der er der gnädigen Frau einen schönen Tag wünschte. Vermutlich glaubte er, sie lebe in dieser Villa.

Ihre Augen suchten die Fenster ab. Pips wohnte unter dem Dach. Das wusste sie.

Lebte der Prachtkerl von Mittwochabend auch hier? Sie glaubte, jemanden wahrzunehmen im Fenster des Parterre, der sich schnell zurückzog.

Grete ging zur Pforte vor dem kleinen Vorgarten, öffnete sie. Was blieb ihr anderes übrig, als bei Joseph Sander zu klingeln. Er würde ja wohl eine eigene Klingel haben.

Elisabeth hatte das Glas mit den eingelegten Bohnen aus der unteren Küche holen wollen und es beinah fallen lassen. Wer war die Frau, die vor ihrem Haus stand? Sie trat ins Treppenhaus, um laut nach Kurt zu rufen, der oben vor dem Internationalen Frühschoppen saß, doch der Ruf wäre nach draußen gedrungen.

So schlich sie die Treppe in den ersten Stock hoch, das Glas mit den Bohnen, die es zu den Rouladen geben sollte, fest in der Hand.

«Da unten steht eine schwarz gekleidete alte Schachtel», sagte sie, als sie in der Wohnungstür stand. «Vielleicht will sie für den Kirchenbasar sammeln. Aber ihre Haare sind feuerrot gefärbt.»

Kurt stand auf und ging zum Fenster. Unten war keine alte Schachtel mehr zu sehen, dafür schepperte die Klingel durch das Treppenhaus.

«Die will zu Pips.» Elisabeth flüsterte.

Da hörten sie schon Pips' Schritte auf den Stufen. Das Aufschließen der Haustüre.

«Grete. Was willst du denn hier?»

Kurt zog Elisabeth aus dem Treppenhaus in die Wohnung. «Das ist seine Privatsache», sagte er.

Grete schnaufte die Stufen zu Pips' Dachzimmer hinauf, an der geschlossenen Tür im ersten Stock vorbei. «Wer wohnt denn noch alles im Haus?», fragte sie.
«Ich hätte mir nicht vorstellen können, dass du ein Kostüm wie dieses besitzt.»
«Ihr habt alle aufgehört, mich für eine ehrbare Frau zu halten.»
«Setz dich und komm erst einmal zu Atem.»
«Und dein Begleiter vom Mittwoch? Wo ist der?»
«Der lebt mit Frau und Kind in der Rothenbaumchaussee. Willst du Kaffee?»
«Mein Herz ist ohnehin schon außer Kontrolle.»
«Dann einen Pfefferminztee.»
«Einen Kaffee», sagte Grete. «Das war nicht gut, was du da mit mir gemacht hast. Mich vor allen Gästen bloßgestellt.»
«Ich habe nur verhindern wollen, dass du deinen Pianisten lächerlich machst.»
«Na großartig. Nu denkt er, noch eine Karriere bei mir zu haben.»

Wieso war ihm vorher nicht aufgefallen, dass Gretes Kinnlade etwas von einem bemalten Nussknacker hatte, wie sie auf den Weihnachtsmärkten verkauft wurden? Vermutlich der Federboa und der vielen Seidenschals wegen.

«Er ist ein guter Musiker, Grete. Du darfst ihn nur nicht quälen. Ich habe einen Freund, der während des Krieges in London verschüttet worden ist und manchmal noch immer unter den Folgen leidet.»
«Wen du alles kennst. Leute, die in England verschüttet

wurden. Als hätten wir davon nicht genügend in Hamburg.»

«Grete, was willst du von mir?»

«Dass du wieder bei mir spielst.»

Pips stellte ihr ein paar *cantuccini* hin, die er aus San Remo mitgebracht hatte.

«Was ist das?»

«Ein italienisches Mandelgebäck.»

«Die sehen aber hart aus. Kann ich die in den Kaffee tunken?»

«Ich kann dir auch einen Grappa zum Tunken geben.»

«Ist das der Traubenschnaps? Gib den mal her.»

Pips füllte ihr ein kleines Glas. «Ich kann nicht mehr bei dir spielen, Grete. Selbst wenn ich es wollte. Das erlaubt meine Arbeit in den Plattenstudios nicht. Hier wie dort. Ab morgen bin ich wieder für eine Woche in Köln.»

«Der Herr Wichtig», sagte Grete. «Warum machst du dann dem Long Hoffnung?»

«Ich werde mit ihm gemeinsam einen Abend gestalten. Wie ich gesagt habe.»

«Bei mir im Lokal?»

«Wo sonst?», sagte Pips. «Ich kümmere mich darum, wenn ich wieder da bin.»

«Vielleicht wird ja mehr draus.»

«Bei welchen Gelegenheiten hast du denn dieses Kostüm getragen?»

«Da habe ich einige Leute drin beerdigt. Und den Weiland geheiratet.»

«Den gab es wirklich?»

«Nu werd nicht noch frecher.»

«Lebt der noch?»

«Längst dahingeschieden.»

«Wir werden sehen, wie es mit uns weitergeht», sagte Pips.

«Haben wir uns nicht immer leiden können?» Grete kippte den Grappa hinunter.

Zwei weitere waren nötig, bis sie bereit war, sich ein Taxi rufen zu lassen, um in die Seilerstraße zurückzufahren. «Eigentlich wollte ich keine Droschke mehr nehmen», sagte sie. «Zu teuer.»

«Darf ich dich zu der Fahrt einladen?»

«Will mir wenig gefallen, dass du nicht mehr der arme Schlucker bist.»

Pips telefonierte nach dem Taxi und bugsierte Grete zur Tür und die Treppen hinunter. «Wie war das denn mit dem Herrn Weiland?»

«Hat erst so getan, als sei er begütert.» Grete winkte ab. «Dieser Prachtkerl, den du mitgebracht hast, der ist sicher eine gute Partie.»

«Ich nehme an, du sprichst von Joachim. Er ist Studienrat am Johanneum.»

«Die vornehme Bildungsanstalt? Das hätte ich ihm jetzt nicht angesehen.»

«Du meinst, so klug sah er nicht aus?»

«Er hätte bei der Ufa filmen können», sagte Grete.

«Ich werde es ihm ausrichten», sagte Pips, als er sie ins Taxi setzte.

«Du kommst ganz bestimmt wieder und spielst mit dem Long?»

«Verlass dich drauf.»

Sie kurbelte noch an der Scheibe, als das Taxi anfuhr. «Bleiben wir Freunde?», rief Grete in den Wind hinein.

Waren sie das je gewesen? Pips winkte. Wenn Grete nur auf ihre alten Tage noch lernte, besser umzugehen mit den Menschen.

«War das Grete?»

«Ja. Wohin bist du des Weges, Kurt?»

«Tom lädt zu einer Theatervorstellung ein. Henrike und Ursel sind auch da. Wenn ich es richtig verstanden habe, geben die Kasperlepuppen das *Wirtshaus im Spessart*.»

«Braucht man da nicht ziemlich viele Räuber?»

«Tom hat nur einen. Es wird auf jeden Fall eine ordentliche Klopperei geben. Notfalls mit dem Krokodil und der Großmutter.»

«Du konntest einen Blick auf Grete werfen?»

«Vom Flurfenster aus. Versucht sie, dich zu überreden, wieder öfter bei ihr zu spielen?»

«Dafür habe ich gar keine Zeit. Kommt deine Frau nicht mit in die Hansastraße?»

«Sie hat Tutti zu Kaffee und Kuchen eingeladen. Von der wird sie immer mal wieder frisiert. Das Lockennest auf Lillekens Kopf beim Tanztee war Tuttis Werk. Pips, falls du noch mal zu Grete gehst, dann würde ich gerne mitkommen.»

«Bei der nächsten Gelegenheit bist du dabei, Kurt. Grüß alle schön. Ist Joachim auch da?»

«Der bereitet noch was für den Unterricht vor.»

Pips war auf der oberen Treppe angekommen, als er sein Telefon klingeln hörte. Joachim, der ihn fragte, ob er Lust habe, mit ihm einen Spaziergang zu machen. Das sonntägliche Leben gestaltete sich abwechslungsreich.

Joachim wartete schon auf der Brücke, als Pips aus der Blumenstraße kam. «Ich bin ein Mensch, der hoffnungslos zu früh kommt», sagte er.

«Durch wessen Augen betrachtest du dich eigentlich so streng?»

«Vielleicht durch die meiner Mutter. Sie hasste die Nachlässigkeit, die ich hier gerade an den Tag lege. Ich habe im Lehrerzimmer ein Buch vergessen, das ich heute Abend noch für die Vorbereitung der Abiturarbeiten brauche.»

«Und? Hast du die nötigen Schlüssel?»

Joachim nickte.

«Dann gehen wir zum Johanneum. Das ist doch ein schöner Spaziergang. Es muss nicht immer die Alster sein. Gehört Ursula auch zu den strengen Frauen in deinem Leben?»

«Nein. Aber sicher vermisst sie einiges an mir. Im Grunde braucht Ursel zwei Gefährten. Den einen für die Vernunft in ihrem Leben und den anderen für die Leichtigkeit und die Kunst. Ein Maler, wie Jef es gewesen ist.»

Pips blieb stehen. Dabei stand die Ampel am Poelchaukamp auf Grün.

«Wir können auch das Rot für die Fußgänger abwarten», sagte Joachim. «Aber ich gehe nicht gern bei Rot über die Ampel. Habe ich etwas Falsches gesagt?»

«Nein», sagte Pips. «Gehen wir hier geradeaus weiter?»

«Und biegen dann in die Dorotheenstraße ab. Von da aus gibt es einen Schleichpfad zum Johanneum.»

«Stimmt es, dass du schon Schüler dort warst?»

«Ja. Ich bin nicht weit gekommen.»

«Dreizehn Jahre in Russland waren doch Auslauf genug. Ich habe mich schon lange nicht mehr in die Nähe eines Gymnasiums begeben, zuletzt im September 1944.»

«Und dann wurden die Kölner Schulen wegen des Krieges geschlossen?»

«Dann hat mich die Gestapo verhaftet.»

Schweigen, das erst einmal zwischen ihnen lag.

«Du warst viel weitsichtiger als ich», sagte Joachim schließlich.

«Nein. Ich war ein dummer Junge, der nicht wusste, was

er tat. Zu diesem Zeitpunkt Flugblätter unter die Leute zu bringen, war die letzte Idiotie.»

«Die Gestapo hat dir mehr angetan als einen abgeschnittenen Finger, nicht wahr, Pips? Wenn der für einen Pianisten auch eine größere Bedeutung hat als für jeden anderen Menschen.»

Sie erreichten einen Seiteneingang der Schule. «Willst du hier auf mich warten?», fragte Joachim. «Ich bin gleich wieder da.»

Pips zog sich auf die Schulhofmauer, die Steine waren kalt. Was wusste Joachim? Sprach er von seelischen Schäden? Und wenn er auch ihm die Wahrheit sagte?

«Da bin ich wieder.» Joachim trat aus der Tür. Mit einer Mappe in der Hand. «Sie lag noch friedlich auf meinem Platz.»

Pips sprang von der Mauer und spürte jede Narbe. Er verzog das Gesicht.

«Alles in Ordnung? Wollen wir zurückgehen?»

«Ja», sagte Pips. «Hast du im Lazarett gelegen?»

«Oft. Ich lag da mit Fieberanfällen. War unterernährt und ausgetrocknet. Hatte Diarrhö. All das in den Jahren der Gefangenschaft. Während des Krieges waren die Lazarette eine blutigere Angelegenheit. Davon bin ich verschont geblieben, dennoch hat sich vieles für immer eingeprägt. Die Schreie von denen, die draußen im Feld liegen blieben, denen keiner mehr half, die verfolgen mich noch im Schlaf.»

Das wusste Pips. Ursula hatte ihm davon erzählt.

«Und die meisten von ihnen riefen nach ihrer Mutter.»

«Das habe ich auch getan», sagte Pips. «Bis mir ein Lumpen in den Mund gestopft wurde, der mit einem Fusel getränkt worden war.»

Diesmal blieb Joachim stehen. «Wo war das?»

«Im Keller der Gestapo. Ich hatte nie nach Köln zurückkehren wollen, um dieses Gebäude am Appellhofplatz ja nicht wiederzusehen. Bisher ist es mir gelungen, einen großen Bogen darum zu machen, obwohl es sich in der Nähe des WDR befindet.»

«Wenn sie den Lumpen mit Fusel getränkt haben, dann war das wohl eine Art medizinischer Eingriff.»

«Ja», sagte Pips. «Der Arzt hat gute Arbeit geleistet.»

«Wer weiß davon, was dir geschehen ist? Ursula?»

«Diese grüne Ampel nehmen wir mit», sagte Pips. «Du hast doch gerne grüne Ampeln.» Er zog Joachim am Ärmel.

«Ich würde gern zum Kreis deiner Vertrauten gehören», sagte Joachim.

«Gehen wir bis zur Blumenstraße. Da trinken wir einen Kaffee bei mir.»

«Was sind das jetzt für Verrenkungen, Pips?»

«Mir fällt schwer, gerade dir davon zu erzählen, was die mit mir gemacht haben.»

«Warum?»

«Im Januar 1956 kam Ursula in Giannis Bar und erwischte mich dabei, wie ich Beethovens *Pathétique* spielte. Ursel war von Kopf bis Fuß schwarz angezogen und hatte einen leuchtend roten Lippenstift aufgelegt.»

«Ja», sagte Joachim. «Ich schätze es, dass Ursula das heute nicht mehr tut.»

«Jef war erst einige Wochen tot.»

«Du kanntest ihn, nicht wahr?»

«Nein», sagte Pips. «Gianni hatte mir von ihm erzählt.» Er betrat ein viel zu gefährliches Terrain. Um anzubieten, der zweite Mann zu sein? Kein Maler, ein Musiker. Die Kunst neben der Vernunft. Was hatte Joachim gegen roten Lippenstift?

«Warum fällt es dir schwer, gerade mir das zu erzählen, Pips? Wer weiß denn davon?»

«Gianni. Heinrich. Ursel.»

«Mein Schwiegervater?»

Pips nickte.

«Hast du jemals mit Ursula geschlafen?»

«Nein. Das schwöre ich dir bei meinem Leben.»

Zwei Jungen von vielleicht zwölf Jahren grüßten den Herrn Studienrat. Wünschten einen schönen Sonntag. Pips ging schon mal voraus. Drehte sich nach einer Weile um. Noch immer stand Joachim bei den Jungen.

Pips war schon auf der Höhe der Blumenstraße, als Joachim ihn mit langen Schritten einholte. «Am Schluss bohren sie immer, wie die letzte Klassenarbeit ausgefallen ist», sagte er. «Bitte entschuldige.»

«Wir haben noch genügend Zeit, uns alles zu erzählen», sagte Pips. Gut, dass er unterbrochen worden war, sonst hätte er preisgegeben, Ursel zu lieben. Er zog den Schlüssel aus seiner Manteltasche, wollte die Haustür öffnen, doch da ging sie schon auf, und Elisabeth stand vor ihnen. Neben ihr eine Frau.

Ein paar herzliche Worte, die sie wechselten, dann wollten Pips und Joachim vorbeigehen, zum Dach hochsteigen.

«Ihr beide bleibt mal hier», sagte Elisabeth. «Da ist noch ein halbes Blech vom Butterkuchen. Kurt kommt auch jeden Augenblick.»

«Pips und ich haben noch etwas zu besprechen», sagte Joachim.

«Das tust du mir jetzt nicht an, Jockel. Ich sehe dich so selten. Und Pips ist auch ab morgen wieder eine ganze Woche in Köln.»

«Gut», sagte Joachim. «Ein Stück Butterkuchen.»

Vor dem Haus hielt der weiße Kadett von Kurt.

Eine Plakette aus Blech. Unscheinbar, bis auf den kleinen Marienkäfer aus Plastik im oberen linken Eck der Plakette.

> *Rase nicht mit wilden Pferden*
> *durch das Weltgetümmel*
> *Lieber mal zu spät auf Erden*
> *als zu früh im Himmel*

War Kurt gerührt, als er die Plakette neben seinem Kuchenteller liegen sah?

«Die hat Tutti für dich gekauft», sagte Elisabeth. «In einem Eisenwarenladen am Hafen. Da haben sie lauter solche Schilder, sagt Tutti. Auch unanständige.»

«Wie lieb von ihr», sagte Kurt.

«Das klebst du dir ans Armaturenbrett.»

«Und wie komme ich zu der Ehre?»

«Siehst du gut genug, Kurt? Oder kann es sein, dass deine Augen nachlassen?»

«Wie kommst du darauf? Beim letzten Test war alles bestens.» Er blickte zur Decke. Von oben kam Klavierspiel. Joachim und Pips hatten sich verabschiedet, kaum dass sie das Stück Butterkuchen gegessen hatten.

«Was die wohl miteinander zu besprechen haben», sagte Elisabeth.

«Also, was soll das mit meinen Augen?»

«Du hast Tutti auf dem Parkplatz vor der Kirche nicht gesehen.»

«Vor welcher Kirche?»

«Sie hatte Angst, dass du sie umfährst.»

«Ich war vor keiner Kirche. Vielleicht sollte *Tutti* mal zum Augenarzt gehen.»

Somewhere over the rainbow spielte Pips oben.

«Das ist doch aus dem Film mit der Judy Garland», sagte Elisabeth.

Kurt nickte. Ein Lied lang schien Tutti Hanstett vergessen.

«Vielleicht hat Tutti sich ja auch geirrt.»

«Hattet ihr es denn sonst nett miteinander?»

«Sie tratscht mir zu viel. Aber eigentlich ist es eine schöne Abwechslung.»

«Dann trefft euch doch öfter.» Kurt klang hoffnungsvoll.

«Kurt, ich hab den Eindruck, Jockel ist gar nicht mehr mit nach oben zu Pips gegangen.»

«Vielleicht wollte er nach Hause zu Frau und Tochter.»

«Wie war es denn überhaupt bei Toms Puppenspiel?»

«Am Ende hat der Räuber die Prinzessin bekommen», sagte Kurt.

Henrike saß in der Badewanne und spielte das *Wirtshaus im Spessart* nach. «Ich will einen Räuberhauptmann heiraten, Papa», sagte sie, als sich Joachim auf den Rand der Wanne setzte und schnell nass wurde bei dem hohen Wellengang.

«Ich dachte, du heiratest Tom.»

«Den auch», sagte Henrike.

«Vorher waschen wir aber noch Haare.»

«Hat Mama das gesagt?»

Joachim suchte nach der Flasche mit dem Kindershampoo, doch die schwamm im Wasser, Opfer einer Schlacht im Spessart. Wie auch Kamm und Bürste.

«Und warum machst *du* das?»

«Mama muss noch was fürs Museum fertig machen.»

«Musst du auch arbeiten?»

Joachim nickte.

«Und was mache ich?»

«Schlafen gehen», sagte Joachim.

«Ich will eine Schwester oder einen Bruder. Oder einen Hund wie Tom und Jan», sagte seine Tochter. «Dann ist es nicht immer so langweilig im Bett.»

«Du *hast* einen Bruder, Rikelein. Den Jan. Das weißt du doch.»

«Aber der ist schon so groß, und er hat auch eine andere Mama.»

«Ja», sagte Joachim. «Jan hat eine andere Mama.»

«Warum hast du nicht meine Mama zu Jans Mama gemacht?»

«Weil zwischen Jans Geburt und deiner viel geschehen ist. Als dein Bruder geboren wurde, kannte ich *deine* Mama noch gar nicht.»

Henrike brütete über diese Information und nahm gar nicht wahr, dass Joachim die Gelegenheit nutzte, ihr ein paar Handvoll Wasser übers Haar laufen zu lassen. Doch sie schüttelte sich wie ein Hund, der vom Schwimmen aus der Alster kommt, kaum dass Joachim den Verschluss der Shampooflasche geöffnet hatte.

«Lass dir doch die Haare waschen, Rikelein.» Ihm gelang, einen Klecks Shampoo im Haar zu verteilen.

«Und hast du Jans Mama noch lieb?»

«Wir haben uns alle lieb. Ursel. Nina. Vinton. Jan. Tom. Pips.»

«Den Pips habe ich besonders lieb.»

Joachim griff zur Handbrause.

«Nicht die Brause, Papa. Nicht die Brause.»

«Gut. Dann gehe ich in die Küche, hole eine Kanne und fülle sie mit Wasser. Du bleibst bitte in der Badewanne.»

«Aber du willst kein noch neueres Kind mit einer noch neueren Frau haben?», fragte Henrike, als er mit einer Emailkanne ins Badezimmer zurückkehrte, um ihr die hellen Haare auszuspülen.

«Nein. Ganz sicher nicht.» Er hob seine Tochter aus der Wanne und hüllte sie in ein Badetuch, das er auf der Heizung vorgewärmt hatte.

«Dann lieber mit Mama», sagte Rike.

«Dann lieber mit Mama», sagte Joachim, als er mit Ursula in der Küche saß und ihr den Verlauf des Wannengespräches wiedergab. Henrike schlief.

«Was wird das jetzt? Eine Aufforderung zu einem zweiten Kind?»

«Wie stündest du dazu?»

Ursula schüttelte leicht den Kopf.

«Ist das die Antwort?»

«Lass mich darüber nachdenken, Joachim. Du überforderst mich gerade.»

«Das tut mir leid.»

«Henrike würde ein Geschwisterchen sicher glücklich machen», sagte Ursula.

«Mich auch. Aber was ist mit deinem Glück?»

Was war mit ihrem Glück? Wollte sie das alles noch einmal? Schwangerschaft. Geburt. Einen Säugling.

«Ich müsste nur die Präservative in der Schublade des Nachttisches lassen.»

«Wir sind nicht mehr jung genug. Du wirst im Februar fünfundvierzig und ich im Mai sechsunddreißig.»

«Aber noch ist es nicht zu spät.»

«Das alles löst ein Gespräch mit unserer Tochter während des Haarewaschens in dir aus. Liegt dir der Wunsch nach einem weiteren Kind schon so lange auf der Seele? Warum hast du nicht mit mir darüber gesprochen?»

«Es ist mir wohl eben erst bewusst geworden», sagte Joachim.

Vielleicht sollte sie das Risiko auf sich nehmen in der Hoffnung, nicht so leicht schwanger zu werden mit sechsunddreißig Jahren. Sie würde ihren Frauenarzt fragen. Dr. Unger war zwar nicht mehr an allen Tagen der Woche in der Praxis, aber für sie hatte er immer Zeit gehabt.

«Musst du noch arbeiten?»

«Nein.» Ursula schob den Text über die *Hommage au carré* des Malers und Kunsttheoretikers Josef Albers zur Seite.

«Ich mache uns einen Rotwein auf», sagte Joachim.

Der Korken löste sich aus der Flasche Chianti Classico Riserva mit einem lauten Plopp.

«Ich habe heute gehört, dass du eine von dreien bist, die Pips' Geheimnis kennen.»

«Du hast Pips getroffen?»

«Wir haben einen Spaziergang gemacht, er hat mich zum Johanneum begleitet, wo ich die Unterlagen für die Abiturarbeiten im Lehrerzimmer liegen gelassen hatte.»

«Und wie seid ihr in dieses Gespräch geraten?»

Joachim füllte den Chianti in ihre Gläser.

«Vom Besuch des Gymnasiums zu den Folterkellern der Gestapo. Ich habe ihn auf meine Vermutung angesprochen, ihm sei mehr geschehen als der Verlust eines Fingers, so schrecklich der für einen Pianisten ist. Und ich habe ihm gesagt, wie gern ich zum Kreis seiner Vertrauten gehören würde.»

«Was hat er dir geantwortet?»

«Dass ihm schwerfalle, gerade mir davon zu erzählen.

Was meint er mit *gerade mir*? Ich bitte dich, mich einzuweihen, Ursel. Sogar dein Vater weiß es.»

«Das wusste ich nicht. Joachim, ich kann das nicht über Pips' Kopf hinweg tun.»

«Ich hätte es heute Nachmittag von Pips erfahren, wenn uns Elisabeth nicht mit ihrem Butterkuchen in die Quere gekommen wäre. Wir wollten zu ihm hinaufgehen, um dort weiterzureden. Doch Frau Borgfeldt war leider wieder gnadenlos in ihrer Güte.»

«Gut. Ich sage es dir. Wenn Pips selbst schon dazu bereit war. Die Gestapoleute haben ihm Verletzungen im Intimbereich zugefügt, die es Pips unmöglich machen, mit einer Frau zu schlafen. Geschweige denn Kinder zu zeugen.»

«Um Himmels willen.» Joachim schien erschüttert. «Und ich habe ihn gefragt, ob er mit dir geschlafen hat.»

«Warum hast du das getan, Jockel?»

«Weil ich eifersüchtig bin. Seit dem Morgen, an dem du dich in aller Frühe aus dem Bett geschlichen hast und zu ihm in die Blumenstraße gegangen bist.»

«Das ist zwei Jahre her, und ich habe dir damals schon erklärt, dass ich eine Antwort auf seinen kryptischen Anruf haben wollte.»

«Ich verdammter Idiot», sagte Joachim.

«Warum bist du eifersüchtig auf Pips?»

«Das ist nicht nur jener Morgen. Pips ist etwas für dich, das ich nicht sein kann.»

Ursula setzte an, etwas zu sagen, doch sie schwieg.

«Heute habe ich zu ihm gesagt, dass du zwei Gefährten brauchst. Einen für die Vernunft in deinem Leben, den anderen für die Leichtigkeit und die Kunst. Ich habe da an einen Maler gedacht wie Jef. Doch warum kein Musiker.»

Vielleicht war das wirklich keine schlechte Idee.

«In welchen Momenten bin ich für dich Jockel statt Joachim?»

Sie zögerte. «In Momenten der Zärtlichkeit.»

Joachim lächelte. «Ich werde Pips um Verzeihung für die Frage bitten.»

«Das wirst du bitte nicht tun.»

«Warum nicht?»

«Weil du ihn damit zu einem sexuellen Neutrum erklärst.»

«Wirst du ihm sagen, dass ich sein Geheimnis kenne?»

«Ja. Heute Abend noch. Das bin ich Pips schuldig.»

«Gut. Ich gehe schon vor ins Bett.»

Ursula nickte. Sie stand auf und ging zum Telefon, als Joachim am Ende des Flurs die Tür zum Badezimmer öffnete.

Pips legte den Hörer auf die Telefongabel und trat ans Klavier. Setzte sich und fing an zu spielen. Es war längst nach zehn. Er achtete sonst immer darauf, weder Kurt und schon gar nicht Elisabeth um diese Uhrzeit zu stören.

Ein Lied aus den Anfängen am Konservatorium, das er da spielte, mit dem die neuen unter den Klavierschülern die jungen Gesangsstudentinnen begleitet hatten.

> *Aus meinen großen Schmerzen*
> *Mach ich die kleinen Lieder*
> *Die heben ihr klingend Gefieder*
> *und flattern nach ihrem Herzen*

Die Studentinnen hätten den Text lächerlich gefunden, wäre er nicht aus Heines *Buch der Lieder* gewesen. Heinrich Heine, der große Ironiker. Was hatten sie denn alle schon gewusst von den Leiden des Dichters.

Warum war er so aufgewühlt? Ursula hatte ihrem Mann

erzählt, was Pips selbst hatte erzählen wollen an diesem Sonntagnachmittag. Würde sich das Verhältnis zu Joachim ändern? Sähe der ihn nun als einen, der kein Konkurrent sein konnte? Nein, so dachte Joachim nicht. Dafür hatte er selbst zu viel gelitten.

Er hörte Schritte auf der Holztreppe und nahm die Hände von den Tasten. Kam Kurt herauf, um sich über das späte Klavierspiel zu beschweren? Hatte Elisabeth Kopfschmerzen und gebeten, dem Spiel ein Ende zu bereiten?

Pips wartete auf das Klopfen, es kam nicht. Doch ein Zettel wurde unter der Tür hindurchgeschoben. Er wartete, bis sich die Schritte wieder nach unten entfernt hatten, dann ging er, den Zettel aufzuheben.

Ich bin kein Kenner von Kunstliedern, Pips, doch dieses Lied von Hugo Wolf und Heinrich Heine hat mir immer viel bedeutet. Danke, dass du es spielst. Bitte bleibe noch lange bei uns. Dein Kurt.

Er war geborgen. In Hamburg und Köln und San Remo.

— 23. APRIL —

San Remo

Lidias und Cesares Auszug kam unerwartet für die Bewohner des Hauses in der Via Matteotti. Das große Speditionsauto der Fratelli Modena stand schon seit dem frühen Morgen vor dem Tor, das zu den Remisen führte. Stunden später schienen alle Möbel aus der Wohnung im zweiten Stock getragen. Sollte Bixio eine Hausratversicherung haben, war er jetzt überversichert.

Bruno wandte sich vom Fenster ab, als die Renaissance-Kommoden seiner Mutter in das Auto geladen wurden. Warum empfand er das als einen weiteren Niedergang des Hauses Canna?

Er ging die Treppe hinunter, der gläserne Aufzug mit den schmiedeeisernen Ranken war noch von den Möbelpackern blockiert. Hoffentlich hielt diese Kostbarkeit aus dem Jugendstil das aus. Im ersten Stock traf er Jules, der gerade die Tür abschloss.

«Sei nicht betrübt», sagte Jules. «Wir werden weder Lidia noch Cesare vermissen.»

«Denkst du, mein Bruder weiß von dem Auszug?»

«Das nehme ich doch an. Er wird es gewesen sein, der den Bungalow in Bordighera bezahlt hat. Und auch die Fratelli Modena werden ihre Rechnung an ihn schicken.»

«Woher hat er das Geld? Arbeitet er noch immer mit Lucio zusammen?»

«Was haben wir heute? Freitag? Dann habe ich Lucio vorgestern in unserem Innenhof gesehen. Ich hatte gerade aus dem Fenster der Speisekammer geguckt.»

«Tust du das öfter? Aus dem Fenster der Kammer gucken?»

«Nur, wenn ich Lärm höre, während ich eine Salami vom Haken nehme. Lucio hat den Motor seiner Moto Guzzi laufen lassen und verhandelte mit Bixio über weiß der Himmel was. Bruno, ich wollte gerade zu Roberto rübergehen und schauen, was er für Tagesgerichte auf der Tafel stehen hat. Begleitest du mich?»

«Gern. Margarethe hat für heute Abend eine Minestrone angekündigt.»

Jules lächelte. «Ich nehme an, das vegetarische Original. Das trifft dich hart.»

«Ich hörte, dass ihr einen neuen Pianisten habt.»

«*Once and again* ein Musiker aus dem Vereinigten Königreich. Ein Ire. Ganz gut. Er nennt unseren kleinen Flügel *the drinking man's piano*.»

«Hoffentlich hält er eine Weile durch.»

Jules hob die Schultern. «Bleibst du dabei, dass Bixio lebenslanges Wohnrecht in der Via Matteotti hat?»

«Dabei bleibe ich», sagte Bruno. «Er ist mein Bruder.»

Als sie am Speditionsauto der Fratelli Modena vorbeikamen, sprang der Motor des Diesels an. Da fuhren sie hin, die beiden *cassettiere* seiner Mutter, Ungetüme aus der Renaissance. Aber sie hatten zu Agneses Zuhause gehört. Und lange Zeit zu seinem.

«Nehmt euch Parmesan», sagte Margarethe. «Zur Minestrone gehört frisch geriebener Parmesan. Kein Rindfleisch, Bruno. Wie kommst du nur darauf?»

«Was sagst du dazu, Ulissetto, kein *manzo*.»

Der Hund nahm den Kopf von Brunos Knie und lauschte, als habe er seinen Herrn gehört, doch Jules hatte heute die Arbeit in der Bar übernommen.

«Nun nimm Platz», sagte Margarethe. «Dort drüben auf deiner Decke.»

Die Suppe war kaum gegessen, als im Treppenhaus lautes Gebrüll zu hören war. Flora, die auf Corinnes Schoß geschlafen hatte, schreckte hoch.

«Der liebe Onkel Bixio», sagte Gianni. Er stand auf, um nachzusehen.

«Vielleicht ist Lidia gekommen, und nun streiten sie», sagte Bruno.

«Ich höre nur ihn», sagte Margarethe. Sie war der Schereien mit Bixio müde. Wie sollte das weitergehen? Würden sich seine Hürchen die Klinke in die Hand geben?

«Ich bringe Flora ins Bett und bleibe dann unten», sagte Corinne. «Danke für die leckere Minestrone, Margarethe.»

Margarethe begleitete Schwiegertochter und Enkelin zur Tür. Im Treppenhaus war es dunkel und still. Sie schaltete das Licht ein und wartete, bis Corinne im Stockwerk unter ihr angekommen war.

Der Hund sah auf, als sie in die Küche kam. «Wo Gianni nur bleibt», sagte sie. «Was kann er da unten so lange tun?»

«Beruhigend auf meinen Bruder einreden», sagte Bruno. Er stand auf, um die angebrochene Flasche Rotwein vom Buffet zu nehmen.

Ein kurzes Klingeln, dann hörten sie den Schlüssel im Schloss. Gianni trat ein. «Entschuldigt. Ich hatte den Schlüssel vorhin eingesteckt.»

«Tutto bene», sagte Bruno.

«Aber da unten bei Bixio nicht», sagte Gianni.

«Ist er betrunken?»

«Nicht so stark, wie ich es nach dem Gebrüll vermutet hatte.» Gianni setzte sich an den Tisch und hobelte ein Stück vom Parmesan ab. «Doch zu meinem Entsetzen ist Lucio eben bei ihm eingetroffen und mit offenen Armen empfangen worden. Ich hatte gedacht, Bixio wäre nach seinem Bankrott schlauer geworden.»

«Lucio.» Margarethe sprach leise, als wollte sie den Namen nicht laut aussprechen.

«Er ist nicht der Leibhaftige», sagte Bruno.

«Doch», sagte Margarethe.

«Nein, Mama. Dennoch ist er gefährlich. Vor allem für einen labilen Charakter wie Bixio. In der Bar geht das Gerücht um, dass Lucio große Rauschgiftgeschäfte tätigt. Nicht nur kleine Deals, um den Jetset von der Côte d'Azur zu versorgen. Eher eine Art Im- und Export.»

«Damit hat Bixio nichts zu tun. Er raucht nur Chesterfield», sagte Bruno. «Du brauchst mich nicht so anzuschauen, Margarethe. Ich bin nicht naiv.»

Genau *das* war sein Vater, vor allem, wenn es um seinen Bruder ging. Doch auch Gianni konnte sich kaum vorstellen, dass sein Onkel in Geschäfte mit Heroin und Mescalin verwickelt war oder mit dieser neuen synthetischen Droge.

Jules hatte ihm einen Artikel aus dem *Nice Matin* vorgelesen, vom Tod einer jungen Frau, die nach der Einnahme von LSD geglaubt hatte, fliegen zu können, und aus dem Fenster gesprungen war. Gianni hobelte das nächste Stück vom Parmesan ab und schob es gedankenverloren in den Mund.

«Du hast noch Hunger», sagte Margarethe. «Ich mache die Minestrone heiß für einen weiteren Teller.»

«Ich will nichts mehr essen, Mama. Ein Glas Wein, und danach gehe ich ins Bett zu Corinne und Flora.»

«Denkst du, Lucio wird die ganze Nacht bei Bixio bleiben?»

«Nein. Eher will er der Bar noch einen Besuch abstatten, doch wenn er Jules sieht, wird er einen Haken schlagen.»

«Dass er sich traut, in dieses Haus zu kommen.»

«Lucio traut sich alles», sagte Gianni. «Nur vor Jules hat er Respekt.»

— 25. APRIL —

Köln

«Gut, dass wir das Grab unserer Eltern nicht aufgegeben haben», sagte Billa. «Das war ein Batzen Geld für die Verlängerung, aber nun liegt Lucy nicht allein.»

Sie wischte mit dem weichen Lappen über den polierten schwarzen Stein, dessen Gravur vom Steinmetz aufgefrischt worden war und golden glänzte. Dass nun auch Lucys Name und ihre Lebensdaten dort standen, konnte Heinrich noch immer kaum fassen. Billas Schwester war beinah elf Jahre jünger gewesen als er selbst. Warum hatte die ganze Familie ihre Einsamkeit nicht deutlicher wahrgenommen?

«Gräbst du das Loch für den Rosenstock?», fragte Billa. Eigentlich war es eher eine Feststellung als eine Frage, Männer nahmen Spaten in die Hand und gruben Löcher.

Rosen pflanzt man im Herbst, hatte Gerda gesagt und der Gallischen Rose, die Billa beim Gärtner bestellt hatte, viel Glück gewünscht. Doch Billa hatte die *Duchesse de Montebello* nicht erst im Oktober pflanzen wollen, da setzte sie sich über gärtnerische Erfahrung hinweg. Lucy sollte es schön haben.

«Bringst du mich nachher bei Georg vorbei?»
«Wie geht es bei euch?»
«Gut. Er fängt an, ein alter Herr zu werden. Genau wie du.»

«Aber um Löcher zu graben, bin ich noch jugendlich genug.»

«Ihr haltet euch beide wacker.»

Hörte er da einen gönnerhaften Ton? Heinrich fragte sich schon eine Weile, wann Billa die Milde, die sie seit Lucys Tod umgab, ablegen und wieder zu der Kratzbürste werden würde, die er ein Leben lang gekannt hatte.

«Guck. Da kommt die Sonne raus. Das wird dem Röschen guttun.»

«Ja», sagte Heinrich. Er schaute zum Himmel. Die nächsten grauen Wolken zogen schon heran.

«Und Pips kehrt morgen wieder nach Hamburg zurück?», fragte Billa, als sie in den Borgward stiegen, um vom Zollstocker Friedhof nach Lindenthal zu fahren.

«Er bereitet einen Auftritt vor, den er für Freitag in Gretes Kneipe auf St. Pauli geplant hat.»

«Da spielt er wieder? Ich dachte, die hätten sich überworfen.»

«Es ist wohl ein Benefizkonzert für einen befreundeten Musiker.»

«Der Pips ist eine gute Seele. Wenn er nur endlich mal ein Mädchen hätte.»

Heinrich blickte zu ihr hinüber.

«Nu guck nicht so. Das wird doch Zeit. Das Leben geht so schnell vorbei.» *Frag mich, ich weiß, wovon ich rede,* wollte sie hinzufügen. Doch dann fiel ihr Lucy ein, und sie schwieg.

«Voilà», sagte Heinrich und hielt vor dem Haus, in dem Georg wohnte. «Heute Abend gehen wir zusammen ins Marienbildchen, Pips, Gerda und ich.»

«Ich hab dem Georg gesagt, dass ich heute bei ihm bleibe.» Beinah bedauerte Billa das.

Pips blieb vor dem Musikalienladen von Gustav Gerdes stehen. Im Schaufenster lag die blaue Ausgabe von Beethovens Klavierstücken aus der Bonner Zeit. Herrje, was kam da hoch in ihm. Mit diesem Album hatte sein Traum begonnen, Beethoven-Interpret zu werden.

Er drehte sich zu den Beatklängen um, die aus einer Tanzschule kamen. Gegenüber saß der Portier der Kreissparkasse auch am Sonntag in seiner Loge.

«Lass uns mal zu Karl hochsteigen», sagte Gerda.

«Karl. Das klingt vertraut.»

«Wir vertreten ihn schon eine Weile.» Sie hätte auch sagen können, dass Jentgens schon eine Weile von ihr bemuttert wurde. Wusste sie von dem Bild, das ihre Tochter nackt zeigte?

«Hier?», fragte Pips, als Gerda die Tür aufstieß, die nur angelehnt war. Das Treppenhaus erinnerte ihn an das in der Schmilinskystraße, es sah genauso wenig vertrauenerweckend aus. Je höher sie kamen, desto schmaler wurden die Stufen.

Im vierten Stock hielt Gerda an und blickte auf das Türschild. *Brüggen*. «Nun noch die steile Stiege hoch», sagte sie. «Eigentlich denke ich, Karl könnte sich bald was Besseres leisten.»

«Verkaufen sich seine Bilder gut?»

«Ja», sagte Gerda. «Da ist etwas Satirisches in seinem Stil, das gut ankommt bei den Leuten. Seine Bilder erinnern an Bele Bachem.»

Pips dachte an das Bild von Ursula. Hatte es eine satirische Aussage? Die nackte junge Frau vor einem offenen Bogenfenster, auf dessen Sims ein Rabe saß? Wenn ja, hatte er sie nicht erkannt.

Eine herzliche Begrüßung für Gerda, eine neugierige

für ihn. Pips blickte sich um. Keine Bogenfenster. Das wäre auch zu einfach gewesen. Stattdessen ein Atelierfenster, das er in diesem schäbigen Haus nicht erwartet hatte. Der Blick auf ein Köln, das immer noch versehrt war.

Gerda und er nahmen auf dem Wachstuchsofa Platz. Zwei Keramikbecher mit Tee wurde ihnen gereicht, den dritten angeschlagenen nahm Jentgens.

Pips hatte immer versucht, der Armut zu entkommen. Ihn hatten die Zustände in der Schmilinskystraße deprimiert, auch wenn er damals zu niedergeschlagen gewesen war, um den ernsthaften Versuch zu machen, daran etwas zu ändern.

Aber Karl Jentgens mochte einer der Künstler sein, die inspiriert wurden von einem Ambiente, in dem sich die Tapete von den Wänden löste und man Pinselstiele zum Umrühren verwendete, wie er es gerade tat. Eine Marotte?

«Sie nehmen ja keinen Zucker, Gerda», sagte Jentgens und hielt Pips den Karton mit den Zuckerwürfeln hin. «Irgendwo müssen auch noch Löffel sein.»

«Danke», sagte Pips. «Ich trinke den Tee gern pur.»

Heiß war der Tee. Die Kanne stand auf einer Kochplatte, wie auch er sie benutzt hatte. In der Blumenstraße gab es eine kleine Küchenecke mit einer aufwendigeren Kochgelegenheit. Pips merkte gerade, wie wohl er sich dort fühlte.

«Wann werden Sie wieder nach Hamburg zurückfahren?»

«Morgen», sagte Pips.

«Ich bitte Sie, ein Bild für mich mitzunehmen. Für Ursula.»

Pips spürte, wie ihm heiß wurde. Er blickte zu Gerda, die nicht erschreckt schien, nur interessiert auf die gut verklebte Papphöhre blickte.

«Eine kleine Gabe an Ursula. Ich bin ihr leider zu selten begegnet.»

Gerda wusste nur von einer einzigen Begegnung. In der Galerie. Unter den Augen von Heinrich, der die Atmosphäre damals als ein wenig frivol geschildert hatte.

«Was ist aus Gisel und Ursel geworden?»

«Die haben jede einen solventen Herrn gefunden, der sie unterhält. Nun wohnt die alte Brüggen in der Wohnung und wird dort auch bleiben. Die Treppe ist beschwerlich für sie, aber ich trage ihr die Kohlen hoch und kaufe ein.»

Der gute Mensch von der Gertrudenstraße, Pips spürte eine leichte Gereiztheit.

«Ihre Reibekuchen sind die besten. Die ganze Nachbarschaft ist neidisch, wenn Oma Brüggen einen Teller *Rievkoche* für mich hat.» Er sah Pips an. «Ich habe gehört, Sie sind ebenfalls Kölner.»

«Ja», sagte Pips. Warum schlich Jentgens um ihn herum?

«Und Sie sind Ursulas Freund?»

«Der von Ursula und ihrem Mann Joachim.»

«Zeigen Sie mir, woran Sie arbeiten, Karl.» Gerda klang jetzt ungeduldig.

«Ich komme in den nächsten Tagen in die Galerie.» Er wandte sich wieder Pips zu. «Kennen Sie das Bild, das ich Ursula geschenkt habe?»

«Ja», sagte Pips. «Aus dem Gedächtnis gemalt.»

Jentgens hob die Brauen.

«Was ist hier eigentlich los?», fragte Gerda.

«Sollte ich mir Ihre Schallplatten anhören, Herr Sander?»

«Das bleibt Ihnen überlassen. Ich werde keine Empfehlung geben.»

Ein kühler Abschied. Pips nahm die Tüte von Labbés

Künstlerbedarf entgegen, in der die Papproöhre steckte. Er hatte den Eindruck, dass für Karl Jentgens noch viele Fragen offen waren.

«Was war das?», fragte Gerda, als sie unten auf der Straße standen. «Ist Karl eifersüchtig auf dich?»

Aus der Tanzschule kamen die ersten Takte von *The leader of the pack* von den Shangri-Las. Ließ sich darauf tanzen?

«Ich habe ihn noch nie so erlebt. Wollte er provozieren, Pips?»

«Er wollte mich zu einer Aussage verleiten. Vielleicht über das Bild von Ursel.»

«Er hat Ursel gemalt?»

Sie schwiegen eine Weile auf dem Weg zur Straßenbahn am Neumarkt.

«Ich kenne Karls Bilder», sagte Gerda. «Ist Ursula nackt?»

«Auf dem Bild, das auf meinem Klavier steht, ist sie nackt.»

Gerda wäre beinah mit dem Absatz in den Schienen hängen geblieben, Pips griff nach ihrer Hand und führte sie zur Haltestelle der Linie 8.

«Ursula hat mir das Bild zum Geburtstag geschenkt, sie wollte es wohl nicht länger vor Joachim zwischen ihren Pullovern verstecken.»

«Joachim kennt das Bild nicht?»

Pips schüttelte den Kopf. «Obwohl er vermutlich gelassen darauf reagieren würde.»

Sie stiegen in den hinteren Wagen ein, Pips kaufte die Fahrkarten beim Schaffner, Gerda setzte sich in eine Zweierbank.

«Du hast gesagt, dass meine Tochter manchmal mit dem

Feuer spielt. Ich frage mich inzwischen, wie groß dieses Feuer ist und wer ihm alles zu nahe kommt.»

«Tja. Vielleicht gehört Jentgens auch dazu.»

Gerda sah ihn von der Seite an. «Hat Jefs Tod das alles in Ursula ausgelöst?»

«Ich glaube, das war vorher schon in ihr vorhanden. Die Neigung zur Anarchie.»

«Du wirst dich für Hamburg entscheiden, nicht wahr?»

«Wahrscheinlich.»

«Ursels wegen?»

«Auch. Frag nicht weiter, Gerda. Du musst dir keine Sorgen machen. Ich bin keiner, der in Ehen eindringt. Selbst wenn man mich ließe.»

«Du bist der Mensch, dem ich neben Heinrich am meisten vertraue. Sogar mein Sohn ist mir fremd geworden.»

«Uli ist ein guter Junge. Er hat nur gelegentlich Fluchttendenzen, genau wie deine Tochter. Von wem haben sie das?» Pips lächelte.

«Weder von Heinrich noch von mir. Wollen wir an der Haltestelle vom Clarenbachstift aussteigen?»

«Dann können wir noch beten gehen. Dass keiner sich verbrenne.»

«Die Clarenbach-Kirche ist eine evangelische, die hat jetzt ihre Türen geschlossen.»

«Dann beten wir heute Abend im Marienbildchen», sagte Pips. «Das hört sich so katholisch an, da werden unsere Gebete erhört.»

«Es werden mehr Tränen über erhörte Gebete vergossen als über nicht erhörte.»

«Ja», sagte Pips. «Da hatte Teresa von Ávila recht.»

— 30. APRIL —

Hamburg

Pips stand am Fenster und betrachtete die Maiglöckchen, die im Garten in der Blumenstraße blühten. Wie lieblich ist der Maien. Waren die Altäre in den Kirchen nicht mit Maiglöckchen geschmückt gewesen? Der Marienaltar im Kölner Dom. Er und seine Großmutter kniend davor. Das geheime Leben des Heiden Pips Sander.

«Woher kennst du Teresa von Ávila?», hatte Gerda gefragt. «Ich dachte, du hast mit dem Katholizismus nichts am Hut.»

«Ich hatte eine katholische Großmutter», hatte Pips gesagt. «Der nicht gelungen ist, mich taufen zu lassen, das haben meine Eltern ihr verwehrt. Und darum hat sie mich immer mal wieder mit Heiligengeschichten gefüttert.»

Was gut an seiner Kindheit gewesen war, hatte er seiner Oma zu verdanken.

Die Türklingel schepperte in seine Erinnerungen hinein.

Das zweite Mal, dass John und er sich bei ihm trafen, um den Abend vorzubereiten. Die Lieder der Zarah Leander würden an Pips hängen bleiben, Grete war nicht bereit, auf diesen Programmteil zu verzichten. Im Gegenteil. Sie wollte noch einen weiteren Titel darbieten. Dasjenige der damaligen Durchhaltelieder, das er am wenigsten mochte.

John würde den Part übernehmen, der unter *Wir machen Musik* lief. Die Songs des Ufa-Films ließen die Liebe des Komponisten Peter Igelhoff zum Swing erkennen, Pips mochte die Musik. Schade, dass Grete sich weigerte, dazu zu singen. Allein eine Zeile wäre es wert. *Und wenn der ganze Schnee verbrennt, die Asche bleibt uns doch.*

Sie hatten sich für die Lieder der Ilse Werner entschieden, weil es Long am besten gelang, ein Konzert von 1942 aus dem Gedächtnis abzurufen. Bei diesem Konzert im Deutschlandsender hatte er Ilse Werner auf dem Klavier begleitet. Die Werner war da einundzwanzig Jahre alt gewesen und John vier Jahre älter.

Pips hörte die leicht schleppenden Schritte auf der Treppe und ging zur Tür. John war mittlerweile achtundvierzig Jahre alt, doch Fiete hatte recht, er sah älter aus. Hoffentlich hielt das heutige Publikum die Veranstaltung nicht für ein Wohltätigkeitskonzert zugunsten des Pianisten. Das hätte John nicht verdient.

«Geh am besten gleich ans Klavier», sagte Pips. «Oder willst du erst einen Kaffee?»

«Ich bin genügend aufgepulvert. Pips, das schaffe ich nicht heute Abend.»

«Du hast drei Titel zu spielen. Ganz oben steht *Wir machen Musik*, der hat gute vier Minuten. Dann kommt der kurze Titel. Und zuletzt *Das wird ein Frühling ohne Ende*. Der gehört zwar nicht in den Film, ist aber ein guter Abschluss für uns, morgen beginnt der Wonnemonat Mai.»

Pips ließ sich in den Sessel sinken, den Kurt ihm überlassen hatte. Hörte zu. Hätte er jemals gedacht, dass er neben Zarah Leander nun auch noch eine Revue mit den Liedern der Ilse Werner auf die Beine stellen würde?

John Long hatte nicht einen Aussetzer. Das war gestern noch anders gewesen. Aber nicht das allein verblüffte Pips. John swingte bei den ersten Liedern und gab dem letzten einen Schmelz. Warum der Deutschlandsender damals den jungen Klavierspieler aus Hamburg engagiert hatte, verstand Pips erst jetzt. John hätte ein Großer werden können, wäre ihm der Krieg nicht dazwischengekommen.

«Warst du verliebt in die Werner?»

«Wie kommst du darauf?»

«Hörte sich so an.»

«Hast du eine Ahnung, wer kommen wird?»

«Joachim, den du schon kennst. Kurt, in dessen Haus wir hier sind. Vielleicht seine Frau. Ganz vielleicht Joachims Frau.» Die Papphöhre, die ihm Jentgens mit auf den Weg gegeben hatte, lag noch immer bei ihm. Er hatte Ursel darüber informiert, doch sie schien wenig interessiert daran zu sein.

John stand auf. «Ich danke dir, Pips. Für alles.»

«Wenn du heute Abend so spielst, bleibt selbst Grete der Mund offen stehen.»

Ich weiß, es wird einmal ein Wunder gescheh'n.

Das würde er heute zusätzlich ins Programm nehmen. Pips wusste nicht, wo er das Lied zum ersten Mal gehört hatte. Doch es war wohl kein guter Moment gewesen.

— 15. AUGUST —

San Remo

Ein träger Tag, zu heiß, um auch nur zum Strand zu gehen. Da wäre ihm ohnehin zu viel Trubel am Feiertag, obendrein noch ein Sonntag. Jules sah zu Ulysses, der in dem kleinen Schatten döste, den der Oleander bot.

Hatte er Sehnsucht nach seinem alten Haus? Für Ulissetto wäre es herrlich, auf dem üppigen Gelände der Villa Foscolo herumzustreunen. «All die Disteln, die ich dir aus dem Fell pflücken könnte», sagte Jules. Der Hund sah auf, senkte aber den Kopf gleich wieder, sein Herr saß weiterhin auf der Steinbank und machte keine Anstalten, zu einem Spaziergang aufzubrechen.

Jetzt auf der Terrasse sitzen, einen Gin Tonic in der Hand. Mit dem Blick auf Korsika würde es heute nichts werden, dafür flimmerte die Luft zu sehr vor Hitze. Ach was. Er war nicht der Typ, der allein auf Terrassen saß. Hier im Hof vor den Remisen hatte er wenigstens die Chance, dass einer der anderen vorbeikam.

Brunos Garagentür stand offen, wohin war er mit dem alten Auto unterwegs? Vielleicht sollte er den Lancia bewegen, den Hund auf den Rücksitz und dann den Fahrtwind genießen. Dafür müsste man ziemlich schnell fahren, und an Ferragosto waren die Straßen verstopft. Aber wenigstens käme er dann aus der Grübelei über diesen Fund.

Jules blickte zum Haus hoch, ein Fenster im vierten Stock

wurde gerade geschlossen. Die schmalen Fenster des Innenhofes hatten keine Läden wie die Fenster zur Straße. Er schloss die Augen, wie es Ulissetto tat, und schrak hoch, als er die Tür hörte, die vom Treppenhaus auf den Hof führte.

«Ich dachte, du könntest ein kühles Getränk gebrauchen», sagte Margarethe und stellte einen Picknickkorb neben ihn auf die Steinbank.

«Dich schickt der Himmel», sagte Jules.

Sie packte zwei hohe Gläser aus, Gin, Tonic, einen Eiswürfeleimer. Eine Zitrone.

«Du hast meine geheimsten Gedanken erraten», sagte Jules.

«Das ist nicht so schwer. Hast du ein Taschenmesser?»

Jules kramte in den geräumigen Taschen seiner Leinenhose und fand das silberne Victorinox, nahm die Zitrone, halbierte sie und schnitt eine Hälfte in Viertel. «Wo ist dein Mann hingefahren?»

«Zum *cimitero*. Da sei es kühl und schattig, und Agnese würde sich über Besuch freuen.» Margarethe gab Eiswürfel in die Gläser und goss ein Viertel Gin ein. Füllte mit dem Tonicwasser auf, dessen Flasche noch von der Kälte des Kühlschranks beschlagen war.

«Du magst dieses marmorne Grabhaus nicht.»

«Nein. Ich habe Bruno gebeten, uns etwas Gemütlicheres auszusuchen für den Fall der Fälle. Vielleicht einen Dorffriedhof mit Meerblick.»

Sie hoben die Gläser und prosteten einander zu. Nahmen beide einen tiefen Schluck. Der Hund kam heran, als er die Eiswürfel klirren hörte. Margarethe tat einige von den Würfeln auf einen Teller, um sie für ihn schmelzen zu lassen.

«Ich mag das, wenn du die Haare zu einem losen Knoten bindest.»

«Heute ist es zu heiß, um den Nacken nicht frei zu haben.»

«Gianni, Corinne und Flora sind auch unterwegs?»

«Ich nehme an, sie machen alle drei ein ausgiebiges Nickerchen.»

«Diese Feiertagsstille beunruhigt mich, nicht einmal Bixio ist da.»

«Glaubst du, Bixio ist immer noch in schmutzige Geschäfte verwickelt?»

«Ich kann es mir vorstellen.» Jules griff noch einmal in die Hosentasche und holte ein Grablicht hervor. *Indimenticato* stand in feinen goldenen Lettern auf dem Etikett. Unvergessen. Das Grablicht war leer gebrannt. «Das ist eines von vieren aus der Garage, die mir Bixio nach langem Hin und Her überlassen hat.»

«Eine schlampige Übergabe», sagte Margarethe. «Er hätte aufräumen können.»

«Selbst wenn ich mir vorstellen könnte, dass Bixio zum Grab seiner Mutter geht», sagte Jules. «Warum bringt er die leeren Grablichter mit zurück?»

Margarethe hob die Schultern.

«Ich sage dir, was ich vermute. Diese Kunststoffhülle mag ursprünglich mit Wachs gefüllt gewesen sein, später hat sie jedoch etwas anderes enthalten. Nimm sie mal und schüttele sie leicht.»

Margarethe schüttelte. «Am Bodenrand sind Reste eines weißen Pulvers.»

«Ich werde morgen Veronesi bitten, die zu untersuchen. Er ist der Apotheker meines Vertrauens.»

«Du denkst, das ist Rauschgift?»

«Ich denke, das ist Heroin.»

«Dann haben wir bald die *Carabinieri* im Haus. Weiß Gianni schon davon?»

«Ich will heute noch mit ihm sprechen.» Jules sah zu dem Eimerchen aus Edelstahl. «Sind da noch Eiswürfel drin, oder hat Ulysses alle weggeschleckt?»

Margarete hob den Deckel des Eimerchens. «Sie reichen noch für zwei Gin Tonic.»

«Wir sitzen ja schattig. Dann steigen sie uns nicht zu Kopf.»

«Denkst du, das war wirklich nur Schlamperei?»

«Es lagen auch noch ölige Lappen und anderer Müll herum.»

«Vielleicht stellt Veronesi fest, dass es nur Reste von weißer Kreide sind.»

«Vielleicht», sagte Jules. Er sah nicht so aus, als ob er das glaubte.

Bruno scheute sich, das Mausoleum zu betreten, in dem die Särge seiner Eltern und Großeltern standen. Wenn seiner und Margarethes dazukämen, würde es eng werden. Margarethe hatte recht, sie sollten sich nach etwas anderem umsehen. Hatte Apricale einen Friedhof? In dem idyllischen Bergdorf läge man sicher schön.

Hier oberhalb der Via Aurelia war es nicht so kühl, wie er vermutet hatte. Bruno setzte sich auf eine der beiden Marmorstufen und wischte den Schweiß von der Stirn.

Was hatte er seine Mutter noch fragen wollen? Wie es mit Bixio weitergehen sollte? Sein Bruder war immer ihr Lieblingssohn gewesen. «Er ist vom Weg abgekommen, Mamma», sagte er laut und kam sich lächerlich vor, als er sich dabei ertappte, auf eine Antwort zu warten.

Er war nicht naiv, wie seine Frau und sein Sohn annahmen. Auch er konnte sich zusammenreimen, dass es noch eine andere Einnahmequelle für Bixio geben musste, nicht nur die eine und andere Provision bei der Vermittlung von Immobilien.

Und seine Nähe zu Lucio war äußerst beunruhigend. Ganz San Remo wusste, dass Lucio in illegale Geschäfte verwickelt war, nur die *Carabinieri* schienen ahnungslos. Konnte es sein, dass sie wegsahen, weil Lucio aus einer der reichsten Familien der Gegend stammte und sein Vater ein wichtiger Mann der *Democrazia Cristiana* war, der man eine unselige Allianz mit Kirche und Mafia nachsagte?

Bruno blickte zu einem nahe gelegenen Tempelchen, vor dem lauter ausgebrannte Lichter standen. Vermutlich waren sie schon seit November dort.

Er brachte keine Grablichter mit, sie hätten nicht gepasst zu dem Mausoleum. Auch damit hatte Margarethe recht, es war eine kalte Pracht.

«Gib uns deinen Segen, Mamma», sagte er. «Und sag, was ich tun soll, wenn Bixio in noch größere Bedrängnis kommt.» Bruno stand auf und machte sich auf den Weg zum Eisentor, dessen einer Flügel geöffnet war. Er hatte es eigentlich hinter sich geschlossen. Aber warum sollte er allein auf dem alten *cimitero* sein.

Im Auto war es heiß wie in einem Backofen. Bruno kurbelte die Fenster hinunter und fuhr den Weg in die Stadt. Er freute sich auf einen kalten Weißwein. Vielleicht mochte Margarethe mit ihm in eine der Café-Bars auf der Strandseite des Corso Imperatrice gehen. Da wehte Wind vom Meer.

— 18. AUGUST —

San Remo

Am Vormittag des Mittwochs bestätigte der Apotheker Veronesi, dass es sich bei den Pulverspuren in den Grablichtern um Heroin handelte.

«Und was jetzt?», fragte Gianni.

«Bixio zur Rede stellen, wenn er zurückkehrt.»

Jules war sich seiner Sache längst nicht so sicher, wie er tat. Zur Rede stellen. Er erinnerte sich gut an Bixios finanziellen Ruin und dessen damalige Angst, Lucio könne ihm die Mafia auf den Hals hetzen. Bixio war nur ein Rädchen im Getriebe von Leuten, die ohne Zweifel skrupelloser waren als er.

«Wird Veronesi die *Carabinieri* informieren?»

«Er vertraut erst einmal darauf, dass ich mich kümmere.»

«Margarethe hat Angst vor den Durchsuchungen der *Carabinieri*.»

«Ich weiß», sagte Jules.

«Können sie uns was anhängen, Jules?»

«Vielleicht mir. Ich benutze die Garage seit einer Weile.»

«Die ist ja wohl eher ein aufgegebenes Versteck.»

«Versuchen wir, gelassen zu bleiben.» Jules steuerte die Piazza Bresca an, einen Kaffee in der Bar trinken, die wirkte beruhigend auf ihn.

«Wo steckt er denn bloß? Denkst du, Lidia weiß es?»

«Willst du auf dich nehmen, sie zu fragen?», fragte Jules.

«Wozu soll das gut sein? Wollen wir Bixio warnen? Oder ihn auffordern, sich zu stellen?»

«Weil es ganz gut wäre, zu wissen, wo er ist, wenn die *Carabinieri* kommen und ihre Fragen stellen.»

«Ich habe das Auto um die Ecke stehen.» Gianni fuhr mit den Händen in die Hosentaschen. Nur der Schlüssel dazu lag zu Hause.

Cesare öffnete die Tür und sah kaum aus wie ein Kind, eher wie ein kleiner Gangster. Gianni erinnerte sich an den Zweijährigen im hellblauen Anzug, eine weiße Fliege zum plissierten Hemd, der seine Nonna verzaubert hatte. Prinz im Hause Canna.

«*Cosa vuoi?*», fragte Cesare.

Was wollte er? Wissen, wo Bixio steckte.

«*C'è tua madre?*»

Cesare schüttelte den Kopf und wollte die Tür schließen, hätte Gianni nicht einen Fuß dazwischengestellt. Was fiel Cesare ein, seinen Cousin so zu behandeln, mit dem er jahrelang im selben Haus gewohnt hatte.

Aber war es nicht auch fragwürdig, den Fuß in die Tür zu schieben, als seien sie in einem schlechten Detektivroman?

Gianni seufzte. Was würde Corinne dazu sagen und ihr Vater in Kerkrade? Sein Onkel Heinrich in Köln? Alle ehrbare Menschen.

Aus den Tiefen des Bungalows hörte er eine Frauenstimme. Die von Lidia, die fragte, was an der Tür los sei.

Cesare informierte sie über Giannis Anliegen.

«*Bixio e lui dovrebbero andare al diavolo.*» Lidias Stimme war laut genug, um auch in der Umgebung gehört zu werden.

Diesmal war er nicht schnell genug, die Tür schloss sich.

Zum Teufel scheren. Das klang nicht nach einer harmonischen Trennung. Bixio fing an, ihm leidzutun.

Gianni stieg in seine acht Jahre alte Aurelia und fuhr zurück nach San Remo.

Die *Carabinieri* kamen am späten Nachmittag. Bruno hörte das Sturmklingeln im zweiten Stock und konnte nicht verhindern, dass sie das Schloss der Tür aufbrachen. Er besaß keinen Schlüssel zur Wohnung seines Bruders.

Eine Dreiviertelstunde später trugen sie Weinkisten voller Unterlagen aus dem Haus. Nach Jules' Garage hatten sie nicht gefragt. Hatte der Apotheker ihnen einen Tipp gegeben? Irrte Jules sich in ihm?

Als Margarethe aus dem Fenster im vierten Stock blickte, um den Abzug der *Carabinieri* zu verfolgen, glaubte sie, Lucio in der Bar gegenüber zu sehen.

— 20. AUGUST —

San Remo

In den frühen Morgenstunden wachte Gianni auf. Hatte er ein Geräusch aus dem zweiten Stock gehört? Das Öffnen einer beschädigten Tür?

Vor den Fensterläden war es noch dunkel. Corinnes ruhige Atemzüge neben ihm, auch Flora schlief. Wahrscheinlich hatte er geträumt. Gianni knetete das Kopfkissen zu einem gemütlichen Klumpen und schlief tatsächlich wieder ein.

Um halb acht stand er auf, Corinnes und Floras Betten waren leer. Er fand die beiden in der Küche, ein entspannter Morgen, Flora im Hochstuhl, ein Schüsselchen mit klein geschnittenen Früchten vor sich, Corinne, die gerade die Espressokanne von der Herdplatte nahm. Im August ging sie später ins Büro.

Gianni duschte und zog sich an, um dann die Treppe in den zweiten Stock hinunterzugehen, der Traum ließ ihn nicht los. Das polizeiliche Siegel, das vorgestern an der Tür von Bixios Wohnung angebracht worden war, schien ihm in Ordnung. Gianni stieg hinunter in den ersten Stock und klingelte bei Jules.

Der öffnete ihm und hielt eine halbe ausgepresste Orange in der Hand. «Komm herein und trinke ein gesundes Glas Obst mit mir.» Er führte ihn in die Küche, wo der Hund unter dem Tisch lag und nur kurz aufschaute, als er Gianni erkannte. «Ulissetto hat Schlaf nachzuholen. Großes Geknurre gegen vier Uhr am Morgen, Gott weiß, was ihm nicht gefallen hat. Vielleicht waren Betrunkene auf der Straße. Ich habe nichts gehört. Aber er ließ sich von mir beruhigen und lag bald wieder friedlich im Bett.»

«Er schläft tatsächlich bei dir im Bett?»

«Nur am Fußende», sagte Jules.

«Ich bin auch aufgewacht und dachte, jemand mache sich an Bixios Tür zu schaffen.»

Jules hob die Augenbrauen. «Hast du nach dem Siegel gesehen?»

«Mir scheint es unbeschädigt.»

«Komm, Ulissetto. Wir drei schauen noch mal nach.»

Auch Jules fand, das Siegel sei heil, doch der Hund schnupperte intensiv.

«Bixio wird kaum hinter der versiegelten Tür sitzen», sagte Jules. Er klingelte. Nichts rührte sich.

«Gianni? Bist du da unten?» Margarethes Stimme. «Komm bitte hoch.»

«Jules ist bei mir.»

«Dann kommt bitte beide. Bruno ist außer sich.»

Margarethe führte sie in die Küche. Bruno saß am Tisch und verbarg das Gesicht in den Händen.

«Monsignore Scarlatti hat angerufen», sagte Margarethe.

Das hatten sie nun nicht erwartet. «Was wollte er?», fragte Gianni.

«Der Friedhofswärter hat ihn benachrichtigt. Die *Carabinieri* haben eine Razzia auf dem *Vecchio Cimitero* veranstaltet.»

Bruno nahm die Hände vom Gesicht. «Nicht auf dem ganzen Friedhof», sagte er. «In unser Mausoleum sind sie eingedrungen.»

«Haben sie Särge geöffnet?»

«Gott behüte», sagte Bruno.

«Das war nicht nötig.» Margarethe sah Jules an. «Die Grablichter standen hinter den Marmortafeln, die lose an den Wänden abgestellt sind. Bixio und Lucio waren wohl so überzeugt von ihrem Versteck, dass sie sich keine weitere Mühe gemacht haben.»

«Und in den Grablichtern war Heroin?»

«Ein Dutzend Behälter. Bis zum Rand voll.»

«Wir sollten die beiden nicht vorverurteilen. Wie ist die *polizia* überhaupt auf Grablichter und das Mausoleum gekommen?»

«Durch mich, Bruno», sagte Jules. «Ich habe vier leere Behälter in meiner Garage gefunden, in allen waren geringe Reste des Rauschgifts. Veronesi hat sie untersucht und das bestätigt.»

«Veronesi, der Apotheker? Er hat den *Carabinieri* den Tipp gegeben?»

«So sieht es aus.»

Das Telefon klingelte, Margarethe ging nach nebenan und nahm ab.

«*Dopo la messa*», hörten sie Margarethe sagen. Sie klang unwillig. «*Si si si, Monsignore. Tutta la famiglia. Ci saremo.*» Sie legte auf.

«*Wo* werden wir sein?», fragte Gianni.

«In der *Madonna della Costa* zur sonntäglichen Messe. Anschließend begeben wir uns mit dem Monsignore auf den Friedhof. Er will die Grabstätte neu einsegnen.»

«Ist sie denn schon freigegeben?»

«Scarlatti hat wohl gute Verbindungen zum Kommandanten der *Carabinieri*.»

«Eine neue Einsegnung. Das bedeutet mir viel», sagte Bruno. «Dafür bin ich dem Monsignore ausnahmsweise

dankbar. Das Mausoleum darf nicht geschändet bleiben.»
Er machte ein Kreuzzeichen.

Gianni seufzte. Er hatte Einspruch erheben wollen. Doch das konnte er seinem Vater nicht antun. Für Bruno schien das Sakrale mit jedem weiteren Lebensjahr wichtiger zu werden. Die ganze Familie in der *Madonna della Costa* versammelt.

Die Nonna schien noch immer alles gut im Griff zu haben.

— 28. AUGUST —

San Remo

Gianni war auf dem Markt gewesen und hatte Blumen für die Bar gekauft. Gladiolen, um sie in die hohen silbernen Weinkühler zu stellen. Ihm schien der heutige Tag wie ein Saisonbeginn, nach dem die italienischen Ferien zu Ende gingen. Die einheimischen Jazzliebhaber kehrten zurück.

Er brachte die Gladiolen und einen Sack voller Zitronen zur Piazza Bresca und wollte den Schlüssel zur Bar aus der Hosentasche nehmen, als er sah, dass die Glastür einen Spalt offen stand. Das war ungewöhnlich um die Mittagszeit.

Sanfte Klänge vom Piano. Spielte da Connor?

Gianni warf einen Blick in den großen Spiegel, der Pips damals solches Unbehagen bereitet hatte. Er sah nur einen Teil des Flügels, doch so viel konnte er erkennen: Connor war nicht allein. Er legte die Gladiolen am Becken hinter der Theke ab und füllte die Drahtkörbe mit den Zitronen. Erst dann ging er hinüber.

«Oh», sagte die junge Frau, die am Flügel lehnte.

«*Sono Gianni Canna. Il proprietario. Buon Giorno.*»

«*She is German*», sagte Connor. «*Lori doesn't speak Italian but a little bit of English. She comes from this ostzone. A refugee.*»

«*Connor teach me English.*»

«Sind Sie kürzlich erst in den Westen gekommen?»

«Ja.» Sie sah verlegen aus. «Sie sprechen Deutsch?»

«Ich habe eine Kölner Mutter und einen italienischen Vater.»

Lori nickte. «Connor will mir helfen, hier ein Leben aufzubauen.»

«What are you talking about, the two of you?»

«That you are helping her to get a foothold here.»

«Ist es in Ordnung, dass ich bei ihm wohne?» Sie deutete zur Decke.

Gianni lächelte. «Von mir aus ist das in Ordnung. Nun muss ich mich mal um die Blumen kümmern.» Er ging zur Theke, nahm die Silberkühler aus dem Regal, füllte sie mit Wasser. Verteilte die Gladiolen. Dann verließ er die Bar, um das Dreirad zu kaufen, das Flora sich zum zweiten Geburtstag wünschte.

«Lass uns heute zu Gianni in die Bar gehen», sagte Bruno. «Das haben wir lange nicht gemacht. Was kann man da jetzt eigentlich essen?»

Margarethe nahm den Vorschlag erleichtert auf, Bruno war in schlechter Stimmung, seit Bixio verschwunden blieb. «*Tramezzini*. Mit Thunfisch. Oder Parmaschinken.»

«Die *cicchetti* nach Mammas Rezept waren schon etwas Besonderes.»

«Aber es gibt keinen mehr, der sie zubereitet.»

«Du könntest es.»

«Nein», sagte Margarete. «Das war Rosas und Agneses Spezialität.»

Sie verbrachten den Nachmittag mit kleinen Einkäufen. Gott sei Dank hatte es sich in den letzten Tagen abgekühlt, vorher wäre freiwillig keiner aus dem Haus gegangen.

«Ich leg mich noch ein bisschen aufs Bett. Nein. Lieber auf die Chaiselongue.»

«Geht es dir nicht gut?», fragte Margarethe.

«Doch. Ich mache mir nur zu viele Gedanken um Bixio.»

«Er könnte sich bei dir melden. Du bist nicht schuld an seiner Misere.»

«Vielleicht versteckt er sich vor den *Carabinieri*.»

«Ist er nicht mehr in Frankreich?»

«Wenn ich das wüsste.»

«Ich wasche mir jetzt die Haare», sagte Margarethe. «Wenn du mich heute noch in die Bar ausführst, will ich gut frisiert sein.»

Sie stand mit tropfnassem Haar, als es an der Tür klingelte. Konnte Bruno denn nicht einmal an die Tür gehen? Ein zweites Klingeln, ein drittes. Stimmen. Dann Stille.

Margarethe nahm ein Handtuch und legte es sich um Kopf und Schulter. Ging in den Flur. Hinüber in den Salon zur Chaiselongue. Sie fand Bruno am Küchentisch. Zusammengesunken. Neben ihm saß der Monsignore. Was wollte der schon wieder?

«*Dio ha voluto che fosse così*», hörte sie ihn sagen.

Was hatte Gott gewollt? War etwas mit Gianni? Flora? Corinne?

Bruno hob den Kopf. Sah sie aus gläsernen Augen an. «*Bixio è morto.*»

Hatte Bixio der Druck so zugesetzt? Die Schuld? Margarethe setzte sich neben Bruno. Das Wasser tropfte aus ihren Haaren. «*Un infarto?*»

«*Un incidente*», sagte der Monsignore. Möge er doch endlich gehen. Hatten ihn die *Carabinieri* mitgebracht?

«Er ist von der oberen Corniche gefallen», sagte Bruno. «Bei La Turbie. Direkt auf Monaco hinunter. In seiner Giulia.»

Ein erneutes Klingeln. Scarlatti nahm das als Zeichen

aufzubrechen. Gianni stand in der Tür, bekam vom Monsignore die Hand gedrückt. «Wo ist Papa?»

«In der Küche», sagte Margarethe.

Als sie Gianni folgte, standen Vater und Sohn Arm in Arm. Bruno weinte heftig.

«Da kam einer in die Bar und rief es mir zu», sagte Gianni. «Ich kannte ihn nicht.»

«Seltsam», sagte Margarethe. Sie nahm das Handtuch vom Kopf, ihre Haare waren fast trocken.

«Ich hole Dottor Muran», sagte Gianni. «Er soll Papa etwas zur Beruhigung geben.»

«Nein», sagte Bruno. «Ich will nicht beruhigt werden.» Doch dann ließ er sich von seinem Sohn zur Chaiselongue führen. Legte die Beine hoch.

Gianni traf den Dottore auf halbem Wege. Auch er hatte schon von Bixios Tod gehört. Wer war der Bote dieser Nachricht? Eine Indiskretion der *Carabinieri*?

«Könnte er sich das Leben genommen haben?», fragte Gianni, nachdem Muran gegangen war, Bruno eingeschlafen.

«Ich schließe es nicht aus», sagte Margarethe. «Warum sind die *Carabinieri* zu uns gekommen und nicht zu Lidia?»

«Vermutlich kannten sie die Adresse in Bordighera nicht, Bixio war nicht dort gemeldet, sondern hier in der Via Matteotti.»

«Wo sind eigentlich Corinne und Flora?», fragte Margarethe.

«Ein Ausflug mit Jules.»

«Gut. Dann sind die beiden erst einmal behütet.»

«Spätestens um sieben sollte ich in der Bar sein. Vielleicht kann Jules mich später ablösen. Ich habe das Bedürfnis, mit dir am Küchentisch zu sitzen, Mama.»

«Bixio wird der Letzte sein, den wir in das Mausoleum legen», sagte Margarethe.

Beide dachten sie an die zwölf Grablichter. Gefüllt mit Heroin.

1966

— 4. MÄRZ —

Hamburg

Das wird ein Frühling ohne Ende. An vier Tagen in der Woche spielte John Long das Lied. Ganz egal zu welcher Jahreszeit. Seit dem Nachmittag fiel Schnee, der nicht liegen blieb und sich allmählich mit Regen vermischte.

Die Lieder von Ilse Werner fanden Johns Hände wie von selbst, doch die von der Leander gelangen ihm nicht. Grete verzichtete darauf, zu singen und sich in die Rolle des Püppchens im Pünktchenkleid zu begeben. Genau so sah sie die Werner, auch wenn die ein Star der Ufa gewesen war. Selbst Grete verstand, dass damit die Grenze der Lächerlichkeit überschritten worden wäre.

«Wie soll das denn weitergehen?», fragte Fiete. «Du sitzt an der Theke und hilfst den Leuten Astra trinken? Die kommen, um dich zu hören.»

«Quatsch», sagte Grete. «Keiner will mich hören. Ist vorbei.»

«Wenn er die Leander nicht kann, dann den Albers. *Und über uns der Himmel.* Das spielt der John schön. Dann ziehst du dir was Maritimes an und singst dazu.»

Grete sah zu John hinüber. *Die kleine Stadt will schlafen gehen* spielte er gerade. Ob das ein guter Titel für ein Lokal wie ihres war? Die Leute gingen ihr ohnehin viel zu früh nach Hause. «Vielleicht ist das gar nicht dumm, Fiete», sagte sie.

«Ich kann dir 'ne Kapitänsuniform besorgen. Hab eine beim Trödler gesehen.»

«Und du meinst, da passe ich rein?»

«Hat wohl einem kräftigen Seebären gehört.»

Grete schüttelte den Kopf. «Ich will schon ein Weib bleiben.»

«Denk an die Dietrich in ihren Herrenanzügen.»

«Der Vergleich ehrt mich, Fiete. Kommt aber nicht hin.»

«Wann singst du denn mal wieder, Grete?», rief einer von der Theke.

«Siehst du», sagte Fiete.

«Der Burmester hat sechs Köm intus. Der weiß nicht mehr, was er sagt.»

«Du und John könnt ja morgen Nachmittag das Lied mal proben. Und wenn du zufrieden bist, dann gehen wir zu dem Trödler. Der hat auch was für Damen da. Büschen historisch alles. Aus dem alten Hamburg.»

«Nicht, dass du denkst, ich kostümier mich als Zitronenjette», sagte Grete. Doch sie hatte ohne Zweifel angebissen.

«Weißt du, wie spät es ist?», fragte Vinton.

Kurt sah auf die Küchenuhr, deren Zeiger kurz davor war, auf die volle Stunde vorzurücken. Elf Uhr. «Wird Nina sich Sorgen machen?»

«Nein. Sie weiß, dass ich bei dir bin.»

«Vielleicht hat sie andere Vorstellungen vom Freitagabend.»

«Sie wird schon mit einem Buch ins Bett gegangen sein. Nina hat sich an Ernst Weiß festgelesen. *Der arme Verschwender.* Der Roman ist im letzten Jahr neu erschienen. Ich hatte eine Rezension geschrieben und ihr das Buch gegeben.»

«An Freitagabenden früh ins Bett gehen. Hoffentlich kommt sie nicht auf ihre Mutter, Lilleken schläft schon seit zwei Stunden. Diese Gewohnheit hat sie auch nicht von Anfang an gehabt.»

Jedenfalls hatte Elisabeth sich gegen neun verabschiedet, um in den ersten Stock hochzugehen. Mit Kurts Studierzimmer fremdelte sie, das Zimmer war nach wie vor nicht fertig eingerichtet und erst reizvoll, wenn man die Aussicht auf den blühenden Garten hatte. Im März war noch alles braun und kahl.

Auch Vinton und Kurt hatten das Studierzimmer verlassen und waren in die alte Küche hinübergegangen, deren Gemütlichkeit Kurt jetzt erst richtig erkannte.

Er stand vom Tisch auf, um noch eine Flasche aus dem kleinen Holzregal zu nehmen, in dem ein paar ausgesuchte Rotweine lagen, die er bei Gröhl kaufte. Vinton sah zu, wie er die Flasche entkorkte. «Dann werde ich aber das Auto stehen lassen und zu Fuß nach Hause gehen.»

«Da bist du eine halbe Stunde unterwegs.»

«Das tut mir gut. Der Schneeregen hat ja aufgehört.»

«Mir geht den ganzen Abend im Kopf herum, ob alles in Ordnung ist, Vinton.»

Vinton sah auf. «Mit mir?»

«Mit dir und Nina. Mit Jan und Tom.»

«Den Jungen geht es gut.» Vinton nahm einen Schluck Wein. «Auch dem Hund.»

«Und wem geht es nicht gut?»

«Ich leide darunter, dass Nina sich neuerdings von mir zurückzieht. Sie hat keine Lust mehr, mit mir zu schlafen. Nimmt sich lieber eine Wärmflasche und ein Buch mit ins Bett.»

«Das ist wohl so in einer langen Ehe.» Tröstete Kurt sich

nicht schon seit zwanzig Jahren damit? Sein und Elisabeths Liebesleben hatte aufgehört, als Joachim vermisst wurde. Als sei es Verrat, einander unter diesen Umständen zu begehren. Aber warum war Lilleken dann nicht aufgeblüht, als Jockel aus Russland heimkehrte? Das hatte sie doch ins Leben zurückgeholt.

«Nina und ich hatten im Oktober erst den zehnten Hochzeitstag.»

«Ihr habt einen langen Anlauf genommen», sagte Kurt.

«Und vermutlich war ich der Leidenschaftlichere in unserer Liebe, die anfangs so aussichtslos schien.»

«Es war ein großes Liebesbekenntnis von Nina, sich für dich zu entscheiden und sich von Joachim endgültig zu trennen.»

«Ich habe keinen Zweifel an ihrer Liebe zu mir, Kurt.»

«Warum fragst du nicht nach dem Grund für ihre Zurückhaltung?»

«Aus Angst, Nina könnte mir etwas sagen, das ich nicht hören will.»

Kurt seufzte. Über den Punkt war er bei Lilleken längst hinaus. «Wahrscheinlich ist das keine gute Idee, wenn ihr Vater sie darauf anspricht.»

«Ich hatte an Ursula gedacht, aber ich will nicht, dass Joachim davon erfährt.»

«Das verstehe ich. Ich halte Ursel für absolut diskret, sie wird sich denken, dass Jockel nichts davon erfahren sollte.»

«Würdest du sie fragen, Kurt?»

«Vielleicht besuche ich sie in ihrem Büro in der Kunsthalle», sagte Kurt.

— 8. MÄRZ —

Hamburg

«Was hältst du von Dutschke?», fragte Nina.
«Er hat völlig recht. Der Vietnamkrieg ist Völkermord.»
Nina sah zu June, die an ihrem Schreibtisch saß und in der englischen *Vogue* blätterte. «Das Cape aus Kaschmir könnte mir gefallen», sagte June.
«Ich bewundere deinen Dreiklang aus Dutschke, Vietnamkrieg und Kaschmir.»
«Vielleicht bin ich eine Salonkommunistin.» June legte die *Vogue* weg. «Im Ernst», sagte sie. «Ich habe große Sympathien für Rudi Dutschke und seine Studenten. Aber ich bin aus dem Alter raus, in dem ich an *Sit-ins* teilnehme und vor dem Amerikahaus von der Polizei niedergeknüppelt werde. Ich brauche wärmende Wolle. *I'm freezing.* Wenn ich nicht gerade die fliegende Hitze habe.»
Nina spannte einen Bogen Papier ein, um mit der Übersetzung des Dutschke-Textes zu beginnen, der in der *Frankfurter Rundschau* erschienen war. *The Guardian* hatte den Text in Auftrag gegeben, die Zeitung, für die Vinton geschrieben hatte, als sie noch *Manchester Guardian* geheißen hatte. Das tat sie seit gut sechs Jahren nicht mehr.
Wer hätte gedacht, dass Vinton der *Welt* die Stange hielt, dabei war er alles andere als konservativ. Er hatte sich bequem in seiner Nische als Feuilletonredakteur eingerichtet, Vinton war nicht länger ehrgeizig, seit er den Traum auf-

gegeben hatte, seinem Vorbild Ed Murrow nachzueifern und politischer Journalist zu werden.

«Ängstigt dich das?»

«In den Wechseljahren zu sein?» June war zur Teeküche gegangen, um den Wasserkessel aufzusetzen. Sie kramte in dem Holzkästchen mit den Teebeuteln von Twinings. «Willst du Darjeeling oder lieber Earl Grey?»

«Darjeeling», sagte Nina. «Denkst du daran, das Büro aufzugeben?»

«Nein. Soll ich unter meinem Kaschmir-Cape sitzen und Däumchen drehen? Da ist kein Vinton, kein Jan, kein Tom. Nur Einsamkeit.» Sie nahm zwei Tassen aus dem Hängeschrank und hängte die Teebeutel hinein.

«Hast du dich nach der Trennung von Oliver jemals wieder nach einem Mann umgesehen, June? Ich habe nichts mitbekommen.»

«Erschrick nicht, Darling, der einzige Mann, der mich interessiert, ist dein Vater.»

Nina zog die Augenbrauen hoch. Doch sie war nicht wirklich überrascht. «Der ist nun mal mit meiner Mutter verheiratet», sagte sie.

«Die nicht aus dem Haus geht. Vielleicht könnte ich Kurts Begleiterin sein. Ins Kino. Kleine Touren mit dem Auto. Dann wäre ihm und mir geholfen.»

Warum eigentlich nicht? Das wären harmlose Vergnügen. Schon im nächsten Moment setzte bei Nina das schlechte Gewissen ein, ihre Mutter zu hintergehen.

«Diese Grete in der Seilerstraße. Geht dein Vater dahin?»

«Ich weiß nur von einem einzigen Mal. June, da gibt es ein ganz anderes Problem. Meine Mutter ängstigt sich, wenn sie allein im Haus ist. Vor allem am Abend.»

«Und tagsüber sitze ich im Büro. An den Samstagen und Sonntagen wird deine Mutter ihn auch nicht aus dem Haus lassen.»

«Nimm dir einen Nachmittag frei. Vielleicht am Freitag. Da macht Kurt den Einkauf für die Woche und nimmt sich Zeit dafür.»

«Vielleicht will er ja gar nicht.» June nahm den pfeifenden Kessel und goss Wasser in die Tassen, schwenkte die Teebeutel.

«Doch», sagte Nina. «Er will.»

Kurt blieb vor dem großen Plakat stehen, das auf die laufende Ausstellung hinwies.

Rembrandt. Zeichnungen und Radierungen. Bis zum 11. April ging die Ausstellung.

Vielleicht könnte er Lilleken dazu animieren, anlässlich ihres Hochzeitstages.

Hatte sie sich je für Rembrandt interessiert? Die Impressionisten schätzte sie mehr, Renoir und Cézanne. Monet. Und vor allem Max Liebermann und seine Bilder vom Uhlenhorster Fährhaus und der Lindenterrasse des Jacob an der Elbchaussee. Dahin könnte er sie einladen, mit dem Auto wäre leicht hinzukommen. Aber der frühe April war noch zu kühl für die Lindenterrasse. Sie hätten im Sommer heiraten sollen, doch Elisabeth war bereits mit Nina schwanger gewesen.

Er ging zur Dame am Empfang und nannte den Namen Christensen. Lauschte ihm nach. Jockels Name. So hatte seine Tochter geheißen, so hieß sein Enkel Jan. Diesen Namen hatten sie auf den Listen des Roten Kreuzes gesucht, Elisabeth hatte ihn ins Fürbittengebet von St. Matthäus aufnehmen lassen.

«Du bist ganz in Gedanken versunken», sagte Ursula hinter ihm.

«Ich habe an Jockel gedacht. Die Suche nach ihm. Hat der Name Christensen ausgelöst, den ich der freundlichen Dame dort genannt habe.» Er lächelte. «Hast du Zeit für ein Essen bei Daniel Wischer? Ich würde dich gern einladen.»

Ursula lachte. «Dein Lieblingslokal. Ich war noch nie dort.»

«Nur ein Stück die Spitaler entlang. Wer hat dir gesagt, dass ich es gerne mag?»

«Jan, glaube ich. Oder du hast es erwähnt, als wir in der Blumenstraße wohnten.»

«Das war eine gute Zeit. Ein Haus voller Leben.»

«Nun lebt Pips dort.»

«Er ist nicht oft zu Hause. Gerade hat er wieder eine große Produktion in Köln.»

«Ich bin froh, dass er Fuß gefasst hat.»

Sie waren beide schon mit ihrem Goldbarschfilet beschäftigt, als Ursula fragte, was er auf dem Herzen habe.

«Nina habe ich auf dem Herzen, und Vinton, der sich sehr sorgt. Nina zieht sich zurück. Geht mit Wärmflasche und einem Buch ins Bett, kaum dass Tom eingeschlafen ist. Vinton vereinsamt ein wenig neben ihr.»

«Schläft Nina noch mit ihm?»

Kurt war überrascht von der direkten Frage «Wohl eher nicht», sagte er.

«Das Klimakterium kann eine solche Unlust auslösen.»

«Die Wechseljahre? Nina ist erst fünfundvierzig.»

«Es wäre früh, aber denkbar. Du möchtest, dass ich mit ihr spreche?»

«Darum bitte ich dich.»

«Kurt, mir ist klar, dass Joachim davon nichts erfahren soll. Sie waren verheiratet, und ab und zu trauert er noch um die Ehe mit ihr.»

«Das sprichst du so gelassen aus?»

Ursula lächelte. «Im Grunde hatten sie nur wenige Monate miteinander, und ich denke, die idealisiert er. Ninas und Joachims Ehe war vor allem ein großes Warten. Ich spreche mit ihr. Und werde vorschlagen, unseren gemeinsamen Frauenarzt zu konsultieren, um auszuschließen, dass es das Klimakterium ist. Hast du ihre Chefin gefragt, ob Nina auf sie verändert wirkt?»

«June? Nein. Darauf bin ich noch gar nicht gekommen.»

«Tu das mal. Und nun muss ich leider dringend ins Museum zurück.»

Kurt stand auf und holte ihren Mantel vom Garderobenständer, half ihr hinein.

Ursula gab ihm einen Kuss auf die Wange und ging davon. Kurt setzte sich und stocherte im Gurkensalat. Doch eigentlich hatte er keinen Hunger mehr.

Köln

Der Riviera Express war pünktlich eingefahren. Heinrich stand auf dem Bahnsteig und sah Margarethe aus dem Zug steigen, eine kleine Reisetasche in der Hand, ihr Mann folgte ihr mit einem offensichtlich schweren Koffer. Sein Schwager sah nicht so schlecht aus, wie Heinrich befürchtet hatte nach Margarethes Schilderungen, wie sehr Bruno sich den Tod seines Bruders zu Herzen nahm.

«Er hat darauf bestanden, den Koffer zu nehmen», sagte

Margarethe. «Bruno glaubt noch immer, Frauen seien das schwache Geschlecht.»

Heinrich lächelte. «Im Vergleich zur Muskelmasse der Männer.»

«*Esatto*», sagte Bruno.

Sie traten aus dem Bahnhof und gingen die wenigen Schritte zum Auto. Heinrich schloss die Türen des Borgward auf und lud das Gepäck in den Kofferraum.

«Kenne ich das Auto schon?», fragte Margarethe, die sich auf den Beifahrersitz gesetzt hatte. Bruno war hinten eingestiegen.

«Wir fahren den Borgward seit vier Jahren.»

Vom Rücksitz kam ein tiefer Seufzer, Margarethe drehte sich zu Bruno um.

«Bixio wurde in seiner Giulia von der Straße gedrängt. Die Bremsspur des Alfa ging bis zur Leitplanke. Danach Abgrund. Vierzig Meter tief», sagte Bruno.

Heinrich fuhr in Unter Sachsenhausen hinein, um zum Friesenplatz zu kommen. «Woher weißt du das?», fragte er.

«Das haben wir im *Nice Matin* gelesen», sagte Margarethe. «Die Polizei von La Turbie hat uns keine Auskunft gegeben. La Turbie ist ein Städtchen an der oberen Corniche, auf der Höhe ist es passiert.»

«Lauter *tornanti*», sagte Bruno.

«Haarnadelkurven», übersetzte Margarethe.

«Bixio kannte sich aus mit Kurven. Die ganze Gegend ist voll davon. Und auch der Anblick des glitzernden Meeres war nicht neu für ihn. Keine Ablenkung.»

«Fahren wir durch diese Nord-Süd-Fahrt?», fragte Margarethe.

«Ich mag sie nicht und versuche, sie zu umgehen. Zwei Stadtviertel wurden zerschnitten, Eigelstein und Kunibert, zahlreiche Wohnungen abgerissen. Alles für diese monströse Straßenführung.»

«Der Fortschritt lässt sich nicht aufhalten.»

«Doch», sagte Heinrich. Er schaute in den Rückspiegel. Bruno wirkte abwesend.

«Wir werden Gelegenheit haben, darüber zu sprechen, Bruno», sagte Margarethe. «Lass uns erst einmal richtig in Köln ankommen.»

«Gerda hat einen Sauerbraten vorbereitet», sagte Heinrich.

Brunos Interesse war geweckt. Sauerbraten gehörte zu seinen liebsten rheinischen Spezialitäten. «Hoffentlich mit Klößen. Gerda macht eine herrliche Sauce.»

«Das haben wir eurem Sohn auch serviert. Damals saß Lucy noch mit am Tisch.»

All diese Menschen, die fehlten. Und vieles, das man ihnen auf einmal verzieh.

Bruno schien vergessen zu haben, was Bixio ihm angetan hatte.

«Er war leichtsinnig», sagte Bruno. «Aber kein schlechter Kerl.»

Margarethe war anzusehen, dass sie diese Meinung nicht teilte.

«Und was ist mit Bixios Frau und Sohn?»

«Lidia und Cesare leben auf erstaunlich großem Fuß. Sie muss noch einiges vom Drogengeld im Strumpf haben.»

Margarethe sah aus dem Fenster. «Wirst du über die Innere Kanalstraße fahren? Dann könnten wir noch zum Melatenfriedhof und nach dem Grab gucken. Zu Lucy will ich auch.»

«Das machen wir bei einer anderen Gelegenheit. Ihr seid ja eine Woche da. Jetzt fahren wir erst mal zu Gerda und ihren Klößen mit Sauce.»

«Carla und Uli werden nicht da sein?»

«Die bereiten eine Modenschau vor, zu der ihr am Freitag eingeladen seid.»

«Im Salon an der Luxemburger Straße?»

«Ihr werdet ihn nicht wiedererkennen», sagte Heinrich. «Wir fahren heute nach dem Essen vorbei, wenn ich euch zu Lucys Wohnung bringe.»

«Ihr nutzt sie als Gästewohnung?», fragte Margarethe.

«Zum ersten Mal. Ihr werdet es viel komfortabler haben als in dem einen der kleinen Dachzimmer. Im anderen wohnt Pips.»

«Pips ist in Köln?»

«Für eine Produktion der Electrola. Wir haben noch nicht viel von ihm gesehen.»

Bruno grinste zum ersten Mal an diesem Tag. «Pips ist Margarethes Augenstern.»

«Nicht nur ihrer», sagte Heinrich.

— 25. MÄRZ —

Hamburg

«Daran werden Sie nicht sterben», sagte Dr. Unger. Er sah seine Patientin an, die beinah gelassen wirkte trotz des Befunds. Unger hatte sie bei der Geburt ihres ersten Sohnes begleitet. In einer kalten Nacht Ende 1944. Nina Christensen.

Die Schwangerschaft mit dem zweiten Sohn elf Jahre später war dagegen ein Leichtes gewesen, der Name der Patientin zu dem Zeitpunkt schon ein anderer. Nina Langley.

Vinton Langley hatte die Hand seiner Frau gehalten, während die Ergebnisse der Untersuchungen von Unger vorgelesen wurden, danach ging ein Zittern durch ihn, dass sie ihre Hand auf seine legte. Ihm eine dunkle Haarsträhne aus der Stirn schob.

«Wollen Sie sich hinlegen? Ich kann Ihnen etwas für den Kreislauf spritzen.»

Langley schüttelte den Kopf. «Eine Erinnerung an den Krieg, ich bin in London verschüttet worden. Das Zittern passiert mir nur noch, wenn ich Angst habe.»

«Dann werden wir alles tun, damit es keinen Grund gibt für die Angst.»

Schönte er, wie Käthe ihm gelegentlich vorwarf? Nein. Er war kein Euphemist. Er hatte die Ergebnisse von Nina Langley mit denen von Elisabeth Bernard verglichen, mit der er vierundzwanzig Jahre verheiratet gewesen war. Elisabeth hatte ihn im Januar 1957 um seine Meinung gebeten, nachdem ihr englischer Arzt einen Vaginaltumor bei ihr diagnostiziert hatte. Sie war operiert worden und lebte glücklich mit ihrem zweiten Mann in Bristol.

«Frau Langley, ich empfehle Ihnen eine baldige Operation. Wenn die Lymphknoten der Leisten frei sind und der Tumor klein ist, wofür einiges spricht, werden Sie auch ohne Bestrahlung geheilt werden. Wenn Sie einverstanden sind, mache ich für Sie einen Termin im Marienkrankenhaus. Dr. Bräutigam ist zurzeit der Beste, den wir in Hamburg haben in der onkologischen Gynäkologie.»

Dr. Unger zögerte beim Abschied einen Augenblick, aber nur weil er an Käthe und ihre Kritik dachte. «Ich bin sehr zuversichtlich», sagte er dann. «Wann immer Ihnen etwas auf der Seele liegt, rufen Sie mich an.»

Kurt erfuhr davon im Café Hübner, ihr Treffpunkt für Krisen aller Art. «Das schaffst du, Ninalein», sagte er. Anderes konnte er nicht denken.

«Kein Wort zu Mama», sagte Nina. «Von ihr kommen nur negative Gedanken.»

Kurt hatte nicht vor, Lilleken von der Diagnose zu erzählen. Sie würde die gute Prognose des Arztes in Zweifel ziehen, den Untergang beschwören, den sie schon lange vorhersagte, ein Tal der Tränen vor ihm entstehen lassen.

Der heutige Abend mit ihr stand ihm bevor. Ihr gegenübersitzen und wissen, was sie nicht wusste. Dabei hatte er seit Tagen mit viel Aufwand einen freien Abend für sich eingefädelt, ein Treffen von ehemaligen Kollegen in der Patriotischen Gesellschaft vorgeschoben. «Ich muss June noch absagen», sagte er.

«June?»

«Wir wollten heute zu Grete.»
Nina nickte. Das Einläuten der vergnüglichen Freitage. Sie hatte June heute nicht gesehen, sich den Tag freigenommen. «Geh hin, Papa.»

«Ja. Geh hin, Kurt», sagte Vinton, dem es nicht ganz gelang, die Kaffeetasse ohne Zittern zu halten. «Elisabeth hat sich ja schon damit abgefunden, dass du heute nicht zu Hause sein wirst.»

«Das ist nur möglich, weil Pips da ist. Ihn oben zu wissen, gibt ihr Sicherheit.»

«Ich wäre dir böse, wenn du nicht zu Grete gingst, Papa.»

Kurt rührte in seiner Tasse.

«Das wäre ja, als ob du nicht an einen guten Ausgang glaubtest.»

Kurt hörte auf zu rühren. «Darf ich June davon erzählen?»

«Ja», sagte Nina. «Dann muss ich es nicht tun.»

Das Kostüm einer mittelalterlichen Wirtin hatte schließlich Gretes Gnade gefunden. Die weiße Bluse mit tiefem Dekolleté saß eng und presste die Brüste abenteuerlich nach oben, dazu das geschnürte schwarze Mieder. Der lange Rock aus grobem Stoff schwang und ließ Grete untenrum geradezu schlank erscheinen.

«Hätt nicht gedacht, dass du noch so gut aussehen kannst», sagte Fiete. «Für deine achtundsiebzig Jahre. Alle Achtung.»

«Sag das nicht laut», sagte Grete. «Wollen doch keinen verschrecken.»

«Gefällt mir besser als der ganze Zinnober mit der Zarah.»

Die Gäste goutierten den Auftritt und klatschten, ehe

John eine Note gespielt, Grete eine Zeile gesungen hatte. Als sie es dann tat, hinterfragte keiner, warum die üppige mittelalterliche Wirtin Lieder von Hans Albers sang. Fiete guckte zufrieden und ging zu Kurt, der mit einer Frau an einem der kleinen Tische saß. Fiete kannte sie nicht.

«Habt ihr schon was Schönes zu trinken?», fragte er.

«Wir genießen jeden Schluck», sagte June.

Fiete beäugte sie. Anders ließ sich das nicht nennen.

«Das ist Fiete Timmermann. Fiete, darf ich dir June Clarke vorstellen?»

«Immer», sagte Fiete. Er gab artig die Hand und machte einen Diener.

«June gehört das Übersetzungsbüro, in dem meine Tochter arbeitet.»

«Aha», sagte Fiete.

Der Pianist hatte keinen Patzer gemacht, als er *Und über uns der Himmel* spielte, nur einmal einige Takte der Verzögerung nach *Der Sturm weht das Sandkorn weiter*. Grete ließ sich nicht stören, sie sang a cappella.

> *Dem unser Leben gleicht*
> *Er fegt uns von der Leiter*
> *Wir sind wie Sand so leicht*

Am Schluss grölte das ganze Lokal mit, Grete und John waren kaum noch zu hören.

> *Der Wind weht von allen Seiten*
> *Nu lass den Wind doch weh'n*
> *Denn über uns der Himmel*
> *Lässt uns nicht untergehn*
> *Lässt uns nicht untergehn*

Das war der Augenblick, an dem June ihre Hand auf Kurts Hand legte. «Alles wird gut», sagte sie. «Nina wird das überstehen. *Easily.*»

Fiete sah die Geste. Doch er deutete sie falsch. Er wandte sich ab und zum Tresen hin, an dem sich eine rotgesichtige Grete einfand. «Dich trifft noch der Schlag», sagte er. «Ist dein Mieder zu eng geschnürt?»

«Überwältigt vom Erfolg», japste Grete. «Wer hätte das gedacht.»

«Na ja. Die Zarah hatte ihren Zenit überschritten.»

«Vielleicht lässt sich das Kostüm der Geliebten von Tschaikowsky umarbeiten», sagte Grete. «Wäre doch zu schade um den guten Stoff.»

«Dann musst du aber auf den Hut verzichten», sagte Fiete. «So 'ne mittelalterliche Wirtin mit Schleier vorm Kopp ist nicht glaubwürdig.»

Pips hörte das Taxi vorfahren und stieg die Treppen hinunter. Er öffnete die Tür, ehe Kurt den Schlüssel ins Schloss stecken konnte.

«Elisabeth schläft», sagte er. «Ich habe ihr Grappa eingeflößt. Wundere dich nicht, dass es in eurem Schlafzimmer stinkt wie in einer neapolitanischen Pinte.»

«Was war los?», fragte Kurt.

«Sie hat sich in eine Angst hineingesteigert. Angst, weil du nicht da bist. Angst vor Einbrechern und Gespenstern. Ich habe sie weinen gehört und bin zu ihr gegangen.»

«Danke, Pips. Dabei hat sie keine Ahnung, dass sie Grund hätte, Angst zu haben. Lass uns hier unten in die Küche gehen. Trink noch ein Glas mit mir.»

Pips setzte sich auf das alte Sofa, das schon seit Jahrzehnten in dieser Küche stand.

Kurt reichte ihm ein Glas Wein. «Erzähl», sagte Pips.

«Grete hat heute einen großen Erfolg gefeiert. Mit Liedern von Hans Albers.»

«Das freut mich. War es schön mit June?»

«Nina hat Krebs», sagte Kurt. «Wir haben es heute erfahren.»

Pips schwieg. «Kein Todesurteil», sagte er dann. «Das wird gut gehen.»

— 12. APRIL —

Hamburg

Der Dienstag nach Ostern, an dem Nina operiert wurde. Vinton saß im Warteraum und dachte an die schwere Holzbank vor dem Kreißsaal der Finkenau, auf der er an jenem Dezembertag gesessen hatte, als Tom geboren worden war. Der würde heute von Lotte Königsmann erwartet werden, wenn er aus der Schule nach Hause kam.

Er sah auf seine Uhr, zweieinhalb Stunden war Nina nun im Operationssaal und er allein mit dem großen Kruzifix, das an der Wand hing. Das Marienkrankenhaus war ein katholisches, er hatte noch nie so viele Kruzifixe auf einmal gesehen.

Vinton trank einen Schluck vom Tee, den ihm eine freundliche Nonne gebracht hatte, und versuchte, sich auf sein Leseexemplar von Carl Zuckmayers Autobiografie zu konzentrieren. *Als wär's ein Stück von mir.* Gut, dass er es eingesteckt hatte, auf dem Tisch mit Zeitschriften lagen nur zwei alte *Reader's Digest* und ein Buch mit Geschichten für Kommunionkinder.

Eine weitere halbe Stunde war vergangen. Er stand auf und ging zu dem Fenster, das auf einen Parkplatz blicken ließ. *Angel of God, my Guardian dear.* Der Anfang des Gebetes, das ihm sein Vater beigebracht hatte. Wie alt war er da gewesen? Sechs?

Wo war seine Mutter an den Abenden, wenn er von

seinem Dad ins Bett gebracht worden war? Hatte sie ihren Mann betrogen?

Für Vinton war es beruhigend gewesen, ihn in seiner Bibliothek zu wissen, im Ledersessel die philosophischen Bücher lesend, die ihm das Leben bedeuteten. Wie alt war Thomas Langley zu jener Zeit? Anfang dreißig.

Sehr viel jünger war Vinton nicht gewesen, als er an jenem Silvesterabend 1949 Nina getroffen hatte in der Wohnung von June und Oliver.

To whom God's love commits me here

Fing er an, fromm zu werden in dieser Umgebung? In seiner Angst um Nina? Er erinnerte sich, dass June ihn einmal gefragt hatte, was er tun würde, wenn ihm Nina verloren ginge.

Verrückt werden, hatte er gesagt.

Sein Vater hatte sehr um Vintons Mutter getrauert, als sie völlig überraschend starb.

Vinton war damals elf gewesen und erinnerte sich nicht mehr an seine eigene Trauer.

My Dad was my Mom, hatte er zu Kurt gesagt. Vor dem Kühlhaus. An der Elbe. Auf einem Spaziergang. Im Juli waren es achtzehn Jahre, die er in Hamburg lebte.

Verrückt werden war keine Option. Tom brauchte ihn genau wie Jan, dessen zweiter Vater er war.

Ever this day be at my side

Er setzte sich und griff nach dem Buch. Ihm fiel es schwer, sich auf Zuckmayers Erinnerungen an den Ersten Weltkrieg einzulassen. Er legte das Buch zurück und faltete die Hände. Nicht um zu beten. Um das Zittern zu unterdrücken, das ihn auf einmal befiel. Im schlimmsten Fall würde es bald auf den ganzen Körper übergreifen. Er hatte gedacht, dieses Kriegstrauma hinter sich gelassen zu haben.

To light and guard, to rule and guide

Wie mochte es Joachim gehen? War er an diesem ersten Schultag nach den kurzen Osterferien im Johanneum? Er hatte nicht aufgehört, Nina zu lieben. Davon war Vinton überzeugt.

Er sprang auf, als sich die Tür öffnete.

«Ich bin's nur», sagte Jan und blickte dorthin, wo er eine Uhr vermutete. Doch da hing das große Kruzifix. «Wie lange ist sie schon im OP?»

«Bald vier Stunden.»

«Ist das ein gutes Zeichen?»

Vinton hob die Schultern. Er verbarg die Hände in den Hosentaschen.

«Joachim lässt dich umarmen. Und Kurt sitzt unten in seinem Kadett. Direkt vor dem Haupteingang. Wir sind gemeinsam hergefahren.»

«Warum kommt er nicht hoch?»

«Er fürchtet, dir mit seiner Nervosität den letzten Nerv zu nehmen.»

Sie waren doch alle so zuversichtlich gewesen.

«Hol Kurt, Jan.»

Jan nickte und schloss die Tür. Sanft, wie es sonst nicht seine Art war. Vinton wandte sich wieder dem Fenster zu. Sirenen waren zu hören, Krankenwagen auf dem Weg zur Notaufnahme. Als er das nächste Mal auf seine Armbanduhr blickte, waren viereinhalb Stunden vergangen.

Der Arzt, den er als Dr. Bräutigam kannte, trat kurz nach Kurt und Jan ein. «Mein Schwiegervater und mein großer Sohn», stellte Vinton vor.

«Dann setzen wir uns doch mal auf diese hässlichen Stühle», sagte der Arzt. Er sah auf Vintons Hände. «Vielleicht sollten Sie etwas gegen das Zittern unternehmen.»

«Es hört auf, wenn Sie gute Nachrichten haben», sagte Vinton.

Bräutigam nickte. «Die habe ich.»

Kein dankbares Aufseufzen. Noch hielten sie alle den Atem an.

«Ein kleiner Tumor, den wir vollständig entfernen konnten. Von den Lymphknoten wurden Proben entnommen, eine weitere gute Nachricht ist, dass die Lymphleisten frei sind. Die feingewebliche Untersuchung steht noch aus. Ich bin zuversichtlich.»

Zuversichtlich. Da war das Wort wieder.

Dr. Bräutigam wandte sich Vinton zu. «Ich gehe davon aus, dass Ihre Frau geheilt wird, Herr Langley. Sie ist noch rechtzeitig gekommen, obwohl sie schon seit einer Weile Schmerzen gehabt haben muss. Hat sie nicht darüber geklagt? Zum Beispiel beim Geschlechtsverkehr?»

Vintons und Kurts Blicke trafen sich. Von Bräutigam unbemerkt.

«Darf ich zu meiner Frau?»

«In einer Viertelstunde. Aber vielleicht Vater und großer Sohn erst morgen. Ich werde dem überweisenden Kollegen Dr. Unger einen Bericht schicken.» Dr. Hans Harald Bräutigam verabschiedete sich.

Endlich lagen sie einander in den Armen. Vinton. Kurt. Jan.

Dieser Kelch schien an ihnen vorübergegangen zu sein.

— 12. SEPTEMBER —

San Remo

Wenige Möbel, die sie nach Bixios Tod in der Wohnung vorgefunden hatten, keiner erhob Anspruch darauf. Die guten Stücke standen in Lidias Bungalow in Bordighera, als wären sie Teil ihrer Aussteuer und nicht aus Agneses Nachlass.

«Wir können warten, bis Moos unter der Tür hindurch kriecht und ins Treppenhaus vordringt», sagte Jules an diesem Montagmittag. «Doch ich denke, wir sollten jetzt eine Entscheidung treffen.» Er schlug vor, den Hund mitzunehmen zu dieser zweiten Begehung. «Ulissetto erschnüffelt mehr, als wir sehen», sagte er.

Bruno weigerte sich im letzten Augenblick, die Wohnung seines Bruders zu betreten. So waren es Gianni, Margarethe und Jules, die vor der Tür im zweiten Stock standen, die keine Spuren mehr von einer polizeilichen Versiegelung zeigte.

Im Salon hing noch der Kronleuchter von der Decke, kaum mehr prächtig genug für Lidia, etliche Kristalltropfen fehlten. Das Parkett war staubig, aber völlig in Ordnung, was hatten sie erwartet? Hochstehende Bohlen, die Kassiber freilegten oder ein Kilo Heroin, das vergessen worden war? Darüber wären sogar die *Carabinieri* gestolpert, die den Fall Bixio Canna sehr nachlässig behandelt hatten.

Ein Bettgestell, eine dreiteilige Matratze, ein kleiner alter Waschtisch mit einem tiefen Riss in der Marmorplatte.

Mobiliar aus der Kammer des Dienstmädchens, das es seit Jahren nicht gegeben hatte. Lidia hatte sich stets überworfen mit den jungen Mädchen aus den Bergdörfern, aber vielleicht war es auch Bixio gewesen, der keine neugierigen Geister in der Wohnung dulden wollte.

Der Hund machte einen Satz und schoss in die Küche. Ein hoher dünner Schrei. Gianni gelang es, das Mäuslein zu retten, das sich auf ein Regal mit Gläsern voll Reis und Polenta geflüchtet hatte. Barg das *topolino* in seinen Händen.

«Und wohin damit?», fragte Margarethe.

«Tür auf», sagte Gianni. «Ich bringe das Mäuslein in den Hof.»

«Da wird es von den Katzen gejagt werden.» Margarethe schüttelte den Kopf.

Jules hielt seinen Hund am Halsband fest. «Wir suchen hier keine Mäuse, Ulysses, da hast du was ganz falsch verstanden.»

«Was suchen wir denn? Ich dachte, es ginge um eine Bestandsaufnahme und die Überlegung, was wir mit dieser Wohnung machen werden. Vier Zimmer in der Via Matteotti leer stehen zu lassen, ist verrückt. Das kannst auch du dir nicht leisten.»

«Das habe ich auch nicht vor, *cara* Margarethe», sagte Jules. «Aber ich werde keinesfalls meine Einwilligung geben, eine Gedenkstätte für Bixio Canna entstehen zu lassen, wie sie deinem Mann vorschwebt. Mir genügt völlig, wenn am 28. August eine Messe für Bixio in der *Madonna della Costa* gelesen wird.»

«Mir wäre das schon zu viel», sagte Gianni, der gerade wieder in die Wohnung trat. «Das Naheliegende ist doch, sie zu vermieten. Ich schlage vor, die *donna delle pulizie*, die uns die Bar auf Hochglanz bringt, hier ordentlich putzen zu lassen. Dann machen wir Fotos, und du lässt die Wohnung von deinem Makler anbieten, Jules.»

«Oder wir machen eine Stätte der Begegnung daraus. Als Dependance zu der auf Korfu. Vielleicht könnten wir uns die Gurus gegenseitig abwerben.»

«Deine Kränkung scheint noch immer groß zu sein», sagte Margarethe. «Wie könnte ich dich versöhnlicher stimmen?»

«Begleite mich zum Makler, um die Wohnung zu avisieren. Gianni kann in der Zwischenzeit unsere Putzperle kontaktieren.»

«Gianni geht jetzt in die Kinderkrippe und holt seine Tochter ab», sagte Gianni.

«Das kann *ich* doch tun», sagte Margarethe.

«Du kommst mit mir.» Jules klang energisch

— 24. SEPTEMBER —

San Remo

Die Erste, die Interesse zeigte an der Wohnung im zweiten Stock, war Donata, die vor langer Zeit von Bixio verlassen worden war. Oder ihn vor die Tür gesetzt hatte, als er sie mit ihrer beider einstigen Trauzeugin Lidia hintergangen und ein Kind gezeugt hatte. Cesare. Wer sich da wessen entledigt hatte, daran schieden sich die Geister.

«Nur über meine Leiche», sagte Margarethe. Sie war gerade dabei, Kartoffeln zu reiben. Wie hatte sie sich auf Reibekuchen einlassen können? Brunos Gelüste nach rheinischen Spezialitäten sollten doch mit dem Sauerbraten befriedigt worden sein, den er beim Besuch in Köln gegessen hatte. Wenn sie auch zugeben musste, dass das im März gewesen war.

«Sie klang ganz sanft am Telefon», sagte Gianni. «Eigentlich ist *sie* ja Bixios Witwe.»

«Hast du ihr gesagt, dass die Wohnung nicht mehr Bixio gehört hat?»

«Ja», sagte Gianni. «Donata lebt seit Jahren wieder in San Remo, ihr wird nichts entgangen sein.»

«Nein. Sie wird alles aufgeschlürft haben, was an schlechten Nachrichten aus dem Hause Canna kam. Das würde ihr gefallen, sich hier wieder einzunisten. Der letzte Triumph über Bixio und uns. Ich sage: Nur über meine Leiche.»

«Du bist ja ganz außer dir, Mama.»

«Trägt sie eigentlich noch immer den Namen Canna?»
«Sie hatte ihren Mädchennamen angenommen. Doch nun heißt sie seit einiger Zeit wieder Canna.»
«Weil sie denkt, dass noch was zu holen ist.»
«Was regt dich so auf?»
«Die ganzen Frauen von Bixio. Brunos Verherrlichung seines Bruders.» Sie stand auf. «Bitte löse mich ab, Gianni. Ich kann die verdammten Kartoffeln nicht mehr reiben. Gleich habe ich einen Krampf in der Hand.»

Gianni tauschte den Platz mit Margarethe. Ihm fiel das Reiben der Kartoffeln leicht.

«Gibt es noch andere Interessenten?», fragte Margarethe.

«Der Makler hat einige Offerten für mich. Ich hole gleich die Kuverts.»

«Lässt du mich teilhaben?»

«Du kriegst die Kuverts vor Jules, Mama.» Gianni grinste. «Gib mir noch zwei große Kartoffeln, damit ich auch Anspruch auf Reibekuchen habe.»

«Du, Corinne und Flora seid schon eingeplant», sagte Margarethe.

Gianni legte drei Kuverts auf den Tisch. Eine halbe Stunde, die sie hatten, bis die Reibekuchen serviert wurden und sich alle in Margarethes Küche versammelten.

Er öffnete das erste der Kuverts. Las den Brief. «Ein Tierpräparator. Der als Kind in San Remo gelebt hat und seinen Ruhestand hier verbringen will.»

«O Gott. All diese ausgestopften Tiere hier im Haus.»

«Der Nächste ist ein Mann aus Bordighera.»

«Vielleicht eine Vorhut von Lidia und Cesare.»

«Das ist schon leichter Verfolgungswahn, Mama.»

«Und die dritte Offerte?»

«Eine amerikanische Opernsängerin, die ihr Herz an Italien verloren hat.»
«Die Opernsängerin», sagte Margarethe.

1967

— 24. JANUAR —

Hamburg

Die Kirschen der Freiheit. Da kam ihm der Titel von Anderschs Erzählung in den Sinn, während er den japanischen Kirschbaum betrachtete, der im Vorgarten des Hauses am Klosterstern, Ecke Jungfrauenthal, stand. Der Baum fror.

Kurt schüttelte den Schirm aus und trat ins Treppenhaus. Stieg die Stufen zum Büro von *Clarke Translators* hoch. Klopfte an die Tür, die nicht geschlossen war, weil die Kuriere der Zeitungen ein und aus gingen.

«Keine Kirschen. Aber Apfelsinen», sagte er und legte eine Tüte auf den Tisch.

«Finde ich dich gerade sibyllinisch?», fragte June.

Nina war von ihrem Schreibtisch aufgestanden, um ihren Vater zu umarmen. «Ist was passiert, Papa?»

«Nein. Warum? Weil ich an einem Dienstagvormittag in euer Büro platze? Die Sehnsucht nach Freiheit und Abenteuer hat mich auf den Isemarkt getrieben. Deiner Mutter habe ich die geräucherten Forellen vom Fischhändler Schloh schmackhaft gemacht, damit sie mich gehen ließ.»

«Soll ich dir einen Tee machen?», fragte June.

Kurt nickte. «Das ist nass und kalt da draußen.»

June legte den Text beiseite, den sie gerade übersetzte. Heinrich Lübke hatte sich bei den Ministerpräsidenten der Länder ob seiner geringen Befugnisse beklagt und eine Änderung des Grundgesetzes gefordert. Lübkes Fehleinschätzung der eigenen Geistesgaben wurde zunehmend in den ausländischen Zeitungen thematisiert. Wie hatte man diesem Bundespräsidenten eine zweite Amtszeit gewähren können.

«Vielleicht diesmal einen *Prince of Wales*?», fragte sie.

«Ist das eine Teesorte? Das passt», sagte Kurt.

Nina zog ihren Drehstuhl neben den Stuhl, auf den sich Kurt gesetzt hatte. «Erzähle uns die ganze Geschichte», sagte sie.

«Wir hätten deiner Mutter die Wahrheit sagen sollen im vergangenen April. Von deiner Diagnose bis hin zur Operation. Dann hätte sie gewusst, was Angst bedeutet, Angst um das Leben eines geliebten Menschen. Nicht diese Lächerlichkeiten, die sie dauernd hysterisch werden lassen.»

Hysterisch. Da sprach er dieses Wort aus. Hatte er nicht seit Jahren Sorge, die Nervenärzte könnten Hysterie diagnostizieren und Lilleken nach Ochsenzoll einweisen?

«Ich kann nicht mehr», sagte Kurt.

«Wer könnte helfen?», fragte June.

«Sie weigert sich, noch einmal zu Dr. Braunschweig zu gehen. Eine Zeit lang hat ihr die Gesprächstherapie gutgetan. Ich will nicht mit ihr ins UKE.»

«Auch deren Psychiatrie ist mittlerweile *much more advanced*», sagte June.

«Es müsste noch ein anderer mit im Hause leben, damit ich Elisabeth mal allein lassen kann. Pips ist zu selten da. Derjenige könnte ins Studierzimmer ziehen, in dem ich ohnehin kaum bin. Ein Badezimmer ist auch vorhanden.»

Nur die alte Küche war sein Fluchtort geworden. Das sagte er nicht.

«Eine Betreuung. Wer sollte das sein?», fragte Nina.

Kurt hob die Schultern. «Ich nehme kaum an, dass die

Kasse es bezahlt. Die werden argumentieren, dass es doch bisher auch anders ging.»

«Du bist im vergangenen September siebzig geworden, Papa.»

«*Still a young boy*», sagte June. Sie stellte Kurt die Teetasse hin.

«Nicht mehr lange, wenn er sich weiterhin für meine Mutter aufopfert, die keine anderen Lösungen zulässt. Vielleicht könnten Vinton, du und ich eine Betreuerin finanzieren, falls die Krankenkasse sich weigern sollte.»

«Eine Unterbringung in Ochsenzoll wäre wahrscheinlich billiger für die Kasse.» Kurt klang bitter. «Ich habe Lilleken versprochen, sie zu lieben und zu behüten.»

«Tom ist elf», sagte Nina. «Er will nicht länger von Lotte beaufsichtigt werden.»

«Lotte hütet auch noch Henrike. Und will wohl kaum Elisabeth beaufsichtigen.»

«Legt es in meine Hände», sagte June. «*I know a lot of people.*»

Ursula war dabei, Ordnung im Kirschholzschrank zu schaffen, als wüsste sie mit einem freien Tag kaum Schöneres anzufangen. Der Schuldkomplex einer Frau, die fürchtete, die Kontrolle über den Haushalt zu verlieren?

Hatte sie die nicht längst verloren? Vielleicht hätte sie doch erst einmal das Geschirr abspülen sollen, die Teppiche saugen. Noch eine Dreiviertelstunde, bis sie Henrike von der Schule am Turmweg abholte.

Sie trat auf den Balkon und sah zur Volksschule, die in direkter Nachbarschaft zur Johanniskirche lag. Blickte auf den Zeiger der Kirchturmuhr.

Joachim sprach nicht mehr von einem weiteren Kind,

ihm war wohl klar, dass Ursula sich dagegen entschieden hatte. Hätten Jef und sie ein Kind gehabt?

Was hatte Joachim gesagt? Dass sie im Grunde zwei Gefährten brauche. Den einen für die Vernunft in ihrem Leben und den anderen für die Leichtigkeit und die Kunst.

Ein Maler, wie Jef es gewesen war. An Musiker wollte sie jetzt nicht denken.

Sie kehrte zum Kirschholzschrank zurück und stopfte die Tücher und Schals wieder in ihre Schubladen. Die Pappröhre von Jentgens, die bald ein Jahr von Pips aufbewahrt worden war. Schließlich hatte er ihr die Röhre geradezu aufgedrängt. Nun lag sie seit Ewigkeiten in ihrem Schrank. Noch einmal die nackte Ursula?

«Hast du nachgesehen, was Jentgens da schickt?»
«Nein. Ich bin nur der Bote.»
«Aber dir gefällt das Bild, das ich dir geschenkt habe?»
«Das steht bei mir auf dem Klavier.»
«Nur vor Joachim versteckst du es?»
«Joachim weiß viel mehr, als wir denken.»

Ursula nahm die Papphülse und öffnete sie lustlos. Entnahm ihr das Kartonpapier.

Eine Reiterin ritt durch lila und rosa Kreuze, die unter den Hufen des Pferdes zerbrachen. Die Reiterin sah aus wie Ursula.

Jef hatte oft Kreuze gemalt. Kreuze, die den Tod Eefjes symbolisierten, seiner Frau, die im Krieg in Flandern verbrannt war. Doch diese Kreuze hier waren anders, der Maler schien sie nicht ernst gemeint zu haben. Konnten Kreuze heiter sein? Ein kryptisches Gekritzel am unteren Rand, das Ursula nicht zu entziffern versuchte.

Sie zerriss das Bild und bedauerte, keinen Ofen zu haben, in dem sie die Fetzen verbrennen konnte. Nicht nur Karl

Jentgens hatte einen Sinn für Melodramatik. Sie trug die Fetzen in die Küche, um sie in den Müll zu tun. Doch dann sah sie die leere Brötchentüte auf dem Tisch und legte die Schnipsel hinein.

Ursula hielt die Tüte noch in der Hand, als sie über die Rothenbaumchaussee zum Turmweg ging. Das Läuten am Ende der Schulstunde. Erstklässler strömten hinaus, Henrike kam in ihre Arme gelaufen und wurde umhergeschwenkt. Weder sie noch Ursula beachteten, dass die Brötchentüte dabei auf die Straße fiel.

Nicht einmal die Tauben fielen ihnen auf, die sich enttäuscht abwandten, nachdem ihnen gelungen war, ein Loch in die Tüte zu reißen.

Ursula genoss die kleine Hand in ihrer großen Hand. Wie liebte sie Henrike. Was gab es Wichtigeres als dieses Menschenkind, das zu ihr gehörte.

In der Küche sah sie Acrylfetzen liegen. Ursula sammelte sie ein und erkannte erst in dem Augenblick, dass die Reiterin nicht nackt gewesen war, sondern in Gaze gehüllt, wie sie auf Wunden gelegt wurde.

Zu viel Symbolik, dachte sie.

Hatte sie sich jemals für Jentgens interessiert?

Jetzt fühlte sie nur noch Überdruss.

— 8. FEBRUAR —

Köln

«Ich hatte mal wieder Lust auf ein Aschenkreuz», sagte Billa. Sie schob ihr Haar zurück und betrachtete sich im Flurspiegel. «Als wir Kinder waren, sind wir am Aschermittwoch in aller Frühe in die Kirche geschickt worden und haben immer erbärmlich gefroren. Erinnerst du dich?»

«Vergiss nicht, dass ich einige Jahre älter bin als du», sagte Heinrich. Er stand in der Küche und bereitete den Kaffee zu, Gerda war schon in die Galerie gefahren.

«Die Aschenkreuze hat es immer gegeben. Vermutlich schon, bevor der Dom gebaut wurde. In welchem Jahrhundert war das?»

«1248. Vollendet wurde er erst 1880.»

«Der ist doch immer noch nicht fertig.»

«Wo hast du dir das Aschenkreuz geholt?»

«In St. Bruno.»

«Die alte Heimat?»

«Das war Lucy, die an der gehangen hat. Warum bist du in der Küche und Gerda in der Galerie?»

«Hast du noch nicht von der feministischen Bewegung gehört?» Heinrich grinste. «Komm und trinke eine Tasse Kaffee mit mir.»

«Die Linken wirbeln alles durcheinander», sagte Billa. Sie setzte sich an den Küchentisch und hauchte in die Hände. «Ich werde gar nicht mehr warm.»

«Du bist nicht linksbewegt?»

«Das mit den Fahrpreiserhöhungen der KVB im Oktober hat mich auch empört. 52 Prozent mehr, und alles zulasten der Schüler und Studenten.»

«Unsere Claudia war beim Protest dabei. Hat auf den Schienen gesessen und die Straßenbahnen an der Weiterfahrt gehindert. Klatschnass ist das Kind nach Hause gekommen. Von den Wasserwerfern. Als hätte das nicht schon genug geschüttet.»

«Dat Mädchen traut sich was.» Billa schien zufrieden mit Heinrichs und Gerdas ältester Enkelin. «Ich bin immer viel zu brav gewesen.»

«Da habe ich dich aber anders in Erinnerung. Der flotte Feger der Familie.»

«*Dat Orijinal*», sagte Billa. Eine leichte Bitterkeit in ihrem Ton. Noch immer. «Ich bin nach der Kirche mal zum Salon. Hab nur von außen geguckt, die öffnen ja spät. Jetzt steht nur noch *Aldenhoven* dran. Der Pietät war wohl Genüge getan. Ist aber elegant mit dem goldenen Schriftzug.»

«Das neue Konzept sei gut angekommen, sagt Uli.»

«Nur dass die Kronleuchter abgeschafft sind, das nehmen die Leute übel. Deren Licht habe doch viel mehr geschmeichelt. Lucy hat ja auch die schwächsten Birnen in die Fassungen gedreht. Und antike Spiegel in die Umkleidekabinen gehängt. Damit die Kundinnen nicht schon schlecht gelaunt aus der Kabine kamen. Ich hatte immer den Eindruck, die haben mich dicker gemacht, diese Spiegel.»

«Ich fahre gleich in die Galerie. Kann ich dich mit in die Stadt nehmen?»

«Die Reste vom Karneval im Rinnstein angucken?»

«Die sind längst weggekehrt.»

«Da kennst du Köln schlecht. So flott sind die nicht.

Vielleicht fahre ich nachher zu Georg. Der freut sich, dass Aschermittwoch ist. Endlich vorbei, die tollen Tage.»

«Ich bin heute Abend mit ihm verabredet.»

«Dann muss ich mir ein anderes *Amüsemang* suchen», sagte Billa.

«Das ist nicht ganz meine Tageszeit», sagte Karl Jentgens. Er lehnte das verhüllte Bild, das er mitgebracht hatte, an eine der Wände und gähnte.

«Sie kriegen gleich einen Espresso.» Gerda nahm die Moka und füllte zwei Tassen. «Ich wollte mit Ihnen sprechen, bevor mein Mann in die Galerie kommt.»

Jentgens hob die Brauen. «Das klingt bedrohlich.»

«Ich bitte Sie, Ursula keine Bilder mehr zukommen zu lassen. Wüsste mein Mann von dem zweiten Bild, wäre er ziemlich ungehalten.»

«Geht Sie beide das etwas an?»

«Ursula hat mich gebeten, Ihnen das zu sagen.»

«Selbst traut sie sich nicht? Das kann ich mir kaum vorstellen.» Jentgens setzte die Espressotasse ab. «Das letzte Bild habe ich dem kleinen Klavierspieler in die Hände gegeben. Vor Ihren Augen, Gerda. Gut verklebt. Hat *er* sich über das Motiv mokiert?»

«Pips Sander hat die Papprohre unangetastet übergeben. Ursula hat sich viel Zeit gelassen, sie zu öffnen. Genau genommen hat sie das erst vor ein paar Tagen getan.»

«Eine Nichtachtung meiner Gabe.» Jentgens klang eher sarkastisch als gekränkt.

«Was ist los mit Ihnen, Karl?»

«*Zeijens dein Äujelchen, Karl.* Das hat meine Mutter gesagt, sobald einer in den Kinderwagen guckte. Sie fand, die Äujelchen seien das einzig Vorzeigbare an mir.»

«Heute sähe Ihre Mutter erweiterte Pupillen.»

Jentgens grinste. «Den Ausdruck Kiffen kennt sie nicht. Können Sie sich vorstellen, dass Gisel und Ursel die ersten Frauen in meinem Leben waren? Die den scheuen Knaben erlösten? Ich hab ja immer geglaubt, ich hätte nur meine Äujelchen. Dann kam Ursula und flirtete mit mir auf Teufel komm raus, und schon war ich verknallt.»

Gerda seufzte. «Ursel spielt gern mit dem Feuer», sagte sie.

«Tut mir leid, dass ihr das letzte Bild nicht gefallen hat. Vielleicht war es doch zu allegorisch. Aber so ist die Kunst. Wollen Sie mich weiterhin vertreten?»

«Ich denke nicht im Traum daran, einen begabten Maler, wie Sie es sind, der Konkurrenz in die Arme zu treiben. Wollen Sie noch einen Espresso?»

Karl Jentgens nickte. «Dann zeige ich Ihnen das neue Bild.»

Die üppige Rote, die sich mit gerissenem Strumpfband auf dem Boden rekelte, war eindeutig nicht Ursula.

«Das tun wir ins Schaufenster», sagte Gerda. Sie drehte sich um, als das Geläut der Ladentür erklang, als wäre die heilige Wandlung eingeleitet.

«Ihre Galerie ist auch nicht arm an Allegorien», sagte Jentgens.

«Ich wollte gerade noch mal Espresso machen», sagte sie. «Nimmst du auch einen?»

«Gern», sagte Heinrich. «Ein neues Bild, Karl?» Er nickte anerkennend.

— 16. MÄRZ —

San Remo

Signor Luisetti wirkte ganz und gar nicht ausgestopft. Kugelrunde dunkle Augen, die Stirn in Falten gelegt. Der Hals vielleicht zu kurz, doch ohnehin war der Signore klein und eher kompakt. Luisetti sah aus wie ein liebenswürdiger Mops.

Er hatte als *tassidermista* in Meran gelebt und dort Tiere aller Art ausgestopft. Im Herbst, wenn die Südtiroler wie alle anderen Italiener mit einer Flinte durch die Landschaft liefen, auf unschuldige Eichhörnchen, Hasen und Wildschweine schossen und nur ganz selten einen Gamsbock erlegten, waren es vor allem die heimischen Waldtiere, die er für die Gaststuben und Wohnzimmer präparierte.

Luisetti hatte San Remo schon als Kind verlassen. Doch die Riviera di Ponente lag ihm ein Leben lang am Herzen. Er glaubte, sich an das Haus in der Via Matteotti zu erinnern, als er die Anzeige des Maklers las, und antwortete unmittelbar. Als ihm abgesagt wurde, war das eine große Enttäuschung. Die Familie Canna und der Signor de Vries hatten sich für eine amerikanische Dame entschieden.

Dass Giuseppe Luisetti nun doch mit einer Verspätung von gut vier Monaten dabei zusehen durfte, wie seine Möbel in den zweiten Stock des Hauses getragen wurden, lag an Mary Grays Ehrgeiz, der sie einem unerwarteten Angebot der Deutschen Oper Berlin folgen und das Engagement an der Oper von Nizza absagen ließ.

«Ein Geschenk des Himmels», hatte Bruno gesagt. Die Opernsängerin hatte ihn schnell angestrengt, allein die täglichen Tonleitern und Fragmente der Arien, die durchs Haus schallten.

An diesem Donnerstag stand Bruno im Treppenhaus und beobachtete staunend, dass auch in Luisettis Wohnung ein Klavier getragen wurde. Tonleitern und Arien waren von ihm wohl trotzdem kaum zu erwarten. Nur das Alphorn, das dem Klavier folgte, irritierte ihn. Hoffentlich diente es nur als Wandschmuck.

«Nun beäuge nicht länger den Hausstand», sagte Margarethe, die dabei war, ein Tablett mit Sandwiches vorzubereiten.

«Und was tust du?», fragte Bruno. «Du schleichst dich mit Panini ein. Die *cicchetti* von Connors Freundin Lori sind übrigens gar nicht schlecht. Noch nicht so gut wie bei Rosa und Mamma, aber doch auf dem Wege dahin.»

Margarethe brachte die Sandwiches in den zweiten Stock und blieb lange. Bruno trat ans Fenster, der Möbelwagen aus Meran fuhr gerade ab. Er drehte sich um, als seine Frau endlich wieder zur Tür hereinkam.

«Er hat einen ausgestopften Fuchs. Aber den verzeihe ich ihm. Der ist schon alt.»

«Keine anderen Tiere?»

«Beppo sagt, er habe ein Leben lang Tiere präpariert. Es reiche ihm.»

«Beppo?»

«Giuseppe. In Meran haben sie Sepp zu ihm gesagt.»

«Wen hole ich mir da ins Haus», sagte Bruno.

Lori lernte schnell. Italienisch. Englisch. Die venezianischen *cicchetti* herzustellen. Sie hatte in den vergangenen Monaten einige Jobs angenommen. Auf den Feldern und in den Gewächshäusern Blumen gepflückt. Flora und andere Kinder gehütet. Büroarbeiten für Corinne erledigt. Am glücklichsten war sie als Kaltmamsell.

Die Köstlichkeiten, für die Giannis Bar bald wieder berühmt sein sollte, fertigte sie in der kleinen Küche der zwei Zimmer an, die sie mit Connor über der Bar bewohnte. Bei größerem Bedarf stellte Jules die eigene Küche zur Verfügung, in der er nur das Frühstück bereitete und Getränke aus dem Kühlschrank nahm.

«Ich hoffe, Connor denkt nicht darüber nach, Lori nach Irland zu entführen», sagte Gianni. Er war glücklich über die Kaltmamsell. Nicht nur Bruno hatte sich über die *Tramezzini* mit *tonno* oder *prosciutto di Parma* beschwert, die man genauso gut an jeder Tankstelle kaufen konnte. Doch Connor dachte nicht daran, nach Irland zu gehen, Lori aus Ostberlin hatte ihm Italien schmackhaft gemacht.

«Anscheinend haben wir die Chance auf einen Pianisten für länger», sagte Gianni.

Loris Fluchtgeschichte blieb im Dunkeln. Ab und zu scherzte Jules, dass Lori eine Agentin sei, die in ihre Bar eingeschleust worden war. Auch wen Lori zurückgelassen hatte im Osten Berlins, kam nicht zur Sprache. Doch sie versuchten, nicht neugierig zu sein. Dass Lori frühmorgens ans Meer ging, um weit hinauszuschwimmen, fiel nur Connor auf, der sie im Bett vermisste.

Hamburg

«Schlepp mir keine Betschwester an», sagte Elisabeth. «Die will ich nicht im Haus haben, nicht mal, wenn du bereit bist, dafür dein Studierzimmer herzugeben.»

Kurt hatte nur einmal den Fehler begangen, von einer Pflegerin der Diakonie zu sprechen, die sich um Lilleken kümmern sollte. Die Aufbauarbeit hatte Tage gedauert.

«Du tust, als sei ich todkrank», hatte sie geklagt. «Bin ich in deinen Augen gar nichts mehr wert? Vielleicht willst du mich im wahrsten Sinn des Wortes auf den Topf setzen lassen.»

«Es geht lediglich darum, dass du nicht allein im Haus bist, wenn weder Pips noch ich da sind.»

«Warum solltest du nicht da sein?», sagte Elisabeth. «Wir könnten beim Schlachter fragen, ob er ins Haus liefert. Der Grünhöker tut das gern.»

«Und all die anderen Dinge, die wir brauchen? Die Seifen von Budnikowsky. Und du freust dich doch auch, wenn ich dir was Schönes vom Isemarkt mitbringe.»

«Da bleibst du in letzter Zeit viel zu lange.»

Kurt war allein zu Dr. Braunschweig gegangen, hatte den Arzt um Rat gefragt. «Ihre Frau ist noch nicht von der Agoraphobie geheilt», hatte der Arzt gesagt. «Da bin ich gescheitert. Sie sollten die Kollegen von der Psychiatrie des UKE konsultieren.»

Das versuchte Kurt, noch immer zu vermeiden.

Der junge Mann, den June ihm im Café Hübner vorstellte, schien das zu sein, was Elisabeth halbseiden nannte. Woher kam dieses Wort? Von den Nazis?

«Das ist Nick. Nicks Eltern lehnen seinen Lebensstil ab, er sucht ein Zimmer.»

«Ich bin Eintänzer in einem Lokal auf der Reeperbahn.»

«Eintänzer? Ich dachte, die hätte es nur nach dem Ersten Weltkrieg gegeben. Als die jungen Leutnants keine Zukunft mehr für sich gesehen haben.»

«Ich sehe eine Zukunft für mich», sagte Nick. «Aber ich bin gerne bereit, mich um Ihre Frau zu kümmern. Ich kann gut mit älteren Damen.»

«Das kann er», sagte June. Sie sah zu Kurt, der die Brauen hob. «Ich habe ihn nicht beim Eintanzen getroffen. Ich kenne Nicks Vater seit Jahren. Er ist Professor und auf das *House of Tudor* spezialisiert, ich übersetze antiquarische Bücher für ihn vom Englischen ins Deutsche.»

«Darf ich uns Sherry bestellen?», fragte Kurt. Er sah zu June.

«Du darfst.»

«Das Wort *Eintänzer* ist von meiner Mutter. Es trifft zu, ich bin angestellt, um einsame Damen zum Tanz aufzufordern. Aber eigentlich studiere ich. Das ist jedenfalls der Plan.»

Kurt blickte Nick an. Der Eindruck des Halbseidenen hatte sich schon verloren, vielleicht hatte es an dem Lidstrich gelegen und dem Hauch von Wimperntusche. Die gehörten wohl zur Kostümierung eines Eintänzers und waren von der letzten Nacht übrig geblieben. Kurt fand den Blick der Bedienung und bestellte den Sherry.

«Meine Frau hat eine Angststörung, die sie daran hindert, aus dem Haus zu gehen. Leider hat das die Konsequenz, dass auch ich kaum aus dem Haus komme. Ein Freund der Familie lebt bei uns und hat ein Auge auf Elisabeth. Doch er ist Musiker und pendelt zwischen den Aufnahmestudios in Hamburg und Köln.»

«Leider habe ich nur an zwei Abenden in der Woche frei.»

«Das hört sich nach Paradies an», sagte June. «Zwei Abende in der Woche, Kurt.»

Eine große Verlegenheit überfiel Kurt. Was sollte der junge Mann denken?

«Wir werden sehen, wie Ihre Frau auf mich reagiert. Um das gleich klarzustellen, das Zimmer zu bewohnen, wäre mir Bezahlung genug.»

«Sie hätten das Erdgeschoss für sich.»

«Das hört sich nach Paradies an, um June zu zitieren.» Nick lächelte.

— 12. SEPTEMBER —

San Remo

Das Alphorn hätten ihm die Kollegen zum Abschied geschenkt, hatte Luisetti gesagt, eine bloße Dekoration. Doch ab und zu schien es ihn zu überkommen, und er blies hinein ins Horn. Ein blökender Ton, der Jules immer wieder erschreckte.

Jules blickte auf die Uhr. Schon nach neun. Warum hatte er verschlafen? Weil es in der Nacht so unerträglich heiß gewesen war, dass er erst in der Kühle des Morgens Schlaf gefunden hatte?

Der August und die ersten elf Tage des September waren eine Zumutung gewesen, vielleicht war Italien doch nicht das Land, in dem er den Rest seines Lebens verbringen wollte.

Kein Flecken Erde oder Gras, der nicht verdorrt war. In den Parks von San Remo brach die Erde. Die Dürre in Biafra und die Körperchen verhungernder Kinder kamen ihm in den Sinn, deren Bilder in diesem Sommer um die Welt gegangen waren.

Er hatte heiße Sommer erlebt in den Jahren, seitdem er sich hier niedergelassen hatte, immer dafür gesorgt, dass die Wassertanks gefüllt waren, die im Frühling von den Bächen gespeist wurden. Sechzehn Kubikmeter Wasser gab es allein für das Stück Land, auf dem die *casa rustica* stand.

Sorgte der Mailänder Tuchhändler dafür, dass das Land bewässert wurde?

Vielleicht sollte er heute zu Francesco pilgern, den alten Bauern fragen, wie groß er die Gefahr einschätzte. Der Alte hatte viele Brände erlebt.

Gestern war in der Cantina davon gesprochen worden, dass es am Monte Bignone brenne. Der Berg war die Fackel, die das erste Alarmzeichen gab. Bisher hatte das Feuer nie das Tal überschritten, der Bach war tief genug, um es aufzuhalten.

Einmal hatten Katie und er auf der Terrasse gestanden und dem Feuer jenseits des Baches zugehört, dem verzweifelten Heulen der Bäume, als sie brannten und starben.

Jules blickte zu Ulissetto, der unruhig war. Des Feuers wegen?

Erst einmal aufstehen und duschen. Dem Tag entgegensehen.

Er hatte Francesco auf dem Markt getroffen. Brote und zwei große Käse hatte der Alte gekauft. Sein üblicher Proviant?

«*Il fuoco*», hatte der Alte gesagt.

«Du machst dir Sorgen um dein Haus?», fragte Gianni, als Jules die Bar betrat.

«Es ist nicht mehr mein Haus.»

«Fahr hin und sieh nach», sagte Gianni. «Alles wird in Ordnung sein.»

Jules kam erst am Abend los. Dunkler Himmel, als er aus der Stadt fuhr. In Richtung San Romolo sah er an den Rändern des Himmels ein grelles Orange.

Er war noch lange nicht am Haus, als die kleinen dicken Autos der Feuerwehr die Straße blockierten. «*Torna indietro*», sagte einer der Männer, der ihm die Zufahrt verwehrte. Jules kehrte um.

Um sechs Uhr morgens war er wieder auf der Straße. Nach einer schlaflosen Nacht. Den winselnden Hund hatte er in der Wohnung gelassen, wer wusste, was ihn oben erwartete. Zu Hause war Ulissetto sicher.

Noch immer die Feuerwehr, die nach Glutnestern Ausschau hielt. Auf der Seite jenseits der Strada Marsaglia, dort, wo die Terrassen zum Meer hinabfielen, brannten die Olivenbäume. Jules stieg aus, als er am Haus ankam, das unversehrt stand. Die Strada war ihnen immer eine schützende Schneise gewesen.

«*Non andare lì*», sagte der Feuerwehrmann.

Doch Jules betrat den schmalen Pfad, der zur glühenden Ruine der *casetta* führte. Vor seinen Füßen lag der eiserne Türklopfer, dessen Hand die Weltkugel hielt. Hatte er ihn nicht selbst wieder an der Tür befestigt?

Jules verbrannte sich, als er ihn anfasste. Er ließ den Türklopfer fallen und hob ihn erst auf, als ihn das leinene Taschentuch schützte, das er aus der Hosentasche gezogen hatte.

Der Feuerwehrmann stand mit verschränkten Armen oben an der Straße und sah zu, wie Jules den Pfad hinaufstieg. Er schüttelte den Kopf, als er den Türklopfer sah.

Jules stieg in sein Auto und legte das Souvenir einer verloren gegangenen Zeit auf den Rücksitz. Warf keinen letzten Blick auf die Reste der *casa rustica*, in der im zweiten der großen Kriege Ovida Keats gelebt hatte und die zum Liebesnest seiner Katie geworden war. Verbrannte Erde. Er wendete den Lancia in der Garagenzufahrt des Hauses, das einmal seines gewesen war, und fuhr zurück nach San Remo.

1968

— 1. JANUAR —

Hamburg

Das Jahr war erst acht Stunden alt, als June in der Dunkelheit das Haus verließ, in dem sie nun seit bald zwanzig Jahren lebte. Eine einsame Silvesternacht lag hinter ihr, vielleicht hätte sie Ninas und Vintons Einladung annehmen sollen.

June hatte vor, in ihr Büro zum Klosterstern zu gehen, um die Kopien der Texte zu lesen, die im Laufe des vergangenen Jahres über ihren Schreibtisch gegangen waren. Ereignisse, die sich überschlagen und einander überholt hatten, von vielen schon nicht mehr erinnert. Wer kannte noch die Namen?

Der junge Student war ihnen allen im Gedächtnis geblieben, der am 2. Juni in Berlin während einer Demonstration gegen den Schah getötet worden war. Benno Ohnesorgs Tod hatte die Studentenunruhen ausgelöst. Doch der Name des Mörders verblasste bereits. Karl-Heinz Kurras, Polizeiobermeister. Er war es gewesen, der Ohnesorg in den Hinterkopf geschossen hatte.

Wer würden die Toten des Jahres 1968 sein?

June machte einen Schlenker auf dem Weg zum Klosterstern und ging in die Blumenstraße hinein. Kurz vor Kurts Haus beschleunigte sie ihre Schritte. Das fehlte noch, dass er am Fenster stand und sie sah, Trübsal blasend am Neujahrstag.

June Clarke, die Frau für die kleinen Freuden und die

großen Drinks, die immer tat, als sei das Leben eine heitere Angelegenheit.

Nur nichts ernst nehmen, schon gar nicht die Liebe. Hatte sie geahnt, auf was sie sich einließ, als sie vorschlug, Kurts Begleiterin zu werden?

June schlug den Kragen ihres Mohairmantels hoch, als es zu schneien anfing. Auf der Krugkoppelbrücke standen die Menschen, als gäbe es noch ein Feuerwerk zu bestaunen, doch dessen Überreste lagen auf der Straße, gnädig vom Schnee bedeckt, der für ein paar Augenblicke liegen blieb.

Saßen Kurt und seine Elisabeth gemütlich beim Frühstück?

June zog ihre Hand aus der Manteltasche und blickte auf die kleine Tissot, die Oliver ihr einmal geschenkt hatte. Jetzt sollte Sonnenaufgang sein. Doch die Sonne ließ sich nicht beim Aufgehen zusehen, graue Wolken hingen davor.

Sie bog ins Frauenthal ein. Den beschleunigten Schritt hatte sie beibehalten, gleich würde sie am Klosterstern sein und vor dem vertrauten Haus stehen.

Adenauer war ein anderer Toter des Jahres 1967. In Rhöndorf gestorben, Konrad Adenauer, der beinah unsterblich schien. Bis zum 19. April.

Als Nächstes fiel ihr Jayne Mansfield ein. Ihr Tod bei einem Autounfall in der Nähe von New Orleans. Eine eigenwillige Auswahl, die ihr Gedächtnis da traf.

June wischte mit dem Mantelärmel über das Metallschild. *Clarke. Translators.* Was tat Mr. Clarke in diesem Moment? Ein Katerfrühstück in einem der Londoner Pubs? Mit einer Frau, der er das Blaue vom Himmel versprach?

Nein. Das war viel zu früh für Oliver.

Dorothy Parker in New York. Ilja Ehrenburg in Moskau. Che Guevara in Bolivien.

Und welche Bilder blieben ihr haften?

Guevara, der verletzt war, noch nicht tot. Bis zum letzten Atemzug gut aussehend.

Graue Männer in Uniform beim Putsch der Obristen in Griechenland.

Die Panzer auf den Golanhöhen im Sechstagekrieg.

Die verhungernden Kinder in Afrika.

Und da war es wieder, das Bild aus Berlin. Die junge Frau mit den auffallenden Ohrgehängen, die sich über den sterbenden Benno Ohnesorg beugte.

Was machst du jetzt mit dem Rest des Tages, June Clarke? Sie stand im Büro und hatte nicht länger Lust auf alte Nachrichten.

Sie trat in die Teeküche und nahm das Glas Nescafé aus dem Schrank. Gab einen großen Löffel gekörntes Kaffeepulver in einen Keramikbecher mit Union Jack. Wo kam der noch einmal her? Hässlich war er. June zögerte, dann schraubte sie die Flasche Whisky auf und gab einen Schuss in den Becher. Vielleicht sollte sie heute ganz allein teuer essen gehen. Hummer statt Kummer.

«Leg sie doch vorne auf die Fensterbank», hatte Lilleken gesagt. «Die ist breiter.»

Nur die festen der kleinen Bleiteile, kein Geriesel. Er konnte nicht deuten, was die Bleigießerei hervorgebracht hatte, Lilleken glaubte, ein Herz erkannt zu haben und einen Anker. Das war doch klassisch. Liebe und Ausharren.

«Bring die Johannisbeerkonfitüre mit», sagte seine Frau, die schon am Tisch saß. «Ich habe vergessen, sie aufzudecken.»

Der Silvesterabend war gut bewältigt worden. Sie hatten Kartoffelsalat und Wiener Würstchen gegessen. Knallbonbons gezogen. Die dummen Sprüche vorgelesen und auf dem Orientteppich nach den Kleeblättern, Nuckelflaschen, Glücksschweinchen gesucht. Eine klitzekleine Spielkarte hatte er am Schluss noch gefunden. Herzdame.

Lübkes Neujahrsansprache um 20 Uhr war von höherem Unterhaltungswert gewesen als das Kabarett der Münchner Lach- und Schießgesellschaft. Schließlich *Festliche Musik zum Jahresausklang* mit der Rothenberger und Hermann Prey.

Kurz vor Mitternacht hatte Kurt die Flasche Kupferberg Gold aus dem Kühlschrank genommen und geöffnet. Die hohen Sektgläser mit der feinen Gravur von Ranken und Trauben hatten sie 1920 zur Hochzeit geschenkt bekommen, erstaunlich, dass sie die Zeit überlebt hatten, in der Kurt ihre kleinen Schätze auf dem Schwarzmarkt am Goldbekufer gegen Essbares tauschte.

Kurt stellte das Glas Konfitüre auf den Wohnzimmertisch, an dem sie an Feiertagen aßen, seit sie die Küche im Erdgeschoss nicht mehr nutzten. Ehe er sich setzte, küsste er Elisabeth auf die Wange. «Ein gutes neues Jahr, Lilleken.»

«Das haben wir uns doch schon um Mitternacht gewünscht, Kurt.»

«Ein zweites Mal kann nicht schaden.»

«Wann ist Pips nach Hause gekommen?»

«Wohl spät. Ich habe ihn nicht gehört.»

«Vielleicht erzählt er uns ja, wie es bei Jockel und Ursula gewesen ist. Wann kommt eigentlich Nick wieder?»

«Gönn ihm doch die paar Tage mit seiner Freundin.»

Die Freundin war ein Freund. Doch das sagte Kurt nicht.

Köln

Gerda hatte den Pan mit einem Blick gestreift. Dann war sie in die Küche gegangen, um den Heringssalat zu servieren. Rote Bete und Äpfel. Das Rezept ihrer Mutter. All die Alltagsdinge, durch die längst dahingegangene geliebte Menschen teilnahmen am Geschehen und auch darum unvergessen blieben. Weil es *ihr* Rezept war oder *ihre* Tischdecke mit der Stickerei, in die sie viele Stunden Arbeit gesteckt hatte.

«Das will mir nicht gefallen, dass du den Pan vernachlässigst», sagte Heinrich. «Hast du nach Lucys Tod damit aufgehört?»

«Du findest es naiv, nicht mehr an den lieben Gott zu glauben, weil man sich getäuscht fühlt von ihm? All die Gebete und keine Erfüllung.»

«Ist das so?» Er setzte sich an den Küchentisch und ließ sich Heringssalat auftun.

«Irgendwann ist es nur noch Theater gewesen, das ich für mich und die anderen aufgeführt habe. Aber ich ignoriere den Pan nicht. Wir achten einander.»

Heinrich lächelte. «Du machst dich nur nicht mehr verrückt seinetwegen.»

«Genau», sagte Gerda.

«Gut. Damals nach Jefs Tod habe ich mir schon Gedanken gemacht, dass du dein Ritual zu ernst nimmst.»

Gerda setzte sich und nahm eine erste Gabel. «Er ist einfach lecker.»

Heinrich nickte. «Auf meine Schwiegermutter, die Königin des Heringssalats», sagte er. «Ich habe mich gut und gern daran gewöhnt, dass er nicht nach Hefe duftet und mit Butter bestrichen wird.»

«Gleich gibt es noch Neujährchen für dich. Ich hab sie bei Wichterich gekauft, die backen die besten.»

«Du warst im Eigelstein?», fragte Heinrich. «Wie lange es schon her ist, dass Ursel und Jef dort gewohnt haben.»

«Gleich kriegen wir *dat ärm Dier*.»

«Vorher machen wir noch unsere Anrufe und wünschen ein gutes neues Jahr. Und ich lege Schumanns Dritte auf. Was ist aus unseren Konzerten geworden, Gerda? Erst haben wir die Zerstörung des Gürzenich beklagt, dann auf dessen Wiedereröffnung gewartet, und nun gehen wir kaum noch hin.»

«Vielleicht sind wir träge geworden.»

«Dem werden wir entgegentreten», sagte Heinrich. «Nach den Anrufen in Hamburg und San Remo gehen wir zu Georg und Billa, um unseren Antrittsbesuch zu machen.»

«Antrittsbesuch?»

«Zum neuen Jahr.»

«Aber vorher wollen wir sie warnen», sagte Gerda.

San Remo

Die Linsen aß Bruno allein. Kalt. Margarethe hatte angeboten, sie aufzuwärmen, aber er stürzte sich heroisch in die kalten *lenticchie*. Im achten Jahr nach Agneses Tod verweigerte Margarethe ihm die Gefolgschaft. Sie hatte keine Lust auf Blähungen.

«Und wenn uns 1968 das Geld ausgeht, weil du keine Linsen gegessen hast?»

«Blödsinn. Du kannst doch nicht immer noch an das Ammenmärchen glauben.»

«Wer weiß, wie Bixio in all die finanziellen Engpässe gekommen ist.»

«Durch die Geschäftsbeziehung mit Lucio», sagte Margarethe. «Wissen wir eigentlich, was aus dem geworden ist?»

Bruno hob die Schultern. Er kaute gerade an den letzten Linsen.

«Wenn du die verdaut hast, könnten wir in eine der Locandas nach San Romolo fahren und des Ristorante Royal gedenken. Gianni hat auch Interesse bekundet.»

«Ist das Ristorante nun endgültig geschlossen?»

«Die Zeit der Fasane und gebratenen Eichhörnchen ist vorbei.»

«*Scoiattoli* hat es da nie gegeben. Das ist ein Gerücht. Kommt Jules auch mit?»

«Er ist eben nach Nizza gefahren, um am Flughafen eine Luftpost aufzugeben.»

«Weißt du Näheres?»

«Nein», sagte Margarethe.

Das erste Mal nach den Waldbränden, dass sie den Berg hinauffuhren nach San Romolo. Gianni hielt den Atem an, als sie an der *casa rustica* vorbeifuhren, die nur noch eine Ruine war. Auch der Baum, der weiße Feigen getragen hatte, war verkohlt.

«Hat Jules sich das hier noch einmal angeschaut?», fragte Margarethe.

«Ich weiß es nicht», sagte Gianni. Er blickte zu Jules' weißem Haus mit den blauen Fensterläden, das nicht bewohnt zu sein schien. Der Mailänder legte wohl kaum Wert darauf, während seines Weihnachtsurlaubs auf eine Aschelandschaft zu blicken.

Gianni hatte bedauert, dass Corinne und Flora heute

nicht dabei waren, weil Flora auf dem Geburtstag ihrer Freundin Federica eingeladen war. Doch nun war er dankbar, dass dieser Anblick seiner vierjährigen Tochter erspart blieb.

«Hat die Natur eine Chance, sich im Frühling zu erholen?», fragte er.

«Die Natur ist hart im Nehmen», sagte Bruno. «*Mio figlio*, bist du bereit, uns nachher zurückzufahren? Dann kann ich eine Flasche Barolo zum Kaninchen bestellen.» Er sah Margarethe an. «Kaninchen. Nicht Eichhörnchen», sagte er.

«Wo ist der Unterschied?», fragte Margarethe. «Gianni, weißt du, was Jules für wichtige Post hat, dass er nach Nizza zum Flughafen gefahren ist, um sie heute noch aufzugeben? Er hatte es so eilig, dass er kaum ein gutes neues Jahr gewünscht hat.»

«Nein. Aber er hat in der vergangenen Woche einen Brief aus Korfu bekommen.»

«Verspätete Weihnachtsgrüße von Katie», sagte Margarethe.

«Der Brief hatte einen Behördenstempel, Jules schien mir sehr besorgt. Ich habe ihn nicht darauf angesprochen, weil ich dachte, er wird es mir noch erzählen.»

«Vielleicht ist Katie etwas passiert», sagte Bruno. «In dem Fall würden die Behörden Jules benachrichtigen, er ist noch immer verheiratet mit ihr.»

«Und dem Kanadier ist auch was passiert?»

«Du weißt, wie schnell ein Unglück geschehen kann. Denk an Bixio», sagte Bruno.

«Fahr mal rechts ran, Papa. Der Bus kommt von oben. Ich höre die Fanfare.»

Der blassblaue Bus der Commune di San Remo fuhr bergabwärts an ihnen vorbei.

Gegen sechs Uhr am Abend kam Gianni der Gedanke, Jules könne in der Bar sein, die am 1. Januar geschlossen blieb. Schon auf der Piazza Bresca hörte er die Klänge eines Kirchenliedes und fand das beunruhigend. Ulysses bellte, als Gianni die Tür öffnete, doch er trollte sich gleich wieder und kehrte unter den Flügel zurück.

Gianni nahm sich einen der Stühle und zog ihn näher heran. «Was ist los?»

Jules hörte auf zu spielen. «Katie und der Kanadier sind festgenommen worden.»

«Drogen?»

«Nein», sagte Jules. «Politik.»

«Haben sie die *Junta* stürzen wollen?»

«Wenn ich es richtig verstanden habe, werden ihnen kommunistische Umtriebe vorgeworfen. Bei Katie wurde das Flugblatt einer Berliner Kommune mit üblem Inhalt gefunden. Das haben die Griechen sich übersetzen lassen. Warte mal, ich hab's hier:

Ein brennendes Kaufhaus mit brennenden Menschen vermittelte zum ersten Mal in einer europäischen Großstadt jenes knisternde Vietnamgefühl, dabei zu sein und mitzubrennen, das wir in Berlin bislang noch missen müssen. Wann brennen die Berliner Kaufhäuser?»

Gianni stöhnte auf. «Ich nehme an, das bezieht sich auf den Kaufhausbrand in Brüssel im letzten Mai», sagte er. «Aber was hat Katie damit zu tun?»

«Das wüsste ich auch gern. Vielleicht sitzen die falschen Gurus in ihrer Stätte der Begegnung. Südamerikanische Terroristen.»

«Hat sie Kontakte nach Berlin?»

«Keine Ahnung.»

«Sitzt sie auf Korfu im Gefängnis?»

«Nein. In Patras. Auf dem Festland.»

«Und was stand in dem Brief, den du heute in Nizza aufgegeben hast?»

Jules hob die Brauen. «Hat dir das Margarethe erzählt? Der Brief geht an einen Anwalt in Patras. Ein Athener Freund hat ihn mir empfohlen.»

«Aber du fliegst nicht hin.»

«Nein. Was soll ich da. Ich spreche weder Griechisch, noch durchschaue ich die Zusammenhänge.»

«Liegt dir Katie noch sehr am Herzen?»

Jules zögerte. «Nein», sagte er dann.

«Wie alt ist sie? Achtundvierzig?»

«In diesen Tagen», sagte Jules.

Gianni fuhr sich mit der Hand durchs Haar. «Halt dich da raus», sagte er. «Du hast ihr einen Anwalt besorgt, den du wahrscheinlich auch bezahlen wirst. Du bist ihr nichts schuldig, Jules. So wenig, wie Bruno seinem Bruder etwas schuldig war.»

— 4. APRIL —

Hamburg

Kurt faltete das *Abendblatt* auseinander und bedeckte den halben Küchentisch.

«Steht drin, dass der Kaufhof gebrannt hat?», fragte Elisabeth.

«In der Sportabteilung und bei den Spielwaren. In Frankfurt.»

«Da hätten doch Menschen sterben können.»

«Kurz vor Mitternacht. Brandsätze mit Zeitzündern. Aber es stimmt, Lilleken, zumindest der Nachtwächter hätte zu Schaden kommen können.»

«Du nimmst das nicht ernst genug, Kurt.»

«Doch.»

«Hast du die Namen der Täter schon mal gehört?»

Nein. Kurt hatte noch nie von Gudrun Ensslin und Andreas Baader gehört.

«Das sind schlimme Zeiten, in denen wir leben.»

«Die von 1933 bis 1945 waren schlimmer.»

«Das sagst du immer. Gehst du morgen wieder auf den Isemarkt?»

«Wünschst du dir was?»

«Triffst du dich auf dem Markt mit einer Frau, Kurt?»

«Ich treffe eine Menge Frauen auf dem Markt.» Er ahnte, dass das keine gute Antwort war. Lauerte Tutti Hanstett hinter den Ständen und nahm ihn und June ins Visier? Er traute es ihr zu. Warum war sie damals von einem auf den anderen Tag aus dem Friseurladen in der Maria-Louisen verschwunden?

«Tutti war lange nicht mehr bei dir. Du wolltest sie doch öfter treffen.»

«Die redet viel dummes Zeug, wenn der Tag lang ist. Weißt du, ob Pips hier ist an Ostern? Nick will die Tage an der Ostsee verbringen.»

«Verstehst du dich gut mit Nick?»

«Er will mir zeigen, wie man einen Lidstrich zieht.»

Kurt lachte. Durchschaute Lilleken den Jungen längst?

«Willst du denn einen Lidstrich?»

«Tutti sagte, ich solle mich schicker machen für dich.»

«Also war Tutti doch hier.»

«Nur ganz kurz», sagte Elisabeth. «Triffst du dich also mit einer Frau?»

«Sollte mich Tutti mit einer gesehen haben, dann war das June Clarke, die auch am Freitag auf den Isemarkt einkaufen geht.»

Oben setzte Klavierspiel ein. Kurt kannte das Stück nicht. Pips hatte erzählt, dass sie in Köln ein Album mit amerikanischen Filmtiteln aufnehmen wollten.

«Ich frage ihn nachher, ob er an Ostern hier sein wird. Vielleicht können wir dann gemeinsam frühstücken. Willst du Eier färben?»

«Wenn er hier ist, wird er wohl wieder bei Jockel und Ursula sein», sagte Elisabeth. «Manchmal denke ich, die führen eine Ehe zu dritt.»

Pips spielte selten nach Noten, doch diese Titel kannte er nicht. Waren die Filme, aus denen die Stücke stammten, in San Remo gezeigt worden? *Drei Münzen im Brunnen* war aus dem Jahr 1954, da hatte er angefangen in Giannis Bar. *Alle Herrlichkeit auf Erden* von 1955.

Am Anfang war er dankbar gewesen, sich ins Studio zurückziehen zu dürfen, doch nun fehlte ihm etwas zwischen Einstudieren und Aufnahme. Hatte er zu viel produziert in den letzten Jahren? Er fing an, sich nach Grete zu sehnen.

Vielleicht sollte er ihren Albers-Abend sehen, bevor er nach Köln fuhr, und ihr das Angebot machen, noch einmal den ganzen Zinnober durchzuziehen, ein letzter großer Auftritt als Grete Leander.

Wie es wohl wäre, wenn die echte Zarah Leander ins Lokal käme? Noch lebte die ja. Hatte sie nicht im Herbst ein Gastspiel im Operettenhaus? *Das war ganz nah bei* wie Fiete sagen würde. Aber Grete trat ja nun als mittelalterliche Wirtin auf. Warum eigentlich nicht als Marketenderin? Das hätte noch besser gepasst.

Three coins in the fountain. Wenn er die Münzen in den Brunnen warf, durfte er zurückkehren. Wohin? In die Rothenbaumchaussee? Seine Gedanken liefen ein wenig aus dem Ruder für einen Vormittag.

Pips stand auf und ging zum Telefon, wählte die Nummer von Fietes Wirtin. Bat darum, Fiete zu sprechen.

Eine Weile hörte er nur zu. «Gut», sagte er dann. «Um viertel nach sieben Uhr bei Grete.»

San Remo

Jules hatte den *Spiegel* am Zeitungsstand vom Hotel Londra e Savoy gekauft, aber die hatten noch nichts über die Kaufhausbrandstifter. Jules las das Datum: 31. März. Er las sich fest an der Titelgeschichte über den Tod, vergaß die Kaufhäuser und glaubte bald grundlos, Katie habe mit keinerlei Bränden zu tun.

Die Information aus Patras hatte ihn erst spät via Athen erreicht. Da war die Ankündigung der griechischen Behörden schon vollzogen gewesen, Katie und den Kanadier des Landes zu verweisen. Wo hielt sich Katie jetzt auf? Auf dem Papier war er noch immer ihr Ehemann. Wenn sie verloren ginge, würden die Behörden Kontakt zu ihm aufnehmen, die italienischen, die englischen, die niederländischen.

«Gibt es was Neues von Katie?», fragte Gianni, der mit Flora an der Hand aus dem Haus in der Via Matteotti kam.

«Eines Tages fordern sie mich auf, ins Leichenschauhaus zu kommen, und Katie liegt da wie Che Guevara auf seinem Totenbett.»

«Quatsch», sagte Gianni. «Du überschätzt ihr politisches Engagement. Setz schon mal die Espressokanne auf. Ich bin gleich wieder aus der Kinderkrippe zurück.»

Hamburg

Fiete stand oben auf der Treppe, als Pips aus der U-Bahn kam und die Stufen zum Millerntor hochstieg.

«Was ist nun mit Grete?», fragte Pips. Sie bogen in die Reeperbahn ein, auf der gerade die Lichter angingen und die Schäbigkeit illuminierten.

«Sie ist dünn geworden. Die mittelalterliche Bluse füllt sie bald nicht mehr aus. Trinkt auch kaum noch einen Schnaps.»

«Das ist allerdings bedenklich.»

«Ich weiß auch, dass man im Alter dünner wird», sagte Fiete. «Wäre nichts gegen zu sagen. Außer, dass wir ein neues Kostüm kaufen müssten.»

«Was sagt Grete denn dazu?»

«*Klei mi an'n mors*, sagt sie.»

«Hab ich je verstanden, was das heißt?»

«Hast du», sagte Fiete.

«War sie beim Arzt?» Pips schüttelte den Kopf, als eine Dame ihm zu nahe kam und ihren Preis flüsterte.

«Kennst doch Grete.»

«Und ich soll sie überzeugen, einen aufzusuchen?»

«Vorher sollst du dir ein Bild machen.»

«Gut», sagte Pips.

«Bin gespannt, wie du das einschätzt», sagte Fiete, als sie vor Gretes Lokal in der Seiler ankamen. Er hielt Pips den schweren Filzvorhang auf. «Tatatata», sagte er.

Grete saß allein am Tresen und erhob sich ein wenig schwerfällig vom Hocker. «Ihr seid früh», sagte sie, ohne darauf einzugehen, dass Pips vor ihr stand.

«Guck, wen ich dir mitgebracht habe, Grete», sagte Fiete.

«Sehe ich doch. Komm an meinen Busen, Pips.»

Pips nahm den Duft von Kampfer war, als er an Gretes Busen lag. Doch das sprach eher für die Bekämpfung von Motten.

«Bin noch gar nicht umgezogen», sagte Grete. «Nehmt euch was zu trinken, ich geh mal nach hinten und pludere mich auf.»

«Willst du einen Köm?», fragte Fiete, nachdem sich Grete ins Hinterzimmer verzogen hatte.

«Lieber nur ein Bier.»

«Astra heißt das hier», sagte Fiete. «Schon vergessen? Wie findest du Grete?»

Dem wachsen schon Flügelchen hatte seine Großmutter gesagt, wenn einer dem Tode nahe war. Bei Grete sah Pips die noch nicht wachsen. «Wie alt ist sie?»

«Im Oktober wird sie achtzig. Du weißt ja. Dreikaiserjahr.»

Pips blickte auf die Uhr an der Wand über dem Tresen, das Werbegeschenk von Bommerlunder. Kurz nach halb acht. «Kommt John immer erst so spät?»

«Gegen acht. Dann hat er seinen Liter Baldrian getrunken und traut sich her. Das künstlerisch interessierte Publikum ist nicht vor halb neun da. War zu deinen Zeiten auch schon so.» Fiete öffnete den Kühlschrank, um noch ein kaltes Astra herauszunehmen. «Hast du Hunger?», fragte er.

Pips schüttelte den Kopf. Um acht kamen zwei Männer ins Lokal, die er vom Sehen kannte. «Das ist aber kein abgekartetes Spiel?», fragte er, als sie um Viertel nach acht noch immer allein mit den Männern am Tresen saßen.

«Um dich ans Klavier zu zwingen?» Fiete sah ihn gekränkt an.

Die Hintertür öffnete sich, und Grete trat als mittelalterliche Wirtin heraus. Fiete hatte recht, das Kostüm saß locker.

«Kein John Long?», fragte sie. «Zuverlässig ist er doch sonst.»

«Wann geiht dat mal hier los?», fragte einer der Männer am Tresen.

«Ab vier Personen wird gesungen», sagte Grete. Die Tür ging auf, zwei Frauen und zwei Männer traten ein. Grete sah zu Pips.

«Ich wollte gerade vorschlagen, dir zu deinem Geburtstag im Oktober einen Abend zu schenken, an dem du die Lieder der Leander singst und ich am Klavier sitze.»

«Hat Fiete verraten, dass das ein runder Geburtstag ist?», fragte Grete.

«Dreikaiserjahr», sagte Pips. «Hast du oft genug erwähnt.» Er versuchte, Gretes flehentliche Blicke zu ignorieren. Die Hoffnung, dass John Long noch kam, hatte er aufgegeben.

«Du kannst doch *Und über uns der Himmel*», sagte Grete.

«Auch *Beim ersten Mal, da tut's noch weh*», sagte Pips. Er stand auf.

Ein erstaunlich lauter Beifall der Anwesenden, als er sich ans Klavier setzte. Wenn auch Fiete mitklatschte. Grete lächelte Pips an, als sie sich neben ihn stellte. Auf ihrer Skala signalisierte das Lächeln höchste Dankbarkeit.

Am Ende der Vorstellung waren alle glücklich. Auch Pips.

«Ich nehme dich beim Wort mit dem Geburtstagsgeschenk», sagte Grete. «Werde vorher auch nicht den Löffel abgeben, egal was Fiete unkt.»

Wo John Long an diesem Abend war, blieb bis auf Weiteres ungeklärt.

— 19. JUNI —

San Remo

Die von der Sonne verbrannte Gestalt, die Gianni vor der Bar antraf, hätte auch Jules kaum erkannt, doch Gianni sah den Mann zum ersten Mal. «Ich war oben am Berg», sagte der Mann. «Die kleine *casa* von Herrn de Vries gibt es nicht mehr.»

«Nein», sagte Gianni. Er betrachtete den Mann, der nicht aussah, als gehöre er einem Kreis an, der Jules' Kreise berührte. Er lud ihn ein, in die Bar zu kommen, einen Milchkaffee zu trinken.

«Ich bin der Töpfer», sagte der Mann. «Aus Bussana Vecchia.»

Das alte Bussana, das 1887 nach einem Erdbeben von den Überlebenden verlassen worden war. Seit Jahren lebten dort junge Leute aus allen Ländern, befestigten die Ruinen, bauten Ateliers und schufen das eine und andere künstlerische Werk. Die meisten von ihnen lebten von der Hand in den Mund.

Gianni sah den bärtigen Mann mit den langen Haaren neugierig an.

Eine Erinnerung, dass Jules damals erzählt hatte, Katie sei von einem Töpfer mit Kastenwagen abgeholt worden, als sie davonging.

«Geht es um Katie?», fragte Gianni.

«Katie weiß, dass das große Haus verkauft wurde, aber sie hoffte, in der kleinen *casa* wohnen zu können.»

«Die ist den Waldbränden im vergangenen September zum Opfer gefallen.»

Der Mann nickte und schlürfte den letzten Milchschaum aus der Tasse.

«Wie heißen Sie eigentlich?», fragte Gianni.

«Frans.» Er zog das *a* lang und sprach das *s* weich aus.

«Ist Katie de Vries in Bussana Vecchia?»

«Auf dem Wege dorthin.»

«Sind Sie ein Landsmann von Herrn de Vries?»

Frans schüttelte den Kopf. «Belgier.»

Gianni ging hinter die Theke und nahm einen der Kellnerblöcke. Schrieb die Telefonnummer der Bar und die von Jules auf. «Katie kann in die Via Matteotti kommen. Sie kennt das Haus. Vielleicht ruft sie vorher eine dieser Nummern an.»

«Kann ich noch einen Kaffee haben?»

Die Gaggia zischte, als Gianni ein zweites Mal Milch aufschäumte. «Ist Ken Down noch bei Katie?», fragte er. «Der Kanadier?»

«Den kenne ich nicht.»

Gianni sah weg, als Frans sich den Schaum aus dem Bart leckte.

«*Molte grazie*», sagte der Belgier und verließ die Bar.

«*Arriva la principessa*», sagte Bruno, als Flora mit Gianni in die Küche kam.

«Und was ist mit mir?», fragte Gianni.

«Du bist immer unser Prinz. Wer sonst?»

«Nachdem Cesare aus unser aller Leben gegangen ist», sagte Gianni. «Kriegen wir hier etwas zu essen? Der Duft von Lasagne steigt uns in die Nase.»

«Ich nehme sie in wenigen Minuten aus dem Ofen», sagte Margarethe.

Bruno legte den *Messaggero* zusammen, als Flora auf seinen Schoß kletterte. «Die Deutschen haben Angst, dass dieses Notstandsgesetz nichts anderes als ein neues Ermächtigungsgesetz ist, wie es die Nazis geschaffen haben», sagte er.

«Hilft ihnen aber nicht. Die Gesetze sind schon vom Bundestag verabschiedet worden, und der Bundespräsident wird sie nächste Woche unterzeichnen», sagte Gianni.

«*Un tempo di violenza*. Wer in diesem Jahr schon alles totgeschossen wurde. Oder halb tot. Martin Luther King. Robert Kennedy. Wie geht es dem zornigen jungen Mann in Berlin, der das Attentat knapp überlebt hat?»

«Dutschke. Welche Schäden er davontragen wird, ist wohl noch nicht klar.»

«Setz dich, Gianni», sagte Margarethe. Sie stellte die heiße Glasform mit der Lasagne auf ein Holzbrett. «Nimm Platz auf dem Stuhl neben Nonno, Flora.»

«*Adoro le lasagne*», sagte Flora.

«Der Nonno auch. Vor allem, wenn sie mit Fleisch gefüllt ist», sagte Margarethe. Sie gab eine große Portion auf Brunos Teller. «Er kriegt aber keine, wenn er den Fernseher nicht gleich wieder ausschaltet.»

Bruno schaltete das kleine Fernsehgerät aus, das er kürzlich gekauft und an die Wand montiert hatte. Er setzte sich an seinen Platz. «Du bist nicht interessiert an den Neuigkeiten in der Welt?», fragte er.

«Keine brennenden Autos beim Essen», sagte Margarethe.

— 26. JUNI —

San Remo

In den ersten Tagen nach dem Besuch des Töpfers hatte Jules sich kaum vom Telefon weggetraut, stattdessen die vorwurfsvollen Blicke des Hundes ertragen. Endlich mit Katie abzuschließen, war ihm oberstes Ziel geworden.

Doch ihr Interesse schien erloschen, seit sie wusste, dass es die *casa rustica* oben an der Strada Marsaglia nicht mehr gab. Umso erstaunter war Jules, als Ulissetto durch das Tor zu den Remisen rannte, kaum dass er es geöffnet hatte, und ein jubelndes Gebell ausstieß. Der Hund erkannte Katie im ersten Augenblick als die Frau, in deren Haus er und seine Geschwister zur Welt gekommen waren.

Jules fiel das Erkennen schwerer. Das hohle Gesicht, das Haar lang und gescheitelt. Klapperdürr war sie geworden.

Katie stand von der Steinbank auf. «*You are looking great*», sagte sie.

Was sollte er erwidern? Er war als Charmeur bekannt, doch diese Lüge kam ihm nicht über die Lippen. «*How can I help you, Katie?*»

«*I need money to follow Ken to Berlin.*»

Was wollte sie in Berlin? Alles in Scherben fallen lassen? Hatte sie doch etwas mit dem Inhalt des Flugblattes zu tun, das die Griechen bei ihr gefunden hatten?

«*Real life is in Berlin*», sagte Katie.

«*Then you should learn German.*»

Katie kehrte zu der Steinbank zurück. Holte ein Hirtentäschchen aus der gut gealterten Ledertasche, Jules hatte sie vor vielen Jahren in London gekauft. Katie entnahm dem Täschchen Tabak, ein Drehmaschinchen aus Metall, Zigarettenpapier.

«*I need money.*»

«*How much?*»

«*Ten thousand dollars.*»

«*You already got a lot of money from me.*»

«*Don't be a scrooge.*»

Nein. Ein Geizhals war er nie gewesen.

«*There are bigger goals than your old-fashioned luxury life.*»

Hatte ihr der Kanadier von den großen Zielen erzählt? Die Zerstörung des Establishments. Das Abschaffen der parlamentarischen Demokratie.

«*Capitalism is hell.*»

Hatte sie nicht gerade nach zehntausend Dollar gefragt?

«*You accept a check?*»

«*Your Dutch banking house?*»

Jules nickte. «*Stay here. I have to fetch my checkbook.*» Ihm widerstrebte, Katie mit in die Wohnung zu nehmen. Er wollte keine Kommentare zu seinem altmodischen Luxusleben hören und war erleichtert, als der Hund ihm auf dem Fuß folgte.

Er kam mit dem Scheckbuch herunter und schrieb den Scheck vor ihren Augen aus.

«Ich vertraue dir», sagte Katie. «Du bleibst ein Ehrenmann.»

Ein starker englischer Akzent. Doch Katie hatte Deutsch gesprochen. Sie schien Berlin sehr ernst zu nehmen.

— 6. OKTOBER —

Hamburg

Fiete ging zu Fuß ins Hafenkrankenhaus in der Seewartenstraße. Eine Flasche Köm in der Aktentasche und einen Strauß mit Rosen und Lisianthus in der Hand.

Er setzte sich neben Gretes Bett, das als viertes im Zimmer stand.

«Siehst schon viel besser aus», sagte er.

«So?» Zweifel in Gretes Stimme.

«Die Blumen sind von Pips. Da ist noch ein Brief bei. Den hat er mir geschickt, dass ich ihn dir gebe.»

Grete nickte. «Guck mal, ob du eine Vase findest. Und den Brief gib her.»

Als Fiete mit der Vase zurückkehrte, die aussah wie ein großes Gurkenglas, sah er Tränen in Gretes Augen. «Ist ein guter Junge, der Herr Sander», sagte sie.

«Pips will den Abend mit den Liedern von der Leander nachholen, sobald du wieder auf den Beinen bist», sagte Fiete.

«Vielleicht brauche ich dann ganz neue Kleider. Fällt mir ja alles vom Körper.»

«Das kriegen wir hin. Ich gucke mich schon mal im Alsterhaus nach Stoffen um. Büschen Spitze. Büschen Seide. Büschen Brokat.»

«Und dann nähst du auch selber?»

Fiete grinste. «Ne. Lieber nicht.»

«Klappt das denn, dass du die Kneipe offen lässt?»

«Klar. Ich hab mich bei dir einquartiert. Erst mal aufgeräumt und sauber gemacht.»

Grete krauste die Stirn.

«Wenn du nach Hause kommst, bin ich gleich wieder weg.»

«Dann wäre ich wohl froh, wenn du noch ein paar Tage bleibst.»

«Was du willst, Grete.»

«Bist auch ein guter Junge, Fiete. Und das mit dem Ikarus tut mir so leid.»

«Hab noch eine Flasche Köm in der Aktentasche.»

«Die lass mal drin. Sehen die hier nicht so gern. Und ich vertrag's auch nicht gut. Wieso hast du überhaupt eine Aktentasche? Warst doch immer im Hafen.»

«Waren die Butterbrote drin», sagte Fiete.

«Glaubst du, das wird was mit unserem Liederabend?»

«Glaube ich. Der Pips glaubt auch fest daran.»

«Das hat er geschrieben.»

Fiete nahm ihre Hand. «Heute ist Sonntag», sagte er.

«Als ob ich das nicht wüsste. Dann ist das hier nicht ganz so ein schrecklicher *Schwienschiet mit Dill*, was sie einem zum Mittag servieren.»

«Bist du ein Sonntagskind?»

«Nee. Vor achtzig Jahren war Sonnabend. Das hat meine Mutter schon gesagt, dass ich immer kurz vor Schluss alles verpasse. Auch Sonntagskind zu sein.»

«Nu ist es hier aber vorbei mit der Besuchszeit», sagte die Oberschwester.

«Die schon wieder», sagte Grete.

«Halt die Ohren steif, Grete.» Fiete stand auf.

«Ich geb dann mal mein Bestes, Fiete.»

Er war froh, als er wieder auf der Seewartenstraße stand. Fast wäre Fiete ins Heulen gekommen.

1969

— 22. JANUAR —

Hamburg

How goddamn stupid I am. June las den Satz, der als einziger auf dem weißen Blatt stand. Das war nicht ihr Thema. Der Text auf ihrem Schreibtisch handelte von Richard Nixons Amtseinführung und sollte in der nächsten Dreiviertelstunde übersetzt sein.

Vorgestern hatte er eine Hand zum Schwur erhoben und die andere auf zwei Bibeln gelegt, um als Präsident der Vereinigten Staaten von Amerika vereidigt zu werden. Acht Jahre zuvor hatte er die Wahl gegen John Fitzgerald Kennedy verloren.

June zog das Blatt aus der Maschine und spannte ein neues ein. Nixon hatte in seiner Antrittsrede keine heißen Eisen angefasst. Nicht von Vietnam und nicht von Nahost gesprochen, und auch nicht von Prag und den Tschechoslowaken, deren Frühling und Freiheit von den Staaten des Warschauer Pakts im August des vergangenen Jahres brutal beendet worden waren.

Herrgottsdämlichdumm. Siebenundfünfzig Jahre war sie alt. Vor Oliver hatte sie einen Freund gehabt, der ihr langweiliger erschienen war als Oliver. Eine realistische Einschätzung. An seiner Seite würde sie jetzt mit zwei Hunden im Brickstone eines Londoner Vororts sitzen und die *Coronation Street* gucken.

Stattdessen verließ June am späten Abend ihre Wohnung

und ging ganz ohne Hund auf einen Gang, der sie am Haus in der Blumenstraße vorbeiführte. Nein. Sie stellte ihm nicht nach. Ihr Herz würde stehen bleiben, wenn Kurt aus der Tür käme.

Hatte sie nicht nur kleine Vergnügungen gesucht? Ein Spaziergang an der Elbe. Drinks an der Bar. Zwei Menschen, denen damit geholfen war.

Erschrick nicht, Darling, der einzige Mann, der mich interessiert, ist dein Vater.

Nina hatte die Brauen hochgezogen, doch sie schien nicht erschrocken.

Gut, dass Nina nicht da war, heute ihren halbjährlichen Nachsorgetermin im Marienkrankenhaus hatte, Junes Nervosität wäre ihr aufgefallen. Wie June am Freitag aufgefallen war, dass Kurt auf dem Isemarkt nervös um sich geschaut hatte.

«Tutti Hanstett ist überall. Allmählich wird mir klar, warum sie von einem Tag auf den anderen aus dem Friseurladen in der Maria-Louisen verschwunden ist. Tutti wird sich zu sehr in das Privatleben der Kunden eingemischt haben.»

June hatte zum ersten Mal von Tutti Hanstett gehört, Kurt schien die Frau zu fürchten, die gelegentlich ins Haus kam, um Elisabeth die Haare zu machen.

«Was kann sie deiner Frau geflüstert haben? Wir gehen weder Hand in Hand, noch küssen wir einander. Höchstens, dass wir uns gemeinsam über eine Kiste Äpfel aus dem Alten Land beugen.»

Kurt hatte gelächelt. «Oder gemeinsam eine Senfgurke verzehren.»

«Jeder eine eigene.»

Warum hatte sie sich in Kurt verliebt, der fünfzehn Jahre

älter war als sie und der Vater von Nina? Das war wirklich nicht vorgesehen gewesen.

«Die Kur hat ihr gutgetan», sagte Fiete. «Obwohl sie die ganze Zeit gemeckert hat. Grete scheint mir auch wieder fülliger zu werden. Wir warten lieber noch mit der Anprobe bei der Schneiderin, nachher ist alles zu eng.»

«Du bist ein fürsorglicher Freund, Fiete. Ich erinnere mich an Zeiten, in denen du Grete gern zum Teufel geschickt hättest.»

«Ist das da Eis auf der Elbe?», fragte Fiete.

Kein Eis. Temperaturen deutlich über null. Fiete wollte ablenken.

«Ich lade dich auf ein Matjesbrötchen ein», sagte Pips.

«Da drüben gibt es gute. Hab ich mal mit Kurt gegessen. Der wollte die mit so viel Zwiebeln, dass ich ihm gleich einen Köm gebracht habe.»

«Köm ist immer gut. Trinkt Grete noch?»

«Nur noch einen kleinen. Am Abend. Komm doch nachher mit. Grete freut sich wie doll. Die Brokatdecke bleibt auch auf dem Klavier liegen, Lieder hören wir nur noch vom alten Grundig.»

«Und dann geht Grete schlafen, und du schleichst nach Hause?»

Fiete nickte. «Wollen wir in die Matjesbude rein? Ist doch kalt hier, auch wenn du sagst, da sei kein Eis auf der Elbe. Der Köm geht aber auf meine Rechnung.»

«Was ist mit John Long?», fragte Pips.

«Ist nicht mehr gekommen seit letztem Jahr im April. Als du für ihn eingesprungen bist. Da hatte er doch den Zusammenbruch. Jetzt lebt er mit einer Frau, die sich um ihn kümmert, und kriegt auch eine Rente.»

«Du hast Kontakt zu ihm?»

«Ich geh ab und zu hin. Die ist nett, die Frau. Ein Klavier gibt's auch.»

«Und ein Telefon? Ich würde ihn gern mal anrufen.»

«Geh besser vorbei. Hast ihn doch immer gemocht. Ist gar nicht weit weg von da, wo du mal gelebt hast. St. Georg Kirchhof.»

Pips nickte. «Grüße ihn von mir. Und drücke Grete. Sie soll Bescheid sagen, wann sie sich gut genug fühlt für unseren Liederabend. Dann richte ich das ein.»

«Erst mal die neuen Kostüme. Und ein büschen standfester muss sie werden. Kann sich nicht die ganze Zeit am Klavier festhalten. Kriegst du noch 'nen Köm?»

Pips schüttelte den Kopf. «Ich steige in die U-Bahn und fahre zum Dammtor. Hab in der Alten Rabenstraße einen Termin mit Leuten von der Polydor.»

«Klappt alles gut bei dir», sagte Fiete. «Nur eine Frau fehlt dir noch.»

Joachim kaufte Tolstois *Anna Karenina* in der Winterhuder Bücherstube. Wie kam Elisabeth dazu, ihn zu bitten, ihr das Buch zu besorgen? Dachte sie, er nehme es aus der Bibliothek des Johanneums? Oder wollte sie ihm einen Fingerzeig geben, welche Abgründe sich in Ehen auftaten? Das sähe ihr ähnlich. Doch er war weder Karenin noch Wronskij.

Diese Versuche Elisabeths, ihn zu beeinflussen und an sich zu binden. Als sei er noch immer ihr Schwiegersohn und nicht seit Jahren mit Ursula verheiratet.

Er beschloss, ihr das Buch gleich vorbeizubringen, dann auf der Streekbrücke in die Straßenbahn zu steigen. Elisabeths feine Anspielungen, er solle achtgeben, nicht auf einmal eine Ehe zu dritt zu führen, gingen ihm gehörig auf die Nerven. Was wusste sie denn von ihm, Ursula und Pips?

Vor der Tür nahm Joachim das Buch aus der Tüte der Bücherstube. Das ging Elisabeth nichts an, dass er es eigens gekauft hatte. Er hörte das Quietschen des Gartentors und drehte sich um, sah Pips, der eine Langspielplatte in der Hand hielt. Auf der Hülle schwarze Gestalten, die in Heidekraut zu sitzen schienen.

«*Blood, Sweat & Tears*?»

«*Anna Karenina*?»

Sie lächelten einander an.

«Im vergangenen Oktober bei der Columbia in New York erschienen, ich hab sie eben bei der Polydor mitgenommen. Will hören, was die anderen machen, die nicht mit den Liedern groß geworden sind, die Goebbels gutgeheißen hat.»

«Die kaum deine einzige Inspiration gewesen sein können. Ich erinnere mich an eine Edition mit erstklassigen Jazzaufnahmen.»

«Das scheint mir schon lange her. Wenn es nach Inspiration ginge, dürfte ich nur Beethoven spielen. Doch ich gebe zu, dass ich mich in letzter Zeit vor allem mit den Filmschnulzen Hollywoods beschäftige.»

«Ist der Name der Band ein Zitat aus Winston Churchills Antrittsrede von 1940?»

«Ja», sagte Pips. «*Ich habe nichts anderes anzubieten als Blut, Schweiß und Tränen*. Und wie kommst du auf Anna Karenina?»

«Elisabeth hat mich gebeten, ihr das Buch zu besorgen. Sie sorgt sich um meine Ehe. Und den Tolstoi hält sie anscheinend für ein Lehrbuch für leichtgläubige Gatten, die dem Nebenbuhler Tür und Tor öffnen. Vielleicht will sie mir daraus vorlesen.»

«Dann hätte sie um *Jules und Jim* bitten sollen.»

«Du bist sehr belesen für einen Mann, der mit sechzehn die Schule verlassen hat.»

«Als *Jules und Jim* erschien, habe ich schon in Nizza im Negresco gespielt. Wollen wir dieses interessante Gespräch nicht oben bei mir fortsetzen?»

«Leider nein. Lotte ist bei Henrike, ich löse sie nachher ab. Denkst du, Elisabeth vermutet eine Dreiecksbeziehung zwischen Ursel, dir und mir?»

«Ihr ist es unheimlich, dass ich oft bei euch bin.»

«Das hat sie dir gesagt?»

«Das hat sie Kurt gesagt.»

«Wie gehen wir damit um?», fragte Joachim.

«Mit großer Gelassenheit», sagte Pips.

Ein Fenster im ersten Stock öffnete sich. «Ist die Klingel kaputt, Jockel?»

«Nein. Ich hab Pips getroffen.»

Das Fenster wurde geschlossen. Im nächsten Moment tönte der Türöffner.

«Ich dachte, ihr Gesellschafter würde sie milder stimmen, aber Elisabeth hat gerade wieder eine besitzergreifende Phase», sagte Pips.

«Ihr Gesellschafter?»

«Nick, der in Kurts Studierzimmer wohnt.»

«Der Junge aus dem Café Keese», sagte Joachim. «Ihr nennt ihn Gesellschafter?»

«Elisabeth nennt ihn so.»

Pips zwinkerte Joachim zu, als sie sich auf dem Treppenvorsprung im ersten Stock trennten und Pips die Stufen zur nächsten Treppe nahm.

Elisabeth schloss die Tür, kaum dass Joachim eingetreten war. «Ihr seid sehr vertraut, Pips und du», sagte sie.

«Er ist der beste Freund meiner Frau. Und mir steht er auch nahe.»

«So», sagte Elisabeth.

Honi soit qui mal y pense.

—— 28. FEBRUAR ——

Köln

Georg legte das Hemd aus weißer Seide, das er bei Franz Sauer gekauft hatte, auf die Kommode im Schlafzimmer. Den grauen Kammgarnanzug würde er dazu anziehen, von den Krawatten wohl die dunkelgraue mit den Disteln wählen, die ihm Alexander vor vielen Jahren geschenkt hatte.

Ihm lag daran, würdig gekleidet zu sein für die Eröffnung der Sammlung *Kunst der sechziger Jahre* im Wallraf-Richartz-Museum. Die Privatsammlung des Aachener Industriellen Peter Ludwig, die er dem Museum als Dauerleihgabe zur Verfügung stellte, war wohl die wichtigste von zeitgenössischer Kunst in Europa.

Herr Georg Reim und Begleitung. Die Einladungskarte stand aufgeklappt auf dem Schreibtisch. Er hatte nicht versucht, Billa zu überreden, ihn zu begleiten. Hatte Heinrich nicht oft genug gesagt, dass die Tochter eines Kunstgaleristen die Kunst nicht wirklich zu schätzen wusste und schon gar nicht die moderne?

«Dann gehen du und ich zur Eröffnung», sagte er. Worte, die er an Alexander Boppard richtete, den Mann, den er geliebt hatte. Die Nachricht, dass Alexander bereits im November 1942 im Düsseldorfer Außenlager des Konzentrationslagers Sachsenhausen ums Leben gekommen war, hatte Georg erst viele Jahre später erreicht.

Kunstsammler waren sie gewesen, beide. Alexander der

leidenschaftliche, seine Sammlung von großer Bedeutung. Geblieben waren nur drei der Bilder des Malers Leo Freigang. Das *Schwanenhaus* hing bei ihm. Der *Ananasberg* bei seinem Freund Heinrich. Der *Jägerhof* in Hamburg bei Heinrichs Tochter Ursula.

Kein Licht in der Galerie, als das Taxi vorbeifuhr, um am Haupteingang des Wallraf-Richartz-Museums zu halten, Heinrich und Gerda waren seit Tagen vergrippt.

Der Winter war zu unentschieden, dass man sich nicht erkältete. Gestern Schnee. Heute ein kleiner Sonnenschein, doch er fror in seinem Anzug, als er aus dem Auto stieg. Er hätte sich nicht gegen den Mantel entscheiden sollen.

Georg eilte in die Wärme des Entrees und sah sich um. Viele, die zu zweit standen. Oder in kleinen Gruppen. Gespräche. Lachen. Gläser in den Händen.

Ihm gelang nicht mehr, sich länger einzubilden, dass Alexander an seiner Seite war.

San Remo

War das Katie gewesen, die Jules am Vorabend auf Brunos kleinem Bildschirm gesehen hatte? Die Fernsehbilder liefen ohne Ton, das hatte sich Margarethe ausbedungen, als sie die *Spaghetti alle Vongole* servierte. «Konzentriert euch auf die Muscheln», hatte sie zu Bruno und ihm gesagt. «Sonst sitzen euch nachher die Schalen quer im Hals.»

In Berlin war es noch friedlich gewesen bei Nixons Besuch, trotz der bösen APO, die von der schlagfreudigen Polizei in Schach gehalten worden war, doch in Rom hatte es bei antiamerikanischen Demonstrationen schwere Tumulte mit zahlreichen Verletzten und Festnahmen gegeben. Dann dieses Fernsehbild von der Frau, die sich an eine der schwarzen Limousinen geklammert hatte.

«Ich habe nicht hingeschaut», hatte Margarethe gesagt.

«*Non è stata lei*», war Brunos Kommentar.

Und wenn das doch Katie gewesen war? Von den römischen Polizisten vom Auto gezerrt und abgeführt? Warum fühlte er noch immer Verantwortung?

«Du bist aus Katies Spiel», hatte Margarethe gesagt. «Begreif das endlich.»

«*She is too old for armed combat*», sagte Jules, als er an diesem Abend die Bar betrat. Worte für Katie. Ein irritierter Blick von Anselmo traf ihn, der gerade die Teller mit den Appetithappen in den Kühlschrank stellte, die Lori vorbereitet hatte.

«*Who?*», fragte Connor. «*For which combat?*»

«Von bewaffnetem Kampf kann keine Rede sein», sagte Gianni.

«Noch nicht», sagte Jules. «Wart's nur ab. In der Berliner APO gibt es genügend Leute, die sich den Marsch durch die Institutionen als Kampf vorstellen. Und hier in Italien verklären sie doch auch die südamerikanischen Guerillas.»

«Das in Rom gestern waren keine Sympathisanten der Guerillas, sondern Gegner des Vietnamkrieges.»

«Das lässt sich kaum entzerren», sagte Jules. War er aus Angst um Katie so zornig, oder hatte er einfach die Schnauze voll von ihrem Gebaren?

Gianni öffnete die Kühlschranktür. «Koste mal die Häppchen von Lori. Diese Berliner Variante der venezianischen *cicchetti* sind gut. Wie nennt sie die Bällchen aus Hackfleisch? Bulettchen?»

«Ich hätte es gern wieder italienischer.»

«Dann eben *bulettini*.» Gianni grinste.

«Vielleicht hat der KGB sie eingeschleust, um die kommunistische Revolution vorzubereiten», sagte Jules.

«Du bist gut drauf heute.»

«Wie hat Lori es geschafft, die DDR vier Jahre nach dem Mauerbau zu verlassen?»

«Sie ist geschwommen.»

Connor schaute auf. Brachte Lori ihm Deutsch bei wie er ihr Englisch?

«Geschwommen?»

«Durch den Teltowkanal. Von Potsdam nach Westberlin.»

«Das hat sie dir erzählt?»

«Nein. Das hat mir Connor erzählt. Auch, dass sie jeden Morgen weit ins Meer schwimmt, was ihm Sorgen macht.»

«Vielleicht will sie weiter nach Korsika», sagte Jules.

«Ich vermute, Lori will einfach in Form bleiben.»

Connor hörte nicht mehr mit. Er hatte angefangen, Klavier zu spielen, nachdem Gäste die Bar betreten hatten.

And here's to you, Mrs. Robinson
Jesus loves you more than you will know

Ein Song des amerikanischen Duos Simon and Garfunkel. Gianni wippte mit dem Fuß. Ihm gefiel dieses Lied, doch er sollte seinen Pianisten daran erinnern, dass das *Giannis* ein Jazzlokal war.

— 9. MAI —

Hamburg

Henrike nahm das Fünfmarkstück aus dem Keramikschweinchen, das ihr Lotte gestern zum Geburtstag geschenkt hatte. Den kleinen Schlüssel legte sie andächtig in die Schublade ihres Schreibtisches. Hätte sie das Schweinchen zerschlagen müssen, die Münze wäre für immer in dessen Bauch geblieben. Ihr Blick streifte die beiden Poesiealben, die auf Henrikes Worte von ewiger Freundschaft warteten.

Zu Finsterwalder in der Grindelallee wollte sie, Oblaten kaufen. Darauf Körbe mit Rosen und Vergissmeinnicht. Herzen, um die weiße Tauben Schleifen banden. Je größer die Oblate, desto weniger Text.

In allen vier Ecken soll Liebe drin stecken.

Gestern war sie neun Jahre alt geworden, nur noch ein kleiner Schritt zu zehn, und sie käme aufs Gymnasium. Vielleicht zu Papa ins Johanneum, obwohl da fast nur Jungen waren. Und später studieren wie ihr großer Bruder Jan, der nun auch noch ein Medizinstudium begonnen hatte, um Psychoanalytiker werden zu können. Da sei das Betätigungsfeld in der eigenen Familie groß.

«Ich würde den Engel mit der Harfe nehmen», sagte jemand in ihrem Rücken, als sie sich kurz darauf über die gläserne Vitrine von Finsterwalder beugte. «Wenn du den ins Album klebst, brauchst du nur noch deinen Namen und das Datum schreiben.»

Henrike drehte sich um. «Hast du auch in Poesiealben geschrieben, Pips?»

Pips lächelte. «Das hätte noch zu mir gepasst», sagte er. «Darf ich dich zu einem Eis einladen, wenn du deinen Einkauf getätigt hast? Ins *La Veneziana*. Anlässlich deines Geburtstages.»

«Du hast mir doch schon die *Kinder aus Bullerbü* geschenkt.»

«Ich dachte, du könntest ein paar Kinder mehr um dich gebrauchen.»

«Sechs Kinder», sagte Henrike. «Soll ich dir sagen, wie sie heißen?»

«Unbedingt.» Pips reichte der Verkäuferin vier große Versandumschläge.

«Inga und Britta. Lisa, Lasse, Bosse und Ole.»

«Tatsächlich sechs», sagte Pips «Die Glanzbilder bezahlst du selbst?»

«Von meinem Geburtstagsgeld. Aber die heißen Oblaten und nicht Glanzbilder.»

«In Köln heißen sie Glanzbilder.»

«Mama und Papa kriegen kein Kind mehr», sagte Henrike, als sie das Geschäft von Clemens Finsterwalder verließen und die paar Schritte zur Eisdiele gingen.

«Woher weißt du das?»

«Das sagt Elisabeth.»

Du liebe Güte. «Was sagt sie sonst noch so?», fragte er.

«Ich nehme das mit Erdbeeren und Sahne.»

«Ich auch», sagte Pips.

«Dass ihr Jockel leidtut.»

«Warum?»

Henrike hob die Schultern. «Keine Ahnung.»

«Woher weißt du das alles?»

«Das hab ich selbst gehört», sagte Henrike. «Da hab ich mit Kurt die Primeln eingepflanzt, die im Topf verblüht waren. Im Beet unter der Terrasse.»

«Und wer saß *auf* der Terrasse?»

«Mein Papa und Elisabeth.»

Er durfte Henrike nicht ausfragen. Obwohl er gern Näheres erfahren hätte. «Die Erdbeeren sind lecker», sagte er. «Ganz süß.»

«Kurt ist dann mit mir nach hinten in den Garten gegangen, um zu gucken, ob die Krokusse schon ihre Köpfe zeigen. Er war böse mit Elisabeth.»

Pips nickte. «Ich habe einen kalten Bauch vom Eis», sagte er.

Henrike lachte. «Du hast das Eis zu schnell gelöffelt.»

«Darf ich dich noch nach Hause bringen?», fragte Pips, als sie vor dem Veneziana standen. «Ist Mama da oder Papa?»

«Papa», sagte Henrike. Sie legte ihre Hand in Pips' Hand. «Zu schade, dass wir kein Engelchen, flieg machen können.»

«Ja», sagte Pips. «Dafür brauchst du an jeder Hand einen.»

«Lass uns auf dem Balkon Kaffee trinken», sagte Joachim. «Ich hab ihn eben erst gekocht. Er ist noch heiß.»

«Das ist gut», sagte Henrike. «Dann wird Pips' Bauch wieder warm.» Sie zog sich zurück, um kleine Texte zu großen Oblaten in die Poesiealben zu schreiben.

«Henrike liebt dich», sagte Joachim.

«Sie liebt Ursel und dich und mich.»

«Von ihr aus wäre also alles in Ordnung.»

Pips rührte in seiner Tasse. «Wie meinst du das?»

«Du erinnerst dich, dass ich auf unserem Spaziergang zum Johanneum sagte, Ursel bräuchte in ihrem Leben eigentlich zwei Gefährten? Einen für die Vernunft und einen für die Leichtigkeit und die Musik.»

«Kunst hast du gesagt und an Jef gedacht.»

«Jetzt denke ich an dich.»

«Du schlägst mir eine Dreierkonstellation vor?»

«Ich schlage dir ein Familienleben zu viert vor.»

Pips schwieg.

«Fürchtest du, das fünfte Rad am Wagen zu sein?»

«Das wäre ich wohl. Doch ich fürchte es nicht. Weiß Ursel schon von diesem Gedanken?»

«Ursel und ich haben lange darüber gesprochen.»

«Ich habe kaum Hoffnung auf ein Familienleben», sagte Pips. «Der Versuch mit Ruth ist schiefgegangen.» Er legte die Hand an seinen Kopf. Nur noch eine Narbe, die er deutlich fühlte. «Warum machst du mir diesen Vorschlag, Joachim?»

«Allein werde ich Ursula nicht halten können. Zu zweit schaffen wir das.»

Pips blickte zur Turmuhr von St. Johannis und sah den Zeiger auf die volle Stunde zuschleichen. Schließlich sechs Schläge. «Dann versuchen wir es», sagte er.

— 10. MAI —

Hamburg

Pips hatte schon den kleinen Koffer in der Hand, um das Haus zu verlassen, die nächsten Tage war er in Köln gefragt, als das Telefon klingelte. Konnte das Ursel sein? Jockel? Die ihm sagten, welch ein Irrwitz der gestrige Gedanke war, nicht umzusetzen, weder im Alltag noch anderswo?

Er nahm den Hörer ab und hielt ihn gleich vom Ohr weg, weil Fietes Stimme so laut war, dass sie auch ohne Telefon zu vernehmen gewesen wäre. «Beruhige dich. Wo bist du?»

«Ist kein Glas mehr in den Scheiben von der Telefonzelle», sagte Fiete. «Darum kommt der ganze Radau von der Reeperbahn rein. Die reißen hier die Straße auf.»

«Und warum stehst du da?»

«Weil Grete mich nicht hören soll. Der Arzt war eben bei ihr.»

«Ich dachte, ihr ginge es besser.»

«Tut das doch auch. Aber heute Nacht nicht. Hab den Arzt geholt. Der hat mich beiseitegenommen und gesagt, ich solle mir keine Hoffnungen machen, das sei oft so kurz vor dem Ende. Dann blühen die Kranken noch mal auf.»

Pips stellte nun endlich den Koffer ab. «Das heißt?»

«Dass wir uns beeilen müssen mit dem Liederabend.»

«Denkst du nicht, der wäre viel zu anstrengend für Grete?»

«Wenn wir ihr den nehmen, ist sie im nächsten Augenblick tot.»

«Ich bin auf dem Weg nach Köln.»

«Ja», sagte Fiete. «Das hab ich mir gedacht.»

«Gib mir bis zehn Uhr. Ich sage Köln ab, aber dafür muss ich ein paar Gespräche führen. Dann komme ich zu euch, und wir besprechen unseren Abend mit Gretes Liedern.»

«Gut. Ich bin im Lokal.»

Pips zog das Jackett aus und warf es über die Lehne des Sessels, sah auf die Uhr. Noch keine acht. Zu früh, um den Produktionsleiter an einem Samstag aus dem Bett zu holen. Hatte Fiete die Nacht in der Seilerstraße verbracht, dass er so rasch auf den Notfall reagieren konnte? Pips setzte sich ans Klavier und betrachtete die Tasten.

— 16. MAI —

Hamburg

Grete schien keine Ahnung zu haben, dass der Grund für das Gedränge in ihrem Lokal nicht der Liederabend war, sondern der große Abschied von ihr.

Ihre Augen leuchteten blau und ihre Haare rot, das neue Kleid saß gut, schwarze Wollspitze, um den Hals lagen dicht an dicht weiße Perlenstränge.

«Kann sie das durchhalten?», fragte Pips. Er hatte das Programm gekürzt, dennoch sorgte er sich, wie weit sie mit dem Abend kommen würden.

«Der Arzt hat ihr was Starkes gespritzt», sagte Fiete. «Was für 'n Pferd.»

«Wo wart ihr denn immer alle?», sagte Grete. «Sonst war das doch nicht so voll.»

Ihre Stimme klang kräftiger als an den Tagen zuvor. Das Mikrofon, das Pips angeregt hatte, war von ihr ebenso verworfen worden wie der Hocker, auf dem sie sitzen sollte.

Kann denn Liebe Sünde sein. Ihr Eröffnungslied. Grete warf mit Blicken um sich, einer blieb an Joachim hängen, der neben Ursula und Kurt saß. Beinah hätte sie die nächste Zeile verpasst, die anderen schien sie nur noch für ihn zu singen.

«Isses die Möglichkeit», sagte Fiete, als er das sah. «Is doch ein Teufelsweib.»

Davon geht die Welt nicht unter.

Wie quälend diese Texte waren, wenn man vom baldigen Untergang wusste. Am Schluss käme das Lied vom Wunder, Pips hatte es Grete nicht ausreden können. Ihm grauste davor.

Nur nicht aus Liebe weinen. Das kam erst einmal als nächstes dran. Gut, dass sie auf eine Pause verzichteten, Grete hätte sich kaum noch einmal hochrappeln können.

Ich weiß, es wird einmal ein Wunder gescheh'n. Das letzte Aufbegehren. Pips verehrte den Textdichter Bruno Balz, doch heute verlangten seine Zeilen ihm und Grete einiges ab.

*Und darum wird einmal ein Wunder gescheh'n
Und ich weiß, dass wir uns wiederseh'n.*

Hatten die Soldaten an die Durchhalteparolen des Großdeutschen Rundfunks geglaubt, wenn sie in den Schützengräben lagen?

Grete schien an Wunder zu glauben. Sie nahm den donnernden Applaus entgegen und ließ sich von Fiete zum Tresen geleiten.

Den hohen Hocker erklomm sie mit seiner Hilfe, dann winkte sie Pips herbei, flüsterte, Pips kehrte zum Klavier zurück.

Das gute alte Lied von Hans Albers. *Denn über uns der Himmel.* Diesmal sang das ganze Lokal den Refrain. Und am lautesten die beiden Schlusszeilen.

*Lässt uns nicht untergeh'n
Lässt uns nicht untergeh'n*

Fast alle, die hier im Lokal saßen, wussten, dass es Gretes letzter Auftritt war. Doch auch die Ahnungslosen hatten Tränen in den Augen. Noch einmal brandete Applaus auf, als Fiete sie ins Hinterzimmer führte. Kam das Grete seltsam vor? Nein. Sie hinterfragte nichts. Wenn doch, würde das keiner mehr erfahren.

Um sechs Uhr morgens klingelte Pips' Telefon. Er hatte im Sessel gesessen, zu unruhig, um ins Bett zu gehen, und war doch immer wieder eingenickt.

«Grete is nich mehr», sagte Fiete. «Sie hat gestern die letzte Kraft reingelegt. Nu is vorbei. Eben is der Arzt wech. Ich bleib bei ihr, bis die von St. Anschar mit dem Sarg kommen und sie holen. Gegen zehn.»

«Komm danach zu mir», sagte Pips. «Ich hab auch einen Köm da.»

«Du trinkst doch gar nich am Vormittag.»

«Besondere Umstände.»

«Is gut», sagte Fiete. «Ich komme.»

— 24. JUNI —

San Remo

Jules erkannte den Mann auf der Titelseite des *France Soir* sofort, obwohl das Foto grobkörnig war. Er kaufte die Zeitung, den *Nice Matin* und auch noch die Imperia-Ausgabe von *Il Secolo XIX*.

Zum Aufmacher war Lucio nur in dem französischen Boulevardblatt geworden, an der Côte d'Azur saßen die interessiertesten Leser. Doch auch in Imperia und Genua lasen sie sicher gern von der Festnahme des Lucio Alboni, Spross eines der führenden Männer der *Democrazia Cristiana*. Wenn schon dem Vater keine Straftaten zur Last gelegt werden konnten, war wenigstens der Sohn verhaftet worden.

Er klingelte bei Gianni, der mit Flora frühstückte und der Einfachheit halber auch Cornflakes gegessen hatte, sich jedoch im nächsten Augenblick auf italienische Vorlieben besann, als sich der Duft der Hörnchen aus der Tüte in Jules' Hand verbreitete.

«*Voglio anche*», sagte Flora und zeigte auf die Tüte.

«Ich habe noch viel Interessanteres mitgebracht als *cornetti*», sagte Jules. Er legte den *France Soir* auf den Küchentisch. «Ich bin mir sicher, dass auch *Oggi* und *Paris Match* das Bild bald veröffentlichen werden.»

Gianni betrachtete Lucios Handschellen. «Aber warum jetzt? Jeder weiß seit Jahren, dass er mit Drogen handelt. Er schien immer einen Freibrief zu haben.»

«Nicht, wenn die Tochter eines Industriellen an einer Überdosis stirbt, die von Lucio schon als Sechzehnjährige zu Heroin verführt worden ist. Er war steter Gast bei Mademoiselle Fabière in Saint-Tropez, während der Vater in Paris weilte, um den Kosmetikkonzern der Familie nicht aus den Augen zu lassen.»

Flora nutzte die Gelegenheit, sich ein zweites Hörnchen aus der Tüte zu angeln.

«Im Innenteil ist ein Foto von ihr.» Jules blätterte die Zeitung auf. Zeigte auf das Bild einer Frau, die vielleicht noch dreißig Kilo wog. *Mort à 22 ans.*

«Das ist schrecklich», sagte Gianni.

«Für die Guillotine wird es nicht reichen», sagte Jules.

«Ich dachte, du seist gegen die Todesstrafe.»

«Das bin ich auch. Doch ich hoffe, dass Lucio für viele Jahre hinter den Gittern von *Les Baumettes* verschwindet. Oder wo auch immer. Er wird viel mehr Leben auf dem Gewissen haben als das der Tochter Fabières.»

«Hoffentlich holt sein Vater ihn nicht raus», sagte Gianni.

«Der alte Alboni wird sich hüten. Viel zu groß seine Angst, die Spürhunde von *L'Express* oder *L'Espresso* könnten das zum Anlass nehmen, sich seinen Skandalen zu widmen.»

«Ich hoffe, du hast recht.»

«*Ascoltare*», sagte Flora. Sie zeigte zur Decke.

Da hörten sie es auch. Luisetti blies in sein Alphorn. Das tat er selten. Der Mann aus dem zweiten Stock war ein stiller Nachbar. Vielleicht zu still.

«Hoffentlich kündigt sich nichts Böses an. Als es oben am Berg zu brennen begann, hat er auch ins Alphorn geblasen.»

«Bei Katie ist doch alles friedlich», sagte Gianni

«Ich hoffe nicht, dass ich eines Tages *ihr* Foto in der Zeitung sehen werde. Nicht mit Handschellen und noch weniger als Tote.»

«Hat es sich nicht beruhigt in Berlin?»

«Ich denke, das Schlimmste steht denen in Deutschland noch bevor. Ich hoffe nur, dass Katie vorher wieder ihre Freude am *dolce vita* entdeckt und sich aus dem Terror heraushält.»

— 24. JUNI —

Köln

«Ich habe mir Zigarren gekauft. In Zedernholzblätter gehüllte Zigarren, wie mein Vater sie gerne geraucht hat. Die Spuren der Vergangenheit holen mich ein, je älter ich werde, Heinrich. Gestern habe ich geträumt, dass ich *Räuber und Schanditz* spiele und dabei in den Rautenstrauchkanal falle.»

«Ist das tatsächlich passiert?»

«Nein. Meine strenge Mutter hätte derartiges Tun in unserer feinen Gegend verboten. Solche Spiele habe ich mit den Kindern jenseits der Dürener Straße gespielt, zur Lindenburg hin, dort gab es keinen Kanal.»

Georg Reim stand auf und trug einen großen Aschenbecher herbei und die langen Streichhölzer, die ihm der Zigarrenhändler dazugelegt hatte. «Die Kunst ist, sie am Brennen zu halten», sagte er. «Versuch es einmal.»

Heinrich nahm eine der Zigarren und löste die Banderole. Griff zu der Klinge.

«Nicht zu viel abschneiden, damit sich das Deckblatt nicht abwickeln kann. Hast du in deinem Leben je geraucht?»

«Eine Schachtel Juno auf dem Klo von Billas und Lucys Eltern. Da war ich zehn und habe auf den großen Genuss gewartet. Die Zigaretten habe ich halb angeraucht ins Becken geworfen und mit viel Wasser nachgespült.»

Georg lächelte. «Immerhin schon Wasserspülung», sagte er.

«Eine großbürgerliche Wohnung am Hohenzollernring. Glücklich sind Billa und Lucy da nicht geworden.»

«Sybilla hat mir davon erzählt.» Georg zündete ein Streichholz an und hielt die Flamme an Heinrichs Zigarre.

«Ich durfte immer nur der *Schanditz* sein», sagte Heinrich.

«Du warst eben damals schon ehrenhaft.»

«Bist du sicher, dass *ehrenhaft* eine gute Bezeichnung für die Polizei ist?»

«Nach 1933 habe ich erst gemerkt, wie viele Anständige es vorher bei der Polizei gab. Bis zur Machtübernahme waren nicht viele Polizisten Nazis. Willst du einen Armagnac? Ich finde, das passt zu einer Zigarre.»

«Ist es nicht erst vier Uhr?»

«Gerda ist doch in der Galerie. Du musst nicht mehr arbeiten.» Er stand auf, um die Karaffe von der Kommode, zwei Schwenker aus der Vitrine zu nehmen.

«Ich kenne keinen eleganteren Haushalt als deinen.»

«Der Heimkehrer, der seine bourgeoisen Sehnsüchte dann doch nicht verleugnen konnte. Eigentlich wollte ich nach dem Krieg kaum noch etwas besitzen, nur ein paar Bilder.»

«Du und ich haben zwei Leute aus den Augen gelassen», sagte Heinrich.

«Leikamp, der die Signatur deines *Ananasberg* gefälscht hat?»

«Und Jarre, der Händler der Skandale.»

«Wo immer die Herren abgeblieben sind, wir haben uns nichts vorzuwerfen.»

«Wir blicken also auf ein anständig gelebtes Leben zurück?»

«Darauf trinken wir. Weißt du, welche jüdische Eigenart ich immer geschätzt habe?»

Heinrich schüttelte den Kopf.

«In Gebeten auch mal den Zorn über Gott herauszulassen. Dieses herzhafte Schimpfen meines Vaters hat mir immer gut gefallen.»

«Ich schlage das Lachen vor», sagte Heinrich. «Beten und dann herzlich lachen.»

— 21. JULI —

San Remo

«Den Frieden werden sie da oben nicht finden», sagte Jules. Er sah auf die Uhr. Der Tag war vier Stunden alt, nicht mehr lange, und es würde hell werden.

Nur noch drei, die in der Küche vor Brunos kleinem Fernseher saßen. Jules. Gianni. Bruno. Die Frauen waren längst schlafen gegangen.

The eagle has landed meldete Neil Armstrong, einer der drei Astronauten der Apollo 11, deren Mondfähre namens Adler gerade auf dem Mond landete. Armstrong tat den ersten Schritt auf die graue vernarbte Oberfläche. Noch war in Amerika Sonntag, nur in Europa war schon Montag geworden.

Der erste bemannte Flug zum Mond, der eine Landung vorsah und eine sichere Rückkehr zur Erde. Sie sahen sie in der Küche im vierten Stock der Via Matteotti, Müdigkeit überkam die drei trotz des bedeutenden Schritts für die Menschheit.

Nein. Armstrongs Schritt veränderte Jules' Sicht auf die Welt nicht mehr. Zu viele Illusionen waren verloren gegangen. Vorgestern hatte ihn der Brief eines Berliner Anwalts erreicht, der in Katies Auftrag Geld forderte. Dann wäre sie bereit, nach London zurückzukehren und ihr altes Leben aufzunehmen, das ihr durch ihre Heirat verwehrt worden war.

Glaubte sie tatsächlich noch an eine Existenz als Barsängerin? Warum stellte sie all die guten Jahre mit ihm infrage?

«Lasst uns schlafen gehen», sagte Gianni. «Nicht viel, was von der Nacht noch übrig ist.» Bald klingelte bei ihm in der Wohnung der Wecker. Corinne würde aufstehen, Flora ins Bett der Eltern kommen, sich bei ihrem Vater für eine weitere Stunde einkuscheln, Gianni ein schlechtes Gewissen haben, weil seine Frau schon zur frühen Stunde die Geschäfte des Blumengroßhandels der Cannas in die Hand nahm. Eine Aufgabe, die seine Nonna einst für ihn vorgesehen hatte.

«Was wirst du mit dem Brief des Anwalts machen? Willst du Katie wirklich noch einmal Geld geben?»

«Mit der Klausel, dass sie keine weiteren Ansprüche erheben darf. Soll sie es bei *Harrods* und *Fortnum and Mason* ausgeben. Dann ist sie elegant gekleidet und muss nicht hungern. Katie hat es immer gern luxuriös gehabt.»

«Du bist ein großzügiger Mann.»

«Nur ein alter Kerl, der seinen Frieden will», sagte Jules. «Doch der ist ja selbst auf dem Mond nicht zu finden.»

Hamburg

«Was sitzt du denn noch vor dem Fernseher, Kurt? Ist nicht schon Sendeschluss?» Elisabeth ging näher ans Gerät heran, kniff die Augen zusammen, aber es war nicht das Testbild, das sie sah. Irgendeine Oberfläche, die Pockennarben glich. Eine weiß vermummte Gestalt, die sich langsam vorwärtsbewegte.

Kurt drehte sich zu seiner Frau um, die in dem eleganten Morgenmantel dastand, den er ihr im Oktober zum Geburtstag geschenkt hatte. Ihr Gesicht glänzte von der Nachtcreme. Jung sah sie aus, dachte er, und liebenswert.

«Das ist der Mond, Lilleken. Den immer alle besungen haben.»

Elisabeth setzte sich in den zweiten Sessel, der vor dem Fernseher stand. «Hab ihn mir schöner vorgestellt», sagte sie. «Vieles sollte man doch im Dunkeln lassen.»

«Der Mond ist kaum geeignet, ihn im Dunkeln zu lassen.»

Sie drehte sich zu den Fenstern, die Vorhänge waren noch nicht zugezogen. Der Himmel wurde schon hell.

«Vollmond ist erst nächste Woche», sagte Kurt.

«Dass der darauf herumläuft.»

«Neil Armstrong. Der andere heißt Edwin Aldrin.»

«Ist das da die amerikanische Fahne?»

«*Stars and Stripes.*»

«Du hast immer viel gewusst», sagte Elisabeth.

«Ich habe gesehen, dass du *Anna Karenina* liest.»

«Als ich noch nicht verheiratet war, hab ich das schon mal gelesen. Eigentlich wollte ich Jockel damit ein Zeichen geben. Es ist nicht leicht, eine Ehe zu führen.»

«Die drei werden einen guten Weg finden.»

«Die drei? Jockel, Ursel und Henrike?»

«Du weißt schon, wen ich meine. Da halten wir uns fein heraus.»

«Ich will gar nicht so sein, wie ich bin», sagte Elisabeth.

Kurt griff nach ihrer Hand. «Ich hab dich lieb, Lilleken», sagte er.

In der Rothenbaumchaussee saßen sie zu dritt auf dem zweisitzigen Sofa mit den schwarz-weißen Karos und den Beinen aus Edelstahl. Zu müde, um mit der Nacht noch anderes zu tun, als die Sonne aufgehen zu sehen. Henrike schlief längst in ihrem Bett.

«Nun ist auch der Mond banal», sagte Pips.

«Vielleicht sollten wir auf den Balkon gehen und Eos bei der Arbeit zuschauen.» Joachim stand auf. «Der rosenfingrigen Göttin. Das tut unseren Seelen gut nach diesen Eindrücken.»

«Wir haben uns endgültig vom ptolemäischen Weltbild verabschiedet», sagte Pips. Er grinste.

«Deine Bildung lässt mich immer wieder staunen.»

Pips hob die Schultern. «Die vielen einsamen Nächte, Jockel.»

«Nun habe ich zwei hochgebildete Gefährten.»

«Hättet ihr ein Klavier, würde ich jetzt einen Schlager spielen, damit du nicht zu sehr unter unserer Bildung leidest, Ursel. Vielleicht Adamo. *Es geht eine Träne auf Reisen.* Oder doch lieber *Heidschi Bumbeidschi*?»

«Wir brauchen ein Klavier und ein größeres Sofa.»

«Ich habe ja auch noch eine eigene Wohnung, zu der ich jetzt aufbrechen werde», sagte Pips. «Bitte küsst Henrike von mir.»

«Vergiss nicht das Glanzbild, das sie dir geschenkt hat.»

«Wie könnte ich das vergessen.» Pips nahm das Glanzbild vom Tisch, das einen kleinen Jungen und ein kleines Mädchen Hand in Hand zeigte. Er steckte es behutsam in die Innentasche seines Jacketts. «Ich bin voller Zuversicht», sagte er.

Drei Menschen, die einander umarmten.

Köln

Gerda schaltete den Fernseher aus und schloss die Türen aus hellem Nussbaumholz. Vielleicht wäre es an der Zeit, sich von dem alten Gerät zu trennen und einen Farbfernseher zu kaufen. Doch noch kosteten die Tausende.

Heinrich war in seinem Sessel eingeschlafen. Sollte sie ihn wecken? Die ersten Vögel sangen schon. Aber hier würde er anfangen zu frieren.

Der Mond so nah und viel hässlicher als gedacht. Hätte ihr Herz klopfen müssen, als der Astronaut den ersten Schritt getan hatte? Ein Zeichen des Alters, dass Heinrich und sie so gelassen blieben?

«Du siehst deinem Mann beim Altwerden zu», hatte Billa gesagt. «Genauso wie ich dem Georg dabei zusehe.»

Was war das Ärgerlichste am Alter? Dass Tätigkeiten schwieriger wurden, die einem leichtgefallen waren? Oder dass einem die Zeit davonlief?

Wie viele Sommer? Wie viele Weihnachten? Wie oft zeigte ihr der kleine Fuchs noch den Rücken, wenn Gerda ihn in den Tannenbaum hängte?

Heinrich schien in eine tiefere Phase des Schlafes gefallen zu sein, er schnarchte.

Gerda stand auf, um nach oben ins Schlafzimmer zu gehen. Kam wieder und hatte zwei Wolldecken dabei. Die eine drapierte sie um ihren Mann. Mit der anderen setzte sie sich in den Sessel, den Heinrich *Gerdas Fauteuil* nannte.

Der Gesang der Vögel war lauter geworden, doch er störte weder Heinrichs noch Gerdas Schlaf. Auch der Dreiviertelmond nicht, der blasser wurde am Morgenhimmel des 21. Juli 1969.

Ein Tag, der die Welt veränderte. Und auch wieder nicht.

Weitere Titel

Dunkle Idylle
Vorstadtprinzessin

Drei-Städte-Saga
Und die Welt war jung

Jahrhundert-Trilogie
Töchter einer neuen Zeit
Zeiten des Aufbruchs
Zeitenwende